Michael Peinkofer
Unter dem Erlmond

Zu diesem Buch

Einst war die Welt von Eis überzogen. Nach furchtbaren Schlachten besiegten die magisch begabten Sylfen die Zyklopen und Eisdrachen. Es gelang ihnen, sie in die Höhlen von Urgulroth zurückzudrängen. Das Eis des Bösen schmolz, und riesige Berge türmten sich dort auf, wo das Heer der Feinde versunken war. Ein ganzes Zeitalter lang lebten die Völker in Frieden. Doch nun mehren sich die Anzeichen, dass das Böse zurückkehrt: Von immer neuen Angriffen der Erlen, monströser Geschöpfe von übermenschlicher Kraft, wird berichtet. Der Jäger Alphart sucht Rat bei dem Druiden Yvolar. Doch um die Welt zu retten, muss Alphart ins verfeindete Zwergenreich reisen und einen drohenden Krieg verhindern … Mit »Die Rückkehr der Orks« und »Der Schwur der Orks« feiert Michael Peinkofer sensationelle Erfolge. Nun führt er mit dem »Land der Mythen« in ein faszinierendes Reich der Elfen, Zwerge, Drachen und Magier, das alle High Fantasy-Fans begeistern wird.

Michael Peinkofer, geboren 1969, schrieb nach seinem historischen Thriller »Die Bruderschaft der Runen« die Bestseller »Die Rückkehr der Orks« und »Der Schwur der Orks«. Nach zahlreichen Reisen ist er in den USA inzwischen fast so zu Hause wie in Deutschland. Mit seiner Familie lebt er als Autor, Übersetzer und Filmjournalist im Allgäu. Die ebenso anmutige wie dramatische und geheimnisvolle Landschaft hat ihn zu seinem neuen Zyklus »Land der Mythen« inspiriert. »Unter dem Erlmond« ist der erste von zwei Bänden.

Michael Peinkofer

UNTER DEM ERLMOND

LAND DER MYTHEN 1

Piper München Zürich

Von Michael Peinkofer liegt in der Serie Piper vor:
Unter dem Erlmond. Land der Mythen 1

Als Hardcover-Broschur bei Piper:
Die Rückkehr der Orks
Der Schwur der Orks

Mix
Produktgruppe aus vorbildlich bewirtschafteten
Wäldern und anderen kontrollierten Herkünften
www.fsc.org Zert.-Nr. GFA-COC-1223
© 1996 Forest Stewardship Council

Originalausgabe
August 2007

Umschlagkonzeption: Büro Hamburg
Umschlaggestaltung: HildenDesign, München – www.hildendesign.de
Umschlagabbildung: Anke Koopmann (HildenDesign)
Autorenfoto: Helmut Henkensiefken
Karte: Daniel Ernle
Satz: C. Schaber Datentechnik, Wels
Papier: Munken Print von Arctic Paper Munkedals AB, Schweden
Druck und Bindung: Clausen & Bosse, Leck
Printed in Germany ISBN 978-3-492-26636-9

www.piper.de

Vorwort

Zu meinem zehnten Geburtstag bekam ich ein Buch geschenkt.

Es trug den viel versprechenden Titel »Allgäuer Sagen«, und da ich zuvor die abenteuerliche Irrfahrt des Odysseus, die Geschichten von König Artus und den Rittern der Tafelrunde sowie jene von Siegfried dem Drachentöter verschlungen hatte, freute ich mich riesig darauf, nun jene Sagen kennenzulernen, die meine eigene Heimat hervorgebracht hatte …

Ich erlebte eine herbe Enttäuschung.

Zwar war mit Riesen und Drachen, Zwergen und Gnomen, Seenymphen und Hexenmeistern das gesamte Figurenpersonal vertreten, das ich aus all den anderen Sagen kannte – indes, es mangelte an Helden. Mit alten Flüchen, verwunschenen Orten, geheimnisvollen Begebenheiten und apokalyptischen Visionen waren auch die Motive gegeben, die so vielen Sagenstoffen eigen sind und mit denen sich unsere Vorfahren ihre Welt zu erklären versuchten – was allerdings fehlte, war ein dramatischer Überbau, eine große epische Handlung, in die sich all diese Figuren, Schauplätze und Begebenheiten einreihen ließen.

Ob Sie es glauben oder nicht – meine Enttäuschung über das »Fehlen« einer solch epischen Bergsaga hat mich über all die Jahre begleitet und ist letztlich dafür verantwortlich, dass Sie dieses Buch in Händen halten.

Wer heute vom Allgäu hört, denkt an grüne Wiesen und muhende Rindviecher (vierbeinige, wohlgemerkt), an sanfte Hügel und die Freuden des Wintersports. Ich für meinen Teil habe stets die dramatischere Variante bevorzugt: majestätische Gipfel und tiefe Abgründe, moosüberwucherte Felsen und alte Ruinen, herabstürzende Katarakte und Schluchten, durch die tosend das Wildwasser schießt. Das alles hat mir ein anderes, weit abenteuerlicheres Bild vermittelt, und der Gedanke, dies einmal zum Schauplatz eines großen Epos zu machen, hat mich nie ganz losgelassen.

Im Lauf der Jahre stellte ich Nachforschungen an. Ich fand heraus, dass es erstaunliche Übereinstimmungen zwischen den Sagenmotiven des Allgäus und jenen der keltischen Überlieferung gibt (was angesichts der Natur unserer Vorfahren nicht weiter verwundert), und begann, eine fiktive Frühgeschichte des Voralpenlandes zusammenzustellen, in die ich sowohl Mythenmotive als auch historische Fakten einfließen ließ. Was mir jedoch fehlte, war nach wie vor eine übergeordnete große Story, in die sich all das packen ließ. Die Lösung ergab sich, als ich mit Fantasy in Berührung kam, jener Spielart der fantastischen Literatur, die sich alter Sagenmotive bedient, um sie in neue, dramatische Geschichten zu packen, die vom immerwährenden Kampf zwischen Gut und Böse handeln.

Der wohl berühmteste Vertreter dieser Gattung ist ohne Zweifel J. R. R. Tolkiens »Der Herr der Ringe« – eine im besten Wortsinn epische Saga um den Kampf zwischen Gut und Böse, mit der der Verfasser nach eigenen Worten eine Art Ursage entwickeln wollte, also einen Mythos, aus dem alle anderen Mythen hervorgegangen sein könnten. Das brachte etwas in mir zum Klingeln. Wie, so dachte ich mir, wäre es, einen solchen »Urmythos« auch für das Allgäu zu spinnen? Eine in grauer Vorzeit handelnde Geschichte, aus der sich sowohl Sagen als auch reale Geschichte entwickelt haben könnten?

Der Gedanke war gefasst, die Suche begann – und sie führte mich weiter, als ich es mir je hätte träumen lassen: von den erwähnten Allgäuer Sagen über die Mythen der Kelten und die Legenden der Bergwelt bis hin zur tatsächlichen Vorgeschichte des Alpenraumes. Eingebettet in eine eigene Historie und sogar eine eigene Sprache, die mit Elementen des Keltischen spielt, entstand so eine Erzählung über Ereignisse, wie sie sich vor Tausenden von Jahren zugetragen haben könnten, in einer Zeit, die von Magie durchdrungen und in der das Allgäu das Land der Mythen war – ein Land, in dem sich die Mächte des Lichts und der Finsternis einen dramatischen Kampf lieferten.

Diese Geschichte ist freilich fiktiv, doch die Schauplätze sind es nicht. Es gibt sie tatsächlich: jene Felsen, von denen der Jäger Alphart auf das von Unholden bedrohte Hintertal blickt, den See, an dessen Ufern sich einst die Goldene Stadt Iónador erhob, und die Höhle, in der vor Unzeiten Fyrhack hauste, der Letzte der Feuerdrachen. Sie existieren bis heute. Man kann sie besuchen und sie begreifen, sich zurückversetzen in eine längst vergangene Zeit, hinein in die Figuren, deren großes Abenteuer nun beginnt.

Endlich.

Nach 28 Jahren …

Michael Peinkofer
Frühjahr 2007

Allagáin
Sümpfe
Wang
Westpassage
Seestadt
Seewald
Turm Iarin
Aradh Loin
Búrin Mar
Westpass nach Trol

Dunkelwald
Egg
Allair
Grünbach
Ried
Leac
Damasia
Urberg
Leathan
Schwarz
Moor
Kampa
Dunán
Turm Astar
Kean
D'Eagol
Falkenstein
Bennan
Leach
Steidan
Königsstrasse
Ionador
Bennanerk
Heimtal
Obertal
Daicol
Nymphen
See
Ostpass
Ruadh
Barran
Hintertal
Korin
Nifol
Wildgebirge
N
W
O
S

Handelnde Personen

Yvolar	ein alter Druide
Alphart	ein Wildfänger
Leffel Gilg	ein Bauer aus dem Unterland
Erwyn	Ventars Erbe
Urys	ein Zwerg
Mux	ein Kobling
Rionna	Prinzessin von Iónador
Calma	ihre Zofe
Galfyn	Häuptling des Falkenclans
Herras	sein Waffenmeister
Barand	Marschall von Iónador
Alwys	König der Zwerge
Gaetan	Bürgermeister von Seestadt
Walkar	ein Bärengänger
Fyrhack	der letzte Feuerdrache
Kaelor	ein Eisriese
Lorga	Anführer der Erle
Klaigon	Fürstregent von Iónador
Éolac	sein Seher
Muortis	Herrscher des Eises

Prolog

Es begann mit dem Eis.

Aus tiefen Gründen stieg es einst empor, genährt von den Wassern der Tiefe. Vom kalten Atem der Eisdrachen getrieben, drang es aus den Poren der Welt und erstickte das Leben. Seen und Flüsse gefroren, mächtige Gletscher wuchsen aus den Bergen herab und begruben die Täler und alles, was dort wuchs und gedieh. Die Tiere flohen nach Süden, ebenso wie die Menschen, die noch niedere Geschöpfe waren, von Instinkten getrieben und kaum der Sprache mächtig. Sie alle hatten der Gewalt des Eises nichts entgegenzusetzen. Das Land erstarrte und mit ihm alles Leben.

In diese kalte Welt traten die Kreaturen des Todes und der Finsternis: Einäugige gehörnte Riesen und ihre schweinsgesichtigen Helfer entstiegen finsteren Klüften und überschwemmten das ganze Land. Im Auftrag von Muortis, dem Herrscher des Eises, nahmen sie die Welt in Besitz und verbreiteten Angst und Schrecken – bis die Sylfen kamen.

Von den Gipfeln der Berge stiegen sie nach Mythenland herab, die Söhne des Sylfenkönigs Vanis und ihr Gefolge aus glorreichen Streitern. Vom fernen Reiche Ventar aus zogen sie nach Norden und drangen in das Land des Eises vor, und vor ihren Schwertern ergriffen selbst die Riesen und Eisdrachen die Flucht. Bündnisse wurden geschmiedet und Allianzen geschlossen. Ein jedes Volk – mit Ausnahme der Menschen, die noch jung waren und unmündig – musste entscheiden, auf welche Seite es sich stellen wollte: auf die der Söhne Ventars, die Licht und Wärme in die Welt trugen und das Eis vertreiben wollten – oder auf jene von Muortis und seinen finsteren Dienern.

Drachen und Riesen, Zwerge und Koblinge, Erle und Trolle – sie alle trafen ihre Entscheidung, und auf den eisbedeckten Gipfeln des Korin Nifol kam es zur letzten, entscheidenden Schlacht. Ein Jahr lang dauerten die Kämpfe, so wird erzählt, und wie es heißt, erzitterten in jenen Tagen die Berge unter dem Ansturm der feindlichen Heere und das Grundmeer färbte sich rot vom Blut der Erschlagenen. Nicht nur die Streiter des Lichts und der Finsternis, sondern auch die Elemente fochten gegeneinander – bis schließlich das Eis zu obsiegen drohte.

Die Zwerge, die den größten Blutzoll entrichtet hatten, ergriffen die Flucht, und nichts schien den Triumph Muortis' und seiner Diener mehr aufhalten zu können. Aber dann, in der Stunde der größten Verzweiflung, als das Bündnis der Sylfen, Zwerge und Feuerdrachen zu scheitern drohte, nahm das Schicksal der Sterblichen eine Wendung.

Danaón, Vanis' Sohn und Erbe der Macht, stieß in das Horn seines Vaters, und noch einmal erhob sich das Heer der freien Völker zum Sturm gegen Eis und Tod, und in einem letzten Kampf, in dem Danaón und viele andere Helden der alten Zeit ihr Ende fanden, gelang es, Muortis' Horden zurückzutreiben in die finsteren Gründe, denen sie entstiegen waren.

Das Eis zerbrach, und das Heer des Bösen wurde hineingerissen in den dunklen Pfuhl von Urgulroth und vom Wasser verschlungen. Zurück blieben nur die Berge, als ewige Zeugen des Kampfes, der einst stattgefunden hatte.

Ein ganzes Zeitalter lang lebten Sylfen, Zwerge und Koblinge in Frieden, wachten gemeinsam über das Werden der Menschen, bis die Zeit der Sylfen zu Ende ging und sie zurückkehrten in ihr fernes Reich auf den Gipfeln …

All dies wusste Kaelor, der Letzte der Eisriesen und Herrscher über die Klüfte von Düsterfels, denn er war selbst dabei gewesen, als die Heere des Lichts und der Finsternis zum letzten Kampf aufeinandertrafen. Durch das lange

Leben, das seiner Art beschieden war, hatte Kaelor vieles kommen und gehen sehen. Er hatte den Beginn der Eiszeit erlebt und den Triumph des dunklen Herrschers – aber auch dessen Niedergang.

Nur wenige waren noch übrig, die sich daran erinnerten. Die Erle von Düsterfels waren dumme, einfältige Kreaturen, nicht mehr als Schatten jener grässlichen Krieger, die einst über das Angesicht der Welt marschierten. Aber sie hassten das Licht und die Wärme beinahe ebenso wie Kaelor selbst. Sie waren eifersüchtig auf die Menschen, die in der Obhut der Söhne Vanis' herangewachsen waren, während sie selbst zu niederen Kreaturen verkamen. Und in ihrem Hass und ihrer Einfalt waren sie leicht zu beherrschen.

Lange gewartet hatte Kaelor, der sich zu ihrem Herrn und Meister aufgeschwungen hatte.

Jahrzehnte.

Jahrhunderte.

Jahrtausende.

Bis die Vergangenheit zur Legende geworden war und die Erinnerung an Muortis nur noch ein Schatten, mit dem man Menschenkinder in dunklen Nächten erschreckte. Und in dieser Zeit, als selbst Kaelor nicht mehr daran glaubte, dass die Kälte je zurückkehren könnte, erwachte Muortis, der Herr des Eises, wieder zum Leben. Fünf Jahrtausende hatte er geruht und seine Kräfte gesammelt – bis er stark genug geworden war, seinem einstigen Diener im Traum zu erscheinen.

»Kaelor«, sagte er, »das Warten hat ein Ende. Die Kälte kehrt zurück – und mit ihr meine Macht. Rufe die Erle und sammle sie zum Krieg. Muortis' Heer soll sich neu formieren. Das Eis ist erneut auf dem Vormarsch, und diesmal wird es niemand aufhalten – weder die Menschen, deren Wille schwach ist und leicht zu beeinflussen, noch die Zwerge, die sich verkrochen haben in ihrer Festung aus Fels und Kristall, noch die Söhne Vanis', die längst vergangen sind und an die sich niemand mehr erinnert. Ich hingegen habe die Zeit überdauert. Die Welt der Sterblichen wird fallen. Eis und Kälte werden sie bedecken – und ich, Muortis, werde herrschen!«

Es war das Jahr des frühen Laubes.

Schon im Sommer hatten die Blätter begonnen, sich zu verfärben, und die Alten und Weisen hatten vor einem frühen und harten Winter gewarnt. Doch das war nicht die einzige düstere Prophezeiung: Überall entlang der Bennian Mar wurde in diesen Tagen von dunklen Zeichen berichtet, die Mangel und Not verhießen. Und auch der eisige Wind, der ungewöhnlich früh aus den Bergen wehte und den Geruch von Schnee und Eis in die Täler trug, schien von drohendem Ungemach zu künden.

In diesem Jahr wurden zur Sonnwendfeier besonders großzügige Opfer gebracht, und auch in den kurzen Nächten ließ man die Feuer nicht verlöschen. Es ging die Kunde, dass man seltsame und unheimliche Wesen in den Bergen gesichtet hätte, Wesen aus grauer Vorzeit.

Ein Kaufmann aus dem Süden, der nach langer Reise in Seestadt ankam, behauptete, auf der Passhöhe einem Enz begegnet zu sein, dessen Haut aus Stein gewesen wäre. Ein Holzfäller aus dem Oberland wollte einen Kobling gesehen haben, der nur aus einem Bein und einem großen Auge bestanden und ihn bedrohlich angeglotzt hätte. Ein Bilwisschnitter, so hieß es, hätte im Unterland ein ganzes Kornfeld verwüstet. Und mehrere Bauern aus dem Flusstal behaupteten gar, einen Feuerreiter gesichtet zu haben – einen Knochenmann auf einem brennenden Pferd, dessen Erscheinen von alters her als schlechtes Omen gedeutet wurde.

Die beunruhigendste Begebenheit jedoch trug sich am

Ostufer des Búrin Mar zu, jenes großen Wassers, das sich von den Ufern Allagáins bis an die Gestade des Zwergenreichs erstreckt.

Am frühen Morgen des Tages Toisac, als die Bewohner von Seestadt noch schliefen, legte ein einzelnes Fischerboot vom Steg ab und fuhr auf den See hinaus. Es dämmerte bereits, und die ersten Strahlen der Sonne ließen den Nebel über dem Wasser unheimlich leuchten. In der Stille konnte man das Quaken der Flügelfrösche hören, die entlang des Ufers auf Jagd waren. Keinem der drei jungen Männer im Boot war wohl in seiner Haut, auch wenn keiner von ihnen dies offen zugegeben hätte. Denn zum einen hatte das Wetterweib einen Sturm geweissagt, zum anderen war der Tag Toisac dem Schöpfergeist geweiht, und wer dennoch arbeitete, musste mit Bestrafung rechnen.

Die drei jungen Männer jedoch missachteten das ungeschriebene Gesetz und liefen aus. Vorn am Bug stand Alored, des Tangfischers Sohn, und hielt Ausschau nach Zeichen für einen guten Fang. Für die Fischer von Seestadt war es ein schlechtes Jahr gewesen, und der frühe Winter, der sich ankündigte, würde die Ufer des Búrin Mar rasch gefrieren lassen und den Fischfang zusätzlich erschweren. Alored, der in seiner unbekümmerten Jugend auf das Geschwätz der Alten von drohendem Unheil nichts gab, wollte mit vollen Netzen zurückkehren und die Vorratskammern füllen, wollte als gefeierter Held in die Annalen von Seestadt eingehen. Seine Ehrsucht hatte seine Freunde angesteckt, und so stahlen sie sich heimlich davon und fuhren am Tag Toisac aus, um reiche Beute zu machen – ohne zu ahnen, dass sie selbst zur Beute werden sollten.

»Was siehst du, Alored?«, fragte Kilan, der nicht eben kluge Sohn des Fischhautgerbers Gumper. »Kannst du etwas sehen?«

»Nichts«, antwortete Alored missmutig. »Nicht eine einzige Flosse. Dabei müssten wir die Fischgründe längst erreicht haben.«

»Mein Vater sagt, dass sich die Gründe verlagert haben«, erklärte Berin, der Spross des Harpunenmachers Moor, dessen Zunge so spitz war wie die Spieße, die sein Vater aus Knochen schnitzte.

»Natürlich haben sie sich verlagert«, versetzte Alored unwirsch. »Aber weshalb? Die einen geben dem frühen Winter die Schuld. Andere meinen, dass uns ein Fluch der Gnomen getroffen hätte.«

»Sprich leise«, forderte Kilan, der im Heck saß und den Nachen steuerte, während Berin mit kurzen Schlägen ruderte. »Sie mögen es nicht, wenn sie so genannt werden.«

»Und wenn schon«, gab Alored zurück. »Ich fürchte mich nicht vor hergelaufenen Zwergen. Wahrscheinlich gibt es sie nicht mal.«

»Mein Vater sagt, es gibt sie.«

»Dein Vater spricht viel an langen Tagen, Berin Moor. Vor allem dann, wenn er zu viel Dunkelbier getrunken hat.«

»Was willst du damit sagen?« Wutentbrannt ließ Berin das Ruder los und sprang auf. Der Nachen geriet dadurch ins Wanken, sodass sich Kilan Gumpers rundes Gesicht sorgenvoll zerknitterte.

»Wollt ihr wohl aufhören!«, rief er. Aber die beiden jungen Männer dachten nicht daran, auch wenn sie nicht wirklich aufeinander böse waren. Alored ärgerte sich vielmehr darüber, dass sie noch keinen einzigen Fisch gefangen hatten und vielleicht leer nach Hause zurückkehren mussten, und der streitlustige Berin war ohnehin für jede Art von Händel dankbar.

Lauthals beschimpften sie einander, dass es weithin über das Wasser scholl – bis ein dumpfes, gurgelndes Geräusch aus dem Nebel drang, so unheimlich, dass es die beiden

Streithähne verstummen ließ. Sodann brach auch das Gurgeln ab.

»Was war das?«, fragte Kilan in die entstandene Stille, aber weder Alored noch Berin konnten ihm eine Antwort geben.

Reglos verharrten sie, in der Mitte des breiten Bootes stehend, und starrten auf die schieferfarbene Oberfläche des Sees, die sich im weißgrauen Nebel verlor.

Wieder ließ sich das Gurgeln vernehmen, so dunkel und abgründig, als dränge es aus tiefsten Tiefen. Alored bückte sich und griff nach der Harpune, die im Bug bereitlag. Seine Handflächen, die trotz der morgendlichen Kälte feucht waren vor Schweiß, schlossen sich um den hölzernen Schaft. Erneut ein Gurgeln, diesmal auf der anderen Seite des Bootes. Was auch immer dieses unheimliche Geräusch verursachte, es bewegte sich im Wasser. Und es bewegte sich schnell …

»La-lasst uns zurückrudern zum Ufer«, stammelte Kilan furchtsam. »Es war keine gute Idee, am Toisac auszufahren.«

»Du bist ein Schisshase, Kilan Fischhautgerber«, beschied Alored ihm barsch, während ihm selbst das Herz bis in den Hals schlug. Mit zu schmalen Schlitzen verengten Augen starrte er in den Nebel – und sah auf einmal, wie sich die dunkle Flut des Sees teilte.

Eine Welle brandete plötzlich auf und lief auf das Fischerboot zu, erfasste es im nächsten Moment und stellte es auf. Alored und Berin verloren das Gleichgewicht und stürzten, schlugen hart gegen die Back. Im selben Augenblick erklang Kilans gellender Schrei, und ein Schatten fiel über sie, der schwärzer war als jede Nacht.

Alored warf sich herum, blickte hinauf – und erstarrte. Denn über ihm schwebte die garstigste Kreatur, die er je gesehen hatte.

Riesige, kugelförmige Fischaugen glotzten auf ihn herab, aus einem zähnestarrenden Maul drang der Gestank von Fäulnis und Verwesung. Jäh flog es heran, und die Kiefer schlossen sich mit grässlichem Mahlen, verschlangen den Nachen und seine Besatzung mit einem Biss.

So endete Alored, des Tangfischers Sohn.

Es hatte zu schneien begonnen.

Früher als in jedem anderen Jahr.

Alphart Wildfänger stand am Fenster und schaute den weißen Flocken zu, die im Wind tanzten, ehe sie sich über das Gras, die Bäume und die Felsen verteilten und sich zu einem weißen Schleier verwoben, der das Land bedeckte.

Die Dämmerung war hereingebrochen, ungewöhnlich früh für diese Jahreszeit – ein weiterer Hinweis darauf, dass es ein harter und strenger Winter werden würde. Die Wolken hingen tief in diesen Tagen und verhüllten die windumtosten Gipfel, und in den Nächten konnte man es in den Bergen rumoren hören. Es war ein dumpfes Pochen, ein Schlagen wie von tausend Schmiedehämmern, das den Fels erbeben und die Gipfel erzittern ließ.

Alphart dachte nicht darüber nach, was diese Geräusche zu bedeuten hatten. Er war ein einfacher Mann, der nicht viel von der weiten Welt wusste. Aber seine Instinkte, die geschult waren vom entbehrungsreichen Leben in der Wildnis, sagten ihm, dass dort im Gebirge etwas vor sich ging. Etwas Dunkles, Unheilvolles, dem der Jäger zutiefst misstraute …

Mit einer leisen Verwünschung auf den Lippen kehrte Alphart zu dem offenen, aus groben Natursteinen gemauerten Kamin zurück, in dem ein knisterndes Feuer gegen die Kälte der hereinbrechenden Nacht ankämpfte. Über den Flammen hing ein Kessel mit Wasser, das gerade zu sieden begann. Alphart nahm das Gefäß ab und gab getrocknete Brennnesseln hinein, die er in einem Mörser zerstoßen hatte. Sofort erfüllte säuerlicher Duft die kleine Hütte. Unter Wildfängern galt das Getränk als altes Hausmittel, um die Kälte des Winters aus den Knochen zu vertreiben. Bannhart würde es zu schätzen wissen, wenn er von der Jagd zurückkehrte.

Erneut trat Alphart ans Fenster und starrte hinaus. Wo sein Bruder nur blieb?

Schon vor Stunden war er ausgezogen, um nach den Fallen zu sehen, die sie im Wald ausgelegt hatten. Das war, womit die beiden Brüder ihren Lebensunterhalt verdienten: Sie waren Wildfänger – Jäger und Fallensteller, die den Sommer in den Bergen verbrachten und erst im Herbst wieder hinunter ins Tal stiegen, um die Ausbeute der vergangenen Monate zu verkaufen. Die Geschäfte gingen gut, denn Felle und Häute wurden überall in Allagáin benötigt. Wärmendes Bärenfell war bei den hohen Herren und Damen gefragt, während sich Wolfsfell seiner Strapazierfähigkeit wegen bei Söldnern und Soldaten großer Beliebtheit erfreute. Hirschhäute wiederum wurden verwendet, um Handschuhe und Stiefel zu fertigen, die geschmeidiger waren als solche aus Rindsleder, und es wurde gut dafür bezahlt. Erst vor wenigen Tagen hatten die Brüder einen Reißhirsch erlegt, dessen Haut allein genug einbringen würde, um sie über den Winter zu bringen.

Überhaupt war es ein gutes Jahr gewesen für die Jagd. So viele Tiere wie nie zuvor waren ihnen in die Fallen gegangen, und sie hatten auch zahlreiche Hirsche erlegt. Hatten sie sich in früheren Jahren oft tagelang auf die Pirsch begeben müssen, war das Wild diesmal zu ihnen gekommen. Gerade so, als hätte etwas die Tiere aus den Wäldern getrieben. Etwas, das von den Gipfeln der Berge kam …

Alphart nahm einen Schluck von dem frischen Sud und wischte sich mit dem Handrücken über den dunklen Bart. Noch immer war in der schneedurchsetzten Dämmerung keine Spur von seinem Bruder zu sehen, wenn er aus dem Fenster schaute, und der Wildfänger begann sich Sorgen zu machen.

Ob Bannhart etwas zugestoßen war?

Alphart war weder übertrieben vorsichtig noch abergläubisch. Er fürchtete sich nicht, wenn es blitzte, und auch wenn sich grollender Donner über den Bergen entlud und Hänge und Täler erzittern ließ, jagte ihm das keine Furcht ein. In letzter Zeit jedoch hatten sich eigenartige Dinge zugetragen, und der Wildfänger war nicht sicher, ob er begriff, was dort draußen vor sich ging. Er wusste nur, dass sein Bruder nicht zurückgekehrt war. Andererseits war Bannhart erfahren genug, um selbst auf sich aufzupassen.

Alles, was Alphart über das Jagen wusste, hatte er von seinem älteren Bruder gelernt. Bannhart hatte ihm beigebracht, wie man Fährten las und Fallen stellte, wie man den Pfeil treffsicher ins Ziel lenkte und das erlegte Wild ausweidete. Er kannte jeden Stein und jeden Strauch, jede Felsspalte und jede Klamm, sodass es eigentlich keinen Grund gab, sich zu sorgen.

Dennoch spürte Alphart in sich wachsende Unruhe – als wäre sein Bruder in Not und bräuchte seine Hilfe.

Wieder schaute er hinaus in die Dämmerung.

Noch immer nichts.

Inzwischen war es draußen fast dunkel geworden. Der nahe Wald war nur noch als dunkles Band auszumachen, der frisch gefallene Schnee leuchtete matt im letzten Tageslicht.

Plötzlich war das Heulen eines Wolfs zu hören.

Alphart fuhr zusammen.

Der Laut war ganz in der Nähe aufgeklungen, und wo sich ein Wolf herumtrieb, da waren gewöhnlich mehrere. Der frühe Winter trieb die Graupelze aus den Wäldern. Was, wenn Bannhart in ihre Fänge geraten war?

Noch einen Augenblick zögerte Alphart. Als erneut ein

Heulen erklang, noch lauter und schrecklicher als zuvor, konnte den Jäger nichts mehr halten. Entschlossen stürzte er den Rest des Kräutersuds hinab, dann griff er nach dem Umhang aus Bärenfell und warf ihn sich über den grünen Jagdrock, an dessen Gürtel der lange Hirschfänger baumelte. Indem er Bogen und Köcher vom Haken riss, eilte der Jäger auch schon hinaus.

Die hölzerne Tür des Blockhauses fiel hinter ihm zu. Schneidende Kälte empfing ihn, aber der Wildfänger war die raue Witterung der Berge gewohnt. Im Laufschritt setzte er über die steil abfallende Bergwiese auf den Wald zu, der sich im Halbdunkel abzeichnete und aus dem ein weiteres furchteinflößendes Heulen drang. Diesmal jedoch sang der Wolf sein schauriges Lied nicht zu Ende. Jäh ging es in jämmerliches Winseln über und verstummte schließlich ganz; statt seiner war ein Knurren zu vernehmen, wie Alphart es noch nie zuvor vernommen hatte. Kein Tier im ganzen Wildgebirge gab solche Laute von sich.

Der Jäger beschleunigte seine Schritte. Dabei fühlte er, wie Furcht nach seinem Herzen griff, die Angst um seinen Bruder. Keuchend erreichte er den Saum des Waldes, brach durch das Unterholz und drang in das Halbdunkel ein, das zwischen den Bäumen herrschte.

Seine Augen brauchen einen Moment, um sich an das spärliche Licht zu gewöhnen. Aber wie alle Wildfänger hatte Alphart ausgeprägte Sinne, die denen der Tiere oft nur wenig nachstanden. Seine Augen, scharf wie die eines Falken, spähten in das Dunkel und erkannten im weichen Waldboden Spuren. Es waren die Abdrücke von Bannharts Stiefeln, noch frisch und nur einen Fingerbreit tief, was darauf schließen ließ, dass er nicht mit Beute beladen gewesen war.

Alphart folgte der Spur ins Dickicht, ungeachtet der Gefahr, die dort lauern mochte. Das Heulen der Wölfe war verstummt, ebenso wie das grässliche Knurren. Was hatte das zu bedeuten?

Der Wildfänger gelangte kurz darauf auf eine Lichtung. An diesem Ort hatten sein Bruder und er vor zwei Tagen eine Falle aufgestellt. Die Falle war leer, aber aus der dunklen Blutspur, die sich durch den frisch gefallenen Schnee zog, schloss Alphart, dass die Vorrichtung ihren Zweck erfüllt hatte. Bannhart musste die Beute mitgenommen haben, denn jenseits der Lichtung waren die Abdrücke seiner Stiefel deutlich tiefer.

Den Blick auf den Boden gerichtet und dabei aufmerksam lauschend ging Alphart der Spur nach. Er passierte eine weitere Falle und durchquerte einen Wildbach, dessen Wasser eisig kalt vom Gipfel des Dáicol stürzte. Auf der anderen Seite setzte sich die Fährte fort und führte zu einer weiteren Lichtung. Dort entdeckte der Jäger etwas, das ihm das Blut in den Adern gefrieren ließ.

Es war ein Wolf, vermutlich der, dessen klägliches Heulen Alphart gehört hatte. Verendet lag das Tier auf der Lichtung, und es war klar, dass kein Jäger es getötet hatte.

Zwar gehörte es zum Handwerk eines Wildfängers, Tiere zu töten, um ihre Felle oder Häute und ihre Knochen zu verkaufen. Aber all jene, die entlang des Wildgebirges jagten, empfanden auch eine tiefe Ehrfurcht vor der Schöpfung, und es gab Regeln, die kein aufrechter Jägersmann je brach. Ein Wildfänger tötete niemals grundlos oder um des bloßen Vergnügens willen – aber genau das war geschehen.

Der Wolf war entsetzlich zugerichtet. Etwas hatte dem Tier den Bauch aufgefetzt und die Eingeweide herausgerissen. Zudem war das Rückgrat des Wolfs gebrochen, sodass er in unnatürlicher Haltung gekrümmt im blutigen Schnee lag. Alphart erinnerte sich an das jämmerliche Winseln, das er gehört hatte, und er empörte sich gegen den Frevel. Noch ehe er sich jedoch fragen konnte, wer ihn begangen hatte, zerriss ein gellender Schrei die unheimliche Stille – und voller Entsetzen erkannte Alphart die Stimme seines Bruders.

»Bannhart …?«

Ein zweiter Schrei folgte, voller Qual und Pein – und der Wildfänger begann zu laufen. Ohne Zögern drang er in das Unterholz ein und lief in die Richtung, aus der die Schreie gekommen waren.

»Bannhart!«, rief er dabei mit heiserer Stimme. »Wo bist du?«

Er achtete nicht darauf, dass ihm tief hängende Äste mit ihren kahlen Zweigen das Gesicht zerkratzten. Mit fliegenden Schritten setzte der Jäger durch den dunkelnden Wald, zog noch im Laufen einen Pfeil aus dem Köcher und legte ihn auf die Sehne des Bogens – und im nächsten Moment erblickte Alphart seinen Bruder.

Bannhart war nicht allein.

Mit dem Rücken stand er vor einer alten Buche, die Axt in den Händen und aus einer Stirnwunde blutend. Sein Umhang war zerrissen, seinen Bogen hatte er weggeworfen. Fünf garstige Kreaturen umringten ihn – Wesen, wie Alphart sie noch nie zuvor gesehen hatte.

Sie hatten gedrungene Körper, die in zottigen Fellen und rostigen Kettenhemden steckten. Ihre kräftigen Arme liefen in furchterregenden Klauen aus, mit denen sie schartige Schwerter und Äxte schwangen. Besonders grausig jedoch waren ihre Häupter anzusehen – kahle Schädel mit nach vorn gestülpten Schnauzen und Hauern wie bei einem Keiler.

Obwohl Alphart derlei Kreaturen noch nie gesehen hatte, wusste er, wer sie waren. In alten Geschichten wurde von ihnen berichtet, von den schweinsköpfigen Unholden, die der Überlieferung nach in den Schluchten von Düsterfels hausten, dort, wohin niemals ein Sonnenstrahl drang.

Unholde.

Erle …

Bislang hatte Alphart stets geglaubt, dass sie nur eine Erfindung der Sänger und Geschichtenerzähler wären, aber diese Kreaturen waren so wirklich, wie sie es nur sein konnten. Grunzend und brüllend umzingelten sie seinen Bruder und bedrängten ihn von allen Seiten.

Alphart verlor keine Zeit.

Schon schnellte der erste Pfeil von der Sehne seines Bogens und zuckte über die Lichtung, durchbohrte den Hals eines Erls.

Mit dem gefiederten Schaft im Nacken ging der Unhold nieder, und seine Kumpane fuhren herum, um zu sehen, woher das todbringende Geschoss gekommen war. Aus eitrig gelben Augen blitzte Alphart nackter Hass entgegen, und zum ersten Mal in seinem Leben war der Jäger gezwungen zu töten, um zu überleben.

Der nächste Pfeil schwirrte davon und traf einen weiteren Erl in die Brust. Da die Distanz nur kurz war, durchstieß das Geschoss das rostige Kettenhemd und drang tief in das Herz der Kreatur, die heulend zugrunde ging. Die übrigen Erle verfielen in zorniges Gebrüll. In blinder Wut griffen sie Alphart an, der nicht dazu kam, einen weiteren Pfeil auf die Sehne zu legen. Dafür hieb Bannhart mit der Axt zu. Das geschärfte Blatt landete im Rücken eines Erls. Die beiden verbliebenen Unholde erreichten Alphart und drangen grunzend auf ihn ein.

Der Jäger riss seinen Bogen mit beiden Händen über den Kopf, um einen Schwertstreich abzuwehren; die rostige Klinge durchschlug das Holz jedoch mühelos. Die nutzlos gewordenen Hälften des Bogens von sich werfend, wich Alphart zurück und zückte den Hirschfänger. Funken stoben, als die Jagdklinge und das Schwert des Erls aufeinandertrafen. Der Hieb des Unholds war mit derartiger Wucht geführt, dass Alphart ins Taumeln geriet. Er stolperte über eine Wurzel und fiel rücklings zu Boden. Schon war der Erl über ihm, um ihm den Todesstoß zu versetzen.

Alphart jedoch war schneller. Noch ehe der Finsterling zustoßen konnte, schnellte die Klinge des Jägers empor und bohrte sich in den aufgedunsenen Bauch der Kreatur. Schwarzes Erlblut schoss hervor, als Alphart die Klinge wieder herausriss, und er rollte sich zur Seite, um nicht unter dem fallenden Körper des Unholds begraben zu werden.

Gehetzt blickte sich der Jäger nach dem verbliebenen Gegner um, als Bannharts Warnruf erklang. Blitzschnell wandte sich Alphart um – jedoch nicht rasch genug für den Erl, der hinter ihm stand und ihn mit der Streitaxt erschlagen wollte. Schon fiel das schartige Blatt herab, um Alphart niederzustrecken, als eine schlanke Gestalt heranwischte und sich dazwischenwarf.

Bannhart ...

»Nein!«

Alpharts heiserer Schrei gellte, aber auch er konnte nicht verhindern, dass sein Bruder von der ganzen schrecklichen Wucht des Hiebes getroffen wurde.

Die Axt fuhr tief in Bannharts rechte Schulter, und der Erl gab ein schadenfrohes Keuchen von sich. Die gelben Augen der Kreatur leuchteten vor Blutdurst, als sie ihr Mordinstrument wieder herausriss, um den wankenden Jäger mit einem zweiten Streich zu fällen.

Dass es nicht dazu kam, lag an Alphart, der Bannharts Bogen vom Waldboden aufgelesen und einen seiner eigenen Pfeile an die Sehne gelegt hatte. Der gefiederte Tod zuckte durch die Dunkelheit und bohrte sich in den weit aufgerissenen Schlund des Erls. Die Kreatur verfiel in grausiges Geheul, das Alphart beendete, indem er ein zweites und ein drittes Geschoss hinterherschickte. Mit Pfeilen gespickt kippte der Unhold nach hinten und blieb reglos liegen.

Alphart warf den Bogen von sich und eilte zu seinem Bruder, der blutüberströmt niedersank. Alphart fing ihn auf und bettete ihn auf weiches Moos.

»Bruder!«, stieß er atemlos hervor. »Was hast du getan? Dieser Streich hat mir gegolten.«

Mit gebrochenem Blick schaute Bannhart zu ihm auf, die Züge leichenblass und der Jagdrock durchtränkt von Blut aus der klaffenden Wunde.

»Alphart«, flüsterte er so leise, dass sein Bruder ihn kaum verstehen konnte, »seltsame Dinge geschehen ... Erle sind in den Wäldern ... dürsten nach Blut ... ins Tal hinab ... Leute warnen ...«

»Du wirst mit mir kommen«, sagte Alphart verzweifelt.

»Nein, Bruder!« Die von Schmerz gezeichneten Züge Bannharts versuchten ein Lächeln. »Nicht dieses Mal.«

»Ich werde dich tragen.«

»Nein ... noch mehr Erle kommen ... bin nur eine Last für dich ...«

»Unsinn, Bruder, ich ...«

»Meine Reise endet, Alphart – deine hat erst begonnen ...«

Die bärtigen Züge Bannharts verzerrten sich in heftigem Schmerz, und der Jäger tat einen letzten keuchenden Atemzug. Im nächsten Moment entkrampfte sich sein gepeinigter Körper, und das Leben war aus ihm gewichen.

Einen Augenblick lang kauerte Alphart am Boden und starrte auf den blutbesudelten Leib seines Bruders, weigerte sich zu begreifen, was geschehen war. Erst nach und nach sickerte die schreckliche Erkenntnis in sein Bewusstsein, und in einem heiseren Schrei brüllte Alphart seinen Schmerz und seine Trauer in die beginnende Nacht. Bannhart war nicht nur sein Bruder gewesen, sondern alles, was ihm von seiner Familie geblieben war. Sie waren unzertrennlich gewesen von Kindesbeinen an. Eine Welt ohne ihn konnte sich Alphart nicht vorstellen.

Der Schrei gellte durch den nächtlichen Wald und stieg zum dunklen Himmel auf, schreckte die Vögel aus den Bäumen – und wurde schaurig erwidert. Von jenseits der Tannen und moosbewachsenen Felsen drang eine Antwort – grausiges Kriegsgeheul, das Alphart durch Mark und Bein fuhr.

Noch mehr Erle …

Bannhart hatte recht gehabt. Etwas hatte die grausamen Kreaturen aus den finsteren Schluchten von Dorgaskol getrieben, wo sie sich jahrhundertelang verborgen gehalten hatten. Fast hatte die Zeit sie vergessen, und unvorsichtige Gemüter hatten sie ins Reich der Legenden verwiesen. Aber es gab sie wirklich – und sie waren zurück.

Erneut ein Kriegsschrei, näher diesmal. Und Alphart konnte spüren, wie der Boden des Waldes unter dumpfen Schritten erbebte. Die Erle waren auf dem Weg zu ihm, hatten seine Witterung aufgenommen.

Indem er ein ebenso kurzes wie stilles Gebet zum Schöpfer richtete, nahm Alphart Abschied von seinem Bruder. Er schloss ihm die Augen und küsste ihn auf die Stirn, segnete ihn für seine Reise in die Ewigkeit. Dann – und das Herz wollte ihm dabei fast zerreißen – erhob er sich und nahm Bannharts Axt und Bogen an sich, benommen von Schmerz und Trauer. Erst als er knackende Zweige und ein leises Knurren vernahm, verließ er die Lichtung.

Alphart begann zu laufen, so schnell seine Beine ihn trugen. Mit scharfem Blick fand er den Weg durch die Dunkelheit, schlängelte sich zwischen den Stämmen uralter Fichten und Ahornbäume hindurch und kämpfte sich durch das Unterholz. Im Laufen fiel ihm auf, dass es still geworden war im Bergwald. Die nächtlichen Geräusche waren verstummt, selbst die Tiere schienen den Atem anzuhalten angesichts des Bösen, das in ihre Welt eingefallen war. Über bemooste Felsen, die glitschig waren vom frisch gefallenen

Schnee, gelangte Alphart zu einem Bach, an dem Bannhart und er oft ihren Durst gestillt hatten, wenn sie gemeinsam auf der Jagd gewesen waren. Auch diesmal ließ sich Alphart nieder und trank einige Schlucke, aber das Wasser schmeckte schal und bitter, als hätte die Nähe der Erle es vergiftet.

Der Wildfänger wusste nicht, wie gut die Unholde im Spurenlesen waren, aber er wollte kein unnötiges Wagnis eingehen. Kurzerhand sprang er in das Bachbett und watete ein Stück stromaufwärts, um seine Fährte zu verwischen. Oberhalb des Waldes verließ er den Wasserlauf. In der Nähe gab es einen Felsvorsprung, den Alphart »Wolfsfelsen« nannte, seiner an einen Tierschädel erinnernden Form wegen. Der Jäger stellte sich auf die vorderste Kante und schaute hinab ins Tal, während eisiger Nachtwind sein Haar flattern ließ und an seinem Umhang zerrte.

Unter ihm wand sich der Ostfluss und schlängelte sich durch das Tal, umrahmt von schneebedecktem Fels und steilen Hängen, von denen Wasserfälle in die Tiefe stürzten. Jenseits davon erhob sich majestätisch der Ruadh Barran wie ein letzter Wächter vor den Klüften des Wildgebirges, dessen ferne Gipfel in der hereinbrechenden Dunkelheit nur noch zu erahnen waren. Weit im Westen hingegen verlief der Bálan Bennian, jener riesige steinerne Wall, der das Wildgebirge durchlief und an dessen Fuß Iónador lag, die Goldene Stadt.

Dorthin musste Alphart, um die Menschen zu warnen …

Der Mond stand inzwischen hoch am Himmel und tauchte die raue Landschaft in blaues Licht. Wie oft hatte Alphart an diesem Platz gestanden und sich an der Erhabenheit und der friedlichen Stille geweidet, die über dem Land seiner Ahnen lag – doch damit war es nun vorbei.

Die Berge waren in Aufruhr. Der Wildfänger konnte das Entsetzen der Natur beinahe fühlen, das Beben der Pflanzen und das Wehklagen der Tiere über das Böse, das in die

Welt eingedrungen war. Schreie hallten durch die Nacht, deren schauriger Klang selbst die jahrhundertealten Bäume erzittern ließ. Und im Südosten, jenseits der weißlichen Wipfel der Bäume, sah der Jäger orangerotes Licht.

Feuer …

Es war die Blockhütte, die in Flammen stand und die Nacht mit loderndem Schein erhellte. Das Heim der Brüder brannte lichterloh; für Alphart bestand kein Zweifel daran, dass dies das Werk der Erle war.

Alphart spürte unbändige Wut durch seine Adern wallen. Seine Hände ballten sich zu Fäusten, dass die Knöchel weiß hervortraten, und ein grimmiger Ausdruck erschien auf seinem wettergegerbten Gesicht. Noch hatte er Pfeile genug. Alles in ihm drängte danach, zurückzukehren zur Hütte und die Unholde zu bestrafen. Sein Herz schrie nach Rache – sein Verstand jedoch widersprach.

Er musste hinunter ins Tal nach Iónador, musste die Herren der Goldenen Stadt vor der Gefahr warnen, die aus den Bergen kam.

Es war Bannharts letzter Wunsch gewesen.

Und Alphart würde ihn erfüllen.

Der Name des Landes, das sich nördlich des Wildgebirges erstreckte und das im Westen von den Wassern des Búrin Mar und im Osten von den trügerischen Pfuhlen des Schwarzmoors begrenzt wurde, lautete Allagáin. In der alten Sprache, die einst von den Sylfen gebracht worden war, bedeutete der Name »Heimaterde«, und für die Menschen, die die grünen Hügel und Täler diesseits des Wildgebirges bewohnten, war dies Allagáin auch.

Im Lauf der Jahrtausende, in denen die Söhne Vanis' über die Sterblichen wachten, hatte Allagáin einen ganz eigenen Menschenschlag hervorgebracht. Anders als die Bewohner der Nordlande und das kriegerische Waldvolk waren die Allagáiner nicht groß und schlank, sondern gedrungen und von fester Statur; sie hatten kräftige Körper auf kurzen Beinen, dazu starke Arme mit Händen groß wie Schinken, die wie geschaffen waren für fleißige Arbeit. In ihren Gesichtern prangten knollenförmige, dicke Nasen, die nicht selten gerötet waren von Wetter und Wind. Ihr Haar war wirr und struppig und von blonder bis dunkler Farbe. Die Männer, besonders die älteren, trugen Bärte, die in langen Schweifen von ihren Oberlippen hingen.

Die Kleidung der Allagaíner war ebenso derb wie einfach: Hosen und Hemden aus Leinen, über die bei kaltem Wetter wollene Umhänge geworfen wurden. Nur Großbauern und Magistrate pflegten aufwendig gearbeitete Westen aus Leder zu tragen, die nicht selten mit Goldfäden und anderem teuren Zwirn betresst waren. Die Frauen trugen einfache lange Kleider, die Haare der Mädchen waren lang und zu

Zöpfen geflochten, die der verheirateten Frauen aber kurz geschnitten, wie es der Brauch verlangte.

Im weitläufigen Hügelland gab es kaum Straßen. Die Allagáiner brauchten sie nicht, denn für gewöhnlich genügte es ihnen, den Weg zu ihren Feldern und ins nächste Wirtshaus zu kennen. Die meisten von ihnen blieben ihrer angestammten Heimat ein Leben lang treu; kaum einen zog es in die Fremde. Daher kam es, dass den Allagáinern ein gewisser Hang zur Rückständigkeit und zur Eigenbrötlerei nachgesagt wurde, was allerdings nur Außenstehende so empfanden. Unter ihresgleichen waren die Allagáiner ein herzliches Völkchen, das hart arbeitete und den Schöpfer ehrte, aber auch stets zum Feiern aufgelegt war. Dass sie zudem in der hohen Kunst des Bierbrauens bewandert waren, trug zu Letzterem einiges bei. Ein gewisser Eigensinn ließ sich bei ihnen nicht leugnen, aber ebenso zu eigen war ihnen die unbedingte Treue gegenüber ihrer Familie und ihren Freunden. Gegenüber allem Fremden hingegen, auch wenn es sich nur um einen Bewohner des Nachbartals handelte, war man aus Prinzip argwöhnisch.

Bisweilen wurde auch behauptet, dass die Allagáiner nicht gern teilten, was sie hatten, was allerdings nur zur Hälfte der Wahrheit entsprach. Denn was sie besaßen, hatten sie in harter Arbeit und im Schweiß ihres Angesichts dem kargen Boden abgetrotzt und betrachteten es deshalb als das Ihre. Faulheit und süßes Nichtstun waren verpönt und wurden in keiner Form geduldet.

Doch vor dem frühen und strengen Winter, der sich in diesem Jahr ankündigte, bot auch der Fleiß der Allagáiner keinen Schutz.

Im Frühjahr hatte es eine Krähenplage gegeben; ein beträchtlicher Teil des Saatguts, das man auf den Feldern ausgebracht hatte, war in den Mägen der gefräßigen Vögel gelandet, sodass die Ernte ohnehin spärlich genug ausfallen würde. Nun jedoch drohte der frühe Frost auch noch den kläglichen Rest zu vernichten. Eine Hungersnot stand bevor.

In vielen Dörfern und Gemeinden gab es deshalb Versammlungen, in denen die Bauern den Dorfverwaltern ihre Sorgen vortrugen. Man fürchtete, dass der bevorstehende Winter lang und hart werden und dass vor allem Kinder und Alte die eisigen Tage nicht überleben würden, wenn die Kornkammern nicht gefüllt waren. Daraufhin taten die meisten Magistrate das, was sie in solchen Fällen stets zu tun pflegten: Sie beteuerten ihr Verständnis für die Sorgen der Bevölkerung und kündigten an, beim nächsten Opferfest ein gutes Wort beim Schöpfer einzulegen. Damit waren ihre Schützlinge gewöhnlich zufrieden.

In einer kleinen Siedlung im Unterland jedoch, deren Name längst vergessen ist, nahm die Versammlung einen anderen Verlauf.

Auf einen Antrag des Bauern Segges hin war man im Haus des Magistrats zusammengekommen. Das Haus war ein länglicher Bau mit Wänden aus Stein, wie ihn sich die meisten Bewohner des Hügellands nicht leisten konnten. Nicht nur die Dorfbewohner – allen voran der Schmied, der Müller und der Wirt des Gasthauses »Zum Springenden Hirsch« – hatten sich eingefunden, sondern auch die Bauern der umliegenden Gehöfte, darunter auch der Segges und seine Frau. Selbst die Haubers vom fernen Einsiedlerhof nahe der Waldgrenze waren gekommen.

Zunächst verlief die Zusammenkunft so wie jede andere, die einberufen worden war, seit man den ehrwürdigen Belmus Grindl zum Magistrat bestimmt hatte. Grindl ließ sich einen großen Krug Bier einschenken und leerte ihn bis auf den Grund. Auf seinem breiten, fellbespannten Sessel thronend, hörte er sich dann an, was seine Untergebenen zu sagen hatten, entschlossen so zu verfahren wie immer: Grindl war nämlich bekannt dafür, die Dinge auszusitzen, und es gab böse Zungen, die behaupteten, sein breites Hinterteil wäre dafür auch wie gemacht. Diesmal jedoch deutete sich an, dass sich die Dorfbewohner damit nicht zufriedengeben würden.

Denn der frühe Winter und die knappen Vorräte waren nicht das Einzige, was die Männer und Frauen beunruhigte. Es hatte Gerede gegeben, Gerüchte, die sich wie Lauffeuer verbreiteten. Natürlich wollte man wissen, ob es der Wahrheit entsprach, was allerorten hinter vorgehaltener Hand getuschelt wurde ...

»Wohl, Grindl«, sprach der Gegg vom Klauberhof, »das Laub fällt früh, und ein harter Winter kündigt sich an. Was wirst du dagegen unternehmen?«

Der Magistrat wog sein klobiges Haupt, das ohne Hals auf seinem feisten Körper zu sitzen schien. Es war schwer zu sagen, ob Grindl wirklich nachdachte oder nur so tat. Jedenfalls ließ er nach einer Weile ein gravitätisches Brummen vernehmen und schickte seinen Diener nach einem zweiten Krug Bier.

»Mit Biertrinken allein wird es diesmal nicht getan sein«, ereiferte sich der Bauer Stank, der als Hitzkopf verschrien war. »Wenn nichts geschieht, werden unsere Familien diesen Winter Hunger leiden, und das Vieh geht uns ein vor Kälte. Ein Bub ist mir in einem grimmigen Winter bereits gestorben, Grindl. Ich will nicht auch noch meinen zweiten verlieren.«

»Was erwartet ihr von mir?«, ließ sich der Magistrat endlich zu einer Antwort herab. »Ich mache das Wetter nicht.«

»Das nicht«, räumte die resolute Witwe Burz ein, die zusammen mit ihrer Nichte einen kleinen Hof am Dorfrand bewirtschaftete, »aber als unser Magistrat bist du dafür verantwortlich, dass beizeiten Maßnahmen ergriffen werden. Du jedoch hast den ganzen Sommer nichts anderes getan, als faul auf deinem Hintern zu sitzen und Bier zu trinken.«

»Frauenzimmer«, konterte der Magistrat beleidigt, »du vergreifst dich im Ton. Wir wollen nicht vergessen, dass ich ein gewählter Würdenträger bin. Ihr alle habt für mich gestimmt, wisst ihr noch? Und ich habe versprochen, dass ich mich um alles kümmern werde.«

»Um deinen Wanst hast du dich gekümmert, das ist alles!«, rief der Stank. »Die Magistrate der anderen Gemeinden haben fleißig Opfer gebracht und den Wettergeistern gehuldigt.«

»Wozu hätte ich so etwas tun sollen?«, fragte Grindl. »Es ging uns gut, und die Ernte war bislang stets reichlich. Wer hätte ahnen können, dass sich die Zeiten einmal derart ändern?«

»Du!«, rief da der Bauer Segges, ein schwergewichtiger Mann mit buschigen Brauen und vollem Bart, der stets für ein offenes Wort zu haben war. »Wir haben dich gewählt, damit du unser Dorf verwaltest, Belmus, aber das hast du nicht getan. Stattdessen bist du den lieben langen Tag auf deiner Kehrseite gesessen und hast Dunkelbier gesoffen.«

Das war ein weiterer Angriff auf den Magistrat – dergleichen war noch nie vorgekommen. Grindls fleischige Züge wurden zornesrot, und er wollte den Bauern mit einer geharnischten Erwiderung zurechtweisen, als die Witwe Burz und der Bauer Gegg in dieselbe Kerbe schlugen.

»Der Segges hat recht, du hast deine Pflichten vernachlässigt!«

»Nun stehen wir mit leeren Händen da, wo doch ein bitterer Winter bevorsteht!«

»Woher wollt ihr wissen, dass es ein harter Winter wird?«, fragte Grindl schnippisch. Die Kritik an seiner Person ging ihm auf die Nerven, und desto mehr war er gewillt, die Sache auszusitzen wie all die anderen Male.

»Es gibt Zeichen«, sagte Bauer Segges und sprach damit jenes Thema an, vor dem sich insgeheim alle fürchteten.

»Was für Zeichen?«

»Es heißt, dass sich seltsame Wesen in den Bergen herumtreiben.«

»Geschwätz!«, sagte Grindl abweisend.

»Angeblich«, fuhr der Segges unbeirrt fort, »sollen sie aussehen wie Schweine, aber so groß sein wie Menschen und aufrecht auf zwei Beinen gehen.«

»Erle!« Die Witwe Burz hauchte dies schreckliche Wort, worauf ein entsetztes Raunen durch die Versammlung ging.

»Erle …«, wiederholte Grindl spöttisch. »Was für ein Schmarren. Ihr werdet an diese alten Ammenmärchen doch nicht etwa glauben, oder? Die Erle sind vor langer Zeit ausgestorben – wenn es sie denn je gegeben hat!«

»Der Walch aus dem Egg sagt etwas anderes.«

»Der Walch ist ein Schwätzer. Wenn seine Ernte so groß wäre wie sein Maul, wäre er ein reicher Mann.«

»Aber die Legenden sagen«, so wandte der Bauer Stank ein, »dass die Erle einst wiederkommen und großes Unheil über uns bringen werden. Und dass dann der Gelttag anbrechen und die Welt in Eis und Schnee versinken wird.«

»Und so etwas glaubt ihr?« Grindl nahm einen weiteren Schluck Bier und wischte sich unwirsch den Schaum von den Lippen. »Es gibt keine Erle«, war er überzeugt. »Lasst euch das ein für alle Mal gesagt sein!«

»Und wenn doch?«, fragte der Bauer Segges.

»Beweise es!«, verlangte der Magistrat mit breitem Grinsen – das jedoch auf seinen Zügen gefror, als Segges vortrat, einen groben Sack aus Leinen in den Händen. Kurzerhand löste er die Verschnürung und griff hinein. Was er herausholte und vor Grindl auf den Boden warf, löste unter den Anwesenden spitze Schreie aus.

»Ein Saugrind!«, rief der Gegg entsetzt.

»Dummkopf!«, beschied ihm Bauer Stank. »Siehst du nicht, dass das kein Saugrind ist?«

Der Stank hatte recht. Auf den ersten Blick mochte das, was zu den Füßen des Magistrats lag und auf den hölzernen Dielen hin- und herkullerte, bis es schließlich reglos liegen blieb, tatsächlich wie ein Schweinskopf aussehen. Aber da waren einige Dinge, die sich grundlegend unterschieden: Zum einen war dies die Farbe der von Narben übersäten Haut, die schmutzig braun war, zum anderen das borstige Haar, das sich in einem schmalen, wie zurechtgestutzten Kamm vom Scheitel bis zum Nacken zog. Hinzu kamen die großen Hauer, die wie bei einem Keiler aus den Maulwinkeln ragten, und die schwarzen, leblos starrenden Augen.

Obwohl es niemand offen aussprach, wussten alle Anwesenden, was sie da vor sich hatten: das Haupt eines Erls, eines jener schweinsköpfigen Unholde, von denen in alten Sagen berichtet wurde und die es laut Magistrat Grindl nicht gab.

»Was sagt du nun, geschätzter Belmus?«, rief Bauer Segges herausfordernd.

»Wo-woher hast du dieses … dieses Ding?«

»Ein Landsmann aus dem Hintertal hat es mir gegeben. Mit Frau und Kindern ist er den Fluss herabgeflohen und hat in meinem Heuboden übernachtet. Dies gab er mir als Bezahlung und riet mir, mich mit allem davonzumachen, was mir lieb und teuer ist. Das Ende der Welt stünde bevor, sagte er, und wie jeder wisse, träfe es Allagáin zuerst.«

Ein furchtsames Wimmern ging durch die Versammlung. Jeder kannte die Prophezeiungen und die Geschichten, die sich um den Untergang Allagáins rankten – sie nun so drastisch belegt zu sehen, machte den Leuten Angst. Selbst Grindl zeigte Anzeichen von Nervosität. Er griff nicht mehr nach dem Bierkrug und war merklich blass geworden, während er wie gebannt auf das grausige Haupt starrte.

Der Segges, auf dessen Anraten die Versammlung zustande gekommen war, fragte ihn noch einmal: »Was gedenkst du nun zu unternehmen, verehrter Magistrat? Wir haben dich nicht gewählt, damit du dir unser Bier schmecken lässt, sondern damit du uns in Zeiten wie diesen sagst, was zu tun ist.«

»Nun, ich …« Grindl rutschte unruhig auf seinem Sitz herum, wodurch dieser bedenklich ins Wanken geriet. »Ich bin mir nicht ganz sicher …«

»Es muss etwas geschehen!«, verlangte der Stank.

»Ganz richtig«, pflichtete die Witwe Burz ihm bei. »Ich werde den Berggeistern ein Opfer stiften, und ihr solltet das auch tun, wenn euch euer Leben lieb ist!«

»Ein guter Einfall«, stimmte Grindl zu, dankbar für den Hinweis. »Ihr solltet alle nach Hause gehen und etwas stiften.«

»Mit Opfergaben allein wird es nicht getan sein, Grindl«, beharrte Segges. »Der Schöpfergeist ist gütig, aber er hat nichts übrig für die, die die Hände faul in den Schoß legen. Wir müssen etwas unternehmen, hörst du?«

»Etwas unternehmen«, echote der Magistrat und blickte sich Hilfe suchend um. Selbst er, der ein Meister darin war, Entscheidungen so lange hinauszuzögern, bis sie hinfällig wurden, sah ein, dass man unbedingt handeln musste. Der Anblick des Erlschädels hatte seinen Pulsschlag in die Höhe getrieben, der Durst auf Bier war ihm vergangen. Angstschweiß perlte ihm auf der Stirn, während er nach passenden Worten suchte.

»Es ist wahr, meine Freunde«, sagte er schließlich. »Ihr habt mich gewählt, damit ich, wenn dem Dorf Gefahr droht, entsprechende Entscheidungen fälle und die geeigneten Maßnahmen treffe. Aber ich will offen zu euch sein: Mit derlei Dingen kenne ich mich nicht aus. Ich weiß ebenso wenig wie ihr, was zu geschehen hat.«

»Er weiß es nicht!«, geisterte es durch die Versammlung.

»Ich hab's geahnt.«

»Das war mir klar.«

»Der Fettsack drückt sich ...«

»Aber«, fuhr Grindl fort und warf sich dabei stolz in die Brust, »ihr wisst auch, dass ich nicht zu denen gehöre, die klein beigeben, wenn sie am nötigsten gebraucht werden. Ihr habt mich zum Vorsteher des Dorfes gewählt, damit ich euch mit meiner Weisheit und meinem Rat zur Seite stehe, und genau das werde ich tun. Mein Rat an euch ist, dass wir Hilfe holen müssen. Wir brauchen den Schutz der Herren von Iónador!«

»Sehr richtig!«, rief jemand. »Der Fürstregent ist reich und mächtig. Er wird es richten!«

»Schmarren!«, wehrte der Gegg ab. »Die Herren von Iónador interessieren sich nicht für das Unterland. Sie begnügen sich damit, den Zehnten einzukassieren und auf der faulen Haut zu liegen!«

»Das ist wahr«, stimmte die Witwe Burz zu. »Meine Base hat die Goldene Stadt einst besucht. Die einfachen Menschen leben dort in Armut, während die hohen Herren im Reichtum schwelgen. Von ihrem steinernen Turm aus blicken sie gleichgültig über das Land und ergehen sich in wüsten Gelagen, während ihre Untertanen arge Not leiden.«

»Die Fürsten leben in ihrer eigenen Welt«, räumte Grindl ein, »aber das bedeutet nicht, dass sie uns in Zeiten der Gefahr nicht beistehen. Durch den Zehnten, den wir an sie abführen, sind sie sogar verpflichtet, uns zu beschützen.«

»Gut gesprochen«, meinte Segges. »Aber wissen die Herren von Iónador das auch? Einst mögen die Fürsten hilfreich und gut gewesen sein, aber inzwischen schauen sie nur noch auf ihren eigenen Wanst. Ich glaube nicht, dass wir von dort Unterstützung erwarten können.«

»Hast du denn einen besseren Vorschlag? Dann nur immer frei heraus damit. Immerhin warst du derjenige, der dieses Ding ...«, Grindl deutete auf das Haupt des Erls, »... hier angeschleppt hat.«

»Genau!«, pflichtete jemand aus der letzten Reihe bei. »Der Segges muss es richten. Er hat uns alle zu Tode erschreckt.«

Der Segges nannte nicht deshalb den größten Hof im weiten Umkreis sein Eigen, weil er ein Dummkopf gewesen wäre. Er merkte, dass die Besprechung einen für ihn ungünstigen Verlauf zu nehmen drohte. Deshalb hob er beschwichtigend die Hände und sagte: »Nein, Belmus Grindl, einen besseren Vorschlag habe auch ich nicht.«

»Dann solltest du schweigen!«, versetzte Grindl großtuerisch, der seine Fassung allmählich zurückgewann. »Und da du derjenige warst, der den Stein ins Rollen gebracht hat«, fuhr er genüsslich fort, »wirst du als unser Gesandter nach Iónador gehen.«

»Ich?« Segges' von der Kälte gerötete Nase wurde bleich.

»Freilich, wer sonst? Und deinen Saugrind nimm gleich mit, auf dass die hohen Herren ihn sich ansehen können.«

»A-aber … das geht nicht. Ich hab einen Hof und Tiere zu versorgen, dazu eine Frau und zwei Töchter. Die Reise nach Iónador ist weit und gefahrvoll, und mit den hohen Herren dort ist nicht immer gut Kirschen essen, wie ihr wisst.«

»Er hat recht«, kam Stank ihm zur Hilfe, der mit dem Segges befreundet war. »Außerdem können wir es uns angesichts der Hungersnot, die uns droht, nicht leisten, einen so fleißigen Bauern fortzuschicken. Wir alle hätten darunter zu leiden.«

Allgemeine Zustimmung wurde gemurmelt, sehr zu Segges' Erleichterung und zu Grindls Verdruss.

»Wen sollen wir dann schicken?«, fragte der Magistrat unwirsch und schaute den Stank böse an. »Dich etwa?«

»Es muss jemand sein, der keine Familie hat«, überlegte der Stank. »Jemand, der keine Felder bestellen muss.«

»Ein Sonderling und Eigenbrötler«, fügte die Witwe Burz rasch hinzu. »Jemand, den wir nicht vermissen werden.«

»Der Gilg!«, rief der Segges aus – und erntete allerseits Zustimmung.

»Jawoll, der Gilg!«

»Der Gilg muss gehen!«

»Er hat's eh schon nah beisammen.«

»Der Gilg ist ein komischer G'sell.«

»Er ist ein fauler Strick!«

»Er hat keine Manieren!«

»Er schindet die Tiere.«

»Er nimmt die Mütz nie ab beim Essen.«

Diese und noch mehr Freundlichkeiten wurden über den Gilg zusammengetragen, die alle belegen sollten, dass er der rechte Mann wäre, um nach Iónador entsandt zu werden, und schon kurz darauf war man einig. Magistrat Grindl sah ein, dass es sinnlos war, der gefassten Meinung widersprechen zu wollen.

»Also gut«, sagte er deshalb, »so soll es geschehen. Wir werden den Gilg nach Iónador schicken, auf dass er die Herren der Goldenen Stadt um Rat und Hilfe bitte.«

»Und wenn er nicht will?«, stellte jemand eine offenkundig völlig überflüssige Frage.

»Er wird wollen müssen«, entschied der Magistrat und legte sämtliche Autorität in seine Stimme, die ihm noch geblieben war. »Andernfalls wird er des Dorfes verwiesen und kann sich Feuer und Wasser in der Fremde suchen.«

»Dann hat er keine Wahl.«

»Der Gilg ist unser Mann.«

»Er und kein anderer ...«

Belmus Grindl grinste über sein ganzes feistes Gesicht. Wieder einmal war es ihm gelungen, eine angeblich dringliche Angelegenheit im Sitzen zu bewältigen und die Verantwortung auf einen anderen abzuwälzen. Im Leben wäre er nicht darauf gekommen, selbst die Reise nach Iónador anzutreten, dafür war ihm der Weg viel zu weit und zu beschwerlich. Einmal mehr hatte er sich die Einfalt der Menschen zunutze gemacht und konnte sich nun wieder den wichtigen Dingen des Lebens zuwenden, wie etwa der Probe des Winterbiers, von dem er bereits zwei Fass eingekellert hatte.

Seine Vorratskammern waren bis unter die Decke gefüllt, er brauchte sich also nicht zu sorgen. Und bis tatsächlich ein Unhold seinen Weg aus den Bergen herab ins Unterland fand, konnten Monate, wenn nicht Jahre vergehen, sodass er auch daran keinen Gedanken verschwendete. Was immer dem Gilg auf seiner Reise zustieß, ob er Iónador tatsächlich erreichte und ob die hohen Herren ihn anhörten oder in den dunkelsten Kerker warfen, konnte Belmus Grindl also egal sein – Hauptsache, er hatte wieder seine geliebte Ruhe und konnte weiterhin das tun, was er nun einmal am liebsten tat.

Nichts …

»Genau so ist es«, sagte er deshalb, das breite Grinsen um seine feisten Züge kaum verhehlend. »Der Gilg muss gehen …«

Iónador war die Stadt der Herren. Seit Menschengedenken lag sie am Fuß des Giáthin Bennan, des Schildbergs, der sich mit seinem gewaltigen Überhang aus mehreren hundert Klafter dickem Fels schützend wie ein Schild über der Stadt wölbte, was dem Berg seinen Namen verlieh.

Es hieß, Iónador wäre uneinnehmbar. Denn der Schildberg bewahrte die Stadt vor Angriffen aus dem Süden, und zu allen anderen Seiten war sie vom Wasser des Spiegelsees umgeben. Nur eine einzige Brücke führte über die grün schimmernden Fluten – eine Zugbrücke. Holte man sie ein, wurde aus der Stadt eine uneinnehmbare Festung, mit trutzigen Mauern und Türmen, die schon vielen Angriffen standgehalten hatten. Noch niemals in der langen Geschichte Iónadors hatte ein Feind seinen Fuß in die Stadt gesetzt.

In der Sprache der Söhne Vanis' bedeutete Iónador »Ort des Goldes«, denn Edelmetalle aus den nahen Minen und reger Handel hatten den Fürsten der Stadt Reichtum und Wohlstand eingetragen, den sie allerdings nicht teilten.

So bestanden die Außenbezirke Iónadors aus baufälligen Häusern und schäbigen Hütten. Dort herrschte nicht nur das Gesetz des Fürstregenten, sondern vor allem das der Armut und der Not. Danach jedoch wurde die Stadt immer prunkvoller, und das Grau der Armut wich bunten Farben, dort, wo die Villen der Kaufleute standen. Dahinter erhoben sich schließlich die von Säulen getragenen Paläste des Adels mit ihren Erkern und Kuppeln. Sie alle wurden aber noch weit überragt vom Túrin Mar, dem Großen Turm im Zentrum der Stadt.

Nicht Menschenhand hatte ihn geschaffen, sondern eine Laune der Natur. So schien der Große Turm von dem felsigen Grund, auf dem Iónador errichtet worden war, geradewegs hinauf zur Decke des Schildbergs zu wachsen und ihn wie eine riesige Säule zu tragen.

Das Innere des gewaltigen Pfeilers aus grauem Fels war in alter Zeit von Baumeistern des Zwergengeschlechts ausgehöhlt worden und barg den Palast des Fürstregenten. Dort drinnen befand sich auch die Große Halle, in der der Adelsrat tagte und wo der Fürstregent das gemeine Volk empfing, um den Tribut einzufordern, den ganz Allagáin an Iónador zu entrichten hatte.

Im obersten Bereich des Túrin Mar, wo sich der Felsenturm verbreiterte und mit der Unterseite des Schildes zu verwachsen schien, waren die Privatgemächer des Regenten, mit ihren Böden aus Marmor, den mit Gold verzierten Pforten und den Vorhängen aus glitzerndem Brokat. Von dem großen Balkon mit der brusthohen Balustrade aus, der nach Norden hin in den Fels geschlagen war, hatte man ungehinderten Blick auf die Stadt und auf das Hügelland jenseits des Spiegelsees, das der Herrschaft Iónadors unterworfen war, von den Ufern des Búrin Mar bis zu den Wäldern im Nordosten.

Wenn Klaigon, der Fürstregent von Iónador, auf diesem Balkon stand und über diesen Teil seines Reiches schaute, überkam ihn stets das Gefühl von Allmacht. Es berauschte ihn, und in solchen Augenblicken glaubte er, den Schildberg mit eigener Hände Kraft zu halten.

Auch an diesem Nachmittag stand Klaigon auf jenem Balkon, doch von einem Gefühl der Allmacht, das er dort ansonsten empfand, konnte keine Rede sein.

Rionna, seine ebenso schöne wie eigensinnige Nichte, stand hinter ihm und stellte seine Geduld einmal mehr auf eine harte Probe. Hätte Klaigon noch Haare gehabt, wären sie vermutlich schon alle grau geworden, und einmal mehr bereute er, die Tochter seines Bruders nach dessen Tod an Kindes statt angenommen zu haben.

Karrol war sein Vorgänger im Amt des Fürstregenten gewesen, und als er bei einem tragischen Jagdunfall ums Leben gekommen war, gelangte Klaigon unverhofft an die Macht, denn in der Hoffnung, dass Weisheit und Entschlusskraft in der Familie lägen, hatte der Fürstenrat ihn zum Nachfolger seines Bruders bestimmt, und so konnte Klaigon endlich all das tun, wozu er seinem Bruder stets vergebens geraten hatte.

Seine erste Amtshandlung hatte darin bestanden, die Steuern und den Pachtzins für die Minen zu erhöhen und die Wegzölle für die Kaufleute und Händler heraufzusetzen. Erst unter seiner Herrschaft hatte der Große Turm jenen Prunk erlangt, der Klaigons Meinung nach dem Namen der Stadt zur Ehre gereichte und ihres Fürstregenten würdig war. Die Erinnerung an seinen Vorgänger war darüber verblasst – nur seine Tochter war noch da. Wie ein Stachel saß sie in Klaigons Fleisch und wollte nicht aufhören, ihn zu peinigen …

»Nein, Onkel«, sagte Rionna abermals, die hinter ihm im fürstlichen Gemach stand, während er sich mit beiden Armen auf der Balustrade des Balkons abstützte. »Nein, ich werde deiner Weisung nicht gehorchen, denn was du verlangst, ist nicht rechtens.«

Klaigon schnaubte. Seine großen, hervorquellenden Augen rollten in ihren Höhlen, dann wandte er sich unwirsch zu ihr um. Mit drei, vier weit ausholenden Schritten stürmte er in sein Gemach, verharrte dann aber und blieb zwei Armlängen vor Rionna stehen, um seine Nichte mit wütenden Blicken zu bedenken.

Sie trug ein dunkelgrünes Kleid, dessen weite Ärmel silberdurchwirkt waren. Ihr dunkles Haar war kunstvoll geflochten und fiel in einem langen Zopf über ihren schmalen Rücken. Doch Rionnas anmutige Gesichtszüge waren zur Maske erstarrt, die Brust der jungen Frau hob und senkte sich unter tiefen Atemzügen, hervorgerufen von Trotz und Zorn. Wie sie so vor ihm stand, hatte sie viel von ihrem Vater.

Entschieden zu viel, wie Klaigon fand.

»Was ich verlange, ist also nicht rechtens?«, fragte er mit gefährlich leiser Stimme. »Nach allem, was ich für dich getan habe, wagst du es, mir so etwas zu sagen! Nachdem ich dich nach deines Vaters Tod in mein Haus aufgenommen habe wie mein eigenes Kind!«

»Für alles, was du für mich getan hast, gebührt dir mein Dank und mein Respekt, Onkel«, versicherte Rionna. »Aber deshalb werde ich dir nicht mein Leben opfern.«

»Mir dein Leben opfern?« Klaigon war laut geworden und ruderte empört mit den Armen. »Wenn du so sprichst, klingst du wie dein Vater. Diese Angewohnheit, kleine Dinge maßlos zu übertreiben, hast du von ihm!«

»Es geht hier nicht um kleine Dinge, Onkel, sondern darum, wie ich den Rest meines Lebens verbringen soll. Ich verspüre kein Verlangen danach, die Frau eines Mannes zu werden, den ich nicht liebe und der ein tumber Krieger ohne Geist und Verstand ist.«

»Fürst Barand ist weit mehr als das«, widersprach Klaigon erzürnt. »Er ist ein junger Herr von vornehmem Geblüt. Seine Ahnenreihe reicht zurück bis in die Tage von Díurans Fahrt.«

»Und wenn schon. Das macht ihn nicht klüger und meine Zuneigung zu ihm nicht größer.«

»Zuneigung ...« Klaigon verzog verächtlich das Gesicht. »Schon wieder höre ich deinen Vater reden.«

»Vater war stets der Ansicht, dass die Liebe das höchste Gut ist und nicht den Interessen der Macht geopfert werden darf«, versetzte Rionna. »Doch nichts anderes hast du vor. Glaubst du, ich wüsste nicht, weshalb du mich Barand zur Frau geben willst?«

Klaigon stellte sich unwissend. »Weshalb?«

»Fürst Barand ist der oberste Befehlshaber deiner Armee, und ungeachtet der Tatsache, dass er ein stumpfsinniger Schlagetot ist, schätzen und respektieren ihn seine Soldaten. Bei einer Verbindung unserer beider Familien würde ihre Loyalität auch uneingeschränkt dir gehören. Außerdem befinden sich die Silberminen am Bennanderk von alters her im Besitz von Barands Familie, und so darfst du dir einen satten Gewinn erhoffen, wenn du mich ihm zur Frau gibst.«

»Was ist falsch daran?«, fragte Klaigon mit unschuldsvoller Miene.

»Man verschachert sein eigen Fleisch und Blut nicht aus Gewinnsucht!«, erklärte Rionna und verschränkte die Arme vor der Brust.

Klaigon schüttelte tadelnd den Kopf. »Der Starrsinn deines Vaters spricht aus dir. Auch Karrol war nie bereit, sich auf neue Gedanken und Wege einzulassen. Er hat am Althergebrachten festgehalten bis zuletzt.« Er schaute seine Nichte unverwandt an, während er weitersprach. »Worum es mir am allermeisten geht, Rionna, ist deine Zukunft. Ich habe deinem Vater auf dem Sterbebett versprochen, mich um dich zu kümmern. Doch ich werde nicht ewig leben und Fürstregent sein. Wenn du Fürst Barand heiratest, wird es dir auch zukünftig an nichts fehlen. Du wirst die Gemahlin eines stolzen und geachteten Herrn, der sehr wahrscheinlich zum nächsten Fürstregenten gewählt werden wird. Es geht mir um dein Wohl, Rionna. Das ist es, was mir am Herzen liegt.«

Während er sprach, waren seine kantigen Züge weich geworden und nahezu gütig und seine sonst so harte und abweisende Stimme sanft und milde.

Rionna bemerkte es wohl, und statt eine harsche Erwiderung vorzubringen, senkte sie schuldbewusst das Haupt und sagte leise: »Verzeih, Onkel. Ich weiß, dass du nur mein Bestes willst. Aber ich kann den Gedanken, Barand zu heiraten und den Rest meines Lebens an seiner Seite zu verbringen, einfach nicht ertragen. Er ist mir fremd.«

»Barand ist dir fremd?«, fragte Klaigon erstaunt. »Du kennst ihn von Kindesbeinen an. Er müsste für dich wie ein Bruder sein.«

»Ja, wie ein Bruder. Aber nicht wie ein Mann, der mein Herz gewinnen könnte.«

»Der Starrsinn eines Weibes!« Klaigon wurde wieder laut, und er schüttelte den Kopf. »Womit habe ich eine solche Nichte nur verdient?«

Er wandte sich ab, trat wieder hinaus auf den Balkon und schaute über das weite Land. Es war später Sommer, aber schon erfüllte eine Ahnung von Winter die Luft. Es hatte geschneit in den Bergen, ungewöhnlich früh.

»Willst du mir wenigstens versprechen, es dir noch einmal zu überlegen?«, fragte er nach einer Weile des Schweigens, ohne sich nach Rionna umzudrehen.

»Wenn dir so viel daran liegt, Onkel.« Sie zuckte mit den Schultern. »Aber du solltest lieber nicht damit rechnen, dass ich meine Meinung noch ändere.«

»Dann entferne dich jetzt!«, sagte er unwirsch und merklich erbost. »Du hast meine Erlaubnis zu gehen, Nichte. Für heute hast du meine Geduld genug strapaziert.«

»Ich danke dir, Onkel!«

Klaigon hörte das Rauschen ihres Kleides, als sie sich verbeugte, ihre leisen Schritte, die sich über den steinernen Boden entfernten, und schließlich die Tür, die sich hinter ihr schloss.

Missmutig rieb sich der Fürstregent das Kinn. Rionna wurde mehr und mehr zum Problem. Jeder Versuch, ihr eigensinniges Wesen zu bändigen oder es sich gar zunutze zu machen, schien von vornherein zum Scheitern verurteilt. Karrols Tochter hatte den gleichen unbeugsamen Willen wie ihr Vater.

Vielleicht war es ein Fehler gewesen, sie am Leben zu lassen …

In düstere Gedanken versunken ging Prinzessin Rionna zurück zu ihren Gemächern. Auf leisen Sohlen stieg sie die steinernen Stufen hinab, die in engen Windungen in die Tiefe des Túrin Mar führten.

Rionna hatte den Großen Turm nie gemocht. Schon als Kind war er ihr unheimlich gewesen. Sie hatte sich in den dunklen Stollen und Fluchten aus Stein nie zu Hause gefühlt. Viel hätte sie darum gegeben, als Tochter eines einfachen Handwerkers in der Stadt leben zu dürfen, statt in diesen Mauern eingesperrt zu sein.

Gewiss, als Nichte des Regenten hatte sie viele Privilegien, auf die Rionna allerdings gut hätte verzichten können. Zu gern wäre sie diesem goldenen Käfig entronnen, um ein Leben in Freiheit zu führen.

Soweit sie zurückdenken konnte, hatten stets andere ihr Leben bestimmt. Zunächst ihr Vater, der es immer gut mit ihr gemeint, sein Leben jedoch ganz den Pflichten des Fürstregenten geopfert hatte; alles andere hatte dahinter zurückstehen müssen, auch seine Tochter. Später dann ihr Onkel, der ihm im Amt des Regenten nachgefolgt war. Nach dem Tod ihres Vaters war Rionna Klaigons Mündel geworden, und er herrschte über sie mit nicht weniger strenger Hand als über Allagáin.

Nach seinem Willen sollte sie Barand heiraten, einen Spross aus vornehmer Familie. Für ihren Onkel mochte es eine kluge und vernünftige Entscheidung sein – für Rionna hingegen war es, als wollte man ihre Gefangenschaft auf Lebenszeit verlängern.

Niedergeschlagen betrat sie ihre Gemächer, wo Calma, ihre treue Zofe, bereits auf sie wartete. Calmas Familie stammte aus Allagáin; entsprechend war die Zofe von gedrungener, kräftiger Gestalt, anders als die hohen Damen Iónadors, deren Ahnen einst aus dem Süden gekommen waren und deren schlanker Wuchs und edle Züge weithin gerühmt wurden. Da Rionnas Mutter im Kindbett verstorben war, hatte Calma das Mädchen großgezogen, und sie war ihre Pflegemutter, Amme und Dienerin zugleich gewesen. Mehr noch, in ihr hatte Rionna eine treue Freundin und Vertraute, mit der sie auch ihre verborgensten Gedanken teilen konnte. Und Calma bestärkte Rionna darin, an ihren Träumen und Wünschen festzuhalten, selbst wenn sie innerhalb der Mauern des Túrin Mar unerfüllbar schienen.

»Ach, Calma«, machte Rionna ihrem Kummer Luft. »Ich weiß nicht, woran es liegt. Mein Onkel will mich einfach nicht verstehen. Er denkt, es müsste mein größtes Glück sein, einen Fürsten zu heiraten und dereinst Regentin von Iónador zu werden.«

»Fürst Klaigon will nur Euer Bestes, Herrin«, erwiderte die Zofe in ihrer milden, besonnenen Art. »Habt Ihr ihm gesagt, dass Euer Herz eine andere Sprache spricht?«

»Das habe ich. Aber er ist der Ansicht, dass meine persönlichen Empfindungen zurückstehen müssten, denn immerhin ginge es um die Zukunft.«

»Um die Zukunft?«

»Er spricht von meiner Zukunft«, bestätigte Rionna, »aber was er in Wirklichkeit meint, ist die Zukunft Iónadors.«

»Das ist ungebührlich«, ereiferte sich Calma. »Selbst einem Fürstregenten steht es nicht zu, sich gegen die Macht der Liebe zu stellen.«

Rionna musste lächeln. Calma mochte dem einfachen Volk entstammen, aber sie zeigte ihrer Ziehtochter immer wieder, dass es keiner hohen Herkunft bedurfte, um seine eigene Meinung zu haben und diese frei zu äußern.

»Meine gute Calma«, sagte Rionna und strich ihr durch das ergraute Haar. »Wie oft hast du mir Mut zugesprochen, wenn ich verzweifelt war, und das werde ich dir nie vergessen. Aber diesmal, so fürchte ich, habe ich keine andere Wahl, als dem Willen meines Onkels zu gehorchen.«

»Nein, Herrin!« Calma hob beschwörend die Hände. »Sagt so etwas nicht! Seine Träume soll man niemals verraten, denn durch sie spricht der Schöpfergeist selbst zu uns. Ihr habt ihn doch noch, Euren Traum, oder nicht?«

Rionna nickte zögernd.

Der Traum ... Es war immer wieder derselbe Traum, der sie in den Nächten heimsuchte: Sie sah sich inmitten dunkler Mauern gefangen, und Verzweiflung wohnte in ihrem Herzen – bis jemand kam, um sie mit blankem Schwert aus ihrem Gefängnis zu befreien, ein aufrechter Kämpfer, dessen Gesicht sie allerdings niemals zu sehen bekam ...

»Träume, Herrin, zumal wenn sie von solchen Dingen handeln, sind mehr als Schimären, die uns des Nachts verwirren. Ob wir danach handeln oder nicht, ist uns überlassen. Aber tun wir es nicht, werden unsere Wünsche für immer unerfüllt bleiben.«

»Meinst du?«

»Es ist so sicher wie der frühe Winter, den ich schon jetzt in meinen alten Knochen spüre.«

»Ach, Calma ...« Traurig schüttelte Rionna den Kopf und trat an das hohe Fenster ihres Gemachs, blickte hinaus auf die Dächer der Stadt, von denen aus Vögel in den leuchtenden Morgenhimmel flatterten. »Wie sehr wünschte ich, du hättest recht. Wie sehne ich mich danach, dem Gefängnis aus Prunk und Wohlstand zu entfliehen, das mein Onkel um mich errichtet hat.«

»Dann müsst Ihr auf den Kämpfer aus Eurem Traum warten.«

»Ich soll auf ihn warten?« Rionna lachte freudlos. »Ich weiß ja nicht mal, wie er aussieht.«

»Ihr werdet ihn erkennen, mein Kind. Wenn die Zeit reif ist dafür, werdet Ihr ihn erkennen.«

»Und … wenn er nicht kommt?«

»Er wird kommen«, war Calma überzeugt. »Aber Ihr müsst geduldig sein. Auf die Erfüllung seiner Träume, mein Kind, lohnt es sich immer zu warten.«

»Auch dann, wenn ich mich damit dem Willen meines Onkels widersetze?«, fragte Rionna leise.

Calma zögerte keinen Augenblick mit der Antwort.

»Auch dann«, sagte sie leise.

Sein Name war Leffel Gilg.

Eigentlich hieß er Leffel Furr – zumindest war »Furr« der Name seiner Eltern gewesen. Aber die Leute aus dem Dorf und von den umliegenden Gehöften nannten ihn nicht so. Sie pflegten ihn »Gilg« zu rufen, weil sie ihn für einen nichtsnutzigen Tölpel hielten. Und schlimmer noch, für einen Tunichtgut und Tierschinder.

Unzählige Geschichten erzählte man über ihn – doch nicht einmal die Hälfte davon entsprach auch nur annähernd der Wahrheit. Es wurde behauptet, dass der Gilg dem Bauer Dobler Vieh gestohlen und den Müller um zwei Sack vom besten Mehl erleichtert hätte, dass er den Wirt vom »Springenden Hirsch« um ein Fässlein Bier betrogen und dem Magistrat üble Streiche gespielt hätte, dass er die Gesellschaft der Menschen mied, weil er mit Koblingen und Feldgeistern befreundet wäre, und dass er die moosgrüne Kappe auf seinem Kopf auch zu den Mahlzeiten nicht abnahm.

Das meiste davon war erstunken und erlogen – bis auf die Sache mit der Kappe, die er tatsächlich auch beim Essen anbehielt. Aber dafür gab es einen Grund.

Jeder Versuch, den Leffel unternahm, sich den Leuten vom Dorf anzunähern und die Vorurteile gegen seine Person abzubauen, hatte für ihn stets nur in neuen Schwierigkeiten geendet.

Ihm wurde noch immer unwohl, wenn er daran dachte, wie er der Nichte der Witwe Burz den Hof hatte machen wollen. Jolanda war ein hübsches Mädchen, das allerdings arg nach seiner Tante kam und deshalb mehr in die Breite als in die Höhe geschossen war. Aber Leffel bildete sich ein, in ihr Herz geschaut und dort nur Gutes gesehen zu haben, weswegen er auf das Äußere nichts gab. Als er allerdings an die Tür des Burzer Hofs klopfte, um der Dame seines Herzens einen frisch gepflückten Strauß Wiesenblumen zu überreichen, da öffnete ihm die alte Burz und dachte, die Blumen wären für sie bestimmt. Zeit, sich zu erklären, bekam Leffel nicht – mit dem Besen in der Hand fegte ihn die resolute Witwe vom Hof und rief ihm hinterher, keine Frau der Welt, und wäre sie noch so einsam, würde einen so hässlichen Dingeler wie ihn zum Mann haben wollen. Und schon am nächsten Tag erzählte man überall im Dorf, der Gilg hätte sich der Witwe Burz auf höchst unsittliche Weise genähert.

So ging es immer. Was Leffel auch anfing und was er auch tat – die Leute im Dorf stellten sich gegen ihn und erzählten über ihn hässliche Dinge. Schon oft hatte er darüber nachgedacht, seine Heimat zu verlassen und auszuwandern. Aber wohin? Das kleine Haus, das seine Eltern ihm hinterlassen hatten, war alles, was er besaß. Und auch wenn die Leute ihn nicht mochten, hatten sie bislang immer eine Arbeit für ihn. Und war es nur, um anschließend überall herumzuerzählen, wie wenig er tauge. Dabei tröstete er sich stets mit der Hoffnung, dass sie sein wahres Wesen irgendwann erkennen und ihn weniger ungerecht behandeln würden.

Es stimmte ja, er *war* anders.

Schon früh hatte er es bemerkt, denn während seine Eltern ihn von Herzen geliebt hatten, war ihm bereits als Kind nicht verborgen geblieben, dass ihn die Menschen aus dem Dorf mieden. Dabei wünschte er sich nichts sehnlicher, als in ihre Gemeinschaft aufgenommen zu werden. Er hatte stets gehofft, dass sich dieser Wunsch irgendwann erfüllen würde, wenn er ihren Spott und ihre üblen Nachreden nur geduldig genug ertrug.

Und endlich schien sein Wunsch in Erfüllung zu gehen …

Unvermittelt tauchte der ehrwürdige Magistrat Belmus Grindl vor seiner Hütte auf und begehrte Einlass, was noch nie zuvor geschehen war. Natürlich war Leffel ganz aufgeregt. Er bat den Magistrat in sein bescheidenes Heim, wo es – zugegebenermaßen – ziemlich unordentlich war. Aufräumen und Ordnung halten war nicht Leffels Sache, und eine Frau des Hauses, die sich um alles kümmerte, gab es nicht. Er bot dem hohen Besuch ein Bier an, aber Grindl lehnte ab. Stattdessen eröffnete er dem Gilg ohne große Vorrede, weshalb er gekommen war.

»Im Dorf«, sagte der Magistrat, »hat es eine Versammlung gegeben. Man ist in meinem Haus zusammengekommen und hat wegen des frühen Wintereinbruchs beraten.«

»So?«, fragte Leffel – dass es für die Jahreszeit ungewöhnlich kalt war, war auch ihm schon aufgefallen. Aber was gab es da zu beraten? »Habt Ihr neuerdings Einfluss auf das Wetter?«

»Depp!«, antwortete ihm der Grindl barsch. »Es geht um die Zeichen, die gesichtet wurden. Unheil steht bevor, merkst du es nicht? Unsere schöne Heimat ist in Gefahr.«

Leffel staunte nicht schlecht. Dass Allagáin Gefahr drohte, hatte er tatsächlich nicht bemerkt, und von irgendwelchen Zeichen wusste er auch nichts. Zwar plagten ihn seit einiger Zeit wilde Albträume, in denen es vor dunklen und grausigen Gestalten nur so wimmelte, aber Leffel führte sie eher auf den Genuss von angewärmtem Dunkelbier zurück, das er als Schlaftrunk einzunehmen pflegte …

»In der Tat«, bekräftigte Grindl mit ernster Miene, »Unheil steht bevor, Gilg. Der frühe Frost droht unsere Ernte zu vernichten. Und in den Bergen wurden grässliche Kreaturen gesichtet. Sogar ein Feuerreiter soll gesehen worden sein.«

»Ein Feuerreiter?«, fragte Leffel entsetzt. Er kannte sie aus Erzählungen, die garstigen Knochenmänner auf ihren brennenden Mähren, die Angst und Schrecken verbreiteten und als Boten von Tod und Unheil galten. Gesehen hatte er glücklicherweise noch nie einen …

»Als Magistrat dieses Dorfes«, fuhr Grindl fort, »bin ich zu dem Schluss gekommen, dass etwas unternommen werden muss. Jemand von uns muss nach Iónador gehen und die hohen Herren der Stadt um Hilfe bitten. Unser Dorf braucht ihren Schutz, nicht nur vor Wind und Wetter, sondern auch vor der Gefahr, die uns aus den Bergen droht. Und in meiner Weisheit habe ich entschieden, dass du dieser Jemand sein wirst, der nach Iónador geht.«

»I-ich? Aber …«

»Versuch nicht, dich aus der Verantwortung zu stehlen, Gilg. Du bist ein Teil der Dorfgemeinschaft und hast deiner Pflicht nachzukommen wie jeder andere auch. In deinem Fall wird sie darin bestehen, dass du dich nach Iónador begibst.«

Und noch ehe Leffel diese Worte richtig verdaut hatte, drückte ihm der Magistrat einen Sack aus Rupfen in die Hand, der fest verschnürt war und von dem erbärmlicher Gestank ausging.

»Was ist das?«, fragte Leffel verblüfft.

»Das brauchst du nicht zu wissen. Es ist dir verboten, in den Sack zu schauen. Aber wenn einer der hohen Herren in der Goldenen Stadt an deinen Worten zweifeln sollte, dann öffne ihn, und man wird dir glauben. Dunkle Mächte wirken dort draußen, Gilg. Unsere Hoffnungen ruhen auf dir.«

Leffel schaute den Magistrat mit großen Augen an. So sehr ihn der Gedanke, seine Heimat zu verlassen, auf einmal ängstigte, noch größer war sein Wunsch, endlich von allen anerkannt zu werden. Wie hatte Grindl gleich gesagt? *Jemand von uns*. Auch wenn sie ihn beschimpften und verspotteten, hatten sie ihn also endlich als einen der Ihren anerkannt.

Das war der Augenblick, auf den Leffel so lange gewartet hatte. Endlich hatte er Gelegenheit, sich vor aller Augen zu bewähren, und obwohl er weder wusste, wo sich Iónador genau befand, noch worauf er sich da eigentlich einließ, erklärte er sich sogleich bereit, die Aufgabe zu übernehmen – und schon am nächsten Morgen verließ er das Dorf, zum ersten Mal in seinem Leben.

Die Dorfbewohner hatten ihn mit allem ausgestattet, was er für den langen Marsch benötigte: Außer Proviant (Jolanda Burz hatte ihm ein altbackenes Kranzbrot schicken lassen, dazu etwas ranzige Butter) gaben sie ihm einen rostigen Dolch mit, den der Urgroßvater des Bauern Stank einst im Kampf gegen das Waldvolk getragen hatte. Sie sagten ihm, in welcher Richtung Iónador zu finden wäre, und die Reise begann.

Trotz seiner Begeisterung darüber, als Bote des Dorfes auserwählt worden zu sein, war Leffel nicht wohl in seiner Haut, schließlich hatte er die Grenzen des Dorfes noch nie übertreten. Seiner Heimat dem Rücken zu kehren, daran hatte er schon häufig gedacht, wenn sie ihn mal wieder geschimpft und geschmäht hatten – dann hatte er bei der alten Mühle im Ried gesessen und von fremden Ländern geträumt, vom fernen Südreich oder den Tälern von Tról. Doch nun, da er tatsächlich zu einer gefahrvollen Reise aufbrechen sollte, fiel ihm der Abschied schwer. Nur der Gedanke, dass die Dorfbewohner seine verborgenen Talente wohl endlich erkannt und beschlossen hatten, das Unrecht der vergangenen Jahre wieder gutzumachen, verlieh ihm den Mut, den ersten Schritt zu tun.

Als er die vertrauten Hütten und Wege hinter sich ließ, da hatte er für einen kurzen Moment das untrügliche Gefühl, dass bei seiner Rückkehr nichts mehr so sein würde, wie es einmal gewesen war …

Bis Iónador war es ein gutes Stück Weg. Zwei Tage, wenn man zügig marschierte, drei, wenn man es ruhig angehen ließ. Leffel schritt kräftig aus, schließlich wollte er seine neuen Freunde nicht enttäuschen.

Den ersten Tag folgte er dem Lauf des Flusses Allair, dessen reißende Windungen das Land Allagáin von jeher teilen, und erreichte gegen Abend das Bergland. Von dem Höhenzug aus, der sich jenseits des Grünen Bachs erhob, konnte Leffel weit nach Süden blicken, und er sah in der Ferne die schroffen Grate des Wildgebirges wie eine Mauer aufragen. Der Gilg war voll des Staunens. Aus solcher Nähe hatte er die Berge noch nie gesehen. Ihre Größe und Majestät raubten ihm den Atem, und ehrfürchtig fragte er sich, welche Kräfte wohl in der Lage gewesen sein mochten, derartige Massen aufzutürmen.

Es gab viele Geschichten, die sich um die Entstehung der Berge rankten. Eine davon erzählte, dass sie einst riesige Drachen gewesen waren, die vor langer Zeit die Erde beherrschten – bis sie sich gegen den Schöpfer wandten und auch das Grundmeer und den Himmel beherrschen wollten. Da wurden sie niedergeworfen und erstarrten zu Stein, als ewiges Mahnmal für die Allmacht des Schöpfers …

Am zweiten Tag (die Nacht hatte er in einem Gasthaus im unteren Ried verbracht) durchquerte Leffel das Hügelland. Dabei zitterte er erbärmlich – nicht vor Ehrfurcht, die ihn in Gegenwart der nahen Berge befiel, sondern weil es im Süden noch ungleich kälter war als zu Hause im Unterland. Ahorn und Kastanien hatten ihre Blätter bereits verloren, und es hatte bis tief in die Täler geschneit. Eisiger Wind fegte aus den Bergen, und schaudernd musste Leffel an das denken, was Magistrat Grindl ihm erzählt hatte – vom frühen Wintereinbruch und von dem Feuerreiter, der gesichtet worden wäre.

Sobald es dämmerte, suchte er Unterschlupf bei einem

Bauern, den er bat, in seiner Scheune übernachten zu dürfen. Das Gastrecht galt viel in Allagáin, selbst wenn man Fremden gegenüber misstrauisch war. Auch Leffel wurde argwöhnisch beäugt, vor allem auch wegen des Rupfensacks, den er bei sich trug und aus dem es immer noch erbärmlicher stank. Schon mehrmals hatte der Gilg hineinsehen wollen, der Versuchung aber stets widerstanden – schließlich wollte er seine Aufgabe gut erfüllen und niemanden enttäuschen.

Am drauffolgenden Tag setzte er seine Reise fort, nachdem er sich bei dem Bauern nach dem weiteren Weg erkundigt hatte, und schon bald konnte er in der Ferne die Türme Iónadors ausmachen.

Die Fürstenstadt, deren Dächer im Licht der Morgensonne golden schimmerten, lag auf der anderen Seite eines länglichen Sees, in dessen dunkelgrünem Wasser sie sich spiegelte. Bei klarem und windstillem Wetter konnte man fast den Eindruck gewinnen, dass es in Wirklichkeit zwei Städte wären, von denen eine kopfüber stand.

Über den See führte die alte steinerne Brücke, die in zahllosen Liedern besungen wurde, weil auf ihr einst der Krieg zwischen den Bergbewohnern und dem Waldvolk entschieden worden war. Sie mündete auf jener Zugbrücke, die seit den Tagen der Bergkönige den einzigen Zugang zur Stadt bildete. Entlang der Stege, die das jenseitige Ufer säumten, waren Boote festgemacht – die schmalen Kähne jener Fischer, die in den Wassern des Spiegelsees Hechte und Forellen fingen, aber auch die Barken der Kaufleute, die den Fluss Allair befuhren und die Gehöfte und Dörfer im Norden mit Waren belieferten.

Iónador selbst übertraf alles, was Leffel je gesehen hatte. Hohe Mauern aus glattem weißem Stein umrahmten die Stadt, gekrönt von Zinnen und Türmen, auf denen Soldaten mit blitzenden Helmen Wache hielten. Über ihren Köpfen wehten bunte Banner in Blau und Gold, den Farben der Fürstenstadt. Auch das große Tor der Zugbrücke war eindrucksvoll anzusehen: Zwei große, in Stein gehauene Adler bewachten es zu beiden Seiten, als wollten sie unerwünschte Besucher vertreiben.

Jenseits des Tores und der trutzigen Mauern erblickte Leffel Gilg Häuser aus Stein, soweit seine Blicke reichten.

Er kam aus dem Staunen nicht mehr heraus. Die meisten Allagáiner lebten in einfachen Rundhäusern aus Holz und mit Dächern aus Stroh – Magistrat Grindl war weit und breit der Einzige, der sich ein Haus aus Stein leisten konnte. Die Bürger von Iónador jedoch schienen sehr wohlhabend zu sein, denn ihre gesamte Stadt war aus Stein erbaut.

Zum Berg hin, wo sich der Große Turm wie eine riesige Säule erhob, wurden die Häuser immer größer und prunkvoller, hatten von Säulen getragene Kuppeln und Balkone, von denen sich weite Ausblicke auf Stadt und Umland boten. Den eindrucksvollsten Anblick jedoch bot der Turm selbst.

Leffel hatte schon viel vom Túrin Mar gehört, um dessen Entstehung sich mindestens ebenso viele Legenden rankten wie um jene der Berge selbst. Manche behaupteten, der Enz Celebar hätte ihn vor undenklich langer Zeit mit bloßen Händen aus dem Fels gehauen (deswegen wurde der Giáthin Bennan im Volksmund auch Enzberg genannt), und dass es Zwerge gewesen wären, die einst die Hallen und Stollen in sein Inneres geschlagen hätten. Trutzig überragte er alle Häuser der Stadt, um in schwindelerregender Höhe mit dem Schildberg zu verschmelzen, der sich wie ein schützendes Dach über Iónador wölbte.

Auch über den Schildberg gab es viele Erzählungen. Eine davon besagte, dass der Fels, der sich schützend über Iónador breitete, einst die Schwinge eines riesigen Adlers gewesen wäre, der sich mit den Drachen verbündet und gegen den Schöpfer erhoben hätte. Folglich musste er ihr Schicksal teilen, als sie am Anbeginn der Zeit besiegt und niedergeworfen wurden. Er wäre zu Stein erstarrt und fortan gezwungen, die Sterblichen zu beschützen, die er hatte verderben wollen.

Oft hatte Leffel diese Geschichte gehört – sein Vater hatte sie ihm erzählt, zu Hause am wärmenden Feuer. Dass er diesen Ort jedoch einmal mit eigenen Augen zu sehen bekommen würde, wäre ihm niemals eingefallen, auch wenn er sich noch deutlich an die Worte seiner Mutter erinnerte. »Mein lieber Sohn«, hatte sie stets gesagt, »du bist anders als die Übrigen. Sie werden dich meiden deswegen, aber lass dich nicht beirren. Denn ich glaube fest daran, dass jeder von uns einen Auftrag zu erfüllen hat auf dieser Welt und dass du, mein guter Leffel, zu etwas Besonderem berufen bist …«

Leffel hatte seiner Mutter nie wirklich geglaubt, aber in diesem Moment, da er auf die Mauern der Stadt Iónador sah, kam er sich vor, als wäre er tatsächlich etwas Besonderes. Ein Gefühl der Erhabenheit hatte sich seiner bemächtigt. Und auch die alten Legenden schienen an diesem Ort wirklicher zu sein als am häuslichen Feuer. Vielleicht, flüsterte eine leise Stimme tief in seinem Inneren, hatte seine Mutter ja tatsächlich recht gehabt …

Beherzt schulterte er den Rupfensack und marschierte weiter. Er erreichte die steinerne Hauptstraße, die noch aus den Tagen der Bergkönige rührte, und kam im Lauf des Vormittags bei der Brücke an. Bewaffnete Posten standen vor den beiden Türmen, die das diesseitige Ufer säumten. Sie trugen Röcke mit dem blau-goldenen Wappen Iónadors über ihren Kettenhemden, und ihre Helme blitzten im verblassenden Tageslicht. Verstohlen lugte Leffel nach den schweren, schartigen Hellebarden, mit denen sie bewaffnet waren.

Brav reihte er sich in die Schlange der Wartenden, die den See überqueren wollten. Kaufleute mit ihren Fuhrwerken waren darunter, aber auch Bauern, die in die Stadt kamen, um Vieh und andere Waren zu verkaufen. Dieser hatte ein Schwein dabei, jener eine Kuh, wieder ein anderer führte einen Ochsen am Ring, der einen mit Rüben beladenen Karren zog. Kinder huschten umher und neckten sich kichernd – ein Anblick, der Leffel betrübte. Er hatte nie mit anderen Kindern gespielt, als er noch klein gewesen war. Schon damals hatte man ihn gemieden, und wenn er seine Eltern nach dem Grund gefragt hatte, hatte sein Mutter nur stets das gleiche Sprüchlein aufgesagt.

Jeder, der in die Stadt wollte, wurde von der Brückenwache kontrolliert und nach dem Grund seines Besuchs gefragt. Die Soldaten trugen grimmige Mienen zur Schau und gingen sehr sorgfältig vor. Entsprechend lange dauerte es, bis Leffel Gilg an die Reihe kam.

»Du!«, sprach ihn einer der Wachmänner an. »Was hast du in dem Sack?«

»Das weiß ich nicht«, antwortete Leffel wahrheitsgemäß und berichtete mit knappen Worten, woher er kam und worin sein Auftrag bestand.

»So«, schnaubte der Wachmann spöttisch, »du wünschst also den Fürstregenten zu sprechen!«

»Jawoll«, bestätigte Leffel und verbeugte sich, was ihm sehr weltgewandt erschien, die Soldaten jedoch zu derbem Gelächter veranlasste.

»Da könnte ja jeder schmutzige Bauernlümmel kommen!«, fuhr der eine Wachmann ihn an. »Du stinkst wie ein ganzer Pferch Schweine. Pack dich, Kerl, ehe ich dich in den Kerker werfen lasse!«

»I-ich bitte um Entschuldigung, gnädiger Herr«, stammelte Leffel, der beim besten Willen nicht wusste, was er nun schon wieder falsch gemacht hatte. »Ich will Euch gewiss nicht widersprechen, aber was da stinkt, das bin nicht ich. Es ist dieser Sack, den ich bei mir trage und dessen Inhalt ich den hohen Herren zeigen soll.«

»So?« Unwirsch griff der Wachmann nach dem Rupfen, und noch ehe Leffel es verhindern konnte, hatte er die Verschnürung gelöst und warf einen Blick hinein.

Auf einmal wurde der Wachmann kreidebleich, und seine bärtigen Wangen blähten sich. Im nächsten Moment stand er am Brückengeländer und beugte sich weit hinüber. Dabei gab er erbärmliche Geräusche von sich. Offenbar, sagte sich der Gilg, hatte er etwas Unrechtes gegessen.

»Lasst … ihn passieren …«, brachte der Wachmann würgend hervor, nachdem er sich wieder aufgerichtet hatte. Sein Gesicht war so weiß wie die Mauern Iónadors. »Hört ihr nicht, was ich sage? Ihr sollt ihn passieren lassen!«

Die anderen Wachmänner, die vor Leffel die Hellebarden gekreuzt hatten, gaben verwundert den Weg frei. Der Gilg nahm den Sack wieder an sich, zerrte die Verschnürung zu, ohne einen Blick hineingeworfen zu haben (so war es ihm schließlich aufgetragen worden) und überquerte endlich die Brücke.

Die Distanz zur anderen Seite war größer, als es von Weitem den Anschein gehabt hatte. Am Anfang schienen die Mauern und Türme der Stadt sogar in noch weitere Ferne zu rücken, ehe sie schließlich immer größer und trutziger vor Leffel emporwuchsen. Plötzlich kam sich der Gilg ganz klein und unbedeutend vor, und ein Teil von ihm wünschte sich zurück ins ferne Unterland. Dort war er zwar nicht gelitten, aber wenigstens kannte er sich dort aus. An diesem Ort hingegen war ihm alles fremd, und er hatte das Gefühl, dass ihn die Menschen, die mit ihm die Brücke überquerten, alle anstarrten.

Unter ihnen waren nicht nur Bauern aus dem Unterland, sondern auch Kaufleute aus dem Osten. Er sah zudem kräftig gebaute Oberländer mit langen Bärten und wettergegerbten Gesichtern, aber auch hohe Damen und Herren aus Iónador, deren edle Züge die vornehme Herkunft erkennen ließen.

So viele Eindrücke stürzten gleichzeitig auf den armen Leffel ein, dass er gar nicht wusste, wohin er zuerst schauen sollte. Als er die Brücke endlich passiert hatte und vorbei an den steinernen Adlern schritt, die das Tor bewachten, meinte er fast, dass sie ihn prüfend anschauten, so als wären sie nicht aus Stein, sondern höchst lebendig.

Auch am Stadttor gab es Wachen, aber sie begnügten sich damit, die Kaufleute um den Wegezoll zu erleichtern. Bauern und anderes Volk ließen sie ungehindert passieren. Beeindruckt durchschritt Leffel den hohen Torbogen – und befand sich daraufhin in einer anderen Welt.

So viel Betriebsamkeit, so viele Menschen und so viele bunte Farben an einem Ort hatte er noch nie gesehen. Und noch niemals zuvor hatte er solchen Lärm gehört.

Auf der Hauptstraße, die vom Tor schnurgerade zum Großen Turm führte, herrschte das reinste Durcheinander. Aus beiden Richtungen strömten Menschen – Landvolk, Städter, Arbeiter und Kaufleute, aber auch vornehme Herren auf stolzen Pferden. Dazwischen drängten sich Viehhändler, die unter lautem Geschrei versuchten, ihre Schaf- und Schweineherden beisammenzuhalten, und Maultiertreiber, deren Tiere schwer beladen waren. Auch Kutschen und Karren suchten einen Weg durch das wogende Chaos.

Entlang der Häuser waren Stände aufgebaut, an denen Händler lauthals ihre Waren feilboten: Gemüse und Kranzbrot, Käse und Fleisch, Milch und Eier, Dunkelbier und Wein, Salz und Gewürze, aber auch Gegenstände wie Werkzeuge und Geschirr, Kleidung und Felle, Waffen zur Jagd und noch vieles andere mehr.

Staunend ging Leffel von Stand zu Stand. Auch auf dem Markt im Egg gab es Dinge zu kaufen, allerdings nicht in dieser Auswahl und schon gar nicht zu solchen Preisen. Allenthalben wurde gefeilscht und gehandelt, dass Leffel ganz anders wurde, und er fand, dass die Leute in der Stadt einen ziemlich rauen Umgang pflegten. Mehrmals geriet er fast unter die Räder eines Fuhrwerks, weil er so damit beschäftigt war, nach allen Seiten zu gucken, zu horchen und zu schnuppern, dass er seine nähere Umgebung ganz vergaß. Dann wurde er wüst beschimpft und flüchtete rasch zum Straßenrand.

Einer der Stände zog Leffels Aufmerksamkeit besonders an – schon wegen des strengen Geruchs. Über glühenden Holzkohlen hatte der Verkäufer ein Rost liegen, auf dem – der Gilg traute seinen Augen nicht – kleine Tiere gegrillt wurden, die etwa so groß wie seine Handflächen waren. Ein wenig sahen sie aus wie Frösche, aber aus ihrem Rücken ragten die Ansätze kleiner Flügel.

»Flügelfrösche am Stiel gefällig?«, fragte der Verkäufer in beiläufigem Ton.

Wie immer war Leffel einem kleinen Happen nicht abgeneigt, zumal er seinen kargen Proviant längst aufgebraucht hatte. Außerdem war er neugierig darauf, was die Küche Iónadors zu bieten hatte. Aus dem kleinen Lederbeutel, den er am Gürtel trug, kramte er zwei Geldstücke hervor und gab sie dem Verkäufer, der ihm dafür ein besonders fettes Exemplar aussuchte. Im nächsten Moment kaute Leffel bereits mit vollen Backen an seinem Flügelfrosch, der, wie er fand, nach gebratenem Gockel schmeckte.

Schmatzend folgte er der breiten Straße, an deren Ende sich majestätisch der Große Turm erhob. Der Trubel lichtete sich, und auch der Lärm ließ etwas nach. Das Geschrei der Händler und ihrer feilschenden Kunden fiel zurück, und Leffel hatte endlich Zeit, die Häuser Iónadors zu betrachten.

Zwei oder drei Stockwerke hoch ragten sie zu beiden Seiten der Hauptstraße auf, steinerne Bauten mit hohen Fenstern und Türen. Die meisten Häuser hatten in den oberen Stockwerken Balkone mit steinernen, kunstvoll gearbeiteten Balustraden, von denen bunte Banner hingen, die der Straße ein prächtiges Aussehen verliehen.

Als Leffel allerdings eine Kreuzung passierte und einen Blick in die Querstraße warf, konnte er sehen, dass der

Prunk nicht allgegenwärtig war in Iónador. Denn in den Straßen und Gassen, die von der Hauptstraße zweigten, waren die Häuser weit weniger groß und prächtig; die Fassaden waren grau und zum Teil brüchig, und in dunklen Hauseingängen sah Leffel abgerissene Gestalten in ärmlicher Kleidung oder gar Lumpen.

Wie, fragte er sich, passte das zum Glanz der Goldenen Stadt? Wie zu dem Überfluss, der entlang der Hauptstraße herrschte? Wussten die Fürsten überhaupt, dass es in ihrer Stadt solche Armut gab?

»He da! Sieh dich vor, du ungeschickter Tölpel!«

Erschrocken blickte Leffel auf. Achtlos hatte er die Straße überquert und war vor die Hufe eines prächtigen Rosses geraten, auf dem ein hoher Herr in samtenen Gewändern saß.

»Kannst du nicht besser aufpassen, Bursche? Siehst du nicht, dass du mir im Weg bist?«

»V-ver-verzeiht, Herr«, brachte Leffel stammelnd hervor und verbeugte sich so bäuerlich und ungeschickt, dass sowohl der Ritter als auch das Pferd nur ein verächtliches Schnauben für ihn übrig hatten. Erhobenen Hauptes ließen sie ihn stehen, und Leffel nahm sich vor, von nun an besser Acht zu geben.

Je näher er dem Großen Turm kam, desto größer und glanzvoller wurden die Häuser mit ihren Säulen, Bögen und Balustraden und ihren Hinterhöfen, aus denen der süßliche Duft verblühender Rosen strömte. Immer eindrucksvoller ragte der Túrin Mar am Ende der Straße auf, die schließlich in einen weiten Platz mündete. Aus der weiten, steingepflasterten Fläche erhob sich der riesige Turm wie seit Tausenden von Jahren. Darüber, als hätte Iónador einen eigenen Himmel aus Stein, breitete sich der graue Fels des Schildbergs aus, den der Turm zu stützen schien.

Wenn Leffel allerdings geglaubt hatte, er würde allein sein mit dem Wunsch, zum Fürstenrat vorgelassen zu werden, so hatte er sich gründlich getäuscht. Vor der breiten Treppe, die in den grauen Fels gehauen war und hinauf zur Turmpforte führte, hatte sich bereits eine lange Schlange gebildet, und Leffel erkannte einige der Bauern wieder, mit denen er die Brücke überquert hatte. Auch sie warteten offenbar darauf, ihre Anliegen vortragen zu können, was andererseits bedeuten musste, dass an diesem Tag Audienz war.

Leffel atmete auf – er war zur rechten Zeit gekommen. Beherzt schulterte er den Sack mit dem übel riechenden Inhalt und wollte die Treppe hinauf.

Einmal mehr versperrte ihm ein bewaffneter Wächter den Weg. »Halt, Bursche! Wohin des Wegs?«

»Zum Fürstregenten«, antwortete Leffel rundheraus. »Ich habe eine wichtige Nachricht für ihn.«

»So, eine wichtige Nachricht für den Fürstregenten hast du also.« Der Wachmann verzog spöttisch das Gesicht. »Und sie ist so wichtig, dass du nicht warten kannst wie alle anderen, was?«

»Das stimmt«, bestätigte der Gilg, »denn es geht um Leben und Tod. Ein früher Winter kündigt sich an, und es hat unheimliche Zeichen gegeben. Mein Dorf schickt mich, um die hohen Herren um Hilfe zu bitten für …«

Weiter kam er nicht – denn der Wachmann stieß ihn so hart vor die Brust, dass er hintenüber kippte und rücklings die Stufen hinunterpurzelte. Dabei stieß er sich den Kopf und zog sich schmerzhafte Blessuren zu.

»Das ist auch ein Zeichen«, beschied ihm der Wachmann grinsend, »und zwar dafür, dass du dich anzustellen hast wie jeder andere.« Mit dem Kinn deutete der Soldat dorthin, wo die Schlange der Wartenden endete.

»Aber …«, wollte Leffel einen letzten Versuch unternehmen, doch die sich bedrohlich senkende Spitze der Hellebarde sagte ihm, dass es besser war, nicht mehr zu widersprechen und sich der Weisung des Soldaten zu fügen.

Die Bauern, die freilich mitbekommen hatten, was ihm widerfahren war, bedachten ihn mit hämischem Grinsen. Leffel war klar, dass sie ihn für einen dreisten Pressierer hielten – für einen, der nicht warten konnte und die gerechte Strafe dafür erhalten hatte. Anfangs versuchte er noch, das Missverständnis aufzuklären, aber dann ließ er es bleiben. Er legte den Sack ab und setzte sich auf dem Boden, die Ellbogen auf den Knien und das Gesicht schmollend auf die Fäuste gestützt.

Und er wartete.

Und wartete.

Wartete …

Die Fürsten der Stadt ließen sich Zeit.

Erst am späten Nachmittag, als die Sonne bereits hinter den hohen Häusern verschwunden war, wurde die Pforte geöffnet. Die Schlange war inzwischen so lang geworden, dass sie den Platz gleich zweimal umlief.

Es ging langsam voran. Nur jeweils eine Person wurde vorgelassen, um ihr Anliegen zur Sprache zu bringen, und Leffel begriff, dass längst nicht alle, die auf eine Audienz warteten, sie an diesem Tag auch bekommen würden. Er hoffte, dass wenigstens er noch zu den Glücklichen gehörte. Schließlich war er in einer dringlichen Mission unterwegs, von deren Gelingen das Schicksal des ganzen Dorfes abhing.

Zumindest in dieser Hinsicht wurde er nicht enttäuscht. Nachdem er fast den ganzen Tag über geduldig gewartet hatte und die Dämmerung bereits über Iónador hereingebrochen war, durfte er endlich eintreten. Der Wachmann, der ihm den Weg freigab, war derselbe, der ihn am Vormittag die Treppe hinuntergestoßen hatte, und er ließ es sich nicht nehmen, Leffel ein schadenfrohes Grinsen mitzugeben. Der Gilg stieg die steilen Stufen hinauf und betrat die Eingangshalle.

An den Schießscharten, die zu beiden Seiten des oval geformten Gewölbes verliefen und durch die das rötliche Licht der Dämmerung fiel, standen weitere Wachen, und von der gegenüberliegenden Seite der Halle aus führte ein breiter Korridor noch tiefer ins Innere des Turms.

»Geh schon!«, verlangte einer der Wachtposten barsch, und Leffel, vom Anblick der Bewaffneten eingeschüchtert, schlich mit weichen Knien weiter. Er durchquerte die Halle und folgte dem Gang, der sich spiralförmig emporwand.

Obwohl er in den nackten Fels getrieben war, waren der Boden und die Wände des Stollens völlig glatt. Dies musste die Arbeit von Steinmetzen sein, deren Kunstfertigkeit jene gewöhnlicher Menschen weit überstieg. Vielleicht, dachte der Gilg, waren es ja tatsächlich Zwerge gewesen, die die Hallen und Gänge in den Túrin Mar geschlagen hatten.

Es gab keine Fenster; nur die Fackeln, die in regelmäßigen Abständen in kunstvoll verzierten Wandhalterungen steckten, spendeten Licht. Leffel fiel auf, dass der flackernde Feuerschein von den Wänden zurückgeworfen wurde, und bei genauerem Hinsehen erkannte er, dass das Gestein von glitzernden Adern durchzogen war. Obwohl er dergleichen noch nie gesehen hatte, wusste Leffel sofort, dass es pures Gold war, das dort glänzte. In hauchdünnen Fäden durchzog es den Fels des Túrin Mar und hatte Iónador seinen Namen gegeben.

Verblüfft ging Leffel weiter, noch mehr von Staunen erfüllt denn zuvor. Jedoch konnten ihn weder der kunstvoll behauene Stein noch das glitzernde Gold auf das vorbereiten, was ihn am Ende des Gangs erwartete …

Schließlich gelangte Leffel in die Große Halle, in welcher der Regent und die Fürsten von Iónador zu beraten pflegten und das gemeine Volk zur Audienz empfingen – und Leffel war erschlagen vom Prunk, der dort herrschte.

Die Fürstenhalle war ein riesiges Gewölbe, das von mächtigen Säulen getragen wurde. Das blaue Banner der Stadt zierte die Wände, entlang derer sich der Hofstaat versammelt hatte – Männer und Frauen, die in Leffels Augen geradezu überirdisch schön waren, gekleidet in samtenen Gewändern. Natürlich hatte er von der sprichwörtlichen Anmut der Iónadorer gehört: Während die Bewohner Allagáins gedrungen und kräftig waren und meist wettergegerbte Gesichter hatten, waren diese Menschen von schlankem, edlem Wuchs, sie hatten blasse Haut und stolze Züge, und ihr Haar war nicht flachsblond und wirr wie Leffels, sondern fiel in dunklen Locken auf ihre Schultern. Das Erbe derer, die einst Díurans Fahrt begleitet hatten, war bei ihnen deutlich zu erkennen, und Leffel konnte nicht anders, als sich in diesem Augenblick klein und dick und hässlich vorzukommen.

An der Stirnseite der Halle war ein riesiges Standbild errichtet, das Dóloan zeigte, den ersten Fürstregenten, der den Sieg über das Waldvolk errungen hatte. Erhobenen Hauptes stand er da, gestützt auf sein Schwert, und seine Augen starrten so unverwandt aus dem kalten Stein, als wollte er jeden Moment zum Leben erwachen.

Am Fuß der Statue, die an die zehn, zwölf Klafter hoch sein mochte, stand ein langer Tisch, an dem der Regent und die hohen Herren saßen. Seit den Tagen Dóloans war es Sitte, dass die Fürsten einen aus ihrer Mitte wählten und ihm die Herrschaft über Iónador und Allagáin übertrugen. Seit dem Tod des weisen Fürstregenten Karrol hielt dessen Bruder Klaigon das Amt inne. Auf einem Sessel, dessen Armlehnen mit Gold verziert waren und der noch aus den Tagen der Bergkönige stammen mochte, thronte er in der Mitte der Tafel.

Zu beiden Seiten hatte der Adel Platz genommen, Fürsten und Ritter. Sie alle waren rund und wohlgenährt, was Leffel nicht weiter wunderte, denn der lange Tisch bog sich fast unter der Last der Spezereien, die man ihnen aufgetragen hatte. Leffel sah Berge von Schweinefleisch und gegrilltem Hammel, geröstetem Geflügel und geräuchertem Fisch. Dazu wurde frisches Brot gereicht und Käse; es gab Äpfel und Trauben, aber auch Früchte, die Leffel noch nie zuvor gesehen hatte. Der Gilg atmete innerlich auf. Wenn die hohen Herren erfuhren, dass im Unterland eine Hungersnot drohte, weil der frühe Winter dem Vieh zusetzte und die Ernte vernichtete, würden sie sicher bereit sein, ihren Überfluss zu teilen …

»Du!«, sagte plötzlich jemand und trat forsch auf ihn zu. »Wie ist dein Name?«

»Le-Leffel Furr, Euer Ehren, bekannt als der Gilg«, antwortete Leffel stammelnd.

»Und was ist dein Begehr?«

»Was mein Begehr ist?« Ein wenig hilflos blickte Leffel an dem Iónadorer hoch, der einen blauen Überwurf mit goldenen Stickereien trug und einen langen Stab in seiner Rechten hielt.

»Was willst du?«, drückte sich der Mann mit dem Stab barsch, dafür aber für den Gilg verständlicher aus.

»Ich … ich möchte eine Bitte vortragen. Im Namen des ehrbaren Belmos Grindl, des Magistrats meines Dorfes.«

Der Hofbeamte nickte und murmelte etwas, das Leffel nicht verstehen konnte. Dann packte er den Gilg am Kragen und zerrte ihn durch die Halle. Auf halber Strecke kam ihnen der Bauer entgegen, der soeben vorgesprochen hatte – in seinen Zügen glaubte Leffel maßlose Enttäuschung zu erkennen.

Als er merkte, dass sich die Augen aller Anwesenden auf ihn richteten, rutschte dem Gilg das Herz in die Hose. Es hätte nicht viel gefehlt, und er hätte sich dem Griff des Hofbeamten entwunden, um Hals über Kopf davonzurennen. Doch er ermahnte sich, dass dies seine Stunde wäre, seine Möglichkeit, sich zu bewähren und ein vollwertiges Mitglied des heimatlichen Dorfes zu werden, von niemandem mehr geschmäht und von allen geachtet.

In respektvollem Abstand von der Fürstentafel ließ der Hofbeamte ihn fallen wie eine lästige Bürde. Dann erhob er die Stimme und verkündete laut, wer der nächste Bittsteller war: »Dieser hier wird der Gilg genannt!«

Daraufhin brach unter den Männern und Frauen des Hofstaats schallendes Gelächter aus. Leffel war es gewohnt, dass die Leute ihn auslachten, aber er errötete dennoch. Eingeschüchtert blickte er zu den Fürsten und dem Standbild auf, das drohend auf ihn herabzublicken schien.

»So!«, rief Klaigon, der amtierende Regent von Iónador, mit Donnerstimme, und sein großer Mund verzog sich zu einem Grinsen. »Dein Name ist also der Gilg?«

»Ei-eigentlich nicht, Herr. Ich heiße Leffel Furr«, verbesserte Leffel. »Gilg nennen mich nur die Leute aus dem Dorf.«

»Hat man dich keine Manieren gelehrt, Gilg? Willst du die Mütze nicht abnehmen, wenn du vor deinem Herrscher stehst?«

Erst da erinnerte sich Leffel an die wollene Kappe auf seinem Kopf – da er sie Tag und Nacht trug, war sie ihm zur zweiten Haut geworden, an die er kaum noch dachte.

»N-nein, Herr«, sagte er stammelnd und hielt die Kappe fest, als fürchte er, sie könnte ihm von einem der Anwesenden vom Kopf rissen werden. »Die muss bleiben, wo sie ist.«

Der Fürstregent verzog das Gesicht. »Dann sollten wir deine Kappe mit ein paar Schellen versehen, damit du dich bei mir als Hofnarr verdingen kannst.«

Wieder erklang Gelächter, aber Leffel erkannte wohl, dass längst nicht alle, die lachten, es auch ehrlich meinten. Klaigon hingegen schien es nicht zu bemerken, oder es kümmerte ihn einfach nicht. Die beringten Finger glänzend von Fett, nagte er an einer Gänsekeule – und Leffel gestand sich ein, dass der Fürstregent ganz anders aussah, als er ihn sich während des Marsches ausgemalt hatte.

Klaigon war kein hoher, edler Herr mit wohlwollender Miene und wallendem Haar, sondern ein dickleibiger, aufgedunsener Zeitgenosse, der Leffel entfernt an Magistrat Grindl erinnerte. Das Haupt des Fürstregenten war so kahl und glatt wie der große Fels an der Mühle, auf den Leffel sich beim Angeln zu setzen pflegte, und ein Ausdruck der Grausamkeit spielte um seinen breiten Mund, während die schmalen Augen den Gilg spöttisch taxierten. Leffel musste an sich halten, um sich die Enttäuschung nicht anmerken zu lassen – so hatte er sich den Herrscher von Allagáin ganz gewiss nicht vorgestellt.

Andererseits, sagte er sich, durfte er nicht denselben Fehler begehen wie die Leute aus dem Dorf und sich von Äußerlichkeiten blenden lassen. Klaigon war Fürstregent und dafür musste es Gründe geben. Er mochte nicht aussehen wie ein edler Herr, aber ganz sicher kannte er die Pflichten, die er seinen Untertanen schuldig war.

Indem er all seinen Mut zusammennahm, rief Leffel laut: »Bitte, Euer Gnaden, macht Euch nicht lustig über mich! Ich bin von weither gekommen, um Euch die Nöte und Ängste meines Dorfes vorzutragen.«

»So?«, fragte der Fürstregent schmatzend. »Dann erzähl mir davon, mein guter Gilg. Wir hören gern unterhaltsame Geschichten. Nicht wahr, meine Freunde?«

Die Edelleute, die mit ihm bei Tisch saßen, bekundeten lachend ihre Zustimmung – die Hammelkeulen, die gerade hereingetragen wurden, schienen sie allerdings ungleich mehr zu interessieren als Leffels Anliegen.

»E-es hat Zeichen gegeben«, trug der Gilg dennoch tapfer vor. »Ein strenger Winter kündigt sich an, und der frühe Frost wird einen guten Teil der Ernte vernichten.«

»Und?«, erkundigte sich Klaigon ungerührt. Obwohl noch einiges Fleisch an der Keule war, warf er sie achtlos weg. Die Hunde, die unter dem Tisch auf weichen Kissen ruhten, stürzten sich knurrend darauf. Gierig griff der Regent nach dem nächsten Stück Fleisch.

»Ich fürchte, dass Euer Gnaden mich nicht ganz verstanden haben«, fuhr Leffel vorsichtig fort. »Mein Dorf erbittet Eure Hilfe im Kampf gegen die bevorstehende Hungersnot, die viele Alte und Kinder das Leben kosten könnte.«

Der Fürstregent schnaubte und wischte sich das Fett von den Lippen. »Ihr erwartet also von mir, dass ich für eure Faulheit aufkomme, nachdem ihr den Sommer über die Hände in den Schoß gelegt und dem Müßiggang gefrönt habt. Und natürlich wollt ihr, dass ich euch in diesem Jahr die Steuern erlasse, nicht wahr?«

»Nein, Herr, das würden wir niemals erwarten. Die Bauern waren fleißig und haben wie immer ihren Teil geleistet. Sie haben die Felder bestellt und ihre Arbeit getan. Aber der frühe Frost …«

»Unsinn!«, fiel Klaigon ihm barsch ins Wort. »Ich habe es satt! Stets trägt mir das faule Bauernpack solche Ausreden vor. Der wie vielte, glaubst du wohl, bist du, der mir heute eine solche Geschichte auftischt, nur damit ich auf den Zehnten verzichte? Aber da hoffst du vergeblich, Bursche.

Jeder Untertan Iónadors wird ohne Ausnahme seine Schuld bei mir begleichen!«

»Herr«, versuchte Leffel es noch einmal, »Ihr müsst mir glauben, dass wir die Steuern nur zu gern entrichten. Aber wir haben in diesem Winter vermutlich nicht genug, um alle hungrigen Mäuler zu stopfen.«

»Vielleicht solltet ihr euch dann mit weniger bescheiden«, versetzte Klaigon mit vollem Mund, »anstatt dem Fürstregenten die Zeit zu stehlen.«

»Euch die Zeit stehlen, Herr?« Der Gilg glaubte, nicht recht zu hören. »Ihr betrachtet es als verlorene Zeit, dem Flehen Eurer Untertanen Gehör zu schenken?«

»Wir sprechen nicht von Untertanen, Leffel Gilg, sondern von dreistem Pack, das die Großzügigkeit Iónadors ausnutzen will. Zu Lebzeiten meines Bruders mag dies möglich gewesen sein, aber unter meiner Führung haben Faulpelze und Nichtsnutze weder Hilfe noch Nachsicht zu erwarten.«

Die hohen Herren lachten erneut, und ihr bitterer Spott ergoss sich wie stinkende Jauche über den armen Gilg. Nicht, dass Leffel es nicht gewohnt gewesen wäre, doch hatte er erwartet, in Iónador besser behandelt zu werden als in seinem heimatlichen Dorf.

»Aber die Zeichen, Herr!«, rief er in einem letzten, verzweifelten Versuch, Klaigon umzustimmen.

»Was für Zeichen?«

»Es hat Zeichen gegeben«, berichtete Leffel aufgeregt. »Garstige Kreaturen wurden gesichtet, die der frühe Winter aus den Bergen getrieben hat. Sogar ein Feuerreiter wurde gesehen.«

Schlagartig brach das Gelächter bei Tisch ab, und nicht wenige der hohen Damen und Herren bedachten den Gilg mit entsetzten Blicken. Von einem Feuerreiter hatte man also auch in Iónador schon gehört.

Auch der Fürstregent starrte Leffel an. Das Fleisch, an dem er gerade gekaut hatte, spuckte er kurzerhand auf seinen silbernen Teller. »Was hast du gesagt?«

»I-ich sagte, dass ei-ein Feuerreiter gesehen wurde«, wiederholte Leffel, dem unwohl wurde in seiner Haut.

»Hast du diesen Feuerreiter mit eigenen Augen gesehen?«, fragte Klaigon lauernd.

»Nein, Herr, aber ich ...«

»Was, bei den Erben Díurans, gibt dir dann das Recht, hierherzukommen und meinen Hofstaat zu erschrecken?«, schrie Klaigon, und seine Stimme überschlug sich beinahe. »Das alles sind nur wilde Behauptungen! Gerüchte, von Dorftrotteln in die Welt gesetzt!« Er wandte sich den edlen Herren und Damen bei Tisch zu. »Esst und trinkt weiter, meine Freunde! Lasst euch nicht erschrecken von einem Tölpel, der nicht weiß, was er sagt! Vielleicht sollte ich ihm die Zunge herausschneiden lassen, damit sein Geschwätz keinen Schaden mehr anrichten kann.«

»Nein, Herr!«, rief Leffel entsetzt und warf sich furchtsam zu Boden. »Bitte, tut mir nichts! Ich habe nur gesagt, was man mir aufgetragen hat.«

»Dann geh zurück und berichte deinen Leuten, dass ich mit meiner Geduld am Ende bin. Ich habe es satt, von Bettlern und Taugenichtsen mit Lügen und närrischen Geschichten belästigt zu werden. Entweder entrichten die Bauern ihren Tribut, oder ich werde meine Armee aussenden und ihnen die Dächer über den Köpfen anzünden lassen. Das ist mein letztes Wort – und nun werft ihn hinaus!«

Noch ehe Leffel sich's versah, waren die Wachen der Turmgarde zur Stelle, um ihn zu ergreifen. Da erinnerte er sich plötzlich an den Sack aus Rupfen, den er noch immer bei sich trug. Wie hatte Magistrat Grindl gleich gesagt? *Wenn einer der hohen Herren in der Goldenen Stadt an deinen*

Worten zweifeln sollte, dann öffne den Sack, und man wird dir glauben …

»Halt!«, rief der Gilg und wollte den Sack aufschnüren – aber die Wächter ließen ihm keine Gelegenheit dazu. Schon hatten sie ihn gepackt, und unter dem schallenden Gelächter des Hofstaats zerrten sie ihn aus dem Saal. Als er sich widersetzte, schlugen sie ihm mit dem flachen Blatt einer Hellebarde auf den Kopf, dass er ganz benommen war. Sie schleppten ihn den Gang hinab und warfen ihn schließlich die Treppe vor dem Turm nach unten. Leffel Furr purzelte über die Stufen und holte sich einige blaue Flecke.

Da dämmerte ihm, weshalb man ausgerechnet ihn für diesen Auftrag ausgewählt hatte.

Weil er der Gilg war und dumm genug, einen solchen Auftrag anzunehmen …

»Habt ihr gesehen?«, rief Klaigon seinen Hofschranzen zu. »So macht man das! Man lässt diese dummen Bauern eine Weile reden und wirft sie dann hinaus!«

»Und wenn er die Wahrheit sprach?«, fragte Dietmann von Ried, ein Angehöriger des Landadels, dessen Burg sich über dem Tal des Allair erhob. »Wenn es tatsächlich unheilvolle Zeichen gab?«

»Was ist dir, Dietmann? Teilst du etwa den Aberglauben dieser armen Narren? Natürlich ist alles erstunken und erlogen, was sie sagen. Sie sind nur nicht gewillt, ihren Tribut an Iónador zu entrichten. Man tut gut daran, den Funken ihres Widerstands bereits im Keim zu ersticken – notfalls auch mit Waffengewalt. Unsere Armee ist bereit, unsere Interessen jederzeit durchzusetzen. Nicht wahr, mein guter Barand?«

Barand von Burg Falkenstein, jener auf hohem Fels errichteten Feste, die in der alten Zeit *Seabon Leac* genannt wurde, saß auf dem Platz neben dem Regenten. Die Züge des jungen Ritters waren angespannt und finster, sein Blick von Unruhe getrieben. Eine Narbe verlief von seinem linken Auge quer über die Wange bis zum Kinn. Stolz trug er die Schärpe des obersten Heerführers. Nicht von ungefähr hatte Klaigon ihm den Oberbefehl über die Armee Iónadors übertragen: In dem großen Turnier, das zur Ermittlung des neuen Marschalls ausgetragen worden war, hatte sich Barand als der mutigste und beste aller Kämpfer erwiesen.

»Auf Euer Heer ist Verlass!«, versicherte Barand. »Es steht bereit, um Iónador gegen jedweden Feind zu verteidigen, zu jeder Zeit.«

»Sehr gut.« Klaigon lächelte. »Wie beruhigend, dies zu wissen.« Er wandte sich wieder an die Versammelten. »Ihr seht also, meine Freunde, dass es nichts gibt, worüber ihr euch sorgen müsstet. Wir verfügen über genug tüchtige Kämpfer, die uns notfalls mit ihrem Leben schützen, und wir … *Was ist das?*«

Lautes Geschrei drang vom Eingang der Halle her. Im nächsten Moment taumelte, zu aller Erstaunen, ein Wachsoldat in den Saal. Sein Helm war verbeult, und er wankte benommen – bis er schließlich das Gleichgewicht verlor und zu Boden ging. Sein Helm und sein Harnisch verursachten schallenden Lärm, als er aufschlug.

»Was, bei Díurans Erben …?«

Verblüfft starrten Klaigon und seine Gäste auf die Pforte, durch die im nächsten Moment zwei Männer traten.

Den einen kannten sie bereits – es war der tölpelhafte Unterländer, den der Regent eben erst hatte hinauswerfen lassen. Der andere Mann war größer und kräftiger und überragte den Gilg um fast zwei Köpfe. Das schwarze Haar trug er kurz geschnitten, das kantige Kinn zierte ein Bart. Dem grünen Rock nach war er Jäger, ein Wildfänger aus den Bergen.

Klaigon schnaubte verächtlich.

Er hatte die Wildfänger noch nie leiden können. Sie lebten zurückgezogen in den Bergen und nach ihren eigenen Gesetzen. Sie waren frei und unbeugsam, und viele von ihnen weigerten sich, die Herrschaft Iónadors anzuerkennen und ihren Tribut zu entrichten. Für den Fürstregenten waren sie ein notwendiges Übel, das er in Kauf nehmen musste, wenn er Wildbret auf dem Tisch haben und sich in feines Leder kleiden wollte. Dennoch hatte er schon mehrfach mit dem Gedanken gespielt, mit Gewalt gegen die Wildfänger vorzugehen und sie zu lehren, wer ihr Herrscher war.

»Bist du der Fürstregent?«, fragte der Wildfänger in dem

strengen Dialekt, der den Bergbewohnern zu eigen war. »Bist du Klaigon?«

»Der bin ich!«, antwortete der Regent erhobenen Hauptes. »Daher würde es dir gut zu Gesicht stehen, mir mehr Respekt zu erweisen – weil ich dich sonst ergreifen und auspeitschen lasse!«

»Respekt gebührt nur dem, der auch Respekt erweist«, beschied ihm der Jäger ungerührt, in dessen Augen unter den buschigen Brauen ein wildes Feuer loderte. »Hast du diesem Bauern hier etwa Respekt erwiesen?«

»Bitte, Freund«, jammerte der Gilg neben ihm mit hochrotem Kopf, »lass es gut sein. Ich bin sicher, die hohen Herren haben es nicht so gemeint.«

»Du solltest auf den Burschen hören, Wildfänger!«, riet Klaigon. »Obwohl er nur ein ungehobelter Tölpel ist, scheint er mehr Verstand zu haben als du.«

»Wir Wildfänger sind die Umgangsformen von euch Städtern nicht gewohnt«, entgegnete der Jäger. »Wir sagen frei heraus, was wir denken, und es hat noch keinen gegeben, der uns das hätte verbieten können.«

»Dann werde ich der Erste sein!«, rief Barand von Falkenstein und sprang auf, die Hand am Griff seines Schwerts. »Ich lasse nicht zu, dass jemand die Ehre des Fürstregenten beschmutzt!«

»Ehre, wem Ehre gebührt«, erwiderte der Jäger ungerührt. »Sagt, Ihr hohen Herren, ist es einem einfachen Bürger, der den Rat und die Hilfe des Fürstregenten sucht, nicht gestattet, sich zu erklären?«

»Durchaus, Wildfänger«, sagte Klaigon und zeigte sich großmütig. »Aber ich würde dir raten, deine Zunge besser in Zaum zu halten, wenn du sie nicht verlieren willst. Wer bist du, und was willst du?«

»Mein Name ist Alphart, und Jäger bin ich von Beruf – und ich bin gekommen, um euch alle zu warnen.«

»Um uns zu warnen? Wovor?«

»Bis vor wenigen Tagen lebte ich mit meinem Bruder zurückgezogen in einer Hütte am Fuß des Dáicol. Wir hatten unser Auskommen als Jäger und Fallensteller und lebten in Einklang mit der Natur, wie es die Art von uns Wildfängern ist.«

»So?«, fragte Klaigon gelangweilt. »Warum bist du dann nicht immer noch auf deiner Hütte, Alphart? Du hättest gut daran getan, dort zu bleiben.«

»Weil wir überfallen wurden. Mein Bruder ist tot, niedergestreckt von den Klingen gemeiner Mörder.«

»Dann solltest du damit nicht zu mir kommen, sondern die Mörder deines Bruders verfolgen und sie zur Rechenschaft ziehen. Ist es nicht so Sitte bei euch?«

»Das ist wahr. Aber es war der letzte Wunsch meines Bruders, dass ich hinabsteige ins Tal, um den Herren von Iónador von den Vorfällen zu berichten und sie zu warnen.«

»Von welchen Vorfällen?«

»Es waren keine gewöhnlichen Räuber, die in jener Nacht meinen Bruder überfielen und ihn töteten«, sagte Alphart. »Es waren Erle.«

Schlagartig wurde es völlig still im Saal.

Das eine Wort genügte, um sowohl die Fürsten am Tisch als auch die Zaungäste verstummen zu lassen. Eisiges Schweigen kehrte ein. Wer gerade noch einen Bissen im Mund hatte, hörte auf zu kauen. Aller Augen richteten sich entsetzt auf Alphart und den armen Leffel, der neben ihm stand und am liebsten im Boden versunken wäre.

»Was hast du gesagt?«, fragte Klaigon in die Stille, und die Stimme des Fürstregenten zitterte dabei leicht.

»Ich sagte, es waren Erle«, wiederholte Alphart. »Wüste Kreaturen, die der frühe Winter aus den Schluchten und Höhlen von Düsterfels getrieben hat.«

»Soll ich ihm das Maul stopfen, Hoheit?«, fragte Barand,

der noch immer stand und dessen narbiges Gesicht zur eisernen Maske geworden war.

»Nicht nötig«, murmelte Klaigon – um im nächsten Moment in dröhnendes Gelächter auszubrechen.

Der Hofstaat schaute überrascht auf den Regenten. Zunächst wurden zweifelnde Blicke gewechselt, aber dann verbreitete sich Erleichterung darüber, dass Klaigon der Warnung des Jägers offenbar keine Bedeutung beimaß, und nach und nach fielen die hohen Damen und Herren in sein Gelächter ein.

»Darf man fragen, was Ihr daran so komisch findet?«, grollte Alpharts tiefes Organ. »Sollte euch der Tod meines Bruders so amüsieren, dass Ihr kaum an euch halten könnt?«

»Lass es gut sein, Wildfänger«, sagte Klaigon und wischte sich eine Lachträne aus dem Augenwinkel. »Ich dachte stets, Jägersleute wären eine ernste Sippschaft, die weder Spaß noch Heiterkeit kennt. Jetzt weiß ich, dass es anders ist.«

»Ich scherze nicht, Herr!«, rief Alphart laut. »Mein Bruder wurde getötet, von einem garstigen Erl!«

»Es gibt keine Erle, Alphart Wildfänger«, belehrte ihn der Fürstregent, »außer in den Geschichten, die man sich nachts am Kaminfeuer erzählt.«

»Da irrst du dich! Ich habe sie gesehen, mit eigenen Augen. Ich habe ihr Grunzen gehört und in ihre hässlichen Schweinsgesichter geblickt. Und ich war dabei, als sie meinen Bruder töteten!«

Das Gelächter der Hofschranzen verlor sich, und schon wieder konnte Klaigon Furcht und Entsetzen in den Gesichtern seiner Gäste erkennen. Es war Zeit, die Sache zu beenden.

»Das genügt!«, rief er kurz entschlossen. »Mein getreuer Barand, sei so gut und lass diesen Verrückten aus dem Turm entfernen!«

»Mit Vergnügen, Hoheit.«

Barand von Falkenstein zog sein Schwert. Gleichzeitig rückten die Soldaten der Wache mit gesenkten Hellebarden gegen Alphart und Leffel Gilg vor.

Da öffnete dieser, einem jähen Geistesblitz folgend, die Verschnürung des Rupfensacks und schaute hinein.

Und stieß einen schrillen Schrei aus, als er sah, was sich darin befand!

Auch Alphart warf einen Blick in den offenen Sack. Anstatt sich jedoch zu erschrecken, griff der Jäger beherzt hinein, packte zu, zog etwas heraus und schleuderte es quer durch den Saal, direkt auf Klaigons Tafel.

Unmittelbar vor dem Regenten blieb das grässliche Ding liegen und starrte ihn aus leblosen schwarzen Augen an: der Erlschädel, den der Bauer Segges von dem Flüchtling erhalten hatte.

Da gab es im Saal kein Halten mehr. Entsetztes Geschrei brach unter den Edelleuten aus. Nicht wenige der hohen Damen fielen in Ohnmacht, während die Ritter und Fürsten aufsprangen und nach ihren Schwertern griffen, obwohl gerade von diesem Erl ganz sicher keine Gefahr mehr drohte.

Auch Klaigon war blass geworden. Mit ungläubig geweiteten Augen starrte er auf das grausige Haupt.

»Nun, Herr?«, erkundigte sich Alphart ungerührt. »Wie steht es? Hältst du mich immer noch für einen Scherzbold?«

Der Fürstregent schäumte vor Wut. Was auch immer er sagen würde, wie er es auch drehen und wenden mochte – damit, den Jäger dreister Lüge zu bezichtigen und ihn hinauswerfen zu lassen, war es nun nicht mehr getan. Furcht und Schrecken hatte die Menschen im Saal ergriffen, selbst in den Zügen des wackeren Barand war blankes Entsetzen zu lesen.

Klaigon war lange genug an der Macht, um zu wissen, wann er einlenken musste, um sich diese Macht zu erhalten.

Er musste handeln. So sehr es ihm missfiel – ein hergelaufener Wildfänger aus den Bergen zwang ihn dazu.

»Haltet ein, meine Freunde!«, rief er deshalb laut und hob beschwichtigend die Hände. Aller Blicke richteten sich auf ihn, und tatsächlich beruhigten sich die hohen Herrschaften ein wenig, als sie sahen, dass ihr Oberhaupt einen kühlen Kopf bewahrte. »Ich gebe zu, dass dieser Jägersmann uns einen unwiderlegbaren Beweis geliefert hat – allerdings einen Beweis, dessen wir nicht bedurften. Denn wer von uns wusste nicht, dass sich in den dunklen Klüften von Dorgaskol üble Kreaturen herumtreiben?«

»Entschuldige«, unterbrach ihn Alphart schroff, »aber hast du nicht eben noch behauptet, es würden keine Erle existieren? Dass es sie nur in alten Geschichten gäbe?«

Klaigon rang sich ein verlegenes Grinsen ab, während er zu seinem Ärgernis bemerkte, das einige Edelleute beifällig nickten. »Als Fürstregent von Iónador«, sagte er laut, »ist es meine Pflicht, auf das Wohlergehen meines Volkes zu achten und dafür zu sorgen, dass es nicht grundlos in Aufregung oder gar Panik versetzt wird.«

»Grundlos? Das nennst du grundlos?«, beschwerte sich der Jäger. »Seit Menschengedenken haben sich die Erle nicht so weit vorgewagt. Jetzt greifen sie uns offen an. Sie haben meinen Bruder umgebracht!«

»Nimm mein Bedauern dafür, werter Jägersmann. Aber wer kann sagen, ob sich dein Bruder nicht leichtfertig in Gefahr begeben hat? Wie jeder weiß, sind die Klüfte von Düsterfels verbotenes Land. Ein rechtschaffener Bürger hält sich daran und bleibt diesseits des Gebirges – die Wildfänger jedoch kümmern sich nicht um die Gesetze. Wie weit bist du nach Dorgaskol vorgedrungen, Alphart, ehe du auf Erle trafst?«

»Es gibt Gebote, Herr, die auch die Wildfänger beherzigen, und ich schwöre dir, dass weder mein Bruder noch ich selbst die alte Weisung missachtet und die dunklen Schluchten betreten haben. Etwas hat die Erle aus ihren Löchern getrieben. Sie sind wieder da – und sie dürsten nach Blut!«

Wieder regte sich unruhiges Gemurmel, furchtsame Blicke wurden getauscht. Klaigon sah ein, dass er so nicht weiterkam, und änderte die Taktik, um die Situation wieder in den Griff zu kriegen. »Schön«, meinte er, »nehmen wir an, du sprichst die Wahrheit, Wildfänger. Was sollte ich deiner Ansicht nach tun?«

»Du bist Fürstregent, nicht ich. Aber wenn du eine Antwort willst, dann sage ich dir, dass du das Land auf einen Krieg vorbereiten musst. Die Grenzburgen müssen verstärkt werden, ebenso die Posten auf dem Hohen Wall. Eine Armee sollte ausgesandt werden, damit sie sich den Erlen in den Weg stellt, ehe sie die Fluren Allagáins überrennen.«

Erneut riefen die Worte des Wildfängers Angst und Schrecken auf den Gesichtern der Anwesenden hervor. Klaigon kannte den Grund, wusste er doch genau, wie sehr seine Ritter, die vollgefressen waren und träge von unzähligen Gelagen, den Krieg verabscheuten. Und er wusste auch, dass jeder gegenteilige Vorschlag, den er machte, begeistert aufgenommen werden würde.

»Dann wollen wir froh sein«, versetzte er, »dass du nicht Fürstregent von Iónador bist, Alphart Wildfänger, denn dieses Amt erfordert nicht nur Mut und Tatkraft, sondern auch Besonnenheit. Willst du, ein einfacher Jäger, die Entscheidung treffen über Frieden und Krieg? Rechtfertigt ein einzelner abgeschlagener Erlkopf« – er deutete auf das unappetitliche Mitbringsel auf dem Tisch – »einen so weit reichenden Schritt, der über das Wohl und Wehe von zahllosen tapferen Männern entscheiden kann?«

»Der Fürstregent hat recht«, pflichtete Barand bei. »Wir sollten eingehend darüber beraten.«

»Wozu?«, rief Meinrad, ein Ritter aus dem Osten Allagáins, dessen Zitadelle an den Ausläufern des Schwarzmoors stand. »Wenn die Gefahr so nah ist, wie der Jäger sagt, dann müssen wir handeln, ehe es für die Grenzburgen zu spät ist!«

»In diesem Fall«, sagte Klaigon, der von Meinrad keine andere Reaktion erwartet hatte, »brauchen wir fremden Rat, meine Freunde. Selbst ein Fürstregent kann nicht alles wissen. Und bisweilen braucht er die Hilfe von Mächten, die außerhalb irdischer Kreise stehen. Lasst nach Éolac dem Seher schicken!«

»Ruft Éolac den Seher!«

»Ein guter Gedanke!«

»Éolac wird wissen, was zu tun ist!«

Allenthalben wurde beifällig genickt und Zustimmung bekundet. Klaigon lehnte sich zufrieden auf seinem kunstvoll gearbeiteten Stuhl zurück und wartete darauf, dass der Seher eintraf, dessen geheimnisvolles Reich tief unter Iónador lag, in den Kellergewölben des Túrin Mar.

Entsprechend dauerte es eine Weile, bis der Hofbeamte die unzähligen Stufen hinunter- und wieder hinaufgestiegen war. Als er zurückkehrte, hatte er Éolac im Gefolge.

Der Seher war ein kleinwüchsiger, buckliger Mann mit tief liegenden Augen und dünnem grauem Haar, das von den Seiten seines ansonsten kahlen Schädels hing. Er trug einen Umhang aus Krähenfedern und hatte den ledernen Beutel bei sich, in dem er die Runenknochen aufbewahrte. Auf den Adel machte das eine Menge Eindruck – Klaigon hingegen wusste, dass Éolacs magische Begabung nicht größer war als die eines überreifen Bergkäses. Dass er den Seher dennoch gewähren ließ, lag daran, dass der Éolac stets klug genug gewesen war, genau das weiszusagen, was Klaigon hören wollte.

Allerdings gab es jemanden im Saal, der mit verschränkten Armen dastand und dessen Miene keinen Zweifel darüber auskommen ließ, dass er den Fähigkeiten des Sehers zutiefst misstraute: Alphart. Der Jäger, der sich mit der Natur tief verbunden fühlte und nach ihren Gesetzen lebte, verabscheute jede Form von Magie und Hellseherei.

»Großer Éolac«, rief jedoch Klaigon, »wir schulden dir Dank, dass du deine Studien unterbrochen hast, um uns mit deinem Wissen und deiner Weisheit beizustehen!«

»Iónador hat mir ein Heim und Schutz gegeben«, entgegnete der Seher und verbeugte sich. »Es ist nur recht, dass ich Euch dafür zu Diensten bin. Sagt mir, wie ich Euch helfen kann.«

»Ungeheures ist geschehen, großer Éolac! Jener Jäger dort« – der Fürstregent deutete auf Alphart – »behauptet, dass unserem Land Gefahr drohe durch finstere Kreaturen aus Dorgaskol. Sage uns, Éolac, ob wir seinen Worten Glauben schenken dürfen oder ob nur die Ängste eines wirrköpfigen Einsiedlers aus ihm sprechen. Soll einer einzelnen warnenden Stimme wegen ein ganzes Volk zittern und bangen?«

Die Miene des Sehers veränderte sich. Von einem Augenblick zum anderen nahm sie einen entrückten Ausdruck an, und Éolacs wässrige Augen schienen auf einmal in weite Ferne zu blicken. Mit einer Effekt heischenden Geste griff er in den Beutel, den er bei sich trug, und holte eine Handvoll Knochen hervor, in die Runen geschnitzt waren, die Zeichen der Sylfen.

Es wurde völlig still im Saal, und selbst Leffel und Alphart schauten den Seher gebannt an – der Gilg, weil er noch nie zuvor einem Wahrsager bei der Arbeit zugeschaut hatte, und Alphart, weil er die Abneigung seiner Zunft gegen alles Übernatürliche teilte.

Man hörte Éolac leise vor sich hinmurmeln, unverständliche Worte in der Sprache Ventars, die kaum noch jemand beherrschte und von der nur die Namen der Berge geblieben waren. Er bückte sich und ließ seine hohlen Hände, in denen er die Runenknochen hielt, mehrmals über dem steinernen Boden kreisen. Dann, unvermittelt, öffnete er sie und ließ die Knochen fallen – und aus dem Bild, das sich ergab, begann der Seher die Zukunft zu lesen.

Während aller Augen gespannt, fast ängstlich auf Éolac gerichtet waren, ließ Alphart ein verächtliches Schnauben hören. Für ihn stand fest, dass der Seher nur Unfug trieb und nichts weiter war als ein Werkzeug des Regenten, dessen sich dieser bediente, damit die Menschen an das glaubten und taten, was er wollte.

Umso überraschter war der Jäger, als sich Éolacs Gesicht sorgenvoll zerfurchte und er mit warnender Stimme sagte: »Der Fremde aus den Bergen spricht wahr, edler Fürstregent! Unheil braut sich in den Bergen zusammen. Verderben aus alter Zeit. Grauen, das keinen Namen kennt.«

»Was?« Ungläubig beugte sich Klaigon vor. Ihm war anzusehen, dass er mit einer solchen Auskunft nicht gerechnet hatte. Nach den Worten des Sehers breitete sich erst recht Unruhe im Saal aus. Erneut wurden ängstliche Blicke getauscht, und die hohen Herren und Damen tuschelten aufgeregt miteinander.

»Es ist wahr, o Fürstregent«, bekräftigte der Seher. »Die Runen lügen nicht. Und sie besagen, dass unserem Land Unheil bevorsteht. Die frühe Kälte ist der Grund dafür. Sie treibt die dunklen Kreaturen aus den Abgründen, in die sie einst gestoßen wurden. Schon kommen sie herab in die Täler – Erle und Eisriesen, Todfeinde aus alter Zeit.«

»Nein!«, schrie Klaigon trotzig, während blankes Entsetzen im Saal um sich griff. »Du musst dich irren, alter Narr!« Dann wandte er sich den Edelleuten zu. »Die Mauern Iónadors sind stark und mächtig. Uns droht keine Gefahr!«

»Ich spreche nur laut aus, was die Runen sagen«, verteidigte sich der Seher, »und die Runen haben mir Unheil verkündet. Wenn Ihr ihren Rat nicht wollt, dürft Ihr sie nicht fragen, Herr.«

Klaigon knurrte wie ein Wolf, aus seinen Augen zuckten unsichtbare Blitze. Es war unklar, was ihn mehr in Wut versetzte – dass die Runen plötzlich ein höchst unwillkommenes Eigenleben entwickelt hatten oder dass der Mann, dessen Dreistigkeit all dies bewirkt hatte, auch noch unverschämt grinste.

»Wie nun, Alphart Wildfänger?«, rief Klaigon ihm zu. »Bist zu zufrieden mit dem, was du angerichtet hast? Es ist dir gelungen, meinen gesamten Hofstaat zu verängstigen. Die Seuche der Furcht greift um sich und wird schon bald jeden in der Stadt gepackt haben. Hast du erreicht, was du wolltest?«

»Das war nicht meine Absicht«, entgegnete der Jäger mit fester Stimme. »Ich für meinen Teil glaube nicht an Runen und Weissagungen. Aber da du es offenbar tust, solltest du auf deinen Seher hören.«

»Das werde ich«, versicherte Klaigon und schnaubte zornig. »Was rätst du mir, Éolac Allwissend? Was können wir tun, um der angeblichen Bedrohung aus den Bergen zu begegnen?«

»Nicht der angeblichen«, sagte der Seher, dessen Blick noch immer in weite Ferne gerichtet schien. »Die Bedrohung ist wirklich, Herr, und sie ist näher, als Ihr denkt. Schnell wie der Wind breitet sie sich aus, ein Sturm steht bevor.«

»Und?«, fragte Klaigon, dem die Kontrolle entglitten war – einige seiner Edelleute standen kurz davor, in heillose Panik zu verfallen. »Hast du uns noch mehr zu bieten als unheilvolle Weissagungen? Kannst du uns auch einen Rat geben, Seher, wie es deine Pflicht wäre?«

»Nein, Herr«, gestand Éolac kopfschüttelnd. »Meine Magie ist nur von bescheidner Natur und beschränkt sich darauf, die Runen zu lesen. Um einer Gefahr wie dieser zu begegnen, sind die Dienste eines Mannes vonnöten, der die

Vergangenheit kennt und in ihren Geheimnissen bewandert ist. Ihr braucht einen Druiden.«

»Einen Druiden?«

Dieses Wort versetzte die Anwesenden nur noch mehr in Unruhe. Während es kaum noch Druiden gab, waren die Geschichten über sie umso zahlreicher. Den einen galten sie als Gelehrte, die das Wissen der alten Zeit bewahrten. Andere hielten sie für Zauberkundige, die den Elementen geboten. Wieder andere bezweifelten, dass Druiden überhaupt Menschen waren. Wie es hieß, wurden sie Tausende von Jahren alt und hatten noch die Tage Danaóns miterlebt.

Wofür auch immer man Druiden jedoch halten mochte, alles, was man sich über sie erzählte, stimmte in einem Punkt überein: dass sie launisch und unberechenbar waren. Daher nahm man ihre Dienste nur dann in Anspruch, wenn es sich auf gar keinen Fall vermeiden ließ. Der letzte Besuch eines Druiden in Iónador lag mehr als vier Generationen zurück.

Druiden hatten überhaupt keinen Respekt vor der Obrigkeit und scherten sich nicht um weltliche Belange. Darum verspürte Klaigon nicht die geringste Lust, einen von ihnen in seine Stadt zu lassen. Aber er sah ein, dass die Aussicht auf den Beistand eines zauberkundigen Beraters den Adel beschwichtigen würde.

»Wie immer hast du weise und klug gesprochen, Éolac«, sagte er deshalb ein wenig widerstrebend, »und natürlich werde ich deinen Rat befolgen. Ein Druide soll es sein, der uns in der Stunde der Gefahr zur Seite steht. Aber es gibt nur noch wenige von ihnen, und die meisten leben zurückgezogen von den Menschen. Wo also sollen wir einen finden?«

»In Damasia, Herr«, antwortete Éolac ohne Zögern.

»Damasia?« Klaigon hob die Brauen. »Von der alten Feste sind nur noch Trümmer übrig ...«

»Dennoch bergen diese Trümmer noch viele Geheimnisse. Dies ist auch der Grund, weshalb der Druide Yvolar sie vor langer Zeit zu seinem Domizil erkoren hat. Den Weisen von Damasia nennt man ihn, den Propheten vom Urberg.«

»Und du denkst, wir sollten jemanden zum ihm schicken, um ihn um Rat zu fragen? Eine Abordnung unseres Volkes?«

»Das wäre weise, Herr. Aber handelt rasch, denn die Zeit drängt.«

»Nun gut.« Klaigon nickte. »Dann verfüge ich hiermit, dass Alphart Wildfänger und Leffel Furr, den sie den Gilg nennen, diese Reise für uns antreten sollen.«

»Schon wieder ich?«, entfuhr es dem Gilg voller Verwunderung, während Alphart so überrascht war über diesen neuen Winkelzug des Regenten, dass es ihm die Sprache verschlug.

»Bedenkt, mächtiger Klaigon, dass der Weg nach Damasia weit und voller Gefahren ist«, wandte Éolac ein. »Die Feste ruht auf dem Urberg, inmitten der Ausläufer des Dunklen Waldes, wo es von blutrünstigen Bestien nur so wimmelt.«

»Dessen bin ich mir bewusst, mein guter Éolac«, erwiderte der Fürstregent, der sich das Grinsen kaum verkneifen konnte, »aber ich bin sicher, dass ein unerschrockener Wildfänger die Gefahren des Waldes nicht fürchtet. Habe ich recht, mein wackerer Alphart?«

»Das ist wahr, Herr«, gab der Jäger zähneknirschend zurück, wohl wissend, dass der verschlagene Fürst ihn überlistet hatte. Widersprach er jetzt, stand er vor Klaigons Hofstaat als Großmaul und Aufschneider da. Also blieb ihm nichts anderes übrig, als sich Klaigons Willen zu fügen.

»Wie auch immer, Hoheit«, wandte Barand ein, »selbst wenn der Mut dieses Jägers so groß ist wie seine Dreistigkeit – diese Mission ist von zu großer Bedeutung, als dass wir sie zwei hergelaufenen Fremden überlassen sollten, die noch dazu niederer Herkunft sind. Wenn Ihr es gestattet, Herr, werde ich sie nach Damasia begleiten.«

»Das kommt nicht infrage!«, wehrte Klaigon kategorisch ab. »Du bist zu wertvoll, mein guter Barand, als dass ich dich entbehren könnte. Wenn die Gefahr tatsächlich so nah ist, wie Éolac behauptet, dann brauchen wir deine Schwerthand hier in Iónador.«

»Sehr richtig«, pflichtete einer der Fürsten bei, und entlang der Tafel wurde eifrig genickt.

»Und wenn wir uns weigern?«, fragte Alphart und verschränkte demonstrativ die Arme vor der Brust.

»Du willst wissen, was geschieht, wenn du dich dem Befehl deines Fürstregenten widersetzt?«, fragte Klaigon lauernd, und seine Gesichtszüge nahmen dabei einen wölfischen Ausdruck an.

»Allerdings.«

»Das will ich dir gern verraten, Alphart Wildfänger. Dann werde ich dich augenblicklich von meinen Wachen ergreifen und im Morgengrauen auf dem Turmplatz hinrichten lassen, zusammen mit deinem einfältigen Freund!«

Alphart registrierte, wie der Gilg neben ihm zusammenzuckte. »Ich verstehe«, erwiderte der Jäger leise.

»Du bürgst mir mit deinem Wort dafür, dass der Auftrag, den ich euch erteile, verlässlich ausgeführt wird«, fuhr Klaigon fort. »Jedermann weiß, dass die Wildfänger nach ihren eigenen Gesetzen leben, aber es heißt auch, dass ein Mann eurer Zunft ein gegebenes Wort niemals bricht.«

»Das ist wahr«, bestätigte Alphart.

»Wir werden sehen«, sagte Klaigon gleichmütig. »Bei Tagesanbruch werdet ihr die Stadt verlassen. Und wehe euch, wenn ihr eure Mission nicht erfüllt …«

Der Dunkelwald trug seinen Namen zu Recht.

Jenseits der Hügel und Täler Allagáins mit ihren sorgsam bestellten Äckern und Feldern erhoben sich im Norden knorrige Eichen und schwarzgrüne Tannen. Wie stumme Wächter bildeten sie den Rand des Waldes. Was sich jenseits dieser Grenze verbarg, wussten nur sehr wenige. Denn wer sich in den Dunkelwald wagte, kehrte gemeinhin nicht von dort zurück.

Den meisten Allagáinern wäre es ohnehin nie in den Sinn gekommen, auch nur einen Fuß in den Wald zu setzen. Das Holz, das sie zum Bau ihrer Hütten und für die Feuer in ihren Kaminen benötigten, holten sie sich aus den kleineren Wäldern des Landes, die nicht zu vergleichen waren mit dem weitläufigen Dunkelwald.

Düstere Geschichten rankten sich um dieses riesige Waldgebiet und um seine Bewohner – Geschichten über schaurige Baumgeister, menschenfressende Hexen und reißende Wolfsbestien. Die einen sagten, im Dunkelwald würde es spuken, andere glaubten, dass dort noch jene Kräfte wirkten, welche die Welt einst erschaffen hatten. Wer sich dem Wald näherte, der vernahm aus seinen Tiefen ein dumpfes Ächzen und Rumoren, das vom Wachsen der Bäume und vom ständigen Werden und Vergehen kündete.

Dennoch lebten tief in diesem Waldgebiet auch Menschen. Weder waren es Allagáiner, noch waren sie mit den Iónadorern verwandt. Es handelte sich um das Waldvolk, gegen das die Bewohner des Berglandes von alters her tiefen Groll hegten. Es war einst von Osten gekommen, aus dem

Land weit jenseits des Leathan, wovon ihre sehnigen Körper und ihr blondes bis rötliches Haar zeugten.

Viele Kriege waren zwischen den Waldbewohnern und den Allagáinern geführt worden, und wie es hieß, wandelten die Seelen der in den Schlachten Gefallenen noch immer im Dunkelwald umher und suchten vergeblich nach einem Weg hinaus, auf ewig dazu verdammt, als Irrlichter arglose Wanderer vom Pfad abzubringen.

Die Kreaturen, die den Dunkelwald zu nächtlicher Stunde durchquerten und sich mit ihren Klingen einen Weg durch das unwegsame Unterholz schlugen, vermochten diese Geschichten jedoch nicht zu erschrecken. Denn sie waren selbst Ausgeburten der Finsternis, und ein Schreckgespenst fürchtete das andere nicht.

Es waren Erle – oder Erks, wie sie sich in ihrer eigenen Sprache nannten. Grässliche Wesen mit gedrungenen Körpern, die schnüffelnd und grunzend den Wald durchstreiften, der Witterung ihrer Beute folgend. Ihre eitergelben Augen leuchteten im Dunkeln, und ihre gefährlichen Krallen umklammerten schartige Schwerter und wuchtige Äxte, deren Klingen und Blätter längst Rost angesetzt hatten, weil sie lange nicht in Gebrauch gewesen waren.

Dies sollte sich in Kürze ändern.

Der Ruf ihres finsteren Herrschers hatte die düsteren Klüfte von Dorgaskol erreicht und die Erle aus ihren Verstecken gelockt. Muortis' Heer sammelte sich erneut, und seine Späher durchstreiften bereits die Täler.

»Ein lauschiges Plätzchen«, murmelte einer von ihnen in der hässlichen Sprache seiner Art. »Findest du nicht auch, Lorga?«

»Schweig, du Idiot!«, fuhr ihn der Erl an, der an der Spitze des Zuges schritt. Er war größer als alle anderen und trug nicht ledernes Rüstzeug wie die Übrigen, sondern einen Brustpanzer aus rostigem Eisen. Auf seinem klobigen

Schädel saß ein ebenso rostiger Helm, und sein rechtes Auge wurde von einer ledernen Klappe bedeckt, die auf sein Schweinsgesicht genagelt war. Bei einem der Kämpfe, die unter den streitsüchtigen Erlen an der Tagesordnung waren, hatte er es eingebüßt. Aus der Haut seines Gegners, der es ihm ausstach, hatte sich Lorga einen Gürtel gefertigt, an dem die Scheide seines Schwerts und das Halfter seines Dolchs baumelten.

»Was ist mit dir, Lorga? Witterst du es nicht? Da sind Menschen, ganz in der Nähe. Ihr Blut riecht süß und frisch.«

Lorga grunzte nur. Natürlich hatte auch er längst den Geruch von Menschenfleisch wahrgenommen. Er hatte diesen Geruch auch sofort einordnen können, obwohl ihre letzte Begegnung mit Menschen lange zurücklag.

Abgesehen von den wenigen Wanderern, die sich hin und wieder nach Düsterfels verirrten, hatten sich die Erle in den vergangenen Jahrhunderten von Schlangen, Mäusen, Ratten und anderem niederen Viehzeug ernährt – und gelegentlich, wenn die Winter lang und hart gewesen waren, war es auch vorgekommen, dass sie übereinander hergefallen waren. Nun jedoch hatte das Darben ein Ende, denn die Erle hatten den Befehl erhalten, aus ihren dunklen Löchern zu kriechen und den Bergwall zu überqueren. Und das bedeutete, dass schon sehr bald wieder Menschenfleisch ihre Mägen füllen würde.

Sehr bald – aber noch nicht an diesem Tag, ermahnte sich Lorga. Erst musste der Plan funktionieren, erst dann durften sie die Menschen, die sie erschlugen, auch fressen …

Der Erl, der hinter ihm marschierte, gab dennoch keine Ruhe. »Ich rieche sie«, fing er erneut an und rümpfte den Rüssel. »Sie sind ganz in der Nähe.«

»Wirst du wohl still sein!«, blaffte Lorga ihn an und ballte die Hand zur Faust. »Willst du, dass sie gewarnt werden und fliehen, Dummkopf? Halt dein verdammtes Maul, oder ich stopfe es dir!«

Der vorlaute Gefolgsmann beschloss daraufhin, lieber still zu sein. Den Kopf zwischen die ledergepanzerten Schultern gezogen, ließ er sich ein Stück zurückfallen, denn Lorgas Zorn war berüchtigt.

In diesem Augenblick kehrten die beiden Späher zurück, die der Anführer ausgeschickt hatte. Auf allen vieren wie die Tiere, die sie einst gewesen waren, ehe Muortis' dunkle Künste ihnen die Fähigkeit zu sprechen und sich aufrecht zu bewegen gegeben hatte, krochen sie durch das Unterholz.

»Und?«, fragte Lorga. »Was habt ihr gesehen?«

»Ein Dorf der Menschen«, antwortete einer der beiden Späher, ein ungewöhnlich hagerer Kerl, von dessen Rüssel ein Stück fehlte.

»Wie viele sind es?«

»Nicht sehr viele. Und es gibt kaum Krieger dort. Nur ein paar alte Männer halten Wache, der Rest liegt in den Hütten und schläft tief und fest.«

»Nicht mehr lange«, sagte Lorga und lachte grunzend.

Dann wandte er sich seinen Leuten zu und wies sie an auszuschwärmen. Der Angriff würde nach erkischer Taktik erfolgen, ungeordnet und von allen Seiten zugleich. Ein altes Sprichwort besagte, dass Blutdurst der beste Feldherr wäre. Und außerdem – hatte ein Erl erst Blut geleckt, konnte ihn auch ein noch so energischer Häuptling nicht mehr zurückhalten. Dann wollte er nur noch morden und vernichten, denn dies war der einzige Sinn seines Daseins.

Durch dichtes Unterholz ging es voran, unter tief hängenden bemoosten Ästen hindurch, den Spähern hinterher, welche die Führung übernommen hatten. Auch Lorga plagte inzwischen der Blutdurst. Die klobige Axt lag in seinen bebenden Klauen, und er konnte es kaum erwarten, den ahnungslosen Menschen damit den Tod zu bringen.

Das Dickicht lichtete sich. Blasses Mondlicht drang von oben durch das Geäst und von vorn flackernder Feuerschein. Unmittelbar vor ihnen befand sich die Siedlung der Menschen, dort hatten sie ihre Behausungen errichtet.

Im Schutz mannshoher Farne pirschten sich die Erle bis an den Rand der Siedlung – ein Dorf der Waldmenschen, welche die Bäume als lebende Wesen verehrten. Für einen Erl war diese Einstellung nicht nachzuvollziehen und geradezu lachhaft.

Auf mächtigen Eichen waren hölzerne Plattformen errichtet, auf denen wiederum runde Häuser thronten – Hütten mit Wänden aus Lehm und Dächern aus Borke, die ganzen Sippen Schutz und Obdach boten. Vor den Eingängen hingen gestreifte Decken in unterschiedlichen Farben, um die einzelnen Familien zu kennzeichnen.

Auch darüber konnte Lorga nur lachen. Für einen Erl spielte die Abstammung keine Rolle. Das Einzige, was einen Erl von einem anderen unterschied, waren die Größe seines Mutes und seiner Kraft. Wer die Schädel seiner Rivalen am besten zu spalten verstand, wurde zwangsläufig zum Anführer.

Untereinander verbunden waren die Plattformen durch hölzerne Stege, die in luftiger Höhe ein dichtes Geflecht bildeten. Die Eichen standen in einem weiten Kreis. In dessen Zentrum befand sich ein moosüberwucherter Findling, um den allerhand Opfergaben verstreut lagen. Lorga hatte von der Eigenheit der Menschen gehört, zu höheren Wesen zu beten und ihnen Opfer darzubringen – ein weiterer Brauch, der in den Augen eines Erls nur Verachtung verdiente.

Rings um den Findling loderten mehrere Feuer. Ihr unsteter Schein beleuchtete die Baumhäuser und warf züngelnde Schatten auf die Gesichter der Erle. Lorga konnte die Wachen sehen, die die Menschenbrut aufgestellt hatte –

nur drei Mann an den Feuern und fünf weitere oben auf den Stegen. Nichts, was eine Horde blutrünstiger Erle hätte aufhalten können.

Der Häuptling zog den Rüssel kraus und bleckte die gelben Zähne. Mit einer herrischen Geste forderte er, dass man ihm Pfeil und Bogen reichte. Dann legte er eines der vergifteten Geschosse an die Sehne. Erlbogen waren kurz und stark, und es bedurfte großer Kraft, sie zu spannen – Lorga bezweifelte, dass ein Mensch dazu in der Lage gewesen wäre.

Er hingegen zog die Sehne mühelos bis zu seinem Ohr zurück. Einen Augenblick verharrte er, zielte genau, dann ließ er den Pfeil von der Sehne schnellen.

Mit einem flirrenden Geräusch zuckte der gefiederte Tod hinaus in die Nacht – um einen Herzschlag später eine der Wachen zu ereilen, die auf den Stegen postiert waren.

Der Pfeil traf den Mann in die Brust und durchschlug den ledernen Panzer, den er trug. Der Wächter ließ Schild und Speer fallen und taumelte zurück. Er durchbrach das Brückengeländer und stürzte in die Tiefe, direkt in eines der Feuer, sodass die Funken hoch in die Nacht stoben.

Die Erle verfielen in schadenfrohes Grunzen. Lorga gab den Befehl zum Angriff, und die Farne und Büsche teilten sich und entließen eine Horde kreischender Bestien, die mit blanken Waffen über die erschrockenen Menschen herfielen.

Die überrumpelten Wächter starrten auf das Grauen, das aus dem Dickicht stürzte, direkt auf sie zu.

Dann hatten die Angreifer sie auch schon erreicht.

Die Wächter am Feuer wurden kurzerhand niedergemacht. Hier und dort zuckten ein paar Pfeile von den Stegen herab. Aber die Erle waren nicht aufzuhalten. In ihrer Raserei versuchten einige von ihnen, die knorrigen Stämme mit bloßen Klauen zu erklimmen. Andere warfen rostige

Eisenhaken nach oben, an denen grob geflochtene Seile geknotet waren, an denen sie emporkletterten.

Die ersten Seile vermochten die Verteidiger noch zu kappen, sodass die Erle mit wütendem Grunzen zu Boden schlugen. Dann jedoch gelang es Lorga, einen der Stege zu erklimmen und den Wächter dort mit einem furchtbaren Axthieb zu fällen, woraufhin der Anführer der Erle einen gellenden Kriegsschrei ausstieß.

Ehe die so brutal aus dem Schlaf gerissenen Menschen vollends begriffen, dass es kein Albtraum war, den sie erlebten, fielen die Bestien mordend über sie her. Grässliche Schreie erklangen und vermischten sich mit dem Gebrüll der Erle. Rauch stieg von den Hütten auf, und der bittere Geruch von Blut wurde bald überlagert von dem des Feuers, das die Unholde legten.

Schließlich verstummte das Geschrei der Menschen.

»Auftrag ausgeführt, Lorga!«, erstattete einer der Unterführer dem Häuptling Bericht. »Keiner der elenden Menschen ist mehr am Leben. Kaelor wird sehr zufrieden sein!«

»Noch nicht«, widersprach der Häuptling. Mit blutbesudelter Klaue griff er unter seinen rostigen Harnisch und zog ein Stück Stoff hervor, das in Blau und Gold gehalten war und im rauen Nachtwind flatterte.

Lorga nahm sich einen herrenlos am Boden liegenden Speer, durchbohrte damit den Stofffetzen, dann holte er aus und schleuderte den Speer. Im Stamm einer Eiche blieb er stecken, an ihm das verräterische Banner, schmutzig und vom Geruch des Todes durchtränkt.

Schon bald würde das Schicksal seinen Lauf nehmen.

Genau wie Kaelor es vorausgesagt hatte …

Bei Anbruch der Dämmerung wurden Leffel Gilg und Alphart Wildfänger von den Wachen des Túrin Mar durch das Stadttor und über die große Brücke geführt. Vom Hausmeier waren sie mit Proviant für drei Tage versorgt worden – mit Pökelfleisch und Käse, dazu mit Brot aus weißem Mehl, wie die vornehmen Leute es aßen. Den Weg zum Urberg hatte man ihnen nicht lange zu erklären brauchen; sie mussten, so hatte man ihnen gesagt, nur der alten Hauptstraße nach Nordosten folgen, die in alter Zeit die Festen Iónador und Damasia miteinander verbunden hatte. Dass sie über weite Strecken verfallen war und gefährlich nah am Schwarzmoor verlief, verschwieg man geflissentlich.

Anders als die Berge des Hintertals, wo sich Alphart auskannte wie in seiner Rocktasche, war ihm der Nordosten Allagáins nicht vertraut. Er wusste nur, dass jenseits des alten Grenzwalls der Dunkelwald begann, über den auch die mutigsten Wildfänger Allagáins nur hinter vorgehaltener Hand sprachen. Es hieß, Geister und andere finstere Geschöpfe gingen dort um, und keiner, der nicht dem Waldvolk angehörte, dürfte ihn betreten, wenn ihm sein Leben lieb wäre.

Alphart hatte nie viel von solchen Geschichten gehalten. Er war ein Mann der Berge und der freien Natur. Einer wie er glaubte nur, was er sah und berühren konnte – und Waldgeister, Koblinge und anderes Geschmeiß gehörten sicher nicht dazu. Schon eher bereiteten ihm die Wölfe Sorgen, von denen es in den Wäldern wimmelte, und die Tatsache, dass sie einen Druiden aufsuchen sollten.

Beides behagte Alphart nicht. Ein oder zwei Wölfe stellten für einen sicheren Bogenschützen keine Gefahr dar, aber ein ganzes Rudel konnte selbst für einen erfahrenen Jägersmann zum Problem werden. Und was die Magie eines Druiden betraf, so war sie dem Wildfänger ebenso verdächtig wie all das Gerede von unheimlichen Vorzeichen. Aber wenn es tatsächlich helfen sollte, die Erle aus Allagáin zu vertreiben, dann sollte ihm auch das recht sein.

Leffel blieb die schlechte Laune seines Begleiters nicht verborgen. Auch er war nicht gerade begeistert darüber, dass man ihn, kaum dass er in Iónador angekommen war, schon wieder auf die Reise geschickt hatte. Aber er tröstete sich damit, dass er diesmal bessere Verpflegung dabei hatte. Außerdem hatte er einen mutigen Kameraden an seiner Seite, der sich nicht einmal von dem Fürstregenten hatte einschüchtern lassen – Alpharts selbstsicheres Auftreten Klaigon gegenüber hatte den Gilg tief beeindruckt.

Sie waren noch nicht ganz außer Sichtweite Iónadors, als es zu regnen begann. Zuerst waren es nur ein paar Tropfen, dann jedoch goss es in Strömen. Der Gilg lamentierte und ließ sich über das schlechte Wetter aus, wie es alte Sitte war in Allagáin, und er schickte manch beleidigten Blick zum Himmel. Alphart hingegen schien die wahren Sturzbäche, die sich aus den grauen Wolken ergossen, nicht mal zu bemerken. An Wind und Wetter war er gewöhnt, und der Regen, der Kapuze und Umhang durchweichte, hinderten ihn nicht daran, weiter einen Fuß vor den anderen zu setzen.

»Sauwetter!«, ereiferte sich Leffel erneut. »Bei so einem Regen jagt man nicht mal einen Hund vor die Tür! Das werde ich Klaigon sagen, wenn wir wieder zurück sind. Jawohl, das werde ich!«

Alphart reagierte nicht darauf und marschierte einfach weiter.

»Du sprichst nicht gern, was?«, beschwerte sich Leffel, der es satt hatte, immer nur geschnitten zu werden. Die Leute in seinem Heimatdorf mochten ihre Gründe dafür haben, aber dem Wildfänger hatte er nichts getan, dass er solch eine Behandlung verdiente.

Eine Antwort bekam er jedoch trotzdem nicht.

»Glaubst du, dass wir auf dem richtigen Weg sind?«, plapperte der Gilg einfach weiter.

Alphart ließ nur ein Brummen vernehmen, das allerdings auch von einem knurrenden Magen herrühren konnte, und ging stur geradeaus.

Doch Leffel gab so rasch nicht auf – sein Ehrgeiz, dem schweigsamen Jäger ein Wort zu entlocken, war entbrannt. »Du bist ein Wildfänger, nicht wahr?«, fragte er. »Hast du auch einen Jägernamen?« Er hatte gehört, dass es unter Wildfängern Brauch war, sich nach dem ersten Tier zu benennen, das sie erlegt hatten.

Unvermittelt blieb Alphart stehen, und seine blauen Augen blitzten drohend unter der regennassen Kapuze hervor. »Bursche«, knurrte er, »ist es nicht genug, dass wir beide diese unglückselige Reise machen müssen? Dass wir gegen unseren Willen zu Gefährten wurden? Musst du alles noch schlimmer machen, indem du mich beleidigst?«

Bei jedem einzelnen Wort war Leffels Kopf ein Stück tiefer zwischen seine Schultern gerutscht. »Ver-verzeih«, stammelte er. »Ich habs nicht bös gemeint. Ich … ich wollte nur reden und …«

»Reden!«, echote Alphart tadelnd. »Das ist das Elend mit euch Leuten aus dem Tal. Ihr redet ohne Unterlass und ohne nachzudenken. Hast du schon einmal in die Einsamkeit gelauscht, Leffel Gilg? Hast du die Sonne aufgehen hören? Oder dem Gras beim Wachsen zugehört?«

»Mein Vater pflegte zu sagen, dass die Witwe Burz manchmal das Gras wachsen hörte«, entgegnete Leffel einfältig.

»Dummkopf. Ich spreche davon, dass wir Wildfänger lieber schweigen. Wer viel redet, verscheucht nur seine Beute. Und meinen Jägernamen, Bursche, verrate ich nur dem, der es wert ist, und nicht jedem Hergelaufenen!«

Damit schritt der Jäger kräftiger aus und ließ den Gilg hinter sich.

Leffel zögerte, ihm zu folgen. Er war es gewohnt, gescholten zu werden, aber die raue Stimme des Jägers machte ihm zudem noch Angst. Andererseits hatte Leffel gewiss nicht vor, allein durch den Dunkelwald zu marschieren. Also fasste er sich ein Herz und setzte mit watschelnden Schritten hinter Alphart her.

»Weißt du«, stieß er hervor, als er keuchend zu ihm aufgeschlossen hatte, »es ist in Ordnung, wenn du nicht reden willst. Werde ich eben für uns beide reden. Das fällt mir gar nicht schwer.«

Alphart erwiderte nichts. Aber das tiefe Seufzen, das unter seiner Kapuze hervordrang, hätte Leffel eigentlich genug sagen müssen.

Tat es aber nicht.

»Eigentlich heiße ich gar nicht Gilg«, begann Leffel ungeniert seine Lebensgeschichte auszubreiten. »Die Leute haben mir diesen Namen gegeben, weil sie mich fälschlicherweise für einen Dummkopf halten. Dabei habe ich viele Talente, nur hat sich noch nie jemand die Mühe gemacht, sie zu entdecken. Aber es ist nun einmal so, dass ich schon immer anders gewesen bin, schon seit ich ein kleiner Junge war. Und da haben sich die Leute wohl daran gewöhnt, mich zu meiden.«

»Ach?«, knurrte Alphart verdrossen. »Ich frage mich, woran das liegen mag ...«

»Nicht wahr?«, sagte Leffel, der sich freute, dem Jäger ein paar weitere Worte entlockt zu haben. »Ich weiß auch nicht, woran es liegt. Denn ich für meinen Teil mag die

Leute aus dem Dorf wirklich sehr. Da sind der ehrwürdige Magistrat Belmus und der schlaue Bauer Segges, die resolute Witwe Burz und ihre zauberhafte Nichte Jolanda, der ich einen Strauß Blumen …«

»Muss ich wirklich alle kennenlernen?«, brummte Alphart missmutig.

»Nun, eigentlich nicht«, antwortete Leffel nach kurzer Überlegung. »Ich wollte dir nur erzählen, wie ich nach Iónador gekommen bin. Ich wurde nämlich ausgewählt, jawohl. Nach all den Jahren, in denen mich die Leute mieden und beschimpften, haben sie sich endlich eines Besseren besonnen und vertrauen mir. Sie haben mich zu ihrem Gesandten ernannt und nach Iónador zum Fürstregenten geschickt, damit ich von den unheilvollen Zeichen berichte und damit ich um Unterstützung wegen des bevorstehenden rauen Winters bitte.«

»Ja«, versetzte Alphart bitter, »und Hilfe hat er dir auch angedeihen lassen, der saubere Herr Fürstregent.«

»Du magst ihn nicht, oder?«, fragte der Gilg naiv.

»Ich habe keinen Grund dazu. Wir Wildfänger scheren uns nicht um das, was in den Tälern passiert. Die Leute dort sind eitel und geschwätzig.«

»So wie ich«, murmelte Leffel verschämt – und Alphart widersprach nicht. »Aber wenigstens«, fügte der Gilg hinzu, »setze *ich* mich für meine Heimat ein und sorge für die Menschen, die mir am Herzen liegen.«

Erneut blieb Alphart stehen, und diesmal funkelten die Augen unter der Kapuze noch ein wenig gefährlicher. »Bursche«, knurrte er, »dass es dir nie wieder einfällt, so mit mir zu reden. Auch Wildfänger sorgen für die Ihren. Aber sie lassen sich nicht zum Deppen machen.« Er schüttelte ratlos den Kopf. »Ist dir nie der Gedanke gekommen, dass dich die Leute aus deinem Dorf nur nach Iónador geschickt haben, weil sie dich loswerden wollten? Oder weil sie zu feige waren, selbst zu gehen? Weil sich kein anderer gefunden hat, der dumm genug war, den Erlschädel zum Fürstregenten zu tragen?«

»Nein!«, protestierte Leffel energisch, und eine Zornesfalte bildete sich auf seiner breiten Stirn – obwohl ihm, wenn er ehrlich sich selbst gegenüber war, der Verdacht durchaus schon gekommen war. Das war gewesen, als ihn Klaigons Wachsoldaten aus dem Turn geworfen hatten. »Das ist nicht wahr!«, rief er trotzdem. »Die Leute im Dorf achten und respektieren mich. *Deshalb* haben sie mich nach Iónador geschickt!«

»Wenn du meinst«, sagte Alphart und ging weiter.

Dass sich der Wildfänger nicht mit ihm streiten wollte, ärgerte den Gilg. Offenbar war er dem Jäger nicht einmal dafür gut genug.

»Warum sagst du so was?«, fragte er und lief hinter ihm her. »Was hast du davon, dem armen Leffel solch gemeine Dinge an den Kopf zu werfen?«

»Es ist nun mal die Wahrheit.«

»Ach so«, sagte Leffel, »du scheinst es ja genau zu wissen. Und warum, Alphart Wildfänger, bist du dann unterwegs nach Damasia? Warum hast du den Auftrag des Fürstregenten angenommen?«

»Weil er mir keine andere Wahl gelassen hat.«

»Wer zwingt dich weiterzugehen? Ich dachte, Wildfänger wären ihre eigenen Herren und ließen sich von niemandem etwas vorschreiben?«

»So ist es auch!«, sagte Alphart stolz. »Wir Wildfänger sind ungebunden und frei wie die Falken im Flug. Mit den Menschen aus den Tälern haben wir nichts zu schaffen – weder mit den Städtern noch mit den Bauern oder dem Waldvolk. Wir sind niemandem zugehörig und bedürfen niemands Hilfe. Schon gar nicht der dieses großmäuligen Hohlkopfs, der auf dem Königsthron sitzt.«

Erschrocken blickte sich Leffel um, weil er fürchtete, jemand könnte sie belauscht haben – so vom Fürstregenten zu sprechen, konnte leicht als Hochverrat ausgelegt werden. Aber die alte Straße, die sich zwischen den grauen Hügeln nach Osten wand, war menschenleer, und der dichte Regen war wie ein Vorhang, der sie rauschend umhüllte.

»Wenn du so denkst«, wandte Leffel ein, »wieso tust du dann, was Klaigon befohlen hat? Weshalb bist du überhaupt in die Goldene Stadt gekommen?«

»Weil es der letzte Wunsch meines Bruders war. Er wollte, dass ich nach Iónador gehe und die hohen Herren über die Gefahr in Kenntnis setze, die aus den Bergen droht. Aber Klaigon und seinesgleichen sind entweder zu dumm oder zu blind, um die Wahrheit zu erkennen. Deshalb muss ich nach Damasia, um diesen Druiden zu finden. Die Erle müssen aufgehalten werden. Sie müssen bestraft werden für das, was sie meinem Bruder angetan haben.«

»Du tust es also nicht für die Menschen von Allagáin? Nicht für die armen Bauersleut', für die Alten, Frauen und Kinder?«

»Natürlich nicht!«, sagte der Jäger heftig – ein wenig *zu* heftig, wie Leffel fand, aber er hakte nicht weiter nach.

»War dein Bruder ein Jäger wie du?«, erkundigte er sich stattdessen.

»Ja.«

»Willst du mir von ihm erzählen?«

»Da gibt es nichts zu erzählen«, erwiderte Alphart. »Er ist tot, die Erle haben ihn ermordet. Aber ich werde ihn rächen, das habe ich geschworen. Diese verdammten Kreaturen werden für ihre Untat büßen.«

»Hm«, machte der Gilg nachdenklich. »Es muss furchtbar sein, einen Bruder zu verlieren. Ich selbst hatte nie einen Bruder, weißt du. Genau genommen habe ich noch nicht einmal einen richtigen Freund. Willst du mein Freund sein,

Alphart Wildfänger? Dann würde ich versuchen, dir wie ein Bruder zu sein.«

»Dummkopf!«, knurrte der Jäger. »Du kannst meinen Bruder nicht ersetzen.«

»Das nicht«, räumte Leffel ein, »aber ich könnte dir ein treuer Gefährte sein. Ich könnte dir von meinen Geheimnissen erzählen und du mir von deinen. Wir könnten Freunde sein, die gemeinsam durch dick und dünn gehen, die füreinander einstehen und ...«

»Kannst du auch schweigen?«, fiel der Jäger ihm ins Wort.

»Natürlich«, gab Leffel zurück, »ich kann ...«

Mit einer energischen Geste ließ Alphart ihn verstummen.

Abrupt blieb der Wildfänger stehen. Er schlug die Kapuze zurück und lauschte in den Wind, der durch die Senken pfiff.

»Was ist?«, flüsterte Leffel kaum hörbar, während er merkte, wie seine alte Furcht zurückkehrte. Es war die Angst vor dem Unbekannten, die er während der Unterhaltung mit dem Jäger fast vergessen hatte ...

Trotz des strömenden Regens und der tiefen Pfützen, die auf der Straße standen, ließ sich Alphart auf die Knie nieder und legte seine Rechte auf einen der Pflastersteine. Dann schloss er die Augen und schien für einen Moment alles um sich herum zu vergessen. Schweigend lauschte er. Als er die Augen schließlich wieder aufschlug, lag ein Ausdruck darin, der Leffel erschreckte.

»Wir sind nicht allein«, sagte der Wildfänger leise. »Da sind noch welche auf der Straße – und das sind keine Menschen!«

Nie zuvor hatte Galfyn solches Grauen gesehen.

Blanker Schrecken war über die Wälder hereingebrochen. Blinder Hass hatte sich entladen und Tod und Verwüstung hinterlassen.

Noch vor wenigen Tagen, als Galfyn und seine Männer ausgezogen waren, um zu jagen, war das Dorf ein Hort des Lebens und der Freude gewesen, ein Ort des Friedens und des Lichts inmitten der Düsternis des Waldes.

Nun war nichts mehr davon übrig.

Obwohl es sich für einen Krieger, noch dazu für einen Stammeshäuptling, nicht geziemte zu weinen, konnte Galfyn die Tränen nicht zurückhalten. Der Anblick, der sich ihm und seinen Gefährten bot, war zu entsetzlich.

Von den Baumhäusern waren nur noch schwelende Trümmer übrig. Rauch lag über den Bäumen, der bittere Geruch des Todes tränkte die kalte Luft. Am Grässlichsten aber war, was die Angreifer mit den Bewohnern des Dorfes angestellt hatten. Der furchtbare Feind hatte sich nicht damit begnügt, sie alle zu töten – er hatte ihre Leichen so furchtbar zugerichtet, als wollte er sie selbst im Tod noch verhöhnen …

Galfyn blickte an den zugespitzten Pfählen empor, auf denen die abgeschlagenen Häupter der Wächter steckten. Blankes Entsetzen stand in ihren erstarrten Zügen. An den Ästen der umgebenden Bäume hingen die verstümmelten Körper der Alten, der Frauen und der Kinder, denen man teilweise die Gliedmaßen abgehackt hatte und die scheußlich entstellt waren. Krähen flatterten kreischend auf, als sich Galfyns Krieger näherten, um die Leichen abzunehmen und sie dem Feuer zu übergeben, das sie entzündet hatten.

Das Herz des jungen Häuptlings wollte zerbersten vor Schmerz. Auch die beiden Brüder seines Vaters befanden sich unter den Erschlagenen, ebenso wie Galfyns jüngere Geschwister. Wenn Galfyn die Augen schloss, konnte er ihre Gesichter sehen, und er hasste sich, weil er nicht zur Stelle gewesen war, um sie zu beschützen, als der unbekannte grausame Feind über sie hergefallen war, um sie wie Vieh abzuschlachten.

Galfyns Herz schrie nach Rache. Wer immer dies getan hatte, würde dafür bezahlen müssen. Erst wenn er seine Klinge im Blut der Mörder gebadet hatte, würde der Häuptling des Falkenclans wieder Frieden finden.

Seine Krieger schichteten einen Scheiterhaufen auf und entzündeten ihn, um darauf die Toten zu verbrennen, und Galfyn legte im Stillen einen Racheschwur ab. Einen Tag und eine Nacht lang würden er und seine Leute trauern, wie es Sitte war bei ihrem Volk, damit die Ahnen die Geister der Toten zu sich holen konnten. Dann jedoch würden sich Galfyn und die Seinen auf die Suche nach den Mördern machen und erst ruhen, wenn auch der Letzte von ihnen erschlagen war.

Auf sein Schwert gestützt, stand der junge Häuptling da und schaute dabei zu, wie die geschändeten Körper jener Menschen verbrannten, die er so innig geliebt hatte. Die Totenhörner wurden geblasen, während Leichnam um Leichnam den Flammen übergeben wurde. Nach dem Glauben des Waldvolks erwartete den Rechtschaffenen in der Anderswelt Erfüllung, wohingegen Dieben und Mördern das ewige Verderben zuteil wurde. In dieses Verderben wollte Galfyn jene schicken, die dieses furchtbare Massaker angerichtet hatten.

Die Rauchsäule, die vom Feuer aufstieg, verfinsterte den Himmel wie ein dunkles Vorzeichen. Tod und Vernichtung würden über die Täter hereinbrechen.

Leise trat jemand zu Galfyn. Der brauchte den Blick nicht von den brennenden Leichen zu lösen – er wusste, dass es kein anderer als Herras war, sein Oheim und Waffenmeister, der ihm als Lehrer und Berater zur Seite stand.

Seit dem Tod seiner Eltern war er Galfyn Vater und Lehrmeister zugleich, von Herras hatte er gelernt, Schwert und Bogen zu gebrauchen, und er war es auch gewesen, der ihn auf seine Aufgabe als Häuptling vorbereitet hatte. Da Galfyn das Mal des Falken trug, hatte von seiner Geburt an festgestanden, dass er einst die Geschicke des Stammes lenken würde.

Doch ein Teil dieses Stammes existierte nicht mehr …

»Woran denkst du, Junge?«, fragte Herras leise.

»Woran denkt ein Krieger, dem alles genommen wurde, was er liebte?«, fragte Galfyn zurück. »Für jeden Toten, der in diesem Feuer brennt, will ich zwei Feinde töten.«

»Rache ist die Pflicht des Kriegers«, stimmte Herras zu, »aber sie kann auch ins Verderben führen.«

Galfyn wandte den Kopf und schaute seinen Lehrer überrascht an. »Es wundert mich, diese Worte von dir zu hören. Warst du es nicht, der mich gelehrt hat, dass man das Unrecht stets bekämpfen muss? Unser Dorf wurde heimtückisch überfallen, während die Männer auf der Jagd waren. Frauen, Kinder und Alte wurden grausam abgeschlachtet. Kann es größeres Unrecht geben?«

»Nein«, stimmte Herras ihm zu, »aber nicht die Toten, sondern die Lebenden haben dich zu ihrem Häuptling erkoren, Galfyn. Ihnen hat deine Sorge zu gelten.«

»Du sprichst in Rätseln, Oheim. Ist es nicht meine heilige Pflicht, den Pfad der Rache zu beschreiten?«

»Es kommt darauf an, wohin er dich führt, mein Junge.«

»Wohin wohl?«, entgegnete Galfyn bitter. »Er kann uns nur zu den Schlangen führen, unseren Feinden von alters her.«

»Bist du sicher? Die Krieger des Schlangenclans sind unsere Feinde, das ist wahr. Aber nie zuvor haben sie so grausam gehandelt. Von Zeit zu Zeit gehen sie auf Beutezug. Sie stehlen unsere Pferde und unsere Vorräte, so wie wir die ihren, und hin und wieder kommt es dabei zu Auseinandersetzungen. Dann kämpfen wir um den Lohn der Ehre und nehmen Gefangene, die wir gegen Lösegeld wieder freilassen. Aber eine Barbarei wie diese ist nicht die Art des Schlangenclans. Bei allem Schmerz, den du empfindest, wirst du das zugeben müssen.«

»Wer soll es sonst gewesen sein?«, fuhr Galfyn seinen Lehrer an. »An wem sollen wir uns sonst rächen für den Schmerz, der uns zugefügt wurde? So viele von unserem Stamm wurden getötet. Sollen wir das einfach hinnehmen?«

»Nein«, entgegnete Herras ungerührt, »aber ich erwarte, dass du nach der Wahrheit suchst, ehe du handelst.«

Damit zog der alte Waffenmeister etwas unter seinem ledernen Harnisch hervor, das er bislang dort verborgen gehalten hatte. Es war ein schmutziges Stück Stoff. Die Farben konnte man dennoch gut erkennen.

Gold und Blau – das Banner Iónadors …

»Woher hast du das?«, fragte Galfyn verblüfft.

»Dort am Baum habe ich es gefunden, auf einen Speer gesteckt.«

»Die Farben Iónadors«, sagte Galfyn so leise, als fürchtete er sich davor, die Geister der Vergangenheit zu wecken.

»Lange wurde es nicht mehr bei uns im Wald gesehen«, fuhr Herras fort, »seit den Tagen des Krieges zwischen dem Waldvolk und den Herren der Goldenen Stadt. Trotz der Ströme von Blut, die damals geflossen sind, haben wir gelernt, einander zu achten. Es ist ein ungeschriebenes Gesetz, dass sich die Allagáiner fernhalten von unserem Wald, so wie wir uns fernhalten vom Gebirge. Auf diese Weise ist es uns lange Zeit gelungen, den Frieden zu wahren.«

»Aber nun wurde er gebrochen«, sagte Galfyn trotzig. »Wir sind es nicht gewesen, die das Gesetz missachtet und die Grenze übertreten haben. Dafür wird das Bergvolk unsere Rache treffen.«

»Einen Krieg gegen Iónador zu führen ist mit einer Stammesfehde nicht zu vergleichen«, erklärte Herras. »Die Goldene Stadt verfügt über ein großes Heer. Ihre Reiterei ist stark und mächtig, und das Fußvolk geht in die Tausende, ganz abgesehen von den Kriegsmaschinen, über die die Armee von Iónador verfügt. Sylfenkunst hat sie einst erschaffen, und sie vermögen furchtbaren Schaden anzurichten unter ihren Feinden.«

»Sylfenkunst!« Galfyn spuckte verächtlich aus. »Ist dies hier auch Sylfenkunst gewesen? War es Sylfenkunst, die diese Raubtiere in Menschengestalt dazu brachte, unsere schutzlosen Frauen und Kinder zu überfallen und niederzumetzeln?«

»Du bist verbittert und voller Trauer«, stellte Herras fest. »In solcher Verfassung sollte keine Entscheidung zum Krieg getroffen werden. Nimm dir Zeit, um die Toten zu betrauern, wie die Tradition es vorschreibt. Erst danach entscheide, was geschehen soll.«

»Ist dies dein Rat, Oheim?«

»Mein Rat als Waffenmeister – und als dein Freund.«

»Dann tut es mir leid, wenn ich deinen Ratschlag diesmal nicht beherzigen kann«, erwiderte Galfyn düster. »Ein solches Verbrechen schreit nach dem Blut der Mörder, woher auch immer sie kamen. Ich werde sie stellen – und wenn es der Fürstregent persönlich sein sollte, den ich zur Rechenschaft ziehen muss.«

»Sei vorsichtig mit dem, was du sagst. Ein solcher Schritt muss wohlüberlegt sein. Außerdem vermag ein Stamm allein nichts auszurichten gegen die Macht Iónadors.«

»Denkst du, das wüsste ich nicht? Ich kenne die Geschichte unseres Volkes gut, Oheim. Du selbst hast sie mir beigebracht. Ich weiß von den blutigen Schlachten, die in der Vergangenheit geschlagen wurden, und von der Niederlage, die unsere Vorfahren vor den Mauern Iónadors erlitten. Aber entbindet mich das von meiner Pflicht? Kann ein Verbrechen wie dieses deshalb ungesühnt bleiben? Nein, Herras. Lass uns die Toten betrauern – aber gleichzeitig wollen wir auf Rache sinnen. Ich werde Boten zu den benachbarten Stämmen schicken. Zu den Wölfen, den Bären, den Ebern, den Füchsen, den Bibern – und zu den Schlangen.«

»Die Krieger des Schlangenclans sind unsere Feinde!«

»Jetzt nicht mehr.« In Galfyns Augen war ein Lodern, das selbst seinem Waffenmeister Angst machte. »Diesmal geht es nicht um Ehre oder um Pferde – diesmal geht es um unser Überleben. Die Stämme des Waldes müssen zusammenstehen, wenn sie der Bedrohung durch Iónador trotzen wollen, oder wir werden allesamt enden wie unsere Frauen und Kinder, die sich nicht verteidigen konnten. Einer allein kann den Krieg gegen das Bergvolk nicht gewinnen – nur gemeinsam können wir das!«

»Dann wählst du den Krieg?«, fragte Herras bitter.

»Die Wahl wurde bereits von anderen getroffen, Oheim. Einen Tag und eine Nacht lang wollen wir trauern, dann werden wir die Flamme Fynrads entzünden.«

»Du willst die Flamme der Einheit entfachen?«

»Allerdings.«

»Aber die Flamme ist erloschen, schon vor langer Zeit!«

»Dann soll sie wieder neu entbrennen und die Stämme an das erinnern, was wir einst gewesen sind«, entgegnete Galfyn wild entschlossen. »Ein Thing soll einberufen werden.«

Rionna fand einfach keinen erquickenden Schlaf. Ruhelos warf sie sich auf ihrem Lager hin und her. Ihre Ängste und Sorgen hielten sie wach. Und wenn sie dann doch für kurze Zeit in einen unruhigen Dämmerzustand fiel, hatte sie stets denselben Traum.

Einen Traum, in dem sie umfangen war von Finsternis und dunkle Qualen litt – bis *er* kam, um sie aus ihrer Not zu erretten. Jener geheimnisvolle Fremde, von dem sie weder wusste, wer er war, noch wie er aussah.

Aber der Traum bestätigte Rionna in ihrer Absicht, sich dem Willen ihres Onkels zu verweigern und Barand nicht zu heiraten. Ihre Zofe Calma pflegte zu sagen, dass das Herz stets die Wahrheit sprach – und auf diese Wahrheit wollte Rionna hören.

Es war weit nach Mitternacht, als sie den Entschluss fasste, Klaigon ihre Entscheidung mitzuteilen – und zwar auf der Stelle, ehe sie ins Grübeln geriet und es sich vielleicht wieder anders überlegte.

Rionna war klar, dass ihr Onkel über ihren Entschluss nicht erbaut sein würde. Vielleicht würde er sogar einen seiner berüchtigten Tobsuchtsanfälle bekommen. Aber sie konnte nicht anders. Sie spürte, dass da noch mehr war. Mehr, als Reichtum und Prunk Iónadors ihr zu geben vermochten. Mehr, als selbst der mächtige Klaigon ihr bieten konnte.

Nur selten hatte sie bislang die Stadt verlassen, und sie kannte die Berge und Wälder nur von fern. Dabei sehnte sie sich so sehr danach, etwas von der Welt zu sehen, anstatt in graue Mauern eingeschlossen zu sein, die ihr bisweilen mehr wie ein Gefängnis vorkamen denn wie ein Zuhause.

All das musste sie ihrem Onkel sagen. Es war die Sprache ihres Herzens. Auch wenn er es nicht gerne hörte, würde er am Ende nachgeben müssen, wenn er, wie er stets versicherte, nur ihr Wohlergehen im Sinn hatte.

Das Licht des Mondes fiel durch die hohen Fenster ihres Gemachs. Rionna erhob sich von ihrem Lager. Sie fröstelte in ihrem Nachtgewand, deshalb griff sie nach ihrem Umhang aus Fuchsfell und warf ihn sich über. Dann schlich sie leise hinaus auf den Gang.

Wie es hieß, benötigte der Fürstregent kaum Schlaf, und tatsächlich konnte man ihn auch spät nachts noch in seinem Gemach auf- und abgehen hören. Der Hofstaat machte gern Scherze darüber, während Klaigon selbst zu behaupten pflegte, dass die Sorge um sein Volk ihn niemals zur Ruhe kommen ließ.

Das war wohl insbesondere nach einem Tag wie diesem so.

Rionna war bei dem Vorfall im Audienzsaal zugegen gewesen. Sie hatte gesehen, wie die Wachen Leffel Gilg hinausgeworfen hatten, und sie hatte Mitleid für den armen Tropf empfunden, der ein schlichtes Gemüt, aber ein lauteres Herz zu haben schien.

Und Rionna war auch Zeugin gewesen von Alphart Wildfängers forschem Auftritt.

Obwohl die herausfordernde Art des Jägers ihr missfallen hatte – schließlich war er ein Mann aus dem einfachen Volk und hatte dem Fürstregenten Respekt zu erweisen –, war sie auch beeindruckt, dass Alphart sich nicht hatte einschüchtern lassen und Klaigon die Stirn geboten hatte. Rionna nahm an, dass seine Unbeugsamkeit daher rührte, dass er die Enge gemauerter Städte nie kennengelernt hatte und in der Freiheit der Berge lebte. Und wenn sie ehrlich gegen sich selbst war, dann musste sie sich eingestehen, dass es sein

Beispiel war, das sie dazu ermutigte, den letzten Schritt zu wagen und zu ihrem Onkel zu gehen.

Über steile, in den Fels gehauene Stufen gelangte sie hinauf zu Klaigons Gemächern. In der Krone des Túrin Mar, nur wenig unterhalb der Stelle, wo der Turm mit dem schützenden Dach des Schildbergs verschmolz, wohnte der Fürstregent, in Hallen, die eines Königs würdig waren. Die Bergkönige hatten dort einst residiert, bis ihre Macht im Krieg gegen das Waldvolk geschwunden und an die Fürsten übergegangen war. Der Ruhm der Könige war verblasst – der Prunk, mit dem sie sich umgeben hatten, war geblieben.

Durch eine Treppenflucht, deren Wände von hauchdünnen Goldadern durchzogen waren, gelangte Rionna in den Vorraum, wo die Turmwachen Spalier standen. Zu ihrer Verblüffung verwehrte man ihr den Durchgang, indem man ihr den Weg vertrat.

»Was hat das zu bedeuten?«, fragte Rionna barsch. »Wisst ihr nicht, wer ich bin?«

»Natürlich wissen wir, wer Ihr seid, Prinzessin«, erklärte der Anführer der Wache zerknirscht. »Aber der Fürstregent hat strikte Weisung erteilt, niemanden zu ihm vorzulassen. Er wünscht, ungestört zu sein.«

Rionna lächelte nachsichtig. »Sicher schließt seine Weisung nicht seine leibliche Nichte ein.«

»Ich bedaure, Prinzessin. Von Ausnahmen hat der Fürstregent nichts gesagt.«

»Dann solltest du wissen, Hauptmann, dass ich hier bin, um meinem Onkel eine wichtige Mitteilung zu machen. Erhält er sie nicht umgehend, könnte das für ihn sehr unangenehme Folgen haben – und ich bin mir nicht sicher, ob du dieses Risiko eingehen solltest. Du weißt, Klaigon ist für seinen Zorn berüchtigt …«

Sie bedachte den Wachmann mit einem vielsagenden Blick und ließ ihre Worte wirken. Tatsächlich ließ seine

Entschlossenheit nach. Noch einen Augenblick zögerte er, dann trat er zurück, verbeugte sich und wies seine Leute an, den Weg freizugeben.

»Danke sehr«, sagte Rionna mit einem Lächeln, das so süß war wie Honig.

Das Fell eng um die schmalen Schultern gezogen, stieg sie die Stufen zu Klaigons Gemächern empor. Durch die offen stehende hohe Flügeltür zu jenem Saal, in dem der Fürstregent seinen Tagesgeschäften nachzugehen pflegte, drang der flackernde Schein von Kaminfeuer.

Aber das Knacken und Prasseln der Flammen war nicht das Einzige, das Rionna vernahm. Sie hörte auch Stimmen, die sich in gedämpftem Tonfall unterhielten, und je näher sie kam, desto deutlicher konnte sie verstehen, was gesprochen wurde.

»... interessieren mich nicht«, hörte sie ihren Onkel sagen. »Ich möchte, dass die Angelegenheit ein für alle Mal aus der Welt geschafft wird.«

»Ich verstehe, Hoheit«, erwiderte eine tiefe Stimme, die Rionna entfernt bekannt vorkam.

»Der Wildfänger und der Bauer haben Iónador gestern verlassen. Ich will, dass du ihnen folgst, und sollte es ihnen tatsächlich gelingen, den Druiden zu finden, so sollen deine Pfeile ihrer Mission ein Ende setzen – und auch dem Leben des Druiden!«

»I-ihr wollt, dass ich sie für Euch töte, Hoheit?«

»So ist es. Hast du ein Problem damit?«

»Nein, Herr«, kam es leise zurück.

Rionna stand vor Entsetzen wie versteinert. Sie hatte auch die andere Stimme erkannt. Sie gehörte Morkar, einem Korporal der Turmwache – einem grobschlächtigen, riesigen Kerl mit rabenschwarzem Haar und Augen, die Missgunst und Habgier verrieten. Die Prinzessin hatte ihn nie recht leiden mögen.

Und diesem Mann hatte ihr Onkel soeben den Auftrag erteilt, jemanden kaltblütig und aus dem Hinterhalt zu ermorden.

Rionna schlug die Hand auf den Mund, um keinen Ton von sich zu geben. Konnte, durfte es sein? Hatte sie recht gehört, oder hatten ihre übermüdeten Sinne ihr einen Streich gespielt? Hatte sie zu lange wach im Bett gelegen und trübe Gedanken gewälzt?

Aber sie hörte ihren Onkel weiterreden, und was er sagte, ließ keine Zweifel. »Versagst du«, fuhr er lauernd fort, »würde es besser sein, du kehrtest niemals nach Iónador zurück. Bist du aber erfolgreich, mein guter Morkar, so werde ich dich fürstlich belohnen und dich zum Hauptmann der Turmwache ernennen.«

»Ich bin Euch stets zu Diensten, Herr«, erwiderte Morkar in heuchlerischer Ergebenheit.

»Dann geh jetzt. Du weißt, was von dir erwartet wird. Folge den beiden und tu, was ich dir aufgetragen habe.«

»Zu Befehl, Herr.«

»Enttäusche mich nicht, Morkar.«

»Seid unbesorgt, Herr. Ich werde den Befehl zu Eurer Zufriedenheit ausführen.«

»Gut so. Und nun mach dich auf den Weg.«

»Verstanden, Herr.«

Rionna, die noch immer wie angewurzelt stand, hörte den Tritt genagelter Stiefel auf steinernem Boden. Rasch flüchtete sie sich in eine Nische und presste sich eng an die kalte Felswand, während sich die Schritte des gedungenen Mörders näherten. Rionna hielt den Atem an, spähte verstohlen aus ihrem Versteck. Nur wenige Armlängen von ihr entfernt ging Morkar vorüber, den Bogen über der Schulter, der dem Wildfänger und dem Gilg zum Verhängnis werden sollte.

Rionna war empört und entsetzt über die Absichten ihres

Onkels. Gewiss, sie war die Nichte des Fürstregenten und ihm zu Treue und Gehorsam verpflichtet. Dennoch – der Regent tat offenbar Dinge, die sie nicht gutheißen konnte. Die Recht und Gesetz widersprachen und die sie aus tiefster Seele verabscheute.

Dieser Alphart mochte ein roher, ungehobelter Bursche sein und der Gilg ein höchst einfältiger Tölpel – aber das rechtfertigte noch längst nicht, sie und den Druiden hinterrücks meucheln zu lassen.

Warum wollte Klaigon ihren Tod? Was hatten sie ihm getan, dass er zu solchen Mitteln griff?

Oder ging es in Wahrheit gar nicht um die beiden? Wollte Klaigon nur verhindern, dass der Weise von Damasia in die Goldene Stadt kam? Aber warum?

Rionna kannte ihren Onkel. Sie hatte seinen Gesichtsausdruck gesehen, als der abgeschlagene Kopf des Erls auf seinem Tisch gelandet war. Die Fürsten und Edelleute hatten voller Entsetzen auf das grässliche Haupt gestarrt, und auch Klaigons Miene hatte Erschrecken gezeigt. Jedoch hatte Rionna danach auch das Flackern in seinen Augen bemerkt – jenes Flackern, das sich immer dann zeigte, wenn er etwas zu verbergen suchte.

Was hatte das zu bedeuten?

Auch Rionna hatte das grausige Präsent aus dem Untertal erschreckt, dann jedoch hatte sie sich zu beruhigen versucht, indem sie sich sagte, dass die Mauern Iónadors als uneinnehmbar galten und dass der Weise vom Urberg ihnen gewiss helfen könnte. Was aber, wenn Morkars Pfeile den Druiden töteten?

Entschlossen schüttelte die Prinzessin den Kopf. Sie durfte nicht zulassen, dass dies geschah. Die Runen hatten durch Éolac den Seher gesprochen und von einer großen Gefahr gekündet, die ganz Allagáin drohte. Es gab keinen Grund, den Runen oder Éolacs Ratschlag auf einmal zu misstrauen.

Und noch weniger Grund gab es für einen – nein, für drei feige Meuchelmorde.

Jedenfalls konnte sich Rionna keinen Grund dafür denken, weshalb Klaigon zu einer solch drastischen Maßnahme griff. Nur eines wusste sie – dass sie alles daran setzen wollte, dieses Unrecht zu verhindern.

Vielleicht, sagte sie sich, war auch das ein Zeichen des Schöpfers. Monatelang hatte sie mit ihrem Schicksal gehadert, hatte sie nicht länger eine Dame aus hohem Hause sein wollen, die sich den Interessen der Macht zu beugen hatte. Wie oft hatte sie davon geträumt, sich unerkannt aus der Stadt zu schleichen, die Mauern Iónadors hinter sich zu lassen und die Fluren Allagáins zu durchwandern, die sie nur aus der Ferne kannte.

Ihre Zofe Calma pflegte zu sagen, dass Veränderungen stets dann eintrafen, wenn die Zeit reif dafür war. Vielleicht, sagte sich Rionna, war der Zeitpunkt gekommen, um die Stadt ihrer Väter zu verlassen.

Sie musste tun, was ihr Gewissen ihr befahl – und den Gilg und den Jäger warnen …

Am Fuß der Berge entlang durchwanderten Alphart und Leffel Gilg das Oberland. Vorbei an grünen Seen, die ebenso tief wie unergründlich waren, folgten die unfreiwilligen Gefährten der alten Straße nach Osten. Der Bennanderk, dessen kahler Gipfel von Schnee bedeckt war und der alle anderen Berge der Gegend weit überragte, schien dabei düster auf sie herabzublicken.

In der Hütte eines Köhlers fanden sie Zuflucht für die Nacht und Schutz vor dem Regen, der sich mit Einbruch der Dunkelheit in Schnee verwandelte. Als die beiden am nächsten Tag ihre Reise fortsetzen, fanden sie die Täler von fahlem Weiß überzogen, das vom nahen Winter kündete, jedoch im Lauf des Vormittags wieder verblasste. Der Regen hatte aufgehört, dafür strich eisiger Wind über die Hügel und peitschte durch die Senken. Alphart schien das nichts auszumachen, aber der Gilg fror erbärmlich in seiner vom Vortag noch durchnässten Kleidung. Verzweifelt zog er den Umhang enger um die Schultern, aber die klamme Wolle spendete längst keine Wärme mehr.

»Wir – wir sollten rasten«, schlug er schlotternd vor, »und uns an einem Feuer wärmen, ehe wir uns den Tod holen.«

»Nein«, lehnte Alphart ab, während er sich wachsam umblickte, »wir gehen weiter. Diese Gegend ist nicht sicher. Wegelagerer und Verstoßene sind im Schwarzmoor zu Hause, übles Gesindel, das immer wieder über den Fluss kommt. Ich habe nicht vor, ihnen zum Opfer zu fallen.«

»Ich auch nicht!«, stieß Leffel erschrocken hervor, der plötzlich fand, dass die Kälte gar nicht so schlimm war verglichen mit Räubern und Meuchelmördern. Er schritt kräftiger aus, um sich zu wärmen, und so kamen sie rascher voran.

Die Straße hatte die Richtung geändert und führte inzwischen nach Nordosten. Je weiter die beiden Wanderer ihr folgten, desto brüchiger wurde das Pflaster unter ihren Füßen. Bisher waren sie unterwegs kaum Menschen begegnet, und nördlich von Kean d'Eagol waren sie völlig allein auf dem steinernen Band, das sich über weite Strecken abgesenkt hatte und in dem Löcher klafften, die groß genug waren, um einen Karren samt Ochsen zu verschlingen.

Es war schwer zu glauben, dass die »Straße der Könige« in alter Zeit die Hauptverkehrsader des Reiches gewesen und die Festen Iónador und Damasia miteinander verbunden hatte. Diese waren über Jahrhunderte Garanten für Frieden und Sicherheit in Allagáin gewesen – bis der Krieg gegen das Waldvolk zur Zerstörung Damasias und zum Untergang der Könige geführt hatte.

Alphart und Leffel stießen auf die Ruinen des Dúnan, jenes alten Bollwerks, das nach dem Untergang Damasias errichtet worden war, um den Wald und das Bergreich zu trennen, und wie der Stumpf eines riesigen abgestorbenen Baumes erhob sich die Ruine des Turmes Àstar, von dessen Zinnen man einst weit nach Osten und ins Schwarzmoor hatte blicken können.

Jenseits des alten Walls war die Straße in noch schlechterem Zustand. Als hätten furchtbare Kräfte die Erde umgepflügt, lagen die Pflastersteine weit verstreut, bis sie sich im Dunkelwald verloren, der sich als breites schwarzes Band aus dem Dunst schälte. Hinter den dunklen Bäumen jedoch erhob sich, von Wolken umhüllt und dennoch eindrucksvoll, der kahle Rücken des Urbergs.

Je näher Alphart und Leffel ihm kamen, desto weiter entfernt schien er zu sein. Natürlich war dies nur eine Täuschung, aber plötzlich – Alphart traute seinen Augen nicht – schienen die Wolken über dem Urberg ihre Form zu verändern, und für einen kurzen Moment glaubte der Jäger, etwas in ihnen zu erkennen, obwohl er nicht mit übergroßer Fantasie gesegnet war.

»Siehst du das auch?«, fragte Leffel, der es gleichfalls entdeckt hatte. »Dort, über dem Berg!« Er zeigte geradeaus – aber schon im nächsten Moment hatte sich die geheimnisvolle Wolkenformation aufgelöst.

»Ich habe nichts gesehen«, behauptete Alphart steif. Dabei hatte auch er für einen Moment geglaubt, in den Wolken ein Gesicht zu erkennen – das Gesicht eines alten Mannes, der mit einem stechenden Blick auf sie starrte ...

Der Jäger versuchte diesen Eindruck zu verdrängen. Da er ein Mann der Natur war, der nicht an derartigen Erscheinungen und anderen Hokuspokus glaubte, sagte er sich, einer Sinnestäuschung erlegen zu sein. Ja, so musste es sein.

Sie gingen weiter, direkt auf den Wald zu, der die Straße verschlang. Leffel begann leise vor sich hin zu singen, um sich Mut zu machen, und Alphart ließ ihn gewähren. Auch ihn hatte leise Furcht beschlichen.

Nicht nur, dass es im Dunkelwald Wegelagerer und Wölfe gab – er war auch das Territorium des Nordvolks, das mit den Bewohnern der Berge tief verfeindet war. Zwar hatte es seit den Tagen des letzten Krieges keine bedeutenden Auseinandersetzungen mehr gegeben, denn obwohl der alte Grenzwall in Trümmern lag und längst nicht mehr bewacht wurde, achtete man die Grenze des jeweils anderen, aber die Waldleute galten als wild und unberechenbar, und es war unmöglich zu sagen, was einem widerfuhr, wenn man ihnen in die Hände fiel.

Inmitten all dieser Gefahren hauste ein alter Zauberer – und ausgerechnet zu ihm sollten sich Alphart und Leffel begeben.

Der Wildfänger konnte noch immer nicht behaupten, dass ihn der Gedanke begeisterte, aber er hatte sich geschworen, Bannharts Tod zu rächen, und seine Hoffnung war, dass der Druide wusste, wie man es den Erlen heimzahlen und sie vernichten konnte …

Als sie in den Wald eindrangen, hatten Alphart und Leffel das Gefühl, eine andere, fremde Welt zu betreten. Sie waren im nächsten Moment von schummrigem Dunkel umfangen, das dem Gehölz seinen Namen gab.

Von der Straße war kaum noch etwas übrig; die Wurzeln der mächtigen, jahrhundertealten Bäume hatten das Pflaster gesprengt und die Steine zu ungeordneten Haufen aufgeworfen. Modriger, fauliger Geruch tränkte die klamme Luft, und hier und dort sah man am Wegrand Knochen liegen – Leffel wagte nicht zu fragen, ob sie von Menschen oder von Tieren stammten.

Das Vorankommen wurde schwieriger. Über Steinhaufen und abgestorbene Bäume ging es hinweg, wobei sich Alphart ungleich leichter tat als sein untersetzter, kurzbeiniger Begleiter. Von Zeit zu Zeit blieb er stehen, um sich wachsam umzublicken und zu lauschen, und fast kam es Leffel vor, als würde der Jäger die Gerüche und Geräusche des Waldes in sich aufnehmen wie ein Tier.

Je weiter sie in das Unterholz vordrangen, desto weniger wagte der Gilg zu sprechen. Freilich, auch zu Hause im Unterland gab es Wälder, und als er noch klein gewesen war, waren auch sie ihm riesig und unheimlich vorgekommen. Nun jedoch wurde ihm klar, dass alle Gehölze Allagáins zusammen noch immer winzig waren im Vergleich zu diesem Urwald. Statt Buchen und Birken, deren Blätter sich im Herbst golden färbten und zwischen denen vereinzelte Fichten standen, gab es hier knorrige Eichen und dunkelgrüne, fast schwarze Tannen. Riesige Farne überwucherten den Boden, und überall wuchs dunkles Moos. Die Luft war feucht und stickig, sodass Leffel bisweilen das Atmen schwerfiel. An vielen Stellen hingen Schlinggewächse von den Bäumen, und der Gilg erblickte Pilze, die größer waren als alle, die er je zuvor gesehen hatte.

»Hüte dich, sie zu pflücken oder gar davon zu essen«, warnte Alphart, als er sah, wie Leffel die Hand nach einem von ihnen ausstreckte. »Es wäre nicht gut für dich.«

»Wie meinst du das?«

»Dein Bauch würde sich aufblähen wie ein Blasebalg. Mehrere Tage lang hättest du grässliche Schmerzen, bis du schließlich deine eigenen Innereien erbrechen würdest.«

»I-ich habe verstanden«, bestätigte Leffel eingeschüchtert.

Er behielt die Hände fortan unter seinem Umhang und begnügte sich damit, dem Jäger über den schmalen Pfad zu folgen, den dieser mit seiner Axt durch das Dickicht bahnte. Von der Straße war kaum noch etwas zu erkennen, die urwüchsige Kraft des Waldes hatte sich zurückerobert, was Menschenhand ihr einst abgetrotzt hatte.

Als es dunkel wurde, suchte Alphart einen Lagerplatz. Der Gedanke, inmitten dieser unheimlichen Umgebung zu übernachten, behagte Leffel ganz und gar nicht, aber er war so müde und seine Füße taten so weh, dass er nicht widersprach. Auf weichem Moos breiteten sie ihre Umhänge aus und betteten sich darauf, und mit vor Kälte klammen Fingern suchte Leffel in seinem Rucksack nach etwas Essbarem.

Nach einem Feuer fragte er erst gar nicht. Alphart machte keine Anstalten, eines zu entfachen, und in Anbetracht der unzähligen Gefahren, die in den Tiefen des Waldes lauern mochten, war es sicher auch besser so. Der Gilg begnügte sich damit, auf einem Stück Pökelfleisch herumzubeißen und von dem Fladenbrot zu essen, das vom Regen feucht geworden war. Dazu gab es kaltes Wasser, das schal und abgestanden schmeckte. Nicht gerade das, was man ein ausgiebiges Nachtmahl nannte, aber immerhin besser als nichts.

Das Licht, das ohnehin nur spärlich durch das dichte Blätterdach drang, verblasste, und es wurde schließlich so finster, dass man die Hand nicht mehr vor Augen sehen konnte.

»Schlaf jetzt, ich werde Wache halten«, sagte Alphart irgendwann.

Erschöpft schloss Leffel die Augen. Obwohl seine Kleidung noch immer feucht war und er am ganzen Körper zitterte vor Kälte und Überanstrengung, fiel er schon kurz darauf in tiefen Schlaf.

Im Traum sah er seltsame Dinge. Er selbst hockte unten am Fluss bei der alten Mühle und angelte. Plötzlich biss ein Fisch an, und die Rute der Angel bog sich, als wollte sie bersten – es musste ein besonders großer und fetter Fang sein, den er da am Haken hatte. Leffel sprang auf und rief um Hilfe, aber niemand kam, um mit Hand anzulegen. Derweil bog sich die Angel immer mehr, und im Fluss stiegen Blasen auf. Eine Flosse und ein breiter schwarzer Rücken erschienen – und jäh erkannte Leffel, dass es sich keineswegs um einen besonders großen Fisch handelte, den er da am Haken hatte, sondern um ein regelrechtes Monstrum.

Entsetzt ließ er die Angel los, und sie verschwand unter Wasser, zusammen mit der Flosse. Mit weichen Knien sank der Gilg zu Boden, sein Herz schlug ihm bis in den Hals. Kaum glaubte er, wieder aufatmen zu können, als in der Mitte des Flusses plötzlich weiße Gischt in die Höhe spritzte. Das Wasser teilte sich – und aus der Mitte des Flusses schoss die scheußlichste Kreatur hervor, die Leffel je gesehen hatte.

Riesige Fischaugen starrten ihn an, aus einem schuppigen Maul ragten dolchartige Zähne. Der Gilg wollte schreien, aber er konnte nicht. Der Schlund der Kreatur öffnete sich und schoss auf ihn zu – aber anstatt ihn einfach zu verschlingen, sprach das Ungeheuer mit ihm.

»Wach auf«, verlangte das Monstrum barsch, »du hast lange genug geschlafen …«

Leffel blinzelte – und zu seiner maßlosen Verblüffung erkannte er, dass es kein Riesenfisch war, in dessen Antlitz er blickte, sondern Alphart Wildfänger.

Der Gilg brauchte einen Augenblick, um sich darüber klar zu werden, dass er sich nicht bei der alten Mühle am Fluss befand, sondern mitten im Dunkelwald. Ja, er hatte nur schlecht geträumt und musste einige Stunden geschlafen haben, obwohl er das Gefühl hatte, dass er die Augen nur für einen kurzen Moment geschlossen hatte. Das Dunkel der Nacht war grauer Dämmerung gewichen, die spärlich durch das Geäst der Bäume sickerte, und nebliger Dunst hing zwischen den Bäumen.

»Steh auf!«, raunte Alphart ihm zu. In seiner Rechten hielt er den Bogen, auf dessen Sehne er einen Pfeil liegen hatte.

»Was …?«, wollte der Gilg ihn halblaut fragen, aber Alphart brachte ihn mit einem strengen Blick zum Schweigen.

»Lass alles liegen und komm mit«, wies Alphart ihn flüsternd an.

Leffel nickte nur und folgte dem Jäger ins Unterholz. Auf allen vieren kroch er durch fauliges Laub und war bemüht, so wenig Geräusche wie möglich zu verursachen. Sie erklommen den flachen Hang, an dessen Fuß sich ihr Lager befand. Bäuchlings schoben sie sich unter Farnblättern hindurch, bis sie freien Blick auf ihr Nachtlager hatten, wo noch die Decken und die Rucksäcke lagen.

Leffel hielt den Atem an. Er stellte keine Fragen. Alphart, der seine Augen zu schmalen Schlitzen verengt hatte, machte auch nicht den Anschein, Erklärungen geben zu wollen. Reglos lagen sie im feuchten Moos und warteten, bis sich bei ihrem Lagerplatz etwas regte. Der dumpfe Tritt von Pferdehufen war zu hören, dann teilte sich das Gebüsch, und eine Gestalt trat hervor, die einen goldgesäumten blauen Umhang trug, der sie als Mitglied der Stadtwache von Iónador auswies. Am Zügel führte der Unbekannte ein Soldatenpferd, das fortwährend schnaubte und mit den Vorderläufen unruhig den Boden pflügte. Das Tier schien die Bedrohung zu wittern, die in diesem Wald allgegenwärtig war.

Der Fremde, der die Kapuze seines Umhangs tief ins Gesicht gezogen hatte, schaute sich um. Dann zog er seine Handschuhe aus und prüfte, ob die Decken noch warm waren. Anschließend blickte er sich erneut suchend umher.

In diesem Moment sprang Alphart mit einem Satz auf, riss die Sehne seines Bogens zurück und zielte auf den Fremden.

»Halt!«, rief er laut. »Erkläre dich – oder mein Pfeil wird dich durchbohren!«

Der Fremde zuckte zusammen. Einen Augenblick lang stand er wie erstarrt. Dann griff der Iónadorer an die Kapuze und schlug sie zurück – und zu Alpharts und Leffels maßlosem Erstaunen kamen die Gesichtszüge einer jungen Frau darunter zum Vorschein, deren Anmut und Schönheit das Dunkel des Waldes ein wenig zu vertreiben schien.

»Wa-was hat das zu bedeuten?«, rief Alphart verblüfft. »Müssen die sauberen Herren von Iónador jetzt schon Frauenzimmer verpflichten, für sie zu kämpfen?«

Die Schöne betrachtete den Jäger mit prüfendem Blick. Vor seinem Pfeil schien sie sich nicht zu fürchten. »Du tätest gut daran, Wildfänger, deinen Bogen zu senken«, sagte sie gelassen. »Denn wenn du mich tötest, wirst du nie erfahren, was ich euch zu sagen habe.«

»So?« Alphart machte keine Anstalten, ihren Worten Folge zu leisten. »Und was hast du mir zu sagen, Weib? Wer bist du?«

Die Schöne warf den Kopf in den Nacken, und unbeugsamer Stolz sprach aus ihrem Blick. »Ich bin Prinzessin Rionna«, behauptete sie, »Nichte und Mündel Klaigons, des Fürstregenten von Iónador.«

Alphart ließ sich seine Überraschung nicht anmerken. Leffel hingegen, der neben ihm im Dickicht kauerte, verfiel in angstvolles Wimmern.

»Wenn es wahr ist, was Ihr sagt«, erwiderte der Jäger, »dann verratet mir mal, was eine Prinzessin an einem Ort wie diesem zu suchen hat, noch dazu in solchen Gewändern. Die Nichten von Fürsten treiben sich gewöhnlich nicht in dunklen Wäldern herum.«

»Damit magst du recht haben – aber ich habe euch zuliebe eine Ausnahme gemacht.«

»Uns zuliebe?«

»Ich bin euch gefolgt, den ganzen Weg von Iónador bis hierher. Eigentlich wollte ich bereits gestern Abend zu euch stoßen, aber bei Einbruch der Nacht habe ich eure Spur verloren. Also habe ich bis zum Morgengrauen abgewartet, um sie wieder aufzunehmen.«

»Ihr – Ihr habt im Wald übernachtet?« Leffel spähte aus seinem Versteck hervor – ein rundes Gesicht mit hochroter Nase, die im dunklen Farn zu leuchten schien. »Habt Ihr Euch denn nicht gefürchtet?«

»Nein«, entgegnete Rionna mit fester Stimme.

»Dann seid Ihr ziemlich töricht«, versetzte Alphart, äußerlich ungerührt, obwohl die Unerschrockenheit der jungen Frau auch ihn beeindruckte. »In diesem Wald wimmelt es von Gefahren. Es ist kein Ort für eine Prinzessin.« Er und Leffel kamen den Hügel hinunter und traten auf Rionna zu.

»Die Entscheidung darüber musst du schon mir überlassen, Wildfänger«, entgegnete sie gelassen. »Außerdem solltest du mir ein wenig mehr Dankbarkeit erweisen.«

»Wofür?«, fragte Alphart, der sie erreichte und mit dem Gilg vor ihr stehen blieb.

»Dafür, dass ich den beschwerlichen Weg auf mich genommen habe, um euch beide zu warnen.«

»Uns zu warnen? Wovor?«

»Mein Onkel Klaigon will etwas gegen euch beide unternehmen. Ich habe gehört, wie er einen Soldaten der Stadtwache angewiesen hat, euch zu folgen und euch und den Druiden, den ihr sucht, aus dem Hinterhalt zu töten.«

»Der – der Fürstregent will unseren Tod?«, schnappte Leffel entsetzt. »A-a-aber wieso? Wir sind doch in seinem Auftrag unterwegs ...«

»Dämlicher Kerl!«, knurrte Alphart. »Hast du nicht gemerkt, dass es Klaigon gleichgültig ist, was mit Allagáin geschieht? Die Erle sind ihm egal, solange er selbst in Iónador sicher ist. In seinen Augen sind wir nichts als Unruhestifter.«

»Ich gebe dir recht«, stimmte Rionna zu, »wenn auch nur zum Teil. Denn es ist nicht wahr, dass mein Onkel etwas anderes als das Wohl Allagáins im Sinn hätte. Nur lässt er sich nicht gern vorschreiben, was er zu tun hat, um diese Sicherheit zu gewährleisten.«

»Ist das so?«, versetzte Alphart. »Euer Onkel legt also lieber die Hände in den Schoß und schaut zu, wie die Erle in das Land einfallen und wehrlose Menschen abschlachten, ja?«

»Noch ist es nicht so weit«, hielt Rionna dagegen.

»Seid Euch da nicht so sicher.«

»Wenn es geschieht, weiß sich mein Onkel zu helfen«, war die Prinzessin überzeugt. »Ein gewaltiges Heer steht unter seinem Marschall Barand von Falkenstein bereit, um Iónador gegen jedweden Feind zu verteidigen.«

»Daran zweifle ich nicht«, murrte Alphart. »Aber wie steht es mit den Siedlungen außerhalb der Mauern Iónadors? Den Zitadellen des Grenzlands, den Dörfern und Gehöften? Können sie ebenfalls auf den Schutz Eures Marschalls Barand vertrauen?«

Rionna schien darauf keine Antwort zu wissen.

»Nun gut«, knurrte der Wildfänger, »dass Ihr den weiten Weg auf Euch genommen habt, um uns zu warnen, lässt hoffen, dass Ihr eines anderen Schlages seid als Euer Onkel.«

»Klaigon hat sich verändert«, gestand sie entschuldigend ein. »Er ist nicht immer so gewesen, müsst Ihr wissen. In den zurückliegenden Jahren ist er mir wie ein Vater gewesen und dem Land ein guter Herrscher. Aber in letzter Zeit bedrücken ihn viele Sorgen, und das hat Auswirkungen auf sein Gemüt. Auch ich bekomme das zu spüren.«

»So?« Alphart musterte Rionna von Kopf bis Fuß. »Und wie, wenn ich fragen darf? Woran könnte es einer Dame aus hohem Hause wohl fehlen? Habt Ihr schon einmal Hunger gelitten? In einer kargen Bauernklause einen harten Winter überstehen müssen?«

»Das nicht. Aber du irrst dich, wenn du glaubst, dass ich frei bin von Zwängen. Du solltest nicht urteilen, Alphart Wildfänger, ehe du nicht die Wahrheit über mich kennst.«

»Die Wahrheit?« Alphart schnaubte. »Meiner Erfahrung nach, Prinzessin, nehmen es die hohen Herrschaften mit der Wahrheit nicht so genau, sondern verdrehen sie so, wie es ihnen gerade in den Kram passt. Wer sagt uns denn, dass Ihr uns die Wahrheit erzählt? Dass Ihr wirklich unseretwegen hier seid? Vielleicht ist das ja auch eine List, eine Falle Eures verschlagenen Onkels.«

»Glaubst du, mein Onkel würde seine eigene Nichte schicken, um euch in eine Falle zu locken?« Rionna lachte spöttisch. »Ich denke, du überschätzt ein wenig deinen Wert, Wildfänger. Ich bin aus freien Stücken hier. Aber allmählich frage ich mich, ob es eine gute Idee gewesen ist, euch zu warnen.«

»Mit Recht«, schnaubte Alphart. »Hohe Herrschaften und einfache Leute sollten nicht gemeinsame Wege gehen. Das verträgt sich nicht.«

»Ist das deine Überzeugung?«

»Allerdings. Oder wollt Ihr allen Ernstes behaupten, dass Ihr Leffels und meinetwegen all das auf Euch genommen und hierhergekommen seid?«

»Weswegen sonst?«

»Doch nur, um Eurem Onkel zu zeigen, dass Ihr Euren eigenen Kopf habt. Ihr denkt ausschließlich an Euch selbst, Prinzessin.«

»Tatsächlich?«, fragte Rionna aufgebracht, zumal sich ein Teil von ihr durchschaut fühlte. »Dann lass dir sagen, dass du ein ungehobelter Klotz bist, Alphart Wildfänger. Noch nie zuvor ist mir jemand begegnet, der so undankbar war wie du. Ich sollte augenblicklich mein Pferd besteigen und zurückkehren nach Iónador, um dich und deinen einfältigen Freund eurem Schicksal zu überlassen.«

»Warum tut Ihr es nicht einfach?«

»Nun denn, wenn du es unbedingt so haben willst«, sagte sie verärgert, und wütend wollte sie sich abwenden.

Leffel jedoch trat beherzt auf sie zu. »Herrin!«, rief er und beugte das Haupt. »Bitte, verzeiht die unbesonnenen Worte meines Begleiters. Er ist kein schlechter Kerl, nur manchmal ein wenig grob. Ich bin sicher, dass er es nicht so gemeint hat.«

»Ist das wahr?« Sie blickte Alphart prüfend an.

Der Wildfänger erwiderte nichts, aber in seinen Augen glomm ein wütendes Feuer, und seine Kiefer mahlten in stillem Zorn.

»Ich fürchte, mein guter Gilg, dein Freund ist anderer Ansicht«, sagte Rionna kühl und wollte endgültig gehen – als in nicht allzu weiter Entfernung ein schauriges Heulen erklang …

»Was war das?«, fragte Rionna erschrocken.

»Ein Wolf«, erwiderte Leffel atemlos.

»Kommt er in unsere Richtung?«

»Wahrscheinlich«, sagte Alphart trocken. »Und wo einer ist, sind meist noch mehr. Sie haben uns gewittert und kreisen uns vielleicht schon ein. Wenn Ihr Euch jetzt allein auf den Weg macht, Prinzessin, seid Ihr verloren.«

Rionnas Gesichtszüge wurden ein wenig blasser. Dennoch gab sie nicht nach. »Und wenn schon«, beharrte sie trotzig. »Dir kann es gleich sein, oder nicht?«

»Das stimmt.« Er nickte. »Aber da Ihr uns nun einmal gewarnt habt, stehen wir in Eurer Schuld und müssen Euch beschützen. Wir werden Euch zurück zum Waldrand begleiten.«

»Ich bedarf deines Schutzes nicht, Wildfänger«, widersprach sie, »ebenso wenig wie deiner Dankbarkeit. Du rümpfst deine Nase über den Hochmut des Adels, dabei bist du selbst kein bisschen besser. Vielleicht solltest du den Wald ebenfalls verlassen und dich wieder in die Berge begeben, wo du deine Ruhe hast und keiner Menschenseele begegnest.«

Zu Rionnas und Leffels Überraschung blieb eine Antwort aus. Alphart verzog zwar verärgert das Gesicht, aber er kam sich nicht weniger durchschaut vor als vorhin die Prinzessin.

Es stimmte, dass er die Einsamkeit der Berge der Gesellschaft der Menschen immer vorgezogen hatte. Dort war er sein eigener Herr und trug für niemanden außer sich selbst die Verantwortung. Vielleicht war es das, was er ablehnte – Verantwortung …

In diesem Moment ließ sich erneut das Heulen eines Wolfs vernehmen, näher diesmal und aus einer anderen Richtung.

»Wir sollten gehen«, sagte Alphart mit fester Stimme. »Es ist ein ganzes Rudel – und sie nähern sich von verschiedenen Seiten.«

»Was sollen wir tun?«, fragte Leffel ängstlich.

»Wenn wir jetzt umkehren, laufen wir den Wölfen geradewegs in die Fänge«, brummte Alphart. »Wir müssen versuchen, Damasia zu erreichen.«

»Einverstanden«, pflichtete ihm Rionna bei – und so setzten sie ihren Weg fort, weiter nach Nordosten.

Das Heulen der Wölfe begleitete sie. Bald war es links, bald rechts von ihnen zu hören, und es wurde immer lauter …

»Das gefällt mir nicht«, murmelte Alphart in seinen Bart. »Das gefällt mir ganz und gar nicht …«

»Es müssen viele sein«, vermutete Leffel, der sich seine Mütze tief ins Gesicht gezogen hatte und sie mit beiden Händen festhielt, als könnte er sich so vor den Wölfen schützen. »Warum zeigen sie sich nicht? Warum greifen sie nicht an?«

»Weil sie sichergehen wollen, dass wir ihnen nicht mehr entkommen können«, antwortete der Jäger. »Wölfe greifen nur an, wenn sie sich ihrer Beute sicher sind. Sie gehen kein Risiko ein, das haben sie mit manchen Menschen gemein.«

Er verkniff es sich, Rionna mit einem Seitenblick zu bedenken, aber die Prinzessin, die ihr unruhiges Pferd am Zügel führte, hatte die Anspielung auf ihren Onkel auch so verstanden. Dass sie nicht widersprach, lag an den Wölfen – in Anbetracht der heulenden Bestien, die ihnen offenbar folgten, war ein weiterer Streit schlecht angebracht.

Sie bewegten sich im Laufschritt zwischen den mächtigen Baumstämmen hindurch. Rionna zerrte ihr Pferd am Zügel hinter sich her. Immer wieder sträubte sich das Tier, wieherte protestierend, stemmte die Hufe in den Waldboden und wollte nicht weiter. Es witterte die Gefahr, die ringsum im Wald lauerte und jeden Moment über sie alle herfallen mochte.

Irgendwann war Alphart es leid. Er nahm Rionna die Zügel ab und schlug dem Pferd mit der flachen Hand klatschend auf die Flanke. »Heah!«, brüllte er laut. »Mach, dass du weg kommst!«

Sofort lief das Tier los, preschte wiehernd davon – gefolgt von mehreren dunkelgrauen Schatten, die sich auf einmal aus dem Unterholz lösten und dem fliehenden Pferd hinterherhuschten.

»Hast du den Verstand verloren?«, herrschte Rionna den Wildfänger an. »Das Pferd! Die Wölfe werden es reißen!«

»Besser das Pferd als uns«, sagte er nur.

»Was soll das bedeuten?«, fragte sie aufgebracht.

»Wenn die Wölfe das Pferd jagen, verfolgen sie nicht uns«, erklärt der Wildfänger, »und wenn sie es töten, haben sie erst mal genug zu fressen und lassen uns in Ruhe.«

Leffel staunte über die Gewitztheit des Jägers, Rionna allerdings wollte sich nicht beruhigen. »Du bist ein hartherziger Klotz!«, hielt sie Alphart vor.

Der grinste schief. »Hartherzig wäre es auch, die Wölfe verhungern zu lassen, oder?«

Dann setzte er sich wieder in Bewegung. Von dem Pferd war nichts mehr zu sehen und zu hören, und tatsächlich schienen auch die Wölfe verschwunden, sodass Rionna nichts mehr dazu sagte, auch wenn der Verlust des Tiers, das sie den weiten Weg von Iónador hergetragen hatte, sie schmerzte.

Wortlos folgten Leffel und sie dem Wildfänger tiefer in den unheimlichen Dunkelwald …

Zuerst glaubten sie, die Wölfe tatsächlich losgeworden zu sein. Doch am späten Nachmittag hörten sie wieder ihr Heulen, dann erneut ein Rascheln im nahen Unterholz und schließlich ein Knurren.

Die Wölfe waren wieder da!

Alpharts Plan schien nicht funktioniert zu haben. Entweder war den Wölfen das Pferd entwischt, oder diese eine Beute hatte nicht gereicht, um den Hunger der grauen Bestien zu stillen.

Noch wahrscheinlicher allerdings war, dass der Plan des Wildfängers sehr wohl geklappt hatte, jedoch ein zweites Wolfsrudel die Witterung der Menschen aufgenommen hatte.

»Sie werden uns kriegen«, jammerte Leffel. »Ich – ich will nicht gefressen werden.«

»Das geht den meisten Lebewesen so«, entgegnete Alphart.

»Du musst es wissen«, war Leffel überzeugt. »Du kennst dich in der Natur ja aus.«

»Wir müssen weiter!«, drängte Rionna, als erneut ein Knurren aus dem Unterholz drang. »Schnell!«

Ein Plätschern war zu hören, und kurz darauf gelangten sie an einen Bach, der sich in engen Windungen durch das Dickicht schlängelte. Kurz entschlossen trat Alphart hinein und forderte seine Begleiter auf, es ihm gleichzutun – vielleicht gelang es ihnen auf diese Weise, ihre Verfolger von ihrer Fährte abzubringen.

Das eisige Wasser drang ihnen durch das Schuhwerk, und der Gilg begann schon nach wenigen Schritten zu bibbern. Dennoch folgten sie dem Bach bis zu seinem Ursprung, einem kleinen Wasserfall, der von moosbewachsenen Felsen stürzte. Sie machten kurz Halt, um ihren Durst zu stillen und ihre Feldflaschen zu füllen.

Um sich einen Überblick zu verschaffen, erklomm der Jäger die Felsen und sah den Urberg, der schon beträchtlich näher gerückt war. Die Erleichterung darüber währte jedoch nicht lange, denn erneut drang das schaurige Heulen der Wölfe durch den Wald. Sie hatten die Witterung also nicht verloren. Es schien auch, als hätten die Bestien nicht vor, noch länger zu warten.

»Sie kommen näher!«, rief Rionna hinauf, als das Heulen immer noch lauter wurde.

»Sollen sie«, brummte Alphart und zog einen Pfeil aus dem Köcher, den er auf den Rücken geschnallt hatte. »Ich werde sie gebührend empfangen.«

»Wie viele von Ihnen kannst du töten, ehe sie über uns herfallen?«, rief Rionna.

Alphart antwortete nicht darauf. Wenn er schnell genug war, konnte er zwei, vielleicht drei der Bestien mit Pfeilen spicken, ehe sie die Menschen erreichten. Dann jedoch würde die Wölfe nichts mehr aufhalten.

Plötzlich wieder ein Heulen, diesmal ganz nah.

Alphart legte einen Pfeil auf die Sehne und starrte ins Dickicht.

Er verwünschte den Wald und die Düsternis, den modrigen Geruch, der wie ein Leichentuch über den Bäumen lag. Allenthalben raschelte und knackte es, und nicht selten starrten rote Augen aus dem Unterholz, die Tieren gehören mochten, die der Jäger noch nie zuvor gesehen hatte. Was hätte er darum gegeben, wieder in seiner Hütte an den Hängen des Dáicol zu sein und zusammen mit Bannhart die Freiheit der Berge zu genießen.

Aber das war unmöglich. Sein Bruder war nicht mehr am Leben. Die Erle hatten ihn getötet und die Hütte niedergebrannt. Es gab kein Zurück, Alphart wusste das. Und vielleicht, sagte er sich grimmig, würde er Bannhart ja bald zum Schöpfer folgen …

Die Wölfe schlichen näher. Es war nicht nur mehr ihr Heulen zu vernehmen, sondern auch ihr hechelnder Atem.

Aber noch immer bekamen die drei Menschen die Bestien nicht zu Gesicht.

»Sie sind überall!«, rief Leffel und blickte sich verzweifelt um. »Was sollen wir nur tun? Ich will nicht von wilden Tieren gefressen werden.«

»Das hättest du dir überlegen sollen, bevor du dein Dorf verlassen hast«, versetzte Alphart mitleidlos. »Die Welt ist voller Gefahren, und nicht wenige davon sind tödlich.«

»Kannst du deinem Gefährten keinen Mut zusprechen, Wildfänger?«, rief Rionna streng.

»Wozu? Entweder wir schaffen es, den Wölfen zu entkommen, oder wir schaffen es nicht. Dazwischen gibt es nichts, auch keinen Trost ...«

Wie um die harschen Worte des Jägers zu bestätigen, sprang aus dem Dickicht ein hageres, graues Tier mit gelb leuchtenden Augen und weit aufgerissenem Schlund.

Rionna schrie – und Alphart ließ den Pfeil von der Sehne schnellen. Das Geschoss zuckte durch die Luft, bohrte sich in die Brust des Tiers und stoppte dessen Sprung. Der Wolf war tot, noch ehe er den Boden erreichte. Aber schon im nächsten Moment waren seine Artgenossen zur Stelle. Geifernd und knurrend brachen sie aus dem Unterholz hervor, wollten sich von allen Seiten auf die Menschen stürzen. Der Gilg zog sein rostiges Messer, und Alphart legte blitzschnell einen weiteren Pfeil auf die Sehne.

Die drei Gefährten blickten ihrem sicheren Ende entgegen – als etwas Unerwartetes geschah!

Von einem Augenblick zum anderen loderten ringsum grelle Flammen in die Höhe. Ihr Licht blendete die Wölfe und ließ sie zurückweichen, und im nächsten Moment waren die reißenden Bestien hinter der lodernden Feuerwand verschwunden.

Erschrocken wollten auch Alphart und seine Gefährten vor den Flammen die Flucht ergreifen – nur um festzustellen, dass sie an allen Seiten davon umgeben waren und es kein Entkommen gab. Schon glaubten die Wanderer, einer neuen tödlichen Gefahr ausgesetzt zu sein, als sie zu ihrer Verblüffung feststellten, dass von dem so plötzlich aufgetretenen Feuer keinerlei Hitze ausging.

»Was hat das zu bedeuten?«, rief der Gilg verwundert.

»Was wohl?«, gab Alphart missmutig zurück. »Magisches Blendwerk, nichts weiter. Wir sind in der Nähe der verfluchten Festung.«

Mutig trat Rionna vor und streckte die Hand aus, geradewegs in die Flammen – und zog sie unversehrt wieder zurück. Der Wildfänger hatte recht, es musste sich um Zauberei handeln. Aber anders als Alphart konnte die Prinzessin keinen Nachteil darin erkennen.

»Was willst du?«, rief sie zu ihm hinauf. »Immerhin haben uns die Flammen vor den Wölfen gerettet.«

»Wölfe oder Zauberer«, knurrte Alphart, der die Felsen geschickt nach unten kletterte. »Wo ist da der Unterschied?«

»Jedenfalls sind wir am Leben«, sagte Rionna – als sich der Feuerkreis plötzlich vor ihr öffnete!

Als würde ein eigener Wille sie beseelen, bildeten die Flammen auf einmal eine Gasse, die durch den Wald führte.

»Was soll das denn?«, fragte Leffel.

»Ich würde das als eine Einladung betrachten«, erwiderte Rionna. »Oder was meinst du, Wildfänger?«

»Ich sage, das gefällt mir nicht«, sagte Alphart, der inzwischen wieder bei seinen Gefährten angelangt war, voller Argwohn. »Wer auf Magie und Zauberei vertraut wird allzu leicht getäuscht.«

»Vielleicht«, räumte die Prinzessin ein, »aber wer immer uns diese Flammen geschickt hat, er hat uns das Leben gerettet. Und deshalb werde ich seiner Einladung folgen.«

Mit diesen Worten schritt sie in die Gasse zwischen den über mannshohen Flammen. Leffel stand nur einen Moment lang unentschlossen, dann trottete er der Prinzessin hinterdrein.

»He, du!«, rief Alphart ihm nach, aber der Gilg wandte sich nicht mehr um – und so blieb dem Jäger nichts anderes übrig, als sich seinen Gefährten unter leise gemurmelten Verwünschungen anzuschließen.

Sie schritten durch ein Flammenmeer, das zu beiden Seiten loderte und toste, aber auch weiterhin weder Hitze noch Rauch aussandte. Die Instinkte des Wildfängers schlugen Alarm. Kalte Feuer, Nachtschein und Irrlichter waren keine natürlichen Phänomene, sondern Hexenwerk, das arglose Wanderer ins Verderben führte. Seine Nackenhaare sträubten sich, wenn er darüber nachdachte, wer ihnen diesen Zauber geschickt haben mochte …

Die Feuergasse endete vor dem Eingang einer Höhle, die in einer grauen, moosbewachsenen Felswand klaffte. Offenbar hatten sie den Fuß des Urbergs erreicht. Waren sie ihm wirklich so nahe gewesen? Alphart hatte ihn von den Felsen aus gesehen, aber da erschien er ihm noch Stunden entfernt.

Rionna wollte die Höhle betreten, aber Alphart hielt sie zurück. »Nicht!«, rief er warnend.

»Was willst du stattdessen tun, Wildfänger? Warten, bis die Flammen erlöschen? Die Wölfe sind vermutlich noch immer in unserer Nähe.«

Alphart sagte nichts darauf. Widerwillig folgte er Rionna und Leffel in den dunklen Schlund. Eisige Luft schlug ihnen entgegen, die nach Verwesung roch und Alphart nur noch mehr in Unruhe versetzte. Dennoch sah er ein, dass sie keine andere Wahl hatten, als weiterzugehen, wenn sie sich nicht der Wolfsmeute stellen wollten.

»Wartet!«, raunte er seinen Begleitern zu und lud seinen Rucksack ab. Im spärlichen Feuerschein, der vom Eingang in die Höhle drang, holte er zwei mit Talg präparierte

Fackeln hervor. Eine davon reichte er an Leffel, die andere behielt er selbst. Dann griff er nach der Zunderbüchse und setzte die Fackeln in Brand.

In ihrem flackernden Schein sahen die drei Menschen einen Stollen, der sich vor ihnen erstreckte, offenbar bis weit ins Innere des Bergs.

»Das ist keine Höhle«, stellte Alphart fest, »das ist ein Gang. Wer weiß, wohin er uns führt.«

»Jedenfalls nicht zu den Wölfen«, konterte Rionna und ging mutig weiter.

Leffel warf Alphart einen fragenden Blick zu, worauf dieser die Augen verdrehte. »Wenn man bedenkt«, murrte er, »dass sie uns retten wollte …«

Sie folgten dem Stollen, der sich immer tiefer ins Innere des Berges bohrte und schließlich steil anstieg. Wann immer die Wanderer das Gefühl hatten, das Ende zu erreichen, tauchte eine weitere Biegung im flackernden Schein der Fackeln auf, und der Marsch durch die dunkle Ungewissheit setzte sich fort.

Alphart, der frische Luft und freien Himmel gewohnt war, fühlte Beklemmung. Dumpfe Furcht erfasste ihn, auch wenn er das vor seinen Begleitern niemals zugegeben hätte. Auch der Gilg machte ein bekümmertes Gesicht. Einzig die Prinzessin ging furchtlos voraus, sei es aus Starrsinn oder Unwissenheit.

Wohin mochte dieser Gang führen?, fragte sich Alphart immerzu. Hatte er überhaupt ein Ende? Oder waren sie einem weiteren Zauber aufgesessen, der sie in die Irre geleitet hatte? Möglicherweise konnten sie den Stollen bis in alle Ewigkeit folgen, ohne sein Ende je zu erreichen.

Sie passierten ein niederes Gewölbe, in dessen Wände zu beiden Seiten steinerne Platten eingelassen waren. In den Stein waren Runenzeichen gemeißelt, die Schrift der alten Sprache.

»Hier liegt Lefas, Krieger und Kämpe«, las Rionna im Lichtschein der Fackeln vor. *»Er starb im tapferen Kampf gegen die Barbaren.* – Und hier steht: *Hier ruht Mayar, niedergestreckt vom vergifteten Pfeil des Feindes.«*

»Das hier ist ein verdammter Friedhof«, stellte Alphart fest.

Die anderen beiden erwiderten nichts – offensichtlich hatte der Jäger recht. Die Platten zu beiden Seiten des Stollens bedeckten in den Fels gehauene Grabnischen. Viele davon waren unbeschriftet.

»Es heißt, in den letzten Tagen der Festung Damasia seien die Kämpfe so blutig gewesen, dass man die Toten nicht mal mehr hat zählen können«, erklärte Rionna. »Die Verstärkung, die Iónador schicken sollte, traf zu spät ein und fand die Feste nur noch als schwelende Ruine vor. Die Waldkrieger hatten sie gestürmt und jeden Mann und jede Frau darin grausam niedergemetzelt. So wurde aus der einstmals stolzen Festung eine Blutburg.«

»Ein verfluchter Ort«, sagte Alphart voll Überzeugung, während Leffel erneut ein Wimmern vernehmen ließ und sich einmal mehr an seiner Mütze festhielt.

Beinahe endlos schien sich der Grabstollen tief unter dem Urberg zu erstrecken. Mehrmals verzweigte er sich und führte in kleinere Nebengänge, in denen weitere Grabnischen untergebracht waren.

Schließlich, als die drei Wanderer schon nicht mehr damit rechneten, endete der Stollen. Flackernder Feuerschein drang ihnen entgegen, der Alphart dazu veranlasste, erneut einen Pfeil auf die Sehne seines Bogens zu legen. Vorsichtig schlichen die Gefährten weiter und erreichten ein kreisförmiges, in den Fels gehauenes Gewölbe.

Und zu ihrer Überraschung waren sie dort nicht mehr allein.

16

Ein alter Mann in einer schmutzig grauen, zerschlissenen Robe hockte auf einem Felsblock, und vor ihm knisterte ein Feuer, das flackernden Schein auf die Züge des Alten warf. Über dem Feuer stand ein Dreifuß, an dem ein Topf hing. In ihm brodelte eine würzig duftende Suppe.

Der Blick der grauen Augen, mit denen der Alte die drei Besucher taxierte, war stechend, die Nase in seinem von Falten zerfurchten Gesicht ein wahres Ungetüm, hervorspringend wie ein Erker und gebogen wie der Schnabel eines Falken. Ein grauer Bart umwucherte seinen Mund und fiel auf seine Brust herab – das Haupt des Alten hingegen war so kahl wie der Fels der Höhle.

»Ich grüße euch, Fremde«, sagte er. Leffel ließ vor Schreck seine Fackel fallen, Alphart hob den Bogen. »Verschwende an mich keine deiner Pfeile, Jäger«, sagte der Alte gleichmütig. »Von mir geht keine Gefahr für euch aus.«

»Wer bist du?«, wollte Rionna wissen.

»Niemand, der für euch von Bedeutung wäre. Nur ein alter Einsiedler, der sich hier niedergelassen hat, um Ruhe zu finden vor den Menschen und der Welt.«

»Dann haben wir wohl deine Ruhe gestört«, sagte die Prinzessin. »Verzeih.«

»Euch trifft keine Schuld.« In den zerknitterten Zügen zeichnete sich die Ahnung eines Lächelns ab. »Ich habe geahnt, dass ihr kommen würdet.«

»Warst du es, der uns diesen Zauber geschickt hat?«, fragte Alphart unumwunden. »Hast du uns vor den Wölfen gerettet?«

»Ich bin nur ein einfacher Einsiedler«, erwiderte der Alte ausweichend, »aber du hast recht, wenn du glaubst, dass dieser Ort von Zauberei durchdrungen ist, von Magie, die bis in die Tage von Vanis' Söhnen zurückreicht. Nun sagt mir, was euch hierhergeführt hat. Der Dunkelwald ist ein Ort voller Gefahren …«

»Wir wollen zum Druiden Yvolar«, plapperte Leffel munter drauflos, wofür Alphart ihm einen harten Rippenstoß versetzte. Es war selten gut, Fremden gegenüber zu viel von sich preiszugeben; diese Erfahrung hatte er leider machen müssen.

»Zu Yvolar wollt ihr?« Der Alte lächelte matt. »Und wie steht es mit euren Namen?«

»Ich bin Leffel Furr aus dem Unterland«, antwortete Leffel beflissen, »den alle nur den Gilg nennen. Dieser grimmige Zeitgenosse hier ist Alphart, Wildfänger von Beruf. Und die wunderschöne Dame in unserer Mitte ist …«

»… eine unbekümmerte Maid, die so unvorsichtig war, uns auf unserem Weg zu begleiten«, fiel Alphart ihm ins Wort. Der Jäger sah es als besser an, Rionnas Namen und Herkunft nicht auch noch zu verraten.

»Wollt ihr euch nicht setzen?«, fragte der Einsiedler freundlich und bot ihnen mit einer ausladenden Geste Plätze um das kleine Feuer an. »Es ist genügend Suppe da für alle.«

»Gern!« Leffel nahm die Einladung sofort und ohne Zögern an. Er hatte ja noch nicht einmal gefrühstückt, und inzwischen hing ihm der Magen bis zu den Knien. Schon wollte er sich am Feuer niederlassen, aber Alphart hielt ihn zurück.

»Nein danke«, sagte der Wildfänger barsch, »wir haben unsere eigene Verpflegung. Sag uns lieber, wie wir zu Yvolar kommen. Wir haben keine Zeit zu verlieren.«

»Du denkst, dass ich eure Zeit verschwende, Wildfänger?« Der Alte fixierte ihn mit seinen stechenden Augen. »Hm … Du bist ungeduldig, fürwahr.«

»Ich habe auch allen Grund dazu«, knurrte Alphart, »denn wir haben einen wichtigen Auftrag zu erfüllen, alter Stocker!« Er zog sich damit die tadelnden Blicke seiner Gefährten zu. Als »Stocker« pflegte man in Allagáin griesgrämige alte Menschen zu bezeichnen. Jemanden so zu nennen, der ihnen seine Gastfreundschaft erweisen wollte, war eine arge Beleidigung.

Wenn der Alte es ihm jedoch verübelte, so zeigte er es nicht. »Es ist viel Zorn in dir, Alphart Wildfänger«, stellte er lediglich fest. »Aber ich bitte dich dennoch um ein wenig Geduld. Dann werde ich euch morgen früh zu Yvolar führen.«

»Du kennst den Druiden?«

Der Alte nickte nur, worauf sich Alphart und seine Begleiter mit Blicken verständigten. Etwas auszuruhen würde ihnen sicherlich nicht schaden.

Zwar traute Alphart dem Einsiedler nicht, der ihm ebenso suspekt war wie das magische Feuer, das sie zu dieser Höhle geleitet hatte, doch er verspürte auch kein Verlangen, ins Freie zurückzukehren, wo möglicherweise noch immer die Wölfe lauerten …

»Also schön«, erklärte er sich bereit, »wir werden bleiben.« Sie alle ließen sich rings um das Feuer auf den harten Stein nieder.

Der alte Einsiedler nickte erneut und wirkte zufrieden. Dann begann er, seine Suppe mit einer Kelle in mehrere tönerne Schüsseln zu verteilen, die hinter ihm gestanden hatten. Es waren vier Schüsseln, also für jeden eine, und das ließ Alphart erneut stutzen. Hatte der Einsiedler mit drei Besuchern gerechnet? Aber woher hatte er so genau gewusst, dass sie zu dritt sein würden?

Leffel und Rionna nahmen die Suppe dankbar entgegen, Alphart allerdings lehnte ab.

»Magst du keine Pilzsuppe?«, erkundigte sich der Alte mit heiter blitzenden Augen.

»Nur, wenn ich sie selbst zubereitet habe«, erklärte der Jäger unverwandt. »Wer weiß, was du hineingeschnitten hast.«

»Nur das Beste«, versicherte der Eremit und begann selbst zu löffeln. »Aber wenn du nicht willst, zwinge ich dich nicht dazu.«

Alphart erwiderte nichts darauf, saß schweigend am Feuer, während die anderen aßen. Die Suppe schien gut zu schmecken, denn Leffel und Rionna verlangten begeistert Nachschlag, und während der würzige Duft der Pilze seine Nase kitzelte, sagte sich Alphart, dass er sich wie ein Narr aufführte. Aber er wäre lieber verhungert, als dies zuzugeben und um eine Schüssel zu bitten.

»Nun, da ihr meine Gäste seid«, sagte der Alte nach dem Essen, »könnt ihr mir doch sagen, was euch hierhergeführt hat. Was ist das für ein dringender Auftrag, den ihr zu erledigen habt?«

Alphart schwieg, dafür gab Leffel umso bereitwilliger Auskunft. Der kleinwüchsige Allagáiner schien instinktiv Vertrauen zu dem Eremiten gefasst zu haben – sehr zu Alpharts Verärgerung. »Es waren die Zeichen«, gab der Gilg zur Antwort.

»Was für Zeichen?«

»Der Frost ist früh gekommen dieses Jahr.«

»Das ist kein Zeichen.«

»Doch, doch!« Der Gilg nickte heftig, um seine eigenen Worte zu bestätigen. »Zeichen für einen strengen Winter, der sich ankündigt.«

»Strenge Winter hat es schon früher gegeben.«

»Aber es wurden auch Gestalten gesichtet«, erklärte Leffel. »Gestalten, wie wir sie nur aus den Geschichten der Alten kennen.«

»Gestalten? Was für Gestalten?« Die Neugier des Einsiedlers schien geweckt.

»Ein Feuerreiter wurde gesehen«, antwortete Leffel, »und noch andere grässliche Kreaturen. Sie verlassen die Berge und dringen in die Täler vor. Und sie haben Alpharts Bruder umgebracht.«

»Ist das wahr?« Die Gesichtszüge des Einsiedlers, der bisher so mild und freundlich dreingeschaut hatte, veränderten sich, als er den Wildfänger streng ansah. »Was für Kreaturen, mein wackerer Jägersmann?«, wollte er von Alphart wissen. »Wer hat deinen Bruder getötet?«

»Willst du das wirklich wissen, alter Stocker?«, fragte Alphart. Er verspürte keine Lust, über Bannharts Tod zu sprechen. Jedes einzelne Wort entfachte nur von Neuem seine Trauer …

»Allerdings.«

»Die Antwort würde dir nicht gefallen.«

»Überlass das mir«, erwiderte der Alte. Seine Augen hatten sich zu schmalen Schlitzen verengt, durch die er den Wildfänger neugierig taxierte.

»Nun gut«, sagte Alphart trotzig. »Dann lass dir gesagt sein, dass es garstige Unholde waren, Ausgeburten der Dunkelheit.«

»Wie haben sie ausgesehen?«

»In mancher Hinsicht so wie wir: Sie gehen aufrecht auf zwei Beinen, haben Arme und Hände. Aber ihre Haut ist grünbraun, ihre Häupter sind wie die von Schweinen, und ihre Augen leuchten wie die von Wölfen.«

»Dann waren es …«, begann der Einsiedler.

Alphart nickte. »Ja, es waren Erle, die meinen Bruder erschlugen – und ich habe ihnen dafür Rache geschworen.«

»Erle …«, murmelte der alte Einsiedler, und selbst im Widerschein des Feuers war zu erkennen, dass er blass wurde. »Also ist es wahr.«

»Was ist wahr?«, fragte Rionna. »Wovon sprichst du?«
Der Einsiedler antwortete nicht.

Stumm starrte er in die Flammen, und erneut hatten die drei Gefährten das Gefühl, dass eine Veränderung mit ihm vor sich ging. Alles, was an ihm eben noch alt und grau gewirkt hatte, verschwand. Sein Blick wurde wacher, seine zerfurchte Gesichtshaut schien sich zu straffen – und als er sich mit einem tiefen Seufzen erhob, schien die Zahl seiner Lebensjahre von ihm abzufallen und plötzlich nicht mehr von Bedeutung, mochten es achtzig oder achthundert sein. Auch war sein Gewand plötzlich nicht mehr alt und zerschlissen, sondern makellos weiß, so wie sein Bart.

Ein helles Leuchten schien von der Gestalt auszugehen.

Als er den Alten in seiner wahren Gestalt erblickte, fiel Leffel auch die Sichel auf, die er im Gürtel seines Gewandes stecken hatte – das Zeichen des Druidenstandes …

»Du … *Ihr* seid Yvolar«, entfuhr es dem Gilg.

»Unsinn«, knurrte Alphart – als der tadelnde Blick des Alten auf ihn fiel.

»Du solltest auf deine beiden Gefährten hören, Alphart Wildfänger«, beschied ihm der Einsiedler streng. »Denn du magst tapfer und mutig sein, aber dein Hass und deine Trauer haben dich blind gemacht und deine Seele vergiftet. Das Herz Leffels hingegen ist rein und unverdorben, deshalb vermag er in Gegensatz zu dir so manche Wahrheit zu erkennen.«

»Dann … ist es wahr?«, fragte Rionna. »Ihr seid wirklich Yvolar der Druide? Der Herr von Damasia?«

»Ein Druide mag ich sein, doch der Herr von Damasia bin ich schon lange nicht mehr«, sagte er. »Die Festung verlor ihren Glanz, als die Söhne Vanis' das Land verließen.«

»Bist du es gewesen, der uns das Feuer geschickt hat?«, fragte Alphart.

»In der Tat. Ich sah, dass ihr in Bedrängnis wart, und beschloss, euch zu helfen. Außerdem glaube ich, dass es nicht euer eigener Wille war, der euch hierherführte.«

»Nicht unser eigener Wille?« Alphart lachte spöttisch auf. »Wessen Wille sollte es denn sonst gewesen sein? Du redest wirres Zeug.«

»Und du sprichst reichlich unverschämt für jemanden, der sein Leben meinem Eingreifen verdankt«, konterte der Druide. »Aber ich will dir deine Frage beantworten und dir sagen, wer euch drei zusammengeführt und dafür gesorgt hat, dass ihr wohlbehalten hier angelangt seid: die Vorsehung, meine Freunde, die Vorsehung ...«

»Schmarren«, knurrte Alphart. »Hokuspokus und Druidenzauber, nichts weiter. Es war mein eigener Wille, der mich zu dir geführt hat, Druide, und ich werde wieder gehen, wenn mir danach ist. Diesem da« – er deutete auf Leffel – »habe ich geholfen, weil er von den hohen Herren schlecht behandelt wurde. Und jene« – er zeigte auf Rionna – »ist uns auf eigene Faust gefolgt. Jeder von uns hat selbst entschieden, was er tut und was nicht.«

»Du bist wohl kein Gläubiger?«

»Ich glaube an den Schöpfergeist und daran, dass er die Welt erschaffen hat. Alles andere ist in meinen Augen nichts als Unfug. Die Menschen in den Tälern mögen an derlei Blödsinn glauben – wir Wildfänger halten uns an das, was wir sehen und greifen können.«

»Ich verstehe«, sagte Yvolar nur und wandte seine Aufmerksamkeit dem Gilg zu. »Und wie steht es mit dir, mein guter Leffel? Hältst du es auch wie unser grimmiger Freund?«

»Bitte, verzeiht seine Worte, großer Druide«, antwortete Leffel. »Er meint es nicht so. Es ist der Schmerz über den Tod seines Bruders, der sein Herz so hart gemacht hat.«

»Wohl dem, der einen Kameraden wie dich hat, Leffel«, sagte der Druide. »Vielleicht wird der Jäger deine Freundschaft eines Tages zu schätzen wissen.«

Alphart erwiderte nichts darauf und begnügte sich damit, weiter düster dreinzublicken. Rionna, die bislang kaum gesprochen hatte, ergriff das Wort.

»Wenn Ihr Yvolar seid«, sagte sie, »dann müsst ihr uns helfen. Wir brauchen Euren Rat, ehrwürdiger Druide. Wir müssen wissen, ob unserem Land Gefahr droht und ob noch mehr Erle aus den Bergen kommen werden.«

»Wir werden in Ruhe darüber sprechen, Rionna von Iónador«, antwortete Yvolar besonnen.

»Ihr … Ihr wisst, wer ich bin?«

Der Druide nickte. »Deine Sprache verrät dich, mein Kind, ebenso wie die Ähnlichkeit zu deinem Vater.«

»Ihr kanntet meinen Vater?«

»Allerdings. Er war ein guter und weiser Herrscher. Die Kunde von seinem Tod hat mich tief betrübt.« Mit diesen Worten erhob sich der Druide. »Nun folgt mir. Ihr solltet euch ausruhen von eurer Reise. Morgen früh jedoch müsst ihr mir alles berichten, was ihr wisst.«

Er verließ die Höhle durch einen kurzen Stollen und über eine Treppe, deren schmale Stufen steil nach oben führten. Leffel und Alphart blickten einander staunend an – beide hätten schwören können, dass der Gang und die Treppe zuvor noch nicht da gewesen waren.

Rionna folgte Yvolar bereitwillig den kurzen Stollen entlang und die Stufen empor. Und auch Leffel ließ sich nicht lange bitten. Alphart hingegen zögerte. Es gefiel ihm nicht, sich jemandem anzuvertrauen, der mit übernatürlichen Dingen hantierte – aber hatte er eine Wahl?

Den Bogen fest umklammernd, folgte er seinen Kameraden schließlich die Stufen hinauf und durch den Fels des Urbergs bis in die verwunschene Festung Damasia.

Noch nie zuvor hatten die drei Gefährten Vergleichbares gesehen.

Als er noch ein kleiner Junge gewesen war, hatte Leffel Gilg gelegentlich die alte Huila besucht, das Kräuterweib, das im Tal des Allair hauste und in seiner Hütte allerhand rätselhafte Dinge aufbewahrte, und Rionna, die den Prunk des Túrin Mar mit all seinen Gemächern und Säulenhallen kannte, wusste, was die Baukunst der alten Zeit vermocht hatte. Dennoch kamen beide aus dem Staunen nicht heraus, als sie das Zuhause Yvolars des Druiden erblickten.

Einst war Damasia eine Festung gewesen, groß und stolz wie Iónador, aber wehrhaft auf einem Bergrücken sitzend und als Bollwerk des Krieges erbaut. Es hatte zuerst Muortis' finsteren Horden standhalten müssen und später den Stämmen des Waldvolks.

Obwohl die Mauern Damasias schon vor langer Zeit geschleift worden waren, boten sie noch immer einen eindrucksvollen Anblick: Steinwälle, so mächtig, als hätten Enze sie aufgetürmt, thronten auf dem Rücken des Urbergs, und von ihren gezackten Ruinen bot sich ein weiter Ausblick auf das endlos grüne Meer des Waldes.

Im Süden konnte man das ferne Gebirge und seine schneebedeckten Gipfel erahnen. Obwohl die Witterung im Tal des Leathan milder war als im Oberland, spürte man auch noch hier den eisigen Wind, der von den Bergen herabwehte.

Die Türme und Gebäude der einstmals stolzen Feste lagen fast alle in Trümmern. Eine unüberschaubare Ruinenlandschaft überzog den kahlen Bergrücken: Wehrtürme, die unter Katapultbeschuss eingestürzt waren, Gesindehäuser und Stallungen, die man niedergebrannt hatte, und Torbogen, die unter der Last der Jahre zusammengebrochen waren. Nur ein Bauwerk in ganz Damasia war heil geblieben und hatte nicht nur dem Krieg, sondern auch der Zeit getrotzt: ein breiter Turm mit kuppelförmigem Dach, den Yvolar der Druide zu seinem Domizil erkoren hatte.

Alphart, Leffel und Rionna verbrachten die Nacht im unteren Bereich des Turms. Alphart hatte sich zwar vorgenommen, Wache zu halten, doch schon nach wenigen Augenblicken war auch er in traumlosen tiefen Schlaf gesunken. Entsprechend erholt fühlte er sich, als er am Morgen erwachte. Die Schrecken des Vortags schienen in weite Ferne gerückt, und wie von Zauberhand bereitet, fanden die drei Gefährten auf einem Tisch mit drei Schemeln ein üppiges Frühstück vor, das aus frischer Milch und Käse, dunklem Brot und saftigem Räucherschinken bestand und mit dem sie sich stärkten, ehe sie hinaufstiegen zum Herrn des Hauses.

Der Turm hatte mehrere Etagen, die man über die weit geschwungene Treppe erreichen konnte. Die oberste Etage bestand aus einem einzigen Raum und wurde von einer freitragenden steinernen Kuppel überspannt, wie nur die Baumeister der alten Zeit sie zu errichten vermocht hatten.

Auf diese Kuppel war eine gewaltige Schlacht kunstvoll gemalt. Leffel zuckte zusammen, als er darauf auch schweinsköpfige Gestalten erblickte – ohne Frage waren es Erle, die damals schon ihr Unwesen getrieben hatten.

Da bewunderte der Gilg doch lieber die hohen Fenster. Sie umgaben den Raum im weiten Rund, und ihre Scheiben bestanden aus buntem Glas, in dem sich heiter das Morgenlicht brach.

Zwischen ihnen standen ebenso hohe Regale, die bis an die bemalte Kuppel reichten. Sie waren überfüllt mit alten

Büchern und ebenso alten Schriftrollen. Eine noch größere Ansammlung alter Schriften hatten die drei Wanderer in den anderen Räumen des Turms entdeckt, als sie die Treppe emporgestiegen waren. Dieser Turm musste immenses Wissen bergen. Alphart, der dem geschriebenen Wort misstraute und überzeugt war, dass nur die Natur die wirklich wichtigen Lektionen lehrte, ließ das völlig kalt. Rionna hingegen war tief beeindruckt, denn im Vergleich zu Yvolars Sammlung verblasste selbst die Bibliothek Iónadors. Und der Gilg, der wie die meisten Bauern Allagáins des Lesens nicht mächtig war, fragte sich, was jemand mit derart vielen Büchern wohl anfangen wollte; Magistrat Belmus besaß ein Buch, das er sogar lesen konnte, und galt deshalb als sehr gebildeter Mann …

In der Mitte des Saals stand ein riesiger Schreibtisch, über den sich Yvolar der Druide beugte. Er saß auf einem alten Stuhl mit hoher, mit kunstvollen Schnitzereien verzierter Lehne. Ihm gegenüber, vor dem Schreibtisch, standen eine kleine, einfache Holzbank und ein Schemel, die offenbar für Besucher bestimmt waren, auch wenn Yvolar die sicher nicht oft hatte. Er hatte ein aufgeschlagenes Buch vor sich liegen und machte sich mit einem Gänsekiel Notizen auf einem Pergament. Als seine drei Gäste den großen Turmsaal betraten, schaute er von seiner Arbeit auf und grüßte sie höflich. »Ich hoffe, ihr habt gut geschlafen, meine Freunde.«

Während Alphart nur grimmig dreinschaute, bestätigten Rionna und Leffel die Worte des Druiden, dann sagte die Prinzessin: »Ich würde gern wissen, was in diesen Schriften alles steht. Sicher sind viele Geheimnisse darin aufgezeichnet, das Wissen vorangegangener Tage …«

»Das stimmt«, sagte Yvolar. Die ehrwürdigen Züge des Druiden zeigten Heiterkeit, doch es war offensichtlich, dass diese nur vorgetäuscht war. Der Herr von Damasia wirkte müde und erschöpft. Wahrscheinlich hatte er die ganze Nacht über seinen Schriften gebrütet und kein Auge zugetan.

Dann erkundigte er sich mit mattem Lächeln: »Hat euch auch das Frühstück geschmeckt?«

»Ja«, antwortete Rionna stellvertretend für alle drei. »Habt vielen Dank für alles, großer Druide.«

»So solltest du mich nicht nennen, mein Kind. Die Zeit der großen Druiden ist vorbei, schon seit Langem. Dass ich noch hier bin, ist kein Zeichen der Größe – vielleicht aber der Vorsehung, auch wenn unser grimmiger Jägersmann nicht recht daran glauben mag.«

Alphart verzog nur widerwillig das Gesicht. »Habt Ihr all diese Bücher gelesen?«, erkundigte sich Leffel, noch immer staunend.

»Die meisten davon«, antwortete Yvolar.

»Ich habe noch nie so viele Bücher gesehen«, sagte Rionna. »Nicht einmal in der großen Bibliothek von Iónador.«

»Das wundert mich nicht«, entgegnete der Druide, »denn in Iónador gilt der Wille des jeweiligen Fürstregenten, und ein jeder von ihnen hat seine eigene Vorstellung davon, welches Wissen der Nachwelt erhalten werden soll und welches nicht. Die Menschen haben das Interesse an ihrer Vergangenheit verloren, dabei könnten sie so viel aus ihr lernen. Jedoch scheint jede Generation für sich das Recht in Anspruch zu nehmen, die Fehler der vorangegangenen zu wiederholen. Das ist der Grund, weshalb ihre Mühen oft vergeblich sind. Aber lasst uns von anderen Dingen sprechen. Jetzt, da ihr ausgeruht seid und euch gestärkt habt, müsst ihr mir berichten, was sich in Allagáin zugetragen hat.«

»Natürlich, wie Ihr wünscht«, erklärte sich Rionna bereit, während Alphart nur halblaut brummte: »Von mir aus …«

»Dann setzt euch bitte.« Yvolar wies auf die Holzbank und den Schemel vor seinem Schreibtisch.

Sie ließen sich nieder, Rionna auf dem Schemel, Alphart und Leffel auf der Bank, wobei der Gilg weit bis an den Rand rückte, um dem mürrischen Wildfänger genügend Platz zu lassen.

»Einst«, sagte Yvolar, »residierten in dieser Festung Vanis' Söhne. Hier hielten sie Kriegsrat, ehe sie hinausritten, um gegen Muortis' finstere Horden zu kämpfen. Es kann kein Zufall sein, dass nach so langer Zeit wieder edle Recken hier zusammenkommen, um für das Licht zu streiten.«

»Edle Recken?« Alphart zog eine seiner buschigen Brauen hoch. »Du musst träumen, alter Mann. Hier sitzen nur ein Jäger, ein Bauerntölpel und ein verwöhntes Frauenzimmer.«

»Das glaubst du«, entgegnete der Druide lächelnd, »weil du nicht hinter das Offensichtliche schaust. Allzu oft, Wildfänger, liegt die Wahrheit im Verborgenen, und wir können sie nicht sehen, ehe wir uns nicht der Anderswelt öffnen, die jenseits des Sichtbaren liegt und …«

Alphart ließ ihn nicht ausreden, sondern knurrte: »Mir reicht das Sichtbare. Und was ich sehe, ist ein alter Narr, der sich mit Trödel und Tand aus längst vergangenen Zeiten umgibt. Ich habe den weiten Marsch und die Gefahren des Düsterwalds auf mich genommen, weil ich gehofft hatte, dass du ein Mittel wüsstest gegen die Erle. Aber ich habe mich wohl geirrt.«

Yvolar erwiderte nichts darauf. Er wandte sich Leffel und Rionna zu, als wäre Alphart gar nicht mehr anwesend, und ließ sich berichten, was sich in Allagáin zugetragen hatte.

So erfuhr der Druide von den beunruhigenden Vorzeichen und den rätselhaften Sichtungen – und auch von Leffels Reise nach Iónador. Und natürlich wurde er darüber unterrichtet, was sich am Hof des Fürstregenten zugetragen hatte.

Yvolar hörte aufmerksam zu und stellte keine Zwischenfragen. Als Leffel allerdings erzählte, dass der Fürstregent

Alphart und ihn ausgewählt hatte, nach Damasia zu gehen, und als Rionna dann noch von der Unterhaltung berichtete, die sie heimlich belauscht hatte, da verfinsterten sich die Züge des Druiden.

Leffel und Rionna setzten ihren Bericht fort bis zu dem Moment, als sie in den Katakomben des Urbergs jenem Einsiedler begegnet waren, der sich ihnen wenig später als Herr der Festung zu erkennen gegeben hatte.

Als sie geendet hatten, saß Yvolar eine Weile lang einfach nur da und starrte vor sich hin. Dann stand er auf und trat an eine kleine Kommode, die mit allerhand wunderlichen Gegenständen vollgestopft war. Als er zurückkehrte, hielt er eine große Pfeife in der Hand. Er setzte sich wieder, stopfte die Pfeife und entzündete den wohl riechenden Tabak. Und während er dies tat, sagte er: »Nun weiß ich, was deinen Gefährten widerfahren ist, Alphart Wildfänger. Aber von dir weiß ich noch nichts – außer dass dein Bruder von den Erlen getötet wurde und du auf Rache aus bist.«

»Das ist wahr«, bestätigte Alphart, »und mehr brauchst du über mich auch nicht zu wissen!«

»Nun gut«, sagte der Druide schlicht, »dann verrate mir wenigstens, ob du die Erle mit eigenen Augen gesehen hast.«

»Mit eigenen Augen.« Alphart nickte. »Und nicht nur das. Ich habe auch mit ihnen gekämpft.«

»Dann hast du also auch in ihre Gesichter geblickt?«

»Allerdings.«

»Was hast du gesehen?«

»Schweinsgesichtige Fratzen«, erwiderte der Jäger, »mit eitrigen Augen und Hauern, von denen Geifer rann.«

Yvolar nickte, während sich sein Blick immer noch mehr verfinsterte. »Es waren tatsächlich Erle. Und da es wirklich Erle waren«, murmelte er, »ist anzunehmen, dass auch die anderen Sichtungen wahr sind. Es ist also wieder geschehen, nach all der Zeit ...«

»Was, ehrwürdiger Druide?«, fragte Leffel. »Was ist geschehen?«

»Auch ich habe Zeichen gesehen, junger Freund«, sagte Yvolar. »Und auch ich habe eine beunruhigende Beobachtung gemacht.«

»Was für eine Beobachtung?«

Der Druide blickte seine drei Gäste prüfend an, als schiene er zu überlegen, ob er ihnen sein Geheimnis anvertrauen sollte. »Kommt mit mir«, sagte er dann und erhob sich.

Sie folgten dem Druiden die Treppe hinab und hinaus aus dem Turm. Er führte sie über das Trümmerfeld und schließlich in einen Innenhof, in dem es vor langer Zeit wunderschön gewesen sein musste: Ein kreisförmig angelegter Garten war dies einst gewesen, mit duftenden Rosen und blühenden Kirschbäumen und im Zentrum ein kunstvoll gearbeiteter Brunnen. Jedoch waren die Rosen zu wuchernden Dornenranken verkommen und die Kirschbäume ohne Blüten und Blätter – und aus dem Brunnen sprudelte nicht Wasser, sondern Blut! Eine rote Kaskade schoss in den düstergrauen Himmel, um zähflüssig herabzuplätschern und einen kleinen Teich zu speisen, der nach Tod und Verwesung roch.

Rionna stieß einen spitzen Schrei aus, während Leffel den Blick abwenden musste, damit sich sein Frühstück nicht zurückmeldete.

»Beim hohen Licht der Berge«, knurrte Alphart, »was ist das wieder für Hexenwerk?«

»Kein Hexenwerk, Wildfänger«, antwortete Yvolar. »Dies ist der Brunnen Aillagan, was in der alten Sprache ›Juwel‹ bedeutet, und einst sagte er die Zukunft voraus.«

»Die Zukunft?«, wiederholte Alphart unbeeindruckt und verdrehte die Augen.

»Das Wasser des Brunnens war stets so klar wie die Wintersonne und so süß und frisch wie Morgentau«, fuhr Yvolar fort. »Am Vorabend des letzten großen Angriffs, den die Mächte der Finsternis gegen die Sterblichen führten, färbte es sich jedoch rot wie Blut. So wurden Vanis' Söhne vor Muortis' Angriff gewarnt, worauf sie ihm entgegenzogen, um sich ihm auf dem Gipfel des Korin Nifol zur letzten, zur entscheidenden Schlacht zu stellen.«

»Ich kenne die Geschichte«, sagte Rionna ergriffen, »aber ich dachte immer, sie wäre nur ein Mythos, eine Erzählung aus alter Zeit.«

»Wie leichtfertig die Menschen mit ihrer Vergangenheit umgehen«, sagte der Druide traurig. »Wie rasch sie die wahre Geschichte des Lebens ins Reich der Mythen verweisen. All das ist wirklich geschehen, mein Kind. Es ist wahr, Wort für Wort. Genau so, wie es in den alten Büchern geschrieben steht.«

»Ehrwürdiger Druide«, fragte Leffel fast flüsternd, »wie kann es sein, dass sich das Wasser eines Brunnens plötzlich verfärbt?«

»Weil der Brunnen Aillagan dort entspringt, wo alles Wasser einst entsprang, mein unbedarfter Freund. Dort, wo der Ursprung unserer Welt und allen Lebens liegt: im Grundmeer.«

In diesem Moment rief Alphart: »Jetzt endlich hab ich den Beweis dafür, dass du ein Schwindler bist, alter Mann. Das Grundmeer existiert nicht. Es ist eine Lüge, in die Welt gesetzt von jenen, die in den Tälern wohnen und die Berge um ihre Majestät beneiden. Denn natürlich sind die Berge vor dem Wasser da gewesen, das weiß jedes Kind!«

»So? Glaubst du?« Yvolar schaute ihn an. »Dann lass dir sagen, Wildfänger, dass einst die ganze Welt von Wasser bedeckt war. Aus ihm ging alles Leben hervor, als der Schöpfergeist den Landmassen befahl, sich zu erheben. So entstanden Allagáin und das Wildgebirge, aber auch die Wälder und Flüsse des Nordens. Lebende Kreaturen bevölkerten das Land, aber mit ihnen kam auch die Sünde. Habgier und Stolz ließen das Böse gedeihen, und so konnte sich Muortis, der Herr des Eises, erheben. Sein Heer aus Erlen und Trollen, aus Drachen und Riesen überrannte die Welt der Sterblichen, und eine Zeit der Finsternis brach an, in der Kälte das Land überzog und das Grundmeer erstarrte.

Versklavt unter dem Joch des Bösen lag die Welt, viele Jahrhunderte lang – bis die Sylfen erschienen. Von den Gipfeln der Berge stiegen Vanis' Söhne herab und boten dem Bösen die Stirn. Unter Danaóns Führung trotzten sie Muortis und seinen Dienern, und der Krieg zwischen den Mächten des Lichts und der Finsternis begann. Lange Jahre dauerte er und obwohl sie tapfer kämpften, drohten die Sylfen und ihre Verbündeten zu unterliegen – bis es ihnen in der schicksalhaften Schlacht auf dem Korin Nifol gelang, den entscheidenden Sieg zu erringen.

Der Brunnen warnte sie, indem sein Wasser auf einmal zu Blut wurde. Und vor wenigen Tagen geschah dies erneut – wieder plätschert Blut statt Wasser im Brunnen.«

»Ich verstehe«, sagte Leffel ehrfürchtig.

»Nach ihrem Sieg«, fuhr Yvolar fort, »haben die Sylfen ein Zeitalter lang über die Menschen gewacht. Sie haben ihnen gezeigt, wie man Felder bestellt und befestigte Städte baut, damit sie eines Tages selbst die Herrschaft über das Land antreten konnten. Und als die Erben Vanis' nach vielen Menschenaltern fühlten, dass ihre Zeit zu Ende ging, da kehrten sie zurück ins ferne Reich Ventar, von wo sie einst gekommen waren. Díuran aber, einen jungen Prinzen aus Allagáin, wählten sie aus, König zu sein und über Berge und Täler zu herrschen. Er begleitete die Sylfen nach Süden, wo sie ihn krönten und ihm Maiwyn zur Frau gaben, eine Dame von vornehmer Abstammung. Mit ihr begründete Díuran das Geschlecht von Iónador, dessen Könige das Land mit Hilfe der Druiden weise und gerecht regierten.

So brach das silberne Zeitalter an, in dem die Menschen das Erbe der Sylfen würdig vertraten. Aber der Glanz der Vergangenheit verblasste, und mit jeder Generation erinnerten sich die Menschen weniger an das, was Vanis' Söhne und Töchter für sie getan hatten. Das Schicksal der Welt wurde ihnen gleichgültig, dafür wuchs ihre Gier nach Macht und Besitz. Sie entzweiten sich untereinander, und das Volk Díurans zerfiel in verfeindete Stämme – das Waldvolk und das Bergvolk. Schon bald begannen sie, blutige Kriege gegeneinander zu führen, und das silberne Zeitalter ging zu Ende. Der Stolz der Könige versank in Strömen von Blut, und die Zeit der Fürstregenten brach an, die bis heute währt.«

Die Worte des Druiden verklangen, und betretene Stille senkte sich über den Garten, in der nur das hässliche Plätschern des Blutbrunnens zu hören war.

»Das wusste ich nicht«, flüsterte Rionna schließlich. »Ich meine, ich kannte diese und jene Geschichte, aber mir war nicht klar, wie alles zusammenhängt.«

»Nun weißt du es«, sagte Yvolar gepresst. »Der Schöpfergeist hat den Sterblichen die Freiheit gegeben, sich zwischen Gut und Böse zu entscheiden – leider wählen sie nur allzu oft den falschen Pfad. So wie dein Onkel …«

»Das ist nicht wahr!«, widersprach die Prinzessin entschieden. »Klaigon hat nur das Wohl seines Volkes im Blick. Seine Wege mögen bisweilen seltsam erscheinen, aber …«

»Was sind das für Wege, die Mord und Intrige einschließen?«, fiel der Druide ihr mit sanfter Stimme ins Wort. »Ich will es dir sagen, mein Kind: Es ist der Weg in die Dunkelheit. Klaigons Absichten mögen lauter sein, seine Taten sind es nicht. Die Menschen sind dem Unrecht gegenüber gleichgültig geworden und gedenken nicht mehr der Opfer, die einst gebracht wurden. Deshalb ist das Böse wieder erwacht. Die Kälte ist wieder auf dem Vormarsch.

Sie sorgt für einen frühen Winter und treibt die Erle aus ihren Verstecken. Wer könnte ihnen Einhalt gebieten, nun, da die Erben Vanis' die Welt verlassen haben?«

»Das wollten wir eigentlich von dir wissen, alter Mann«, knurrte Alphart. »Aus diesem Grund sind wir zu dir gekommen. Aber wie es scheint, liegt dir die Vergangenheit mehr am Herzen als die Gegenwart.«

»Weil die Gegenwart ohne die Vergangenheit nicht existieren kann«, konterte der Druide. »Niemand kann von sich behaupten, das Hier und Jetzt zu begreifen, wenn er nicht das Gestern verstanden hat. Es ist das Elend der Menschen, dass sie dies nicht einsehen wollen.«

»Einsicht wird uns nichts nützen im Kampf gegen die Erle«, war Alphart überzeugt. »Weder können kluge Worte das dunkle Herz eines Erls durchbohren, noch vermögen sie ihm den Schädel zu spalten. Ich vertraue lieber auf meinen Bogen und auf die Schärfe meiner Axt. Und wenn es darauf ankommt, werde ich kämpfen bis zum letzten Atemzug.« Grimmig schüttelte er den Kopf. »Wir hatten gehofft, dass du uns helfen könntest. Aber wenn es nicht so ist, dann sag es frei heraus.«

»Du sprichst töricht, Alphart Wildfänger!«, hielt ihm Yvolar vor. »Dennoch will ich dir nicht zürnen, denn deine Art ist nun einmal wild und ungestüm. Auf die Weisheit des Alters jedoch höre, denn nur sie kann dir zum Erfolg verhelfen.«

»So?« Alphart musterte sein Gegenüber missmutig. »Und was rät uns deine Weisheit? Sollen wir uns hinter Büchern verstecken, während Unholde und Finsterwesen die Täler überrennen? Ich habe geschworen, die Erle zu bekämpfen. Mit leeren Worten gelingt mir das nicht!«

»Ist es tatsächlich der Durst nach Rache, der aus dir spricht?«, wollte Yvolar wissen.

»Weshalb fragst du mich das?«

»Weil ich den Eindruck habe, dass die Trauer um deinen Bruder nicht alles ist, was dich antreibt. Da ist auch ehrliche Sorge. Furcht um die Menschen von Allagáin …«

»Blödsinn!«, versetzte Alphart. »Mit den Talbewohnern haben wir Wildfänger nichts zu schaffen.«

»Natürlich nicht.« Yvolar lächelte amüsiert. »Aber du hast recht, Alphart. Den Erlen muss Einhalt geboten werden. Wer nur den Rauch sieht, aber nicht das Feuer, der wird den Brand nicht löschen.«

Alphart seufzte genervt. »Was hat das nun wieder zu bedeuten?«

»Dass ich Gewissheit brauche. Die Erle zu bekämpfen, aber nicht das, was sie antreibt, wäre ein aussichtsloses Unterfangen, denn die Kreaturen der Dunkelheit sind so zahlreich wie die Sterne. Wir müssen in Erfahrung bringen, was hinter all dem steht. Wir müssen wissen, was die Erle dazu gebracht hat, Dorgaskol zu verlassen.«

»Ihr sprecht von Muortis, nicht wahr?«, fragte Leffel mit ängstlichem Flüstern.

»Ja, mein Freund.«

»Aber wie ist das möglich?«, wollte Rionna wissen. »Nehmen wir an, dass es den Herrn des Eises tatsächlich gibt, dass er nicht nur eine Gestalt aus alten Mythen ist, wie viele behaupten – wie kann er die Jahrtausende überdauert haben?«

»In den Tiefen Urgulroths hat Zeit keine Bedeutung«, gab Yvolar zur Antwort. »Muortis hat einst existiert, mein Kind, ich selbst habe in sein schreckliches Angesicht geblickt. Es ist uns gelungen, ihn zu vertreiben – aber wir haben ihn nicht vernichtet, dazu reichte unsere Kraft am Ende des Krieges nicht mehr aus. Muortis hat die Zeit genutzt, um seine Wunden zu lecken und sich zu stärken. Gut möglich, dass er hinter allem steckt.«

»Und wie wollt Ihr darüber Gewissheit bekommen?«

»Es gibt nur einen Weg«, sagte der Druide, »nur eine Möglichkeit, hinabzublicken in die dunklen Klüfte von Urgulroth, ohne sich selbst dorthin zu begeben. Nur der Zauberspiegel des Zwergenkönigs Alwys vermag in die Tiefen der Welt zu schauen.«

»Ein Zauberspiegel?« Leffel machte große Augen.

Alphart seufzte erneut, noch verzweifelter als zuvor.

»Gewöhnlich benutzen die Zwerge ihn, um in den Eingeweiden der Erde Gold und Edelsteine aufzuspüren«, erklärte Yvolar. »Aber man kann den Spiegel auch für sinnvollere Zwecke einsetzen.«

»Und Ihr denkt, dass die Zwerge den Menschen helfen werden?«, fragte Rionna.

»Von alters her pflegen die Zwerge die Tiefen der Welt nach Bodenschätzen zu durchwühlen«, erklärte der Druide, »jedoch sind sie dabei zu weit gegangen. In ihrer kindlichen Gier nach allem, was glitzert, drangen sie dereinst nach Urgulroth vor und weckten das Böse aus dem Schlaf, in den es am Anbeginn der Zeit gefallen war. Seither stehen die Zwerge bei den anderen Sterblichen in der Schuld – ein alter Schwur bindet sie, ihnen beizustehen.«

»Also musst du einen Blick in diesen Spiegel werfen, und wenn du das getan hast und weißt, was wirklich Sache ist, kannst du auch sagen, wie der Feind bekämpft werden kann«, folgerte Alphart.

»So ist es.«

»Und wo befindet sich dieser Spiegel?«

»In Glondwarac, dem magischen Reich der Zwerge.«

Der Jäger schüttelte energisch den Kopf. »Diesen Ort gibt es nur in den Geschichten der Sänger!«

»Vertrau mir. Ich bin oft dort gewesen.«

»Was du nicht sagst. Und wo befindet er sich?«

»Weit im Westen, in den Bergen – aber es hätte keinen Zweck, dir den Ort zu beschreiben. Wer das Zwergenreich und ihre verzauberte Festung nicht finden soll, der kann dies auch nicht. Doch ist er reinen Herzens und dazu auserkoren, finden die Zwerge ihn.«

»Was soll das nun wieder heißen?«

»Man begibt sich ans südliche Ufer des Búrin Mar und begehrt Einlass ins Reich der Zwerge. Alles andere hängt von ihnen selbst ab.«

»Ich habe gehört, dass nur derjenige ihre Burg betreten darf, der die rechten Zauberworte kennt«, sagte Rionna.

»Ach ja?«, brummte Alphart. »Und ich habe gehört, dass die Zwergenzwing nur alle sieben Jahre erscheint und dass kein Mensch, der jemals hineingelangte, auch wieder herauskam.«

»Für jemanden, der nicht an derlei Dinge glaubt, weißt du erstaunlich viel«, bemerkte Yvolar.

»Man hört so einiges«, entgegnete Alphart steif.

»Fürchtest du dich, Wildfänger?«

»Vor den Gnomen? Sicher nicht.« Der Jäger schüttelte den Kopf. »Ich habe nichts zu verlieren, alter Mann. Wenn du nach Glondwarac gehst, werde ich dich begleiten. Schon um herauszufinden, ob du die Wahrheit sprichst oder ob du nur ein Aufschneider bist.«

»Und was ist mir dir, Leffel Gilg?«

Leffel überlegte. Natürlich konnte er ablehnen und nach Hause zurückkehren. Dort wäre er in Sicherheit, doch konnte er sein bereits bestandenes Abenteuer nicht beweisen, und so würden ihm die Dorfbewohner vorwerfen, die ihm übertragene Aufgabe nicht erfüllt zu haben.

Also blieb ihm wohl nur, seine Reise zusammen mit Alphart und dem Druiden fortzusetzen, auch wenn ihm das Herz schwer wurde bei dem Gedanken, weil er sich zurücksehnte nach den saftigen Wiesen des Unterlands.

»Wird es denn sehr gefährlich werden?«, fragte er vorsichtshalber.

Alphart ließ ein verächtliches Schnauben vernehmen, aber Yvolar legte dem Gilg beschwichtigend die Hand auf die Schulter. »Der Reine mag verspottet werden, aber dafür ist sein Herz offen und ehrlich. Ich kann dir nicht sagen, was uns auf unserer Reise erwartet, mein Freund. Der Weg nach Glondwarac ist weit, und die Diener der Finsternis werden uns unterwegs auflauern. Sie haben Blut geleckt und durchstreifen das Land auf der Suche nach Beute.«

»Gibt es denn keinen Ort, der vor ihnen sicher ist?«, fragte Leffel verzweifelt.

Yvolar schüttelte den Kopf. »Nein, mein Freund. Dies ist der einzige Trost, den ich dir geben kann: Wenn wir Glondwarac nicht erreichen, so wird Allagáin schon bald nicht mehr die Heimat sein, die du kennst und liebst.«

»Dann werde ich mit Euch gehen«, erklärte der Gilg, auf einmal schon ein wenig zuversichtlicher. »Ich wurde geschickt, um Hilfe zu holen gegen die Kälte und den frühen Winter. Und diese Aufgabe habe ich noch nicht erfüllt.«

»Gut gesprochen.« Der Druide lächelte. »Und du, mein Kind?« Mit diesen Worten wandte er sich an Rionna.

»So gern ich es möchte, ich kann Euch nicht begleiten«, sagte die Prinzessin.

»Weshalb nicht?«

»Weil ich zurück muss nach Iónador.«

»Nach allem, was geschehen ist?«, wandte Alphart ein. »Ihr habt uns geholfen und uns die Mordpläne Eures Onkels verraten. Klaigon ist kein Mann, der leicht verzeiht. Es wäre nicht gut, zu ihm zurückzukehren.«

»Ich fürchte, unser wackerer Jägersmann hat recht«, pflichtete Yvolar dem Wildfänger bei.

»Dennoch muss ich gehen«, beharrte Rionna. »Tue ich es nicht, wird Klaigon mich überall im Land suchen lassen, und ihr müsstet euch dann nicht nur vor den Erlen in Acht nehmen, sondern auch vor den Soldaten Iónadors.«

»Sollen Sie nur kommen«, brummte Alphart grimmig.

»Jawoll«, stimmte der Gilg zu und griff nach dem rostigen Dolch an seinem Gürtel.

»Seid nicht töricht«, wandte Rionna ein. »Meine Anwesenheit würde die gesamte Mission gefährden.«

»Vielleicht, vielleicht auch nicht«, überlegte der Druide. »Aber wie auch immer du dich entscheidest, Klaigon darf nichts von meinen Plänen erfahren. Willst du mir das versprechen?«

»Warum, ehrwürdiger Druide? Ich bin sicher, dass er …«

»Schwöre es bei deinem Leben!«, verlangte Yvolar ungewohnt barsch, worauf Rionna eingeschüchtert den Blick senkte und nickte.

»Natürlich, ehrwürdiger Druide«, sagte sie leise. »Ich schwöre es – bei meinem Leben.«

»Ein jeder muss den Weg gehen, der ihm bestimmt ist«, sagte Yvolar, nun wieder mit einfühlsamer Stimme. »Das Schicksal der Welt nimmt seinen Lauf. Möge der Schöpfergeist uns beistehen …«

Galfyn, der junge Häuptling des Falkenclans, hatte gerufen – und alle waren sie seinem Ruf gefolgt.

Die Krieger des Bärenstammes. Die Wolfskämpfer. Die Eber. Die Hirsche. Die Füchse. Die Krähen. Die Biber. Selbst die Schlangenkrieger, die erbitterten Feinde der Falken, hatten eine Abordnung zum Heiligen Hain geschickt, in dessen Mitte die Flamme Fynrads loderte, zum ersten Mal seit undenklich langer Zeit.

Einst war die Flamme das Symbol der Einheit gewesen, das immer dann entzündet worden war, wenn sich Feinde näherten und der Friede des Waldes bedroht war. Nach dem Krieg gegen das Bergvolk jedoch hatten sich die Stämme untereinander entzweit – bis zu diesem Tag.

Indem er Fynrads Feuer entzündete, hatte Galfyn gehofft, ein wenig von dem Geist wiederzuwecken, der sein Volk einst stark gemacht hatte und es gegen den gemeinsamen Feind hatte zusammenstehen lassen – niemals hätte er jedoch zu hoffen gewagt, dass so viele Clans, darunter selbst seine ärgsten Feinde, kommen würden. In seinen Augen war es der Beweis dafür, dass sich alle Clans des Waldes nach etwas sehnten, das sie in der Vergangenheit verloren hatten: Stärke, Einheit und Stolz.

Nach Stämmen getrennt versammelten sich die Waldkrieger auf dem von uralten Eichen gesäumten Platz, der einst ein Ort der Mysterien gewesen war. Hier hatten sich die Druiden zu ihren Beratungen getroffen, und hier war einst das Bündnis Fynrads geschmiedet worden. Vielleicht, dachte Galfyn, würde in dieser Nacht ein weiterer Bund geschlossen werden ... Der junge Häuptling wartete, bis jedes Clansmitglied seinen Platz eingenommen und sich die Unruhe im Hain gelegt hatte. Die Gesichter, in die er blickte, waren feindselig. Weder die langhaarigen Kämpfer des Bärenclans noch die in graue Felle gehüllten Wolfskrieger machten ein Hehl aus ihrem Argwohn. Die Schlangenkämpfer hatten sich die Gesichter mit blauer Farbe bemalt, was von alters her als Zeichen der Kampfbereitschaft galt und etwaige Angreifer erschrecken sollte.

In alter Zeit hätte niemand es gewagt, den Heiligen Hain bewaffnet zu betreten – in dieser Nacht jedoch hatte keiner der Krieger sein Schwert abgelegt. Zu erbittert war die Feindschaft, die über Generationen gewachsen war, zu groß das Misstrauen unter den Clans.

Galfyn war klar, dass in dieser angespannten Lage schon ein falsches Wort genügte, um ein blutiges Massaker heraufzubeschwören. So griff er an die Schließe seines Waffengurts, löste sie und legte sein Schwert demonstrativ zu Boden, ehe er in die Mitte des Haines trat, wo das Feuer der Einheit brannte.

Die übrigen Häuptlinge zögerten und wechselten verunsicherte Blicke mit ihren Untergebenen. Geltar, der Anführer des Schlangenclans, war der Erste, der Galfyns Beispiel folgte – weniger, um seine friedfertigen Absichten zu beweisen, als vielmehr, um zu zeigen, dass er nicht weniger mutig war als der Häuptling der Falken. Unbewaffnet trat auch er in die Mitte des Hains, und nach und nach gesellten sich die übrigen Anführer hinzu.

»Ich danke euch, meine Brüder, dass ihr dem Ruf von Fynrads Flamme gefolgt seid«, sprach Galfyn. »Das Feuer der Einheit ist also noch lebendig in den Herzen unseres Volkes.«

»Du nennst uns Brüder«, konterte Geltar. »Mit welchem Recht?«

»Mit dem Recht, Fynrads Erbe zu sein, so wie ihr alle. Er war es, der die Stämme einst einte und gegen unsere Feinde führte.«

»Das ist lange her, Galfyn«, wandte Baras ein, der hünenhafte Anführer des Bärenclans. »Viel Unrecht ist seither unter den Stämmen begangen worden, und viel Blut ist geflossen.«

»Wir haben einander bekämpft, das ist wahr«, stimmte Galfyn zu. »Aber dies, meine Brüder, ist vorbei. Wir stehen am Anbeginn eines neuen Zeitalters, das mit furchtbarer Gewalt über uns hereinbricht.«

»Wir haben gehört, was deinem Stamm widerfahren ist«, sagte Geltar, »und zweifellos hast du uns gerufen, weil du herausfinden willst, wer von uns den Frevel begangen hat. Aber lass dir gesagt sein, Galfyn, dass nicht wir es waren. Die Schlangenkrieger mögen eure Feinde sein, aber sie meucheln nicht wehrlose Frauen und Kinder.«

»Die Bären ebenso wenig!«, rief Baras.

»Auch nicht die Biber!«

»Die Eber sind tapfere Krieger! Sie haben es nicht nötig, ihre Feinde im Schlaf zu überfallen!«

»Seid unbesorgt«, beschwichtigte Galfyn. »Ich weiß, dass es keiner von euch gewesen ist.«

»Du … weißt es?«

»Allerdings.«

»Warum hast du uns dann rufen lassen?«, erkundigte sich Baras verwundert.

»Weil ich euch etwas zeigen möchte«, sagte Galfyn. Er hob die Hand und winkte Herras zu sich, seinen treuen Berater und Waffenmeister. Der alte Krieger kam herbei, in den Händen einen schmutzigen Fetzen Stoff. »Dies«, erklärte Galfyn, »haben wir in den schwelenden Trümmern unseres zerstörten Dorfes gefunden.«

Vor aller Augen entfaltete Herras das Stück Stoff, woraufhin ein Raunen durch die versammelte Menge ging.

»Das Banner der Goldenen Stadt!«, rief Geltar aus.

»Die Farben Iónadors«, fügte ein anderer hinzu.

»So ist es«, bestätigte Galfyn bitter. »Nach so vielen Jahren des Friedens haben unsere Feinde erneut zum Schwert gegriffen. Und sie haben uns nicht den Krieg erklärt oder sind uns in ehrlichem Kampf gegenübergetreten, sondern haben sich heimtückisch angeschlichen und jene gemeuchelt, die sich nicht wehren konnten.«

»Blutfrevel!«

»Diese Untat schreit nach Rache!«

»Das bedeutet Krieg!«

»Deshalb habe ich euch gerufen«, sagte Galfyn. »Allein kann ich nicht gegen Iónador ziehen. Wenn unsere Rache die Schuldigen treffen soll, brauche ich eure Hilfe, Brüder.«

»Du willst, dass wir für dich gegen Iónador ziehen?«, fragte Geltar ungläubig. »Aus diesem Grund wurde Fynrads Flamme entfacht?«

»In der Tat.« Galfyn nickte. »So wie in alter Zeit.«

»Aber das ist nicht möglich«, wandte Baras ein. »Die Stämme des Waldreichs haben lange nicht mehr Seite an Seite für eine Sache gekämpft. Wir sind einander fremd geworden.«

»Dann wird es Zeit, unsere Rivalitäten zu begraben und zusammenzustehen gegen den gemeinsamen Feind«, erwiderte Galfyn. »Es ist möglich, meine Brüder, wenn wir nur wieder lernen, einander zu vertrauen. Fynrad hat es uns einst gezeigt.«

»Das ist lange her«, gab Kolman von den Krähen zu bedenken, ein gefürchteter Krieger, dessen Wort auch bei seinen Feinden Gewicht hatte. »Ein solcher Schritt muss wohlüberlegt sein, Galfyn, denn allzu leicht kann er den Untergang bringen. Fynrad war ein Held, aber auch er ist an den Mauern Iónadors gescheitert.«

»Weil er verraten wurde«, erklärte Galfyn. »Wir jedoch

werden nicht scheitern, weil wir zusammenstehen, Seite an Seite.«

»Warum sollten wir dies tun?«, fragte Geltar herausfordernd. »Warum sollten wir dem Falkenclan helfen? Unser Gebiet ist es schließlich nicht, das bedroht wird. Unsere Dörfer sind sicher.«

»In trügerischer Ruhe wähnst du dich, Schlangenmann«, konterte Galfyn. »Auch wir glaubten uns sicher, bis unser Dorf überfallen und unsere Frauen und Kinder in der Nacht gemeuchelt wurden.«

»Und nun willst du Rache, und wir alle sollen dein Werkzeug sein. Weshalb, Galfyn? Nicht mit uns hat Iónador Krieg begonnen, sondern mit dir.«

Zu seiner Bestürzung sah Galfyn, dass ringsum beifällig genickt wurde. Jähe Wut überkam ihn und ließ ihn jede Zurückhaltung ablegen. »Ist das alles, was übrig geblieben ist vom Mute Fynrads?«, rief er so laut, dass alle im Hain es hören konnten. »Spricht so die Seele eines Waldkriegers? Was ist nur aus euch geworden, dass ihr das Andenken an unsere Vorfahren mit Füßen tretet?«

In Geltars Miene zuckte es. Der Gewohnheit folgend, griff er an seinen Gürtel – aber das Schwert war nicht da.

»Nun greifst du zur Waffe, da es um deine Ehre geht«, spottete Galfyn. »Aber was ist deine Ehre noch wert, Geltar, wenn du einem Bruder in Not nicht zur Seite stehst?«

»Die Schlangen sind der Stamm, zu dem ich gehöre«, widersprach der Häuptling. »Mit den Falken habe ich nichts zu schaffen.«

»Denkst du das wirklich? Wir alle entspringen derselben Wurzel, Geltar. Wir teilen denselben Glauben und dieselbe Vergangenheit. Und wir alle leben in diesem Wald, dessen Bäume uns Schutz bieten und Heimat sind. Wenn du es auch nicht wahrhaben willst – wir alle sind Fynrads Erben, Söhne eines Volkes, und wenn auch nur ein Einziger von uns von äußeren Feinden bedroht wird, so sollten wir unseren Streit begraben und zusammenstehen, wie es sich für Brüder geziemt.«

»Aber die Biber sind unsere erbitterten Feinde«, wandte Dugan vom Eberclan ein. »Erst vor einem halben Mond haben sie uns acht Pferde gestohlen.«

»Nachdem uns die Eber die Wintervorräte gestohlen haben«, kam die Antwort prompt.

»Ich weiß, dass es nicht einfach ist zu vergeben«, räumte Galfyn ein. »Was geschehen ist, ist geschehen. Auch ich bin im Schatten der Stammeskämpfe aufgewachsen und kenne nichts anderes, genau wie ihr. Aber wenn wir unseren Zwist nicht beenden, werden wir untergehen. Glaubt ihr denn wirklich, Iónador hätte es nur auf die Falken abgesehen? Sie wissen nicht einmal, was uns unterscheidet, denn für sie sind wir alle nur Barbaren. Die Falken haben ihnen so wenig getan wie ihr, dennoch sind sie gekommen, mit Feuer und Schwert, und haben ein ganzes Dorf ausgelöscht. Es wäre töricht zu denken, dass ihr Eroberungsdrang damit gestillt ist. Die Herren der Goldenen Stadt wollen mehr. Sie wollen den Wald. Sie wollten ihn schon immer, um seine Bäume zu fällen und damit Häuser zu bauen und Kriegsmaschinen, Brücken und Dämme, um die Flüsse zu überwinden und die Natur zu bezwingen. Wir alle sind in Gefahr, meine Brüder, ohne Ausnahme. Der Krieg, der vor so langer Zeit begann, ist noch nicht zu Ende.«

Galfyn blickte in die Runde der Häuptlinge und sah Betroffenheit. »Wir sind diejenigen, die unser Volk verteidigen müssen«, fuhr er fort. »Kein anderer wird uns diese Aufgabe, diese Pflicht abnehmen. Aus diesem Grund müssen Fynrads Söhne wieder zusammenstehen – und diesmal werden sie siegen. Verbündet euch mit mir, meine Brüder, und ich verspreche euch, dass die Falken euch zur Seite stehen werden bis in den Tod.«

Damit streckte Galfyn seinen rechten Arm aus, die Handfläche nach unten, und wartete. Die anderen Stammesführer zögerten. Manche wandten sich mit fragendem Blick zu ihren Kriegern um, andere blickten unschlüssig zu Boden.

Der grimmige Dugan war der Erste, der vortrat und seine Rechte auf die Galfyns legte. »Für deine Jugend hast du weise und klug gesprochen, Häuptling der Falken. Der Eberclan erkennt die Zeichen der Zeit und tritt dem Bündnis bei. Lasst uns gemeinsam gegen das Bergvolk kämpfen und den Sieg erringen.«

Als die anderen Häuptlinge sahen, dass die Eber auf die Seite Galfyns traten, kam Bewegung in die Runde. Die Biber wollten vor ihren Rivalen nicht zurückstehen, und auch die Hirsche, die Fuchskrieger und die Wolfskämpfer traten vor und bekundeten ihren Willen, gegen den gemeinsamen Feind in den Kampf zu ziehen. Baras und Kolman berieten sich eine Weile mit ihren Kriegern. Als sie in die Mitte des Hains zurückkehrten, schlossen sich auch der Bärenstamm und der Krähenclan dem Bündnis des Waldvolks an.

»Und was ist mit dir, Geltar?«, wandte sich Galfyn an den Anführer der Schlangen, der als Einziger noch unentschlossen war. »Werden die Schlangenkrieger an unserer Seite stehen? Oder ist ihr Herz so verbittert und ihr Stolz so maßlos, dass sie auch in der Stunde der Not nicht vergeben können?«

Noch einen Augenblick stand Geltar unentschlossen. Dann trat auch er vor, streckte seine Rechte aus und erklärte feierlich: »Im Namen des Schlangenclans trete auch ich, Geltar, dem Bündnis bei. Auf dass es die Feinde des Waldvolks zerschmettere und die Frevler bestraft werden.«

»Und was gewesen ist, soll vergessen sein?«, fragte Galfyn.

Geltars nickte zögernd. »Es soll vergessen sein«, bestätigte er, »zum Wohl unserer Völker, die fortan wieder ein Volk sind.«

»Dann ist es beschlossen«, verkündete Galfyn laut. »Die Söhne Fynrads haben wieder zusammengefunden. Sie sprechen mit einer Stimme und kämpfen mit einer Klinge – und schwören den Feinden des Waldvolks Tod und Verderben!«

»Tod und Verderben«, erscholl es ringsum. Die Waldkrieger zückten die Schwerter, doch anstatt sie gegeneinander zu erheben, wie sie es lange Zeit getan hatten, stießen sie die Klingen empor und bestätigten so Galfyns Schwur.

Ein Sänger der Wölfe war es, der ein Lied aus den Tagen Fynrads anstimmte, das in den Jahren des Streits und der Zwietracht fast in Vergessenheit geraten war. In diesem schicksalhaften Augenblick jedoch erklang es erneut, und der rauschende Wind nahm es auf und trug es empor zu den hohen Kronen der Bäume, die den Heiligen Hain umgaben.

Entsprungen sind wir einst von einem einz'gen Stamm,
die Zeit ist nun gekommen, zu stehen all' zusamm'.

Die Zeit, sie ist gekommen, zu schließen einen Bund,
zu kämpfen und zu siegen ist es nun die Stund'.

Des Krieges heißen Flammen, des Hasses roter Glut
wollen wir begegnen mit unserm kühlen Blut.

Zu schützen das, was unser, für jetzt und alle Zeit,
ziehen wir gemeinsam in den letzten Streit …

Sie verließen Damasia auf demselben Weg, auf dem sie gekommen waren: durch den alten Geheimgang, der durch den Fels des Urbergs führte. Sie erreichten den Dunkelwald, und als würde die Wanderer nun, da ein Druide bei ihnen weilte, ein unsichtbarer Schutz umhüllen, ließen sich die Wölfe nicht mehr blicken.

Alphart blieb dennoch wachsam, während sie sich im Gänsemarsch durch das dämmrige Dickicht schlugen. Unheimliche Geräusche waren allenthalben zu hören, und leuchtende Augenpaare starrten aus dem Unterholz, um rasch zu verschwinden, wenn sich die Wanderer näherten.

Yvolar ging der kleinen Gruppe voraus. Auf einen mit reichen Schnitzereien verzierten Eschenstab gestützt, schritt der alte Mann kräftig aus. In seinem weißen Gewand und mit dem purpurfarbenen Umhang, dem Erkennungszeichen seiner Zunft, bot er einen eindrucksvollen Anblick, der selbst die Bestien des Waldes abzuschrecken schien. Er trug einen Leinensack über der Schulter, in dem sich, so nahm Alphart an, Misteln und andere Kräuter befanden, denen magische Wirkung nachgesagt wurde.

Dem Druiden folgten Rionna und Leffel. Alphart bildete die Nachhut. Misstrauisch schaute er sich immer wieder um. Doch er behielt nicht nur das sie umgebende Dickicht im Auge, sondern auch Yvolar.

Wahrsager, Hexenmeister, Giftmischer – mit all diesen Bezeichnungen bedachte er insgeheim den Druiden. Der einzige Grund, weshalb er sich mit ihm einließ, war der, dass er sich von ihm Hilfe erhoffte im Kampf gegen die Erle.

Darüber hinaus hatte Alphart nicht vor, sich näher mit dem Alten zu befassen oder gar Freundschaft mit ihm zu schließen. Yvolar verkörperte all das, was einem Wildfänger verdächtig war, und Alphart empfand kein Bedauern darüber, dass es nicht mehr viele von seiner Sorte gab. Einst mochten die Druiden zahlreich und mächtig gewesen sein, aber ihr Zeitalter war zu Ende, und das war gut so …

Obwohl es heller Tag war, drang kaum Licht bis zum Boden des Waldes. Riesige Tannen ragten so hoch und standen dabei so dicht, dass man ihre Wipfel nicht zu sehen bekam, dazwischen wucherten Beerensträucher und Farne. Und wo die Tannen ihnen genügend Platz ließen, standen moosbewachsene Eichen und Ulmen, denen geheimnisvolle Kräfte nachgesagt wurden. Mächtige Wurzeln durchzogen den Boden, zwischen denen hier und dort noch Reste der alten Königsstraße zu erkennen waren.

Alphart fiel auf, dass es völlig still geworden war im Wald. Der von Tannennadeln, Laub und Moos bedeckte Boden dämpfte ihre Schritte, sodass ohnehin nur die Laute der Tiere zu hören gewesen wären. Doch die waren verstummt, sodass unheimliches Schweigen herrschte.

Auch Yvolar schien es zu bemerken. Er blieb stehen und lauschte in das modrige Dunkel.

»Was ist los?«, fragte der Gilg unbedarft. »Warum …?«

Ein strenger Blick des Druiden brachte ihn zum Schweigen.

Alphart hob den Bogen, legte in einer fließenden Bewegung einen Pfeil auf die Sehne und zielte ins Unterholz, als erwartete er, dass jeden Augenblick ein Gegner daraus hervorbrechen würde.

Der Feind, der ihm nach dem Leben trachtete, stand in Wahrheit jedoch hinter ihm, verborgen im Dunkel des Waldes. Bis zum Ohr hatte er die Sehne des Bogens zurückgezogen und zielte auf den ungeschützten Rücken des Jägers.

Schon wollte der gedungene Mörder den Pfeil losschnellen lassen – als etwas Unerwartetes geschah.

Urplötzlich wich die Dunkelheit des Waldes hellem Licht, und aus dem oberen Ende von Yvolars Druidenstab stach ein greller, gezackter Lichtblitz. In hohem Bogen zuckte er über die Gefährten hinweg und schlug ins Unterholz ein. Ein gellender Schrei erklang, und Alphart fühlte, wie nur wenige Handbreit neben ihm etwas durch die Luft schwirrte und in den Stamm einer mächtigen Tanne schlug – ein Pfeil!

Der Jäger fuhr herum, aber es war schon vorbei. Der Blitz war so plötzlich erloschen, wie er aufgeflammt war. Rauch schwelte zwischen den Bäumen, und aus dem Unterholz kippte der leblose Körper des feigen Meuchelmörders. Der Mann war groß und bärtig und von Kopf bis Fuß schwarz gekleidet. Sein lederner Waffenrock war zerfetzt, in seiner Brust klaffte eine tiefe Wunde, die von dem Blitz herrührte.

»Morkar!«, rief Rionna erschrocken.

»Du kennst diesen Mann?«, fragte Yvolar, der unbewegt stand und sich auf seinen Stab stützte, dessen Spitze noch rauchte.

»Er ist der Attentäter, den mein Onkel aussandte, euch drei zu töten.«

»Nun ist er selbst tot«, stellte Alphart fest, der zu dem Leichnam hingegangen war und sich gebückt hatte, um ihn zu untersuchen. Der Wildfänger biss sich auf die Lippen, dann sandte er Yvolar einen undeutbaren Blick. »Sein Pfeil hat mich nur um Haaresbreite verfehlt. Du … du hast mir das Leben gerettet, alter Mann.«

»So sieht es aus«, sagte der Druide beiläufig.

»Ich stehe in deiner Schuld«, flüsterte Alphart, während er sich wieder erhob, und es war ihm anzusehen, wie viel Überwindung es ihn kostete, die Worte auszusprechen.

»Kaum.« Yvolar schüttelte sein kahles Haupt. »Was dich gerettet hat, war die Kraft des Druidenstabs. Aber da du an dergleichen Dinge nicht glaubst, brauchst du dich auch nicht dafür zu bedanken.«

Alphart brummelte etwas Unverständliches, dann nahm er die Waffen des Meuchelmörders in Augenschein. Neben einem kurzen, kräftigen Bogen, wie er in Iónador seit Díurans Tagen Verwendung fand, hatte Morkar auch einen mit Pfeilen gefüllten Köcher bei sich gehabt. Alphart zog eines der Geschosse hervor, schnupperte an der Spitze und zuckte zurück, als ihm ein beißender Gestank in die Nase drang.

»Gift«, murrte er. »Klaigon wollte wohl ganz sicher gehen.«

»Fragt sich nur, weshalb«, wandte Yvolar ein.

»Um Unruhen im Land zu verhindern«, glaubte Rionna zu wissen. »Mein Onkel fürchtet, dass sich Panik ausbreiten könnte, wenn bekannt wird, dass der Druide vom Urberg herabgestiegen ist. Er will Frieden in seinem Reich.«

»Dann soll er die verdammten Erle umbringen lassen und nicht uns«, knurrte Alphart mürrisch.

»Ich billige das Vorgehen meines Onkels nicht, deshalb bin ich euch gefolgt«, brachte Rionna in Erinnerung. »Aber bei all seinen Fehlern hat Klaigon stets das Wohl seines Volkes vor Augen. Er würde alles tun, um Schaden von Iónador und Allagáin abzuwenden.«

»Das hast du schon mehrmals behauptet«, sagte Yvolar, dessen Stimme ehrliche Sorge verriet. »Doch bist du dir da wirklich sicher, mein Kind?«

»Warum fragt Ihr, ehrwürdiger Druide?«

»Vielleicht sind Klaigons Absichten nicht so lauter, wie Ihr denkt. Solches« – er deutete auf den Giftpfeil in Alpharts Hand – »ist nicht das Werk eines treu sorgenden Regenten. Es trägt die Handschrift des Bösen, und ich befürchte Schlimmes für Iónador.«

»Was wollt Ihr damit sagen?«

»Dass es möglicherweise bereits zu spät sein könnte, um

die Goldene Stadt retten«, sagte Yvolar. »Eine finstere Ahnung hat mich beschlichen. Was, wenn der Fürstregent von Iónador nicht mehr Herr seiner Entscheidungen ist?«

»Wa-was sagt Ihr da?«, fragte Rionna entgeistert.

»Muortis ist das personifizierte Böse«, erklärte der Druide, »und zu allen Zeiten hat es Sterbliche gegeben, die sich seinen Verlockungen nicht entziehen konnten und sich ihm unterworfen haben, in der falschen Annahme, diese Unterwerfung wäre ein Bündnis unter Gleichgestellten.«

»Nicht mein Onkel!«, war Rionna überzeugt. »Klaigon mag manchmal grausam erscheinen in der Wahl seiner Mittel. Aber er ist kein Diener des Bösen. Niemals!«

»Auch Talwyn dachte einst so, ehe sie verraten wurde von Durban dem Schlächter. Die Sterblichen streben nach Reichtum und noch viel mehr nach Macht. Gier verdirbt ihre Herzen, und das Böse hat mit ihnen leichtes Spiel.«

»Ihr irrt Euch«, beharrte Rionna mit Trotz in der Stimme, »und ich werde es Euch beweisen!«

»Indem du zurück nach Iónador gehst?«, fragte Alphart. »Noch immer bin ich der Meinung, dass dies kein guter Einfall ist. Du hast die Pläne deines Onkels verraten und wirst damit seinen Zorn auf dich ziehen.«

»Mein Onkel neigt zu Zornausbrüchen, das ist wahr. Aber er zeigt sich auch rasch wieder versöhnlich.«

»Die Sache gefällt mir nicht«, wandte Yvolar ein. »Nicht von ungefähr nannte man mich einst den Propheten vom Urberg. Doch nicht Druidenkraft verlieh mir die Gabe, die Zukunft vorherzusehen, sondern mein Wissen um die Natur des Menschen. Und dieses Wissen, mein Kind, sagt mir, dass dir in Iónador Gefahr droht.«

»Dennoch werde ich dorthin zurückkehren.«

»Das kann ich nicht gestatten.« Der Druide schüttelte den Kopf.

»Was soll das heißen? Ich bin Prinzessin und von edlem

Geblüt und das Mündel des Fürstregenten. Niemand kann mir vorschreiben, was ich zu tun und zu lassen habe.«

»Dann bitte ich dich, bei uns zu bleiben und nicht nach Iónador zurückzukehren«, sagte Yvolar versöhnlich.

»Was soll das Gerede?«, blaffte Alphart. »Wenn sie unbedingt gehen und in ihr Verderben rennen will, lass sie ziehen. Für eine hochwohlgeborene Dame haben wir ohnehin keine Verwendung.«

Sie wandte den Kopf und schaute ihn aus blitzenden Augen an. »Ach, so siehst du das, Wildfänger!«

»Allerdings.«

»Ich verstehe«, sagte Rionna und ließ die drei Männer einfach stehen und schritt davon. Alphart, Leffel und der Druide tauschten konsternierte Blicke, ehe sie ihr folgten. Den Leichnam Morkars ließen sie zurück – der Wald würde sich um ihn kümmern.

Sie waren gut eine weitere Stunde auf den Überresten der Königsstraße unterwegs, als sie ein Schnauben vernahmen. Kurz darauf entdeckten sie Morkars Pferd. Er hatte es an den Stamm einer Eiche gebunden, in der Nähe der alten Straße, und war dann zu Fuß weitergeschlichen.

Rionna näherte sich dem nervösen Tier und tätschelte seinen Hals, worauf es sich ein wenig beruhigte. »Wir werden es mitnehmen«, entschied die Prinzessin.

Alphart nickte nur.

»Und diesmal wird es nicht an die Wölfe verfüttert«, mahnte Rionna streng.

Der Wildfänger grinste schief. »Prinzessin, ich bin nicht ganz so hartherzig, wie Ihr glaubt.«

»Dann muss ich mich sehr in dir täuschen«, beschied sie ihm schnippisch.

Sie verließen den Wald und folgten weiter der alten Straße, deren brüchiges Band nach Südwesten führte. Bei den Ruinen des Turmes Astar nächtigten sie, während Yvolar über ihren Schlaf wachte. Eigentlich wollte auch Alphart Wache halten, doch eine Stunde vor Morgengrauen konnte er die Augen nicht mehr länger offen halten und schlief ebenfalls ein.

Als er wieder erwachte, war die Sonne bereits aufgegangen. Verärgert darüber, dass er eingeschlafen war, sprang er auf.

Leffel kauerte neben ihm, die Kappe tief ins schläfrige Gesicht gezogen, und fror erbärmlich in der Kälte des Morgens. Yvolar hockte ein Stück entfernt auf einem Steinquader, der einst zum Turm gehört hatte, und kaute auf einer Schwarzwurzel, die sein karges Frühstück darstellte.

Aber wo war Rionna?

Gehetzt blickte sich Alphart um, konnte die Prinzessin jedoch nirgends entdecken. »Wo ist sie?«, rief er laut.

»Wer?«, fragte Yvolar.

»Wer wohl? Das Frauenzimmer!«

»Auch dir einen guten Morgen«, erwiderte der Druide gelassen.

»Wo sie ist, will ich wissen!«

»Fort«, sagte Yvolar mit ruhiger Stimme. »Bei Anbruch der Dämmerung hat sie sich davongeschlichen. Das Pferd hat sie mitgenommen.«

»Und du hast sie einfach ziehen lassen?«

»Natürlich.«

»Verdammt, alter Narr!«, schrie Alphart. »Warum hast du sie nicht aufgehalten?«

»Wer kann schon den Wind halten? Oder die Vögel daran hindern, nach Süden zu fliegen?«

»Was soll das nun wieder bedeuten? Wir müssen ihr nach und sie aufhalten. Sagtest du nicht selbst, dass ihr in Iónador Gefahr droht?«

»Und sagtest du nicht, dass sie ruhig gehen solle und wir ohnehin keine Verwendung für sie hätten?«

Alphart blieb eine Antwort schuldig – dass der Druide seine eigenen Worte gegen ihn wandte, ärgerte ihn, aber er konnte nicht widersprechen.

»Die Zukunft ist schwer vorauszusehen, mein ungestümer Freund«, erklärte Yvolar, »denn sie ändert sich mit jeder unserer Entscheidungen. Was Rionna auch zustoßen mag, es liegt nicht in meiner Hand.«

»Aber in meiner«, entgegnete der Wildfänger trotzig. »Rionna hat ihr Leben für uns gewagt, und ich werde sie nicht einfach in ihr Verderben rennen lassen.«

»Mut und Tatkraft bestimmen deine Worte«, sagte der Druide anerkennend. »Aber es ist zu spät. Die Prinzessin hat ihre Entscheidung getroffen, du kannst ihr nicht mehr helfen.«

»So? Und warum nicht?«

»Weil sie auf dem Pferd längst über alle Berge ist; du kannst sie nicht mehr einholen. Und weil wir einen dringlicheren Auftrag zu erfüllen haben.«

»Dringlicher? Was könnte dringlicher sein, als einem Freund in Not zu helfen?«

»Seht!«, rief Leffel plötzlich, der schweigend dabeigesessen und sich aus dem Streit herausgehalten hatte, weil er es sich weder mit dem Jäger noch mit dem Druiden verscherzen wollte. »Die Erntefeuer wurden entzündet!« Er deutete nach Westen, wo zwischen den Hügeln dunkle Rauchsäulen aufstiegen. Sie verschmolzen am Himmel mit dem matten Grau der Wolken.

Yvolar sprang von dem Steinblock auf. Die Augen des Druiden wurden zu schmalen Schlitzen, und seine Miene verfinsterte sich so sehr, dass seine Gefährten erschraken.

»Das sind keine Erntefeuer«, stellte er fest. »Dies ist der Rauch des Todes. Die Erle sind hier …«

In der Großen Halle von Iónador herrschte tiefes Schweigen. Nur der dumpfe Donner des Gewitters war zu hören, das über dem Umland niederging, während die Goldene Stadt dank des schützenden Daches des Schildbergs davon weitestgehend verschont blieb. Die Ratsmitglieder selbst gaben keinen Laut von sich. Was sie gehört hatten, hatte den edlen Herren die Sprache verschlagen.

Aufgeregt und in stammelnden Worten hatten die Kundschafter berichtet, was sie gesehen hatten, und nun war jeder im Saal gespannt darauf, was Fürstregent Klaigon dazu sagen würde.

Klaigon jedoch ließ sich mit der Antwort Zeit.

Dem Herrscher Iónadors schien es zu gefallen, dass aller Blicke auf ihm ruhten; sein kahles Haupt mit einer Faust stützend, als wäre es ihm schwer vor Bedenken und Sorge, saß er da, die Brauen finster zusammengezogen. »Und es gibt keinen Zweifel?«, fragte er schließlich.

»Keinen, Herr«, entgegnete der Anführer des Spähtrupps, ein Hauptmann der Armee Iónadors. »Dies ist keine Fehde unter verfeindeten Dörfern. In Allagáin herrscht Krieg. Über Nacht ist er gekommen, schon stehen die ersten Gehöfte in Brand.«

»Aber wie kann das sein?«, fragte Klaigon und legte eine gehörige Portion Entrüstung in seine Worte. »Wer wagt es, uns ohne Vorwarnung anzugreifen?«

»Diese Frage kennt nur eine Antwort, Herr«, erwiderte der Hauptmann und bedeutete einem seiner Leute vorzutreten. In den Händen hielt der Soldat eine Standarte, auf deren Kopf die aus Bronze gegossene Figur eines Ebers saß. Ein Raunen ging durch die Reihen der Ratsmitglieder, denn jeder wusste nur zu gut, wer Symbole wie dieses benutzte …

»Woher habt ihr das?«, wollte Klaigon wissen.

»Das, Herr, fanden wir in den Ruinen eines Gehöfts im Unterland. Der Bauer und sein Gesinde waren grausam niedergemetzelt, Haus und Scheune standen in Flammen.«

»Dann ist es offenkundig«, knurrte Klaigon, in dessen Augen auf einmal ein wildes Feuer glomm. »Die Waldmenschen sind es, die uns herausfordern, die Barbaren aus dem Norden!«

»Aber warum sollten sie so etwas tun?«, warf Fürst Meinrad ein, dessen Burg nahe Kean d'Eagol stand und damit dort, wo der Dunkelwald am dichtesten an das Bergland heranreichte. »Die Barbaren haben den Frieden bislang stets geachtet.«

»Haben sie das?«, fragte Klaigon argwöhnisch. »Und was ist mit den beiden Boten, die wir nach Damasia schickten? Hätten sie ihre Mission erfüllt, hätten wir wohl längst Nachricht von ihnen.«

»Ihr meint, der Jäger und der Unterländer wurden von den Waldmenschen getötet?«

»Was sonst?«, schnaubte Klaigon. »Die Barbaren wollen nicht, dass wir Hilfe aus Damasia erhalten, und der Grund dafür liegt auf der Hand: Sie wollen uns angreifen! Vermutlich sind sie es, die hinter all den bösen Vorzeichen stehen.«

Entsetzen griff unter den Fürsten um sich, und nicht nur die Herren der Grenzburgen wurden weiß im Gesicht.

»Ich fürchte, dass dies die Tatsachen sind, denen wir ins Auge schauen müssen«, fuhr Klaigon grimmig fort – von der Unsicherheit, die der Fürstregent noch vor wenigen Tagen hatte erkennen lassen, war nichts mehr zu spüren. »Nach Jahren des Friedens haben sich die Feinde Iónadors wieder erhoben und wollen unsere Vernichtung.«

»Dann müssen wir ihnen mit der gleichen Entschlossenheit begegnen, wie unsere Väter es getan haben!«, rief Barand von Falkenstein, Klaigons Schwertführer und oberster Marschall.

»Das werden wir!«, verkündete Klaigon und ballte die Rechte zur Faust, während er mit lodernden Blicken um sich starrte. »Da seht ihr, was geschieht, wenn man den Worten hergelaufener Bauern Glauben schenkt – man verliert die wirklichen Gefahren aus dem Blick. Vor den Erlen habt ihr euch gefürchtet, vor Sagengestalten aus ferner Zeit. Die wirkliche Bedrohung aber hat nichts mit Sagen und Legenden zu tun, sondern ist äußerst real: Das Waldvolk hat Allagáin ohne Grund oder Vorwarnung angegriffen. Das können und werden wir nicht dulden. Unterstützt der Rat der Fürsten meinen Entschluss, den Barbaren den Krieg zu erklären und zu verteidigen, was unser ist?«

Diesmal gab es kein Zögern.

Einer nach dem anderen standen die Ritter und Fürsten auf und bekundeten lautstark ihre Zustimmung.

Kaum einer von ihnen hatte je einen Waldbewohner gesehen, aber sie kannten die alten Geschichten und waren daher überzeugt davon, dass dem Nordvolk nicht zu trauen war; es waren Barbaren, verschlagene und hinterhältige primitive Riesen, die weder in Häusern noch in Burgen wohnten, sondern auf Bäumen lebten. Ihr Neid auf den Reichtum und den Wohlstand steinerner Städte war es, der sie damals aus ihrer Heimat getrieben und in das Bergland hatte einfallen lassen. Und nun wiederholte sich die Geschichte.

Man musste den Barbaren Einhalt gebieten, sie so hart schlagen, dass sie es nicht noch einmal wagten, das Reich anzugreifen. Man musste sie besiegen – ein für alle Mal!

»Also ist es beschlossen«, sagte Klaigon zufrieden. »Es wird Krieg geben – einen Krieg, den wir nicht gewollt haben, den wir aber dennoch nicht fürchten. Denn wir werden

den Feind, der so dreist in unser Reich eingedrungen ist, vernichtend schlagen – und diesmal wird der Sieg endgültig sein. Die Feinde Iónadors werden sich nie wieder gegen uns erheben, das schwöre ich bei meinem Blut und meinem Namen!«

Die Fürsten bekundeten lautstark ihre Zustimmung, indem sie mit den Fäusten auf die hölzernen Tische hieben. Selten waren sich die Ratsmitglieder so einig gewesen wie in diesem Augenblick.

»Marschall Barand?«, rief Klaigon.

»Ja, Herr?«

»Lasst eine Streitmacht aufstellen, wie Iónador sie noch nie zuvor gesehen hat. Ich will, dass alles in Marsch gesetzt wird, was uns zu Gebote steht: Lanzenreiter, Bogenschützen, Schwertkämpfer, Pikenträger. Bewaffnet jeden Bürger Iónadors, der kräftig genug ist, eine Waffe zu führen. Holt euch das Bauernpack von den Gehöften. Es ist ihr Land, das die Barbaren wollen, also sollen sie es auch verteidigen. Ein Heer von Tausenden soll aufgestellt werden. Einst ist es den Waldbewohnern gelungen, bis vor die Tore dieser Stadt zu gelangen – dazu soll es nicht wieder kommen.«

»Das wird es nicht, Herr«, versicherte Barand, und die Narbe in seinem Gesicht zuckte vor Tatendrang. »Wenn die Barbaren nach Iónador wollen, werden sie die Furt des Allair überqueren müssen. Dort werden wir sie mit unserem Heer erwarten und sie vernichtend schlagen. An unserem Mut und unserer Entschlossenheit zweifle ich nicht. Allein …« Er verstummte, wagte seine Bedenken nicht auszusprechen.

»Was?«, blaffte Klaigon unwillig. »Ich will keine Einwände hören, Barand. Weder von dir noch von irgendeinem anderen. Du hast meinen Beschluss vernommen.«

»Gewiss – doch ein Heer, wie Ihr es verlangt, erfordert Monate der Vorbereitung. Dreihundert Ritter und zweitausend Mann Fußvolk stehen Iónador zu Gebot und können sofort in Marsch gesetzt werden. Aber um eine Streitmacht aufzustellen, wie Ihr sie verlangt, fehlt es schon allein an der erforderlichen Bewaffnung.«

»Das ist wahr«, stimmte Meinrad zu, und die übrigen Ratsmitglieder nickten.

»Glaubt ihr, das hätte ich nicht bedacht?«, fragte Klaigon in die Runde, und ein rätselhaftes Grinsen huschte dabei über seine Züge. »Nun, ihr müsst wissen, dass die Waffenkammern Iónadors, die sich tief unter diesem Turm befinden, bis an ihre Decken gefüllt sind mit Äxten, Keulen und Schwertern, mit Lanzen und Piken, Helmen und Harnischen, Bogen und Pfeilen. Genug Waffen, um das Heer der Zehntausend damit auszurüsten und den Feind vernichtend zu schlagen. Was sagt ihr nun?«

»Ich …« Man sah Barand an, dass er nicht wusste, was er erwidern sollte – obwohl ihm als oberstem Heerführer die Verteidigung der Stadt und des Reiches oblag, hatte er nie zuvor etwas von diesem geheimen Arsenal gehört. Auch die übrigen Edelleute schienen ebenso sprachlos wie überrascht und tauschten erstaunte Blicke.

»Warum so schweigsam, meine Freunde?«, fragte Klaigon. »Dachtet ihr, ich würde die Steuern, die ich den Bauern abverlange, nur für Schwelgerei und Prunk verprassen? Natürlich nicht. Die goldenen Dächer unserer Stadt sind weithin zu sehen und haben von jeher die Blicke von Neidern auf sich gezogen. Deshalb war mir immer klar, dass Iónador gerüstet sein muss für einen etwaigen Angriff. Aus diesem Grund habe ich vorgesorgt und unsere Waffenkammern gut gefüllt. Ich habe dies heimlich getan, weil ich euch nicht beunruhigen wollte, aber nun zeigt sich, dass ich in weiser Voraussicht gehandelt habe. Wir sind bereit, dem Feind die Stirn zu bieten, der ohne Vorwarnung und widerrechtlich in unser Land eingefallen ist. Und diesmal werden wir die Barbaren endgültig besiegen – und sollte es nötig sein, werden wir sie ausrotten bis zum letzten Mann!«

Klaigon hatte gerade zu Ende gesprochen, da flackerte draußen ein Blitz, der den Ratssaal gleißend hell erleuchtete. Bizarre Schatten huschten über die Gesichtszüge des Fürstregenten und ließen sie für einen Augenblick wie die eines Unholds wirken. Schon einen Herzschlag später war dieser Spuk wieder vorbei, doch ein heftiger Donner erschütterte den Túrin Mar bis ins Fundament.

»Ein Hoch auf Klaigon, den Fürstregenten von Iónador!«, rief Barand, und der Rat stimmte begeistert mit ein. »Innerhalb kurzer Zeit werden wir ein Heer aufstellen, wie es seit den Tagen Dóloans keines gegeben hat. Eine Streitmacht, die Berg und Tal erzittern lässt und den Feind in Panik stürzen wird. Die Barbaren werden vernichtet, und die Herrschaft über Allagáin wird endgültig unser sein, von den Ufern des Búrin Mar bis hinauf zum Großen Wald. Heil dir, Klaigon, Retter Iónadors!«

»Heil dir, Klaigon, Retter Iónadors!«, kam es aus Dutzenden von Kehlen, dass es von den Wänden der Großen Halle widerhallte.

Allgemeine Erleichterung herrschte darüber, dass der Fürstregent Vorkehrungen getroffen hatte, um Schaden von der Goldenen Stadt abzuwenden. Sie war so groß, dass sich keines der Ratsmitglieder fragte, wie all die Waffen und Rüstungen in die unterirdischen Gewölbe des Túrin Mar gelangt sein mochten. Keiner hatte je den Klang von Schmiedehämmern oder das Fauchen der Blasebälge vernommen. Aber im Hochgefühl dieses Augenblicks stellte niemand Fragen.

Klaigon triumphierte, und mit einem Lächeln der Genugtuung nahm er die Huldigung der Ratsherren entgegen, zu Füßen der Statue Dóloans sitzend. Dóloan war es einst gewesen, der den Angriff des Waldvolks zurückgeschlagen hatte, und Klaigon war auf dem besten Weg, sich wie dieser berühmte Held in die Annalen der Geschichte einzutragen.

Plötzlich jedoch brach der Jubel der Edelleute ab, und aller Augen richteten sich auf die Pforte des Saals.

Dort – Klaigon traute seinen Augen nicht – stand keine andere als Rionna, seine Nichte!

Über Nacht war sie verschwunden, um sich Klaigons Entscheidung zu entziehen. Und auf einmal war sie ebenso unvermittelt zurückgekehrt.

Allem Anschein nach hatte sie sich in der Wildnis herumgetrieben, und wie es aussah, war ihr der Aufenthalt dort nicht gut bekommen. Ihre Kleidung war durchnässt vom Regen, und ihr langes Haar hing ihr in feuchten Strähnen ins Gesicht.

Obwohl sie nur dastand und ihn musterte, fühlte sich Klaigon unwohl in seiner Haut. Einmal mehr fühlte er sich an seinen Bruder erinnert, der ihn auch stets auf diese Weise angestarrt hatte.

Bis zuletzt …

»Sieh an«, sagte der Fürstregent, seine Unruhe geschickt verbergend. »Hast du in die Stadt deiner Väter zurückgefunden?«

»Wie du siehst, Onkel«, antwortete Rionna so trotzig, wie ihr Vater es stets getan hatte. »Und ich wünsche dich unverzüglich zu sprechen.«

»Morgen«, sagte Klaigon leichthin. »Siehst du nicht, dass der Rat der Fürsten tagt? Es gibt wichtige Dinge zu besprechen.«

»Die gibt es in der Tat«, stimmte Rionna zu. »Bitte, Onkel, du musst mich anhören – jetzt gleich!«

»Morgen«, beharrte Klaigon. »Jetzt habe ich keine Zeit.«

»Dann wirst du sie dir nehmen müssen, Oheim«, entgegnete Rionna mit scharfer Stimme.

»Morgen«, wiederholte Klaigon noch einmal, und sein Tonfall ließ keinen Widerspruch mehr zu. Ein dunkler Schatten legte sich über seine Züge, und wieder grollte draußen dumpfer Donner.

Um den Erlen zu entgehen, die mordend das Land durchstreiften, verließen Yvolar, Alphart und Leffel Gilg schon bald die alte Straße und schlugen stattdessen südliche Richtung ein. Nach Ansicht des alten Druiden war es besser, einen Umweg in Kauf zu nehmen, als einer Horde blutrünstiger Erle in die Klauen zu fallen, und nicht einmal Alphart widersprach ihm da.

Flussaufwärts folgten sie dem Lauf des Leathan, der die natürliche Grenze zwischen Allagáin und dem Ostmoor bildete; sie hofften, in dem unwegsamen, von Kiefern bewachsenen und von Sumpflöchern durchsetzten Gelände unentdeckt zu bleiben. So wanderten sie den ganzen Tag lang, wobei es mit jeder Meile, die sie gen Süden zurücklegten, kälter wurde. Die Laubbäume hatten ihre Blätter abgeworfen und säumten den Fluss wie bleiche Totengerippe, und der Wind trieb wieder Schneeflocken ins Tal.

Am späten Nachmittag erreichten sie die Hänge des Bennanleath, wo sie eine Rast einlegten und Leffel sich heißhungrig über den Proviant hermachte. Yvolar schien keinen Hunger zu verspüren, und auch Alphart begnügte sich mit ein Paar Schlucken Wasser.

»Das geht nicht mit rechten Dingen zu«, knurrte er, während er sorgenvoll nach den dunklen Wolken blickte, die weiteren Schnee herantrugen. »Ich habe schon manchen frühen Winter erlebt, aber dieser scheint mir besonders hart zu werden.«

»Es ist schwer zu sagen, was zuerst da war, die Erle oder die Kälte«, antwortete Yvolar. »Das Eis hat die Schergen des Bösen aus Dorgaskol getrieben, aber wohin diese Kreaturen gehen, verbreiten sie Todeskälte. Wir werden uns vorsehen müssen. Die Erle sind bereits überall, ich fühle ihre Gegenwart. Am besten nehmen wir den Weg durch die Berge. Kannst du uns führen, Wildfänger?«

»Das könnte ich wohl«, sagte Alphart, »aber der Weg durch die Berge ist weit und beschwerlich. In den Tälern würden wir viel leichter vorankommen und ...«

»... und ohne Zweifel unseren Feinden in die Arme laufen«, sagte Yvolar grimmig. »Wenn es tatsächlich Muortis ist, der hinter allem steckt, wird er ahnen, was ich vorhabe, und die Straßen nach Westen bewachen lassen. Außerdem fürchte ich, dass auch Klaigon nach uns suchen lassen wird, wenn er von unseren Plänen erfährt.«

»Das wird er nicht.« Alphart schüttelte entschieden den Kopf. »Rionna wird ihm nichts verraten. Sie hat ihr Versprechen gegeben.«

»Mein wackerer Jägersmann«, sagte Yvolar ernst, »ich fürchte nicht Rionnas Verrat, sondern Klaigons Verschlagenheit.«

»Du meinst ... er würde ihr etwas antun, um sie zum Sprechen zu bringen? Sie foltern lassen? Sein eigen Fleisch und Blut?«

Der Druide antwortete nicht, aber sein Blick sprach Bände.

»Dann müssen wir nach Iónador aufbrechen und sie retten«, sagte Alphart heftig.

»Das können wir nicht. Gegen die Überzahl von Klaigons Wachen hätten wir keine Chance. Überdies haben wir eine Mission zu erfüllen.«

»Das habe ich nicht vergessen, alter Mann«, entgegnete Alphart zähneknirschend. »Aber du kannst nicht von mir verlangen, dass ich jemanden im Stich lasse, der sein Leben für mich riskieren wollte. Rionna hat viel gewagt, um uns zu warnen. Auch wenn wir ihrer Hilfe wohl nicht bedurften, sehe ich mich dennoch in ihrer Schuld.«

»Euch zu warnen war ihre Entscheidung. So wie sie sich dafür entschieden hat, nach Iónador zurückzukehren«, hielt Yvolar dagegen. »Es ist ihr Weg – dein Weg hingegen ist ein anderer, Wildfänger: Du wirst mich durch die Berge nach Westen führen, denn dies ist die Aufgabe, die die Vorsehung für dich bestimmt hat.«

»Woher willst du das wissen?«

»Befrage dein Herz – du weißt es selbst.«

»Und wenn ich mich weigere?«

»Willst Rache üben für den Tod deines Bruders?«

»Das will ich allerdings.«

»Dann musst du mit mir kommen«, sagte Yvolar. »In Iónador wartet nur ein sinnloser Tod auf dich.«

»Also schön, alter Mann«, knurrte Alphart nach kurzem Zögern, »du hast gewonnen. Um der Rache willen, die ich geschworen habe, werde ich dich durch die Berge führen und nach Glondwarac begleiten. Danach jedoch werde ich nach Iónador gehen.«

»Das steht dir frei.« Der Druide lächelte hintergründig. »Kennst du einen sicheren Schlafplatz für die Nacht?«

»Das will ich meinen.«

»Dann führ uns hin. Du hast mein Vertrauen, Wildfänger.«

Alphart sandte dem Druiden einen mürrischen Blick, dann übernahm er die Führung – und zu Leffels hellem Entsetzen ging es nun steil bergauf zum Osthang des Bennanleath, in den ein Wildbach eine tiefe Schlucht gegraben hatte. Während der Gilg zurückschreckte vor der engen Kluft, in die zu dieser Stunde kaum noch Tageslicht fiel, setzte Alphart ohne Zögern seine Schritte in den düsteren Schlund. Am Bach entlang führte er seine Gefährten über schroffe Felsen und Steige, vorbei an Wasserfällen, die über das graue Gestein in die Tiefe stürzten, um dort von dunklen Löchern verschluckt zu werden.

Der Aufstieg war nicht ungefährlich: Durch den Schneefall und die Kälte war der Fels rutschig und an einigen Stellen vereist. Um ein Haar wäre Leffel ausgeglitten und in eines der Löcher gestürzt, das ein Wasserfall in Jahrhunderten in den Fels gebohrt hatte. Doch Alphart griff blitzschnell zu und konnte den jungen Bauern festhalten.

Immer weiter ging es hinauf. Massive Felsblöcke, die aussahen, als wären sie von Enzen aufgetürmt worden, säumten den Wasserlauf, und Leffel, der zuvor niemals das heimatliche Dorf verlassen hatte, beschlich das Gefühl, sich nicht mehr in Allagáin, sondern an einem weit entfernten Ort zu befinden. Der Gilg sehnte den Ausgang der Schlucht regelrecht herbei.

Als es endlich so weit war, musste Leffel erkennen, dass er sich zu früh gefreut hatte, denn an den Tobel schloss sich ein steiler Pfad an, der zum Tal hin fast senkrecht abfiel und über den die Gefährten im letzten Licht des Tages marschieren mussten.

Während die Sonne im Westen am bewölkten Horizont versank, suchten die Gefährten unter einem Felsvorsprung Zuflucht, der ihnen Schutz vor Wind und Wetter bot und als Nachtlager dienen würde. Sehnsüchtig dachte Leffel an sein warmes Bett zu Hause im Unterland, während er seine Decke auf nackten Fels breitete. Alphart und dem Druiden schien das karge Lager nichts auszumachen.

Ein Feuer zu entfachen, wagten sie nicht aus Furcht, unerwünschte Aufmerksamkeit auf sich zu ziehen, und so saßen sie eng aneinandergekauert unter dem Felsen, während die Welt um sie herum in Dunkelheit versank. Und mit der Dunkelheit nahm die Kälte noch mehr zu.

»Was, in aller Welt, ist das?«, fragte Alphart, als er es leise klappern hörte.

»Da-das si-sind m-m-meine Z-Zä-Zähne«, gab der Gilg unumwunden zu. »I-ich f-friere. U-und ich ha-habe Angst.«

»Wovor?«, wollte Yvolar wissen.

»I-in die-dieser Gegend war ich noch nie«, antwortete der Gilg. »E-es ist kalt u-und u-unheimlich hier, von den Erlen ga-ganz zu schweigen. In den alten Ge-Geschichten ist von schrecklichen Dingen die Re-Rede ...«

»Und das nicht von ungefähr«, bestätigte der Druide düster. »Dabei sind die meisten Gräuel, die in den alten Tagen von Erlen begangen wurden, längst in Vergessenheit geraten. Die Menschen neigen dazu, ihre Vergangenheit zu verdrängen ...«

»Wer sind die Erle?«, wollte Alphart wissen. »Woher kommen sie?«

Der Druide lachte freudlos. »Es heißt, Muortis hätte sie in den Tiefen von Urgulroth gezüchtet. Einst waren sie gewöhnliche Sterbliche, die der Herrscher des Eises mit Tieren kreuzte und zu Kreaturen der Finsternis machte. Aus diesem Grund nennen sie selbst sich ›Erks‹, was in der alten Sprache ›Schweine‹ bedeutet. Muortis hatte den Erlen ihr eigenes Reich versprochen, aber er hat sie schändlich betrogen. Denn die Schluchten und Klüfte von Dorgaskol sind ein wildes Land, in dem Kälte und Eis regieren. Daher sind die Erle voller Neid auf die Menschen.«

»W-wie vie-viele von ihnen gibt es?«, stotterte der bibbernde Leffel.

»In den Tagen des letzten Krieges zwischen den Mächten des Lichts und der Finsternis marschierten Zehntausende von ihnen über die Fluren Allagáins«, antwortete Yvolar. »Sie waren so zahlreich, dass das Land schwarz wurde, wenn sich ihre Horden näherten, und sie zerstörten alles, das ihnen im Weg war. Seither sind viele Jahrhunderte vergangen. Niemand vermag zu sagen, wie stark das Heer der Erle noch ist oder wer hinter ihnen steht. Um dies zu erfahren, müssen wir nach Glondwarac, in die Stadt der Zwerge.«

»Und wenn es wirklich so ist, wie Ihr sagt? Wenn Muortis zurückgekehrt ist und die Welt der Menschen vernichten will?«

Der Druide wandte den Kopf und blickte dorthin, wo er den Gilg im Dunkel vermutete – eine Antwort jedoch blieb er schuldig. »Es war ein langer Marsch, und die nächsten Tage werden kaum weniger anstrengend«, sagte er stattdessen. »Schlaf jetzt, Leffel Gilg, und sei ohne Furcht. Ich werde Wache halten.«

»Ich ebenso«, fügte Alphart grimmig hinzu und legte Pfeil und Bogen so zurecht, dass er rasch nach ihnen greifen konnte.

»Du traust mir noch immer nicht, oder?«, fragte Yvolar in einem Anflug von Erheiterung.

»Ich habe keinen Grund dazu«, versetzte der Wildfänger barsch. »Ich bin den Erlen begegnet und weiß, wozu sie fähig sind. Ein alter Mann wird sie nicht aufhalten können, auch wenn er Blitze schleudert.«

Der Druide lächelte nachsichtig, was der Wildfänger in der Dunkelheit nicht sehen konnte, und erwiderte nichts darauf. Stattdessen machte er eine kaum merkliche Bewegung mit der linken Hand – und schon im nächsten Moment waren sowohl Leffel als auch Alphart Wildfänger eingeschlafen.

Wohlige Wärme umhüllte sie und ließ sie weder die Kälte spüren noch den Sturm, der über Allagáin heraufzog.

»Nun, Nichte? Was hast du mir zu sagen?«

Fast einen Tag lang hatte Klaigon, Fürstregent von Iónador, Rionna warten lassen, ehe er sie endlich zu sich rufen ließ. Rionna kannte ihren Onkel gut genug, um zu wissen, dass er ihr damit seine Macht demonstrieren wollte – und Klaigon machte kein Hehl daraus, dass er wütend auf sie war. Die Entscheidung darüber, was ihn mehr verärgert hatte – ihr plötzliches Verschwinden oder ihr forscher Auftritt vor dem Fürstenrat – schien ihm allerdings schwerzufallen …

»Ich habe wichtige Nachrichten für dich, Onkel«, berichtete sie. »Grässliche Dinge gehen außerhalb dieser Mauern vor sich. Feinde sind in dein Reich eingefallen.«

»Und?«, schnaubte er. »Glaubst du, das wüsste ich nicht?«

»Du … du weißt es?«

»Gewiss. Aber ich würde lieber erfahren, was dich dazu getrieben hat, dich bei Nacht und Nebel davonzustehlen. Behandle ich dich so schlecht, dass du vor mir fliehen musst?«

»Nein, Onkel.« Rionna schüttelte den Kopf. »Obwohl ich zugeben muss, dass die Vorstellung, Barand zur Frau gegeben zu werden, mir nicht gefallen hat.«

»Und jetzt gefällt sie dir?«

»Keineswegs – aber es gibt Dinge, die mich noch mehr ängstigen als der Gedanke, einen Mann zu heiraten, den ich nicht liebe.«

Klaigon verdrehte die Augen und seufzte tief. »Wovon, bei Díurans Blut, sprichst du?«

»Von dunklen Schatten, die das Land überziehen, Onkel. Von der Bedrohung, der wir alle ausgesetzt sind.«

Klaigon nickte. »Dann hast du sie also gesehen, die brennenden Dörfer und die Leichen derer, die von den Barbaren niedergemetzelt wurden.«

»Von den Barbaren?«, fragte Rionna verwirrt.

»Gewiss. Lange Jahre haben wir nichts von ihnen gehört, aber nun fallen sie wieder über unsere Ländereien her.« Klaigon lächelte seine Nichte an – es war das Lächeln einer Schlange. »Dennoch brauchst du dich nicht zu fürchten«, fuhr er fort, »denn während wir sprechen, ruft Barand, dein zukünftiger Gemahl, bereits Iónadors Heer zu den Waffen. Er stellt eine gewaltige Streitmacht auf, größer noch als die in Dóloans Tagen. Mit ihr werden wir die Barbaren vernichten und die Bedrohung auslöschen, die im Dunkelwald lauert.«

»Du willst Krieg gegen die Waldmenschen führen?«, fragte Rionna erschüttert und starrte ihren Onkel aus großen Augen an.

»Gewiss.«

»Aber diese Bedrohung ist es nicht, von der ich spreche, Onkel. Ich meine die Erle, die aus den Bergen drängen und mordend durch die Lande ziehen.«

»Erle?« Klaigon schüttelte sein kahles Haupt. »Fängst du auch noch damit an? Reicht es nicht, dass ein Bauerntrottel und ein ungehobelter Wildfänger versucht haben, Unruhe zu verbreiten?«

»Leffel Gilg ist kein Trottel, Onkel, und Alphart Wildfänger ist bei Weitem nicht der ungehobelte Klotz, als der er auf den ersten Blick erscheinen mag.«

»Du erinnerst dich sogar an ihre Namen?« Klaigon lachte auf. »Streiche sie rasch aus deinem Gedächtnis, Kind, denn ein Gefühl sagt mir, dass wir die beiden niemals wiedersehen werden.«

»Was bringt dich zu dieser Annahme?«, fragte sie, obwohl sie die Antwort kannte.

»Nun«, erwiderte Klaigon grinsend, »sie waren auf dem Weg nach Damasia, nicht wahr? Und da die Festung im Gebiet der Barbaren liegt, ist zu befürchten, dass sie diesen in die Hände fielen und getötet wurden.«

»Möglich«, sagte Rionna. »Vielleicht hat sie aber auch ein Meuchelmörder aus Iónador hinterrücks angegriffen.«

Klaigon zuckte heftig zusammen. »Was willst du damit sagen?«

»Du weißt, was ich damit sagen will. Versuche nicht, es zu leugnen, ich habe mit eigenen Ohren gehört, wie du den finsteren Morkar den Mordauftrag gabst.«

»Du ... du hast mich belauscht?«

»Nicht willentlich. Ich wollte zu dir, um mit dir zu reden, dabei wurde ich Zeugin eures Gesprächs.«

»Nun gut«, sagte Klaigon und räusperte sich; seine Überraschung über die Eröffnung seiner Nichte hatte er schnell überwunden. »Du weißt es also – und? Ich bin Fürstregent von Iónador, und mir allein obliegt zu entscheiden, was dem Reich zuträglich ist und was nicht.«

»In der Tat«, sagte Rionna, »so wie es einer Prinzessin obliegt, auf ihre Untertanen zu achten und dafür zu sorgen, dass ihnen kein Unrecht widerfährt. Nur aus diesem Grund habe ich Iónador verlassen, Onkel – um jene zu warnen, die du hinterrücks ermorden lassen wolltest.«

»Du hast *was* getan?«

»Nun, meine Warnung war nicht vonnöten, denn des Druiden Zauber vernichtete Morkar, als er seinen Mordauftrag ausführen wollte.«

Klaigons fleischige Züge wurden dunkelrot. »Du durchkreuzt meine Pläne und erwartest wohl noch, dass ich dir dankbar dafür bin!«

»Ich weiß, dass du das alles nur zum Wohle Iónadors

tust«, versicherte Rionna, »aber selbst um Iónadors willen konnte ich dich nicht zum Mörder werden lassen, Onkel. Auch Vater hätte das nicht gewollt.«

»Dein Vater!« Klaigons Augen rollten wild in ihren Höhlen. »Was hat er damit zu tun? Der alte Narr ist tot und wird nicht aus seinem Grab zurückkehren, um mir Vorhaltungen zu machen!«

»Verzeih, Onkel«, wandte Rionna ein, »aber ich denke nicht, dass es dir zukommt, meinen Vater einen Narren zu ...«

Klaigon ließ sie nicht ausreden. »Was fällt dir ein, mich zu hintergehen?«, fiel er ihr brüllend ins Wort. »Treuloses Weibsstück! Ist das der Dank dafür, dass ich dich in mein Haus aufgenommen und dich wie eine Tochter großgezogen habe?«

»Verzeih«, sagte Rionna noch einmal. »Aber man hat mich gelehrt, stets meinem Herzen zu folgen. Als ich hörte, wie du Morkar den Mordbefehl gabst, musste ich handeln. Im Düsterwald traf ich dann auf Alphart und Leffel und schließlich auch auf den Druiden Yvolar.«

»Yvolar?«, ächzte Klaigon. »Du bist dem Druiden begegnet?«

»Ja, das bin ich, Onkel. Und ich lernte ihn als einen sanftmütigen und weisen Mann kennen, der sein Wissen und seine Kraft einsetzen will, um uns zu helfen.«

»Dann hast du dich von ihm täuschen lassen«, sagte Klaigon. »Jeder weiß, dass dieses Druidenpack zu allerhand Blendwerk fähig ist. Als Freund mag er dir erscheinen, in Wahrheit jedoch will er unser Verderben.« Er schüttelte den Kopf. »All dies Gerede von Erlen und dunklen Vorzeichen soll uns doch nur ablenken, während uns von Norden die wirkliche Gefahr droht. Womöglich macht der Druide mit den Waldbarbaren gemeinsame Sache.«

»Das ist nicht wahr, Onkel«, widersprach Rionna. »Ich habe in Yvolars Augen geblickt. Sie sind voller Weisheit und Güte.«

»Und wo ist er, dein ach so weiser Druide? Warum hat er

dich nicht nach Iónador begleitet? Fürchtet er sich so sehr vor mir, dass er ein Weib vorausschickt, um meine Gunst zu erbitten?«

»Keineswegs, Onkel. Yvolar ist nicht auf dem Weg nach Iónador, denn er will nach …«

»Ja?«, hakte Klaigon nach, als Rionna verstummte. »Sprich nur weiter. Wohin ist er gegangen?«

Rionna presste die Lippen zusammen. Fast zu spät hatte sie sich an das Versprechen erinnert, das sie Yvolar gegeben hatte, an den Schwur, den er ihr abverlangt hatte. »Ich weiß es nicht genau, Onkel«, sagte sie deshalb und senkte den Blick. »Er sagte nur, dass er Hilfe holen will.«

»Und das hast du ihm geglaubt?«

»Ich hatte keinen Grund, es nicht zu tun.«

Klaigon schnaubte verächtlich. »Und ich sage, wir haben *jeden* Grund, ihm nicht zu glauben. Die Druiden sind eine verschwörerische Brut, die nach ihren eigenen Gesetzen lebt. Sie blicken auf die Menschen herab.«

»Wenn du so denkst, weshalb bist du dann auf Éolacs Forderung eingegangen und hast den Wildfänger und den Gilg zu Yvolar gesandt?«

»Glaubst du denn, ich hätte es getan, wenn nicht der gesamte Hof versammelt gewesen wäre?«, fragte Klaigon. »Man erwartete entschlossenes Handeln von mir, also tat ich, was die Situation mir vorschrieb – und schickte gleichzeitig den Morkar auf den Weg, um diese falsche Entscheidung sogleich wieder rückgängig zu machen. Du allerdings hast meine Pläne zunichte gemacht und …«

»Meine Warnung wäre gar nicht nötig gewesen«, sagte Rionna.

Doch ihr Oheim schien sie nicht mehr zu hören und fuhr sogleich fort: »Deinetwegen muss sich die Streitmacht Iánodors nun nicht nur den Barbaren stellen, sondern hat noch einen zweiten Feind.«

»Aber Yvolar ist nicht unser Feind, Onkel!«

»Glaubst du wirklich, das könntest du an seinen Augen erkennen?« Klaigon lachte bitter auf. »Du bist jung und naiv. Du weißt nicht, auf welch verschlungenen Pfaden sich das Böse nähert. Es umgarnt uns, versucht uns zu locken, um uns auf seine Seite zu ziehen …«

Bei den letzten Worten hatte die Stimme des Fürstregenten einen eigenartigen Klang angenommen, der Rionna schaudern ließ. »Was ist mir dir, Onkel?«, fragte sie.

Klaigon bedachte sie mit einem undeutbaren Blick. »Es ist zu spät, Nichte.«

»Es ist niemals zu spät«, widersprach Rionna. »Ich werde aufbrechen, um den Druiden zu suchen und ihn zu dir zu bringen. Dann kannst du dich selbst von seiner Lauterkeit überzeugen.«

»Du wirst nichts dergleichen tun!«, fuhr Klaigon sie heftig an. »Im Gegenteil – solltest du den Túrin Mar noch einmal ohne meine Erlaubnis verlassen, werde ich dich unter Arrest stellen!«

»Aber Onkel, ich …«

»Dies ist mein letztes Wort!«, schrie der Fürstregent, dass es von der hohen Decke seines Gemachs widerhallte. »Ich bin der Herrscher von Iónador, und niemand darf es wagen, sich meinem Befehl zu widersetzen. Auch du nicht, Tochter meines einfältigen Bruders! Der Krieg gegen die Barbaren ist beschlossene Sache, und weder du noch irgendjemand sonst wird etwas daran ändern. Hast du verstanden?«

Rionna stand wie vom Donner gerührt – denn sie sah auf einmal den wahnsinnigen Glanz in den Augen ihres Oheims. Zum ersten Mal in ihrem Leben hatte sie Angst vor ihm.

Vielleicht, sagte sie sich, hatten Alphart und Yvolar recht gehabt. Vielleicht war es ein Fehler gewesen, nach Iónador zurückzukehren …

Beim ersten Licht des Tages wurden Alphart und Leffel von Yvolar geweckt. Der Jäger ärgerte sich, dass er trotz seiner beherzten Worte erneut eingeschlafen war, und er stand rasch auf, ehe der Gilg noch richtig wach war.

Sie stärkten sich mit etwas Käse und trockenem Brot und aßen dazu ein paar Blaubeeren, die Alphart sammelte. Dann setzten sie ihren Weg nach Westen fort. Bis zu den Ufern des Búrin Mar waren es fünf Tagesmärsche durch raues, gebirgiges Land, und keiner von ihnen wusste zu sagen, welchen Fährnissen sie unterwegs begegnen würden.

Über steil abfallende, schneebedeckte Hänge und an Felswänden entlang erreichten die Wanderer den Gipfel des Bennanleach, von dessen breiten Rücken sie ins Heimtal abstiegen.

Dann drangen die Wanderer weiter nach Süden vor und gelangten am späten Nachmittag bei einem See an, in dessen türkisfarbenem Wasser sich die Bäume spiegelten, als würden sie nicht in den Himmel, sondern in die Tiefe wachsen.

»Dieser See müsste dir gefallen, alter Mann«, wandte sich Alphart an Yvolar. »Nymphensee wird er genannt, und man erzählt sich, dass allerhand seltsame Wesen darin hausen.«

»Was natürlich alles Unfug ist, nicht wahr?«, erwiderte der Druide lächelnd.

»Allerdings.«

»In diesem Fall wird es dir sicher nichts ausmachen, wenn wir hier nächtigen, oder?«

»Hier? Am See?« Alphart schaute ihn entgeistert an.

»A-aber es gibt hier weit und breit keine Deckung und keinen Schutz.«

»Die alte Tanne dort« – der Druide deutete das Seeufer hinab, wo sich ein riesiger einsamer Baum erhob – »bietet uns Schutz genug. Unter ihr werden wir unser Lager aufschlagen.« Er schaute Alphart listig an. »Oder solltest du etwas dagegen einzuwenden haben?«

»Nein«, erwiderte der Wildfänger zähneknirschend, »hab ich nicht. Was sollte ich auch einwenden?«

»Dann ist es ja gut«, erwiderte der Druide – und das Gespräch war beendet.

Alphart ging und half Leffel, unter den schützenden Ästen der Tanne ein behelfsmäßiges Nachtlager herzurichten. Sie schichteten Moos und Reisig auf und breiteten darüber ihre Decken aus. Während sie dann hinausblickten auf die spiegelnde Fläche des Sees, nahmen sie ein knappes Nachtmahl ein. Die Wolkendecke war aufgerissen und ließ einzelne Sonnenstrahlen hindurch, welche die Gipfel der umliegenden Berge rot erglühen ließen. Kein Windhauch regte sich, nur das ferne Kreischen der Vögel war zu hören – ein kurzer, flüchtiger Augenblick des Friedens.

»Schade«, sagte Leffel leise.

»Was meinst du?«, fragte Yvolar, der sich seine Pfeife angesteckt hatte und sie genüsslich schmauchte.

»Es ist wunderschön hier. So schön, dass man beinahe vergessen könnte, was draußen im Land vor sich geht.«

»Nicht wahr?«

Leffel nickte, und im Licht der Dämmerung war zu sehen, wie ihm Tränen in die Augen traten. »Ich will nicht, dass das alles zerstört wird und untergeht.«

»Das will ich auch nicht, Sohn.«

»Aber die Erle sind hier, ehrwürdiger Druide. Und wenn sie wirklich so schrecklich sind, wie Ihr sagt …« Er schniefte.

»Es sind grässliche Kreaturen, gezüchtet nur zu dem Zweck, zu morden und zu zerstören«, sagte Yvolar und nickte düster. »Aber du vergisst, mein guter Gilg, dass es immer Hoffnung gibt. Von Anbeginn der Zeit hat sie die Menschheit geleitet. Deshalb gräme dich nicht, sondern genieße den Augenblick. Lebe, statt dich um Dinge zu sorgen, die du nicht beeinflussen kannst.«

»Ha«, machte Alphart. »Du hast leicht reden, Stocker. Du bist alt und hast nichts mehr zu verlieren. Da kannst du hier natürlich in aller Seelenruhe sitzen und Pfeife rauchen. Leffel hingegen hat eine Heimat, um die er sich sorgt.«

»Das ist wahr«, sagte der Druide. »Und wie steht es mit dir, Wildfänger?«

Alphart zerbrach den morschen Ast, mit dem er im Boden herumgestochert hatte. »Ja, auch ich habe nichts mehr zu verlieren«, antwortete er. »Der einzige Mensch, der mir je etwas bedeutet hat, wurde von den Erlen ermordet. Doch ich habe geschworen, ihn zu rächen. Das ist alles, was ich will.«

»Und das glaubst du wirklich?« Yvolar blickte ihn forschend an.

»Natürlich.«

»Du tust das alles kein bisschen für die Menschen von Allagáin? Nicht für Leffel, der dir ein treuer Gefährte geworden ist? Nicht für Prinzessin Rionna, um die du dir noch immer Sorgen machst?«

Alphart schaute auf. »Woher weißt du …?«

»Ich weiß vieles, Wildfänger. Dich selbst magst du täuschen, aber nicht mich. Es gibt einen Grund, weshalb du dich uns angeschlossen hast.«

»Was für einen Grund?«

»Hast du dich nie gefragt, weshalb all dies geschieht? Was es war, das uns zusammenführte?«

»Nein«, erwiderte Alphart trotzig. »Ich bin Jäger, ein einfacher Mann. Das Denken und Grübeln überlasse ich anderen.«

»Wie du willst, Wildfänger. Gute Nacht.«

»Nacht«, erwiderte Alphart mürrisch und bettete sich zur Ruhe.

»Ich wecke dich um Mitternacht.«

»Von mir aus«, knurrte Alphart – und schon kurz darauf hatte ihn erneut tiefer Schlaf übermannt.

Diesmal hatte der Jäger einen seltsamen Traum.

Kurz nach Mitternacht war ihm, als würde er erwachen, obwohl er wusste, dass er noch immer schlief. Er richtete sich auf und blickte hinaus auf den See, in dessen Mitte er ein geheimnisvolles Leuchten gewahrte. Kurz darauf schien eine schlanke Gestalt aus der Tiefe emporzuwachsen. Sie hob die Arme und winkte jemandem zu, der am Ufer stand, und verblüfft erkannte Alphart, dass es kein anderer als Yvolar war.

Der Druide erwiderte den Gruß und winkte zurück. Daraufhin näherte sich das Wesen dem Ufer, wobei es über den glitzernden See zu wandeln schien.

Wie Alphart nun sehen konnte, handelte es sich um eine junge Frau, allerdings war sie bestimmt kein Mensch. Ihre Gestalt wirkte sehr zerbrechlich, ihre Haut schillerte, als wäre sie mit Fischschuppen bedeckt, und ihr graziler Körper war unter ihrem langen weißen Haar verborgen, das bis zu ihren Füßen herabwallte und ihre Gestalt umfloss, die im hellen Mondlicht wie Alabaster schimmerte.

Der Druide und das Wesen schienen sich zu unterhalten; sie tauschten einige Worte und nickten einander zu. Dann entfernte sich die Gestalt wieder, und so unvermittelt, wie sie erschienen war, versank sie in jenem geheimnisvollen Leuchten.

Als Alphart am nächsten Morgen erwachte, erinnerte er sich sofort an den Traum. Oder war es mehr gewesen?

Hatte sich das, was er im Schlaf gesehen hatte, tatsächlich ereignet?

Er erwog, Yvolar danach zu fragen, verwarf den Gedanken aber rasch wieder. Der Druide würde ihn nur verspotten. Also behielt Alphart seinen Traum für sich und schwieg den ganzen Morgen über beharrlich, was wiederum Yvolar stutzig machte.

»Alles in Ordnung, Wildfänger?«, erkundigte er sich, während sie ihr karges Frühstück zu sich nahmen.

»Natürlich«, entgegnete Alphart wortkarg. »Warum?«

»Du machst mir einen seltsamen Eindruck heute Morgen.«

»Ach.«

»Als würdest du über etwas grübeln. Als ob du etwas gesehen hättest, das du nicht verstehst.« Da war wieder dieses listige Glitzern in seinen Augen.

»Was denn zum Beispiel?«, murrte Alphart.

»Wer weiß?« Der Druide zuckte mit den Schultern. »Vielleicht möchtest du es mir ja erzählen.«

»Ich wüsste nicht, was es zu erzählen gäbe, alter Mann«, behauptete Alphart störrisch. »Da du mich nicht geweckt hast, habe ich tief und fest geschlafen.«

»Dann ist es ja gut, mein wackerer Jägersmann«, meinte der Druide, und ein wissendes Grinsen huschte über sein faltiges Gesicht. »Dann ist es ja gut ...«

Wieder stand Rionna am Fenster ihres Gemachs und blickte hinaus auf die Dächer Iónadors. Und wieder war ihr Herz dabei schwer von Sorge. Längst hatte sie nicht mehr das Gefühl, in einem goldenen Käfig zu sitzen – die Gitter, die Klaigon um sie errichtet hatte, schienen aus blankem Eisen zu bestehen.

Zwar stand Rionna nicht offiziell unter Arrest, doch hatte ihr Onkel ihr untersagt, den Túrin Mar zu verlassen, was für sie, die es liebte, sich unter das Volk zu mischen und über die Märkte der Stadt zu bummeln, einer Kerkerhaft gleichkam.

Während der neue Tag über Allagáin heraufzog und die Hügel im Nordosten rosa färbte, fragte sie sich zum ungezählten Mal, ob es ein Fehler gewesen war, nach Iónador zurückzukehren. Yvolar hatte sie ausdrücklich davor gewarnt, und auch Alphart hatte ihr davon abgeraten. Rionna hatte ihren Willen dennoch durchgesetzt, aber inzwischen bezweifelte sie, dass es die richtige Entscheidung gewesen war …

»So schwermütig, mein Kind?«, fragte eine sanfte Stimme hinter ihr. Sie gehörte Calma, der Zofe der Prinzessin. »Wie ist das möglich? Der Tag ist noch jung und voller Hoffnung!«

Unwillkürlich musste Rionna lächeln. Sie wandte sich um und blickte in die gütigen Züge ihrer Zofe, die ihr das Morgenmahl brachte. »Esst etwas, Herrin«, forderte Calma sie auf. »Ihr werdet erkennen, dass die Welt um vieles besser aussieht, wenn Ihr sie mit einem vollen Magen betrachtet.«

»Lieb von dir, aber ich habe keinen Hunger.«

»Ihr müsst etwas essen, Herrin«, beharrte die Zofe. »Schon seit Tagen steht ihr nur am Fenster und starrt hinaus. Wie lange soll das noch so weitergehen?«

»Es tut mir leid.« Rionna schüttelte den Kopf. »Mehr und mehr habe ich den Eindruck, dass die Dinge in Iónador nicht so sind, wie sie sein sollten.«

Calma stellte den Milchkrug und den Teller mit Brot auf den kleinen Nachttisch. »Was meint Ihr damit, Herrin?«, erkundigte sie sich dann vorsichtig und mit gedämpfter Stimme.

»Ich meine damit, dass mein Onkel seltsame Dinge sagte, als ich nach Iónador zurückkehrte. Er sprach davon, dass sich das Böse auf verschlungenen Pfaden nähert, und machte noch andere merkwürdige Andeutungen.«

»Und das macht Euch Angst?«

»Ein wenig«, gab Rionna zu. »Du hättest dabei sein müssen, Calma. Mein Onkel schien nicht er selbst zu sein, als er dies sagte. Er hatte diesen seltsamen Glanz in den Augen, fast als ob …«

»Ja?«, hakte die Zofe nach, als ihre Herrin zögerte.

Rionna schüttelte resignierend den Kopf. Zum einen vermochte sie ihre widersprüchlichen Gefühle nicht in Worte zu kleiden, zum anderen kam sie sich vor wie eine Verräterin, so über ihren Oheim zu sprechen, der zugleich der Fürstregent war.

Müsste sie als treue Tochter Iónadors nicht bedingungslos auf seiner Seite stehen? Konnte man von des Fürstregenten Nichte nicht mehr Loyalität erwarten? War es nicht ihre Pflicht, ihn angesichts des drohenden Krieges gegen das Waldvolk vorbehaltlos zu unterstützen, ganz egal, was sie sonst trennen mochte?

Ein Teil von ihr bejahte all diese Fragen – aber da war auch noch jener andere Teil, der von Zweifel geplagt wurde.

Irgendetwas stimmte nicht in Iónador, davon war Rionna überzeugt. Die Frage war nur, was im Verborgenen vor sich ging.

»Ich will Euch etwas berichten, Herrin«, sagte Calma leise. »Etwas, worüber ich noch mit niemandem gesprochen habe.«

»Was ist es?«

»Ihr müsst mir versprechen, dass Ihr zu niemandem darüber ein Wort verliert.«

»Warum nicht?«

»Weil das, was ich Euch sage, gefährlich sein könnte«, antwortete Calma, die sich sichtlich unwohl fühlte. »Wollt Ihr mir versprechen, dass jedes Wort, das ich Euch anvertraue, unter uns bleibt?«

»Ich verspreche es«, versicherte Rionna.

»Nun gut …« Argwöhnisch schaute sich die Zofe um, als vermutete sie Spione in den Gemächern der Prinzessin. »Vor einigen Nächten«, flüsterte sie dann, »kurz nachdem Ihr Iónador verlassen hattet, wurde ich von eigenartigen Geräuschen geweckt.«

»Von eigenartigen Geräuschen?« Rionna hob die schmalen Brauen.

»Es war ein merkwürdiges Rasseln und Poltern, das ich mir nicht erklären konnte. Ich trat ans Fenster meiner Kammer, die – wie Ihr ja wisst – recht tief im Turm gelegen ist, und warf einen Blick hinaus. Und auf dem Turmplatz sah ich – *sie*.«

»Wen?«

»Schatten«, antwortete die Zofe schaudernd. »Verzeiht mir, wenn ich kein besseres Wort dafür finde, Herrin, aber ich bin eine einfache Frau und kann nur sagen, was ich gesehen habe: dunkle Schatten. Sie zogen schwer beladene Fuhrwerke, von denen das Rumpeln stammte, das ich hörte.«

»Schwer beladen?«, fragte Rionna. »Womit?«

»Mit Waffen, Herrin«, hauchte Calma so leise, dass ihre Stimme kaum noch zu hören war. »Ich sah sie Schwerter und Äxte abladen, dazu Schilde, Helme und Rüstungen. Das alles trugen sie in den Turm, in dessen Tiefen es verschwand – und am nächsten Tag schien niemand außer mir die Schatten bemerkt zu haben. Wen auch immer ich fragte, ob er etwas Verdächtiges gesehen oder gehört habe, der gab vor, von nichts zu wissen. Ist das nicht seltsam?«

»In der Tat«, bestätigte Rionna, die keinen Grund hatte, an den Worten ihrer Zofe zu zweifeln. Zudem hatte sie in den letzten Tagen selbst zu viel Unwahrscheinliches erlebt. Grübelnd fragte sie sich, wer die geheimnisvollen Gestalten wohl gewesen sein mochten, die Calma in jener Nacht gesehen hatte, während sie gleichzeitig überlegte, ob sie die Antwort wirklich wissen wollte …

»Ich habe keine Ahnung, was das alles zu bedeuten hat, Herrin«, fuhr die Zofe fort, »aber eines weiß ich bestimmt.«

»Nämlich?«

»Dass Euer Gefühl Euch nicht trügt. Es gehen tatsächlich eigenartige Dinge in diesen Mauern vor sich. Haltet Ihr es für möglich, dass …?« Sie zögerte.

»Dass was?«, fragte Rionna. »Willst du es mir nicht sagen?«

»Es fällt mir nicht leicht, es auszusprechen, Herrin … aber könnte es nicht sein, dass die Waffen, die in jener Nacht abgeladen wurden …«

»Ja?«

»… dass sie aus dunklen Schmieden stammen?«, brachte Calma ihre Frage vorsichtig zu Ende und machte dabei ein Gesicht, als wollte sie sich gleichzeitig dafür entschuldigen.

»Aus dunklen Schmieden? Du meinst …?« Rionna verstummte, und ihre Züge färbten sich rot – ob aus Empörung über Calmas Verdacht oder aus Scham darüber, dass eine einfache Zofe den Mut hatte, auszusprechen, was sich eine Prinzessin nicht einmal zu denken traute, wusste sie selbst nicht.

»Ihr habt von den Erlen berichtet«, flüsterte Calma. »Wie es heißt, sind die Klüfte von Düsterfels noch immer voller Waffen, die einst in böser Absicht geschmiedet wurden …«

»Nein«, sagte Rionna und schüttelte entschieden den Kopf. »Mein Onkel würde niemals ein Bündnis mit den Unholden eingehen. Wozu auch? Welchen Nutzen hätte er davon?«

»Ich weiß es nicht, Herrin. Ich weiß nur, was ich gesehen und gehört habe.«

»Du hast nichts gesehen und gehört«, fuhr Rionna sie auf einmal barsch an. »Nichts außer ein paar Schatten und einigen unheimlichen Geräuschen. Das genügt nicht, um einen so gemeinen Verdacht zu äußern. Du kannst von Glück sagen, dass nur ich es bin, der du davon erzählt hast – der Fürstenrat könnte deine Worte als Hochverrat auslegen, und einen Hochverräter erwartet der sichere …«

»Ich weiß sehr gut, was einen Hochverräter erwartet«, fiel Calma ihr ins Wort, »und ich hoffe inständig, dass ich mich irre und Ihr recht habt, Herrin. Aber Ihr müsst mir versprechen, die Augen offenzuhalten und auf der Hut zu sein, was Euren Onkel betrifft. Wollt Ihr mir das zusagen – mir, Eurer guten alten Zofe?«

Rionna zögerte, dann nickte sie.

Ja, irgendetwas ging in Iónador vor sich. Etwas, das dunkel und gefährlich war …

Der alte Eichenhain, der schon vor Unzeiten Schauplatz geheimer Riten gewesen war, wurde erneut Zeuge eines großen Ereignisses. Die Flamme Fynrads brannte noch immer, und die Stämme des Waldvolks hatten ihren Zwist beendet, um gemeinsam gegen den mächtigen Feind zu ziehen, der sie alle bedrohte.

Iónador …

Aus allen Teilen des Waldes waren sie gekommen: die Schlangenkrieger, die Bärenjäger und die Wolfskämpfer, die wilden Eber, die schnellen Hirsche, die listenreichen Füchse und die arbeitsamen Biber. Ein Stamm nach dem anderen trat vor Galfyn, den jungen Häuptling des Falkenstamms, der einmütig zum Heeresführer ernannt worden war, und erklärte seinen Beitritt zur großen Streitmacht des Waldvolks: die Wolfskrieger in den grauen Fellen und mit den Kapuzenhelmen aus Wolfsschädeln, die Schlangen in ihren Rüstungen aus Leder, bewaffnet mit Pfeil und Bogen, die Eber unter dem Banner des Keilers Eriak mit kurzen Klingen und Speeren, die sie meisterlich zu werfen verstanden, die am Fluss lebenden Krieger des Biberstammes, deren bevorzugte Waffe die Axt war, die Schwertkämpfer der Hirsche, deren lederne Helme von eindrucksvollen Geweihen gekrönt wurden, die Füchse mit ihren krummen Klingen und runden Schilden, Galfyns Falken, die mit ihren grünen Umhängen weithin sichtbar aus dem Heer der Kämpfer stachen, und schließlich die Bärenkrieger, die Gefürchtetsten von allen; in grobe, zottige Felle gehüllt waren sie mit groben Keulen bewaffnet, und es ging das Gerücht, dass nicht wenige unter ihnen Berserker waren, die es an wilder Kraft und Rohheit mit ihrem Stammestier aufnehmen konnten.

Sie alle kamen, um den Eid einzulösen, den ihre Häuptlinge erst vor wenigen Nächten geschworen hatten – eine Heerschau, wie sie der Wald seit Generationen nicht gesehen hatte. Jeder, der daran teilnahm, spürte, dass dies ein historischer Augenblick für die Stämme des Waldvolks war, während die Krieger einer nach dem anderen vor Galfyn traten und ihm für die Dauer des Feldzugs Treue schworen.

Mit unbewegter Miene nahm Galfyn die Schwüre entgegen, bereits in voller Kampfmontur: Er trug den Brustharnisch und die Beinschienen aus Leder, die er von seinem Vater geerbt hatte und die mit Bildern aus der Geschichte des Waldvolks punziert waren; auf den Beinschienen war in zwei unterschiedlichen Motiven zu sehen, wie Fynras den Drachen erschlug, der Harnisch zeigte Muron den Falken. Sein langes Haar hatte Galfyn zu einem Schopf gebunden, sein Gesicht mit blauen Streifen bemalt, und auch viele der Krieger, die vor Galfyn erschienen, trugen furchteinflößende Kriegsbemalung.

»Nun?«, fragte Herras, der neben Galfyn stand und den Aufmarsch der Waldkrieger verfolgte. »Bist du zufrieden, junger Herr? Sie folgen dir bereitwillig, genau wie du gehofft hast. Wenn es Ruhm war, auf den du aus warst, so hast du ihn bereits errungen.«

»Ruhm ist mir gleichgültig«, erwiderte Galfyn, während er den Treueschwur der nächsten Gruppe von Kriegern entgegennahm. Bogenschützen der Schlangenkrieger waren es diesmal, deren Mienen grimmige Entschlossenheit zeigten. »Alles, was ich will, ist Rache.«

»Und Rache wirst du bekommen«, versicherte der alte Waffenmeister mit dünnem Lächeln. »Es wird viel Blut fließen, wenn die verfeindeten Heere aufeinandertreffen. Viele tapfere Krieger werden sterben, genau wie damals.«

»Lass sie sterben«, entgegnete Galfyn mürrisch. »Es ist besser, auf dem Schlachtfeld den Tod zu finden, als im Schlaf gemeuchelt zu werden. Wir werden Iónador wissen lassen, dass die Kraft unserer Väter noch in unseren Adern fließt. Wenn sie uns töten wollen, dann müssen sie dies auf offenem Feld tun.«

»Trauer spricht aus dir und Hass, Galfyn. Jene, die dir die Treue schwören, dürsten nach Kampfesruhm und brennen darauf, sich auf dem Schlachtfeld zu beweisen. Ich bin zu alt und zu weise, um davon zu träumen – und ich frage mich, ob es klug ist, gegen Iónador in den Krieg zu ziehen.«

Als er diese Worte vernahm, wandte der junge Häuptling den Kopf und starrte seinen Lehrer an. »Das sagst ausgerechnet du?«, fragte er verblüfft. »Warst nicht du es, der mir die Täter nannte?«

»Das habe ich – aber nicht, damit du einen Krieg vom Zaun brichst. Der Kampf gegen Iónador hat unser Volk bereits einmal fast ausgelöscht. Rache ist ein schlechter Ratgeber, Galfyn. Vielleicht sollten wir eine Abordnung nach Iónador schicken, um uns anzuhören, was sie zu sagen haben.«

»Eine Abordnung? Zu den Schlächtern unserer Frauen und Kinder?« Abscheu sprach aus Galfyns bemalten Zügen. »Was ist mit dir, Herras? Schwinden dein Mut und deine Tatkraft angesichts des bevorstehenden Kampfes? Hatte ich all die Jahre einen Feigling zum Lehrer?«

»Schätze dich glücklich, Galfyn, dass ich dich liebe wie meinen eigenen Sohn. Denn wäre es anders, würde dich für diese Frechheit meine Klinge durchbohren. Nicht Feigheit ist es, die mir zur Vorsicht rät, sondern Sorge. Seit dem Ende des Krieges haben uns die Herren der Goldenen Stadt nicht mehr angegriffen, und ich frage mich, warum sie es jetzt tun sollten.«

»Sind dir die vielen Toten denn nicht Beweis genug?

Waren es zu wenig Frauen, Alte und Kinder, die man gemetzelt hat? Das Böse braucht keinen Grund, um zuzuschlagen. Klaigon will den Krieg – und er soll ihn bekommen!«

»Also gibt es keinen anderen Weg«, sagte Herras bitter. »Das Ende unseres Volkes riskierst du um deiner Rache willen.«

Galfyn sah wieder stur geradeaus.

Durch das Heimtal gelangten die drei Wanderer zur alten Passstraße, die über das hohe Bergjoch ins Hintertal führte.

Der Aufstieg zur Passhöhe war beschwerlich. Ein schmaler Pfad wand sich durch den Wald, der bald zur Gänze im Dickicht verschwand, um dann wieder weite Aussicht auf das Umland zu bieten.

»Seltsam«, meinte Leffel, während sie kurz innehielten, um zu rasten und auf die Hügel und Berge des östlichen Allagáin zu blicken. »Von hier aus betrachtet sieht alles ganz friedlich aus. Es sind weit und breit keine Erle zu sehen.«

»Sie sind hier«, war Yvolar überzeugt. »Die Kreaturen Dorgaskols scheuen das Tageslicht, deshalb sind sie vorerst nur bei Nacht und bei Dämmerung unterwegs. Wenn sie jedoch erst mehr geworden sind und sich in der Überzahl wähnen, dann wird auch das hellste Sonnenlicht sie nicht mehr schrecken.«

Weder der Gilg noch Alphart erwiderte etwas darauf. Wenn der Druide so sprach, schwang ein unheilvoller Unterton in seiner Stimme mit, und beide hatten das Gefühl, dass er seinen Gefährten noch längst nicht alles gesagt hatte, was er über die Erle wusste …

Sie setzten ihren Aufstieg fort, gelangten immer höher hinauf und überquerten schließlich das Joch. Unterhalb schroffer Felsen und schneebedeckter Gipfel stiegen sie hinab ins Hintertal, wo Alphart jeden Baum und jeden Felsen kannte. Die fernen Gipfel von Ruadh Barran und Korin Nifol hüllten sich in Nebel, und die Hänge des Dáicol, der einst das Jagdrevier des Wildfängers gewesen war, waren weiß von Schnee.

Der Winter in den Bergen war weiter auf dem Vormarsch, und die Kälte hatte in den letzten Tagen noch zugenommen. Die wenigen Sonnenstrahlen, die hin und wieder durch die Wolken brachen, konnten sie kaum vertreiben. Wie oft hatte Alphart im Wildgebirge einen goldenen Herbst erlebt, der Wiesen und Wälder in warmen Farben hatte leuchten lassen und Mensch und Tier Zeit gegeben hatte, sich auf den Winter vorzubereiten. In diesem Jahr kam die Kälte schneller als je zuvor, und Alphart wusste, dass es dabei nicht mit rechten Dingen zuging.

Hintertal schien von den Erlen noch unbehelligt geblieben zu sein, ebenso die Gehöfte, die sich entlang der Berge an die steilen Hänge schmiegten. Auf einer Alpe, die so weit abseits des Weges lag, dass sie dort unbehelligt bleiben würden, kehrten der Druide und seine beiden Begleiter ein. Die Menschen, die dort lebten, zeigten sich gastfreundlich und hießen die drei Wanderer in ihrem bescheidenen kleinen Heim willkommen. Argwohn und Misstrauen gegenüber Fremden schienen sie nicht zu kennen; im Gegenteil waren sie hoch erfreut über den unerwarteten Besuch, der etwas Abwechslung in ihr abgeschiedenes Leben brachte.

Drei Tage lang hatten sich die drei Wanderer von Dörrfleisch und Beeren ernährt; da kamen ihnen das Brot und der Käse und die frische Milch, die man ihnen in großen Humpen reichte, wie ein Festmahl vor.

»Du isst und trinkst für zehn Männer, Druide«, stellte Alphart fest.

»Wundert dich das?«, fragte Yvolar mit einem Schmunzeln und strich sich die Brotkrumen aus dem grauen Bart. »Ich bin schließlich auch so alt wie zehn Männer.«

Da man sie gut bewirtete, freundlich zu ihnen war und zudem keine unangenehmen Fragen stellte, beschlossen sie, auch die Nacht auf der Alpe zu verbringen. Ihr Lager bestand aus weichem Heu, über das sie ihre Decken breiteten, und sie schliefen so warm und bequem wie seit Langem nicht mehr.

Am Morgen setzten sie ihre Reise nach Südwesten fort. Ihr Ziel war der Méadon Lathan, der östlichste Berg des Bálan Bennian, jener Bergkette, die von jeher die Fluren Allagáins von den dunklen Pfründen Dorgaskols trennte und die als Schutzwall gegen das unbekannte Böse galt, das jenseits des Wildgebirges lauern sollte. Kaum jemand wagte es, den Wall zu überschreiten, selbst die Kaufleute in ihrem Streben nach schnellem Gewinn nahmen weite Umwege in Kauf, wenn sie mit dem Reich Tról Handel treiben wollten.

Auf den Gipfeln des Balan Bennian waren in alter Zeit trutzige Wachtürme errichtet worden, die unter dem Befehl Iónadors standen. Aus Sorge vor Entdeckung stiegen die Gefährten deshalb nicht bis zum schmalen Grat hinauf, der sich vom Lathan bis zum Aradh Loin erstreckte, sondern hielten sich ein gutes Stück unterhalb im Schutz der Felsen und Nadelbäume.

Über verschlungene Pfade ging es hinauf, und schließlich entdeckten sie den ersten der sechs Türme, der vom Gipfel des Lathan aus nach Süden blickte. Unter einem steilen Grashang, der sie den Blicken der Turmwachen entzog, legten die drei Wanderer eine Rast ein.

»Weißt du, Yvolar, eins verstehe ich nicht«, sagte Leffel, während er an einem Stück Käse kaute, das er sich vom Frühstück aufgehoben hatte. Inzwischen war sein Zutrauen zu dem alten Druiden so groß, dass er es wagte, ihn auch vertraulicher anzusprechen.

»Was denn, mein Junge?«

»Die Erle sind unsere Feinde, richtig?«

»Das stimmt.«

»Und die Soldaten auf den Türmen sind da, um über Allagáin zu wachen?«

»Auch das ist richtig.«

»Wie kann es dann sein, dass die Erle unbemerkt in unser Land einfallen können? Müssten die Wachen auf den Türmen nicht bemerkt haben, dass etwas vor sich geht in Düsterfels?«

Die Frage war nur zu berechtigt. Auch Alphart wusste darauf keine Antwort. Nicht weniger neugierig als der Gilg schaute er den alten Druiden an, dessen Züge sich daraufhin einmal mehr verfinsterten.

»Ich wünschte, mein junger Freund«, sagte er, »du hättest mich nicht danach gefragt, denn deine Frage zwingt mich zu einer Antwort, die euch bestimmt nicht gefallen wird. Wieso hat keine der Turmwachen Alarm gegeben? Wieso wurden wir nicht vor den Erlen gewarnt?«

»Nun?«, fragte Alphart.

»Vielleicht verhielten sich die Erle so geschickt und unauffällig, dass ihr Aufmarsch von den Wachen nicht bemerkt wurde«, sagte der Druide leise.

»Unwahrscheinlich«, wandte Alphart ein. »Wie es heißt, werden nur Männer, die die Augen eines Falken haben, zu Turmwachen ernannt.«

»Nun, möglicherweise hat ihre Aufmerksamkeit im Lauf der Zeit nachgelassen«, gab Yvolar zu bedenken. »Vergessen wir nicht, der letzte Kampf gegen Muortis und sein Gezücht liegt Jahrhunderte zurück.«

»Dennoch hätten sie etwas merken müssen«, war Alphart überzeugt. »Und du machst mir auch nicht den Eindruck, als würdest du an diese Möglichkeit glauben.«

»Du hast recht, Alphart Wildfänger.« Der Druide senkte schwermütig das Haupt. »Ich denke, dass wir alle getäuscht wurden. Die hässliche Antwort auf deine Frage, Leffel, lautet Verrat.«

»Verrat?«, echote der Gilg entsetzt, während Alpharts Miene zur steinernen Maske wurde. Sie bestürmten Yvolar mit weiteren Fragen, aber der Druide war nicht gewillt, darauf zu antworten.

»Rasch«, drängte er stattdessen, »wir müssen weiter. Zu gegebener Zeit werdet ihr alles erfahren …«

Sie packten den verbliebenen Proviant ein und setzten den Marsch fort, der inzwischen nach Südwesten führte. Je weiter sie gelangten, desto spärlicher wurde der Baumbewuchs. Sie konnten nur noch darauf hoffen, dass die Felshänge über den schmalen Pfaden sie den Blicken der Turmwachen entzogen. Alphart und Leffel trugen zudem moosgrüne Umhänge, die sie einigermaßen tarnten, und der Druide hatte sich eine der grauen Decken übergeworfen, damit er in seiner hellen Tracht und dem purpurfarbenen Umhang aus der Ferne nicht allzu leicht auszumachen war.

Der Nächste der sechs Wachtürme kam in Sicht, und es galt eine weite Schlucht zu überwinden. Ein schmaler, in den Fels gehauener Pfad war der einzige Weg, der um die Schlucht herumführte. Da er teilweise abgebrochen war, wurden den drei Wanderern diesmal nicht nur Mut und Ausdauer abverlangt, sondern auch Geschick im Klettern.

Als Wildfänger, der in den rauen Bergen aufgewachsen war, fiel es Alphart nicht schwer, in den Felswänden umherzusteigen – oft genug hatte er zum Grund einer Klamm klettern müssen, wenn ein Hirsch, den er auf hohem Fels erlegt hatte, in die Tiefe gestürzt war. Sich lederne Bergstiefel zu fertigen und die Sohlen so mit Nägeln zu beschlagen, dass sie sicheren Tritt boten, gehörte zu den Dingen, die ein junger Wildfänger schon früh erlernte, denn sein Leben konnte davon abhängen.

Leffel hatte Mühe, Alphart zu folgen; als Unterländer war er die schwindelnde Höhe nicht gewohnt. Mit aller Macht musste er sich dazu zwingen, nicht hinabzublicken, so wie Alphart er ihm geraten hatte. Yvolar hingegen erwies sich trotz seines hohen Alters und seiner hageren Gestalt als geschickter Kletterer. Woher er die Kraft dazu nahm, sich an schmalen Vorsprüngen emporzuziehen und dabei noch nicht einmal außer Atem zu kommen, war selbst Alphart ein Rätsel. Hinzu kam, dass er seinen Eschenstab nicht aus der Hand nahm.

Über den nackten Fels, der aussah, als wären unzählige Kiesel darin eingebacken, umrundeten sie die Schlucht. Auf der anderen Seite gab es wieder einige Bäume, die ihnen bis zu den Hängen des Aradh Loin Deckung boten, des westlichsten und höchsten Berges der Kette, auf dem sich das Böse einst zum ersten Mal gezeigt hatte, nachdem es von den Zwergen aus seinem Jahrtausende währenden Schlaf geweckt worden war.

Auf dem Gipfel stand der Turm Íarin, der größte und trutzigste der sechs Grenztürme, von dessen Zinnen der Blick bei klarem Wetter bis zur blauen Fläche des Búrin Mar reichte.

Nur noch knapp zwei Tagesmärsche waren es von dort aus zum großen See. Den größten Teil des Weges hatten die drei Wanderer damit hinter sich gebracht, aber schon an diesem Abend wurde ihnen klar, dass die Gefahr längst nicht vorüber war, sondern größer und näher als je zuvor …

Es war Alphart, der plötzlich stehen blieb und wie ein Tier, das etwas witterte, den Kopf in den Nacken legte.

»Was hast du?«, wollte Leffel wissen.

»Es ist völlig ruhig«, stellte der Wildfänger fest. »Man hört weder die Vögel noch sonst welche Tiere – und das gefällt mir nicht.«

»Erle sind in der Nähe«, stellte Yvolar fest, woraufhin Leffel in leises Wimmern verfiel und sich die Mütze noch tiefer ins von der Kälte gerötete Gesicht zog.

»Woher weißt du das?«, fragte Alphart.

»Die Zeichen sprechen dafür« erwiderte der Druide.

»Wie lange schon?«

»Schon eine ganze Weile. Seit wir den Turm Ìarin hinter uns gelassen haben.«

»Ach?« Der Wildfänger verzog verärgert das Gesicht. »Und wann hattest du vor, uns davon zu erzählen, alter Stocker?«

»Ich wollte euch nicht beunruhigen«, antwortete Yvolar. »Es genügt, wenn sich einer von uns Sorgen macht.«

»Was du nicht sagst, Druide«, maulte Alphart, während er einen Pfeil aus dem Köcher zog und an die Sehne des Bogens legte. »Ich weiß deine Fürsorge zu schätzen, aber das nächste Mal wäre es mir bedeutend lieber, wenn du ...«

»Seht nur! Dort drüben!«

Es war Leffel, der gerufen hatte. Aufgeregt deutete er zu einer Baumgruppe, zwischen deren Stämmen einige moosbewachsene Felsen lagen. Und zwischen diesen Felsen lugte etwas hervor, das aussah wie ...

»Ein Bein!«, schrie Leffel aufgeregt. »Da liegt jemand ...!«

»Verdammt, Bursche«, knurrte Alphart, »schrei noch lauter, damit uns die Unholde auch ja hören!«

Dann setzte er sich auch schon in Bewegung und stürmte den Hang hinab, den Pfeil noch immer an der Sehne des schussbereiten Bogens.

Mit ausgreifenden Schritten huschte er über den von einer dünnen Schneeschicht überzogenen Boden und langte kurz darauf bei den Felsen an, wo er verharrte.

Yvolar und Leffel folgten ihm und blieben hinter dem Wildfänger stehen, der den Bogen hatte sinken lassen. Was sie sahen, drehte ihnen fast die Mägen um und machte ihnen unmissverständlich klar, was Allagáin drohte, wenn es ihnen nicht gelang, den Vormarsch der Erle aufzuhalten.

Der Mann war tot.

Seiner Kleidung nach zu urteilen war er ein einfacher Bauer oder ein Hirte gewesen. Das Entsetzen stand noch immer in seinem leichenblassen Gesicht. Dass Leffel nur ein Bein gesehen hatte, kam nicht von ungefähr – das andere Bein fehlte, ebenso wie der linke Arm. Im Oberkörper des Toten steckten mehrere Pfeile, und in seinem Bauch klaffte ein blutiges Loch, so als hätte eine mit langen Krallen bewehrte Klaue hineingegriffen und ein Stück herausgerissen. Blut tränkte den Boden und den Schnee, und erbärmlicher Gestank ging von dem Toten aus.

Während sich Leffel entsetzt abwandte und seine letzte Brotzeit in den Schnee spie, standen Alphart und Yvolar wie vom Donner gerührt. »Nun, alter Mann?«, knurrte der Wildfänger schließlich. »Was sagst du?«

»Mein letztes Zusammentreffen mit den Erlen liegt lange zurück«, erwiderte Yvolar. »Beinahe hätte ich vergessen, zu welch entsetzlichen Taten sie fähig sind.«

»Der Tote war ein Alphirte«, stellte Alphart fest, der sich neben der Leiche hingekniet hatte, um sie genauer in Augenschein zu nehmen. »Er war sicherlich unbewaffnet und hat niemandem etwas getan.«

»Danach fragen die Erle nicht. Sie töten jeden, ob schuldig oder nicht.«

»Wo sind die Gliedmaßen geblieben, die sie ihm ausgerissen haben? Sie sind nirgends zu sehen ...«

»Frage nicht danach, Wildfänger«, sagte der Druide mit finsterer Stimme. »Die Antwort würde dir nicht gefallen.«

Er bückte sich neben Alphart und untersuchte den Toten mit raschen Handgriffen. Der Druide schien einige Übung darin zu haben, wie Alphart beklommen feststellte ...

»Er ist noch keinen Tag tot«, erklärte Yvolar schließlich. »Ich hatte also recht mit meiner Vermutung. Die Erle müssen ganz in der Nähe sein. Vermutlich sind sie auf dem Weg nach Norden.«

»Wenn sie hier durchgekommen sind, müssen die Wächter auf dem Turm sie gesehen haben«, war Alphart überzeugt. »Dass sie keinen Alarm gegeben haben, könnte deine Vermutung bestätigen.«

»Verrat«, sagte Yvolar düster, ehe er die Augen schloss und ein kurzes Gebet murmelte, mit dem er die Seele des Ermordeten dem Schöpfergeist empfahl. Auch Leffel schloss die Augen und senkte den Blick, während Alphart aufstand und die Umgegend taxierte, den Bogen wieder schussbereit in der Hand.

»Und nun?«, wollte er wissen.

»Wir werden unseren Weg fortsetzen, die Zeit drängt mehr denn je«, erwiderte der Druide. »Für die Nacht werden wir uns einen Unterschlupf suchen und bei Tagesanbruch weiterziehen.«

»Verstanden«, sagte Alphart nur und wollte sich bereits wieder in Bewegung setzen – Yvolar jedoch hielt ihn zurück. Leffel kauerte noch immer auf dem von Blut und Nässe durchweichten Boden und zitterte am ganzen Körper.

»Alles in Ordnung, Sohn?«, erkundigte sich der Druide.

Der Gilg blickte auf, kreidebleich und einen elenden Ausdruck im Gesicht. »Das Opfer war jung«, flüsterte er, »fast noch ein Kind ...«

»Ich weiß.« Yvolar nickte. »Die Erle kennen keine Gnade, und sie machen keinen Unterschied.«

»Was kann man tun gegen so viel Bosheit, großer Druide?«, fragte Leffel ratlos. »Ich fürchte, die Menschen aus Allagáin haben diesen Bestien nichts entgegenzusetzen.«

»Die Erle sind wie jede Bedrohung aus dem Reich der Finsternis«, entgegnete Yvolar weise. »Nur ein Herz, das ebenso tapfer ist wie rein, vermag sie zu besiegen.«

»Und eine scharfe Axt«, fügte Alphart verdrossen hinzu.

»Und wenn das nicht genügt?« Leffels Stimme klang heiser und tonlos. »Ich habe Angst, großer Druide.«

»Möchtest du zurück?«, fragte Yvolar. »Zurück zu den Deinen? Dann geh, wir werden dich nicht aufhalten. Aber wir können dich auch nicht begleiten auf deinem Weg nach Hause.«

»Das verstehe ich«, sagte Leffel leise.

»Also wirst du gehen?«

Noch immer im kalten Morast kauernd, überlegte der Gilg. Natürlich konnte er zurückkehren – aber was würde er den Leuten aus seinem Dorf erzählen? Dass er sich feige aus dem Staub gemacht hatte, als es gefährlich geworden war?

Er musste daran denken, was Yvolar zu Beginn ihrer Reise gesagt hatte – dass es jenes Allagáin, das er kannte und liebte, schon bald nicht mehr geben würde, wenn die Erle erst ins Land eingefallen waren. Sollte er unter diesen Voraussetzungen aufgeben und nach Hause gehen, wenn er dort doch nichts anderes tun konnte, als auf den Untergang zu warten?

»Nein«, erklärte er mit bebender Stimme. Er raffte sich auf und schickte seinen Gefährten einen Blick, der wohl Verwegenheit ausdrücken sollte, in Wirklichkeit jedoch noch reichlich verängstigt wirkte. »Ich gehe mit euch.«

»Bist du sicher?«, erkundigte sich Alphart zweifelnd.

»Allerdings.«

»Dann lasst uns weitergehen«, drängte Yvolar. »Es wird bald dunkel, dann werden die Erle aus ihren Löchern kriechen.«

So setzten sie ihren Weg fort. Den Leichnam des Hirten ließen sie liegen, so sehr es ihnen auch widerstrebte – alles andere hätte sie nur aufgehalten.

An einem Steilhang schlugen sie schließlich ihr Nachtlager auf. Angesichts der Bedrohung teilten sie Wachschichten ein, und Yvolar persönlich übernahm die erste Wache.

Alphart wusste nicht zu sagen, wie spät es war, als ihn eine

Berührung an der Schulter weckte. Er zuckte zusammen, war im nächsten Moment hellwach, und instinktiv griff seine Hand nach dem Hirschfänger am Gürtel. Dann aber erkannte er im fahlen Mondlicht Yvolar, der sich über ihn beugte.

»Was, zum ...?«

Mit einem energisches »Schhh« ließ ihn der Druide verstummen.

Alpharts Augen brauchten einen Moment, um sich an das spärliche Licht zu gewöhnen, das die Sterne zur Erde sandten. Je mehr er erkennen konnte, desto deutlicher traten auch die Sorgenfalten in Yvolars ältlichen Zügen hervor.

Aber Alphart sah nicht nur, er hörte auch:

Trommeln.

Ein wilder, stampfender Rhythmus, den der Wind den Berg herauftrug und der von kreischenden Schreien begleitet wurde. Alphart schauderte. Dergleichen hatte er noch nie gehört, aber er war sicher, dass weder das Trommeln und erst recht nicht das Kreischen von Menschen stammten ...

Auch Leffel war inzwischen erwacht und begann einmal mehr zu wimmern, als er das Geschrei und das Getrommel vernahm. Yvolar beruhigte ihn, während Alphart nach seinen Waffen griff.

»Kommt mit«, raunte der Druide den beiden zu, und zwischen den Felsen hindurch pirschten sie sich den Hang hinab und auf die Quelle der unheimlichen Laute zu. Der Schrei eines Kauzes erklang und das schaurige Heulen eines Wolfs. Aber nichts davon war auch nur annähernd so grässlich wie das heisere Kreischen, das durch die Nacht gellte.

Die Schritte der Gefährten knirschten im harsch gefrorenen Schnee, während sie vorsichtig durch die Nacht schlichen, dabei jeden Fels und jeden Baum als Deckung nutzend. Leffel hatte zu wimmern aufgehört, aber sein Gesichtsausdruck verriet, dass es in diesen Augenblicken tausend Orte gab, an denen er sich lieber aufgehalten hätte. Wahrscheinlich, dachte Alphart spöttisch, bereute er seinen Beschluss vom Abend bereits …

Die schrecklichen Schreie wurden lauter, je weiter die drei Gefährten nach unten schlichen, und schließlich konnten sie zwischen den Bäumen matten, orangefarbenen Schein erkennen.

Ein Lagerfeuer …

»Vorsicht jetzt!«, raunte Yvolar seinen Begleitern zu, und Alphart hob seinen Bogen.

Auf leisen Sohlen gingen sie weiter, darum bemüht, kein unnötiges Geräusch zu verursachen. Es war empfindlich kalt in dieser Höhe, aber die Hitze des Augenblicks vertrieb selbst den Frost. Die Gefährten wollten wissen, was der Ursprung der grässlichen Laute war; sogar der Gilg war erpicht darauf, obwohl er am liebsten davongerannt wäre.

Alphart, der es von Kindesbeinen an gelernt hatte, sich lautlos anzuschleichen, übernahm die Führung. Er steckte den Pfeil zurück in den Köcher und ließ sich auf alle viere hinab. Dann kroch er den anderen voraus auf den Feuerschein zu. Er gelangte zu einer Abbruchkante. Jenseits davon fiel der Fels fast senkrecht in die Tiefe und formte etwas, das die Oberländer als Hexenloch bezeichneten: ein Trichter aus schroffem Fels, dessen Grund kaum je ein Sonnenstrahl erreichte. Ein Wasserfall stürzte von der gegenüberliegenden Seite nach unten, dessen Rauschen jedoch von den Schreien und vom Trommelklang übertönt wurde.

Am Grund des kreisförmigen Trichters, wo das Wasser in einen tiefschwarzen Gumpen stürzte, herrschte nacktes Grauen.

Bäume waren gefällt und ein Scheiterhaufen errichtet worden, der lichterloh brannte und sowohl den Grund des Hexenlochs als auch die Felswände mit Feuerschein beleuchtete. Aus der Mitte der Flammen ragte ein eiserner Spieß empor, auf dem ein gehörnter Schädel steckte – das Haupt einer Kuh. Rings um das Feuer war der felsige Boden glitschig von Blut. Fleischfetzen und abgenagte Knochen lagen überall umher. Um das Feuer herum jedoch tanzten und sprangen bizarre zweibeinige Gestalten, die rostige Rüstungen trugen und schartige Schwerter und Äxte schwangen. Trunken vom Blut, das sie gesoffen hatten und mit dem ihre Schweinsgesichter besudelt waren, stießen sie wilde Schreie aus.

»Erle!«, stieß Yvolar voller Abscheu hervor, der neben Alphart angelangt war. Hätte es noch eines endgültigen Beweises für die Anwesenheit der Unholde diesseits des Bergwalls bedurft – jetzt hatten sie ihn.

Die Gefährten reagierten unterschiedlich. Während sich Leffel ängstlich an den Boden klammerte und sich einmal mehr weit fort wünschte, schob sich Alphart noch ein Stück weiter vor, um alles genau sehen zu können. Hasserfüllt blickte er auf die Kreaturen, die dort unten ihr frevlerisches Fest hielten, während das Feuer ihre bizarren Schatten auf die umliegenden Felswände warf. Die Züge des Wildfängers versteinerten.

Erinnerungen überkamen ihn, an seinen Bruder Bannhart und an jene Nacht, die alles verändert hatte. Rachedurst ergriff von ihm Besitz, und am liebsten hätte er wieder einen seiner Pfeile aus dem Köcher gezogen und von der Sehne gelassen, um wenigstens eine dieser grässlichen Kreaturen auf der Stelle ins Jenseits zu befördern. Yvolar, der den Drang des Wildfängers spürte, legte ihm beschwichtigend die Hand auf die Schulter.

»Noch nicht, mein Freund«, raunte er ihm zu. »Die Zeit deiner Rache wird kommen, aber noch ist es nicht so weit.«

»Wie kommt es, dass sie hier sind?«, flüsterte Alphart. »Wie konnten sie ungesehen die Wachtürme passieren?«

»Ungesehen«, erwiderte Yvolar düster, »oder unbehelligt. Ich ahne Schlimmes, mein wackerer Jägersmann. Ich ahne Schlimmes.«

Damit zog er sich lautlos zurück. Leffel folgte ihm kriechend, während Alphart noch blieb, um einen letzten Blick auf das schaurige Spektakel zu werfen. Er sah, wie einer der Erle etwas über dem Kopf schwenkte, das aussah wie …

Entsetzt prallte Alphart zurück, als er erkannte, dass es sich um das Bein eines Menschen handelte – vielleicht um jenes Bein, das dem toten Alphirten gefehlt hatte. Das also war das Geheimnis, das der Druide ihnen nicht hatte offenbaren wollen.

Die Erle fraßen Menschenfleisch!

Der Wildfänger merkte, wie sein Magen rebellieren wollte, und kroch ebenfalls rasch zurück. Bei den nahen Felsen traf er auf seine Gefährten, die nicht weniger entsetzt waren als er selbst.

»Meine Freunde«, sagte Yvolar tonlos und schien dabei Mühe zu haben, sich auf den Beinen zu halten, »die Lage ist ernster, als ich dachte. Die Invasion hat bereits begonnen, und allem Anschein nach hat man dem Feind bereitwillig Tür und Tor geöff…«

Er unterbrach sich, als er bemerkte, dass Leffel und Alphart im Halbdunkel nicht auf ihn blickten, sondern auf etwas, das sich hinter ihm befand – und sich in diesem Moment zu seiner vollen Größe aufrichtete!

Im selben Moment hörte der Druide wütendes Schnauben, und bestialischer Gestank, der ihm fast die Besinnung raubte, umfing ihn mit einem Mal. Da wusste er, was sich hinter ihm erhoben hatte – eine Kreatur, die mindestens ebenso lange nicht mehr in den Bergen Allagáins gesichtet worden war wie die Erle …

Der Druide fuhr herum und sah den Unhold, der ihn an

Körpergröße gut um das Doppelte überragte. Auf Beinen, dick wie Bierfässer, erhob sich vor ihm eine mehr breite als hohe Gestalt mit langen Armen und einem klobigen Schädel, der direkt zwischen den breiten Schultern saß.

Ein Bergtroll!

Das Einzige, was der Koloss am Leib trug, waren zwei mit eisernen Stacheln versehene Ledergurte, die jeweils schräg über seinen Schultern verliefen und sich auf Brust und Rücken kreuzten. Ansonsten bedeckte schwarzes Fell, das in schmutzigen Zotteln herabhing, den Körper des Trolls, mit Ausnahme seines Gesichts, das die Farbe und das Aussehen von Felsgestein hatte. Kleine, schmale Augen glitzerten darin, und ein zahnloses Maul klaffte auf. Durch die flache Nase war ein großer eiserner Reif gezogen, an dem zwei rostige Ketten hingen. Deren Enden hielten die schweinsköpfigen Wärter des Trolls.

Die Erle waren mindestens ebenso überrascht, in dieser Gegend und zu dieser Zeit auf Feinde zu treffen wie Yvolar und seine Gefährten. Einen langen Augenblick lang geschah nichts, standen sie einander nur gegenüber – dann ging alles blitzschnell!

Etwas flirrte durch die Luft, und einer der Erle sank mit durchbohrter Kehle zu Boden. Hilflos tasteten seine Klauen nach dem Pfeil, der in seinem Hals steckte. Der Schrei, den er ausstoßen wollte, ging in einem heiseren Gurgeln unter.

»Lauf, Druide!«, zischte Alphart, während er bereits den nächsten Pfeil an die Sehne legte – aber Yvolar dachte nicht daran, die Flucht zu ergreifen.

Er riss den Druidenstab hoch und sprach eine magische Formel, woraufhin das Holz ein Eigenleben zu entwickeln schien. Blitzschnell wirbelte der Stab durch die Luft und fuhr herab, traf den zweiten Erl am Kopf, und von rätselhafter Kraft erfüllt, zerschmetterte der Druidenstab nicht nur den Helm des Feindes, sondern auch seinen Schädel. Blutüberströmt kippte der Erl hintenüber und fiel in den Schnee, der sich unter ihm dunkel färbte.

Einige Herzschläge lang stand der Troll unbewegt. Ratlos starrte er zuerst auf den einen, dann auf den anderen seiner Wärter, die beide tot zu seinen Füßen lagen – dann schien er für sich zu beschließen, ihren Tod zu rächen.

Die Pranken an den langen Armen zu mörderischen Fäusten geballt, sprang er vor, um Yvolar mit einem einzigen Schlag zu zerschmettern – aber schon war Alphart zur Stelle und ließ den nächsten Pfeil von der Sehne.

Das Geschoss bohrte sich in die Brust des Trolls, wo es zwar stecken blieb, dem Koloss aber nicht mehr als ein wütendes Knurren entlockte. Unbeirrt ging seine Pranke nieder, um Yvolar in den Erdboden zu rammen.

Da geschah das Unfassbare: In letzter Sekunde blockte der Druide den Schlag mit dem Stab, den er mit beiden Händen quer über seinen Kopf hielt. Weder ging der alte Mann dabei in die Knie, noch zerbrach der Stab in seinen Händen, wie es eigentlich hätte geschehen müssen. Dafür entfuhr dem magischen Holz eine blitzartige Entladung, die den Troll einhüllte. Der Unhold knurrte erneut, und der beißende Geruch von versengtem Fell lag in der eisigen Luft.

Dann aber schlug er nochmals zu, diesmal mit der flachen Hand, und fegte den Druiden von den Beinen.

Als Yvolar zu Boden geschleudert wurde, schickte Alphart einen weiteren Pfeil auf Reisen. Er hatte auf das rechte Auge des Trolls gezielt, doch da sich der Unhold bewegte, verfehlte es Alphart – der Pfeil traf stattdessen die Nasenwurzel des Unholds, an der er wirkungslos abprallte.

Weißen Dampf aus seinen Nüstern blasend, stampfte der Troll auf Alphart zu. Er strotzte vor roher Körperkraft, unter dem Fell spielten wahre Berge aus Muskeln.

Alphart ließ den Bogen fallen und wollte nach der Axt greifen, die in seinem Gürtel steckte. Doch der Troll ließ es nicht dazu kommen. Seine Pranke traf den Wildfänger, und Alphart überschlug sich in der Luft, ehe er bäuchlings im Schnee landete.

Benommen blickte er auf und sah den Troll schnaubend auf sich zustapfen. Erneut versuchte er, die Axt zu ziehen, obwohl ihm klar war, dass die Zeit dazu nicht ausreichen würde – als plötzlich eine gedrungene Gestalt heransetzte, einen gellenden Schrei auf den Lippen.

Alpharts Verwunderung war grenzenlos, als er Leffel erkannte.

Das letzte Mal, als der Wildfänger den Gilg wahrgenommen hatte, hatte dieser zitternd vor Angst auf dem Boden gekauert. Doch nun hatte er sich ein Herz gefasst und kam seinem Gefährten zu Hilfe, in der Hand einen rostigen Dolch, mit dem man jedoch die Haut des Trolls nicht einmal ritzen konnte.

Ob Leffel das nicht wusste oder ob es ihn einfach nicht kümmerte, war schwer zu sagen. Jedenfalls stürzte er sich mit dem Mut der Verzweiflung auf das Ungetüm. Er klammerte sich mit einem Arm an dessen linkem Bein fest, während er mit dem Dolch wie von Sinnen darauf einstach.

Wie Alphart vermutet hatte, konnte er dem Troll damit keinen Schaden zufügen, aber der Heldenmut des Gilg verschaffte dem Wildfänger die Zeit, die er brauchte, um aufzuspringen und die Axt zu zücken.

Der Troll pflückte Leffel von seinem Bein wie einen lästigen Egel und hob ihn mühelos in die Luft. Der Gilg schrie entsetzt, während er mit der nutzlosen Waffe wild um sich stach – und konnte von Glück sagen, dass die Wächter des Trolls dem Unhold die Zähne herausgebrochen hatten, sonst hätte der Koloss ihm glatt den Kopf abgebissen. So musste der Troll seine zweite Pranke zur Hilfe nehmen, um den lästigen Gegner zu zerfetzen – und bot dadurch seine ungeschützte Vorderseite dar.

Während Leffel heiser um Hilfe schrie und der Troll sich bereits anschickte, ihm die Glieder auszureißen, sprang Alphart vor, schwang die Axt mit aller Kraft – und versenkte das Blatt bis zum Stiel im Unterleib des Gegners.

Der Troll verfiel in lautes Gebrüll und ließ den armen Leffel fallen, der halb bewusstlos im zerstampften Schnee landete. Mit zusammengebissenen Zähnen riss Alphart die Axt aus dem Körper des Trolls, worauf ein dunkler Schwall von Blut und Gedärmen aus dessen Leib brach. Das Gebrüll des Unholds wurde noch lauter. Gequält schrie er auf – und noch ehe sich Alphart außer Reichweite seiner langen Arme bringen konnte, packten ihn mächtige Pranken.

Doch die Kräfte des Kolosses schienen nicht mehr auszureichen, um den Wildfänger hoch in die Luft zu heben wie eben noch den Gilg. Die kleinen Augen weit aufgerissen, starrte er Alphart hasserfüllt an. Er schien zu wissen, dass sein Ende gekommen war, aber er wollte nicht hinübergehen ins Reich des Todes ohne seinen Henker; den wollte er unbedingt mitnehmen …

Dampfender Atem, der nach Tod und Fäulnis roch, schlug Alphart aus dem Rachen des Ungetüms entgegen. »Verrecken sollst du!«, spie der Wildfänger dem Troll entgegen und wartete darauf, dass der ihn zwischen seinen Pranken zerquetschte.

Aber es kam nicht dazu.

Denn mit einem Mal hörte der Troll auf zu atmen, und seine Augen nahmen einen eigenartigen, entrückten Ausdruck an. Sein Griff lockerte sich, sodass Alphart sich aus eigener Kraft befreien konnte. Er landete am Boden und sprang zurück – und das keinen Augenblick zu früh. Denn im nächsten Moment kippte der Troll vornüber wie ein gefällter Baum und blieb reglos auf dem blutdurchtränkten Boden liegen.

Hinter ihm stand Yvolar, keuchend und halb gebückt – und im Nacken des Kolosses steckte der Stab des Druiden.

Alphart brauchte mehrere Atemzüge, um zu begreifen, dass er gerettet war und die Bestie nicht mehr am Leben. Sodann eilte er zu Leffel, der gerade erst wieder zu sich kam.

»Wa-wa-was ist passiert?«, wollte er wissen.

»Das … *Ding* ist tot«, sagte Alphart trocken und zog den Gilg auf die Beine. »Alles in Ordnung?«

»I-ich denke schon.« Leffel blickte an sich herab und klopfte sich ab, um zu prüfen, ob noch alle Knochen dort waren, wo sie sein sollten.

»Rasch!«, drängte Yvolar, der sich seinen Stab bereits zurückgeholt hatte – seltsamerweise war kein Blut daran zu sehen. »Gut möglich, dass sich noch mehr Patrouillen in dieser Gegend herumtreiben. Wir müssen verschwinden!«

Noch immer dröhnte das Getrommel und Gekreische der vom Blut trunkenen Erle durch die Nacht. Bei dem Radau, den sie verursachten, hatten sie den Kampflärm nicht gehört. Das hoffte Alphart zumindest.

»Verschwinden?«, fragte er den Druiden. »Wohin?«

»Die Nacht über werden wir uns verstecken. Im Morgengrauen ziehen wir weiter – und zwar nach Seestadt.«

»Nach Seestadt? Ich dachte, wir wollten zum Südufer des Búrin Mar, alter Mann. Seestadt liegt weiter nördlich und …«

»Ich weiß, wo Seestadt liegt«, unterbrach ihn der Druide. »Aber nach unserer Begegnung mit dem Troll halte ich den Weg durch den Wald für zu gefährlich. Gut möglich, dass sich dort noch mehr von diesen Kreaturen herumtreiben.«

»N-no-noch mehr?«, fragte Leffel entsetzt.

»Worüber machst du dir Sorgen?« Alphart hob seinen Bogen vom Boden auf. »Wer eine solche Bestie mit einem rostigen Buttermesser angreift, der ist ein Held und braucht sich nicht zu fürchten.«

»M-meinst du?«

»Bestimmt«, versicherte Alphart und klopfte dem Gilg ebenso ermutigend wie anerkennend auf die Schulter, woraufhin sich Leffel straffte und seinen schmalen Brustkorb aufblies.

Dann verließen sie den Schauplatz des Kampfes – und keiner der beiden sah das Lächeln, das trotz der Anspannung und der Todesgefahr, der sie nur mit knapper Not entronnen waren, über Yvolars faltige Züge huschte.

Zwei Tage nach der nächtlichen Begegnung mit dem Troll hatten sie den Bergwall hinter sich gelassen.

Durch die westlichen Ausläufer des Wildgebirges gelangten sie zum Seewald. Erneut mieden sie die Straße, die von Seestadt nach Osten gen Iónador führte, und hielten sich im Schutz der Bäume, sodass sie zwar langsamer vorankamen, sich aber wesentlich sicherer fühlten. Der Vorfall in den Bergen hatte ihnen deutlich gezeigt, wie vorsichtig sie sein mussten.

Am Mittag des zweiten Tages erreichten sie das weite Becken des Búrin Mar. Von einer Hügelkuppe aus bot sich ihnen ein weiter Blick über das schilfbewachsene Ufer und über den See, der in der Ferne mit dem fahlen Himmel zu verschmelzen schien.

»Bei Bauer Hubers Selbstgebranntem«, entfuhr es Leffel, »ich hätte nicht gedacht, dass der See so groß ist. Man kann das andere Ufer gar nicht sehen.«

»Nicht von ungefähr wird der Búrin Mar auch das Meer Allagáins genannt, mein unbedarfter Freund«, erklärte Yvolar, der sich auf seinen Eschenstab stützte und sichtlich mitgenommen war vom tagelangen Marsch. »Einst war er noch viel größer und bedeckte das ganze Land. Was wir sehen, ist nur noch eine Ahnung seiner einstigen Größe.«

»Wie groß der Gumpen ist, ist mir gleich«, brummte Alphart säuerlich. »Hauptsache, dass uns die Leute in Seestadt helfen, zu der verdammten Zwergenfestung zu gelangen.«

»Das werden sie«, war Yvolar überzeugt und deutete

auf die Siedlung am Ostufer des Sees – ein labyrinthisch verzweigtes Gewirr von Häusern, Stegen und Booten, das weit hinaus ins Wasser ragte. »Die Bewohner von Seestadt sind bekannt für ihre Hilfsbereitschaft und Gastfreundlichkeit.«

»Wirklich?«, fragte Leffel und schaute den Druiden an.

»Du zweifelst daran?«

»Na ja«, meinte der Gilg, »bei uns zu Hause heißt es, dass die Leute vom See dumm sind und faul und uns den Wohlstand neiden.«

Der Druide runzelte die Stirn. »Und das glaubst du?«

»Immerhin hat es die Witwe Burz erzählt. Und Magistrat Grindl sagt dasselbe. Und …«

»Und glaubst du alles, was man dir erzählt?«, unterbrach ihn Yvolar. »Ich will dir etwas sagen, Leffel Gilg: Die Leute vom See haben keinen Grund, den Unterländern etwas zu neiden. Sie wohnen in stabilen Häusern, die auf Pfählen im See errichtet sind, und leben sehr gut von dem, was der Búrin Mar ihnen gibt.«

»Kommen sie denn damit aus?«, fragte Leffel. »Ich meine, sie betreiben ja offensichtlich keinen Ackerbau, und ich sehe auch nirgends Schafe oder Kühe.«

Yvolar schmunzelte. »Der See gibt ihnen alles, was sie brauchen. Hauptsächlich ernähren sie sich von Fisch, und aus dem Schilf des Ufers und aus dem Holz des nahen Waldes bauen sie ihre Boote und Häuser.«

»Und das ist wahr?«, fragte Leffel verblüfft.

»Allerdings«, sagte der Druide und nickte bekräftigend.

»Hm …«, machte der Gilg. »Dann verstehe ich tatsächlich nicht, weshalb sie neidisch sein sollten auf uns Unterländer.«

Yvolar lachte leise. »So ist das oft mit Vorurteilen – wenn sich jemand nur die Mühe macht, sie zu hinterfragen, schwinden sie schnell dahin, so wie Eis in der Sonne schmilzt. Aber sei vorsichtig, mein guter Gilg, denn deine Welt könnte sich dadurch verändern …«

Damit setzte sich der Druide wieder in Bewegung, und den Rest des Weges brachte der Gilg damit zu, über Yvolars Worte nachzudenken.

Sie durchschritten die letzten Ausläufer des Seewalds. Dessen uralte Eichen und Ahornbäume hatten ihre Blätter zwar noch nicht abgeworfen, doch sie waren bereits gelb geworden. Schließlich stießen die drei Wanderer auf die Straße, und zum ersten Mal nach Tagen in der Wildnis schritten der Druide und seine Begleiter wieder auf festen Pfaden. In unmittelbarer Nähe einer Siedlung, davon war Yvolar überzeugt, würden die Erle es nicht wagen, sie anzugreifen.

Noch nicht …

Auf der Straße kamen sie rasch voran, und es dauerte nicht lange, bis sie die ersten Gebäude erreichten – Gasthöfe, in denen fangfrischer Fisch feilgeboten wurde, und Herbergen, in denen sich der müde Wanderer ausruhen konnte. Sie stießen zudem auch auf Werkstätten der Handwerker, die darauf ausgelegt waren, die Bedürfnisse von Reisenden zu befriedigen: ein Hufschmied und ein Sattler, ein Schneider und ein Wagner, der sich auf den Bau und die Reparatur großer Kutschenräder verstand. Außerdem stand am Rand der Straße, die sich in engen Kehren den Hang hinabwand, eine mit Palisaden umgrenzte Kurierstation.

Je weiter sich die drei Wanderer dem See näherten, desto mehr Gesellschaft bekamen sie. Bauern und Fischer waren mit ihren Karren unterwegs und Händler mit ihren Planwagen. Dennoch machte sich Yvolar Sorgen.

»Das will mir nicht gefallen«, murmelte er in seinen Bart. »Das will mir ganz und gar nicht gefallen …«

»Was meinst du?«, erkundigte sich Alphart.

»Ich meine, dass ungleich mehr Händler und Kaufleute auf dieser Straße unterwegs sein müssten. Wo sind sie alle?

Wo die Bauern, die ihr Gemüse am Straßenrand zum Kauf anbieten? Wo die Fischer, die ihren Fang verkaufen?«

»Eigentlich habe ich nichts dagegen, wenn sie nicht hier sind«, meinte Leffel und rümpfte die Nase. »Fisch stinkt.«

»Törichter Gilg, vielleicht trägst du deinen Namen ja doch zu recht«, knurrte der Druide. »Ich sage euch, auf dieser Straße müsste es vor Leben wimmeln. Seestadt ist das Zentrum des Westens – oder ist es zumindest früher gewesen. Etwas muss geschehen sein. Etwas, das die Leute in Furcht versetzt hat …«

»Du meinst die Erle?«, fragte Alphart.

»Möglich, dass die Kunde von den Unholden bereits bis hierher gedrungen ist. Aber für gewöhnlich kümmern sich die Menschen von Seestadt nicht allzu viel um das, was im Osten geschieht, und bisher haben wir noch keinen Hinweis darauf erhalten, dass die Erle westlich des Aradh Loin ihr Unwesen treiben. Es muss etwas anderes sein. Etwas, das die Menschen hier erschreckt hat – und die Bewohner von Seestadt sind durchaus nicht leicht zu erschrecken …«

Die Bäume zu beiden Seiten der Straße wurden immer weniger, und sie überquerten schließlich freies Feld, das sich bis vor das Tor der Stadt erstreckte. Aus der Nähe betrachtet wirkte Seestadt noch um vieles beeindruckender als aus der Ferne. Zwar hatte es weder die Größe noch den Glanz Iónadors, aber die Pfahlbauten, die sich bis weit in den See erstreckten, waren dennoch eindrucksvoll anzusehen.

Ein hölzerner Palisadenzaun umgab die Stadt zur Landseite hin – die Stämme mächtiger Tannen, deren obere Enden spitz zugehauen waren, sodass sich Schießscharten für die Bogenschützen ergaben. Den einzigen Zugang bot das große, von zwei Palisadentürmen gesäumte Tor. Mehrere Wachen standen davor, deren Rüstung und Bekleidung nicht mit denen der Turmwächter Iónadors zu vergleichen waren: Leichte Harnische aus Fischleder lagen über schlichter Leinenkleidung, dazu trugen die Wachen Umhänge in lichtem Grün, der Farbe des Sees. Helme trugen sie nicht, sondern Hüte aus Filz, die mit Möwenfedern verziert waren, und bewaffnet waren sie mit langen Speeren; ihre hölzernen Schilde trugen sie auf dem Rücken.

Die Wachen bedachten die drei Wanderer mit prüfenden Blicken, ließen sie aber passieren, ohne sie auch nur anzusprechen. Auf der anderen Seite des Tors setzte sich die Straße fort, nun gesäumt von hölzernen Gebäuden, die zwei oder drei Stockwerke hoch waren und Läden und Gasthöfe beherbergten. Doch die Türen waren verriegelt, die Fensterläden geschlossen, und nicht wenige Türstöcke waren mit weißer Farbe markiert.

»Das Zeichen der Trauer«, deutete Leffel das Symbol, das auch in seiner Heimat bekannt war.

»Offenbar kommen wir der Lösung des Rätsels näher«, meinte Yvolar. »Es scheint ein Unglück gegeben zu haben.«

»Wohin sollen wir uns wenden?«, fragte Alphart. »Die Gasthöfe und Herbergen scheinen alle geschlossen.«

»Das braucht uns nicht zu stören«, sagte der Druide gelassen und bog in eine Seitenstraße ab, die gerade noch breit genug war, dass ein Ochsenkarren hindurchpasste. »Wir gehen direkt zum Bürgermeister.«

»Zum Bürgermeister?«

»Ein alter Freund von mir«, erklärte der Druide beiläufig, der sich in Seestadt bestens auszukennen schien.

»Aber«, sagte Alphart, »ich dachte, du hättest die letzten Jahrzehnte in deinem Turm verbracht und Damasia nicht verlassen …«

Der Druide blieb stehen und zog verwundert die Augenbrauen hoch. »Wer behauptet so etwas?«

»Nun, ich habe Klaigons Worte so gedeutet und …«

Yvolar lächelte den Wildfänger an. »Dass ich lange nicht

in Iónador war, bedeutet nicht, dass ich meinen Turm niemals verlassen hätte.« Doch auf einmal legte er die Stirn in Falten. »Nun ja, ich war eine Zeit lang mit dem Studium meiner Schriften beschäftigt, aber …« Er schien zu überlegen. »Nein, Jahrzehnte waren das sicher nicht.« Er zuckte mit den Schultern. »Weißt du, Wildfänger, ich mag die Goldene Stadt nicht mehr besuchen, vor allem nicht, seit Klaigon dort Fürstregent ist. Und ich denke, ich wäre ihm auch nicht willkommen. In Iónador gibt es nur noch eitle Hofgecken, fette Kaufleute und derart schlimme Armut und Elend, dass selbst mein mächtigster Zauber dagegen nicht ankommen könnte. Und allenthalben Dummheit, Gier und Geiz.« Der Druide schüttelte den Kopf. »Nein, nein, mir ist die einfache Landbevölkerung einfach lieber.«

Damit ging er weiter, und Alphart und Leffel folgten ihm durch Straßen, die schließlich so eng wurden, dass sie die Bezeichnung nicht mehr verdienten; nur noch schmale Gassen waren es, die sich als hölzerne Stege zwischen den Häusern erstreckten. Auch hier waren Fenster und Türen verriegelt und mit dem Trauerzeichen versehen. Nur selten lugte eine verkniffene Miene aus einem Fenster, und kaum jemand war in den Gassen unterwegs, und wenn, dann hielt er den Kopf gesenkt und erwiderte den Gruß der Fremden nicht.

»Eins steht jedenfalls fest«, knurrte Alphart erbost. »Die Bewohner von Seestadt haben keinen Anstand.«

»Normalerweise sind sie freundlich und aufgeschlossenen gegenüber Fremden«, widersprach Yvolar. »Wenn ich nur wüsste, was hier vor sich geht …«

Die Häuser zu beiden Seiten der Gasse standen auf Pfählen gut einen Klafter über dem See. Der Geruch von Fisch und Tang tränkte die Luft, sodass Leffel ein leises Stöhnen entfuhr – was Yvolar mit einem vernichtenden Blick bestrafte.

»Sag, was du willst, alter Mann, aber der Junge hat recht«, sprang Alphart dem Gilg bei. »Es stinkt hier zum Davonlaufen.«

Der Druide verzog das Gesicht. »Sieh an, sobald es gegen Seestadt geht, sind sich Ober- und Unterland also einig!«

Unvermittelt weitete sich die Gasse zu einer freien Fläche, die auf drei Seiten von Gebäuden umgeben war. Die vierte Seite war zum See hin offen.

Das Gebäude, das sich der Seeseite gegenüber erhob, war größer und prunkvoller als alle anderen. Quer zum schilfgedeckten steilen Dach stand ein zweiter Giebel hervor, der ein von hölzernen Säulen gesäumtes Portal überdachte. Säulen und Tür waren mit reichen Schnitzereien verziert. Doch auch bei diesem Haus waren die Fensterläden verschlossen – ein weiteres Zeichen dafür, dass etwas in Seestadt ganz und gar nicht so war, wie es sein sollte …

»Dies ist der große Versammlungsplatz«, erklärte Yvolar. »Gewöhnlich wird hier der Fischmarkt abgehalten, und im Sommer pflegen die Leute von Seestadt hier Feste zu feiern, mit Musik und Tanz und Geselligkeit.«

»Nun«, bemerkte Alphart trocken, »wie's aussieht, ist ihnen die Lust am Feiern vergangen.«

»In der Tat«, stimmte ihm der Druide grimmig zu. Dann trat er ans Portal des großen Hauses und schlug mehrmals mit dem Eschenholzstab gegen die Tür. »Heda!«, rief er. »Gaetan, Bürgermeister von Seestadt! Warum versteckst du dich? Ist es an diesem Ort nicht mehr üblich, Besucher willkommen zu heißen?«

Alphart und Leffel tauschten einen gespannten Blick. Was würde nun geschehen? Auf einmal waren aus dem Inneren des Hauses Schritte zu hören, und der Riegel wurde geräuschvoll zurückgezogen. Die Tür schwang auf, und auf der Schwelle stand ein ältlich wirkender, nicht eben großer Mann, der mit einer Tunika aus Leinen und Schuhen aus

Fischhaut bekleidet war. Seine Haut war wettergegerbt und von tiefen Furchen durchsetzt, und sein von grauem Haar und einem gestutzten Bart umrahmtes Gesicht blickte missmutig drein.

»Bei den Maiden des Sees!«, wetterte er. »Wer wagt es, mich in meiner Trauer zu stören? Unverschämter Fremder, wisst Ihr nicht, mit wem Ihr ...?« Er unterbrach sich, nachdem er sich den Druiden genauer angeschaut hatte. Trotz der dunklen Ränder, die um seine Augen lagen, und der tiefen Sorgenfalten auf seiner Stirn hellten sich seine Züge auf.

»Y-Yvolar?«, fragte er ungläubig.

»Höchstpersönlich, mein Freund«, antwortete der Druide lächelnd. »Du hast mich also nicht vergessen.«

Für einen Augenblick stand der Bürgermeister von Seestadt wie erstarrt. Dann umarmte er Yvolar überschwänglich und wie ein Kind seinen lange vermissten Vater. In dieser Hinsicht spielte Gaetans Alter keine Rolle – im Vergleich zu dem Druiden, der schon so lange auf Erden wandelte, waren alle Menschen Kinder.

»Yvolar!«, schluchzte der Bürgermeister, Freudentränen in den Augen. »Wenn ich gewusst hätte, dass du uns besuchen kommst ...«

»Ich wusste es selbst nicht«, erwiderte der Druide. »Bisweilen leitet uns das Schicksal auf Pfaden, die auch ich nicht vorhersehen kann. Aber sage mir, lieber Freund, was geht vor sich in Seestadt? Was hat diese gespenstische Ruhe zu bedeuten? Und wozu das Trauerzeichen an den Häusern?«

»Ach, Yvolar!« Gaetan trat einen Schritt zurück, löste die Arme von der Gestalt des Druiden, und man konnte sehen, wie die Wiedersehensfreude einer kaum zu bändigen Traurigkeit wich. »So schön es ist, dich zu sehen – du bist zu einem ungünstigen Zeitpunkt gekommen, denn unsere

Herzen sind voller Gram. Ein schreckliches Unglück ist über uns hereingebrochen, das mehrere junge Männer das Leben kostete.«

»Ein Unglück?« Yvolar hob seine buschigen Brauen. Es war ihm anzusehen, dass er sofort an die Erle dachte. »Welcher Art?«

»Schreckliches Unglück«, wiederholte der Bürgermeister. »Schon seit einiger Zeit bringen unsere Fischer kaum noch einen Fang nach Hause. Sie fahren am frühen Morgen aus und kehren mit leeren Netzen zurück.«

»Das ist bedauerlich, aber nicht ungewöhnlich«, meinte der Druide. »Die frühe Kälte wird dafür gesorgt haben, dass sich die Fischgründe vorzeitig verlagerten.«

»Das dachten auch Alored, des Tangfischers Sohn, und seine Freunde. Am Tag Toisac fuhren sie aus zum Fang ...«

»... und sind nicht zurückgekehrt«, vervollständigte Yvolar bitter.

»Woher weißt du ...?«

»Wäre es anders, hättest du wohl nicht von einem schrecklichen Unglück gesprochen«, folgerte der Druide. »Die jungen Männer wurden seither also nicht mehr gesehen?«

»Nicht einer von ihnen.« Gaetan schüttelte den Kopf. »Der See hat sie verschluckt. Alles, was wir fanden, waren die Trümmer des Bootes, die die Wellen ans Ufer spülten. Es ist offensichtlich, dass ...« Der Bürgermeister unterbrach sich. Erneut glänzte es in seinen Augen, aber diesmal waren es keine Freudentränen ...

»Wann ist das gewesen, Gaetan?«, fragte Yvolar sanft.

»Vor zehn Tagen.«

»Und seither haben eure Fischer nichts mehr gefangen?«

Gaetan schüttelte den Kopf. »Nur wenige wagen es überhaupt noch hinauszufahren, und wenn sie die Netze einholen, sind sie jedes Mal leer. Es ist, als ob etwas die Fische vertrieben hätte. Wenn sich nichts ändert, wird der kommende Winter eine Hungersnot bringen.«

»Habt ihr keine Vorräte angelegt?«, wollte Alphart wissen.

»Wir wollten Korn aus dem Unterland kaufen«, erwiderte der Bürgermeister betrübt. »Aber die Ernte ist so schlecht, dass die Menschen dort selbst nicht genug zu essen haben.«

»Das ist leider wahr«, bestätigte Leffel bedrückt.

»Nun, alter Freund«, meinte Yvolar und legte beschwichtigend die Hand auf Gaetans Schulter, »mir will scheinen, ich bin zur rechten Zeit gekommen. Es war wohl ein Fehler, dass ich mich so lange zurückzog, um mich dem Studium alter Schriften zu widmen. Offenbar werde ich noch gebraucht in der Welt der Sterblichen.«

Er wandte er sich ab und ging über die knarrenden Planken zur Seeseite des Marktplatzes. Längliche Boote lagen dort an einem schmalen Steg vertäut und dümpelten auf den Wellen.

Yvolar betrat den Steg und ging bis an sein Ende. Dort hob er seinen langen Eschenstab und hielt ihn senkrecht über das Wasser. Dabei schloss er die Augen und murmelte geheimnisvolle Worte.

In der Ferne, wo Wasser und Himmel ineinander übergingen, waren plötzlich dunkle Wolken aufgezogen. Blitze entluden sich und badeten den Horizont im flackernden Schein, ferner Donner grollte. Und dann – Alphart und Leffel trauten ihren Augen kaum – umzuckte plötzlich ein seltsames Leuchten die Enden von Yvolars Stab. Daraufhin fasste der Druide ihn mit beiden Händen und stieß ihn senkrecht ins Wasser.

Eine kreisförmige Welle ging davon aus, die sich nach allen Seiten ausbreitete, jedoch nicht schwächer wurde und schließlich verebbte, wie wenn man einen Stein ins Wasser wirft, sondern immer stärker und größer wurde, je weiter sie sich vom Ufer entfernte. Kaum war sie in der Ferne verschwunden, erregte ein munteres Plätschern unter den Planken die Aufmerksamkeit der Gefährten. Auch am Steg und um die Boote erwachte das Wasser plötzlich zum Leben, als würde dichter Regen auf die Oberfläche prasseln.

»Fische!«, rief Leffel Gilg heiser aus. »Da sind überall Fische ...!«

Gaetan, der in seiner Trauer den Kopf gesenkt hatte, blickte auf. »Was sagst du, Unterländer? Hat es uns nicht schon schlimm genug getroffen? Musst du uns auch noch verhöhnen?«

»Aber wenn ich es euch sage!«, rief der Gilg. »Da sind Fische im Wasser, lauter Fische!«

Da erreichte das helle Geplätscher auch das von Trauer getrübte Gehör des Bürgermeisters. Ungläubig eilte er zu Yvolar, starrte mit geweiteten Augen auf das Leben, von dem es ringsum wimmelte: Hechte und Saiblinge, Waller und Äschen – sie alle drängten sich im Wasser und schienen es nicht erwarten zu können, herauszuspringen in die Pfannen und Rauchkammern und in die Mägen der hungrigen Seestädter.

»Ein Wunder!«, rief Gaetan aus. »Gepriesen sei der Schöpfergeist, dass er dich zu uns gesandt hat, Yvolar Zauberhand!«

»Zu viel der Ehre«, erwiderte der Druide mit weisem Lächeln. »Die Kraft war bereits da, ich brauchte sie nur zu nutzen. Und nun solltest du nach Fischern mit Netzen rufen, denn unsere schuppigen Freunde werden nicht den ganzen Tag warten.«

Das ließ sich Gaetan nicht zweimal sagen. Laut rufend rannte der Bürgermeister ins Rathaus, und schon kurz darauf wurde die Glocke im Giebel geläutet. Aus allen Ecken der Stadt strömten die Leute herbei, um zu sehen, was es gab, und bald waren zahllose Hände zur Stelle, um die Netze auszuwerfen und die wimmelnde Pracht einzuholen – starke, schwielige Hände, die harte Arbeit gewohnt waren.

Vom Steg aus sahen Yvolar, Alphart und Leffel ihnen zu, und als die Fischer von Seestadt das dritte Netz aus dem Wasser zogen, das zum Zerreißen gefüllt war mit zappelndem Fisch, musste auch der Jäger dem Druiden Anerkennung zollen.

»Ich weiß nicht, wie du das gemacht hast, alter Mann«, sagte er, »aber ich gebe zu, dass ich beeindruckt bin.«

»Diese Worte aus deinem Mund zu hören, Alphart Wildfänger«, erwiderte Yvolar lächelnd, »ist wie eine lange Lobrede aus dem Mund eines Königs.«

Sogleich gingen die Frauen von Seestadt daran, die Fische auszunehmen. Ein Teil davon wurde gesalzen und zum Trocknen gelegt, ein anderer auf lange Stöcke gespießt und zur Rauchkammer getragen. Aber die Seestädter begnügten sich nicht damit, ihre Vorratskammern zu füllen. Der Tradition der Gastfreundschaft folgend, stellten sie auf dem Marktplatz Tische und Bänke auf, und unter einem eisernen Rost wurde ein Feuer entzündet, über dem ein weiterer Teil des frischen Fangs geröstet wurde.

»Seid unsere Gäste«, lud Gaetan den Druiden und seine Begleiter ein. »Die Zeit des Trübsals soll zu Ende sein, denn an diesem Tag hat uns der Schöpfergeist Rettung geschickt. Die drohende Hungersnot ist abgewendet dank eurer Hilfe, deshalb wollen wir zu euren Ehren ein Festmahl geben.«

»Nein danke«, sagte Alphart barsch, noch ehe Yvolar etwas entgegnen konnte. »Wir sind nicht gekommen, um hier lange zu verweilen. Alles, was wir wollen, ist …«

»… ein wenig Ruhe nach langer Wanderschaft«, fiel der Druide ihm ins Wort und bedachte Alphart mit einem Blick, der selbst den unerschrockenen Wildfänger verstummen ließ. »Gern nehmen wir die Einladung an, denn unser Marsch war beschwerlich und unsere Wegzehrung karg. Aber ehe die Laternen entzündet werden und fröhliche Stimmen und der Klang von Musik über das Wasser schallen, wollen wir der Toten gedenken nach altem Brauch. Die Zeiten ändern sich stets, doch es sei kein Opfer vergessen, auch nicht im Überfluss.«

So geschah es. Als die Dunkelheit hereinbrach, fand sie die Einwohner von Seestadt an den Stegen versammelt. Es wurden keine Ansprachen gehalten, keine Lobreden auf begangene Taten.

Jeder, der die jungen Männer gekannt hatte, nahm stummen Abschied von ihnen, und auch diejenigen, die nicht persönlich mit ihnen zu schaffen hatten, schickten ein stilles Gebet zum Schöpfergeist. Sodann wurden kleine Flöße aus gebundenem Schilf aufs Wasser gesetzt, auf denen Fischölkerzen brannten und die der leichte Wellengang hinaus auf den See trieb.

Es war eine schlichte Zeremonie, an der auch Alphart und Leffel teilnahmen. Als die Lichter weit draußen auf dem See zu winzig kleinen Punkten geworden waren, erklärte Yvolar die Zeit der Trauer für beendet, und es war den Bewohnern Seestadts anzumerken, wie sehr sie nach all den tristen Tagen nach Frohsinn dürsteten. Nur Bürgermeister Gaetan schien weiterhin bedrückt. So erleichtert er darüber war, dass die drohende Hungersnot abgewendet war – auf seinen schmalen Schultern schienen noch weitere Sorgen zu lasten …

Der Tag verabschiedete sich im Westen mit einem lodernden Himmel, der die weite Fläche des Sees in Brand zu setzen schien, und eine sternklare Nacht brach an. Der Donner und das Ungewitter waren im Lauf des Nachmittags weiter herangezogen, hatten Seestadt jedoch nicht erreicht – eine Brise von Süden hatte die Wolken vertrieben, bevor ein einziger Tropfen auf die Menschensiedlung niederging.

Überall entlang der Stege und rings um den Marktplatz wurden bunte Laternen entzündet, welche die Stadt in heimeligen Schein tauchten, und über den Feuern brutzelte frischer Fisch, gegen dessen köstlichen Duft auch Leffel nichts mehr einzuwenden hatte. Im Gegenteil – der Gilg saß zusammen mit jungen Seestädtern an einem Tisch und unterhielt sich glänzend, denn wie sich herausstellte, gab es tatsächlich mehr Gemeinsamkeiten als Unterschiede zwischen den Menschen vom See und den Allagáinern. Später dann gesellte sich Leffel zu den Kindern, die auf den Planken hockten und mit Tieren aus Fischknochen spielten. Er zeigte ihnen, wie man einen Geißbock schnitzte, und erntete dafür viel Beifall.

Alphart hielt sich wie immer vom Trubel fern. Zwar saß auch er an der Ehrentafel, die vor dem Rathaus aufgebaut war, und aß vom Fisch und trank vom Bier; nach der Mahlzeit jedoch zog er sich zurück. Auf das Geländer des Landestegs gestützt, blickte er hinaus auf die Spiegelfläche des Sees, auf der das Mondlicht glitzerte. Und zum ersten Mal, seit sein Bruder nicht mehr am Leben war, steckte sich Alphart wieder seine Pfeife an und blies würzige Rauchwolken in die dunstige Abendluft.

Wie es die Art seiner stillen Zunft war, überließ er das Reden und Lärmen anderen. Die Seestädter mochten ihre Trauerzeit beendet haben – für ihn war sie noch längst nicht vorüber …

Etwas später am Abend spielten Musikanten zum Tanz auf. Ein junger Fischer entlockte seiner Fiedel heitere Töne, und ein alter Netzmacher blies dazu auf seiner Flöte eine muntere Melodie, während ein Mädchen den Takt auf einer mit Fischhaut bespannten Trommel schlug. Schon bald fassten sich die Ersten an den Händen und begannen sich ausgelassen im Kreis zu drehen. Leffel sträubte sich zunächst, an dem bunten Treiben teilzunehmen, denn das Tanzen gehörte zu den Dingen, die einem Unterländer nicht in die Wiege gelegt waren. Als aber die Kinder schluchzend darum bettelten, ließ er sich erweichen, und schon bald tobte auch er um das Feuer und vollführte dabei lustige Sprünge.

Von seinem Platz am Steg aus sah Alphart dem Ringelreigen zu, während er schweigend weiterpaffte. Wäre der Wildfänger ehrlich zu sich selbst gewesen, hätte er sich eingestanden, dass er sich in diesem Augenblick einsam fühlte …

»Nun, Jägersmann?«, fragte plötzlich eine Stimme neben ihm. Alphart zuckte zusammen – ohne, dass er es bemerkt hatte, war Yvolar zu ihm getreten.

»Nun, Zauberer?«, fragte er mürrisch zurück.

»Willst du nicht auch tanzen oder dich anderweitig amüsieren? Ich sehe dir an, dass du dich nach menschlicher Gesellschaft sehnst.«

»Nach Gesellschaft vielleicht«, antwortete Alphart, »aber ganz bestimmt nicht nach kindischem Herumgehüpfe und anderem albernen Getue.«

»In den alten Schriften heißt es, dass es für alles eine Zeit gibt, Wildfänger. Für den Krieg, für die Trauer – und auch für albernes Getue.«

»Dann geh und tu albern«, entgegnete Alphart. »Mir ist nicht danach. Erle haben meinen Bruder getötet – wie könnte ich da lachen und mich amüsieren?«

»Du musst wissen, was am besten für dich ist«, gestand ihm Yvolar zu. »Aber wie du schon richtig sagtest – die Erle haben deinen Bruder getötet, nicht dich.«

»Überlass das mir, alter Mann.«

»Es stimmt«, gab Yvolar lächelnd zu, »alt bin ich tatsächlich. Und eine duftende Sommerblume ist bekanntlich besser dazu geeignet, Bienen zu locken, als eine alte Rübe.«

Und noch während Alphart rätselte, was der Druide damit nun wieder meinte, trat auf einmal eine junge Frau vor ihn hin. Sie hatte langes schwarzes Haar und ein hübsches sonnengebräuntes Gesicht, aus dem ein blaues Augenpaar blickte. Ihr langes Kleid war nach Art der Seestädter genäht und entsprechend schlicht geschnitten, aber es sah sehr adrett an ihr aus.

»Willst du tanzen?«, fragte sie rundheraus.

Alphart war so verblüfft, dass ihm die Pfeife beinahe aus dem Mundwinkel rutschte.

»N-n-nein«, stammelte er unbeholfen, »lieber nicht ...«

»Bitte«, beharrte sie, und das Lächeln, das sie ihm schenkte, war so betörend, dass sich selbst der mürrische Wildfänger seinem Reiz nicht entziehen konnte.

»Nein ...«, sagte er noch einmal, aber es klang alles andere als entschlossen – und noch ehe Alphart noch ein weiteres Wort sagen konnte, hatte sie schon seine Hand ergriffen und zog ihn mit sich.

»Gut so!«, rief Yvolar ihm hinterher, und trotz der vielen Sorgen, die seine Stirn umwölkten, gönnte sich der Druide ein erleichtertes Lachen, als er Alphart tanzen sah. Die Bewegungen des Wildfängers waren plump und unbeholfen und sahen aus, als versuche er, einen ausgewachsenen Hirsch mit bloßen Händen niederzuringen. Aber Yvolar erkannte im flackernden Schein des Feuers, wie sich Alpharts sonst so finstere Züge ein wenig entspannten und hin und wieder sogar ein Lächeln darüber huschte. Und nur darauf kam es an.

Gaetan kam und gesellte sich zu dem Druiden, und eine Weile standen sie nur da und schauten dem lustigen Treiben zu. Dabei spürte Yvolar erneut, dass der alte Bürgermeister etwas auf dem Herzen hatte, das ihn sehr bedrückte ...

»Warum bist du gekommen, Yvolar Zauberhand?«, fragte Gaetan schließlich. »Dein Weg führt dich nicht zufällig an Seestadt vorbei.«

Yvolar nickte. »Es sind in der Tat wichtige Dinge, die

meine Schritte hierherlenkten. Ich muss mit meinen Freunden nach Südwesten, über den See.«

»Über den See?« In Gaetans Blick lag unverhohlene Furcht.

»So ist es. Ich wollte dich bitten, uns ein Boot zur Verfügung zu stellen, damit wir ans Südufer gelangen. Verlange ich damit zu viel?«

»Natürlich nicht«, beeilte sich Gaetan zu versichern. »Bitte deute mein Zögern nicht falsch. Es ist nur …« Der Bürgermeister blickte betreten zu Boden.

»Es gibt ein Problem, nicht wahr?«, fragte Yvolar. »Etwas, das dir sehr zu schaffen macht …«

»Du hast es bemerkt?« Gaetan blickte auf.

Der Druide lächelte. »Ich mag alt geworden sein, aber meine Augen sehen noch immer gut.«

»Verzeih«, bat der Bürgermeister, »ich wollte dich nicht beleidigen. Du hast recht. Es gibt tatsächlich eine Sorge, die mich quält und die mich nachts kein Auge zutun lässt.«

»Was ist es?«, wollte Yvolar wissen. »Hat es etwas mit den jungen Männern zu tun, die ertrunken sind?«

»Ich bin wie ein offenes Buch für dich, nicht wahr?«, sagte Gaetan. »Gut, dass die Bewohner von Seestadt mich nicht so leicht durchschauen wie du.«

»Wie sind die jungen Männer ums Leben gekommen?«, fragte Yvolar und schaute den Bürgermeister direkt an.

Gaetan seufzte. »Der See war ruhig an jenem Tag, und was wir von dem Fischerboot fanden, war nicht von Wellen zerschmettert. Doch etwas muss das Boot gepackt und mit furchtbarer Gewalt auseinandergerissen haben. Und in einem der Trümmerstücke steckte – dies hier!«

Der Bürgermeister von Seestadt griff unter seinen Umhang und beförderte etwas zutage, das er Yvolar reichte. Auf den ersten Blick sah der Gegenstand aus wie ein Dolch; er war beinahe eine Elle lang, gekrümmt und lief in ein spitzes

Ende aus. Als der Druide es jedoch genauer in Augenschein nahm, erkannte er, dass es keineswegs eine Klinge war, sondern ein Zahn. Der messerscharfe Zahn einer Kreatur, die riesig groß sein musste …

»Etwas ist dort draußen«, sagte Gaetan schaudernd und zog den Umhang enger um seine Schultern. »Etwas, das die Fische aus diesem Teil des Sees vertrieben hat. Das in der Tiefe lauert und nur darauf wartet, dass sich unsere Fischer wieder hinausbegeben. Und das macht mir Angst.«

»Ich verstehe«, sagte Yvolar nur.

Der Druide hatte etwas Ähnliches vermutet, jedoch erschütterte es ihn zu hören, dass das Böse bereits so weit vorgedrungen war. Des Rätsels Lösung war so einfach wie bestürzend – eine Kreatur der Tiefe bedrohte die Stadt …

»Du widersprichst mir nicht?«, fragte Gaetan.

»Warum sollte ich?«

»Vielleicht, weil du an meinen Worten zweifelst. Jeder vernünftige Mensch würde das tun.«

»Mein Freund«, sagte Yvolar, »du solltest mich lange genug kennen, um zu wissen, dass ich weder ein Mensch bin noch vernünftig. In den Tiefen des Grundmeers hausen Wesen, die älter sind als alles, was wir kennen. Mich beschäftigt allerdings die Frage, was eine dieser Kreaturen an die Oberfläche getrieben haben mag.«

»Bist du deswegen gekommen?«

»Unter anderem.«

»Und bist du mir böse?«

»Weshalb sollte ich dir böse sein, Freund?«, fragte der Druide verwundert.

»Weil ich dir nicht gleich die Wahrheit sagte.«

»Du hast sie mir jetzt gesagt, das genügt. Außerdem ändert es nichts an meinem Entschluss.«

»Du willst noch immer über den See? Nach allem, was ich dir erzählt habe?«

»Jetzt noch mehr als zuvor«, versicherte der Druide.

»Aber …«

»Wir haben keine andere Wahl«, stellte Yvolar klar. »Meine Gefährten und ich müssen das Südufer erreichen, und der Landweg ist uns verwehrt.«

»Ihr habt Feinde?«

»In der Tat – und sie sind ebenso gefährlich wie grausam. Deshalb brauche ich das Boot, mein alter Freund.«

»Und wenn die Kreatur aus der Tiefe euch angreift?«

Yvolar lächelte und deutete zuversichtlich auf seinen Stab. »Dann lass sie nur kommen. Ich bin nicht ganz wehrlos, wie du weißt.«

»Das ist wahr.« Der Bürgermeister nickte nachdenklich. »Wann wollt ihr aufbrechen?«

»Bei Tagesanbruch.«

»So werde ich euch einen Nachen zur Verfügung stellen und vier Ruderer, damit ihr rasch ans Südufer gelangt.«

»Ich will nicht, dass sich deine Leute unseretwegen in Gefahr begeben, Gaetan«, widersprach der Druide. »Gib uns nur ein Boot, für alles andere werden wir selbst sorgen.«

»Das kommt nicht infrage. Du hast uns vor einer verheerenden Hungersnot bewahrt, Yvolar Zauberhand. Das Volk von Seestadt schuldet dir Dank. Wir werden dich ans andere Ufer bringen, welche Gefahren unterwegs auch lauern mögen.«

»In diesem Fall«, sagte Yvolar und lächelte Gaetan zu, »nehme ich dein Angebot dankbar an.«

»Wir haben zu danken«, entgegnete der Bürgermeister. Dann fragte er: »Willst du mir etwas erzählen über die Mission, auf der du dich befindest?«

»Nein.« Yvolar schüttelte das kahle Haupt. »Je weniger du und deine Leute darüber wissen, desto besser ist es für euch. Aber seht euch vor. Haltet das Stadttor geschlossen und verdoppelt die Wachen. Seid auf einen Angriff gefasst, durch wen auch immer.«

Der Bürgermeister wandte den Kopf und blickte hinaus auf den See, auf dessen Wasser das Mondlicht glitzerte. »Dies ist kein gewöhnliches Jahr, nicht wahr? Der Winter kommt früh, und unheimliche Dinge gehen vor im Land.«

»Ja«, stimmte Yvolar grimmig zu. »Unheimliche Dinge ...«

»Nun, Marschall? Was sagst du?«

Barand von Falkenstein war unfähig, auch nur ein Wort zu erwidern. Er war geradezu überwältigt von der kriegerischen Pracht, die sich im Fackelschein vor ihm ausbreitete, war geblendet vom Anblick des blitzenden Stahls, und sein Soldatenherz vollführte Freudensprünge bei dem, was sich seinen Augen darbot. Fürwahr, Klaigon hatte nicht zu viel versprochen – die Waffenkammern Iónadors waren zum Bersten gefüllt.

Noch nie zuvor war Barand so tief in den unterirdischen Gewölben des Túrin Mar gewesen. Über eine Unzahl von Stiegen und Treppen hatte Klaigon ihn hinuntergeführt in die dunklen Katakomben der Festung, bis sie vor eine eiserne Tür gelangten, die das Wappen Iónadors zierte. Zwei Soldaten, deren Gesichter blass und ausgemergelt waren vom langen Dienst unter Tage, hatten die eiserne Pforte bewacht, auf deren anderer Seite Barand die größte Waffensammlung vorfand, die seine Augen je erblickt hatten.

Da gab es Klingen verschiedener Art: Breitschwerter und schwere Zweihänder für die Ritter, aber auch Kurzschwerter und Dolche für das leichte Fußvolk. Und er sah Spieße und Hellebarden unterschiedlichster Form, mit kurzen und langen Schäften, mit gerader oder gebogener Spitze, mit Widerhaken versehen oder glatt, und Äxte und Glaiven mit im Fackelschein gefährlich blitzenden Schneiden, Keulen und Morgensterne und Schilde, mandelförmig und aus Metall gefertigt, aber auch hölzerne, runde, die mit Tierhaut bespannt waren …

Die Waffen, Schilde, Helme und Rüstungen ruhten auf oder in entsprechenden Gestellen, in Reih und Glied angeordnet, sodass es beinahe schien, als stünde in dem unterirdischen Stollen ein ganzer Heereszug bereit, um einen glorreichen Sieg zu erringen. Je weiter der Marschall in das Gewölbe vordrang, die Fackel in der erhobenen Rechten, desto mehr Kriegsmaterial bekam er zu sehen. Unendlich schien sich der Stollen in die Grundfesten des Enzbergs zu erstrecken, und immer wieder entdeckte Barand neue Werke hoher Kriegs- und Schmiedekunst.

Reihenweise standen Bogen bereit und auch Armbrüste, die so gewaltig waren, dass gleich zwei Soldaten sie spannen mussten; Barand schauderte bei dem Gedanken an ihre Durchschlagskraft. Da waren Harnische und Brünnen, mit denen Krieger sich rüsten konnten, Arm- und Beinschienen aus Leder und eiserne Kettenhemden. Und es gab Helme – stählerne Hauben, deren Rückseiten weit nach unten gezogen waren, um auch den Nacken ihrer Träger zu schützen, aber auch solche mit Nasenschutz und vergittertem Visier.

Nur eines konnte Barand nirgends entdecken: einen Anflug von Rost. Die Waffen waren nagelneu und blank poliert. Weißer Stahl blitzte allenthalben, der Geruch von Fett und frisch gegerbtem Leder erfüllte das Gewölbe.

Kurzerhand griff Barand nach einem Schwert und wog es in der Hand. Es war gut ausbalanciert, die Klinge mörderisch scharf. Mehrmals ließ er sie durch die Luft sirren, enthauptete einen unsichtbaren Gegner, wobei der Stahl ein leises Todeslied sang.

»Nun?«, erkundigte sich Klaigon grinsend. »Bist du zufrieden?«

Der junge Heerführer nickte. »Wie könnte ich nicht zufrieden sein? Dies ist weit mehr, als sich ein Feldherr erhoffen kann, wenn er die Heimat schützen soll. Nie war eine

Armee besser ausgestattet. Nie sah man härtere Rüstungen und schärfere Schwerter.«

»Und niemals wird ein Sieg eindeutiger sein als der unsere«, fügte Klaigon triumphierend hinzu. »Die Barbaren werden geblendet sein vom Glanz unserer Helme und Harnische. Noch ehe sie recht begreifen, wie ihnen geschieht, werden die Pfeile unserer Bogenschützen sie niedermähen und die Schwerter unserer Ritter ihnen die Köpfe von den Hälsen trennen.«

Im flackernden Schein der Fackel sandte Barand seinem Gebieter einen prüfenden Blick. »Ihr habt damit gerechnet, nicht wahr?«, fragte er.

»Was meinst du?«

»Ihr habt geahnt, dass der Friede mit dem Waldvolk nicht mehr lange bestehen würde.«

Ein rätselhaftes Lächeln spielte um Klaigons feiste Züge. »Ein kluger Führer schaut stets voraus, um das Kommende zu sehen«, erwiderte er. »Diese Waffenkammern stammen noch aus den Tagen der Könige. Ich habe sie erneut füllen lassen, damit wir uns wirksam verteidigen können, sollte dies erforderlich werden.«

»Eine kluge Entscheidung.« Barand war voller Bewunderung. »Der Fürstenrat hat gut daran getan, Euch zum Regenten zu küren. Noch in vielen Zeitaltern werden die Annalen von Klaigon berichten, dem Fürstregenten, dessen Weitsicht Iónador gerettet hat, und man wird Euren Namen in einem Atemzug mit dem Dóloans nennen.«

»Das hoffe ich sehr, mein junger Freund.«

»Allerdings …«, setzte Barand an, zögerte dann aber.

»Du hast Bedenken?«, fragte Klaigon überrascht. »Obwohl ich dir gezeigt habe, über welche Mittel Iónador verfügt?«

»Es ist die Vergangenheit, die mich nachdenklich stimmt, Herr. Auch die Könige der alten Tage waren bestens gerüstet, als sie in den Krieg gegen das Waldvolk zogen. Dennoch gelang es ihnen nicht, den Sieg davonzutragen. Weder ihre Waffen noch der große Grenzwall konnten die Barbaren aufhalten. Am Ende stand der Feind vor Iónadors Tor, und nur ein glücklicher Zufall hielt ihn davon ab, die Stadt einzunehmen.«

»Wenn du das glaubst, Barand, dann bist du ein Narr. Nicht Zufall war es, der die Barbaren aufhielt, sondern der Mut eines einzelnen Mannes. In dunkler Stunde, als die Niederlage nahe war, ergriff Dóloan das Banner Iónadors und führte das Heer zum Sieg, wofür man ihn später zum Fürstregenten ausrief. Sein Geist und sein Beispiel wirken bis zum heutigen Tag in diesem Mauern fort – oder sollte ich mich irren?«

»Nein, Herr, Ihr irrt Euch nicht«, beeilte sich der Marschall zu versichern. »Natürlich habt Ihr recht …«

»Außerdem«, rief Klaigon und griff nach einem großen Zweihand-Schwert, dessen Klinge gezackt war wie das Blatt einer Säge, »war das Heer Iónadors damals nicht ausgerüstet mit Waffen wie diesen, die jedes Feindes Helm und Harnisch zu durchdringen vermögen. Hörst du, was ich sage?«

Die Augen des Fürstregenten leuchteten fiebrig, während er Barand herausfordernd anstarrte. Einen Moment lang beschlich den jungen Marschall ein ungutes Gefühl, aber er schüttelte es von sich. Er war ein treuer Diener Iónadors, und es stand ihm nicht zu, den Fürstregenten infrage zu stellen.

»Gewiss, Herr«, sagte er und verbeugte sich – nicht ahnend, dass längst andere, dunkle Mächte die Entscheidungsgewalt im Túrin Mar innehatten …

30

Der Morgen brachte dichten Nebel, der bis tief in die Gassen von Seestadt drang. Er fand die Gefährten bereits reisefertig am Steg versammelt, obwohl die Musik und das Gelächter der Feiernden erst spät in der Nacht verklungen waren.

»Und ihr wollt wirklich nicht warten, bis sich der Nebel wieder gelichtet hat?«, erkundigte sich Bürgermeister Gaetan sorgenvoll.

»Ich wünschte, wir könnten«, antwortete Yvolar. »Aber wir haben es eilig; unsere Aufgabe duldet keinen weiteren Aufschub.«

»Dann seht euch vor, Freunde«, beschwor sie Gaetan und schaute dann zu, wie der Druide und seine beiden Begleiter in den Nachen stiegen, in dem bereits vier Fischer aus Seestadt saßen. Die vier ergriffen die Paddel, und Yvolar selbst übernahm das Ruder.

Außer dem Bürgermeister waren nur wenige Seestädter erschienen, um sich von den Besuchern zu verabschieden; die meisten Bewohner der Stadt schliefen nach dem langen und ausgiebigen Fest tief und fest. Es war Toisac – jener Tag, der dem Schöpfergeist vorbehalten war und an dem man ruhen sollte. Und es war auch jener Tag der Woche, an dem Alored Tangfischer und die anderen jungen Männer spurlos verschwunden waren …

Es war kalt an diesem Morgen. Selbst am See, wo das Wetter milder war und weniger rau als in den Bergen, konnte man den nahen Winter spüren. Alphart hatte sich ein Bärenfell um die Schultern geschlungen, und Leffel Gilg trug einen bunten Mantel aus Wolle, den ihm die Kinder von Seestadt geschenkt hatten.

»Wie wollt ihr euch bei diesem Nebel nur zurechtfinden?«, fragte Gaetan bekümmert.

»Keine Sorge«, erwiderte Yvolar lächelnd, während die Ruderer den Nachen bereits vom Steg abstießen, »ich kenne Mittel und Wege.«

»Gebt auf euch Acht, meine Freunde«, gab Gaetan ihnen mit auf den Weg. »Möget ihr wohlbehalten das andere Ufer erreichen. Und möge die Kraft des Schöpfergeists euch behüten.«

»Euch ebenso!«, rief der Druide, während die Fischer den Nachen mit kräftigen Ruderschlägen auf das grünlich schimmernde Wasser hinaustrieben, dem Südufer entgegen.

Als Leffel nur wenige Herzschläge später über die Schulter blickte, konnte er noch verschwommen die Häuser von Seestadt und die gedrungene Gestalt des Bürgermeisters ausmachen, der vorn am Steg stand und zum Abschied winkte. Der Gilg hob die Hand und erwiderte den Gruß – im nächsten Moment jedoch hatte der dichte Nebel Gaetan verschluckt. Schlagartig war das Boot rings von milchigem Weiß umgeben, und das Plätschern des Wassers und das Knarren der Ruderer hörten sich plötzlich dumpf und unheimlich an.

»Der Seestädter hat recht, Druide«, sagte Alphart, der den Morgen über kaum ein Wort gesprochen hatte. Auch seine Stimme klang im Nebel fremd und eigenartig. »Wie willst du dich zurechtfinden, da wir doch weder die Sonne noch das Ufer sehen können?«

»Ich will es dir verraten, Wildfänger«, entgegnete Yvolar schmunzelnd, und aus den Falten seines weißen Gewandes zog er einen eigentümlichen Gegenstand hervor. Es war ein kleiner Pfeil aus Metall, der waagrecht an einer kurzen Schnur aus Leder baumelte.

»Was ist das?«, fragte Leffel neugierig.

»Ein Pfeil, der uns den Weg weisen wird«, gab Yvolar zur Antwort. »Ein ganz besonderer Pfeil, denn er hat die Eigenschaft, stets nach Norden zu weisen.«

»Selbst im Nebel?«, fragte Alphart skeptisch. »Wie kann das sein, wenn er den Himmel nicht sieht?«

»Er braucht den Himmel nicht zu sehen«, erklärte der Druide. »Das Metall weiß auch so, wo Norden ist. Überzeuge dich selbst.«

Er hielt Alphart den kleinen Gegenstand hin. Der drehte den Pfeil mit der Spitze seines ausgestreckten rechten Zeigefingers in eine andere Richtung, aber sofort pendelte er wieder zurück und zeigte wie zuvor nach vorn.

»Hurra!«, rief Leffel, dass es dumpf durch den Nebel hallte. »Unser Druide kann durch den Nebel sehen!«

»Zauberei, nichts weiter!« Alphart verzog geringschätzig das Gesicht. »Der Pfeil zeigt wahrscheinlich einfach nur nach vorn, in die Richtung, in der das Boot gerade fährt.« Er schaute den Druiden an und nickte grimmig. »Jawohl, so wird es sein. Du kannst mich nicht foppen, alter Stocker.« Damit war die Sache für ihn erledigt.

Yvolar beachtete ihn gar nicht mehr. Am Heck des Nachens sitzend steuerte er das Gefährt durch das ruhige Wasser, und von gleichmäßigen Ruderschlägen getrieben glitt das Boot eine Weile lang sicher dahin – bis Leffel in der Ferne ein Gurgeln vernahm.

»Was war das?«, fragte der Gilg erschrocken.

»Wahrscheinlich dein Darm«, spottete Alphart. »Du hast gestern zu viele Zwiebeln gefressen.«

Leffel widersprach nicht, aber schon einen Augenblick später war das Gurgeln erneut zu hören, lauter diesmal.

Und näher …

»Das war nicht Leffels Magen«, erkannte Yvolar. Er erhob sich und griff nach seinem Stab. Mit einer energischen

Handbewegung gebot er den Fischern, mit dem Rudern aufzuhören. Noch ein leises Plätschern, dann wurde es völlig still im Boot. Reglos lauschte der Druide hinaus in den Nebel.

Zunächst war nichts zu hören.

Dann wieder ein Gurgeln, das tief und irgendwie drohend klang.

»Wa-was ist das?«, flüsterte Leffel.

»Still!«, zischte Yvolar, während sich seine Hände fester um den Eschenstab schlossen.

Nun lauschten alle angestrengt, auch Alphart, der vorsorglich zu Pfeil und Bogen gegriffen hatte. Die Augen des Wildfängers hatten sich zu schmalen Schlitzen verengt, während er hinaus in den Nebel starrte. Seine geschulten Sinne witterten Gefahr …

Das Gurgeln wiederholte sich, aber diesmal auf der anderen Seite des Nachens, gefolgt von einem lauten Platschen. Dann ein Rauschen, als ob sich etwas im Wasser bewegte.

»Was immer es ist, es ist schnell«, stellte Alphart fest, der herumgewirbelt war, jedoch nichts gesehen hatte. »Und es umkreist uns …«

Von den Fischern sprach keiner ein Wort. Ängstlich schauten sie einander an, und ihre Lippen formten lautlos Gebete. Yvolar fragte sich, ob sie ahnten, was dort draußen war und sie belauerte. Sicher hatte es Gerüchte gegeben in Seestadt …

Plötzlich erhob sich aus der Tiefe ein schreckliches Rumoren, und jenseits der dichten Nebelwand war ein heiseres Schnauben zu hören.

»Was ist das?«, fragte nun einer der Fischer sorgenvoll.

Die Antwort darauf brach im nächsten Moment durch die Wasseroberfläche.

Die Fluten teilten sich, und etwas ungeheuer Großes

stach aus der Tiefe hervor, um direkt neben dem Nachen zu beängstigender Größe emporzuwachsen.

Leffel und die Fischer schrien entsetzt, während Alphart und Yvolar nur staunend die Augen aufrissen.

Die Kreatur war riesig. Ledrige, glänzend graue Haut umgab ihren Hals, der dick war wie ein Turm. Darauf thronte ein Haupt, das grässlicher war als alles, was der Wildfänger je gesehen hatte, scheußlicher selbst als die Schweinsgesichter der Erle. Zwei riesige Fischaugen glotzten auf die Insassen des Bootes, und aus einem wulstigen, von dolchartigen Zähnen gesäumten Maul drang betäubender Gestank. Die Kiemenöffnungen am Hals der Kreatur öffneten und schlossen sich stoßweise.

»Das Ungeheuer aus meinem Traum!«, rief Leffel Gilg entsetzt, aber niemand hörte ihn.

So schnell, wie das Monstrum aus der Tiefe aufgetaucht war, tauchte es auch wieder darin ein. Gischtend und schäumend schlossen sich die Fluten über dem Schädel des Monstrums, doch im nächsten Moment war ein walzenförmiger, mit länglichen Flossen versehener Körper zu sehen, der sich aus dem Wasser hob und sogleich wieder darin verschwand.

Ein Augenblick stillen Entsetzens folgte.

Dann die schreckliche Erkenntnis …

»Das Biest ist unter uns!«, schrie Alphart. »Es greift uns an!«

Schon teilte sich auf der anderen Seite des Bootes das Wasser, und das grässliche, fuhrwagengroße Haupt der Kreatur brach erneut aus dem Wasser hervor. Diesmal war das Maul weit aufgerissen, und es schoss heran, um den Nachen zu verschlingen.

Alphart ließ den Pfeil von der Sehne schnellen. Er flog geradewegs in den offenen Schlund der Bestie, ohne dass sie darauf reagierte.

Die Fischer aus Seestadt griffen beherzt zu den Harpunen, die im Boot lagen, und schleuderten sie. Die zwei hölzernen Wurfgeschosse mit Spitzen aus Fischknochen durchstießen die Lederhaut des Ungeheuers am Hals und blieben dort stecken.

Die Kreatur warf sich herum und tauchte erneut unter, wühlte dabei das Wasser auf, dass der Nachen fast kenterte. Steil stellte sich das Boot auf, dann schlug eine hohe Welle darüber. Die Fischer und Leffel Gilg wurden wild durcheinandergeworfen, nur Alphart und Yvolar gelang es, aufrecht sitzen zu bleiben. Der Wildfänger hatte drei Pfeile gleichzeitig auf der Sehne, während der Druide seinen Eschenstab erhob und nur darauf zu warten schien, dass die Kreatur wieder angriff.

Es dauerte nicht lange. Erneut tauchte etwas aus der Tiefe empor – diesmal jedoch war es nicht der Kopf, sondern der Schweif der Bestie, der dick war wie der Rumpf eines Ochsen und wie eine Peitsche über das Wasser zuckte.

»Vorsicht, Druide!«, rief Alphart, als er den Schweif des Untiers heranrasen sah. Im buchstäblich letzten Augenblick duckte sich Yvolar.

Der wütende Hieb verfehlte den Druiden, und Yvolar sandte dem Wildfänger einen dankbaren Blick. Schon im nächsten Moment jedoch stiegen Kopf und Hals der Kreatur unmittelbar vor dem Bug aus dem Wasser.

Alphart fuhr herum und ließ das Dreigeschoss von der Sehne schnellen, geradewegs in eines der glotzenden Fischaugen. Die Pfeile trafen, und das Auge des Untiers zerplatzte. Gallertartiger Schleim, vermischt mit Blut, spritzte, und ein grässlicher Laut entrang sich dem Maul der Bestie. Blindlings ließ sie sich fallen, um den Nachen mit dem klobigen Haupt zu zerschmettern.

Nur knapp verfehlte sie das Boot. Dann warf sich die Kreatur herum, um einen erneuten Angriff zu führen – als Yvolar endlich handelte!

Der Druide rief etwas in jener uralten Sprache, die einst mit den Sylfen gekommen war und die kaum noch jemand in Allagáin beherrschte. Daraufhin stach ein gleißender Lichtstrahl aus dem Ende seines Stabs und traf die Kreatur in die fliehende Stirn.

Erneut drang ein schrecklicher Laut aus dem Schlund der Bestie. Ihre Kiemen blähten sich, ihr Fischmaul schnappte auf und zu. Es roch nach verbranntem Fleisch (oder nach gegrilltem Fisch, wie Leffel fand), und die Kreatur sank gurgelnd in den See zurück. Dort, wo sich die Fluten über ihr schlossen, schlug das Wasser Blasen, als würde es kochen.

Es war vorbei. Stille kehrte ein. Niemand wagte ein Wort zu sagen. Schweigend kauerten die Gefährten in ihrem Boot und starrten hinaus in den Nebel.

»I-ist es fort?«, flüsterte Leffel schließlich.

»Wollen wir es hoffen, mein Freund«, sagte Yvolar. »Die Bestien der Tiefe sind beinahe so alt wie die Welt. Ihre Gefräßigkeit ist nahezu unersättlich und …«

Wie um die Worte des Druiden zu bestätigen, schlug plötzlich etwas gegen den Boden des Nachens.

»Sieh an, Zauberer«, knurrte Alphart und zog einen weiteren Pfeil aus seinem Köcher. »Dein schuppiger Freund scheint noch nicht genug zu haben.«

Wieder ein Stoß gegen die Unterseite des Boots, so stark, dass er den Nachen ins Wanken brachte.

Diesmal verloren auch Alphart und Yvolar das Gleichgewicht. Der Eschenstab entrang sich dem Griff des Druiden, und noch während Yvolar stürzte, griff die Bestie aus dem See wieder an, und ein neuerlicher Stoß aus der Tiefe katapultierte das Boot in die Höhe. Die Fischer schrien vor Entsetzen, und Alphart, der im Boot lag, schoss einen weiteren Pfeil auf das Monstrum ab. Aber es half nichts: Vom breiten Rücken des Untiers wurde der Nachen emporgehoben, um sodann durch die Luft geschleudert zu werden.

Das Boot überschlug sich und leerte seine Insassen samt deren Gepäck in den See. Kopfüber stürzten die Gefährten in die Fluten, waren Augenblicke lang von dunkler Kälte umgeben, ehe sie es schafften, zurück zur Oberfläche zu strampeln, sie zu durchstoßen und nach Luft zu schnappen – und zu sehen, wie der Schweif der Bestie mit vernichtender Wucht niederging und das kieloben treibende Boot zerschmetterte. Einer der Fischer, der sich schreiend daran klammerte, wurde erschlagen.

»Hilfe! Ich ertrinke!«, rief Leffel und schlug hilflos mit den kurzen Armen um sich. Wasser war herkömmlich nicht das Element der Unterländer. Sie benutzten es, um Bier zu brauen und sich zu waschen – darin *zu baden* kam ihnen kaum in den Sinn.

Mit wenigen Schwimmzügen brachte sich Alphart an die Seite seines Kameraden, bevor dieser in den schäumenden Fluten versank. Das war alles andere als einfach, denn der Hirschfänger und die schwere Axt in seinem Gürtel drohten ihn nach unten zu ziehen. Doch er schaffte es mit eisernem Willen, packte Leffel am Kragen und hielt ihn über Wasser. Ob dem Gilg das Ende dadurch erspart werden würde, war allerdings mehr als fraglich.

Denn inmitten der Gefährten, die sich prustend und keuchend über Wasser zu halten versuchten, tauchte erneut das Untier auf. Sein offenes Maul zuckte herab und schnappte zu – und wieder starb ein Fischer aus Seestadt einen grausamen Tod. Wellen hoch wie Häuser türmten sich rings um die Kreatur auf, während sie wieder eintauchte und die Überlebenden dabei fast ertränkte.

»Druide!«, schrie Alphart über das Tosen hinweg. »Tu etwas, verdammt noch mal!«

Es war nicht so, dass Yvolar nicht hätte einschreiten *wollen* – er konnte es nicht.

Denn beim Sturz ins Wasser hatte der Druide seinen

Eschenstab verloren. Das war bitter, denn das Holz des Stabs bündelte seine Macht. Verzweifelt blickte sich Yvolar in den wogenden Fluten danach um – und sah den Stab in einiger Entfernung auf der schäumenden Wasseroberfläche treiben. Unter Aufbietung all seiner Kräfte schwamm er darauf zu, aber sein durchnässter Umhang und sein weites Gewand hemmten seine Bewegungen.

Wieder schnellte der Schwanz der Kreatur über das Wasser, und nur knapp verfehlte er Alphart und den Gilg, die sich an ein Trümmerstück des Bootes klammerten. Seine Pfeile hatte der Wildfänger verloren, aber wie es die Art seiner Zunft war, gab Alphart nicht auf. Sich mit einer Hand am Trümmerstück des Bootes festklammernd, zog er den Hirschfänger und brüllte der Kreatur zornig entgegen: »Komm schon! Komm schon und hol mich, du Ausgeburt der Tiefe! Ich kann es kaum erwarten, meinem Bruder zu begegnen …!«

Wenn es ihm gelang, mit dem Hirschfänger auch das andere Auge der Bestie zu durchbohren, war das Seeungeheuer blind.

Erneut hob sich der massige Rumpf der Kreatur aus dem Wasser, um schon gleich darauf wieder darin zu versinken. Kopfüber tauchte die Bestie hinab in den See, und der enorme Sog, den sie dabei hervorrief, riss die Menschen mit sich. Alphart und der Gilg konnten sich nicht länger am Trümmerstück festhalten, sie wurden von dem Strudel erfasst und in die Tiefe gezogen, ebenso wie die beiden überlebenden Fischer und Yvolar, der es im letzten Augenblick schaffte, seinen Stab zu erreichen.

Mit aller Kraft wehrte sich Alphart gegen den Sog, kämpfte mit dem Mut nackter Verzweiflung dagegen an. Vergeblich. Erbarmungslos wurden sie alle in die Tiefe gezerrt, wo das gefräßige Maul der Bestie auf sie lauerte.

Alphart merkte, wie Leffel, den er mit einer Hand wieder

am Kragen gepackt hatte, erneut hilflos zu strampeln begann und panisch unter Wasser schrie. Auch den Wildfänger verließen die Kräfte, willenlos wurde er mitgerissen von dem Sog, der seine Gefährten und ihn in den Schlund des Seeungeheuers spülte …

… als das Ende von Yvolars Druidenstab auf einmal grell aufleuchtete!

Er hatte wieder geträumt – jenen Traum, der ihn verfolgte, solange er zurückdenken konnte.

Schon als kleiner Junge hatte er ihn gehabt, den Traum von der Bestie, die in dunkler Tiefe lauerte und an die er sich, sobald er erwacht war, kaum mehr erinnerte.

Diesmal jedoch war etwas anders gewesen.

Die Bestie hatte vor Schmerz laut geschrien. Irgendetwas – oder irgendjemand – hatte ihr Leid zugefügt, sodass sie sich zurückgezogen hatte auf den finsteren Grund, von wo sie gekommen war. Der Traum war so düster und beunruhigend gewesen wie immer – aber als Erwyn erwachte, erfüllte ihn eine seltsame Zuversicht.

Mit der Ahnung, dass sich etwas Bedeutsames ereignen würde, schwang er sich aus dem Bett, das die Zwerge eigens für ihn gebaut hatten, weil er selbst die Größten unter ihnen um gut zwei Köpfe überragte, und trat an den Waschtisch, wo eine Schüssel und ein Krug mit eisig kaltem Wasser bereitstanden.

Nachdem er sich gewaschen und so den letzten Rest Müdigkeit vertrieben hatte, schlüpfte Erwyn in seine Kleidung – ein einfaches Hemd aus Wolle, das ihm bis zum Gesäß reichte, rote Arbeitshosen und Lederstiefel nach Zwergenart, nur eben ein wenig größer. Den breiten Ledergürtel um die schmalen Hüften schlingend, eilte der Junge ans Fenster.

Er hatte lange geschlafen, und anders als sonst hatte Urys, sein stets besorgter Ziehvater, ihn nicht geweckt. Die Sonne stand hoch über den Bergen, und eine klare, frische Luft drang in Erwyns Lungen, als er das schmale Fenster aufstieß. Jenseits davon fiel der Fels steil in die Tiefe.

Etwas erregte die Aufmerksamkeit Erwyns. Es war ein Zug, der sich von Norden her auf die Zwergenfestung zubewegte, geradewegs aus Richtung des Großen Sees. Doch so sehr Erwyn seine jungen Augen bemühte – er konnte nur einige Karren erkennen, die von Fellhörnern gezogen wurden, und dass Zwerge die Kolonne begleiteten.

Mehr war auf die Ferne nicht auszumachen, aber ein untrügliches Gefühl sagte Erwyn, dass dieser Zug die Veränderung bringen würde, die er nach dem Erwachen gespürt hatte – und auf die er sein Leben lang gewartet hatte …

Als Alphart die Augen aufschlug, hätte er nicht zu sagen vermocht, ob er noch am Leben war oder schon tot. Das Letzte, woran er sich erinnerte, war der Strudel, der seine Gefährten und ihn in die Tiefe des Sees gezogen hatte, und der mörderische Rachen der Bestie, der sich unter ihnen öffnete.

Wo also war er? Befand er sich bereits im Reich des Schöpfergeists, um in dessen immergrünen Gründen auf die Jagd zu gehen? Der Wildfänger richtete sich auf und sah eine schemenhafte Gestalt. Schon glaubte er, dass es sich um seinen Bruder handelte, und wollte ihn freudig begrüßen. Aber dann wurde das Bild vor seinen Augen schärfer. Nein, es war keineswegs Bannhart, der vor seinem Lager hockte, sondern Yvolar der Druide.

Und in diesem Moment begriff Alphart, dass er auch nicht tot war, auch wenn er sich beim besten Willen nicht erklären konnte, wo er sich befand, wie er dorthin gekommen und wie er gerettet worden war …

»Guten Morgen, Wildfänger«, hörte er Yvolar mit vergnügter Stimme sagen. »Hast du gut geschlafen?«

Erst da nahm Alphart wahr, dass er in einem Bett lag, das groß war und wunderbar weich, und unter einer Decke, die ihn herrlich wärmte. Der Jäger, der an das Leben in der rauen Natur gewöhnt war, konnte sich nicht erinnern, jemals auf einem Lager wie diesem geruht zu haben, und er wusste nicht, wie lange er geschlafen hatte, aber er fühlte sich frisch und ausgeruht.

Er sah das wissende Lächeln im faltigen Gesicht des Druiden. Yvolar saß am Fußende des Bettes auf einem mit reichen Schnitzereien verzierten Stuhl und paffte an einer langstieligen Pfeife.

»Es wurde auch allmählich Zeit, dass du erwachst«, sagte er schmunzelnd. »Dein Schnarchen war kaum noch auszuhalten.«

»Wie lange habe ich denn geschlafen?«, murmelte Alphart.

»Fast einen halben Tag.«

Alphart riss die Augen weit auf. »Bei Furrars Fluch!«, wetterte er. »Ein halber Tag, sagst du!« Dann wollte er wissen: »Wo sind die anderen? Der Gilg und die Fischer?«

»Sieh an.« Yvolar lächelte. »Wie schön, dass du nach ihnen fragst. Offenbar schlägt dein Herz doch nicht nur für deine Rache.«

»Wo sind sie?«, wiederholte Alphart in barschem Ton.

»Es geht ihnen gut«, versicherte der Druide und nahm die Pfeife aus dem Mund. »Die beiden Fischer, die den Angriff des Seeungetüms überlebten, sind bereits auf dem Weg zurück nach Seestadt, und Leffel Gilg hält gerade ein ausgiebiges Mittagsmahl. Nachdem er wieder zu sich kam, hatte er vor allem Hunger.«

Alphart grinste. »Sieht ihm ähnlich ...« Dann blickte er sich in der Kammer um, deren Decke gewölbt war und deren hohe steinerne Wände silbern glitzerten. Sonnenschein fiel durch ein schmales Fenster mit bunt gefärbtem Glas, sodass unwirkliches farbiges Licht den Raum erfüllte.

»Wo bin ich?«, wollte der Jäger wissen.

»In Glondwarac«, entgegnete Yvolar schlicht.

»Der Zwergenfestung?«, fragte Alphart erstaunt.

»So ist es«, bestätigte der Druide gelassen.

»Dann ... haben wir es also geschafft?«

»Allerdings.«

»Aber wie kann das sein? Das Letzte, woran ich mich erinnere, ist der Strudel, der uns alle verschlungen hat. Und da war diese Bestie, die ...« Er verstummte.

»Glücklicherweise bekam ich meinen Druidenstab noch rechtzeitig zu fassen«, erklärte Yvolar zwischen zwei Pfeifenzügen.

»Verstehe«, murmelte der Wildfänger. »Ist die Kreatur tot?«

»Das wohl nicht. Aber es werden Jahrhunderte, wenn nicht Jahrtausende vergehen, bis sie sich wieder blicken lässt. Ich bin ihr gefolgt bis hinab zum Grundmeer, wo wir uns Auge in Auge gegenüberstanden und miteinander kämpften. Schließlich konnte ich sie wohl davon überzeugen, dass wir ihr schlecht bekommen würden, woraufhin uns der See wieder ausgespien und ans Ufer gespuckt hat.«

Alphart schüttelte bei den Worten des Druiden den Kopf. Dass sich der Kampf gegen die Bestie tatsächlich so abgespielt hatte, nachdem er selbst das Bewusstsein verlor, konnte er nicht glauben. Andererseits – der Druide hatte immerhin auch den Bergtroll besiegt und auf ihrer gemeinsamen Reise mehrfach bewiesen, über welch unfassbare Kräfte er verfügte.

»König Alwys' Krieger fanden uns«, fuhr Yvolar fort, »und brachten uns hierher.«

»König Alwys?« Alphart merkte auf.

»Er ist der Herrscher von Glondwarac und des Zwergenreichs«, erklärte Yvolar. »Er ist sehr alt und sehr weise.«

Alphart nickte. »Ja, ich habe schon von ihm gehört. Allerdings kam mir zu Ohren, Alwys wäre ebenso verschlagen wie habgierig. Er würde arglosen Bergwanderern erscheinen und sie um ihre karge Habe bringen.«

»Was für ein Unsinn!« Yvolar nahm wieder die Pfeife aus dem Mund und schüttelte unwillig den Kopf. »Zwerge sind versessen auf Gold und Edelsteine, das ist wahr. Aber arglose Wanderer pflegen dergleichen nicht in ihren Taschen herumzutragen.« Er stand auf und sagte: »Nun komm, Alphart Wildfänger. Geschlafen hast du lange genug. Ich will dir das Reich der Zwerge zeigen.« Er zwinkerte Alphart vielsagend zu.

Der schwang die Beine aus dem Bett und erhob sich. Das Nachthemd, das er trug, war aus dicker Wolle und wärmte ihn – aber nur bis zum Gesäß. Weiter reichte es nicht, denn es war für Leute geschneidert, die dem Wildfänger gerade mal bis zur Hüfte reichten …

»In diesem Aufzug?«, fragte Alphart unwillig.

»Wenn es dir Freude macht.« Yvolar lachte leise. »Andernfalls solltest du deine eigene Kleidung anziehen.« Er deutete auf einen Schemel in der Ecke des Raums, auf dem Alpharts Rock und seine Hosen lagen. Sie waren inzwischen trocken, und die Stiefel, die vor dem Schemel standen, hatte man vom Schlamm gesäubert. Alphart zog sich an, dann folgte er Yvolar nach draußen.

Ein langer Gang erstreckte sich vor ihnen, dessen Wände ebenso glitzerten wie die der Kammer. Drei Mannslängen über dem Boden vereinigten sie sich zu einem spitzen Dach. Sonnenlicht drang durch hohe Fenster und erfüllte den Gang mit warmem Schein.

»Beeindruckend«, murmelte Alphart.

»Nicht wahr?« Yvolar lächelte. »Die Baukunst der Zwerge rührt noch aus alter Zeit und ist weithin berühmt, ebenso wie die Namen derer, die diese Stadt einst errichteten.«

Sie gingen den Korridor entlang, doch schon nach wenigen Schritten trat ihnen aus einem Nebengang ein Zwerg entgegen. Es war das erste Mal, dass Alphart einen Abkömmling dieser Rasse zu sehen bekam, entsprechend groß war seine Verblüffung.

Der Zwerg war nur an die vier Ellen hoch, reichte ihm also gerade mal über die Hüften. Dennoch war er von stämmiger Statur und hatte kräftige Arme und Beine. Sein kugelrunder Kopf, der von einer dunkelroten Zipfelmütze gekrönt wurde, ruhte scheinbar direkt auf seinem gedrungenen Körper. Jedenfalls war ein Hals nicht zu sehen, was aber auch an dem Ungetüm von Bart lag, der in seinem Gesicht wucherte. Dunkle Augen musterten den Wildfänger aufmerksam.

Bekleidet war der Zwerg mit einem wollenen Hemd, eng anliegenden Hosen, ledernen Stiefel und einem breiten Gürtel mit goldener Schnalle.

»Na also!«, rief er aus, mit einer Stimme, die viel tiefer war, als seine kleinwüchsige Statur vermuten ließ. »Ist unser Gast also endlich erwacht und hat sich bequemt, das warme Bett zu verlassen!«

»Sieh es ihm nach, Urys«, bat Yvolar, noch ehe Alphart etwas erwidern konnte. »Die Reise nach Glondwarac war lang und beschwerlich.«

»Umso mehr freut es mich, dass ihr alle wohlbehalten hier angekommen seid«, erwiderte der Zwerg und verbeugte sich höflich.

Auch der Druide deutete eine Verbeugung an, dann ging er weiter, und Alphart folgte ihm.

»Du kennst diesen Gnom?«, flüsterte er.

»Ich kenne viele hier«, antwortete Yvolar. »Und du solltest dir angewöhnen, sie ›Zwerge‹ zu nennen. Die Bergleute mögen es nicht, wenn man sie mit Gnomen in einen Topf wirft.«

»Zwerg oder Gnom, wo ist da der Unterschied?«, brummte Alphart. »Mich interessiert nur, ob sie uns helfen werden. Hattest du bereits Gelegenheit, in den Spiegel des Zwergenkönigs zu blicken?«

»Allerdings.«

»Und? Was hast du darin gesehen?«

Yvolar seufzte. Er blieb stehen und bedachte den Wildfänger mit einem undeutbaren Blick. »Ich sehe schon, du bist an den Wundern Glondwaracs nicht interessiert. Am besten wird es sein, wenn du es dir selbst anschaust.«

Bevor Alphart etwas erwidern konnte, schritt der Druide in einen Seitengang. Dort trafen sie auf weitere Zwerge. Einige von ihnen rauchten Pfeife und unterhielten sich, andere hatten Steinmetzwerkzeug dabei und schienen sich auf dem Weg zur Arbeit zu befinden, und wieder andere zogen zweirädrige Karren mit Waren hinter sich her. Alphart erblickte auch ein paar Zwergenfrauen. Sie sahen nicht viel anders aus die die Männer, nur trugen sie keine Bärte. Dafür hatten sie ihr meist blondes Haar zu dicken, kurzen Zöpfen geflochten, die fast waagrecht von ihren Köpfen abstanden. Auch auf Zwergenkinder trafen sie. Sie spielten Fangen und rannten ausgelassen umher – bis sie den Druiden und den Wildfänger erblickten und kreischend davonliefen.

»Sei ihnen nicht böse, Alphart«, sagte Yvolar. »Es kommt nicht oft vor, dass ein Mensch diesen Ort betritt. Für gewöhnliche Sterbliche wird das Zwergenreich nur alle sieben Jahre sichtbar, und nur jenen, die reinen Herzens sind, gewährt man Einlass.«

»Also stimmen die Geschichten, die man erzählt?«

»Zum Teil.«

»Stimmt es auch, dass kein Mensch, der die Zwergenstadt betrat, sie jemals wieder verlassen hat?«

»Das liegt im Auge des Betrachters«, antwortete Yvolar ausweichend. »Es würde zu weit führen, es dir jetzt zu erklären …«

Der Korridor, durch den sie schritten, führte sie in ein Gewölbe, das größer und prunkvoller war als alles, was Alphart je gesehen hatte – selbst die Große Halle von Iónador nahm sich dagegen karg und ärmlich aus.

Unter einer weiten Kuppel aus Felsgestein erstreckte sich ein Saal, dessen blank polierter Boden in schillernden Farben glänzte. Ringsum befanden sich hohe Fenster, deren Glas das einfallende Sonnenlicht in allen nur denkbaren Blautönen färbte. Ringsum waren Balkone und Balustraden in den Fels gehauen, und in der Mitte des Saals stand ein steinerner Thron.

Von der hohen Decke, die aus nacktem Fels bestand, hingen riesige Kristalle, zwischen denen prächtige Edelsteine funkelten.

»Nun?«, fragte Yvolar. »Bist du beeindruckt?«

»Es geht«, erwiderte Alphart, obwohl er in Wahrheit nie etwas Prächtigeres gesehen hatte.

»Die Zwerge nennen es den ›Hort der Kristalle‹. Hier pflegt der König Hof zu halten und sein Volk zu versammeln. Dies kommt bei den Zwergen nur höchst selten vor, aber schon in Kürze wird es wieder so weit sein – und wie du dir vielleicht denken kannst, sind wir der Anlass dafür.«

»Wir? Aber …«

Yvolar ging weiter, ohne zu antworten, und Alphart folgte ihm. Durch einen der zahlreichen Gänge, die in den Kristallhort mündeten, gelangten sie zu einer steilen Treppe. Sie führte durch glitzernden Fels in die von Fackelschein beleuchtete Tiefe. Ohne Zögern stieg Yvolar hinab.

Der Weg nach unten schien Alphart eine Ewigkeit zu dauern, und es wurde auch immer kälter. Endlich ereichten der Druide und der Wildfänger den Fuß der Treppe. Dort trafen sie auf Zwergenkrieger, die, auf ihre reich verzierten Äxte gestützt, vor einer steinernen Pforte Wache hielten. Die Axt, so hatte Alphart gehört, war die bevorzugte Waffe der Zwerge.

Die Zwergenkrieger schienen Yvolar zu kennen. Respektvoll traten sie beiseite, machten allerdings keine Anstalten, die Pforte zu öffnen. Alphart hatte einmal gehört, dass nur derjenige Zutritt zum Reich des Zwergenkönigs hätte, der die rechten Worte wusste.

Schon im nächsten Moment begann Yvolar mit leiser Stimme zu singen:

Alwys ist sein Name, König des Zwergenreichs,
Erbe der Spiegel und Hüter der Schätze.
Wer Wissen sucht, mag Alwys suchen,
vielleicht wird er Erleuchtung finden.
Wer aber trachtet nach Reichtum und Schatz,
der findet am Ende nur sich selbst.

Ob es der Klang dieser Worte war oder ihre Bedeutung – kaum war die Stimme des Druiden verklungen, öffnete sich die Pforte knirschend und wie von Zauberhand. Bläuliches, unirdisches Licht drang daraus hervor und blendete Alphart.

Die von der Natur geschärften Sinne des Wildfängers sträubten sich, und seine Abneigung gegen alles Übernatürliche stellte sich wieder ein. Er überwand sie jedoch, um Yvolar in das rätselhafte Licht zu folgen, das einen Augenblick lang so grell und strahlend war, dass er nicht das Geringste sehen konnte. Er vernahm einen dumpfen Laut, mit dem sich das steinerne Tor wieder schloss, dann wurde das gleißende Licht zu einem matten Glanz, und staunend blickte sich Alphart um.

Er befand sich in einer Höhle, von der unzählige Stollen abgingen. Dicke Tropfsteine wuchsen von der hohen Decke, die an einigen Stellen bis zum Boden reichten. In der Mitte der Höhle befand sich ein kleiner See, dessen Oberfläche so ruhig und unbewegt war, als bestünde er aus Glas. Yvolar und Alphart gingen auf den See zu und blieben davor stehen. Das Wasser war türkisblau und kristallklar, sodass man in ungeahnte Tiefen blicken konnte. Von dort unten her drang jenes mattblaue Leuchten, das die Höhle erhellte.

Am gegenüberliegenden Ufer des kleinen Sees stand, in unwirklichen Schein getaucht, ein Zwerg.

Seine Kleidung war aus dunkelrotem Samt, seine Stiefel hatten goldene Schnallen, und sein Umhang, der bis zum

Boden reichte, war mit funkelnden Edelsteinen besetzt, ebenso die Pelzmütze auf seinem Kopf. Das Gesicht des Zwergs war kaum auszumachen, denn es wurde nahezu vollständig von einem mächtigen schlohweißen Bart bedeckt, der fast bis zum Boden reichte.

»Dies«, sprach Yvolar aus, was Alphart bereits vermutete, »ist Alwys, König der Zwerge und Herr von Glondwarac.«

»Hm«, machte der Wildfänger nur.

Erst da fiel ihm auf, dass der Zwergenkönig, der trotz seiner geringen Körpergröße Autorität und Würde ausstrahlte, die Augen geschlossen hatte. Dennoch schien er die beiden Besucher zu *sehen*. »Seid mir gegrüßt, Freunde«, sagte er, während er sich in Bewegung setzte und um den kleinen See herumging, auf die beiden Besucher zu, ohne jedoch die Augen zu öffnen. Dennoch setzte er seine Schritte derart sicher, als würde er seine Umgebung genauestens wahrnehmen und jede Unebenheit des Bodens erkennen. »Ist unser Gast aus dem Reich der Ungläubigen also endlich erwacht?«

»Das ist er, Majestät«, antwortete Yvolar.

»Und er ist wie du gekommen, um Erleuchtung zu suchen?«, fragte der Zwergenkönig, der mit geschlossenen Augen vor dem Druiden und dem Wildfänger stehen blieb.

Yvolar streifte Alphart mit einem Seitenblick. »Ich hoffe es, Majestät. Denn an Mut und Entschlossenheit fehlt es ihm nicht, und auch an Verbitterung besteht kein Mangel. Erleuchtung indessen ist es, die er am meisten braucht.«

Alphart machte ein verdrießliches Gesicht. Er mochte es nicht, wenn so geschwollen geredet wurde – die Art der Wildfänger war das nicht. Ein Mann der Berge war einfach gestrickt und sagte unverblümt, was er dachte. Ansonsten machte er keine großen Worte, sondern handelte. Bei den Gnomen hingegen schien das genau umgekehrt zu sein …

Unvermittelt öffnete Alwys die Augen, und der Blick des Zwergenkönigs ließ Alphart erschaudern, denn er hatte das

Gefühl, als würde ihn der kleine Bursche innerhalb eines Herzschlags bis in den letzten Winkel seiner Seele durchschauen.

»So«, sagte Alwys, »du bist also der, den sie Alphart nennen, Jägersmann von Beruf.«

»So ist es.«

»Und du bist ein Freund von Yvolar?«

»So würde ich es nicht gerade nennen«, murrte Alphart.

»Er hat dir das Leben gerettet, oder nicht?«

»Dafür schulde ich ihm Dank. Aber es macht mich nicht zwangsläufig zu seinem Freund.«

»Du bist störrisch«, stellte Alwys fest. »Störrisch wie ein Esel.«

»Er ist ein Allagáiner«, sagte Yvolar, als würde das alles erklären.

»In der Tat. Der Stolz des Bergvolks spricht aus dir. Aber hüte dich, Alphart. Denn Stolz und Dummheit wachsen auf einem Holz, wie es bei uns heißt.« Zwischen dem wuchernden Barthaar des Königs zeigte sich ein spitzbübisches Lächeln.

»Wollt Ihr mich beleidigen?«, begehrte Alphart auf.

»Keineswegs. Als ich jung war, war ich genau wie du, mein unbedarfter Freund. Stolz und unbeugsam und voller Zorn auf alles und jeden. Aber dein Bruder, Wildfänger, wird nicht dadurch wieder lebendig, dass du dich selbst zugrunde richtest. Je eher du dies einsiehst, desto besser, denn wir leben in Zeiten, in denen dein Mut und deine Tapferkeit dringender gebraucht werden als deine Trauer und dein Selbstmitleid.«

»Herr König«, sagte Alphart unwillig, »ich bin zu Gast in Eurem Haus und dankbar für jede Wohltat, die Ihr mir erwiesen habt. Aber das gibt Euch weder das Recht, über mich zu urteilen, noch Reden über meinen Bruder zu führen, den Ihr nie kennengelernt habt.«

»Ich führe keine Reden über deinen Bruder, Alphart Wildfänger, sondern über dich. Und hast du erst erfahren, was der Druide schon weiß, so wirst auch du erkennen, dass dies nicht die rechte Zeit für persönliche Rache ist, so sehr es dich danach verlangen mag.«

»Wovon sprecht Ihr?«

»Zeigt es ihm, Majestät«, bat Yvolar den König. »Lasst ihn sehen, was Ihr mich habt sehen lassen. Führt ihm die Wahrheit vor Augen, damit er erkennt, wie es um uns und die Welt bestellt ist.«

»Es sei«, entschied Alwys und hob die rechte Hand, an welcher der jahrtausendealte Siegelring von Glondwarac funkelte. »Schließ deine Augen, Alphart Wildfänger«, verlangte er, »und du sollst sehen, was sonst nur den Ältesten und Weisen vorbehalten ist. Du brauchst dich nicht zu fürchten.«

»Ein Wildfänger fürchtet sich nicht«, behauptete Alphart mürrisch. »Vor nichts und vor niemandem.«

»Dann ist es ja gut«, sagte Alwys, und er sprach es mit einer Stimme, die Alphart nicht gefallen wollte. Er verspürte das jähe Bedürfnis, auf dem Absatz kehrtzumachen und die Höhle des Zwergenkönigs rasch zu verlassen. Aber das konnte und wollte er nicht. Soeben hatte er behauptet, keine Furcht zu kennen, und außerdem brannte er darauf zu erfahren, was es mit den Erlen und der Bedrohung auf sich hatte, die so unversehens über Allagáin gekommen war. Also tat er, wie ihm geheißen wart, und schloss die Augen.

Schlagartig hatte er das Gefühl, von jenem blauen Licht umgeben zu sein, das aus der Tiefe des Sees sickerte. Blendend hell hüllte es ihn ein. Und obwohl Alphart wusste, dass er mit beiden Beinen fest auf dem Boden stand, hatte er im nächsten Moment den Eindruck, als würde ihn das Licht hinabziehen in den kleinen See. Er kippte nach vorn, stürzte in ungeahnte Tiefen und durch klafterdicken Fels, während das Licht ihn weiterhin umhüllte.

Nicht in senkrechtem Sturz ging es hinab, sondern in einem wilden Zickzackflug, mal hierhin und mal dorthin, sodass Alphart schon bald die Orientierung verlor und nicht mehr wusste, was über ihm war und was unter ihm.

So unvermittelt, wie sie begonnen hatte, endete die Reise. Das Licht erlosch – und der Jäger fand sich an einem anderen, ihm unbekannten Ort wieder.

Das Erste, was Alphart fühlte, war die Kälte. Schneidende, erbarmungslose Kälte, die nicht nur von außen auf ihn eindrang, sondern auch aus seinem Inneren zu kommen schien.

Firnbedeckte Felswände umgaben ihn, von denen Eis in glasigen Zapfen hing. Alphart fror erbärmlich, sein Atem kondensierte in der kalten Luft, kaum dass er den Mund verließ, und er fragte sich, ob all dies wirklich war oder nur Blendwerk, das der Zwergenkönig ihm vorgaukelte.

Auf einmal hörte der Jäger das grässliche Schnauben – und er fühlte nackte Furcht. Kalt und hart wie Stahl bohrte sie sich in sein Herz, und Schweiß trat ihm trotz der Eiseskälte auf die Stirn. Wohin, bei den Gipfeln der Berge, war er nur geraten? Was war es, das so entsetzliche Laute verursachte, dass sie einen gestandenen Jägersmann bis ins Mark erschaudern ließen?

Vorsichtig setzte Alphart einen Fuß vor den anderen, um seiner Furcht zum Trotz die Quelle der fürchterlichen Laute zu ergründen. Je weiter er vordrang, desto dicker wurde die weiße Schicht, die den Fels der Höhle überzog. Eiszapfen spannten sich zwischen Decke und Boden und bildeten ein Labyrinth schillernder Säulen, zwischen denen sich der Wildfänger seinen Weg suchte. Erneut war das fürchterliche Schnauben zu hören und ließ das Eis klirren. Ein Knurren folgte, das Alphart keinem Tier aus Wald oder Flur zuordnen konnte. Jedenfalls keinem, mit dem er es bislang zu tun gehabt hatte …

Noch ein Stück schlich er weiter, dann lichtete sich der Wald aus Eis. Dahinter schien sich etwas zu regen – und im nächsten Moment erblickte Alphart die Kreatur, die dieses kalte Labyrinth bewohnte und aus deren Rachen die grässlichen Laute drangen. Der Herzschlag des Wildfängers wollte aussetzen, denn noch nie hatte er etwas Grässlicheres erblickt.

In einem Nest aus Glaskristallen lag ein ungeheurer Körper, groß und fett und dabei strotzend vor zerstörerischer Kraft. Auf dem Rücken des Untiers erhob sich ein Kamm scharfer weißer Zacken, die bis hinab zum Schwanzende reichten, das unruhig hin und her pendelte und dabei ein schauriges Pfeifen hervorrief, wie von kaltem Winterwind. Vier säulendicke Gliedmaßen ragten aus dem massigen blassen Körper der Kreatur, die in scheußliche Klauen ausliefen. Flügel wie die einer Fledermaus lagen seitlich an dem mit milchig weißen Hornplatten gepanzerten Leib.

All das war an sich schon furchterregend – noch grässlicher war allerdings das Haupt der Kreatur, das auf einem langen Hals saß und so groß war wie ein Fuhrwerk. Weiße Haut, unter der blaue Adern zu sehen waren, spannte sich über einer Schnauze mit Nüstern, die sich unentwegt blähten und Dampfwolken ausstießen, und diese gefroren sofort, um als glitzernder Schnee zu Boden zu fallen; davon also rührte der Firn, der die Felsen der Höhle überzog. Das riesige, halb offen stehende Maul der Kreatur ließ Reihen mörderischer Zähne erkennen, die an Eiszapfen erinnerten. Dazwischen zuckte eine gespaltene blaue Zunge. Die kürbisgroßen Augen der Bestie hingegen starrten in dunklem Rot und hatten keine Pupillen.

Alphart sog scharf die eisige Luft ein, sein Verstand wollte verzweifeln angesichts des schrecklichen Anblicks, und erneut ließ die Kreatur ein tiefes Knurren hören, das die Furcht des Jägers noch mehr schürte. Plötzlich pumpte sie den Brustkorb auf und warf das bleiche Haupt zurück – und unter schrecklichem Gebrüll stieß sie eisigen Atem aus ihrem Rachen, der durch eine Öffnung in der Höhlendecke aufstieg.

Alphart spürte, wie die Kälte um ihn herum zunahm. Doch auch vor Entsetzen zitterte er am ganzen Körper und war kaum noch in der Lage, einen klaren Gedanken zu fassen.

Da wandte die Kreatur das Haupt und schaute ihn geradewegs an.

Der Wildfänger erstarrte – ihm war, als würde der Blick des Ungeheuers auch ihn in Eis verwandeln. Tödliche Kälte erfasste ihn, und er begann laut zu schreien.

Da wurde er erneut von jenem unwiderstehlichen Sog gepackt, der ihn an diesen Ort gebracht hatte: Mit atemberaubender Geschwindigkeit ging es zurück durch das Labyrinth des Eises, zurück durch den klafterdicken Fels und den Lichtsee, in den er zuvor gestürzt war. Und noch ehe sich der Wildfänger klar darüber werden konnte, ob all dies ein Traum war oder die Wirklichkeit, schlug er die Augen auf und fand er sich in der Höhle des Zwergenkönigs wieder.

Noch immer stand er am Ufer des unterirdischen Sees, und zu seiner Verblüffung stellte er fest, dass er sich offenbar keinen Schritt fortbewegt hatte. Dabei war er sicher gewesen, ein unterirdisches Reich zu durchwandern …

»Nun?«, erkundigte sich Yvolar, der ihn erwartungsvoll anblickte. »Hast du etwas gesehen?«

»A-allerdings …«

»Und? Willst du uns nichts davon erzählen?«, fragte Alwys. Das hintersinnige Lächeln des Zwergenkönigs ließ erkennen, dass er die Antwort bereits kannte.

»Es ... es war ein Tier, ein Monstrum, eine riesige Kreatur«, stammelte Alphart. Als Wildfänger, der die Einsamkeit seine Heimat nannte, war er kein Freund großer Worte, und entsprechend schwer fiel es ihm zu beschreiben, was er gesehen hatte.

»Du bist in der Höhle gewesen«, sagte Yvolar.

Alphart nickte.

»Was du gesehen hast, Wildfänger, war ein Dragan Daic«, erklärte Alwys, der Zwergenkönig.

»Ein – *was?*«

»Ein Eisdrache«, übersetzte der Druide die Worte der alten Sprache. »Und zwar der letzte, der noch am Leben ist.«

»Ein ... Eisdrache? Aber ich dachte ...«

»... dass es sie nur in alten Mythen gäbe?« Yvolar lachte. »Ich wünschte, es wäre so, mein Freund. Denn dann wäre vieles anders und bei Weitem nicht so schlimm.«

»Du sprichst in Rätseln, alter Mann«, sagte Alphart. »Ich verstehe nicht ...«

»Dann will ich es dir erklären«, sagte Yvolar. »In alter Zeit waren die Drachen zahlreich und mächtig, aber auch ebenso eitel und töricht. Auf Gold und Edelsteine hatten sie es abgesehen, deshalb befanden sie sich in ständigem Streit mit den Zwergen. Muortis erkannte ihre Gier, und so waren sie für ihn leichte Opfer.«

»Indem er den Drachen reiche Beute versprach«, führte der Zwergenkönig für Yvolar weiter aus, »brachte er viele von ihnen dazu, seinem dunklen Banner zu folgen. Zu spät bemerkten sie, dass Muortis sie betrogen hatte. Mit wertlosem Glas und faulem Zauber hatte er sie geblendet, und in ihrem Zorn verwandelten sie sich in Kreaturen des Eises, die Kälte anstatt Feuer speien. So waren die Dragan Daic geboren.«

»Und Muortis hatte erreicht, was er wollte«, erklärte Yvolar. »Er bediente sich ihrer, um die Welt mit Kälte und

Eis zu überziehen, und wollte so alles Leben auf dieser Welt auslöschen. Hätten sich ihm die Söhne Vanis' nicht entgegengestellt, hätte er triumphiert. So jedoch konnte die Bedrohung abgewendet werden.«

»Muortis' Kreaturen wurden besiegt und seine Eisdrachen getötet«, erklärte Alwys, »auf dass sie sich niemals wieder gegen die Welt verschwören könnten …«

»… bis auf diesen einen«, murmelte Alphart.

Yvolar nickte. »So ist es.«

»Warum ließ man ihn entkommen?«

»Gewiss geschah dies nicht mit Absicht«, antwortete der Zwergenkönig. »Du musst wissen, Wildfänger, dass die Welt in jenen Tagen in Aufruhr war. Die Schlacht am Korin Nifol hatte ungezählte Opfer gekostet, und Allagáin lag in Schutt und Asche. Mehr Finsternis als Licht gab es, und trotz des Sieges, den die Sterblichen errungen hatten, herrschten Chaos und Verzweiflung.«

»In dieser Zeit muss es einem der Eisdrachen gelungen sein, dem wachsamen Auge der Sylfen zu entgehen«, vermutete Yvolar, »und sich in die Tiefen der Berge zu seinem dunklen Herrn zu flüchten.«

»Ich verstehe«, sagte Alphart leise.

»Damit wissen wir nun, was wir zu erfahren trachteten«, fuhr Yvolar fort. »Wir kennen jetzt den Grund dafür, dass der Winter so früh und unerbittlich in Allagáin einfällt, dass die Ernten vernichtet werden und die Kreaturen der Dunkelheit aus ihren Löchern kriechen.«

»Und was ist dieser Grund?«, wollte Alphart wissen, der nicht recht hatte folgen können.

»Muortis, der Herr des Nebels und des Bösen, ist zurückgekehrt«, antwortete ihm der Zwergenkönig unheilvoll. »Nur seine verderbliche Macht ist in der Lage, dem Drachen das Eis zu entlocken, und wie damals will er die Welt mit tödlicher Kälte überziehen.«

»Wie ist das möglich?« Alphart schüttelte verständnislos den Kopf. »Wie kann eine einzige Kreatur dafür verantwortlich sein, dass die Welt in Kälte versinkt?«

»Der Drache versteckt sich irgendwo in den Tiefen der Berge«, erklärte Alwys. »Auf seinem Hort aus wertlosem Tand sitzend, für den er einst sein Feuer verkaufte, speit er eisigen Atem und bringt damit das Grundmeer und die Wasser, die es speist, zum Gefrieren.«

»Flüsse und Seen erstarren«, sagte Yvolar, »und die Gletscher kommen aus den Bergen herab, um das Leben in den Tälern zu ersticken. Der frühe Winter ist lediglich ein Vorbote des Unheils, das uns droht. Eine neue Eiszeit ist angebrochen, Alphart.«

Der Wildfänger schauderte. Er kannte die Geschichten, die man sich an den Lagerfeuern erzählte – von den Tagen der Söhne Vanis' und vom Kampf der Elemente, von Drachen und Zwergen, von Riesen und Sylfen, die sich auf den Gipfeln der Berge blutige Schlachten um das Schicksal der Welt geliefert hatten. Aber er hätte niemals gedacht, dass auch nur die Hälfte davon der Wahrheit entsprach.

»Der Zauberspiegel des Zwergenkönigs hat ans Licht gebracht, was vor uns verborgen werden sollte«, stellte Yvolar fest, während er auf den leuchtenden See zeigte. »Muortis hat seine alten Diener gerufen, und sie sind ihm noch immer untertan. Die Erle sind bereits hier, andere werden folgen. Bevor das Eis kommt, Wildfänger, wird das Heer des Bösen aufmarschieren.«

Alphart schluckte den Kloß hinunter, der sich in seinem Hals gebildet hatte. Noch vor ein paar Tagen hätte er über die Worte des Druiden nur gelacht. Aber nach den Kämpfen gegen die Erle, gegen den Bergtroll, gegen das Seeungeheuer und erst recht nach dem, was er vorhin gesehen hatte, war ihm nicht mehr zum Lachen zumute.

»Kann man etwas dagegen unternehmen?«, fragte er flüsternd und in der Hoffnung, dass man seine Frage bejahen würde. »Deswegen sind wir schließlich hergekommen, oder nicht?«

Yvolar lächelte wehmütig. »Wenn es zur letzten Schlacht kommt, Wildfänger, treffen die Elemente der Finsternis und des Lichts aufeinander. Tod steht dann gegen Leben, die Nacht gegen den Tag, der kalte Schein des Erlmonds gegen das wärmende Licht der Sylfensonne und das Eis des Dragan Daic gegen ...«

»... gegen Feuer«, vervollständigte Alphart instinktiv.

»Dein Herz kennt die Antwort«, sagte der Zwergenkönig, und Yvolar erklärte: »Drachenfeuer müssen wir suchen, wenn wir den Dragan Daic bekämpfen wollen.«

»Drachenfeuer?« Alphart blickte ihn zweifelnd an. »Du sprichst von Drachen, Druide? Von Wesen, die sich in die Lüfte schwingen und deren Atem Feuer ist?«

»Im ersten Krieg gegen Muortis' Heer waren jene Drachen, die sich nicht dem Herrscher des Eises verschrieben hatten und zu seinen Kreaturen geworden waren, den Sterblichen wertvolle Verbündete«, sagte Alwys.

»Ich kenne die alten Geschichten«, versicherte Alphart. »Aber wer sagt uns, dass es noch einen einzigen Feuerdrachen gibt? Es heißt, sie wären alle ausgestorben, schon vor langer Zeit ...«

»Sie sind selten geworden«, korrigierte ihn Yvolar. »Die Drachen fühlen, dass ihre Zeit zu Ende geht, und darum haben sie sich zurückgezogen, um in Frieden aus der Welt zu scheiden.«

»Selbst wenn es irgendwo noch ein paar Drachen gäbe«, beharrte Alphart, »was könnten drei, vier oder gar fünf von ihnen gegen all das Eis ausrichten? Außerdem weiß jedes Kind, dass nur ein Sylfenwesen einen Drachen führen kann, und Vanis' Söhne sind nicht mehr – wenn es sie überhaupt je gegeben hat.«

»Du zweifelst noch immer?«, fragte der Zwergenkönig ebenso erstaunt wie mürrisch. »Nach allem, was du gesehen hast?«

»Ich weiß nicht mehr, was ich glauben soll«, gestand Alphart ernüchtert. »Noch vor einigen Tagen habe ich in der Einsamkeit der Berge gelebt und zusammen mit meinem Bruder Fallen aufgestellt. Das ist das Einzige, was ich wirklich kann. Nun jedoch ist mein Bruder nicht mehr am Leben, und ich kämpfe gegen Erle, Trolle, Seeungeheuer und befinde mich auf einmal im Reich der Zwerge.«

»Ja, dein Leben hat sich innerhalb weniger Tage gänzlich verändert, Alphart Wildfänger«, sagte Yvolar nachsichtig. »Aber nicht nur dein Leben, die ganze Welt verändert sich. Eine Zeitenwende zieht herauf, Gut und Böse stehen wie einst einander gegenüber, und jeder von uns muss entscheiden, auf welcher Seite er letztendlich steht. Die Allagáiner haben immer gewusst, dass in ihren Bergen die Entscheidung fallen wird, wenn es zur letzten Schlacht kommt zwischen Licht und Finsternis; viele ihrer Erzählungen handeln davon.«

»Nun ist es so weit, Alphart«, erklärte der Zwergenkönig. »Der Kampf hat begonnen, und wir alle, ob es uns gefällt oder nicht, sind darin mehr oder weniger verstrickt. Vor allem aber wird der Ausgang dieses Kampfes über unser aller Leben entscheiden.«

»Du magst lieber zurückkehren wollen in die Einsamkeit und so tun, als wäre nichts geschehen«, sprach der Druide auf Alphart ein. »Doch dies wäre die falscheste aller möglichen Entscheidungen. Der Schöpfergeist hat dir eine Aufgabe zugeteilt, und der kannst du dich nicht entziehen. Und außerdem bin ich mir sicher, dass du sie gut erfüllen wirst.«

»Eine Aufgabe?« Alphart starrte ihn aus großen Augen an. »Verdammt, Druide, wovon sprichst du?«

Yvolar antwortete nicht sofort, sondern tauschte einen langen Blick mit Alwys, bevor er kundtat: »Du sollst wissen, Alphart«, sagte er schließlich, »dass nicht alles verloren ist – denn ein Nachkomme Danáons weilt noch unter den Lebenden.«

»Was?« Alphart glaubte, nicht recht zu hören. Es hieß doch, die letzten Sylfen hätten Allagáin schon vor langer, langer Zeit verlassen …

»Ja, es gibt noch einen Erben«, bestätigte Alwys, der Zwergenkönig, die Worte des Druiden. »Einen, der fern von Urgulroth herangewachsen ist und von dessen Existenz Muortis nichts weiß. Seine Mutter war sterblich, sein Vater jedoch war sylfischen Geblüts, und so fließt auch in seinen Adern das Blut von Vanis.«

»Ach«, staunte Alphart. »Dann haben sich also die Sylfen mit den Menschen vermischt?«

»Nein, das haben sie nicht«, widersprach Alwys. »Sie blieben unter sich, zumindest die meisten von ihnen. Aber nicht aus Stolz oder Überheblichkeit, sondern weil sie die Welt der Sterblichen so verlassen wollten, wie sie diese einst vorfanden. Sie wollten keine neue Rasse schaffen, die sich möglicherweise zu Herren über die Menschen aufgeschwungen hätten, sobald die Sylfen selbst die sterbliche Welt verließen.«

»Die Liebe, Wildfänger, folgt jedoch eigenen Regeln«, sagte Yvolar, »deshalb fanden ein Sylfenkrieger hoher Abstammung und eine einfache Maid aus Allagáin zueinander, und die Menschenfrau gebar ihm einen Knaben.«

»Er ist der Sylfen Erbe«, sagte Alwys, und Yvolar fügte hinzu: »Und damit unsere Hoffnung.«

Alphart schüttelte den Kopf. »Selbst wenn es stimmt, was ihr beiden sagt, und es diesen Erben wirklich gab, so kann er uns kaum helfen.«

»So?«, fragte Alwys überrascht, und Yvolar wollte wissen: »Und warum nicht?«

»Weil die Dinge, von denen ihr sprecht, vor langer Zeit geschehen sind.« Er schaute Yvolar an und sagte: »Du, Druide, magst dich daran erinnern, als wäre es erst gestern gewesen, aber für den Rest von uns sind viele Menschenalter vergangen. Nicht alle werden so alt wie du, Yvolar – ha, deinen großartigen Erben haben längst die Würmer gefressen!«

Alwys schnaubte und stampfte wütend mit dem Fuß auf. Yvolar hingegen verriet keine Regung. Wenn er erzürnt war, so zeigte er es nicht. »So vieles hast du gesehen, Wildfänger, und so vieles erlebt – und dennoch willst du mir einfach noch immer nicht vertrauen.«

»Vertrauen?«, wiederholte Alphart. »Das hat nichts mit Vertrauen zu tun, sondern allein mit dem gesunden Menschenverstand.«

»Seit wann ist der Verstand der Menschen gesund«, murrte Alwys in seinem Bart.

»Uns allen, die wir von der Existenz des Jungen wussten«, sagte Yvolar, »war klar, dass seine Existenz den Mächten des Bösen ein Dorn im Auge wäre. Deshalb wurden sowohl er als auch seine Mutter an einen weit entfernten Ort gebracht, wo der Knabe in Sicherheit und Frieden heranwuchs und wo die Zeit anderen Gesetzen folgt.«

»Anderen Gesetzen?«, fragte Alphart. »Was soll das nun wieder heißen?«

»Erinnerst du dich, was ich dir antwortete, als du mich nach den Menschen fragtest, die angeblich nie wieder aus der Festung der Zwerge herausgekommen wären?«, fragte Yvolar.

»Hm«, machte Alphart nur.

»Erinnerst du dich oder nicht?«, fragte der Druide energischer.

»Ich erinnere mich, dass du einmal mehr in Rätseln gesprochen hast, alter Mann«, entgegnete Alphart mürrisch.

»Ich sagte, dass die Antwort auf deine Frage im Auge des Betrachters liege – und das ist auch treffend ausgedrückt«, sagte Yvolar. »Denn innerhalb Glondwaracs ist nicht außerhalb.«

Erneut schüttelte der Wildfänger verständnislos den Kopf. »Wieder sprichst du in Rätseln, und wieder begreife ich nicht, was du mir zu sagen versuchst.«

»Was der Druide dir sagen will, Wildfänger«, erklärte Alwys, »ist, dass die Zeit in meinem Reich anders verläuft als in deiner Welt.«

»Ach«, sagte Alphart. »Und das bedeutet?«

»Dass ein ganzer Tag in deiner Welt bei uns nur einen Lidschlag dauert«, eröffnete ihm der Zwergenkönig. »Innerhalb dieser Mauern verstreicht die Zeit sehr viel langsamer als außerhalb.«

»Aber das …«, stammelte Alphart, »das ist nicht möglich!«

»Warum nicht?«, fragte Alwys. »Nur weil du es dir nicht erklären kannst?«

»Zwischen Himmel und Erde gibt es vieles, das ein einfacher Mann aus den Bergen nur schwer zu begreifen vermag«, sagte Yvolar, »dennoch ist es so wirklich wie du selbst, Alphart Wildfänger.«

»Aber … aber …«

»Jene Menschen, die das Reich des Zwergenkönigs betraten und von denen du gehört hast«, erklärte der Druide, »haben es keineswegs niemals wieder verlassen, sondern nur sehr viel später.«

»Zu einer Zeit, als keiner der Ihren mehr am Leben war«, fügte Alwys hinzu, und ein Funken von Trauer schwang in seiner Stimme mit. »Also wurden auch sie für tot gehalten.«

»Die Menschen aber glaubten, dass ihnen von der Festung des Zwergenkönigs Unheil drohe«, sagte Yvolar.

»Und da wir ein Volk sind, das gern im Zurückgezogenen lebt, haben wir nichts unternommen, um diese Legende zu widerlegen«, sagte Alwys. Dann richtete er den Zeigefinger auf Alphart und fuhr fort: »Du jedoch kennst nun das Geheimnis, Wildfänger.«

»Und dir obliegt es zu entscheiden, woran du glauben möchtest«, fügte Yvolar hinzu. »An das, was dir von Jugend an eingeredet wurde, oder an die Wahrheit.«

»An die Wahrheit«, antwortete Alphart ohne Zögern.

»Dann musst du als gegeben hinnehmen, was wir dir sagen, und darauf vertrauen, dass jener junge Mensch, der in der Obhut der Zwerge von Glondwarac heranwuchs, tatsächlich Dánaons Erbe ist.«

»Aber wie kann das sein?«, fragte Alphart kopfschüttelnd. »Wenn ein Tag in der Welt der Menschen hier in Glondwarac tatsächlich nur einen Lidschlag dauert, dann …« Er brach ab, weil er nicht wusste, wie er seinen Gedanken in Worte fassen sollte.

»… dann, so denkst du, befänden wir uns gemessen an der Zeit, die draußen in der Welt der Sterblichen vergeht, nun schon jahrzehntelang im Zwergenreich«, führte Yvolar für ihn aus.

Alphart nickte und schaute den Druiden fragend an. »Ist es nicht so?«

»Nein«, antwortete Alwys an Yvolars Stelle. »Denn wisse, Mensch, dass die Zeitbarriere aufgehoben ist, solange Glondwarac sichtbar ist in eurer Welt.«

»Sichtbar?« Alphart hob die buschigen Brauen. »Dann sind die alten Geschichten also wahr? Die Festung des Zwergenkönigs erscheint tatsächlich nur alle sieben Jahre?«

»Alle sieben Jahre«, bestätigte Alwys nickend und sandte Yvolar einen bedeutungsvollen Blick. »Aber auch dann, wenn gute Freunde unserer Hilfe bedürfen und uns rufen.«

»Das meinte ich, als ich sagte, wir müssten uns ans südliche Ufer des Búrin Mar begeben«, fügte Yvolar erklärend hinzu, »und dass alles andere bei den Zwergen liege.«

Alphart nickte. All das schien tatsächlich Sinn zu ergeben – wenn auch auf eine ziemlich schräge Art und Weise …

»Du hast das alles vorausgesehen, nicht wahr?«, fragte er den Druiden. »Du hast gewusst, dass all das geschehen würde.«

»Ich habe es geahnt«, räumte Yvolar ein. »Ich war dabei, als Muortis die Welt in Kälte stürzte, und ich habe mir geschworen, dass es nicht noch einmal geschehen soll. Deshalb habe ich gewisse … *Vorkehrungen* getroffen.«

»Und was ist mit dem Knaben?«, fragte Alphart. »Weiß er um seine Herkunft? Kennt er seine Bestimmung?«

Wieder tauschten der Druide und der Zwergenkönig einen langen Blick. »Noch nicht«, gestand Yvolar dann, »aber noch heute wird er davon erfahren …«

Erwyn war unruhig. Bereits seit einem Tag hielten sich die Fremden, die von jenseits des Búrin Mar gekommen waren, in der Zwergenfeste auf, aber noch immer hatte man kein Wort darüber verlauten lassen, wer sie waren und was sie in Glondwarac wollten.

Natürlich hatte Erwyn Fragen gestellt, jedoch als Antwort nicht mehr als vage Andeutungen erhalten. Entweder wussten auch die Zwerge nicht, wer die Fremden waren, oder sie verschwiegen es ihm, was den Jungen nur noch neugieriger machte.

Begierig darauf, etwas über die Menschen zu erfahren, schlich er in den Gängen von Glondwarac umher und schwänzte sogar die Gildenschule. Doch das Meiste, was man ihn dort zusammen mit jungen Zwergen lehrte, interessierte ihn ohnehin nicht. Erwyn lag nichts an Edelsteinen und Geschmeide, es war ihm auch ziemlich egal, wie man eine Goldader fand oder einen Stollen grub, und auch für Bergbau und Steinmetzarbeit konnte er sich nur sehr bedingt begeistern. Sein Interesse galt der Dichtung und der Musik, den leichten Dingen des Lebens. Mit Verzückung lauschte er den Hofdichtern, wenn sie von der Zeit der Altvorderen sangen, und sein junges Herz sprang vor Freude, wenn Zwergenmusikanten auf ihren Alphörnern bliesen; ihr getragener Klang weckte in ihm eine unbestimmte Sehnsucht, eine Ahnung von etwas, das längst vergangen war und mit dem er sich dennoch verbunden fühlte.

Die Zwerge hatten ihn als einen der Ihren angenommen, nachdem seine Mutter aus Gram über den Tod seines Vaters gestorben war, und sein Ziehvater Urys hatte ihn aufgezogen, als wäre Erwyn sein eigener Sohn. Dennoch fühlte er, dass er nicht zu den Zwergen gehörte – und dieses Gefühl wurde stärker, je älter er wurde. Das Verlangen, die engen Gänge und Stollen Glondwaracs zu verlassen und in die Welt zu ziehen, erfüllte ihn, und er war begierig auf jede Nachricht, die von draußen in die Festung drang – zum größten Unverständnis der Zwerge, die am liebsten in Abgeschiedenheit lebten und für sich blieben. Vielleicht, so argwöhnte er, wollten sie deshalb nicht, dass er mit den Fremden zusammentraf. Vielleicht ahnten sie seine geheimen Wünsche und Sehnsüchte und fürchteten, dass er sich den Menschen anschloss und das Zwergenreich verließ. Dabei liebte Erwyn seinen Ziehvater Urys, und es wäre ihm alles andere als leichtgefallen, Glondwarac den Rücken zu kehren.

Und dennoch – da war diese ungestillte Sehnsucht …

Nachdem er eine Weile in den Gängen der Festung herumgelungert hatte, kehrte Erwyn zurück in seine Kammer. Er kauerte sich auf sein weiches Lager und schlug die Saiten der Laute, die Halfys, der oberste Hofmusikant des Zwergenkönigs, ihm geschenkt hatte.

Die Töne, die er ihr entlockte, waren voller Wehmut. Leise sang er ein Lied, das Halfys ihn gelehrt hatte. Es war hintersinnig wie alle Lieder, die die Zwerge sangen, und vielleicht hatte Erwyn deshalb das Gefühl, dass es zu seiner Lage passte:

Zu Glondwarac im Zwergenzwing,
da sitzt der alte König.
Er starrt trübselig vor sich hin,
denn Freude hat er wenig.
Die Seinen haben ihn verlassen
vor langen Zeiten schon.

Zurück ist er allein geblieben,
das hat er nun davon.
Gegraben hat er viel zu tief
in Berges Fundament,
geweckt hat er aus tiefem Schlaf
was keinen Namen kennt.
Das Unheil, dunkel, tief verborgen,
lag in ewiger Nacht.
Des Königs Gier, so merket wohl,
hat es ans Licht gebracht.
So lernt draus für alle Zeit,
dass weder Gold noch Edelstein
entscheidet, wer am Jüngsten Tag
wird reinen Herzens sein.

Gerade hatte der Junge sein Lied beendet, da klopfte es an der Tür seiner Kammer. Erwyn glaubte, dass es Urys war, der ihn aufsuchte, weil ihm zu Ohren gekommen war, dass er die Gildenschule schwänzte. Doch als er den Besucher zum Eintreten aufgefordert hatte und sich die Tür öffnete, betrat einer der Fremden seine Kammer.

Es war ein alter Mann. Eine weiße Robe umfloss seine schlanke Gestalt, und dazu trug er einen purpurnen Umhang. Sein Haupt war kahl, dafür hatte er einen sehr langen grauen Bart, der einem Zwerg zur Ehre gereicht hätte. In der Hand hielt er einen kunstvoll gearbeiteten Stab aus Eschenholz, und sein ruhiger, aber wissender Blick schien bei Erwyn eine alte Erinnerung zu wecken …

»Ein schönes Lied«, sagte der Fremde und deutete zum Gruß eine Verneigung an.

»Eher ein trauriges Lied«, entgegnete Erwyn, »denn es handelt von Garwys dem Unseligen, dessen Gier die Zwerge einst nach Urgulroth führte, sodass sie das Böse weckten, das dort schlummerte.«

»Es freut mich, dass man in Glondwarac noch immer die alten Lieder singt«, sagte der Besucher lächelnd. »Du findest also immer noch mehr Gefallen an Musik und Gesang als an wertvollen Edelsteinen.«

»Das stimmt«, bestätigte Erwyn. »Ich schmiede auch lieber Verse als Metall, und eine goldene Kehle ist mir lieber als ein goldener Krug. Aber …« Seine Augen verengten sich, und er schaute misstrauisch. »Woher wisst Ihr das?«

Wieder lächelte der Fremde. »Ich weiß vieles über dich, mein junger Freund. Mehr, als du ahnst, und wohl auch mehr, als du selbst von dir weißt.«

»Sind wir uns denn schon einmal begegnet?«, fragte Erwyn und runzelte die Stirn. »Ich erinnere mich nicht an Euch, und dennoch kommt Ihr mir bekannt vor.«

»Du warst noch ein kleines Kind damals, als ich dich und deine Mutter hierherbrachte.«

»Aber dann«, rief Erwyn aufgeregt, »dann müsst Ihr Yvolar sein!« Und er sprang vom Bett auf und starrte den Druiden aus großen, ehrfürchtig geweiteten Augen an. »Endlich lerne ich Euch kennen, Meister Yvolar! Man hat mir viel über Euch erzählt, aber ich hätte nie gedacht, Euch eines Tages zu begegnen.« Er deutete eine Verbeugung an und sagte dann: »Hätte ich geahnt, dass Ihr es seid, der nach Glondwarac kam …«

Yvolar lächelte. »Was hättest du dann getan?«

»Ich hätte meinen Vater Urys gebeten, mich zu Euch zu führen. Denn ich … ich wollte Euch schon immer kennenlernen. So viele wundersame Dinge habe ich über Euch gehört, dass ich schon anfing, Euch für eine Sagengestalt zu halten.«

»Wie du siehst, bin ich wirklich«, entgegnete Yvolar sanft, »so wie auch die Sylfen wirklich waren, bevor sie sich zurückzogen auf jene fernen Gipfel, von denen sie einst kamen. Nur einer von ihnen blieb in unserer Welt, der Welt der Sterblichen.«

Erwyn wusste nicht, was ihm der Druide damit sagen wollte, wie er dessen Worte aufzufassen hatte, und etwas irritiert entgegnete er: »Wenn ... wenn Ihr das sagt, wird es wohl stimmen, Meister Yvolar.«

»Ich sage es nicht nur so daher«, erklärte Yvolar. »Es ist wichtig, dass du dies weißt.«

»Und ... und warum?«, fragte der Junge erstaunt.

»Sehr einfach – weil du dieser letzte Spross bist, der von Vanis' Stamm zurückgeblieben ist, Dochandar.«

Erwyn war völlig verwirrt. »Wie nennt Ihr mich?«

»Dochandar«, wiederholte der Druide. »In der Sprache der Sylfen bedeutet dies ›Träger der Hoffnung‹ – und zur Hoffnung wirst du für uns alle werden.«

»Ich?« Ungläubig deutete der Junge auf seine schmale Brust, dann schüttelte er den Kopf, und schließlich lachte er freudlos auf. »Aber nein, Meister Yvolar! Ihr müsst Euch irren! Ich heiße Erwyn und ...«

»Das ist der Name, den dein Ziehvater Urys dir gegeben hat, um dich zu schützen und vor Entdeckung zu bewahren. Er ändert aber nichts an dem, *was* du bist.«

»So? Und was bin ich?«

»Der letzte Spross von Danaóns Geschlecht«, antwortete Yvolar mit fester Stimme. »Der Letzte der Sylfen.«

»Ich? Ein Sylfe?« Erneut schüttelte Erwyn den Kopf. Er konnte nicht fassen, was ihm soeben eröffnet worden war.

»Ja, hast du dich denn nie gefragt, weshalb du als Kind hierhergebracht wurdest?«, fragte Yvolar. »Oder was aus deinem Vater wurde?«

»Man erzählte mir, er wäre gestorben ...«

»Dein Vater, mein Junge, war ein Sylfenkrieger aus hohem Haus, der sich entgegen dem Gesetz seines Volkes mit einer Sterblichen verband und mit ihr einen Sohn zeugte – nämlich dich. Als Danaón davon erfuhr, gebot er deinem Vater, Allagáin zu verlassen und zu den fernen Gipfeln zurückzukehren. Deine Mutter und du jedoch, ihr wurdet in die Obhut der Zwerge gegeben, denn es stand zu befürchten, dass euch dunkle Mächte früher oder später nach dem Leben trachten. Ich selbst übernahm es, euch hierherzubringen in Alwys' Reich, wo die Zeit langsamer vergeht als draußen in der Welt und wo der letzte Spross von Vanis' Stamm ganz allmählich herangewachsen ist. Deine Mutter hat nie verwunden, dass dein Vater ihr genommen wurde – sie starb an gebrochenem Herzen. Du jedoch lebst nach all der langen Zeit und bist nun ein junger Mann.«

Verlegen blickte Erwyn an sich herab. »Lieber Meister Yvolar, was sagt Ihr da? Ich bin nur ein Menschenjunge, und dazu noch nicht einmal ein besonders kräftiger. Alle jungen Zwerge in der Gildenschule sind stärker als ich und ihre Ausdauer ist größer. Sie haben auch mehr Geschick als ich – und das in allen Dingen, die sie tun.«

»Du meinst Dinge wie Steinmetzarbeiten oder andere Tätigkeiten, die einem Zwerg nun mal im Blut liegen«, sagte Yvolar. »Du aber bist kein Zwerg, Dochandar, und es ist dir auch nicht bestimmt, ein Leben als Zwerg zu führen. Nicht in dunklen Stollen liegt dein Schicksal, sondern im hellen Licht der Welt.«

»Aber ... aber das kann nicht sein!« Fast verzweifelt klang Erwyns Stimme. »Sicherlich meint Ihr jemand anderen und nicht mich!«

»Hast du es denn nie gespürt? Und hast du nicht schon längst gemerkt, dass du nicht zum Bergmann taugst, so sehr du dich auch abmühst? Das Leben hält mehr für dich bereit als die Enge dieser Mauern, Dochandar. Hattest du denn niemals das Gefühl, dass sich in deinem Leben etwas ereignen wird, etwas Großes, Bedeutsames, von dem du selbst ein Teil sein wirst?«

Der Junge schaute den Druiden zweifelnd an. Es stimmte, er hatte diese seltsamen Ahnungen, seit er zurückdenken konnte. Allerdings hatte er niemandem je davon erzählt, aus Furcht, die Zwerge damit zu kränken. Denn hinter ihren struppigen Bärten und faltigen Gesichtern verbargen sich empfindsame Seelen, und das Letzte, was Erwyn gewollte, war es, seinen Ziehvater Urys zu verletzen. Nun jedoch schien die Zeit gekommen, zumindest sich selbst gegenüber die Wahrheit einzugestehen …

»Ja«, sagte der Junge leise. »Es ist wahr, Meister Yvolar, ich habe es gespürt. Und ich hatte … seltsame Träume. Visionen von einer blutigen Schlacht. Und von einer Kreatur, die in dunkler Tiefe lauert.«

»Hm«, machte Yvolar nur.

»Was hat das zu bedeuten?«

»Nicht mehr und nicht weniger, als dass du derjenige bist, auf dem unser aller Hoffnung ruht.«

»Unser aller Hoffnung?«, wiederholte Erwyn und schaute den Druiden an. »Was bedeutet das, Meister Yvolar? Ich verstehe nicht …«

»Für den Augenblick genügt es, wenn du dir deiner Herkunft bewusst wirst – und der Verantwortung, die damit verbunden ist.«

»Verantwortung? Ich?« Erschrocken wich Erwyn zurück. »Aber ich bin noch ein Junge, Meister Yvolar! Und mein Vater Urys pflegt zu sagen, er würde mir nicht mal einen Felsbrocken anvertrauen, weil ich meinen Kopf stets nur in den Wolken habe.«

»Die Bestimmung fragt nicht nach solchen Dingen«, konterte der Druide lächelnd. Er trat auf den Jungen zu und legte ihm tröstend die Hand auf die Schulter. »Auch mir wäre es lieber gewesen, es wären noch ein paar Jahre vergangen, sodass du groß und stark genug gewesen wärst, dem Bösen aus eigener Kraft die Stirn zu bieten.«

»Dem Bösen die Stirn bieten?« Erwyn schüttelte den Kopf. »Wie könnte ich das? Ich bin kein Krieger, Meister

Yvolar. Ich vermag die Laute zu schlagen, aber ich beherrsche weder den Umgang mit der Axt noch mit Pfeil und Bogen.«

»Darum sorge dich nicht, mein Junge. Gute Freunde werden dir zur Seite stehen, die beides wohl beherrschen – so wie Alphart Wildfänger, der großen Mut hat und ein noch größeres Herz, auch wenn er es selbst nicht wahrhaben will.«

»Warum braucht Ihr dann mich?«

»Weil die Kreaturen der Dunkelheit zu zahlreich sind, als dass die Pfeile Sterblicher sie alle niederstrecken könnten – und weil sich unser Feind uralter zerstörerischer Kräfte bedient.«

»Wer … wer ist dieser Feind?«

»Ich spreche von Muortis, dem Herrn der Nebel und des Eises«, sagte der Druide unheilvoll. »All die Jahrhunderte hat er geruht und seine Wunden geleckt, doch nun rüstet er erneut zum Sturm auf die Welt, und wie vor Zeiten droht er alles Leben auszulöschen. Ventars Söhne haben Allagáin verlassen, deshalb glaubt er, leichtes Spiel zu haben. Er weiß nichts von deiner Existenz. Deshalb bist du unsere größte Hoffnung, es mag dir gefallen oder nicht.«

Erwyn schluckte. Er kannte die Geschichte des Krieges, und natürlich wusste er, wer Muortis war, auch wenn die wenigen Zwergenkämpfer, welche die Entscheidungsschlacht am Korin Nifol überlebt hatten, nicht gern über das sprachen, was sich an den Hängen des Berges zugetragen hatte. Wenn sie es dennoch einmal taten, so berichteten sie von Riesen und Trollen, von blutrünstigen Erlen, die der Herr des Eises ins Feld geführt hatte. Nur mit knapper Not und unter hohem Blutzoll, so hieß es, hätte das vereinte Heer der Sylfen und Zwerge den finsteren Feind damals besiegt.

Und nun sollte Muortis zurückgekehrt sein?

»Wenn es so ist, wie Ihr sagt«, wandte der Junge hilflos ein, »warum wissen wir in Glondwarac dann nichts davon?«

»Weil Glondwarac außerhalb der Zeit der Sterblichen liegt. Was sich in den letzten Tagen in der Welt zutrug, liegt für euch nur wenige Herzschläge zurück.«

»Und warum hat man mir nie gesagt, wer ich bin?«

»Um dich zu schützen«, gab Yvolar zur Antwort, »sowohl vor den Mächten, die deinen Tod wollen, als auch vor dir selbst.«

»Mächte, die meinen Tod wollen?« Erwyns ohnehin schon bleiche Züge wurden noch blasser.

»Gewiss – oder glaubst du, du wärst noch am Leben, wenn Muortis wüsste, dass Danaón einen Nachfahren hat?« Der Druide sah, welch niederschmetternde Wirkung seine Worte auf den Jungen hatten, deshalb ließ er seine Stimme weich und freundlich klingen, als er fortfuhr. »Ich weiß, wie schwer es für dich sein muss, das zu erfahren. Gern hätte ich mir mehr Zeit genommen, um dir all dies nur allmählich zu eröffnen und dich auf deine Aufgabe vorzubereiten. Aber das Böse ist bereits auf dem Vormarsch, und es bedarf besonderer Fähigkeiten, es zu überwinden.«

Erwyn schaute auf, sein Blick war ratlos. »Und Ihr glaubt, dass ausgerechnet ich diese Fähigkeiten habe?«

»Sonst wäre ich nicht hier. Sylfenblut fließt durch deine Adern. Alles, was du tun musst, ist deiner Bestimmung zu folgen.«

Erwyn schüttelte erneut das Haupt. Er machte einen nahezu verzweifelten Eindruck. »Und wohin führt sie mich?«

»An finstere Orte, die zu betreten dir viel Mut abverlangen wird. Aber wenn dir gelingt, was ich erhoffe, so wirst du uns alle vor dem Bösen bewahren.«

Erwyn lachte gequält auf. Längst hatte er sich damit abgefunden, dass ihm die Zwerge seines Alters, obschon sie ihm kaum bis zur Hüfte reichten, an Körperkraft, Ausdauer und Geschick weit überlegen waren. Und nun sollte ausgerechnet er ein Abkömmling Danaóns sein, des legendären Helden?

Das passte nicht zusammen ...

»Du zweifelst an dir«, deutete Yvolar den bekümmerten Ausdruck im Gesicht des Jungen. Mahnend hob er den Zeigefinger der linken Hand, doch seine Worte klangen weiterhin sanft und milde. »Wenn du zweifelst, wird Muortis triumphieren. Denn wie sollen andere an dich glauben, wenn du es nicht mal selbst zuwege bringst?«

»Aber ich bin doch nur ein Junge ...«

»Du bist ein Sohn Ventars«, widersprach Yvolar und legte Erwyn die Hand auf die Schulter. »Je eher du dies akzeptierst, desto besser ist es – nicht nur für dich, sondern für uns alle.«

Erwyn holte tief Luft, um erneut zu widersprechen – aber er tat es nicht. Sollte es wirklich wahr sein? Sollte der Druide recht haben mit dem, was er sagte? Erwyn hatte oft darüber gerätselt, warum er als Mensch bei den Zwergen lebte, warum man ihm nicht gestattete, Glondwarac zu verlassen, und warum er all diese seltsamen Träume und Ahnungen hatte. Sollte dies die Antwort sein auf all die Fragen, die er sich insgeheim immer gestellt hatte – dass Sylfenblut in seinen Adern floss?

Dem Jungen plagten noch immer Zweifel, aber je länger er darüber nachdachte, desto mehr begannen sich die Dinge zusammenzufügen und Sinn zu ergeben, wenn auch auf erschreckende Weise.

»Was erwartet man von mir?«, wollte er schließlich wissen. Er stellte die Frage leise, fast flüsternd. »Was muss ich tun?«

»Nun sprichst du wie ein Spross von Vanis' Stamm«, entgegnete Yvolar stolz. »Ich werde dir sagen, was von dir verlangt wird, Dochandar: Du sollst einen Drachen zähmen!«

Ein unsicheres Lächeln huschte um die Züge des Jungen. »Das ist ein Scherz, oder?«

»Sehe ich aus, als würde ich scherzen?«

»Meister Yvolar, ich kann keinen Drachen zähmen!«, rief Erwyn verzweifelt. »Nicht einmal die kleinen Zwerge gehorchen mir. Und überhaupt, es gibt keine Drachen mehr und ...«

»Die meisten von ihnen sind nicht mehr«, räumte der Druide ein, »aber einer von ihnen – Fyrhack – ist noch am Leben. Einst war er der Größte und Wildeste unter den Feuerdrachen und ihr Anführer. Er kann uns helfen, Muortis' Eis zu bekämpfen – jedoch wird er nur einem Spross vom Blute Ventars folgen. Dir, mein Junge.«

»Mir?« Erneut schaute Erwyn den Druiden aus großen, ungläubig blickenden Augen an. »Selbst wenn es so wäre – wie soll ein einziger Drache Muortis' Heer besiegen? Das verstehe ich nicht, Meister Yvolar.«

»Umso mehr musst du mir vertrauen, Junge«, sagte der Druide beschwörend. »Aus sicherer Quelle wissen wir, dass der Letzte der Eisdrachen in Muortis' Diensten steht und das Grundmeer mit eisigem Atem erstarren lässt. Nur ein Feuerdrache kann ihn besiegen. Indem Feuer und Eis aufeinandertreffen und sich ihre Kräfte gegenseitig aufheben, wird das Gleichgewicht wiederhergestellt. Aber nur du kannst Fyrhack dazu bringen, noch einmal für die Welt der Sterblichen in die Schlacht zu ziehen.«

»Er ... er wird mir nicht zuhören«, wandte Erwyn ein. »Niemand hört mir richtig zu. Nicht mal dann, wenn ich singe.«

»Er wird dir zuhören«, war Yvolar überzeugt, »denn du bist Danaóns Erbe, der Letzte, der noch am Leben ist. Nur du kannst uns alle retten.«

»Und wenn ich das nicht schaffe?«, fragte Erwyn leise. Die Angst vor der Antwort war seinen blassen Zügen deutlich anzusehen.

»Dann, mein Junge, wird eine neue Eiszeit über die Welt hereinbrechen. Zwerge und Menschen werden untergehen, und der Herr des Nebels wird zurückkehren, um seine Schreckensherrschaft zu errichten. Trolle und Erle werden seine Untertanen sein, und die Welt wird in Finsternis versinken.«

»Meister Yvolar, kann nicht ein anderer diese schwere Aufgabe übernehmen? Jemand, der ihrer würdiger ist als ich?«, fragte Erwyn fast flehend. »Ich bin doch nur ein Junge. Alles, was ich will, ist meine Laute spielen und dazu singen.«

»Auch ich wünschte, das Schicksal hätte dir nicht eine solche Bürde auf deine jungen Schultern geladen, Erwyn«, beschied ihm Yvolar. »Aber es liegt nicht in meiner Macht, dies zu ändern. Ich weiß nur, dass wir handeln müssen, oder die Welt wird untergehen. Ein Krieg steht bevor, wie die Berge ihn seit Menschenaltern nicht gesehen haben. Licht trifft auf Finsternis, Feuer auf Eis – und der Ausgang ist ungewiss …«

In jener Nacht tat Alphart kaum ein Auge zu. Zum einen fühlte sich der Jäger, der den freien Himmel über sich gewohnt war, reichlich unwohl in den Stollen und Höhlen der Zwerge; zum anderen ging ihm nicht aus dem Kopf, was er gesehen und gehört hatte. Sobald er die Augen schloss, tauchte das Bild des Eisdrachen vor ihm auf, der mit kaltem Pesthauch das Grundmeer vergiftete. Vieles, das Alphart bis dahin nicht verstanden oder nicht in einen größeren Zusammenhang hatte bringen können, ergab plötzlich einen Sinn: Der frühe Wintereinbruch, der Schnee in den Tälern, die geheimnisvollen Vorzeichen – und die Erle …

Widerstrebend musste sich der Wildfänger eingestehen, dass Yvolar wohl kein Scharlatan war, wie er anfangs vermutet hatte. Der alte Mann sprach die Wahrheit, das hatte er inzwischen zur Genüge unter Beweis gestellt. Es stimmte also, was der Druide sagte – dass eine neue Eiszeit bevorstand und dass die Mächte des Bösen ihr Heer zum Sturm auf die Welt der Menschen rüsteten.

In der kurzen Zeit, die seit dem Tod seines Bruders vergangen war, hatte sich Alpharts Welt grundsätzlich verändert, und nichts war mehr wie zuvor. Der Jäger, der ein raues, aber einfaches Leben gewohnt war, hatte Schwierigkeiten, sich damit zurechtzufinden. Ausgerechnet er, der nie an übernatürliche Dinge geglaubt hatte, fand sich in einer Welt wieder, in der es Erle, Gnomen und Eisdrachen gab und in der das Schicksal der Sterblichen an einem seidenen Faden hing.

Wie, bei allen Gipfeln, hatte es dazu nur kommen können? Warum hatte sein Bruder sterben müssen? Was steckte hinter all dem? Hatte der Druide recht, wenn er von der Kraft des Schicksals sprach und von der Macht der Bestimmung?

So lange er auch wachte und sich ruhelos hin- und herwälzte – Alphart fand keine Antworten auf seine drückenden Fragen.

Irgendwann hielt er es auf seinem Lager nicht mehr aus. Im Mondlicht, das durch das hohe Fenster der Kammer fiel, packte er sein Pfeifenzeug und trat hinaus auf den Gang und folgte ihm bis zu einer kleinen Treppe, die zu einem in den Fels gehauenen Söller führte. Die kalte Nachtluft in die Lungen saugend, trat Alphart hinaus auf die von Zinnen umgebene Plattform und blickte auf die umliegenden Gipfel, die im silbernen Licht des Mondes glitzerten.

Der Schnee war bereits weit vorgedrungen und hatte die Baumgrenze erreicht. Nicht mehr lange, und er würde auch die Täler bedecken, als Vorbote des Eises, das folgen würde. Früher hatte Alphart das Kommen und Gehen der Jahreszeiten als natürlich angesehen. Nun aber, da er den Grund für den frühen Winter kannte, bedrückte ihn der Anblick der schneebedeckten Berge.

Schweigend griff er nach seiner Pfeife, stopfte sie und steckte den Tabak in Brand. Wehmütig paffend musste er an die vielen Abende denken, an denen er mit Bannhart vor der Hütte gesessen und den würzigen Geschmack des Pfeifentabaks genossen hatte. Sein eigener, den er noch aus der Heimat mitgenommen hatte, war nicht mehr zu rauchen nach Alpharts unfreiwilligem Bad im See, doch der, den die Zwerge ihm gegeben hatten, schmeckte ganz gut …

»Kannst du auch nicht schlafen?«, sagte plötzlich eine Stimme hinter ihm.

Alphart fuhr herum, verärgert über sich selbst, dass seine Wachsamkeit derart nachgelassen hatte. Früher hätte sich niemand unbemerkt an ihn heranschleichen können. Verdammt, daran waren nur dieser verdammte Druide und seine Gnomen schuld …

Unter dem kunstfertig gemeißelten Türbogen, der auf den Söller führte, stand ein Junge. Alphart schätzte sein Alter auf vierzehn, vielleicht fünfzehn Winter. Er war eindeutig kein Zwerg, sondern ein Mensch – ohne Frage der Wechselbalg, von dem Yvolar erzählt hatte. Der Menschenjunge, in dessen Adern angeblich Sylfenblut floss …

Alphart betrachtete den Knaben mit unverhohlener Skepsis. Nicht nur, dass er noch längst kein Mann war – er war noch dazu ausnehmend dürr und wirkte schwächlich. Glattes dunkles Haar umrahmte ein schmales Gesicht, das so bleich war wie Schnee; das lag wohl daran, dass der Junge den größten Teil seines Lebens unter Tage verbrachte. Seine wässrigen Augen blickten den Wildfänger mit einer Mischung aus Wissbegierde und Furcht an; er wirkte neugierig und scheu zugleich.

Und in die Hände dieses Hänflings wollte der Druide das Schicksal der Welt legen? Lächerlich!

»Gehörst du zu den Besuchern, die mit Meister Yvolar gekommen sind?«, erkundigte sich der Junge und machte einen zögerlichen Schritt nach vorn auf den Söller hinaus.

»Mhm«, erwiderte Alphart lakonisch. Ihm stand nicht der Sinn nach einer Unterhaltung. Schon gar nicht mit diesem Wechselbalg.

Der Knabe allerdings schien seine Ablehnung nicht zu bemerken. Er trat gänzlich aus dem Schatten des Torbogens und gesellte sich zu dem Jäger. Schweigend standen sie an den Zinnen des Söllers und schauten hinaus in die Bergwelt.

»Du rauchst Pfeife?«, fragte der Junge nach einer Weile.

»Siehst du doch«, knurrte Alphart.

»Die Zwerge bauen weißen Tabak in ihren Höhlen an.«

»Weiß ich«, murrte Alphart. »Rauche ihn gerade.«

»Kann ich etwas davon abhaben?«

Alphart sandte dem Knaben einen verwunderten Blick. »Du rauchst schon?«

Ein wenig verlegen griff der Junge unter den Umhang, den er sich der Kälte wegen umgeschlungen hatte, und beförderte eine kleine Pfeife zutage, die offensichtlich selbst geschnitzt war – mit einigem Ungeschick, wie Alphart mit mürrischem Blick feststellte.

»Eigentlich darf ich nicht«, gestand der Junge. »Mein Vater Urys hat es mir verboten. Er sagt, die Pfeife wäre nichts für unreife Knaben.«

»Und damit hat er verdammt recht!«

»Aber ich bin kein Knabe mehr«, widersprach der Junge trotzig. »Meister Yvolar hat mich besucht und mir gesagt, wer ich bin und welche Bürde auf mir lastet.«

»Ach, hat er das?«, brummte Alphart, und noch ehe er recht begriff, was er tat, griff er in seinen Tabakbeutel und steckte dem Jungen ein wenig zu – schon deshalb, weil die Zwerge dem Knaben das Rauchen verboten hatten.

Dankbar nahm der das weißliche Kraut entgegen und stopfte seine Pfeife damit. Da er sich recht ungeschickt anstellte, musste Alphart ihm helfen. Schließlich steckte der Wildfänger den Tabak in Brand, und nachdem der Knabe seinem ersten Zug einen krächzenden Hustenanfall hatte folgen lassen, standen sie eine Weile lang nur da und sogen an ihren Pfeifen. Bis der Junge erneut das Schweigen brach.

»Woher kommst du?«, wollte er wissen.

»Von daheim.«

»Wo ist das?«

Alphart drehte leicht den Kopf und schaute den Jungen grimmig an. Er wollte ihn anfahren wegen seiner unverschämten Fragerei, aber als er den neugierigen Blick des Knaben sah und die aufrichtige Unschuld in seinem Gesicht, da schluckte er die groben Worte wieder hinunter, und statt den Jungen zurechtzuweisen, übernahm der Wildfänger selbst das Fragen.

»Du bist also der, von dem der Druide gesprochen hat. Der angebliche Spross von Vanis' Stamm, richtig?«

»Sieht so aus.«

»Wie ist dein Name?«

»Erwyn. Und wie heißt du?«

»Alphart heiße ich, und ein Wildfänger bin ich.«

»So bist du der, von dem Yvolar mir erzählt hat. Er sagt, du hättest großen Mut und ein noch größeres Herz.«

Alphart horchte auf. »Das sagt er über mich?«

»Ja.« Erwyn nickte. »Aber er sagt auch, dass du das selbst nicht wüsstest.«

»Elender alter Schwätzer«, maulte Alphart und brummte grimmig in seinen Bart. Dann wechselte er rasch das Thema. »Du sollst der letzte Sylfe auf dieser Welt sein, wenn ich das richtig verstanden habe, oder?«

»Meister Yvolar ist davon überzeugt.«

»Und? Kannst du zaubern?«

»Nein.«

»Verstehe. Dann wird aus dir wohl ein großer Krieger werden?«

»Auch das nicht gerade. Ich dichte am liebsten Oden und trage sie zur Laute vor.«

»Hmm …«, murrte Alphart. »Wenigstens weißt du, wie sich das Eis aufhalten lässt.«

»Ja«, sagte Erwyn, allerdings klang es nicht sehr überzeugend, sondern eher kleinlaut. »Meister Yvolar hat es mir gesagt. Aber …«

Alphart schaute ihn von der Seite her an. »Aber?«

»Dafür muss ich einen Feuerdrachen zähmen und mit ihm in den Kampf gegen das Eis ziehen.«

»Und?«

»Ich fürchte, das … das kann ich nicht.«

Alphart drehte sich zu dem Jungen um, starrte ihn aus großen Augen an – dann nahm er die Pfeife aus dem Mund und warf sie in einem jähen Wutausbruch zu Boden, dass sie zerbrach!

»Hab ich's nicht gewusst?«, schrie er. »Lügen und Blendwerk, nichts weiter! Gnomen und Druiden – Unsinn und fauler Zauber! Falsche Hoffnung hat uns der alte Stocker gemacht. Es gibt *nichts*, was das Eis bekämpfen könnte! Wenn das Ende kommt, dann ist es da, und ein törichter Knabe wird es ganz bestimmt nicht aufhalten!«

Erwyn wich erschrocken vor dem Wildfänger zurück und sagte kein Wort mehr. Eingeschüchtert stand er da und blickte traurig zu Boden, wo Alpharts zerbrochene Pfeife lag. Die Schultern hatte er mutlos sinken lassen, Tränen rannen über sein bleiches Gesicht, die im fahlen Mondlicht glitzerten.

»Verdammt«, brummte Alphart, der sich dabei ertappte, dass die Verzweiflung des Jungen ihn rührte. Ja, sie berührte ihn, und zwar dort, wo Bannharts Platz gewesen war und wo es noch immer wehtat. Dort, wohin er niemals wieder ein Gefühl hatte kommen lassen wollen …

»I-ich kann nichts dafür«, flüsterte Erwyn betrübt. »Noch vor ein paar Stunden war ich ein einfacher Knabe, und nun soll ich die Welt retten. Seit Meister Yvolar in mein Leben getreten ist, ist nichts mehr, wie es war.«

»Das kenne ich«, versicherte Alphart grimmig, aber schon ein wenig versöhnlicher. »Anderer Leute Leben durcheinanderzubringen scheint eine Spezialität des alten Stockers zu sein.«

Erwyn blickte auf, die Augen feucht vor Tränen. »Hat der Druide denn auch dein Leben verändert?«

Die Frage klang so naiv, dass Alphart grinsen musste. Er schnaubte und sagte: »Das will ich meinen. Noch vor einem halben Mond war ich ein einfacher Wildfänger und hatte mein Auskommen. Zusammen mit meinem Bruder bewohnte ich eine einfache Hütte in den Bergen, und wir verbrachten die Zeit damit, Fallen zu stellen und das Wild zu jagen.«

»Und jetzt nicht mehr?«

»Nein.«

»Weshalb nicht? Wo ist dein Bruder geblieben?«

»Er ist tot«, gab Alphart zur Antwort. Dann hob er drohend den Zeigefinger und sagte barsch: »Und ich würde dir raten, nicht weiter danach zu fragen – Wechselbalg!«

»Wie hast du mich genannt?« Erwyn schaute ihn aus großen Augen an. »Einen Wechselbalg? So glaubst du, was Meister Yvolar gesagt hat? Dass Sylfenblut in meinen Adern fließt?«

Alphart lachte bitter auf. »Ehrlich gesagt, ich weiß nicht mehr, was ich glauben soll, Junge. Alles, was mir wichtig war, existiert nicht mehr. Mein Leben, wie ich es kannte, wurde völlig ausgelöscht, es ist nichts mehr davon übrig …«

»So wie bei meinem«, erwiderte der Junge ernst, und wieder fühlte sich ihm der raubeinige Wildfänger seltsam verbunden. Mehr noch, er verspürte plötzlich das gleichermaßen unsinnige wie dringende Bedürfnis, den Knaben zu trösten.

»Wenn du mich fragst«, sagte er deshalb, »ist eine kleine Hoffnung besser als gar keine. Wo ich herkomme, sind ein ordentlicher Bogen und eine gute Axt die einzigen Waffen, die ein Mann braucht – gegen das Eis jedoch können keine Pfeile und kein Axtblatt etwas ausrichten. Ich habe in Alwys' Spiegel geschaut, Junge. Ich habe die Bestie gesehen, die dort unten haust und das Grundmeer erstarren lässt – und ich fürchte, wenn keine Rettung kommt, ist's um uns geschehen.«

»Und diese Rettung soll ausgerechnet ich sein?«

Alphart schaute den Jungen lange an. Zu behaupten, dass

er Erwyn eine Chance eingeräumt hätte im Kampf gegen das Böse, wäre eine glatte Lüge gewesen, und als Mann der Wildnis und der Berge hasste Alphart nichts so sehr wie die Unwahrheit. Andererseits brauchte er nur in das traurige Gesicht des Jungen zu blicken, und schon schwand seine Wahrheitsliebe ...

»Ich weiß es nicht«, antwortete er deshalb ausweichend und konnte es selbst kaum glauben, dass er dem Jungen ermunternd auf die Schulter klopfte. »Letztlich sind wir alle allein in dem Kampf, der uns bevorsteht. Jeder ist verantwortlich für das, was er tut. Vergiss das niemals, Junge. Hast du verstanden?«

»I-ich denke schon ...«

»Was immer du tust, es ist *deine* Entscheidung. Lass dir von niemandem etwas anderes erzählen. Auch von dem Druiden nicht.«

»Verstanden«, gab Erwyn leise zurück.

Dann schwiegen sie wieder und blickten hinaus auf die mondbeschienenen Berge. Keiner von ihnen wusste, was die Zukunft bringen mochte ...

Kaelor, der Letzte der Eisriesen, hatte eine weitere Vision.

Im Auftrag seines finsteren Gebieters hatte der Herrscher von Dorgaskol das Heer des Bösen neu formiert. Er hatte die Trolle zu sich gerufen und Krieger der Erle in die Täler gesandt, damit sie Furcht und Panik unter den Menschen verbreiteten, um so den Feldzug vorzubereiten.

Kaelor sah in seiner Vision Muortis' Horden die Täler überschwemmen und die Siedlungen und Burgen der Menschen niederbrennen. Er sah Berge von Erschlagenen und schaute zu, wie sich das Wasser der Flüsse rot färbte von Blut.

Aber Kaelor sah auch Widerstand. Die Menschen, das verriet ihm seine Vision, würden sich nicht willenlos in ihr Schicksal fügen. So erdrückend die Übermacht des Feindes auch sein mochte und so vernichtend die Kälte des Eises – die Hoffnung und der Glaube der Sterblichen an das Gute schien ungebrochen. Doch wie war das möglich, wenn kein Sylfe mehr auf der Welt existierte?

Kaelor schlug das eine Auge auf, das unter dem Horn auf seiner Stirn prangte. Die Vision war zu Ende, dennoch beunruhigte sie ihn. So beschloss er, seinem Herrn und Meister davon zu berichten. Indem er nach dem Amulett griff, das vor seiner Brust hing und das von dunkler Kraft durchdrungen war, nahm Kaelor in Gedanken Verbindung zu seinem Gebieter auf – und plötzlich war es, als würde der Fels seiner Höhle zu Staub zerfallen. Wabernder Nebel umgab ihn, eisige Kälte zerrte an dem Fell, das seinen Körper umhüllte.

»Du wünschst mich zu sprechen?«, dröhnte eine abgrundtiefe Stimme, deren Klang Kaelor wohlig schaudern ließ.

»Ja, Gebieter«, sagte er und verneigte sich tief und unterwürfig. »Erneut hatte ich eine Vision. Ich sah Bilder von Ereignissen, die noch bevorstehen.«

»Und? Glaubst du, ich wüsste nicht, was die Zukunft bringt? Ich selbst war es, der deinesgleichen die Fähigkeit der Voraussicht gab.«

»Verzeiht meine Vermessenheit, Erhabener.« Kaelor verneigte sich noch tiefer. »So wisst Ihr also, dass sich im Reich der Menschen Widerstand regt?«

»Was für Widerstand?« Die abgrundtiefe Stimme, deren Klang so kalt war wie klirrendes Eis, lachte spöttisch auf. »Die Menschen haben nichts, das sie mir entgegensetzen könnten. Mein Heer wird sie überrennen und keinen von ihnen am Leben lassen, und ich selbst werde ihre Leichen unter Schichten von Eis begraben, so tief, dass sich niemand mehr ihrer entsinnen wird.«

»Und Yvolar?«, fragte Kaelor unsicher.

»Yvolar?«

»Der Druide«, erklärte Kaelor unterwürfig. »Er kennt die alten Geheimnisse und war selbst dabei, als ...«

»Und wenn!«, fiel der Herr des Eises seinem Diener ins Wort. »Allein kann er nichts bewirken. Die Sylfen haben die Welt verlassen, und das Geschlecht der Menschen ist schwach. Wie anders wäre es möglich, dass unsere Saat der Zwietracht bereits aufgegangen ist. Waldmenschen und Bergvolk rüsten zum Krieg gegeneinander. Gegenseitig werden sie sich vernichten, sodass deine Erle kaum noch auf Gegenwehr treffen werden. Sei unbesorgt, Kaelor. Unseren Plänen droht keine Gefahr, denn die Menschen haben ihre Wurzeln vergessen. Sie haben sich abgewandt von ihren Mythen und Legenden und leben nur noch im Hier und Jetzt. Ein törichter alter Druide wird daran nichts ändern.«

Da lachte Kaelor boshaft. »Diese Narren! Indem sie ihre Vergangenheit verraten, besiegeln sie ihren Untergang.«

»Und ich, Muortis, werde zurückkehren und ihre Welt in Besitz nehmen. Schnee und Eis wird ihre Täler bedecken, Kälte alles Leben ersticken. Wir stehen am Beginn eines neuen Zeitalters, mein treuer Diener. Die Geschichte der Menschen endet – unsere hingegen hat gerade erst begonnen ...«

Die Nachricht, was Yvolar der Druide in des Königs Zauberspiegel gesehen hatte, verbreitete sich wie ein Lauffeuer in Glondwarac, und ebenfalls die Kunde, welche Bewandtnis es mit dem Menschenjungen auf sich hatte, der all die Jahre unter den Zwergen gelebt und unter ihnen aufgewachsen war.

Bislang waren nur wenige in das Geheimnis eingeweiht gewesen, doch nun wussten es alle. Und genau wie Yvolar es vorausgesagt hatte, wurde eine Vollversammlung einberufen im ehrwürdigen Hort der Kristalle.

Für Erwyn änderte sich damit alles: Wenn er bislang durch die Stollen der Zwergenfestung gewandelt war, hatte man ihm kaum Beachtung geschenkt. Auf einmal jedoch begegnete man ihm mit bewundernden, wenn nicht ehrfürchtigen Blicken. Bei allem, was er bislang getan hatte, hatte er sich den Zwergen stets unterlegen gefühlt; weder war er kräftig genug für die Arbeit unter Tage, noch war er geschickt im Umgang mit Hammer und Meißel, und er verfügte auch nicht über die Fähigkeit der Zwerge, Edelmetalle und wertvolle Steine durch meterdicken Fels zu wittern. Und während sich die kleinwüchsigen Bewohner des Berges darin gefielen, Schätze anzuhäufen und sie in ihren Kammern zu horten, hatte sich Erwyn stets zu anderen Dingen hingezogen gefühlt, zu Dichtkunst, Musik und Gesang.

Als er noch ein kleiner Junge gewesen war, hatte er stets versucht, den anderen Zwergen ebenbürtig zu sein, und wäre es nur, um seinen Ziehvater nicht zu enttäuschen. Je älter er jedoch wurde, desto deutlicher war ihm aufgegangen, wie hoffnungslos dies war. Erwyn hatte oft darüber nachgesonnen, wo sein Platz in dieser Welt sein mochte. Yvolar hatte ihm geholfen, diesen Platz zu erkennen – und wie sich herausstellte, brauchte Erwyn dafür kein Zwerg zu sein. Im Gegenteil schien alle Welt froh darüber, dass er *anders* war.

Zum ersten Mal in seinem Leben hatte Erwyn nicht den Eindruck, sich für seine Körpergröße und seine für die Zwerge so sonderbaren Interessen entschuldigen zu müssen. Dieser Gedanke ermutigte ihn – auch wenn er die Gefahren, die vor ihm liegen mochten, nicht einmal ansatzweise erahnen konnte …

»Und du bist sicher, dass du es wirklich tun willst?«, fragte Yvolar ihn noch einmal, der mit ihm durch die Gänge mit den hohen Decken schritt.

»Nein«, antwortete Erwyn wahrheitsgemäß, »aber ich glaube nicht, dass ich mich meiner Verantwortung entziehen kann.«

»Kluge Worte.« Der Druide nickte. »Was hat dich zu dieser Einsicht gebracht?«

»Die Überzeugung, dass sich ein jeder von uns seiner Bestimmung stellen muss.«

»Hm«, machte Yvolar. Er blieb stehen und schaute dem Jungen prüfend in das blasse Gesicht. »Und zu dieser Überzeugung bist du ganz allein gelangt?«

Ein wenig verlegen schüttelte Erwyn den Kopf. »Ein Freund hat mir dabei geholfen.«

»Ein Freund, so so.« Um Yvolars Lippen spielte ein kaum merkliches Lächeln. »Ich verstehe.«

Yvolar und der Junge gingen weiter, dem Kristallhort entgegen, wo die Vollversammlung der Zwerge bereits auf sie wartete. Schon konnte man lautes Stimmengewirr hören, das von der hohen Kuppeldecke widerhallte. Erwyn hatte sich immer gewünscht, vor eine solch große Menge zu treten – allerdings als Sänger und nicht, weil er vom Schicksal dazu ausersehen war, die Welt zu retten. Noch immer hatte er den Eindruck, ein ganz normaler Junge mit ganz normalen Fähigkeiten zu sein, aber mit dieser Ansicht stand er wohl allein da. Die Zwergenkrieger jedenfalls, die ihn und den Druiden eskortierten und deren Kettenhemden bei jedem ihrer Schritte klirrten, schienen überzeugt, dass er der Auserwählte war, denn ihre Blicke, die ihn hin und wieder streiften, verrieten unverhohlene Ehrfurcht und Respekt.

Sie erreichten den Gang zum Kristallhort. Das Stimmengewirr schwoll an, und Erwyn wäre am liebsten umgekehrt. Yvolar bemerkte seine Unruhe und blieb noch einmal stehen, um sich dem Jungen zuzuwenden. Auch die Eskorte der Zwerge hielt an.

»Bereit?«, fragte der Druide.

Erwyn zuckte unsicher mit den Schultern. »Was erwartet mich, wenn ich dort hineingehe?«

»Im Kristallhord selbst nichts, aber in naher Zukunft Ungewissheit und Gefahr«, gab der Druide zur Antwort, »doch auch neue Freunde und Gefährten. Und wenn deine Mission erfolgreich sein sollte – unsterblicher Ruhm.«

Erwyn blickte verlegen zu Boden. »Noch vor ein paar Tagen habe ich mir nichts sehnlicher gewünscht, als Glondwarac zu verlassen, um in der Welt dort draußen große Taten zu vollbringen. Und jetzt ...«

»... würdest du am liebsten hierbleiben«, vervollständigte Yvolar wissend.

Erwyn blickte auf. »Woher wisst Ihr ...?«

»Ein Narr wärst du, wenn es anders wäre«, sagte Yvolar zu Erwyns Verblüffung. »Ein wahrer Held sehnt sich nicht nach der Gefahr, und nur widerwillig nimmt er sie auf sich, wenn er muss. In deinen Adern, mein Junge, fließt vornehmes Blut. Danaóns Erbe – du magst es glauben oder nicht – ist in dir, und darum bist du derjenige, der die Mission zum

Erfolg führen kann. Der Umhang, den du trägst, soll dich immer daran erinnern.«

Tatsächlich trug Erwyn einen wunderschönen Umhang von sattem Grün, dessen Borte mit goldenen Runenzeichen bestickt war. Nie hatte Erwyn ein vollkommeneres Gewebe gesehen; weder war es grob wie Wolle noch steif wie Leinen, sondern weich und geschmeidig, dabei aber offenbar von großer Festigkeit.

Alwys, der König der Zwerge persönlich, hatte es Erwyn überreicht. »Dies ist der Umhang des Sylfenkönigs«, hatte er mit feierlicher Stimme erklärt, als er Erwyn an diesem Morgen in dessen Kammer aufgesucht hatte. »Danaón legte ihn ab, ehe er in die Schlacht auf dem Korin Nifol ritt. Damals bat er Yvolar den Druiden, ihn aufzuheben, bis ein würdiger Nachfolger gefunden sei, und Yvolar brachte ihn nach Glondwarac. Ein würdiger Nachfolger bist du, Dochandar – und dieser Umfang gehört nun dir.«

Und damit hatte Alwys dem Jungen, der vor ihm niedergekniet war, den Umhang um die Schultern gelegt und ihn mit einer goldenen Fibel geschlossen.

Nun stand der Junge vor Yvolar dem Druiden und blickte an sich herab. Der Umhang umgab ihn wie eine schützende zweite Haut und verlieh ihm das Gefühl, größer und bedeutsamer zu sein. Der Gedanke, dass einst der König der Sylfen diesen Umhang getragen hatte, erfüllte ihn mit großem Stolz. Er atmete tief durch und straffte sich.

»Besser?«, fragte Yvolar lächelnd.

»Ich … ich denke schon.«

»Dann lass uns gehen, Sohn. Die Zeit drängt.«

Erwyn nickte, und gemeinsam betraten der Druide und sein Schützling die große Halle.

Dass im Hort der Kristalle Zusammenkünfte abgehalten wurden, war nichts Ungewöhnliches, aber erstmals seit langer Zeit war wieder eine Vollversammlung einberufen worden, zu der alle Einwohner Glondwaracs gekommen waren. Entsprechend voll war selbst das riesige Gewölbe mit den hohen Fenstern. Nicht nur rings um den Zwergenthron herrschte dichtes Gedränge, sondern auch auf den Rängen und Balkonen, die zwergische Steinmetzkunst aus dem Fels geschlagen hatte. Jeder Zwerg in Glondwarac hatte erfahren, dass große Ereignisse bevorstanden, und alle wollten dabei sein, ob Mann, Frau oder Kind, wenn sie ihren Anfang nahmen.

Erwyn konnte die Spannung, die in der Luft lag, deutlich spüren. Das allgegenwärtige Tuscheln und Flüstern, das Murmeln und Wispern erinnerte den Jungen an einen Bienenstock. Als der Druide und er jedoch in die Mitte des Ratsaales traten, verstummten die Stimmen schlagartig.

Erwyn spürte sein Herz bis in den Hals schlagen. Yvolar, dem die Unruhe des Jungen nicht verborgen blieb, legte ihm beruhigend die Hand auf die Schulter und führte ihn vor den Zwergenthron, auf dem König Alwys saß, die mit Edelsteinen besetzte Krone Glondwaracs auf der Stirn.

Bei ihm standen die Ältesten des Reiches – ehrwürdige Zwerge mit langen, bis zum Boden wallenden Bärten. Aber nicht nur Zwerge waren an diesem Tag unter Alwys' Hofgesellschaft – auch zwei Menschen waren zugegen. Leffel Furr, den sie den Gilg nannten, war der eine, Alphart Wildfänger der andere. Während Leffel von der Gewalt des Augenblicks ebenso erschlagen schien wie Erwyn selbst, blickte Alphart gewohnt grimmig drein. Die Gegenwart all der Zwerge, aus deren Menge er wie ein Riese hervorstach, schien ihm unangenehm.

Entschlossenen Schrittes trat Yvolar vor, in die Säule aus blauem Licht, die schräg durch eines der hohen Fenster fiel. Erwyn schob er vor sich her, die Hand auf der Schulter des Jungen. Der Zwergenkönig erhob sich, und in einer Respekt gebietenden Geste breitete er die Arme aus, worauf es völlig still wurde im Hort der Kristalle.

»Freunde, Zwerge, Landsleute!«, wandte sich Alwys mit erhobener Stimme an sein Volk. »Nur selten in unserer Geschichte wurde eine Versammlung aller Zwerge an diesem Ort einberufen, und stets gab es dafür gute Gründe. Ein Besucher ist zu uns gekommen, dessen Namen jeder von euch kennt. Obwohl er keiner von uns ist, hatte sein Wort stets Gewicht im Hort der Kristalle, und ich möchte, dass ihr ihm aufmerksam zuhört. Das Wort hat der Wanderer, der unter zahlreichen Gefahren zu uns gekommen ist, um uns von alarmierenden Vorgängen zu berichten: Yvolar der Druide!«

Yvolar, der kein bisschen angespannt schien und sich unter den zahlreichen Blicken leicht und selbstsicher bewegte, bedankte sich beim Zwergenkönig für die Ansprache mit einem respektvollen Nicken. Dann breitete auch er die Arme aus und ergriff das Wort.

»Meine Freunde!«, rief er so laut, dass es von der hohen Kuppel widerhallte. »Lange liegt mein letzter Besuch bei euch zurück, doch stets war ich ein Freund und Verbündeter des Volks von Glondwarac. In Zeiten des Friedens haben wir die Tafel geteilt und Rubinwein getrunken, im Krieg Schulter an Schulter gegen den gemeinsamen Feind gekämpft. Dies ist der Grund, meine Freunde, weshalb ich hier und heute vor euch stehe: Denn der Feind, gegen den wir einst gemeinsam stritten und den wir längst besiegt glaubten, hat sich erneut erhoben.«

Hier und dort wurde erneut getuschelt, Bestürzung war in bärtigen Mienen auszumachen. Die Zwerge waren ein friedliebendes Volk und mochten es nicht, wenn in ihren Hallen laut und offen von Krieg gesprochen wurde – denn ein Krieg bedeutete, all das zu riskieren, was sie der Erde im Lauf von Jahrtausenden abgerungen hatten.

»Ich bin zu euch gekommen«, fuhr Yvolar fort, »weil ich dunkle Zeichen sah. Wäre es nur der vorzeitige Frost, der Allagáin bedroht, so wäre ich nicht beunruhigt, denn frühe

Winter hat es zu allen Zeiten gegeben. Aber das Wasser des Brunnen Aillagan hat sich blutrot verfärbt, und grässliche Kreaturen durchstreifen die Berge. Die Erle, unsere Feinde von alters her, haben die Klüfte von Dorgaskol verlassen, und eine Kreatur aus den Tiefen der Welt lässt die Gewässer des Grundmeers erstarren. All dies beweist, meine Freunde: Das Böse ist zurückgekehrt. Es ist nicht vernichtet, wie wir gehofft hatten, sondern wirkt noch immer. Muortis, der Herr der Finsternis und des Eises, hat die Zeit überdauert – und erneut greift er uns an.«

Nun war es mit der Ruhe im Saal vorbei. Obwohl die Zwerge inzwischen wussten, welches Grauen der weise Druide im Spiegel des Zwergenkönigs gesehen hatte, waren sie unter Yvolars Ausführungen zusammengezuckt. Ein Rauschen wie von prasselndem Regen ging durch die Halle, als allenthalben getuschelt und gemurmelt wurde.

»Ich weiß, ihr habt Angst«, sprach Yvolar dessen ungeachtet weiter, »und das solltet ihr auch. Als ich in des Königs Spiegel schaute, sah ich Muortis' geheime Waffe und weiß nun, was er vorhat. Wie schon einmal will er die Welt in Kälte und Eis erstarren lassen und bedient sich dabei der tödlichsten Kreatur, die die Berge kennen – eines Eisdrachen.«

Das Gemurmel wurde lauter. Erwyn, der bei jedem Wort des Druiden ein Stück kleiner geworden war, weil er sich aus einem unerfindlichen Grund für all die Unruhe verantwortlich fühlte, blickte betroffen in die Runde, den Kopf zwischen die Schultern gezogen.

Während die Züge von König Alwys unbewegt blieben und keine Gefühlsregung verrieten, zeigten sich die Ältesten sichtlich besorgt. Einige schauten betroffen zu Boden, andere hatten zorngerötete Mienen unter den Bärten, und einer, ein selbst für einen Zwerg recht gedrungener Zeitgenosse, dessen samtenes Gewand jedoch seine hohe Abstammung verriet, ballte wütend die Faust.

»Was fällt Euch ein, Druide?«, wetterte er. »Was fällt Euch ein, hierherzukommen und den Frieden des Kristallhorts zu stören mit Euren Schauermärchen?«

»Das sind keine Schauermärchen, Rat Ildrys«, widersprach Yvolar, der den Zwerg offenbar bestens kannte. »Unsere Annahme, dass sich Muortis' böser Geist verflüchtigen würde, hat sich als irrig erwiesen. Er wirkt noch immer und will erneut Tod und Kälte über uns bringen. Mit Hilfe des letzten Eisdrachen lässt er das Grundmeer erstarren, und die Kälte breitet sich bereits im ganzen Lande aus. Sie sorgt für einen frühen Winter und treibt die Kreaturen der Dunkelheit aus ihren Löchern. Nicht mehr lange, und die Kälte wird die Seen und Flüsse erfassen und schließlich auch den Búrin Mar. Und wenn alles Wasser erstarrt und alles Leben vernichtet ist, werden ewiger Winter und immerwährende Dunkelheit über das Land kommen. Ich bin es nicht, der Euren Frieden stört, Rat Ildrys – Muortis ist es. An ihn richtet Eure Beschwerde, denn er will Euch vernichten, nicht ich.«

Ildrys wusste nichts darauf zu erwidern. Die Zwerge hatten bereits von dem drohenden Unheil gehört, dennoch war ihre Bestürzung groß, nachdem Yvolar ihnen die Gefahr noch einmal in so deutlichen Worten geschildert hatte. Noch einen Augenblick ließ er das Gesagte wirken, dann erhob er erneut die Stimme, so laut, dass sie bis zum letzten Rang hinauf zu hören war.

»Aber, meine Freunde«, sprach er, »es gibt auch Hoffnung! Glaubt nicht, dass wir der Bosheit Muortis' schutzlos ausgeliefert sind. Denn dieser Junge, der lange Zeit unter Euch lebte« – er deutete auf Erwyn – »ist ein leibhaftiger Spross von Vanis' Stamm!«

Alle Blicke richteten sich auf Erwyn, auch die Ältesten starrten ihn an, und es war leiser Zweifel in ihren Augen zu erkennen. Auf Alwys' Zügen jedoch zeigte sich ein mildes

Lächeln, das er dem Jungen schenkte, der sich sichtlich unwohl fühlte in seiner Haut. Unruhig trat er von einem Fuß auf den anderen und hätte am liebsten die Flucht ergriffen. Alwys' Lächeln jedoch erinnerte ihn an Danaóns Umhang, den er trug und den der Zwergenkönig ihm am Morgen überreicht hatte, und seltsamerweise gab ihm dieses Stück Stoff wieder Mut ...

»Vor langer Zeit«, erklärte Yvolar, »habe ich Dochandar zu euch gebracht, auf dass er hier heranwachse, im Schutz dieser ehrwürdigen Hallen, verborgen vor der Welt und geschützt in der Zeit dieser magischen Stätte. Ich wusste um seine Herkunft, und mir war klar, dass er, sollte sich das Böse irgendwann erneut erheben, unsere Hoffnung sein würde.«

Wieder war es der Älteste Ildrys, der seine Skepsis äußerte. »Dieser Grünschnabel soll ein Nachkomme Vanis' sein? Er sieht nicht aus wie ein Sylf, sondern wie ein ganz gewöhnlicher Mensch. Ich für meinen Teil habe meine Zweifel, ob wirklich das Blut Ventars durch seine Adern fließt.«

Erneut war Gemurmel von den Rängen zu hören. Die meisten Zwerge kannten Erwyn von früher Kindheit an, und es fiel ihnen schwer zu glauben, dass jemandem, der unter ihnen gelebt hatte und so ganz und gar unbegabt war im Zwergenhandwerk, solch enorme Bedeutung zukommen sollte.

»Seid vorsichtig, meine Freunde!«, rief Yvolar ihnen mahnend zu. »Lasst euch nicht vom Offensichtlichen täuschen. Wisset, dass das Auge nicht alles zu sehen vermag. Ihr zweifelt an Erwyns Herkunft? Muortis tut es nicht. Wüsste er von seiner Existenz, so würde er nicht zögern, eine Horde Erle hierherzuschicken, um ihn zu vernichten, denn er ist derjenige, der euch retten kann.«

»Wie sollte Muortis das anstellen?«, fragte Ildrys forsch, dessen Skepsis noch immer nicht versiegt war. »Das Zwergenreich ist verborgen in der Zeit!«

»Glaubt Ihr denn, Rat Ildrys«, entgegnete der Druide, »dass Muortis' dunkle Magie nicht stark genug wäre, Euren Zeitzauber aufzuheben?«

Ildrys verzog das bärtige Gesicht, bevor er seine nächste Frage vorbrachte: »Und wie sollen wir Muortis besiegen?«

»Indem wir Eis mit Feuer bekämpfen«, erwiderte Yvolar. »So wie Muortis den Letzten der Eisdrachen in seine Dienste genommen hat, so werden wir Hilfe beim Letzten der Feuerdrachen suchen.«

»Es gibt keine Feuerdrachen mehr!«, rief Ildrys überzeugt.

Yvolar schüttelte das kahle Haupt. »Ihr irrt Euch, Rat Ildrys. Zumindest einer der Drachen ist noch am Leben.«

»Wie ist sein Name?«

»Es ist Fyrhack der Mächtige!«, antwortete der Druide.

Kaum hatte er den Namen ausgesprochen, geisterte er wie ein Echo über die Ränge und wurde allenthalben respektvoll geflüstert.

»Fyrhack ist eine Legende!«, rief Ildrys. »Seit mehreren Menschenaltern wurde er nicht mehr gesehen. Und selbst wenn er noch am Leben wäre, so würde er uns wohl kaum zur Hilfe kommen. Denn es ist kein Geheimnis, dass Drachen nichts übrig haben für Menschen. Und für uns Zwerge erst gar nichts.«

Yvolar nickte. »Der Streit um die Schätze aus den Tiefen der Berge hat Drachen und Zwerge vor langer Zeit entzweit. Dennoch haben sie sich einst verbündet, um gegen einen gemeinsamen Feind zu ziehen. Und vergesst nicht, dass es weder ein Mensch noch ein Zwerg ist, der den Drachen um Hilfe bitten wird, sondern ein Erbe von Vanis' Stamm. Ihm wird er sie nicht verwehren.«

»Schön und gut, Druide, aber weshalb erzählt Ihr uns das alles? Wenn es stimmt, was Ihr sagt, warum verlasst Ihr Glondwarac dann nicht einfach mit dem Jungen, damit er seine Aufgabe erfüllen und uns alle retten kann? Mir will scheinen, unsere Stadt schwebt seinetwegen in großer Gefahr.«

»Gern würde ich dies verneinen, aber ich fürchte, Ihr habt nur zu recht, Rat Ildrys«, gestand Yvolar ein. »Solange Muortis in Urgulroths dunklen Tiefen schlief, bestand keine Bedrohung für Glondwarac – seit er jedoch erwacht ist, wächst mit jeder Stunde, die verstreicht, die Gefahr, dass der Herr des Eises erfährt, welch für ihn gefährlichen Gast diese Hallen beherbergen.«

»Worauf wartet Ihr dann noch?«, schrie Ildrys. »Nehmt den Wechselbalg und bringt ihn an einen anderen Ort, ehe Ihr Tod und Vernichtung über uns alle bringt!«

Beifälliges Gemurmel auf den Rängen, hier und dort wurde auch mit gepanzerten Fäusten auf Stein geklopft, was unter Zwergen als Zeichen der Zustimmung galt.

»All die Jahre hat das tapfere Volk von Glondwarac den Jungen beschützt, wofür die Welt euch zu Dank verpflichtet ist«, sagte Yvolar mit lauter Stimme. »Aber ich fürchte, die Rolle, welche die Geschichte den Zwergen zugedacht hat, ist damit noch nicht erfüllt. Eine bewaffnete Expedition soll ausgerüstet werden, die Dochandar auf seiner Mission begleitet und ihn beschützt, wenn er sich zum Feuerdrachen begibt, um das Bündnis zu erneuern, das einst geschmiedet wurde.«

»Eine Expedition?«, wiederholte Ildrys. »Zwerge sollen die schützenden Mauern Glondwaracs verlassen und damit ihre magische Sphäre? Wozu? Wenn dieser Knabe dort tatsächlich ein Erbe Danaóns ist, wird er auf sich selbst aufpassen können, oder nicht?«

»Unabhängig davon, wessen Blut in seinen Adern fließt, ist er dennoch ein Junge und braucht unsere Hilfe«, entgegnete Yvolar und warf einen Blick in die Runde. »Dies ist die Bitte, die ich an das Volk der Zwerge richte. Unterstützt den jungen Dochandar bei seinem Auftrag und lasst uns Verbündete sein im Kampf gegen das Böse, so wie vor langer Zeit!«

Schweigen kehrte ringsum ein, und aller Augen richteten sich auf König Alwys. Jeder im Hort der Kristalle war gespannt darauf, was der Herrscher von Glondwarac auf die Bitte des Druiden erwidern würde. Jedoch ergriff Rat Ildrys erneut das Wort, noch ehe Alwys seine Entscheidung kundtun konnte.

»Bürger von Glondwarac!«, rief er entrüstet. »Ein Fremder kommt her und fordert uns auf, dass wir Opfer bringen für die Welt dort draußen, mit der wir nichts mehr zu schaffen haben, seit wir uns in diese Mauern zurückgezogen haben. Noch dazu einer, der unser Vertrauen missbrauchte, indem er uns über die Gefahr im Unklaren ließ, die in Gestalt dieses Jungen unter uns lebte. Wir Zwerge sind nicht erpicht auf einen neuen Krieg. Warum auch? Er hat unserem Volk nichts als Leid gebracht und uns große Opfer abverlangt. Daher haben wir beschlossen, uns fortan nur noch um unsere eigenen Belange zu kümmern. Ist es nicht so?«

Erneut erhob sich zustimmendes Gemurmel auf den Rängen, und auch einige Zwerge des Rats nickten.

»Ich weiß sehr wohl um die Opfer, die das Volk von Glondwarac dereinst gebracht hat«, versicherte Yvolar. »Aber vor diesem Feind gibt es kein Verstecken, auch nicht an dieser magischen Stätte. Er lässt es nicht zu, dass man sich heraushält. Man ist für ihn oder gegen ihn, eine andere Wahl lässt er auch dem Volk der Zwerge nicht. Die Welt verändert sich, meine Freunde, und die Veränderung wird auch vor diesen Mauern nicht Halt machen. Zudem tragt auch ihr Verantwortung für die Welt dort draußen, die ebenfalls die eure ist.«

»Du wirfst uns mangelnde Verantwortung vor?«, rief Ildrys aufgebracht. »Ausgerechnet uns, die wir im Krieg mehr Gefallene zählten als irgend sonst ein Volk?«

»Keineswegs!«, hielt Yvolar dagegen, und allmählich packte ihn die Wut. »Das Volk von Glondwarac hat stets gewusst, was es der Welt schuldig ist – denn der Reichtum in diesen Hallen wurde zu einem hohen Preis erkauft!«

Aufgeregte Rufe wurden laut, und nun war es nicht nur mehr Ildrys, der Einspruch erhob. Die Zwerge in ihrer Gier nach Schätzen waren es gewesen, die einst in den Tiefen das Böse geweckt hatten. Es war kein besonders diplomatischer Zug gewesen, sie mit so harschen Worten darauf hinzuweisen, aber der starrsinnige Widerwillen Ildrys' hatte Yvolar bis aufs Äußerste erzürnt. In seinen Augen glomm eine wilde Wut, sein Gesicht war hart geworden, und er umklammerte den Eschenstab mit der Rechten so fest, dass die Knöchel weiß hervortraten.

Es war das erste Mal, dass Alphart und Leffel ihn so erlebten, und obwohl der Wildfänger in politischen Fragen alles andere als bewandert war, wusste er, dass etwas unternommen werden musste, um die Situation zu retten. Wie eine Flutwelle griff die Empörung im Rat und auf den Rängen um sich und drohte jede Vernunft zu ertränken. Selbst König Alwys versuchte vergeblich, sich Gehör zu verschaffen.

Ehe er selbst recht begriff, was er eigentlich tat, trat Alphart vor und rief: »Bürger von Glondwarac, hört mich an!«

Es war weniger die Stimme des Wildfängers als vielmehr seine eindrucksvolle Statur, die bewirkte, dass sich aller Blicke auf ihn richteten, denn an Körpergröße überragte Alphart selbst den Druiden. Zudem war es noch nie vorgekommen, dass ein Mensch im Kristallhort das Wort ergriff. Trotz ihrer Empörung waren die meisten Zwerge neugierig zu erfahren, was der Fremde aus Allagáin ihnen zu sagen hatte, und so verstummten sie. Selbst Yvolar und Alwys blickten den Wildfänger erwartungsvoll an.

»Ihr kennt mich nicht, und ich kenne euch nicht«, sagte Alphart in gewohnter Offenheit. »Wäre dieser Mann nicht« – er deutete auf Yvolar – »hätten wir uns wohl niemals kennengelernt, und vermutlich hätte keiner von uns das als großen Verlust empfunden. Aber das Schicksal hat es nun mal anders gewollt. Ja, das Schicksal – oder was auch immer. Jedenfalls bin ich hier. Ich bin hier, weil ich mich nicht aus meiner Verantwortung stehlen kann. Und ich meine … ja, ich meine, das könnt auch ihr nicht. Noch vor wenigen Wochen war ich ein einfacher Wildfänger, der in den Bergen auf die Jagd ging und nichts ahnte von der Gefahr, die unsere Welt bedroht. Dann jedoch änderte sich alles. Erle töteten meinen Bruder und zerstörten mein Heim, und Hilfe suchend klopfte ich an die Pforte Iónadors. Aber die Herren der Goldenen Stadt wollen nichts wissen von der nahenden Gefahr und ziehen es vor, sich selbst zu betrügen und zu belügen und die Augen zu verschließen vor der Wahrheit, bis es zu spät ist. Denn es sind Dummkopfe, Narren, die sich ihr eigenes Grab schaufeln. Doch dieser Druide dort« – erneut zeigte er mit ausgestrecktem Arm auf Yvolar – »stellte sich an meine Seite. Ja, das tat er. Er tat es, um dem Feind die Stirn zu bieten, der uns alle vernichten will.«

Alphart schaute in die Runde und blickte in nachdenkliche bärtige Gesichter. »Ob der alte Mann weiß, wovon er spricht, kann ich euch nicht sagen«, fuhr er fort. »Er ist ein Zauberer, und als einfacher Mann halte ich nichts von Zauberei und Magie. Dennoch vertraue ich ihm, denn er und dieser Bursche hier« – diesmal deutete er auf Leffel – »sind die Einzigen, die genug Mut und Verantwortungsgefühl und wohl auch Verstand haben, etwas gegen den Feind und das drohende Unheil unternehmen zu wollen. In den letzten Tagen habe ich Dinge gesehen und erlebt, die ich nicht für möglich gehalten habe. Etwas lauert dort draußen. Etwas Unheimliches. Etwas Böses. Es hat meinen Bruder getötet, und ich habe geschworen, ihn zu rächen. Aus diesem Grund folge ich dem Druiden. Dass ihr ihm ebenfalls folgt, dazu kann ich euch nicht zwingen. Aber wenn dieser Junge dort« – diesmal richtete sich sein ausgestreckter Arm auf Erwyn – »das Zeug dazu hat, Muortis und seine Brut aufzuhalten, dann stelle ich meine Axt und meinen Bogen in seinen Dienst, und meiner Meinung nach solltet ihr so schlau sein, das ebenfalls zu tun. Sonst wird das Böse diese Welt überschwemmen und auch vor eurem Zauberreich nicht Halt machen. Eure Zeitmagie schützt euch nicht vor Muortis und seinen Horden. In sieben Jahren erscheint das Zwergenreich wieder in der Welt der Sterblichen, und dann werdet ihr umzingelt sein vom Bösen, und spätestens dann wird man auch euch eure Freiheit nehmen und eure Schätze, euer Gold und eure Edelsteine, und alles, was euch sonst noch lieb ist.« Er räusperte sich lautstark. »Das wollte ich euch nur sagen.«

Mit diesen Worten trat er wieder zurück und stellte sich an Leffels Seite, der ihn aus großen Augen bewundernd anstarrte. Auch Yvolars Blicke waren auf ihn gerichtet, und er bedankte sich bei dem Wildfänger mit einem Lächeln. Aber Alphart tat so, als würde er es nicht bemerken.

Schweigen herrschte. Schließlich erhob sich König Alyws erneut von seinem Thron und hob wieder die Arme. »Freunde!«, rief er seinen Untertanen zu. »Wir haben von Dingen gehört, die uns erschrecken und die Erinnerungen an dunkle Zeiten wecken, die wir längst hinter uns wähnten. Wie Yvolar uns vor Augen führte, ist die Gefahr für unsere Welt noch nicht gebannt, und wir alle wissen um die Verantwortung, die wir Zwerge tragen!«

»Mein König!«, rief Rat Ildrys gereizt. »Wollt Ihr tatsächlich, dass unsere Krieger Glondwarac verlassen und den Druiden begleiten? Was, glaubt Ihr wohl, wird Muortis tun, wenn er erfährt, dass wir seinen Feind beherbergten?«

»Er wird das tun, was er ohnehin tun würde«, erwiderte Alwys ruhig, »nämlich in spätestens sieben Jahren, die für uns im Handumdrehen vergehen, den Zwergenzwing angreifen und jeden töten, der innerhalb dieser Mauern lebt.«

Heisere Schreie hier und dort; die Gesichter der Zwerge verrieten maßloses Entsetzen.

»Wenn sich das Heer der Finsternis erst gesammelt hat«, fuhr der König ungerührt fort, »wird es keinen Unterschied machen, wer wir sind oder wen wir hier beherbergt haben. Das Leben selbst ist es, das Muortis verabscheut, deswegen wird uns sein Hass ebenso treffen wie alle anderen.« Alwys schaute in die Runde, dann richtete er den Blick auf Yvolar, und er sagte: »Allerdings werde ich dem Druiden und seinen Gefährten keine Eskorte mitgeben, so wie Yvolar es verlangte. Scheitert ihre Mission, werde ich jeden Zwergenkrieger brauchen, um Glondwarac bis zum letzten Mann zu verteidigen. Aber«, fügte er hinzu, »wir können dem Druiden und Danaóns Erben dennoch bei ihrer Mission helfen.«

»Wie?«, fragte Rat Ildrys aufgebracht.

»Indem wir ihnen die verborgenen Wege unseres Volkes offenbaren. Die geheimen Schächte und Stollen, die tief unter den Bergen hindurchführen. So sind sie vor Entdeckung durch den Feind sicher.«

»Lasst mich mit Ihnen ziehen, mein König!«, rief plötzlich ein kräftiger Zwerg, der seinen Bart zu zwei dicken Zöpfen geflochten trug – es war kein anderer als Urys, der Erwyn an Kindes statt aufgezogen hatte. »Ich werde sie durch die Stollen führen, denn einer muss ihnen den Weg zeigen, sonst würden sie sich dort hoffnungslos verirren.«

»Es sei dir gestattet, edler Urys«, stimmte Alwys zu.

»Und erlaubt mir auch, weiterhin an ihrer Seite zu bleiben und sie auf ihrer Mission zu begleiten«, bat der Zwerg.

»Ihr wollt Glondwarac verlassen, Urys?«

»Wenn Ihr es gestattet, mein König.« Urys deutete eine Verbeugung an und wies dann auf Erwyn. »Einst habt Ihr mich dazu ausersehen, diesen Jungen großzuziehen, und für mich ist er wie der eigene Sohn, der mir vom Schöpfergeist verwehrt wurde. Ich könnte ihn niemals allein in die Fremde ziehen lassen. Es sei denn, er wollte meine Hilfe nicht.«

Daraufhin richteten sich aller Blicke auf Erwyn, der mit gesenktem Haupt dastand und verzweifelt versuchte, das Zittern in seinen Knien zu unterdrücken. Er schaffte es erst, als sich seine Hände um den Saum des Umhangs verkrampften, der einst Danaón gehörte.

»Möchtest du, dass dein Vater dich begleitet, Erwyn?«, fragte Alwys mit sanfter Stimme.

»Ja, mein König«, erwiderte der Junge mit bebender Stimme. Und so, als hätte Danaóns Umhang ihm magische Kraft verliehen, gelang ihm ein dankbares Lächeln, das er Urys schickte. »Natürlich.«

»Dann soll es so sein!«, entschied Alwys.

»Meine Axt wird dir zur Seite stehen, Sohn«, sagte Urys in grimmiger Freude und trat vor. Wie die meisten Zwerge, die zur Versammlung erschienen waren, trug er das volle Ornat seines Standes: Auf seiner Brust prangte der geflügelte Hammer, das Wappen der Schmiedezunft.

Er gesellte sich zu Yvolar und dem Jungen, und ob seines Mutes und seiner Liebe zu seinem Ziehsohn brandete zustimmender Beifall von den Rängen.

Selbst Rat Ildrys zeigte sich zufrieden, denn mit Urys' Verpflichtung hielt er die Verantwortung des Zwergenvolks in dieser Angelegenheit für abgegolten. Den Blick, den Yvolar und König Alwys tauschten, bemerkte er nicht.

Auch Alphart gesellte sich zu der kleinen Gruppe, ebenso wie Leffel. Als er sein Dorf verließ, hatte der Gilg nicht damit gerechnet, dass ihn sein Weg so weit weg von der Heimat führen würde. Niemals hätte er geglaubt, den Búrin

Mar zu überqueren, und erst recht hätte er nicht zu träumen gewagt, irgendwann einmal die legendäre Zwergenfestung zu betreten. Nun jedoch war er hier, und er konnte kaum fassen, dass er schon wieder bereit war, sich so mir nichts, dir nichts ins nächste Abenteuer zu stürzen.

Nicht dass er sich nicht gefürchtet hätte – das Gerede vom Herrscher des Eises, der alles Leben bedrohte, jagte ihm immer noch Angst ein. Aber ähnlich wie Alphart spürte auch der Gilg eine Verantwortung, die ihm das Schicksal aufgebürdet hatte und der er sich nicht entziehen konnte.

»So ist es also beschlossen!«, verschaffte sich König Alwys gegen den allgemeinen Beifall Gehör. »Fünf Kämpfer werden sich auf die Suche nach dem Feuerdrachen begeben, ein jeder als Abgesandter seines Volkes. Der tapfere Urys wird das Volk der Zwerge vertreten, Leffel Gilg jenes der Unterländer und Alphart Wildfänger die Bergbewohner; Sylfenblut wird durch den jungen Erwyn vertreten sein, und unser alter Freund Yvolar, der uns schon so oft zur Seite stand, wird dieses heikle Unternehmen führen und dafür Sorge tragen, dass es sein Ziel erreicht.«

»So soll es geschehen«, bestätigte Yvolar. »Fyrhack zu finden, um mit seiner Hilfe das Eis zu bekämpfen, lautet die Mission, und wir wollen einen feierlichen Eid leisten, weder zu rasten noch zu ruhen, bis wir entweder geschlagen sind oder diese Aufgabe erfüllt haben.« Er streckte den Arm aus, die Handfläche nach unten, und sagte: »Meine Hand drauf!«

»Und hier die meine«, sagte Alphart und legte seine Rechte auf die des Druiden.

Erwyn war der Nächste, der dem Bündnis beitrat, und ohne Zögern besiegelte auch Urys den Eid mit schwieliger Pranke.

»Nun, Leffel Gilg?«, erkundigte sich Yvolar mit mildem Lächeln. »Wie steht es? Bist du sicher, dass du diesen

Schritt wagen willst? Oder willst du lieber zurück nach Allagáin?«

»Das will ich«, gab Leffel zu, »aber würde ich jetzt zurückkehren, so wäre ich noch immer der, als der ich gegangen bin, nämlich ein Niemand, den man meidet und über den man sich lustig macht. Ich will zu Ende bringen, was ich begonnen habe, also gebe auch ich meine Hand.«

So wurde auch der Gilg Mitglied des Bündnisses, und kaum hatte er seine Hand auf die der Gefährten gelegt, da überkam ihn ein Gefühl von Trost und Zuversicht, das zumindest für einen kurzen Augenblick alle Furcht und Unsicherheit vertrieb. Leffel blickte in die entschlossenen Gesichter jener, die ihn auf der gefahrvollen Reise begleiten würden, und hatte in diesem Moment den Eindruck, dass nichts und niemand diese Gemeinschaft aufhalten oder gar sprengen konnte – keine Gefahr, keine Ungewissheit, kein Schrecken.

Ein Irrtum, wie sich zeigen sollte …

Die alten Waffenkammern der Zwerge, tief unter den Hallen Glondwaracs verborgen und verschlossen seit den Tagen des letzten Krieges, öffneten für die fünf Gefährten ihre Pforten, und nicht nur Urys und Erwyn durften sich mit Erlaubnis des Zwergenkönigs daraus bedienen, sondern auch Yvolar, Leffel Gilg und Alphart, dessen Hirschfänger und Bogen auf dem Grund des Sees zurückgeblieben waren, ebenso wie die Axt seines Bruders.

Alphart nahm sich Pfeil und Bogen und auch wieder eine Axt. Zusätzlich schnallte er sich einen Waffengurt um, in dessen Scheide ein Schwert mit schmaler Klinge steckte. Er hatte noch nie mit einem Schwert gefochten, hoffte aber, dass dies nicht viel anders war als einen Hirschfänger zu handhaben.

Leffel tauschte den rostigen Dolch des Bauern Stank gegen ein Kurzschwert aus, dessen Griff golden ziseliert war und das in einer reich verzierten Scheide steckte. Auf Kettenhemden oder anderes Rüstzeug verzichteten die beiden Allagáiner, um sich beim bevorstehenden Marsch nicht unnötig zu belasten.

Anders Urys der Zwerg, der sich ein knielanges Eisenhemd aussuchte und dazu Beinschienen aus kunstvoll gearbeitetem Stahl. Auch er nahm eine Axt und wählte zusätzlich einen breiten Dolch, dessen Scheide er an seinem Gürtel befestigte.

Yvolar und Erwyn nahmen sich ebenfalls Schwerter aus Alwys' reicher Sammlung, der Druide eines mit einer langen, schmalen Klinge, der Junge ein Breitschwert mit einem

Griff von anderthalb Händen Länge, wie die Schwertkämpfer der Menschen sie zu benutzen pflegten. Er versuchte das Schwert zu heben, schaffte es aber nur zur Hälfte, dann fiel die schwere Klinge hinab und schlug klirrend auf den Boden. Alphart trat zu dem Jungen, nahm ihm das Schwert ab und stellte es zurück in das dafür vorgesehene Gestell. Er brauchte nur eine Hand, um es zu heben.

Daraufhin nahm sich Erwyn einen Morgenstern, doch bevor er die gefährliche Waffe probeweise schwingen und sich oder die anderen verletzen konnte, hielt Alphart seinen Arm fest, nahm ihm auch den Morgenstern ab und drückte ihm schließlich ein Schwert in die Hand, dessen Klinge gerade mal eine Elle lang war. Grimmig nickte er dem Jungen zu, und damit war jede Diskussion beendet, noch bevor ein Wort gesprochen worden war.

Sodann gingen die Gefährten zurück in die Halle des Zwergenkönigs, wo noch immer das gesamte Volk Glondwaracs versammelt war, um die Gefährten zu verabschieden. Inzwischen war auch dem letzten Zwerg klar geworden, dass der Welt Gefahr drohte wie seit einem Zeitalter nicht mehr. Selbst Rat Ildrys hatte dies zwischenzeitlich begriffen, und weil er sich wohl sagte, dass ein einzelner Zwerg und ein junger Sylf ein durchaus zu verschmerzendes Opfer waren, wenn es um Glondwaracs Rettung ging, war auch er zur Verabschiedung der Helden geblieben.

Auf langen Alphörnern, denen nur Zwergenmusikanten Töne zu entlocken vermochten, wurde eine uralte Weise geblasen, die schon zurzeit des letzten Krieges erklungen war. Daraufhin hielt König Alwys eine feierliche Ansprache, in der er den Gefährten Glück und Erfolg auf ihrer bevorstehenden Mission wünschte.

»Wir danken dem edlen Volk von Glondwarac für seine großzügige Hilfe«, erwiderte Yvolar feierlich. »Ist unserem Vorhaben Erfolg beschieden, so wird eure Unterstützung in der Geschichtsschreibung Allagáins nicht unerwähnt bleiben; sollten wir jedoch scheitern, wird Kälte über das Land ziehen, und das Heer der Finsternis auch Glondwarac angreifen.«

»Glondwarac wird vorbereitet sein auf den Feind«, versicherte Alwys, und erneut tauschten der Zwergenkönig und Yvolar einen vielsagenden Blick. Diesmal bemerkte es Alphart, doch er dachte sich nichts dabei. Er hatte sich damit abgefunden, dass der Druide ständig Dinge tat, die ein Wildfänger weder verstand noch zu deuten vermochte.

»So lebt denn wohl, meine Freunde«, sagte Alwys, der vom Thron hinabgestiegen war, um jeden persönlich die Hand zu reichen. »Auf den schützenden Pfaden der Zwerge werdet ihr sicher nach Osten gelangen. Sobald ihr die Stollen jedoch verlassen habt, seht euch vor, denn in den Bergen lauern vielerlei Gefahren. Möge das Schicksal euch gewogen sein, und füge der Schöpfer, dass ihr Fyrhack findet. Danach ruhen unsere Hoffnungen auf Danaóns Erben ...«

Aller Augen richteten sich wieder auf Erwyn, und der Junge hatte das Gefühl, etwas sagen zu müssen. Etwas, das Zuversicht ausdrückte, das alle beruhigte und ihnen Mut zusprach – obwohl es in Wahrheit er selbst war, der Ermutigung brauchte ...

»Ich ... ich verspreche euch, dass ich mein Bestes geben werde«, sagte er halb laut und mit bebender Stimme. »Noch vor wenigen Tagen wusste ich nichts von meiner Bestimmung und meinem Erbe, und als ich davon erfuhr, hätte ich mich am liebsten in einem dunklen Stollen verkrochen. Aber«, fügte er mit Blick auf seine neuen Gefährten hinzu, »ich habe Freunde gefunden, die mich unterstützen werden, und ich weiß, dass ich mich meiner Verantwortung nicht entziehen kann. Und dass man die Hoffnung niemals aufgeben darf.«

Erwyn unterbrach sich und blickte zu Boden. »Ich bin mir im Klaren darüber«, fuhr er leise fort, »dass viele von euch mich nie besonders mochten. Ich bin kein Zwerg, wie ihr seht, und es gibt einige unter euch, die mich niemals angenommen haben als einen der Ihren. Andererseits« – dabei bedachte er Urys mit einem ebenso dankbaren wie liebevollen Blick – »gab es auch jene, die mich herzlich aufnahmen und mir das Gefühl gaben, in diesen ehrwürdigen Hallen zu Hause zu sein. Dank schulde ich euch jedoch allen, denn ihr habt große Gefahr auf euch genommen, um mich zu schützen und vor den Augen des Bösen zu verbergen. Und ihr habt es nicht vergeblich getan – denn wenn sich bewahrheitet, was Meister Yvolar sagt, so werde ich schon bald Gelegenheit erhalten, mich würdig zu erweisen für das, was ihr für mich getan habt. – Lebt wohl!«

»Lebt wohl, meine Freunde!«, rief König Alwys, um dessen Züge ein stolzes Lächeln spielte ob der tapferen Worte des Jungen, und begeisterter Jubel brandete von den Rängen. Es wurde gerufen und gewunken, während die Musikanten noch einmal in ihre Instrumente stießen und ein Kriegslied schmetterten, das – so mutete es an – den Berg erbeben ließ.

Die Gefährten machten sich auf den Weg.

Sie verließen den Hort der Kristalle, und über eine Reihe breiter Treppen und Stollen, die zu beiden Seiten von Schaulustigen gesäumt wurden, erreichten sie den Eingang zu den königlichen Minen. Dort wartete bereits ihr Gepäck auf sie, zu dem neben den Waffen und ausreichend Proviant auch wärmende Umhänge gehörten.

Yvolar schien genau zu wissen, wo der Feuerdrache zu finden war. Sein Plan sah vor, sich zunächst nach Osten zu begeben, quer durch die Minen der Zwerge, die sich von den Gestaden des Búrin Mar bis an die Grenzen Allagáins erstreckten. Weder Alphart noch Leffel hatte gewusst, dass die Zwerge ihre Stollen in all den Jahrtausenden so weit vorangetrieben hatten, und nun bekamen sie auch noch zu hören, dass all diese unterirdischen Gänge und Tunnel zum Zwergenreich gehörten und unter dem schützenden Zeitzauber Glondwaracs standen.

Wenn es stimmte, was der Druide behauptete, so würden sie unbeschadet und trockenen Fußes zurück ins Wildgebirge gelangen. Alphart war froh darüber, nicht allein in seine Heimat zurückkehren zu müssen, auch wenn er das freilich niemals zugegeben hätte.

»Nur damit keine Missverständnisse aufkommen«, raunte er dem Druiden zu, während sie an der Spitze des kleinen Zugs durch die Stollen schritten, jeder eine brennende Fackel in der Hand, »ich tue dies alles für meinen Bruder und für niemanden sonst.«

»Natürlich«, sagte Yvolar nur.

»Glaubst du mir etwa nicht?«

»Natürlich«, wiederholte der Druide.

Schweigend gingen sie weiter, drangen immer tiefer vor ins Innere des Berges. Der Fleiß und die Beharrlichkeit, mit denen die Zwerge ihre Stollen in den Fels getrieben hatten, rangen Alphart höchste Anerkennung ab – und das, obwohl er bis vor kurzem noch nicht einmal an ihre Existenz geglaubt hatte. Seit er Yvolar begegnet war, sah der Jäger fortwährend Dinge, die ihn zum Staunen brachten, und obwohl der Druide den Mund ziemlich voll zu nehmen pflegte, hatte er noch nicht ein einziges Mal zu viel versprochen. Er hatte sie nach Seestadt geführt und in die Festung der Zwerge, und nun begaben sie sich auf die Suche nach dem Letzten der Feuerdrachen. Und noch immer schien Yvolar weit mehr zu wissen, als er preisgab …

»Kannst du mir etwas verraten, Druide?«, fragte Alphart nach einer Weile. Es gab etwas, das ihn schon eine ganze Weile beschäftigte. Was konnte es schaden, den Alten danach zu fragen?

»Was möchtest du wissen, Freund?«

»Damals, in jener Nacht am Nymphensee …«

Yvolar schickte ihm einen wissenden Blick. »Du hast doch etwas gesehen, nicht wahr?«

»Ich denke schon«, gestand Alphart zögernd, »auch wenn ich es zunächst für einen Traum hielt …«

»Was genau war es? Beschreibe es mir.«

»Ich …« Alphart zögerte. Mit einem Blick über die Schulter vergewisserte er sich, dass der Abstand zu Leffel und Erwyn, die hinter ihnen gingen, groß genug war. Er mochte nicht, dass andere hörten, wenn er von solchen Dingen sprach …

»Nun?«, drängte Yvolar.

»Na schön – ich sah eine junge Frau, die über dem Wasser schwebte und mit dir sprach.« Vorsichtig schaute er den Druiden an, als befürchte er, dieser könnte in schallendes Gelächter ausbrechen und ihn einen Narren schelten.

Aber nichts dergleichen geschah. Yvolar ging einfach weiter und schwieg, eine endlos scheinende Weile lang. Der Wildfänger rechnete schon nicht mehr mit einer Antwort, als der Druide endlich sein Schweigen brach. »Jene Wesen«, sagte er, »gehören der anderen Welt an.«

»Der anderen Welt? Du meinst dem Sagenreich, von dem die Sänger berichten? Aber das sind doch nur Geschichten …«

»Ich meine das Reich, das jenseits dessen liegt, was Sterbliche begreifen können«, erklärte der Druide nachsichtig. »Was du gesehen hast, war eine Salige.«

»Eine Salige?« Alphart hatte das Wort noch nie gehört.

»Man nennt sie auch Wildfrauen, mein Freund. Wesen, die älter sind als alle Sterblichen und sogar älter als die Sylfen und die Drachen. Ihre Heimat ist das Grundmeer, von wo sie einst kamen. Zerbrechliche Geschöpfe sind sie und zugleich unsagbar mächtig. Über Wind und Wetter vermögen sie zu gebieten, aber schon ein einziger Sonnenstrahl kann ihr Ende bedeuten.«

Noch vor nicht allzu langer Zeit hätte Alphart die Worte des Druiden als das senile Geschwätz eines Greises abgetan, doch seither hatte er zu viel gesehen und erlebt. »Was hast du zu der Salige gesagt?«, wollte er wissen.

»Ich bat sie, in jener Nacht über uns zu wachen, denn ich war müde und benötigte dringend Schlaf. Ein Sturm wäre am Ufer losgebrochen und hätte uns geweckt, hätten sich Erle genähert.«

»Also gibt es jene andere Welt wirklich. Die Geschichten sind wahr.«

Yvolar legte seine knochige Hand auf Alpharts Schulter. »Natürlich sind die alten Geschichten wahr. Dies ist das Land der Mythen …«

Die Gefährten gelangten in ein tunnelförmiges Gewölbe. Auf dem Boden waren Schienen verlegt, die sich in einem dunklen Stollen verloren, und auf den Gleisen standen Bergwerkswagen – Loren mit hohen Wänden aus Holz, von denen jeweils drei miteinander verbunden waren und einen Zug bildeten.

»Normalerweise«, erklärte Urys seinen Begleitern, »benutzen wir diese Wagen, um Gold und Edelsteine aus den Tiefen des Berges zu holen. Heute wollen wir zur Abwechslung einmal uns selbst darin transportieren.«

»Uns transportieren?«, fragte Alphart argwöhnisch. »Soll das heißen, wir gehen nicht zu Fuß weiter?«

»Genau das, mein wackerer Jägersmann«, bestätigte Yvolar und zwinkerte ihm zu. »Wir werden die Bergbahn der Zwerge benutzen. Die Fahrt erspart uns mehrere Tage anstrengenden Marsches durch unwegsames Land.«

Alphart erwiderte nichts darauf. Er sah wohl ein, dass sie fahrenderweise schneller sein würden als zu Fuß, aber zum einen teilte er die Abneigung sämtlicher Allagáiner gegen alles übertrieben Neue, zum anderen konnte er beim besten Willen nicht erkennen, wie sie in den Loren vom Fleck kommen sollten.

»Wie bewegen sich die Wagen denn?«, fragte er.

Urys schaute ihn verständnislos an. »Habt ihr denn keine Minen in Allagáin?«

»Doch, natürlich«, antwortete der Wildfänger. »Aber die Wagen dort werden von Mauleseln gezogen.«

»Maulesel brauchen wir hier nicht«, erklärte Urys nicht

ohne Stolz, während er bereits in die vorderste Lore eines Zuges aus drei Bergwerkswagen kletterte. »Glondwaracs Loren werden von jener Kraft angetrieben, die im Inneren der Berge wohnt und die wir Zwerge uns bisweilen zunutze machen.«

Mit diesen Worten wies er auf einen vergitterten Metallkasten an der Vorderseite der Lore, in dem ein faustgroßer, orangerot leuchtender Kristall klemmte; beim flüchtigen Hinsehen hatte der Wildfänger ihn für eine Grubenlaterne gehalten. Eine Flamme schien im Inneren des Kristalls zu brennen, und zu Alpharts Abneigung gegen Neuerungen aller Art gesellte sich auch noch sein Misstrauen gegenüber allem, was auch nur entfernt mit Magie zu tun hatte – und kaltes Feuer roch geradezu danach …

»Hast du den Verstand verloren?«, fuhr er Leffel an, als der sich anschickte, als Nächster in einen der Wagen zu steigen. »Willst du dich auf faulen Gnomenzauber einlassen?«

»Zwergenzauber hin oder her«, meinte der Gilg gleichmütig. »Die Füße tun mir jetzt schon weh. Ich sitz lieber und lass mich kutschieren, als zu laufen.«

»Und du redest lieber, als deinen Verstand zu benutzen«, fügte Alphart brummend hinzu, der gehofft hatte, wenigstens in seinem Landsmann einen Verbündeten zu finden. Als er jedoch sah, wie nicht nur der Gilg, sondern auch Yvolar und der junge Erwyn widerspruchslos in die Wagen stiegen, gab er seinen Widerstand auf. Schließlich sollte niemand behaupten können, dass ein Wildfänger feige wäre …

»Festhalten!«, rief Urys, nachdem sie alle in den Wagen Platz genommen hatten – der Zwerg in der vordersten Lore, hinter ihm Leffel und Alphart und in der letzten Lore Erwyn und Yvolar.

Da die Wagen gewöhnlich nicht dazu dienten, Reisende zu befördern, gab es weder Sitze noch Haltegriffe; lediglich eine schwere Eisenkette umlief den Rand einer jeden Lore, mit deren Hilfe man normalerweise die Ladung festzurrte. Daran klammerten sich Alphart und seine Gefährten ein, als sich der Zug plötzlich ruckartig in Bewegung setzte und anfuhr.

Von einer unsichtbaren Kraft getrieben, rollten die Loren auf ihren eisernen Rädern über das Gleis, die tunnelförmige Halle hinab und in den dunklen Stollen.

Alphart ließ eine halblaute Verwünschung vernehmen, als die Wagen Fahrt aufnahmen. Die Schienen führten durch mehrere Höhlen, wo Zwerge bei der Arbeit waren, denen leuchtende Kristalle als Lampen dienten und Licht spendeten. Die Zwerge winkten den Reisenden zu und gaben ihnen gute Wünsche mit auf den Weg.

Alphart winkte nicht zurück, sondern starrte geradeaus auf die Schienen, die das Licht des Kristalls und der Schein der Fackeln, die sie immer noch in den Händen hielten, aus der Dunkelheit rissen. Auf einmal endeten die Gleise vor einem eisenbeschlagenen Tor.

Der Gilg stieß einen spitzen Schrei aus, als die Wagen mit voller Geschwindigkeit darauf zuschossen. Kurz bevor aber die vorderste Lore das Hindernis erreichte, schwangen die schweren Torflügel auf und gaben den Weg frei.

Feuchte Luft schlug den Gefährten aus der Tiefe des Berges entgegen, und der kalte Fahrtwind nahm immer mehr zu, je schneller sie wurden. Er ließ die Flammen der Fackeln flackern, dass sie kaum noch Licht spendeten, und riss dem Gilg die seine sogar aus den Händen. Sie flog davon und verschwand in der Dunkelheit.

Das Rattern der Räder klang Alphart in den Ohren, begleitet vom Rumpeln der Loren und Bohlen. Und schließlich gesellte sich noch ein weiteres Geräusch hinzu, nämlich jenes helle Klopfen, das entsteht, wenn Metall auf Gestein trifft.

Die Loren passierten ein weiteres Tor und fuhren in eine

Höhle ein, in der Dutzende von Zwergenarbeitern damit beschäftigt waren, eine reiche Silberader auszubeuten. Auf einem Abstellgleis sah Alphart Wagen, die mit glitzerndem Gestein beladen waren – dann war der flüchtige Eindruck auch schon wieder vorbei, und erneut führte die Fahrt durch dunkle Stollen, steil hinab und dann wieder hinauf, durch enge Kurven, in denen der Wildfänger glaubte, die Wagen würden von den Schienen kippen.

Immer wieder passierten sie Höhlen, in denen Zwerge bei der Arbeit waren: Hier wurden Granitblöcke geformt, dort gewaltige Stalagmiten behauen, zwischen denen das Gleis in engem Zickzack verlief. Schließlich führten die Schienen über eine hohe Brücke, die von den Zwergen aus Holzbalken errichtet worden war und von der aus Alphart sah, wie mehrere Zwerge eine riesige, mit zottigem Fell besetzte Kreatur in Zaum zu halten versuchten. Dann waren die Loren auch schon darüber hinweg, und es ging durch einen Tunnel, an dessen Decke und Wänden im Widerschein des leuchtenden Kristalls und der flackernden Fackeln winzige Sterne zu funkeln schienen.

»Edelsteine«, stellte Alphart verblüfft fest. »Das Zeug wächst hier einfach an den Wänden.«

»In der Tat«, stimmte Yvolar zu, »dennoch würde ein Sterblicher sie niemals finden, denn all diese Reichtümer sind der Zeit und Welt Glondwaracs vorbehalten …«

Das Funkeln verblasste, und erneut ging es durch einen Stollen, der sie in ein Gewölbe führte, das zu beiden Seiten von schweren gepanzerten Pforten gesäumt wurde.

»Was befindet sich hinter diesen Türen, alter Mann?«, wollte Alphart wissen. Er musste laut schreien, um sich verständlich zu machen.

»Die Schatzkammern der Zwerge«, rief Yvolar gegen das Rattern und Rumpeln der Loren an. »Hier horten sie alles, was sie den Bergen abgerungen haben.«

»Und sie lassen die Kammern unbewacht?«

»Unbewacht ja«, rief der Druide zurück, »aber nicht ungeschützt. Würdest du auch nur den Versuch unternehmen, an dieser Stelle aus der Lore zu steigen, wärst du auf der Stelle tot.«

»Zwergenmagie, was?«, knurrte Alphart geringschätzig. »Wenn es um ihr Hab und Gut geht, verstehen die kleinen Kerle keinen Spaß.«

»Richtig«, bestätigte Yvolar, und es lag nicht eine Spur von Heiterkeit in seiner Stimme.

Alphart zählte die Pforten nicht, die zu beiden Seiten der Schienen in die Felswände eingelassen waren, aber es waren viele. Wie groß die Reichtümer sein mochten, die sich dahinter verbargen, vermochte sich der Wildfänger nicht ansatzweise vorzustellen, und er begriff auch nicht, wozu es gut sein sollte, Gold und Gemmen zu horten. Was mehr konnte sich ein Mann wünschen als eine gute Jagd und ein festes Dach über dem Kopf?

Wie lang die Fahrt durch die Bergwerksstollen dauerte, wusste am Ende niemand genau. Vielleicht lag es daran, dass die Zeit in Glondwarac anderen Gesetzen gehorchte, oder daran, dass es in den Tiefen der Berge keinen Unterschied gab zwischen Tag und Nacht. Alphart spürte nur, dass sein Rücken schmerzte und sein Magen rebellierte, als die Loren endlich zum Stillstand kamen und er aussteigen konnte.

»Potztausend!«, wetterte er missmutig und wankte durch die Höhle, in der die Gleise endeten. Die Fackeln waren inzwischen erloschen, der scharfe Fahrtwind hatte sie nacheinander ausgeblasen. Doch Leuchtkristalle an der schroffen Felsendecke sorgten in dieser Höhle für ein unwirkliches, schummriges Licht. »Du hattest Glück, dass ich nicht wusste, worauf ich mich einlasse, alter Mann. Noch einmal setzte ich mich nicht in die Bergkutschen der Gnomen.«

»Zwerge«, verbesserte Urys, noch ehe Yvolar etwas erwidern konnte. »Und du solltest dich ein wenig dankbarer zeigen. Die Stollen meines Volkes mögen keinen bequemen Reiseweg bieten, aber die Fahrt war sicher und schnell.«

»Sicher und schnell«, wiederholte der Wildfänger spöttisch, um gleich mehrmals hintereinander zu schlucken – nach all der Kurverei bereitete ihm der Magen doch arge Probleme …

»Natürlich«, versicherte Urys. »Wo, glaubst du wohl, befinden wir uns hier?«

»Woher soll ich das wissen?« Alphart schaute sich um. »Es gibt hier keine Fenster, durch die man einen Blick werfen könnte. Ein Wildfänger vermag vieles, aber er kann nicht durch Gestein und Erde schauen.«

»Dann will ich es dir verraten«, erklärte sich Urys großmütig bereit. »Die östlichen Berge liegen weit hinter uns, wir haben das Südufer des Búrin Mar umrundet und den Seewald hinter uns gelassen – und befinden uns wieder in Allagáin.«

»Was?« Alphart glaubte, nicht recht gehört zu haben.

»Wie ich schon sagte«, grinste der Zwerg mit stolzgeschwellter Brust, »sicher und schnell. Noch Fragen?«

Alphart starrte ihn grimmig an. »Nein«, knirschte es zwischen seinen Zähnen hervor, »keine Fragen.«

Als er sich abwandte, sah er zu seinem Verdruss, dass ein amüsiertes Lächeln über Yvolars und Leffel Gilgs Züge huschte.

Inzwischen hatten alle die Loren verlassen. Es gelang ihnen, die Fackeln erneut zu entzünden, dann traten sie in einen steil ansteigenden Stollen, der Urys zufolge in die Außenwelt führte. Auf den Weg dorthin warf Alphart immer wieder einen Blick zurück.

»Was hast du?«, erkundigte sich Yvolar, der neben ihm ging.

»Was soll ich schon haben?«, knurrte Alphart. »Die engen, düsteren Stollen mögen den Gnomen gefallen, mir schlägt diese Umgebung aufs Gemüt. Ich bin Wildfänger. Ich brauche frische Luft und den freien Himmel, sonst verlier ich mit der Zeit den Verstand.«

»Ist das der Grund, weshalb du dich ständig umblickst?«

»Verdammt, alter Mann«, murrte Alphart, »es ist schwer, etwas vor dir zu verbergen.«

»Also?«, verlangte Yvolar zu wissen.

»Ich weiß nicht«, murmelte der Jäger unwillig. »Ich habe das Gefühl, dass wir hier nicht allein sind.«

»Was bringt dich darauf?«

»Woher soll ich das wissen. Es ist … nur ein Gefühl, mehr nicht.«

»Gefühle können täuschen«, sagte Yvolar. »In diesem Fall allerdings ist es anders.«

»Was soll das heißen?«

»Dass du recht hast«, erwiderte der Druide beiläufig. »Wir werden beobachtet.«

»Verdammt«, wetterte Alphart und griff nach der Axt in seinem Gürtel. Auch Erwyn, der hinter ihnen schritt und den Wortwechsel mitgehört hatte, legte die Hand um den Knauf seines kurzen Schwerts.

Urys jedoch raunte ihnen zu: »Seid unbesorgt, noch befindet ihr euch in Alwys' Reich. Diese Gänge und Stollen unterliegen seinem Zauber. Nichts Böses wagt es, hier einzudringen.«

»Wenn du es sagst, Zwerg«, murmelte Alphart. Er zog jedoch die Axt aus seinem Gürtel, umklammerte sie mit der Rechten, während er in der anderen Hand die Fackel hielt. Sein Blick verriet unverhohlenen Argwohn.

Über eine Reihe von Treppen ging es steil nach oben. Die Stollen waren für einen aufrecht gehenden Menschen nicht mehr hoch genug, sodass sie bis auf den Zwerg gebückt gehen mussten. Alpharts Laune verbesserte dies nicht. Wiederholt stieß er sich den Kopf, worauf er wüste Verwünschungen von sich gab. Die anderen überhörten es geflissentlich.

Urys führte die kleine Gruppe immer weiter hinauf. Alphart hoffte, dass der Marsch durch das Innere der Erde bald enden möge. Immer noch blickte er sich um und begann bereits Gespenster zu sehen. Heftig zuckte er zusammen, wenn er hässliche Erlfratzen auszumachen glaubte, aber es waren nur Bilder, die der Zufall und der flackernde Fackelschein an die Wände zeichneten.

»Nervös, Wildfänger?«, fragte Urys grinsend, worauf Alphart nur ein wütendes Schnauben ausstieß.

Als sie endlich den Ausgang aus den unterirdischen Stollen erreichten, mochte der Wildfänger es kaum glauben. Er spürte eine eisige Brise, die nach Kälte und Winter roch, aber auch nach Freiheit …

»Die Steinerne Pforte«, erklärte Urys knapp. »Auf der anderen Seite des Tores endet Alwys' Reich.«

»Großartig«, schnaubte Alphart. »Ich kann es kaum erwarten.«

Urys, Erwyn und der Wildfänger stemmten sich gegen einen der steinernen Torflügel. Mit vereinten Kräften schafften sie es, ihn soweit aufzuschieben, dass sie durch den entstandenen Spalt ins Freie schlüpfen konnten. Gleißendes Licht blendete sie, und heulender Wind fegte in den Stollen, der eisig kalt war und nichts Gutes erahnen ließ.

»Es ist früher Nachmittag«, stellte Yvolar fest, der einen Blick nach draußen geworfen hatte, die Augen zu schmalen Schlitzen verengt. »Wir können bis Sonnenuntergang also noch ein gutes Stück Weges schaffen.«

»Das sollten wir«, brummte Alphart. »Wenn man bedenkt, dass wir einen ganzen Tag im Reich der Gnome vergeudet haben …«

»Vergeudet?«, knurrte Urys und verzog das Gesicht unter seinem Bart zu einer grimmigen Grimasse. »Du bezeichnest die Zeit, die du in Glondwarac verbracht hast, als vergeudet?«

»Für mich ist jeder Tag vergeudet, an dem ich nicht einem Erl den Schädel spalte, Gnom«, beschied ihm Alphart, »und ich sehe nicht ein, wieso ...«

Er unterbrach sich jäh und starrte Urys aus großen Augen an.

»Was hast du?«, bellte der Zwerg feindselig.

Alphart antwortete nicht. Stattdessen hob er die Axt – und sprang auf den Zwerg zu!

»Alphart, nicht!«, rief Leffel entsetzt, aber der Jäger war nicht mehr aufzuhalten.

Statt Urys jedoch zu attackieren, sprang er an dem Zwerg vorbei und bedrohte mit erhobener Axt die nackte Felswand.

»Rühr dich nicht!«, rief er. »Oder du bist tot!«

Seine Gefährten tauschten verwunderte Blicke. Erwyn und Leffel schienen peinlich berührt über Alpharts Ausbruch, Urys schüttelte verständnislos den Kopf.

»Was ist los mit dir, Mensch?«, rief er. »Hast du jetzt völlig den Verstand verloren?«

»Nun, mein lieber Freund«, sagte Yvolar nachsichtig, »vielleicht sollten wir mit unserem Jägersmann nicht so hart ins Gericht gehen. Wie es scheint, hat er dort tatsächlich etwas entdeckt ...«

»Ja, seinen eigenen Schatten«, murrte Urys, »vor dem er sich schon die ganze Zeit über fürchtet.«

»Los, zeig dich!«, fuhr Alphart die blanke Stollenwand an – und auf einmal veränderte sich der Fels. Wo eben nicht mehr als zwei Vertiefungen zu sehen gewesen waren, öffneten sich plötzlich Augen, und ein winziger Gesteinsvorsprung wurde zur Nase. Mehr und mehr schälte sich vor den staunenden Gefährten ein ganzes Gesicht aus dem Fels, ein Gesicht, das ziemlich filigran war und recht verkniffen dreinblickte. Was eben noch wie gelbbraunes Moos ausgesehen hatte, wurde zu wirrem Haar, und allmählich traten auch die Umrisse eines schmächtigen Körpers hervor, der mit einem Rock aus Wildlederflicken bekleidet war und dünne, zerbrechlich wirkende Gliedmaßen hatte. Die Füße, die ebenso wie der Kopf unverhältnismäßig groß schienen, steckten in groben, aus Baumrinde gefertigten Schuhen. Die Körpergröße des Wesens betrug nicht mehr als zwei Ellen – dass Alphart ihm dennoch Auge in Auge gegenüberstand, lag daran, dass es auf einem Vorsprung kauerte.

»Ein Kobling«, stellte Yvolar fest und war offenbar kaum überrascht.

»Ein … ein was?«, fragte Leffel verwirrt.

»Ein Kobling«, wiederholte der Druide. »Sie sind häufig in Bergwerkstollen anzutreffen.«

»Das stimmt, aber gewöhnlich in denen der Menschen«, brummte Urys, der nicht sehr erbaut darüber schien, dass ein Eindringling unbemerkt ins Reich der Zwerge gelangt war. »Sie pflegen den Bergleuten Streiche zu spielen und sie zu necken, warnen sie allerdings auch vor drohender Gefahr.«

»Zu warnen und necken ist meine Pflicht, was anderes können wir Koblinge nicht«, drang es krähend aus dem breiten Mund des kleinwüchsigen Wesens.

»Verdammt«, stieß Alphart hervor, der die Axt noch immer drohend erhoben hatte. »Das Ding kann sprechen!«

»Natürlich sprech ich, du doch auch«, kam die Antwort prompt, »obwohl dein Kopf viel kleiner ist als dein Bauch.«

»Willst du frech werden?« Der Wildfänger drohte dem kleinen Kerl erneut mit der Axt. »Warte, Bürschlein, ich werde dir …«

»Beruhige dich, Alphart«, beschwichtigte Yvolar. »Es ist

die Art der Koblinge, in lustigen Reimen zu sprechen. Er kann nichts dafür.«

»Ach ja?«, höhnte der Jäger. »Vielleicht sollten wir ausprobieren, ob es sich mit herausgeschnittener Zunge auch noch lustig reimen lässt.«

»Die Zunge könntest du wohl stutzen, doch würde ich dann nichts mehr nutzen«, lautete die Erwiderung des Koblings.

»Nutzen?« Alphart schnaubte. »Wozu sollte ein hergelaufener kleiner Butzemann wohl nützlich sein?«

»Hast du nicht gehört, was ich vorhin gesagt habe?«, meldete sich Urys wieder zu Wort. »Koblinge haben ein ausgeprägtes Gespür für Gefahren, und sie pflegen die Menschen vor drohendem Unheil zu warnen.«

»Ich brauche keinen Butzemann, um eine Gefahr zu erkennen«, antwortete Alphart. »Ich habe auch so gemerkt, dass wir schon die ganze Zeit über verfolgt wurden – und zwar von diesem da!«

»Ich habe es ebenfalls bemerkt«, erklärte Yvolar, »aber von einem Kobling droht keine Gefahr. Steck deine Axt also wieder weg, Wildfänger.«

»Hörst du die Worte des Druiden?«, fügte der Kobling hinzu. »Steck weg das Ding, lass mich in Frieden.«

Alphart zögerte – weniger, weil er anderer Ansicht gewesen wäre als Yvolar, sondern weil er den Kobling noch einen Augenblick im Ungewissen lassen wollte hinsichtlich seines Schicksals. Er mochte es nicht, zum Narren gehalten zu werden. Schon gar nicht von jemandem, der ihm gerade bis zu den Knien reichte …

Mit einem feindseligen Knurren trat er schließlich von dem Kobling zurück, woraufhin dieser quer durch den Stollen sprang und direkt vor Yvolars Füßen landete. »Hab Dank für Hilf in großer Not, sonst wär ich jetzt schon mausetot.«

»Verzeih den Eifer unseres Gefährten«, entschuldigte sich der Druide für Alpharts zornige Angriffslust, »er ist überaus misstrauisch. Andererseits gehört es sich nicht, in fremde Stollen einzudringen und sich an arglose Wanderer heranzuschleichen.«

Der Kobling kratzte sich am Hinterkopf – ob es eine Geste war, die Schuldbewusstsein oder Verlegenheit zum Ausdruck bringen sollte, war nicht zu erkennen. »Von mir war's dumm, ich entschuldige mich drum«, entgegnete er schließlich. »Ich dennoch bitt, nehmt mich ein Stück des Weges mit.«

»Wozu?«, fragte Alphart. »Damit du uns üble Streiche spielen und uns verhöhnen kannst?«

»Durchaus nicht, lieber Jägersmann, sondern weil ich helfen kann.« Das kleine Wesen grinste.

»Du willst uns helfen?«, fragte Yvolar. »Wie?«

Das Grinsen verschwand aus den verschmitzten Zügen, und die großen, steingrauen Augen des Koblings blickten ernst zu dem Druiden auf. »Meinesgleichen vieles sieht, das längst noch im Verborg'nen liegt. Damit euer Auftrag glückt, wurde ich zu euch geschickt.«

»Geschickt? Von wem?«, wollte Urys wissen.

»Potztausend, das ist doch furzegal!«, polterte Alphart, ohne die Antwort abzuwarten. »Wir verschwenden hier nur unsere Zeit. Wie soll uns der Butzemann denn helfen können? Er weiß ja nicht mal, wozu wir hier sind.«

»Euer Ziel ist mir bekannt: Es liegt tief im Bergesland. Die Drachenhöhle wollt ihr sehen, um dort Hilfe zu erflehen.«

Yvolar hob eine Braue. »Für einen Kobling bist du erstaunlich gut informiert.«

»Natürlich ist er das«, knurrte Alphart. »Er hat uns ja auch die ganze Zeit über verfolgt und belauscht.«

»Jedoch nicht, um euch zu necken, tat ich mich vor euch verstecken. Ich will euch helfen, glaubt mir nur, seit ich von der Mission erfuhr. Denn Trolle, Eis und böse Erle bedrohen auch uns kleine Kerle.«

»Was soll das Gerede?«, schnauzte Alphart. »Für dumm verkaufen können wir uns selber, dazu brauchen wir den Wicht nicht!«

»Einen Augenblick«, bat Leffel, der an den Reimen des Koblings offenbar Gefallen fand; jedes Mal wenn der Kleine sprach, huschte ein Grinsen über das Gesicht des Gilg. »Wenn ich recht verstanden habe, will er sich uns anschließen und uns dabei helfen, das Eis zu bekämpfen.«

»Ist das wahr?«, fragte Yvolar.

»So wahr, wie er hier vor euch steht, schwört Mux, dass es nur darum geht.«

»Ist das dein Name? Mux?«

»Das ist er – kurz, damit ein alter Mann ihn leicht im Kopf behalten kann.«

»Höflich bist du gerade nicht«, entgegnete Yvolar ein wenig indigniert. »An deinen Umgangsformen werden wir wohl noch arbeiten müssen. Aber wenn du versprichst, nicht unentwegt Unfug zu treiben, werde ich dir gestatten, uns zu begleiten.«

»Was?«, rief Alphart außer sich. »Das ist doch …!«

»Du hast es gehört, er will uns helfen«, sagte der Druide. »Nicht von ungefähr hat der Schöpfergeist die unterschiedlichsten Wesen erschaffen. Ihnen allen ist ein Platz zugewiesen im Bund des Lebens, und niemand vermag vorauszusagen, ob so ein kleiner Kerl nicht den Ausschlag geben kann für Sieg oder Niederlage.«

»Aber ich …« Alphart wollte energisch protestieren – der Kobling jedoch fiel ihm schrill ins Wort.

»Auf den Druiden sollst du hören und dich nicht bei ihm beschweren. Denn, mein finstrer Jägersmann, ich auch ein guter Freund dir werden kann.«

»Das bezweifle ich«, brummte Alphart.

»Ich nicht«, widersprach Leffel und konnte sich erneut ein Grinsen nicht verkneifen. »Eines habt ihr ja schon gemein.«

»So?«, knurrte Alphart. »Und was sollte das sein?«

»Nun ja …« Der Gilg errötete ein wenig. »Ihr beide seid die Einzigen, die unverschämt genug sind, unseren Druiden einen alten Mann zu nennen.«

»Das ist nun allerdings wahr«, bestätigte Yvolar, und dann verfiel er in schallendes Gelächter, das von der Stollendecke widerhallte.

Da mussten auch Erwyn, der Gilg und Urys lachen – und am Ende huschte sogar über Alpharts grimmige Züge ein flüchtiges Lächeln …

Schließlich, als der Moment der Heiterkeit verflogen war, schulterten sie wieder ihre Rucksäcke und schoben sich durch den Spalt in der steinernen Pforte. Vorsichtig blinzelnd, weil das helle Sonnenlicht sie blendete, wagten sie einen zaghaften Blick – und sahen ihre schlimmsten Befürchtungen bestätigt: Der Winter war hereingebrochen. Nicht mehr nur mit klammer Kälte und mit einzelnen Schneeflocken, die aus der grauen Wolkendecke fielen, sondern mit frostiger Urgewalt. Weiße Massen bedeckten den steilen Hang, der sich vor der Pforte erstreckte, darüber spannte sich ein von dunklen Wolken überzogener grauer Himmel. Der fallende Schnee bildete einen dichten Schleier, durch den die umliegenden Berge nur undeutlich zu erkennen waren – ferne, dräuende Schemen, die von eisigen Gipfeln gekrönt wurden.

»Verdammt«, knirschte Alphart.

»Das habe ich befürchtet!«, rief Yvolar gegen den heulenden Wind. »Muortis hat keine Zeit verloren – von nun an werden wir uns nicht nur vor den Erlen vorsehen müssen, sondern auch vor Wind und Wetter.«

»Bei Schneesturm die Berge zu überqueren ist Wahnsinn!«, rief der Jäger zurück. »Wir müssen bleiben und warten, bis sich der Sturm gelegt hat!«

»Dann müssten wir warten bis ans Ende aller Zeiten, mein Freund, denn dieser Sturm ist das Werk des Bösen, und er wird sich erst legen, wenn Muortis besiegt ist. Wenn wir ihm Einhalt gebieten wollen, so müssen wir jetzt gehen, und weder Wind noch Eis dürfen uns aufhalten!«

Yvolar hatte seine Worte derart ernst vorgebracht, und sein Blick war so eindringlich, dass Alphart nicht zu widersprechen wagte. Als sich der Wildfänger mürrisch abwandte, zuckte er überrascht zusammen. Er starrte auf den Fels, aus dem sie gerade gekommen waren – die Pforte war nicht mehr zu sehen!

»Die ... die steinerne Pforte!«, stammelte er. »Sie ... sie ist verschwunden!«

»Natürlich ist sie das«, sagte Urys wie selbstverständlich. »Sonst würde ja jeder in unsere Stollen und unser Reich gelangen.«

»Gnomenmagie ...«, brummelte Alphart in seinen Bart. Also waren sie gezwungen zu tun, was der Druide sagte, denn in die Stollen konnten sie offenbar nicht mehr zurück. Es sei denn, Urys oder Yvolar kannten einen Trick, die Pforte wieder erscheinen zu lassen, doch danach fragte Alphart sie erst gar nicht, denn wenn er näher darüber nachdachte, wollte auch er nicht länger zögern und sich trotz des Eises und des Sturms auf den Weg machen.

Das einzige Ziel des Jägers war es, die Erle zu bekämpfen, um sich an ihnen zu rächen, und wenn es dazu nötig war, bei Schneesturm die höchsten Gipfel zu erklimmen, so würde er auch das tun.

Schweigend entrollte er das Seil, das an seinem Rucksack befestigt gewesen war, und formte aus dem einen Ende eine Schlinge, die er an Leffel weiterreichte.

»Was tust du?«, wollte Yvolar wissen.

»Was schon?«, gab der Wildfänger zurück. »Wir seilen uns an, damit niemand verloren geht.«

»Ein guter Gedanke.« Der Druide nickte. »Willst du immer noch bestreiten, dass es dein Schicksal ist, uns zu begleiten?«

»Vom Schicksal verstehe ich nichts«, entgegnete Alphart, »aber vom Überleben in den Bergen – und wenn wir uns nicht vorsehen, sind wir bald alle tot ...«

Klaigon triumphierte, und ein breites Grinsen verzerrte die fleischigen Züge des Fürstregenten von Iónador, während er vom obersten Balkon des Túrin Mar nach Nordosten blickte.

Das hügelige Land war von Schnee bedeckt, der bis weit nach Norden reichte, vom Tal des Allair bis hinauf zu den Seen, und über dem Steidan waren dunkle Wolken aufgezogen, die noch mehr Eis und Kälte herantragen würden.

Klaigon jedoch war es gleichgültig. Er hatte dem Wetter noch nie große Bedeutung beigemessen. Statt sich deswegen zu sorgen, dachte er an seine Pläne – und diese Pläne gingen soeben alle auf. Die Heeresaushebung, die der Fürstregent hatte anordnen lassen, war erfolgreich und zur vollsten Zufriedenheit Klaigons abgelaufen. Innerhalb kürzester Zeit war eine Streitmacht aufgestellt worden, die in der Geschichte Iónadors ihresgleichen suchte; Klaigon war überzeugt, dass nicht einmal die Könige der alten Zeit über ein solches Heer verfügt hatten.

Allein in Iónador waren über achthundert Kämpfer dem Ruf zu den Waffen gefolgt, davon dreihundert gepanzerte Reiter. Die meisten von ihnen waren adlig und daher dem Fürstregenten zur Gefolgschaft verpflichtet, andere waren die Söhne reicher Kaufmannsfamilien, die sich neue Privilegien und den ein oder anderen lohnenswerten Auftrag erhofften, wenn sie Klaigon unterstützten.

Von den Grenzburgen, die sich vom Seewald bis zum Schwarzmoor erstreckten, waren weit über tausend bewaffnete Kämpen eingetroffen – Ritter mit ihrem Gefolge, aber auch Schwertkämpfer und Fußvolk. Und schließlich hatte sich auch das elende Bauernpack dazu bereit gefunden, seine Heimat zu verteidigen, und nicht weniger als zweitausend Mann waren aus den Dörfern und Gehöften Allagáins eingetroffen.

Wenn auch nicht ganz freiwillig …

Vom Obertal bis hinab ins Moos war der Ruf zu den Waffen erklungen, doch das störrische Bauerngesindel hatte so getan, als ginge ihm diese Angelegenheit nichts an. Zahllose Delegationen waren nach Iónador geschickt worden, die diese und jene Gründe vorgebracht hatten, weshalb man dem Waffendienst nicht nachkommen könne; von schlechten oder vernichteten Ernten war die Rede gewesen und von drohenden Hungersnöten, und nicht zuletzt hatten viele beteuert, dass sie persönlich nichts gegen das Waldvolk hätten und deshalb auch nicht einsehen würden, weshalb man gegen die Waldbewohner kämpfen sollte.

Klaigon hatte ein Exempel statuiert, indem er einen dieser dreisten Bauern auf dem Turmplatz öffentlich hatte hinrichten lassen. Danach waren keine Abordnungen mehr eingetroffen, und es hatte auch niemand mehr den Waffendienst verweigert. Ganz Allagáin hatte seine Söhne nach Iónador geschickt, und Barand und seine Offiziere hatten aus diesem Haufen ungeschickter Bauerntölpel binnen kürzester Zeit ein schlagkräftiges Heer geformt, das dem Ansturm der Waldbarbaren standhalten würde. Gerüstet mit den Waffen aus den Kammern Iónadors waren aus tumben Dorftrotteln wackere Kämpfer geworden und aus faulen Taugenichtsen brave Soldaten. Stolz blickte Klaigon von seinem hohen Standort aus auf das Ergebnis.

Am Mittag hatte die Vorhut unter der Führung Meinrads von Kean d'Eagol die Goldene Stadt verlassen. Später am Tag war auch das Hauptheer unter Barand von Falkenstein aufgebrochen, das in der Ferne noch immer als dunkles

Band auszumachen war, das sich durch die verschneite Landschaft wand. Ihm folgten die Nachhut und der Tross mit unzähligen Karren und Wagen, Ochsen und Pferden.

Der Feldzug war gut vorbereitet. Es würde an nichts fehlen, denn der Sieg über das Waldvolk sollte diesmal vollkommen sein …

»Bist du zufrieden?«, erkundigte sich eine Stimme hinter Klaigon; sie klirrte wie Eis.

»Sollte ich es denn sein?«, erwiderte Klaigon die Frage.

»Ich denke ja. Du hast alles getan, was man dir aufgetragen hat. Mein Herr wird dich reich dafür belohnen.«

Langsam, fast widerwillig riss sich Klaigon vom Anblick seines davonziehenden Heeres los und wandte sich zu seinem Gesprächspartner um, der hinter dem Balkonvorhang stand und nur als Umriss zu erkennen war – ein hünenhafter, bizarrer Schatten, wie kein menschliches Wesen ihn warf.

»Das hoffe ich sehr«, sagte Klaigon mit fester Stimme. »Ich riskiere viel, indem ich dir vertraue.«

Die Gestalt hinter dem Vorhang ließ ein verächtliches Schnauben vernehmen. Kalter Dampf quoll dabei aus ihren Nüstern. »Dein Risiko ist gering im Vergleich zu dem, was mein Herr und Meister auf sich nimmt. Deine Armee kann nicht verlieren. Nicht dieses Mal.«

»Ich verlasse mich auf euch. Ich habe getan, was dein Herr von mir verlangte – nun tut, was ihr versprochen habt.«

»Keine Sorge, das werden wir.« Die hünenhafte Gestalt lachte leise. Es war ein hässliches, ein schauriges Lachen. »Hat mein Herr und Meister nicht bewiesen, dass er dein Vertrauen verdient? Hat er die verlangten Waffen nicht wie vereinbart geliefert?«

»Das hat er«, gestand Klaigon ein. »Wollen wir hoffen, dass er sich auch an den Rest unserer Abmachung hält.«

Die Gestalt lachte erneut. »Ist das Waldvolk erst vernichtet, wirst du uneingeschränkter Herrscher über ganz Allagáin – zumindest über das, was dann noch davon übrig ist.«

»Schnee und Eis interessieren mich nicht«, antwortete Klaigon unwirsch. »Strenge Winter hat es zu allen Zeiten gegeben. Mich interessiert nur die Macht – und der Reichtum, den ich erwerben werde.«

»Beides wirst du bekommen«, versicherte der Schatten. »Die Absichten meines Herrn gehen weit über die Grenzen Allagáins hinaus. Du kannst dieses Land haben, denn für meinen Herrn fällt noch genug ab. So wie es schon vor Ewigkeiten hätte sein sollen.«

»Tja«, erwiderte der Fürstregent grinsend, »aber damals hattet ihr mich eben nicht auf eurer Seite.«

»Das ist wahr. Du bist uns ein wertvoller Verbündeter, Fürstregent. Dennoch solltest du dich vorsehen. Du hast Feinde, und einen dieser Feinde beherbergst du im eigenen Haus.«

»Ich weiß, von wem du sprichst.« Klaigon machte eine unwirsche Handbewegung. »Aber sie stellt keine Gefahr dar für unsere Pläne, glaub mir.«

»Die Tochter deines Bruders hat Verdacht geschöpft«, war der Schatten überzeugt. »Nicht von ungefähr hat sie dir den Feldzug auszureden versucht …«

»Und wenn – sie hat nichts zu befehlen, weder mir noch sonst jemandem. Außerdem habe ich ihr untersagt, Iónador zu verlassen. Sie kann uns nicht schaden.«

»Ihr Starrsinn ist gefährlich«, widersprach die dunkle Gestalt. »Vergiss nicht, dass Karrols Blut in ihr fließt.«

»Mein Bruder ist tot«, stellte Klaigon klar. »Ich ganz allein bin Fürstregent von Iónador. Geh zurück zu deinem Herrn und sage ihm das, Kaelor.«

»Wie du wünschst.«

»Berichte ihm, dass Klaigons Heer die Goldene Stadt verlassen hat. Es wird das Waldvolk vernichtend schlagen und deinem Herrn den Weg nach Norden öffnen, wie wir es vereinbart haben.«

»Und deine Nichte?«

»Ich habe sie Barand von Falkenstein versprochen – als Gegenleistung für seine Loyalität und seine zu erwartenden Verdienste im Feld. Dadurch habe ich mir nicht nur die Zuneigung dieses jungen Narren erkauft, sondern werde auch Karrols Tochter los. Wie du siehst, habe ich an alles gedacht.«

»Und du glaubst, sie wird dir gehorchen?«

»Allerdings«, antwortete Klaigon überzeugt, und ein böses Grinsen spielte dabei um seine feisten Züge. »Denn wenn sie es nicht tut, wird auch sie das Schicksal ihres Vaters ereilen.«

»Das wäre vielleicht das Beste«, drang es von hinter dem Vorhang hervor, während sich der Schatten zurückzog. »Wir sehen uns, mein Freund …«

Der Abstieg über das steile Schneefeld ging noch einigermaßen zügig vonstatten. Auf dem Talgrund jedoch versanken die Wanderer bis zu den Knien im tiefen Schnee, und der Marsch wurde zur Qual. Yvolar führte die Gefährten an. Sich beidhändig an seinen Stab klammernd, kämpfte er sich Stück für Stück durch den Schnee, gefolgt von Erwyn, Urys, Leffel und Mux. Das Ende der Seilschaft bildete Alphart, der sich wachsam umblickte.

Der Wildfänger war beunruhigt. Nicht nur des tobenden Sturmes wegen und des Koblings, der als einziger keine Mühe mit dem Vorwärtskommen hatte und sich federleicht auf der Schneeoberfläche bewegte – sondern vor allem deswegen, weil dieses Wetter nicht natürlichen Ursprungs war und er deshalb auf weitere böse – und schwarzmagische – Überraschungen gefasst war.

Schon früher hatte Alphart strenge Winter erlebt. Sein Bruder und er waren dann in den Bergen eingeschneit gewesen und bis zur Schneeschmelze im Frühjahr nicht ins Tal gekommen. Aber dieser Schnee war anders. Jede einzelne Flocke schien von einem bösen Willen erfüllt und nur darauf aus zu vernichten. Der Wind sang ein scheußliches Totenlied, und die Berge sahen aus, als lägen sie unter einem Leichentuch. Unheil stand bevor – das spürte der Wildfänger in diesen Augenblicken stärker denn je zuvor.

Wie schon auf den Wassern des Búrin Mar benutzte Yvolar abermals das magische Metall, um die Himmelsrichtung zu bestimmen. Demnach mussten sie nach Norden, um zur Drachenhöhle zu gelangen, durch finstere Schluchten und verschneite Täler und nahe vorbei an den Klüften von Dorgaskol, deren alleinige Nähe den Wanderern Furcht einflößte.

Quälend langsam ging es vorwärts, Stück für Stück, Schritt für Schritt. Eine endlos scheinende Wegstrecke lang kämpften sich die Gefährten durch den Schnee, vorbei an vereisten Felsen und verschneiten Nadelbäumen. Oft genug waren die Wanderer zu Umwegen gezwungen, wenn Verwehungen oder von der Last des Schnees abgeknickte Bäume den Weg versperrten, und immerzu peitschte der beißend kalte Wind in ihre Gesichter.

Dennoch gaben sie nicht auf. Die Köpfe zwischen die Schultern gezogen und die Schals darum geschlungen, dass nur schmale Sehschlitze frei blieben, kämpften sie sich durch den Schnee. Gesprochen wurde kaum noch; Yvolar begnügte sich damit, seinen Gefährten knappe Befehle zuzurufen, und sogar dem Kobling war das Reimen vergangen. Dabei machten nicht nur die Kälte und die Erschöpfung den Wanderern zu schaffen, sondern auch die Verzweiflung, die immer größer wurde, je weiter sie in diese eisige Schneewüste vordrangen.

Sie marschierten den ganzen langen Tag und kamen dennoch nicht sehr weit. Erst als sie eine enge Schlucht erreichten, ließen der Wind und das Schneetreiben ein wenig nach; die von Eis überzogenen Felswände boten einen natürlichen Schutz davor. Das unheimliche Heulen, das sie seit Verlassen der Zwergenstollen begleitet hatte, ebbte ab, und der Druide gönnte seinen Schützlingen eine kurze Rast.

»Bleibt auf den Beinen«, wies Alphart Leffel und Erwyn an, die sich vor Erschöpfung in den Schnee sinken lassen wollten. Während der Allagáiner zwar müde und ausgelaugt wirkte, die Strapazen jedoch erstaunlich gut meisterte, war der Junge aus Glondwarac dem Zusammenbruch nahe. Seine Stirn war gerötet, die Wangen bleich, sein Atem ging stoßweise, und er zitterte wie Espenlaub. »Ihr werdet euch den Tod holen, wenn ihr euch in den Schnee setzt.«

»W-wa-was macht e-es f-für ei-einen Unterschied?«, erwiderte Erwyn schlotternd. »Mei-meine Füße ... si-sind k-k-kalt wie Eis ... mei-meine Hände ... ka-ka-kann ich kaum noch bewegen ...«

»Niemand hat behauptet, dass es einfach wird«, beschied ihm Alphart. »Nimm dich zusammen!«

»A-a-aber ich bi-bin dafür nicht ge-geschaffen!« Der Blick des Jungen war verzweifelt, fast flehend. Tränen blitzten in seinen Augen. »I-ich wollte L-Lieder dichten und zur Laute si-singen. I-i-ich bin für solche Strapazen ni-nicht gemacht.«

»Du bist Vanis' Erbe«, widersprach Yvolar. »Die Vorsehung hat dich zu dem gemacht, was du bist.«

»Wa-warum nur merke ich dann nichts da-davon?«, fragte der Junge und schluchzte. »Wa-warum, in aller Welt, me-merke ich dann nichts davon?« Tränen lösten sich aus seinen Augenwinkeln und rannen über seine bleichen Wangen.

Während sich Alphart schnaubend abwandte, um dem Druiden einen viel sagenden Blick zuzuwerfen, sprach Urys seinem Ziehsohn ein wenig Trost und Mut zu.

»Ehrwürdiger Druide?«, fragte Leffel.

»Was ist?« Yvolar hob die Brauen, dankbar für die Ablenkung.

»Wisst Ihr, was ich mich immerzu frage?«

»Was denn?«

»Ich muss die ganze Zeit an zu Hause denken«, erklärte der Gilg mit bedrückter Stimme. »Wenn dort ebenfalls diese erbärmliche Kälte hereingebrochen ist ...«

»Ich weiß, was du meinst.« Der Druide nickte. »Dank meiner Fähigkeiten vermag ich manches, aber auch ich kann nicht über die Gipfel der Berge blicken, weder nach Norden noch nach Osten ins Land Dorgaskol. Ich weiß nicht, ob das Heer des Bösen noch zum Angriff rüstet oder bereits zum Sturm auf Allagáin angesetzt hat, ebenso wenig wie ich sagen kann, ob die Grenzburgen noch stehen oder bereits in Trümmern liegen. Aber selbst wenn Iónador zerstört wäre und Allagáin bis hinauf zum Moos in der Hand des Feindes …«

»Was der Schöpfergeist verhindern möge«, flüsterte Leffel und wurde kreidebleich.

»… wüsste ich keinen anderen Rat, als unseren Weg fortzusetzen und Fyrhack um seine Hilfe zu ersuchen. Denn er und unser junger Freund hier« – er klopfte Erwyn auf die Schulter – »sind unsere einzige Hoffnung.«

»Wir sollten uns einen Lagerplatz für die Nacht suchen«, wechselte Alphart das Thema. »Es wird bald dunkel, und in dieser Schlucht ist es nicht sicher.«

»Solltest du etwa erschöpft sein, Wildfänger?«, fragte der Druide.

»Um mich geht es nicht, alter Mann. Ich könnte noch viele Stunden weitermarschieren. Aber es gibt andere, die dringend einer Rast bedürfen.« Alphart nannte keinen Namen, aber jedem war klar, dass er den jungen Erwyn meinte.

»Ich verstehe«, sagte der Druide. »Nur gut, dass du dich nur um deine Rache und um dich selbst kümmerst und um niemanden sonst. Nicht wahr, Jägersmann?«

»Ich verstehe nicht, was du meinst«, brummte Alphart.

»Oh, ich glaube doch, dass du verstehst«, sagte Yvolar lächelnd und ging ein Stückweit die Schlucht entlang, bis sie sich verbreiterte und die Felswände zu Hängen wurden, in die sogar ein paar Bäume ihre Wurzeln krallten. »Dort oben gibt es eine Höhle«, stellte er fest. »Sie bietet uns ein sicheres Nachtquartier.«

Alphart trat zu ihm und blickte in die Richtung, die der Druide ihm bedeutete. Tatsächlich klaffte ein Stück unterhalb eines großen Felsvorsprungs eine dunkle Öffnung, die Schutz vor Wind und Wetter versprach und zudem im Ernstfall auch leicht zu verteidigen war.

»Einverstanden«, sagte der Wildfänger. »Du hast Augen wie ein Falke, alter Mann.«

»Wie ein Druide«, verbessert Yvolar lächelnd.

Sie sagten ihren Kameraden Bescheid und kletterten den Hang hinauf, zwischen den Bäumen und zerklüfteten Felsen hindurch. Mit jedem Augenblick, den sich der Tag mehr dem Ende neigte, hatte es die Sonne schwerer, den dicken Wolkenschild und die Schleier aus wirbelndem Schnee zu durchdringen. Entsprechend nahm die Kälte zu, und es wurde dunkler. Der junge Erwyn hatte Mühe, sich auf den Beinen zu halten, und es bedurfte der gemeinsamen Anstrengung von Urys und Alphart, ihn den Hang hinaufzubugsieren.

Endlich erreichten sie die Höhle und flüchteten sich in das schützende Halbdunkel. Trockenes Holz, um ein Feuer zu entfachen, gab es nicht – Alphart hoffte insgeheim, dass Yvolar wieder seinen Wärmezauber wirken würde. Zwar vertraute der Jäger der Magie des Druiden noch immer nicht, aber es war alle Mal besser, sich mit faulem Zauber zu wärmen, als jämmerlich zu erfrieren …

Während Urys vorn am Höhlenausgang blieb, um die erste Wachschicht zu übernehmen, zogen sich die übrigen Gefährten tiefer in die Höhle zurück. Nachdem sie sich ein wenig gestärkt hatten, begab sich Yvolar noch einmal nach draußen, um, wie er sagte, den Weg zu erkunden. Zwar fragte sich Alphart, wie er das bei der Dunkelheit, die inzwischen draußen herrschte, zuwege bringen wollte, aber er erhob keinen Einwand. Zum einen musste der Druide selbst wissen, was er tat, zum anderen verspürte Alphart kein Verlangen danach, mit einem weiteren Rätsel als Antwort abgespeist zu werden.

So begnügte er sich damit, auf dem Boden kauernd im wenigen Licht, das durch den Höhleneingang fiel, düster vor sich hinzustarren. Obwohl er müde war vom langen Marsch, hätte er noch keinen Schlaf gefunden – zu viel ging ihm durch den Kopf, das ihm keine Ruhe ließ. Leffel schien damit weniger Probleme zu haben. Kaum hatte der Allagáiner sein Nachtmahl beendet, sank er ächzend zu Boden, wickelte sich in seine Zwergendecke und war kurz darauf eingeschlafen, wie das laute Scharchen verriet.

»Hört sich an, als wär dies 'ne Bärenhöhle«, murrte Alphart grimmig.

Als er im Halbdunkel ein Rascheln gewahrte, zuckte seine Hand instinktiv zur Axt. Die Sorge war jedoch unbegründet. Es war der junge Erwyn, der sich zu ihm gesellte.

»Was willst du?«, fragte der Wildfänger mürrisch.

»Mich ein wenig zu dir setzen«, erwiderte der Junge, der nach der stärkenden Mahlzeit wieder einen etwas kräftigeren und gesünderen Eindruck machte. »Darf ich?«

»Von mir aus.« Allerdings machte Alphart keine Anstalten zu rücken, sodass sich Erwyn zwischen zwei unbequeme Felsbrocken zwängen musste.

»Meister Yvolar sagt, er wüsste, warum du immer so misslaunig bist.«

»Ach ja?«

Erwyn nickte. »Er meint, du würdest jemanden suchen, dem du die Schuld am Tod deines Bruders geben kannst.«

Alphart drehte den Kopf und sah den Jungen grimmig an. »Der alte Stocker redet Unsinn. Am Tod meines Bruders sind einzig und allein die Erle schuld. Und ich werde mich blutig an ihnen rächen!«

»Aber du bist wütend.«

»Warum auch nicht?«, knurrte Alphart. »Auch du solltest wütend sein, Junge. Die Wut hält einen am Leben.«

»Ich weiß nicht recht.« Erwyn schüttelte den Kopf. »Die

Zwerge haben mich gelehrt, dass Wut und Zorn die Sterblichen leichtfertig machen und sie blind werden lassen für das Gute.«

Alpharts scharfer Blick schien ihn durchbohren zu wollen. »Bist du deshalb gekommen? Um mir Vorhaltungen zu machen?«

»Nein.« Erwyn schaute ihn erschrocken an. »Ich wollte dich nur bitten, Urys nicht zu zürnen. Er ist wie ein Vater für mich und hat es immer nur gut mit mir gemeint.«

»Hm«, machte Alphart nur.

»Und ich wollte dir … das hier geben!« Und damit hielt ihm der Junge einen kleinen Gegenstand hin.

»Was ist das?«

»Eine … Pfeife.« Erwyn lächelte schwach. »Ich möchte sie dir schenken. Ich habe sie geschnitzt.«

»Aber …«, sagte Alphart verwirrt. »Aber warum das?«

»Nun, sie ist ein Geschenk. Du hast deine doch zerbrochen, und ich weiß, dass das mit mir zu tun hatte …« Er hielt Alphart die Pfeife noch immer hin, die der Jäger schließlich entgegennahm. Er drehte sie in seinen groben Pranken und betrachtete sie von allen Seiten. Soweit er es im Halbdunkel erkennen konnte, war die Pfeife zwar nicht gerade ein Kunstwerk, aber sie zeugte vom Fleiß ihres Schnitzers.

»Eine schöne Arbeit«, stellte Alphart fest.

»Findest du wirklich?«

»Mhm.«

Der Junge strahlte.

»Bist du sicher, dass du sie herschenken willst?«

»Aber ja.« Erwyn lächelte. »Warum fragst du mich das?«

»Nun, weil …«

»Ja?«

»Nur so«, sagte der Wildfänger und schnaubte laut. »Ich danke dir.«

»Gern geschehen.«

Noch immer betrachtete Alphart die Pfeife, und ihm war seltsam dabei zumute. Ein Wildfänger hatte nichts zu verschenken, und er bekam auch nichts geschenkt – so war es schon immer gewesen, und daran hatten auch Bannhart und er sich gehalten. Allerdings musste Alphart zugeben, dass er sich über das Geschenk des Jungen freute, auch wenn die Pfeife laienhaft geschnitzt war und der Tabak daraus vermutlich scheußlich schmeckte …

»Und?«, fragte Erwyn erwartungsvoll. »Willst du sie nicht gleich ausprobieren?«

»Später«, brummte Alphart und ließ die Pfeife in seinem Jagdrock verschwinden. »Ich werde sie erst dann rauchen, wenn wir den Feuerdrachen gefunden haben und die Erle besiegt sind.«

Der Junge war sichtlich enttäuscht; das Lächeln bröckelte aus seinem Gesicht, und er ließ die Schultern hängen, sodass sich der sonst so wortkarge Wildfänger genötigt sah, noch etwas zu sagen. »Allerdings kann ich es kaum erwarten, sie mir anzustecken«, fügte er deshalb hinzu, und für einen kurzen Augenblick schien ein Lächeln seine finsteren Züge aufzuhellen.

»Wirklich?«

»Ja. Wenn all das hier vorbei ist« – er machte eine Handbewegung, die den Schnee, die Erle und ganz Allagáin einzuschließen schien – »setzen wir uns in aller Ruhe hin und rauchen unsere Pfeifen. Einverstanden?«

»Einverstanden«, sagte Erwyn und strahlte wieder.

»Dann leg dich jetzt hin und schlaf. Es wird ein anstrengender Tag morgen.«

»Darf ich hier in deiner Nähe schlafen?«

»Von mir aus.«

»Ich gehe nur rasch und hol meine Decke.«

»Mhm.«

»Alphart?«

»Was denn noch?«

»Danke – für alles.«

Es dauerte einen Moment, bis der Jäger antwortete, und als er es tat, waren seine Worte kaum zu verstehen. Sich in seinen Umhang hüllend, drehte er sich herum und tat so, als wollte er schlafen – in Wirklichkeit ging es ihm nur darum zu verbergen, wie sehr ihn die Anhänglichkeit des Jungen rührte.

An jenem Ort tief in seinem Inneren, wo Bannharts Platz gewesen war …

Rionna wankte, so weich waren ihre Knie. Und so übel war ihr von dem, was sie gesehen und gehört hatte.

Wie fast alle Bewohner Iónadors – jedenfalls jene, die nicht zur Teilnahme am Feldzug gegen das Waldvolk verpflichtet worden waren – hatte auch sie dem Abmarsch des Heeres beigewohnt. Nicht etwa, weil es ihr ein persönliches Bedürfnis gewesen wäre, sondern weil Klaigon sie dazu gezwungen hatte. Überhaupt hatte sich ihr Onkel in den letzten Wochen ihr gegenüber immer despotischer gezeigt. Nun kannte Rionna den Grund dafür.

Noch immer ging ihr Atem stoßweise, und ihre Hände zitterten, während ihr der grässliche Anblick noch deutlich vor Augen stand. Tränen liefen ihr übers Gesicht, und wie in Trance irrte sie durch die Gänge des Túrin Mar, zurück zu ihrem Gemach. Der Weg dorthin kam ihr endlos vor, und sie hatte den Eindruck, in einem Labyrinth zu wandeln, aus dem es kein Entkommen gab.

Ein Mann der Turmwache, an dem sie schluchzend vorüberhastete, bedachte sie mit einem verwunderten Blick, worauf sie sich zur Ordnung rief und um Beherrschung rang. Sie durfte nicht auffallen, musste den Anschein erwecken, dass alles in Ordnung wäre – auch wenn vor wenigen Augenblicken eine Welt für sie in sich zusammengestürzt war.

Jene heile Welt nämlich, in der sie gelebt hatte, seit sie ein Kind gewesen war. Sie war soeben grausam zerstört worden …

Endlich erreichte sie die Tür zur ihrer Kemenate und

stürzte hinein. Calma, ihre treue Freundin und Zofe, sprang auf, als sie das Entsetzen in Rionnas Zügen gewahrte.

»Mein Kind!«, rief sie erschrocken. »Was ist mit Euch?«

»Es ist aus!«, erwiderte Rionna gepresst und mit Endgültigkeit in der Stimme. »Alles ist aus, teure Calma!«

»So dürft Ihr nicht sprechen, Kind. Ihr habt getan, was Ihr konntet, um zu verhindern, dass Iónadors Heer die Stadt verlässt. Dass es anders gekommen ist, liegt nicht an Euch, und ...«

»Ich weiß«, erwiderte die Prinzessin leise und setzte sich in einen Sessel, bevor ihre zitternden Knie noch nachgaben. »Das ist es nicht, was mich so schockiert.«

»Nein?« Die Zofe setzte sich zu ihr. »Was ist es dann?«

»Erinnerst du dich, als du mir von den seltsamen nächtlichen Geräuschen auf dem Turmplatz erzähltest? Von den rätselhaften Gestalten, die des Nachts vor dem Turm herumschleichen? Von deinem geheimen Verdacht?«

»Gewiss, Prinzessin«, erwiderte Calma vorsichtig. »Ihr wart sehr aufgebracht darüber ...«

»Das war ich«, bestätigte Rionna mit Ernüchterung in der Stimme. »Wie dumm ich gewesen bin.«

»Was ist geschehen?«

»Wie du weißt«, berichtete Rionna mit bebender Stimme, »wollte ich mich noch einmal mit meinem Onkel treffen, um mit ihm über den bevorstehenden Krieg zu sprechen. Ich wollte ihm noch einmal sagen, dass ich es für einen Fehler halte, sämtliche Truppen nach Norden zu entsenden und Iónador nahezu schutzlos zurückzulassen ...«

»Und?«

»Ich suchte also seine Gemächer auf, um ein letztes Mal mit ihm über dieses Thema zu reden, gleich, was er entgegnen oder wie er darauf reagieren würde. Doch zu diesem Gespräch kam es nicht. Stattdessen fand ich ...« Sie unterbrach sich, als ein eisiger Schauer ihren schlanken Leib durchrieselte und ihr erneut Tränen in die Augen traten. Die bloße Erinnerung genügte, damit das Grauen zurückkehrte.

»Was ist geschehen, mein Kind?«, fragte Calma. Wachsende Furcht schwang in ihrer Stimme mit.

»Ich … ich bin nicht bis zu Klaigon vorgedrungen«, erzählte Rionna schluchzend. »Auf dem Weg zu ihm hörte ich plötzlich Schritte auf dem Gang, und mich überkam das jähe Gefühl, mich verstecken zu müssen. Furcht griff nach meinem Herzen, wie ich sie zuvor noch nie verspürt habe, denn ein Odem der Grausamkeit erfüllte die Luft, kälter noch als Eis. Ich flüchtete mich hinter einen Vorhang. Dort verharrte ich, am ganzen Körper zitternd, während ich hörte, wie sich die Schritte näherten – ungleichmäßige, schleppende Schritte, nicht wie die eines Menschen. Die Kälte nahm noch zu, und ich verspürte das Verlangen, laut zu schreien. Ich beherrschte mich jedoch, da ich ahnte, dass dieser Schrei mein letzter gewesen wäre. Durch einen Spalt im Vorhang wagte ich einen Blick und sah einen Schatten, der den Gang herabfiel – und im nächsten Moment erblickte ich …«

»Was?«, fragte die Zofe bang.

Rionna starrte sie aus tränennassen Augen an. »Eine Kreatur«, sagte sie mit versagender Stimme. »Das grässlichste Wesen, das ich je gesehen habe.«

Calma war erstaunt. »Ein Wesen, sagt Ihr?«

Rionna nickte.

»Kein Mensch?«

Kopfschütteln.

»Wie hat es ausgesehen?«, erkundigte sich die Zofe sanft. »Könnt Ihr Euch daran erinnern?«

»Ich habe es nur für einen kurzen Augenblick gesehen«, sagte Rionna flüsternd, »aber ich werde den Anblick nie vergessen. Die Kreatur war von riesenhafter Größe, sodass sie sich bücken musste, um mit dem grässlichen Schädel nicht an die Decke zu stoßen. Sie ging auf zwei Beinen wie ein Mensch, aber ihr Gang war nach vorn gebeugt und schleifend. Bekleidet war sie mit einer Rüstung aus Knochengebein, und ein fauliger Gestank begleitete sie. Und ihre Haut, sie war ... war ...«

»Was war mit der Haut?«, forschte Calma nach, als die Prinzessin wiederum ins Stocken geriet, von Grauen nahezu überwältigt.

»Muskelberge türmten sich darunter – nie habe ich eine Kreatur gesehen, die von roherer Kraft erfüllt gewesen wäre. Darüber spannten sich dicke Adern, in denen dunkler Lebenssaft pulsierte, und die Haut selbst war von blauer Farbe und ...«

»Von blauer Farbe, sagt Ihr?«

»Hellblau wie ein eisiger Gebirgsfluss, doch von dunklen Adern durchzogen«, bestätigte Rionna. »Und da war das Haupt des Riesen, das er wütend nach vorn reckte. Nur ein Auge hatte es ...«

»Nur ein Auge ...«, murmelte Calma.

»Ja, nur eines – du musst mir glauben. Suchend blickte er sich damit um, als witterte er meine Nähe. Dann verharrte er einen Moment, als hätte er mich bereits entdeckt. Aber schließlich ging er weiter den Gang hinab und war im nächsten Moment verschwunden. Ich blieb noch eine Weile hinter dem Vorhang, unfähig, mich zu rühren. Dann rannte ich so schnell meine zitternden Beine mich trugen.«

»Ihr habt klug gehandelt, mein Kind«, war Calma überzeugt.

»Dann ... glaubt Ihr mir?«, fragte Rionna zögernd.

»Warum sollte ich nicht?«

»Weil es eine Kreatur wie diese nicht geben dürfte. Ich begreife selbst kaum, was ich gesehen habe. Nur eines weiß ich: dass sie so wirklich war wie du und ich.«

»Ich weiß, mein Kind.«

»Du … *weißt* es?«

»Verratet mir nur eines: Trug jener einäugige Riese ein spitz zulaufendes Horn auf seinem Kopf, über dem einzelnen Auge?«

»In der Tat«, bestätigte Rionna entsetzt. »Woher weißt du …?«

»Dann besteht kein Zweifel mehr«, erwiderte die alte Allagáinerin betrübt.

»Kein Zweifel mehr? Worüber?«

»Dass du einem Enz begegnet bist«, eröffnete Calma leise. »Einem Eisgiganten.«

»Einem … Eisgiganten? Aber …«

»Blau ist ihre Farbe, tödlich ist ihr Horn«, zitierte Calma, *»und das eine böse Auge blickt in stillem Zorn*. – So steht es in der Sängerchronik geschrieben.«

»Die Chronik ist jahrhunderte-, wenn nicht jahrtausendealt«, hielt Rionna dagegen. »Niemand weiß, ob die darin geschilderten Ereignisse Geschichte sind oder nur Mythen.«

»Da ist kein Unterschied«, war die alte Zofe überzeugt. »Habt Ihr vergessen, was der Prophet vom Urberg Euch gelehrt hat? Was Ihr auf Eurer Wanderschaft erfahren habt?«

»Ich habe es durchaus nicht vergessen. Aber diese Kreatur kann dennoch kein Eisriese gewesen sein.«

»Warum nicht?«

»Sehr einfach«, gab Rionna ein wenig hilflos zur Antwort, »weil die einäugigen Giganten auf der Seite der Finsternis stehen und sich keiner von ihnen in Iónador frei bewegen dürfte.«

»Ganz recht«, stimmte Calma verbissen zu. »Es sei denn …«

»Nein!«, schrie Rionna ihre Zofe an und schüttelte den Kopf, trotzig wie ein Kind.

»Es zu leugnen hat keinen Zweck!«, rief Calma. »Sprecht es aus, Prinzessin!«, forderte sie ihre Herrin auf. »Der Gedanke ist bereits in Eurem Herzen, sonst hättet Ihr Euch nicht an mich gewandt. Nun überwindet Eure Furcht und sprecht offen aus, was Ihr vermutet. Habt Mut, mein Kind.«

Rionna starrte ihre Dienerin an – doch allmählich wich der Trotz aus ihrem Blick und machte erneut Angst und Schrecken Platz. »Es sei denn«, wiederholte sie tonlos, »mein Onkel ist dem Bösen verfallen und macht gemeinsame Sache mit Iónadors Feinden!«

»Genau so ist es.« Calma nickte. »Was Ihr gesehen habt, lässt leider keinen anderen Schluss zu, mein Kind.«

»Freust du dich darüber?«

»Wieso sollte ich mich freuen?«

»Ich hatte unrecht und du hattest recht«, antwortete Rionna niedergeschlagen. »Genau wie der Druide ...«

»Mein Kind, hier geht es nicht darum, wer am Ende recht behält und wer nicht. Wenn sich Klaigon mit dem Bösen verbündet hat, steht unser aller Überleben auf dem Spiel. Unsere Soldaten haben die Stadt verlassen, Iónador ist schutzlos!«

»Natürlich, das stimmt«, hauchte Rionna, der eben erst klar zu werden begann, was der Verrat ihres Onkels bedeutete. »Der Krieg gegen das Waldvolk, die Aufstellung eines Heers – möglicherweise hat das alles zum Plan gehört ...«

»Es würde jedenfalls erklären, weshalb Iónadors Waffenkammern zum Bersten gefüllt waren«, folgerte Calma scharfsinnig, »und weshalb ich in jener Nacht gesehen habe, wovon ich Euch bereits erzählte.«

»Beim Erbe der Könige, du hast recht!«, seufzte die Prinzessin. »Aber ... aber warum sollte Klaigon zum Krieg gegen das Waldvolk rüsten und seine Stadt schutzlos dem Feind überlassen? Er weiß doch von der Bedrohung durch die Erle.«

»Wer sagt, dass Euer Onkel sich bedroht fühlt?«, fragte die Zofe. »Das Böse wandelt oft auf unerkannten Pfaden, mein Kind. Offenbar vertraut Klaigon seinen neuen Verbündeten und wähnt Iónador in Sicherheit.«

»Aber ... wie kann er so etwas tun?«

»Ihr kennt Euren Onkel besser als ich, mein Kind«, sagte Calma, »aber die Gier nach Macht und Reichtum hat schon manchen blind werden lassen.«

»Aber ... aber ... aber Klaigon ist bereits Fürstregent!«, wandte Rionna verständnislos ein. »Was will er denn noch mehr?«

»Ihr könntet ihn danach fragen«, schlug die Zofe achselzuckend vor. »Oder Ihr könnten Euch überlegen, wie Ihr Euer Wissen und Euren Einfluss nutzen wollt, um die Bedrohung abzuwenden.«

»Um die Bedrohung abzuwenden? Wie?«

»Indem Ihr Euren Verstand benutzt und Euer Herz – Gaben, von denen Klaigon ungleich weniger besitzt als Ihr.«

»Herz und Verstand in allen Ehren, aber wie können sie mir dabei helfen, die Pläne meines Onkels zu durchkreuzen? Ich bin eine Frau und ganz allein.«

»Nicht ganz allein, mein Kind.« Die Zofe schenkte ihr ein ermutigendes Lächeln.

»Natürlich, entschuldige. Aber was kann ich tun, um ...?« Rionna unterbrach sich, als ihr ein jäher Gedanke kam. »Barand«, flüsterte sie. »Ich muss ihn warnen.«

»Barand von Falkenstein ist Eurem Onkel treu ergeben«, gab Calma zu bedenken. »Ich denke nicht, dass er sich seinem Befehl widersetzen wird.«

»Vor allem ist er Iónador treu ergeben«, widersprach Rionna. »Wenn er erfährt, was Klaigon getan hat und welche Gefahr der Goldenen Stadt droht, wird er umkehren, um sie zu verteidigen.«

»Und Ihr denkt, er wird Euch Glauben schenken?«

»Du vergisst, dass Barand um meine Hand angehalten hat.« Ein verwegenes Lächeln stahl sich auf Rionnas Züge. »Wenn er mich wirklich will, sollte er meinem Wort vertrauen.«

»Vielleicht wird er das«, sagte Calma, »aber wie wollt Ihr zu ihm gelangen? Euer Onkel wacht mit Habichtsaugen über Euch.«

»In der Tat, meine gute Calma. Und darum werde nicht ich mich auf den Weg zu Barand begeben, sondern – du!«

»Ich?« Calma riss die Augen weit auf.

»Auf dich achten die Wachen nicht. Zudem bist du Allagáinerin und kennst dich im Oberland aus. Wenn jemand zu Barand vordringen kann, dann du. Ich werde dir einen Brief mitgeben, den du ihm persönlich überbringen wirst und …«

»Aber Prinzessin, ich …«

»Bitte, Calma«, drängte Rionna. »Ich weiß, ich verlange viel, aber in diesem ganzen Turm gibt es niemanden, dem ich mehr vertraue als dir. Du musst es tun, Calma. Für Iónador – und für Allagáin.«

»Ich werde gehen«, erklärte sich die Zofe bereit, »aber nicht für Iónador und nicht für Allagáin – sondern für Euch, mein Kind. Mein Leben lang habe ich Eurer Familie gedient, zunächst Eurem Vater und dann Euch selbst. Wie eine Tochter seid Ihr für mich gewesen, und wie eine Mutter liebe ich Euch. Nur aus diesem Grund werde ich gehen – als eine Mutter, die ihr Kind vor Schaden bewahren will.«

»Ich danke dir, Calma«, erwiderte Rionna, und obwohl es weder der Sitte noch den Gepflogenheiten am fürstlichen Hof entsprach, umarmte sie die Zofe und drückte sie herzlich an sich.

Keine von beiden ahnte, dass ihre Worte belauscht worden waren und ihr Plan kein Geheimnis mehr war …

Am frühen Morgen des nächsten Tages – noch war kein Sonnenstrahl über die steilen Hänge gedrungen, und graues Zwielicht herrschte in der Schlucht – setzten die Gefährten ihren Weg fort.

Die Höhle hatte ihnen einen sicheren Unterschlupf für die Nacht geboten, und obwohl sie kein Feuer entfacht hatten, hatte niemand gefroren, was Alphart dem Wirken Yvolars zuschrieb. Nachdem sie ein stärkendes Frühstück eingenommen hatten, das neben Wasser und Brot auch reichlich Schinken aus den Räucherkammern der Zwerge enthalten hatte, verließen die sechs Wanderer die Höhle, und wie am Vortag übernahm der Druide die Führung des kleinen Zugs.

Während es in der Nacht noch heftig geschneit hatte, ließ der Schneefall gegen Morgen ein wenig nach, sodass das Vorankommen zwar noch immer beschwerlich war, die Sichtverhältnisse aber merklich besser. Als sie die Schlucht verließen, zeichneten sich jenseits der wirbelnden Flocken und der Nebelschleier, die um diese Tageszeit noch in den Tälern hingen, schemenhaft die Gipfel der umliegenden Berge ab, von denen Alphart jedoch keinen kannte.

Er nahm an, dass sie sich südlich des Bálan Bennian befanden, dort, wohin sich kein anständiger Jägersmann wagte. Das Fleisch des Wilds dort wäre verpestet, so hieß es, aufgrund der Nähe Dorgaskols. Zwar hatte Alphart nie viel auf solches Gerede gegeben, aber auch er hatte sich stets an die Traditionen seiner Zunft gehalten.

Erwyn schien die Nacht über gut geschlafen zu haben

und wirkte nicht nur erholt, sondern auch gelassener als an den Tagen zuvor. Entweder, dachte Alphart, gewöhnte sich der Junge allmählich daran, dass angeblich das Schicksal Allagáins auf seinen Schultern lastete, oder der Druide hatte ein wenig nachgeholfen.

Falls Letzteres der Fall war, hätte ein wenig druidische Magie auch dem Gilg nicht geschadet. Trübsinnig blickte Leffel vor sich hin und murmelte immerzu leise Gebete. Vielleicht, sagte sich Alphart, hätte er doch lieber zu Hause bleiben sollen …

Immer weiter drangen sie vor in schroffes Felsgebiet. Während Urys der Zwerg verbissen schwieg, plapperte Mux der Kobling unablässig. Es war Alphart ein Rätsel, weshalb Yvolar den seltsamen kleinen Kauz, den sie im Zwergenstollen aufgelesen hatten, mitgenommen hatte; noch viel weniger aber verstand er, weshalb Mux ausgerechnet ihn dazu ausgewählt hatte, das Opfer nicht enden wollender Reime und boshafter Scherze zu sein …

»Bis ins Tal hat es geschneit, schon bevor ihr angekommen seid«, krähte er, während er neben dem Wildfänger durch den Schnee hüpfte, leichtfüßig wie ein Vogel. »Viel zu früh in diesem Jahr. Was der Grund wohl dafür war?«

»Grübel ruhig weiter darüber nach«, versetzte Alphart knurrend. »Aber tu es gefälligst leise, verstanden?«

»Wenn du das Geheimnis kennst, dann sprich – sonst trete oder beiß ich dich.«

»Das versuch nur, Butzemann, wenn du unbedingt ein neues Gesicht geschnitzt kriegen möchtest!«

»Ein neues Gesicht?« Die Augen des Koblings weiteten sich entsetzt. »Das doch lieber nicht!«

»Dann halt einfach den Rand!«, schnauzte Alphart.

Aber der Kobling dachte nicht daran. »Du willst es mir nicht sagen?«, rief er entrüstet. »Dann werde ich nicht weiter fragen. Wohl weiß ich bereits Bescheid, warum es hat so früh geschneit. Und ich gebe es auch kund: Böses Treiben ist der Grund.«

»Wenn du's schon weißt, warum fragst du dann so dumm?«, blaffte Alphart. »Halts Maul, sonst bring ich dich noch um!«

»Ja, kann das wirklich sein?«, rief der Kobling verzückt. »Das war ja ein echter Reim!«

»Nein«, widersprach der Wildfänger, »ein Versprechen!«

»Still!«, ließ sich plötzlich Yvolar vernehmen. Er war stehen geblieben, inmitten sich schroff erhebender Felswände, und hatte den Stab erhoben, um seinen Schützlingen zu gebieten anzuhalten.

Alarmiert hob Alphart den Bogen, aber es dauerte einen Moment, bis seine vor Kälte klammen Finger einen Pfeil an die Sehne gelegt hatten. »Was gibt's?«, fragte er flüsternd nach vorn.

Der Druide stand wie erstarrt.

Vor ihnen begann eine schmale Klamm, die ein Wildbach in Jahrtausenden ins Gestein gegraben hatte. Gut dreißig Klafter tief hatte sich der Bach in all der Zeit in den Fels gefressen. Die schrägen grauen Wände zu beiden Seiten der Klamm bildeten eine Art natürlichen Hohlweg, und weiße Eiszapfen hingen an den Felsvorsprüngen und ließen den Eingang der engen Klamm wie das zähnestarrende Maul eines gefräßigen Untiers wirken. Der Weg, den die Gefährten bisher benutzt hatten, mündete auf einen schmalen Felsensims, der an der rechten Wand der Klamm verlief. Links ging es in die Tiefe, wo man den Bach plätschern hörte. Dunkelheit herrschte jenseits des Durchbruchs, kein Sonnenstrahl schien je dort hineinzudringen.

»Oje«, hörte man den Gilg leise murmeln. »So muss es in Düsterfels aussehen.«

»Wahrscheinlich«, gab Alphart zurück. Der Wildfänger verspürte kein Bedürfnis, in die Klamm vorzudringen. Abgesehen davon, dass man nur allzu leicht auf den vereisten Felsensims ausrutschen und dann in die mörderische Tiefe stürzen konnte, war dieser Ort einfach zu ideal für einen Hinterhalt.

Dieser Gedanke schien auch Yvolar zu beschäftigen. Er starrte in die enge Klamm und war sich offensichtlich unsicher darüber, ob sie diesen Weg nehmen sollten.

Auch Mux der Kobling hatte seinen Blick in die Klamm gerichtet. Angestrengt schien er zu lauschen, und seine Knollennase zuckte. Schließlich sagte er: »Du magst ruhig durch die Schlucht uns führen, denn von Gefahr ist nichts zu spüren. Erle verbergen sich dort nicht und auch sonst kein übler Wicht.«

Alphart stieß ein verächtliches Schnauben aus, doch zu seiner Verwunderung nickte Yvolar. »Wenn unser kleiner Freund keine Gefahr spürt, können wir es wagen. Wir werden die Klamm passieren.«

»Gibt es keinen anderen Weg?«, fragte Alphart, der sich ganz gewiss nicht auf das Wort eines Butzemanns verlassen wollte.

»Allerdings gibt es den«, gestand Yvolar, »aber es wäre ein Umweg von mehreren Tagen. Angesichts dessen, wie weit das Eis bereits vorgedrungen ist, haben wir nicht mehr viel Zeit. Auf der anderen Seite der Schlucht liegt der Hort des Drachen.«

»Na schön«, murrte der Wildfänger und bedachte den Kobling mit einem strengen Blick. »Ich will hoffen, du führst uns nicht an der Nase herum.« Dann schaute er wieder Yvolar an. »Wir sollten uns aber wieder anseilen.«

Der Vorschlag wurde angenommen, und nacheinander betraten sie den schmalen Felsenpfad und bewegten sich vorsichtig vorwärts. Über ihnen war nur ein schmales, gezacktes Stück Himmel zu erkennen. Düsternis empfing sie, und der Gedanke, dass sie, wenn der Kobling sich irrte, inmitten der engen Schlucht einem Angriff schutzlos ausgeliefert wären, beunruhigte Alphart.

Nur etwa einen Fuß breit war der Sims, auf dem sie sich bewegten. Entlang der graubraunen, eisverkrusteten Felsen zog er sich und war oft genug selbst von Firn überzogen, der jeden Schritt gefährlich machte. Zu ihrer Linken fiel der Fels steil, fast senkrecht in dunkle Tiefe, aus der wabernder Nebel stieg. Nur selten war der Bach am Grund der Klamm auszumachen, der dem Eis bislang getrotzt hatte.

Die Gefährten bewegten sich vorsichtig und kamen nur langsam voran. Behutsam setzte Yvolar einen Fuß vor den anderen, und ebenso achtsam folgten ihm die anderen.

Plötzlich ein spitzer Schrei.

Erwyn war ausgerutscht, versuchte sich vergeblich am vereisten Gestein festzuhalten, doch seine Hände glitten ab.

Mit einer Reaktionsschnelle, die man ihm aufgrund seiner untersetzten Statur nicht zugetraut hätte, fuhr Urys herum und riss am Seil, ebenso wie Leffel und Alphart, die hinter Erwyn gegangen waren, und so gelang es ihnen, den Jungen auf dem Felsensims zu halten.

»Bei … bei Garwys' Gier!«, stammelte der Knabe, während er halb über dem Abgrund hing und entsetzt in die Tiefe schielte. »Z-zieht mich auf den Sims zurück – bitte …«

»Nichts anderes haben wir vor, Söhnchen«, knirschte Urys, und indem er das Kommando gab, zogen sie den Jungen wieder auf einigermaßen sicheren Boden. »Alles in Ordnung?«, erkundigte sich der Zwerg bei seinem Ziehsohn, dessen Beine zitterten und der kreidebleich war im Gesicht.

»D-denke schon.«

»Gut.«

»I-ihr habt mir das Leben gerettet«, stieß der Knabe keuchend hervor. »Wie kann ich euch nur danken?«

»Indem du von nun an aufpasst, wohin du trittst!«, erwiderte Alphart barsch – und weder Urys noch irgendjemand sonst widersprach.

Vorsichtig setzte die kleine Gruppe den gefährlichen Weg fort, unter bizarr geformten Felsvorsprüngen hindurch und über breite Spalten hinweg, die das Eis ins Gestein gesprengt hatte. Endlich erweiterte sich die Klamm, und es wurde merklich heller. Das Tageslicht, das durch den gezackten, von tief verschneiten Bäumen gesäumten Himmelsspalt fiel, nahm zu, und schließlich wurde auch der Pfad breiter, auf dem die Wanderer schritten.

Durch einen Hohlweg, den der Wildbach vor undenklich langer Zeit in den Fels gegraben hatte, gelangten sie um eine enge Biegung – und standen unvermittelt vor einer steinernen Brücke, die auf die andere Seite der Klamm führte. Verwittert und moosbedeckt war das Gestein. Dichter Firn lag darüber, und mannsgroße Eiszapfen hingen vom Brückenbogen hinab.

Der Zustand der uralten Brücke war es jedoch nicht, der die Wanderer erschreckte und dafür sorgte, dass Alphart zu Pfeil und Bogen griff – sondern die düstere, drohende Gestalt, die auf der gegenüberliegenden Seite stand und nur auf sie gewartet zu haben schien.

Der Kerl war von hünenhafter Größe, dabei strotzend vor urwüchsiger Kraft. Sein Haar war schwarz wie die Nacht, ebenso wie der Bart, der sein wettergegerbtes Gesicht umrahmte, und die kleinen Augen über der breiten Nase wirkten wie Kohlestücke. Bekleidet war der Hüne trotz der beißenden Kälte nur mit einem zottigen Fell, dass er sich zu einer Art Rock zurechtgeschnitten hatte; Alphart erkannte auf den ersten Blick, dass es sich um ein Bärenfell handelte. Darüber trug der Fremde einen breiten Gürtel sowie eine Art Talisman – einen Edelstein, der an einer Lederschnur vor der breiten Brust des Hünen hing.

Bewaffnet schien er nicht zu sein, dennoch hatte Alphart das Gefühl, das er gefährlich war. Yvolar schien diese Einschätzung zu teilen, denn er hob abwehrend seinen Druidenstab.

»Wer seid Ihr?«, rief er gegen das Tosen des Wildbachs zur anderen Seite hinüber.

»Ich bin Walkar, der Herr der Klamm!«, drang es mit Donnerstimme zurück. »Und ich lasse keinen diese Brücke passieren, der nicht seinen Zoll entrichtet!«

»Wir sollen Brückenzoll entrichten?«, fragte Alphart verblüfft und zugleich schon in aufkommender Wut.

»Ganz recht!«

»Das schlag dir aus dem Kopf!«, entgegnete der Wildfänger schroff. »Gib den Weg frei, oder du wirst nie wieder von irgendjemandem Brückenzoll oder sonst was verlangen!«

»Hoho!«, rief der Hüne spöttisch. »Das sind große Worte. Aber ich bezweifle, dass du ihnen große Taten folgen lassen kannst!«

»Wir sind arglose Wanderer, die auf raschem Weg ins Obertal wollen«, erwiderte Yvolar ein wenig versöhnlicher.

»So solltet ihr tun, was ich verlange, und euren Zoll entrichten!«

»Und worin besteht dieser Zoll?«

Der riesenhafte Kerl zuckte vergnügt mit den Schultern. »Was habt ihr mir zu bieten?«

»Einen gefiederten Gruß direkt ins Herz, wenn's beliebt«, knurrte Alphart, den Pfeil schon an der Sehne.

»Und eine Axt in den Schädel!«, fügte Urys hinzu und stellte sich breitbeinig neben den Wildfänger, die klobige Waffe drohend erhoben.

»Sieh an!«, höhnte Walkar. »Ein Mensch und ein Zwerg, friedlich vereint. Dergleichen hat man lange nicht gesehen!«

»Und es wird das Letzte sein, das du auf Erden siehst«,

prophezeite Urys angriffslustig, »wenn du uns nicht unseres Weges ziehen lässt!«

»Du willst mir drohen, Zwerg?«, polterte Walkar. »Hat deinesgleichen nicht schon genug Unheil angerichtet? Wie viele Wälder habt ihr untergraben und wie viele Bäume damit umgebracht? Und wie viele Tiere hast du, Mensch, getötet, um deine Gier nach blutigem Fleisch zu stillen?«

»Ich bin Jäger, das ist wahr«, hielt Alphart dagegen. »Aber ich habe mir nie mehr genommen, als ich zum Leben brauchte.«

»Wenn es so ist, bist du die große Ausnahme, und ich bedaure es sehr, dich töten zu müssen«, entgegnete der Hüne. »Doch dein Eigensinn lässt mir keine andere Wahl. Niemand darf sich Walkar widersetzen.«

Mux der Kobling gesellte sich zu Alphart und Urys und rief über den Abgrund hinweg: »Der Zwerg wird dir den Schädel spalten, lässt du uns nicht einfach walten. Doch vorher dich ein Pfeil wird schmücken, willst du nicht zur Seite rücken. Die beiden hauen dich in kleine Stücke, gibst du nicht endlich frei die Brücke!«

Dann wandte er sich an Urys und Alphart, der die Sehne des Bogens bereits gespannt hatte, und flüsterte ihnen zu: »Ich sagte dies, weil es sich so trefflich reimt, obwohl mir die Sache anders scheint.«

Die beiden schauten ihn verwundert an, und der Kobling fügte erklärend hinzu: »Meine Pflicht ist's, euch zu warnen, daher muss ich euch jetzt mahnen: Der Kerl, der auf der and'ren Seite steht, ist nicht so, wie ihr ihn seht. Gerät er in Wut, packt ihn der Zorn, verändert er oft seine Form. Grässliche Gestalt nimmt der Bursche an und ist noch gefährlicher sodann!«

»Was redest du da für einen Unsinn!«, zischte Alphart.

»Es ist kein Unsinn, keine Mär«, verteidigte sich Mux, »der Mann dort drüben ist ein ...«

Das letzte Wort wurde ihm von den Lippen gerissen – von einem markerschütternden Brüllen, das von jenseits der Brücke zu ihnen herüberschallte. Die Gefährten fuhren herum – und rissen entsetzt die Augen auf, als sie sahen, was mit dem Hünen vor sich ging.

Er verwandelte sich!

Sein Haar und sein Bart schienen plötzlich zu wachsen und breiteten sich über seinen ganzen Körper aus, um mit dem Fell zu verschmelzen, das er über seinem massigen Leib trug. Das Brüllen, das er dabei ausstieß, schien in der eisigen Luft zu gefrieren. Im nächsten Moment fiel er nach vorn auf alle viere, und auch seine Körperform veränderte sich. Aus Beinen wurden mächtige Hinterläufe, aus Händen schinkengroße, mit gefährlichen Krallen bewehrte Pranken. Die Kreatur streckte sich, und wieder stieß sie ein Brüllen aus. Die menschlichen Züge waren verschwunden, der Hüne war ganz und gar zum wilden Tier geworden.

»... ein Bär!«, kreischte Mux, wohl einfach nur, um seinen Reim zu Ende zu bringen, denn jeder konnte es sehen. Sodann sprang er davon und war verschwunden.

»Bei allen Gipfeln!«, entfuhr es Alphart, und anstatt den Pfeil von der Sehne schnellen zu lassen, prallte er entsetzt zurück.

Innerhalb weniger Augenblicke hatte sich der dreiste Hüne in einen mächtigen Bären verwandelt. Nur der Stein, der an dem ledernen Band um den Hals der Bestie hing, erinnerte noch an den Menschen, der er gewesen war.

Leffel und Erwyn stießen entsetzte Schreie aus, anders als Yvolar, der weniger überrascht war als seine Gefährten. »Zurück, zurück!«, rief er ihnen zu und stellte sich schützend vor sie, die Arme ausgebreitet und den Druidenstab erhoben, während der Bär sich anschickte, die Brücke zu überqueren.

»Was, bei Kubys Rubinen, ist das?«, rief Urys.

»Ein *beathdac-duin*«, erklärte der Druide.

»Ein was?«, wollte Leffel wissen.

»Ein Bärengänger, ein Hüter der Natur, der in der Lage ist, sich in ein Raubtier zu verwandeln. Auf Zwerge und Menschen ist er nicht gut zu sprechen.«

»Sag bloß«, versetzte Alphart, der seinen ersten Schrecken überwunden hatte und wieder mit dem Bogen zielte – obwohl er wusste, dass ein einzelner Pfeil herzlich wenig ausrichten konnte gegen so ein großes Tier.

»Bleibt zurück!«, befahl Yvolar seinen Gefährten abermals. »Unternehmt nichts, was immer auch geschieht. Ich werde mich um ihn kümmern!«

»Bist du sicher, alter Mann?«

Yvolar beantwortete die Frage mit einem viel sagenden Blick in Alpharts Richtung. Dann trat er mutig vor und hinaus auf den steinernen Bogen, der die Schlucht überspannte.

Der Bär hatte inzwischen die Mitte der Brücke erreicht. Dennoch zeigte der Druide kein Anzeichen von Furcht, wie Alphart bewundernd feststellte. Außerdem glaubte der Jäger, dass der grüne Stein um den Hals des Bären auf einmal schwach leuchtete – oder war dies nur eine Täuschung?

»Halt!«, gebot Yvolar der Bestie mit erhobenem Stab. »Keinen Schritt weiter!«

Der Bär blieb tatsächlich stehen, verfiel in wütendes Gebrüll und stellte sich auf die Hintertatzen.

Alphart und die anderen hielten den Atem an. Am liebsten hätte der Jäger den Pfeil von der Sehne gelassen, aber er beherrschte sich und gehorchte dem Befehl des Druiden.

Es war ein gespenstischer Anblick. Einen Moment lang standen sich der Druide und das Tier, das ihn an Größe weit überragte, auf der Brücke gegenüber, umtost vom heulenden Wind, der am Fell des Bären zerrte und den Mantel des

Druiden wild flattern ließ. Dann wollte sich das Raubtier mit heiserem Gebrüll auf sein scheinbar wehrloses Opfer stürzen – als Yvolar erneut seine Stimme erhob.

»Beathdac-duin«, rief er laut, »Hüter des Waldes und der Tiere! Ich erinnere dich an den Eid, den deine Art einst geschworen hat und der auf ewig gilt!«

Es war, als würde die ungeheure Masse des Bären auf eine unsichtbare Mauer treffen. Das Tier prallte zurück, und seine Züge schienen maßloses Erstaunen zu zeigen. Es riss weit den Rachen weit auf und stieß erneut ein markerschütterndes Gebrüll aus – das der Druide zu aller Verblüffung zu verstehen schien!

»Ich weiß, dass dieser Eid nicht Menschen geschworen wurde«, erwiderte er ruhig, »sondern den Abkömmlingen von Vanis' Stamm. Drum wisse, Bärengänger, dass sich der Letzte der Sylfen unter uns befindet. Dochandar ist sein Name, und ein Erbe Ventars ist er.«

Der Bär blieb auf seinen Hinterbeinen stehen, und wieder verfiel er in lautes Gebrüll. Worte der Menschensprache zu formen war die Kehle des Tiers nicht in der Lage, aber Yvolar verstand auch so.

»Einen Beweis verlangst du?«, rief er. »Fürwahr, die Zeiten Danaóns liegen lange zurück, so ist es verständlich, dass ein Bärengänger selbst dem Wort eines Druiden nicht Glauben schenken will. Darum sollst du deinen Beweis haben.« Er deutete mit der freien Hand auf den Hals des Bären. »Jener Stein, den du dort trägst – ein Sylfenstein ist er, gebrochen vom Rubin Elryas und deiner Art gegeben als Zeichen der Verbundenheit. Befindet sich ein Spross von Vanis' Stamm in der Nähe, so beginnt er zu leuchten. Lange hast du das Kleinod getragen, ohne dass es dir von Nutzen war. Nun jedoch sieh es dir an, Walkar!«

Da erkannte auch der Bärengänger, dass der Stein an seinem Hals zu leuchten begonnen hatte. Ein überraschter

Laut entrang sich seiner Kehle, und er fiel wieder auf alle viere nieder.

Yvolars hagere Gestalt entspannte sich, er atmete auf und ließ den Stab sinken. Alphart hingegen behielt den Pfeil an der Sehne, und Urys hatte weiterhin die Axt erhoben.

Walkar wechselte erneut die Gestalt – und wenige Augenblicke später stand wieder jener fellbekleidete schwarzhaarige Hüne vor ihnen, der den Gefährten den Weg über die Brücke hatte verwehren wollen. Seine Züge wirkten weiterhin finster, aber weniger feindselig, und der Rubin vor seiner Brust leuchtete immer noch.

»Dieser Stein«, erklärte er mit jener tiefen, rauen Stimme, die in der Lage schien, die umliegenden Berge erbeben zu lassen, »wurde meinem Urahn anvertraut und von Generation zu Generation weitergegeben. Unzählige Bärengänger haben ihn vor mir getragen.«

»Aber nur dir ist es bestimmt, ihn wieder im Licht der Söhne Vanis' erstrahlen zu sehen«, erwiderte Yvolar. »Das Leuchten zeugt von der Kraft, die dem Sylfenblut innewohnt.«

»Also ist es wahr«, sagte Walkar leise und nickte. »Einst wurde uns prophezeit, das Vanis' Söhne zurückkehren würden, um den Sterblichen beizustehen.«

»Beistand können die Menschen fürwahr brauchen«, stimmte der Druide zu, »aber nur einer von Vanis' Stamm hat die Zeit überdauert.« Er deutete auf Erwyn. »In der Obhut der Zwerge wuchs er auf, vor der Macht des Bösen verborgen.«

»So haben die gierigen kleinen Leute aus dem Berg ein wenig ihrer Schuld abgetragen«, sagte Walkar, sehr zu Urys' Verdruss.

Die Gefährten hatten sich herangewagt und standen nun ebenfalls auf der Brücke, nur einen Steinwurf von dem Bärengänger entfernt, vor dem Erwyn, Leffel und Mux großen

Respekt zeigten. Alpharts Ehrfurcht hielt sich in Grenzen. Er hatte von Männern gehört, die im Gebirge lebten und in der Lage waren, die Gestalt von Tieren anzunehmen, dies aber als Geschwätz abgetan. Zu Unrecht, wie sich einmal mehr zeigte.

»Was soll das, alter Mann?«, fuhr er Yvolar an. »Warum plauderst du vor einem Wildfremden unsere Geheimnisse aus?«

»Weil er kein Fremder ist«, erklärte der Druide schlicht.

»Demnach kennst du ihn?«

»Ich kenne seine Art, und ich weiß, dass sie den Sylfen auf alle Zeit Treue geschworen haben.«

»Schwüre kann man brechen«, gab der Wildfänger zu bedenken.

»Kein Schwur, den ein Bärengänger leistete, ist je gebrochen worden«, widersprach Walkar entrüstet. »Wer das Gegenteil behauptet, bekommt meinen gerechten Zorn zu spüren!«

»Nur immer zu«, knurrte der Jäger, »ich kann es kaum erwarten.«

»Still, alle beide!«, zischte jemand energisch, und zu aller Überraschung war dieser Jemand nicht Yvolar, sondern Leffel.

Ein wenig überrascht von seiner eigenen Courage blickte der Gilg von einem der beiden Kontrahenten zum anderen und wurde dabei ganz rot im Gesicht. »Ich … ich meine, ist es denn nicht schon schlimm genug? Die Kälte dringt immer weiter vor, und die Erle sind wahrscheinlich schon unterwegs, um unsere Heimat zu verwüsten. Müsst ihr euch auch noch streiten?«

»Unser Freund hat recht«, stimmte Yvolar zu. »Wir haben keine Zeit für eitlen Streit. Zu wichtig ist die Mission, auf der wir uns befinden.«

»Was für eine Mission?«, wollte Walkar wissen.

»Nach Norden wollen wir, um Hilfe zu holen gegen das Eis.«

»Fyrhack«, raunte der Bärengänger. »Ihr wollt den Drachen aus seinem Schlaf wecken.«

»Du kennst ihn?«

»Ich weiß, wo sich sein Hort befindet. Begegnet bin ich ihm nie. Aber weshalb wollt ihr den Drachen wecken?«

»Weil dieses Eis nicht natürlichen Ursprungs ist und wir seiner Unterstützung bedürfen in dem Kampf, der uns bevorsteht.«

»Welcher Kampf?«

»Muortis hat sich erneut erhoben, Walkar. Seine tödliche Kälte bedroht das Leben wie vor Unzeiten, und sein Heer steht bereit zum Sturm auf die Welt der Menschen.«

»Ich ahnte es.« Das wettergegerbte Gesicht des Bärengängers verriet keine Regung. »Ich wusste, dass all die Erle in den Bergen nichts Gutes zu bedeuten haben ...«

»Hast du viele von ihnen gesehen?«, wollte Urys wissen.

»Horden«, antwortete Walkar. »Ich entging ihnen, indem ich die Gestalt des Bären annahm.«

»Du bist vor ihnen geflohen«, sagte Alphart mit einem grimmigen Grinsen im Gesicht.

»Zwei Dutzend von ihnen fanden ein blutiges Ende in meinen Pranken«, entgegnete der Bärengänger, »aber ihre Übermacht war zu erdrückend, und ich war klug genug, mich zurückzuziehen. Ein Dummkopf wie du, Wildmörder, wäre jetzt tot.«

»Ein weiser Entschluss, Walkar«, sagte Yvolar schnell, damit kein erneuter Streit ausbrach. »Wann ist das gewesen?«

»Es war vor zwei Tagen.«

»Dann haben sie inzwischen schon die Grenzen Allagáins erreicht«, folgerte der Druide und schickte Leffel einen düsteren Blick. »Unsere schlimmsten Befürchtungen sind damit bestätigt.«

»Meister Yvolar, was werden wir jetzt tun?«, fragte der Gilg unsicher.

»Was wir tun müssen. Unsere Mission fortsetzen und auf jene Mächte vertrauen, die uns einst schon einmal retteten.« Er wandte sich wieder dem Bärengänger zu. »Lässt du uns über die Brücke, Walkar?«

»Natürlich – und ich werde noch mehr für euch tun.« Die breite Brust des Hünen straffte sich unter dem Bärenfell. »Ich werde euch auf eurer Wanderung begleiten und den Eid erfüllen, den meine Ahnen geleistet haben.«

»So sei uns herzlich willkommen«, erwiderte der Druide lächelnd. »Es wird beruhigend sein, einen starken Gefährten wie dich in unseren Reihen zu wissen.«

»Ich werde euch führen«, schlug Walkar vor. »Ich kenne den Weg zum Sturmloch, wo Fyrhacks Höhle liegt.«

»Wir folgen dir«, versicherte der Druide.

Alphart brummte unwillig. Er mochte diesen Walkar nicht. Ebenso wenig wie er Zauberer mochte oder Koblinge. Letzterer hatte sich inzwischen wieder herangetraut und bedachte den Bärengänger mit vorsichtigen Blicken.

»Fein«, sagte Leffel, »dann sind wir jetzt sieben!«

»Und das ist alles andere als tragisch«, fügte Mux hinzu, »diese Zahl ist nämlich magisch!«

Alphart, der von der Reimerei des kleinen Kerls die Nase voll hatte, wollte Mux schon über den Mund fahren, als er sich daran erinnerte, dass auch das Reich der Zwerge für gewöhnlich nur alle sieben Jahre in der Welt der Sterblichen erschien. Hatte der Butzemann also vielleicht recht? Er warf Yvolar einen Blick zu und sah den Druiden weise nicken.

Sie alle verließen die Brücke. Walkar führte sie an. Die meisten der bisherigen Gefährten schienen tatsächlich froh darüber zu sein, dass der Bärengänger sie begleitete. Sogar Urys hatte sein anfängliches Misstrauen abgelegt. Lediglich Alphart hatte noch immer Vorbehalte und grübelte über die seltsame Gesellschaft, in die er, ein bodenständiger Wildgänger, geraten war: ein Dorftrottel, der seine dämliche Mütze nicht mal zum Schlafen ablegte, und ein Druide, der fortwährend von vergangenen Zeiten faselte; dazu ein Wechselbalg, ein launischer Zwerg, ein immerzu reimender Kobling und zu allem Überfluss nun auch noch ein Bärengänger.

Vielleicht würde er ja seine Meinung über Dorftrottel und Halbwesen ändern müssen …

Den Brief ihrer Herrin in der Tasche ihres Rocks, schlich Calma durch die hohen Gänge des Túrin Mar. Von den Wachen unbemerkt wollte sie in die Eingangshalle gelangen und von dort auf den Turmplatz.

In den Vormittagsstunden pflegte der fürstliche Mundschenk Händler und Kaufleute zu empfangen. Die Vorratskammern des Turms sollten stets gut gefüllt sein, sodass er den Regenten mit immer neuen Spezereien beglücken konnte. Bei dem Gewimmel, das währenddessen in der Eingangshalle herrschte, hoffte die Zofe, den Turm ungesehen verlassen zu können, um dann die Stallungen auf der Westseite des Vorplatzes aufzusuchen und sich ein Pferd zu satteln.

Unruhe erfüllte Calma, während sie die Treppe hinabschlich. Der Gedanke an einen längeren Ausritt erfreute sie ganz und gar nicht, denn eigentlich war sie dafür zu alt. Aber sie hatte eingesehen, dass es die einzige Möglichkeit war, Barand von Falkenstein zu warnen und ihn darüber in Kenntnis zu setzen, welch finstere Dinge im Túrin Mar vor sich gingen. Ob er ihr glauben würde, war längst nicht gesagt, aber sie musste es zumindest versuchen. Auch wenn sie beide, Calma und vor allem Prinzessin Rionna, viel dabei riskierten …

So erschüttert war Calma noch immer über Rionnas Enthüllung und so auf die bevorstehende Aufgabe konzentriert, dass sie sich nicht ein einziges Mal umblickte. Deshalb entging ihr der hünenhafte Schatten, der ihr absolut lautlos folgte, wie ein körperloser Geist.

Mit jedem Schritt, den sie sich der Eingangshalle näherte, wuchs ihre Zuversicht, dass sie es schaffen, dass es ihr gelingen würde, Iónador zu verlassen und das Heer einzuholen, das ihr fast einen Tagesmarsch voraus war. Nicht das Waldvolk stellte die wahre Bedrohung für Allagáin dar, sondern jene finsteren Mächte, die jenseits des Bergwalls hausten und offenbar die günstige Gelegenheit nutzen wollten, um die Goldene Stadt anzugreifen.

Calma war alt. Fast siebzig Winter hatte sie gesehen und fühlte sich der Aufgabe kaum gewachsen. Dennoch – ihr Leben lang hatte sie der Familie des Fürstregenten gedient, zuerst Karrol und dessen Frau, später dann der Tochter. Nun aber musste sie sich dem amtierenden Fürstregenten entgegenstellen. Nicht nur Rionna wegen, sondern auch aus Liebe zu Iónador, wo sie aufgewachsen war …

Stimmengewirr drang die Treppe herauf und zeugte von der Betriebsamkeit, die in der Eingangshalle herrschte. Fast hatte Calma es geschafft. Sie wollte aufatmen – als sie plötzlich eine geradezu unnatürliche Kälte spürte, einen eisigen Luftzug im Nacken, so frostig, dass ihre alten Knochen davon schmerzten.

»Wohin, Verräterin?«, sagte eine Stimme, die von Bosheit durchdrungen war.

Die Zofe stieß einen erstickten Schrei aus. Erschrocken wandte sie sich um – und starrte in eine blaue, von dunklen Adern durchzogene Fratze, auf deren Stirn sich ein gefährlich aussehendes Horn erhob. Ein einzelnes blutunterlaufenes Auge starrte die Zofe hasserfüllt an und ließ keinen Zweifel daran, dass ihr nächster Atemzug auch ihr letzter sein würde …

44

An einer Felswand vorbei, die sich stolz und unbezwingbar zu ihrer Linken erhob, erreichten die Gefährten einen steil ansteigenden Taleinschnitt, der von hohen Tannen gesäumt wurde. Nur spärlich sickerte Licht durch die mit Schnee beladenen Äste der Tannen, und auch der wabernde Nebel sorgte dafür, dass nicht zu erkennen war, wohin der Einschnitt führte. Dafür aber war immer wieder ein tiefes Gurgeln zu hören, begleitet von Rauschen und Brausen.

»Wa-was ist das?«, fragte Leffel Gilg beunruhigt.

»Das, meine Freunde«, erklärte Yvolar der Druide feierlich, während er seinen Rucksack von den schmalen Schultern gleiten ließ und ihn ablegte, »ist der Klang des Sturmlochs.«

»Wohl wahr«, stimmte der finstere Walkar zu, der sie zu diesem Ort geführt hatte. »Von hier aus ist es nicht mehr weit bis zum Hort des Drachen.«

»Es gibt ihn also wirklich«, murmelte Leffel voller Ehrfurcht und lauschte den unheimlichen Lauten.

»Natürlich gibt es ihn«, sagte der Druide. »Was du allerdings hörst, ist nicht etwa der Atem des Drachen, auch wenn manch abergläubischer Gesell es dafür halten mag. Es ist der Klang des Wildflusses, der in der Tiefe des Felsens verläuft. Aber Fyrhack ist dennoch dort unten, und vermutlich hat er unsere Anwesenheit bereits bemerkt.«

»Wie das?«, erkundigte sich Alphart nicht ohne Spott. »Hat er auch einen Zauberspiegel, in den er blicken kann?«

»Das wohl nicht, Wildfänger – soweit ich weiß, existiert nur einer davon, und der befindet sich tief unter der Festung des König Alwys. Aber Drachen sind uralte Geschöpfe; es gab sie schon lange vor den Menschen. Und man wird nicht von ungefähr so alt, erst recht nicht dann, wenn man unvorsichtig ist. Sie fühlen es, wenn sich sterbliche Wesen nähern.«

»Fühlen sie auch, ob man ihnen freundlich oder feindlich gesonnen ist?«, erkundigte sich Erwyn leise.

»Wohl kaum«, versetzte Alphart trocken. »Sonst würde unser guter Druide nicht so leise sprechen.«

Yvolar strafte ihn mit einem zornigen Blick, doch das war dem Wildfänger gleich. Ihn beschäftigten ganz andere Dinge. Einen Drachen, also ein übernatürliches Wesen, um Hilfe bitten zu müssen, gefiel ihm ganz und gar nicht. Denn vorausgesetzt, es stimmte, was man sich über die Feurigen erzählte, so waren sie gewiss keine angenehme Gesellschaft, stanken nach Schwefel und Blut und fraßen mitunter auch Menschen. Im Kampf gegen die Erle jedoch galt es, das kleinere Übel zu wählen, und wenn die Unholde dadurch bestraft und sein Bruder gerächt würde, so war Alphart einmal mehr bereit, die Sache hinzunehmen und sich zu fügen – und sich notfalls auch mit einem Drachen zu verbünden …

»Ihr bleibt alle hier«, gebot Yvolar seinen Gefährten mit fester Stimme. »Nur Erwyn und ich werden die Drachenhöhle betreten.«

»Seid ihr sicher?«, fragte Alphart. »Was, wenn das Viech euch angreift?«

»Ich werde mit euch gehen«, bot Walkar an und trat vor.

»Dann komme ich auch mit«, entschied Alphart prompt. Dass der Bärengänger den Druiden und Erwyn allein begleiten würde, missfiel ihm, denn er traute Walkar noch immer nicht über den Weg. Außerdem war da noch etwas anderes, ein Gefühl, das der Wildfänger sich nicht gerne eingestand.

Er verspürte Eifersucht.

»Ich danke euch beiden«, entgegnete Yvolar, »aber keiner von euch wird mitkommen. Auf diesem Weg darf mich nur derjenige begleiten, dessen Bestimmung dies ist.«

»Da-das bin dann wohl ich, nicht wahr?«, fragte Erwyn. Die Angst war ihm deutlich anzusehen, aber er kämpfte tapfer dagegen an. Er wollte und konnte nicht kneifen. Er musste diesen Weg gehen, um Allagáin vor der Macht des Bösen zu retten; das war seine Bestimmung, eine Wahl gab es nicht.

»So ist es, Dochandar.« Der Druide lächelte ihm Mut machend zu. »So komm also und hab keine Furcht. Dein Schicksal erwartet dich jenseits dieses Taleingangs.«

»Ich weiß, Meister Yvolar«, entgegnete Erwyn mit verzagender Stimme. »Aber gerade das macht mir Angst.«

Er drehte sich nach seinen Kameraden um, deren Gesichter ebenfalls Anspannung verrieten. Jedem von ihnen war klar, dass die nächsten Stunden über das Wohl und Wehe Allagáins, wenn nicht der ganzen Welt entschieden, und keinem von ihnen war wohl bei diesem Gedanken.

»Was ist, Mux?«, wandte sich Erwyn an den Kobling. »Spürst du jenseits des Taleingangs irgendeine Gefahr, vor der du mich warnen möchtest?«

»Nebel und Schatten verwehren mir die Sicht«, gestand der Kobling bedauernd, »ob dort Gefahr droht, seh ich nicht.« Er zuckte entschuldigend mit den Schultern, dann verabschiedete er sich mit einem weiteren Reim von Erwyn: »Dennoch sei tapfer und zeige Mut. Dann wird, so hoffe ich, alles gut.«

Damit hüpfte er ein paar Schritte zur Seite und machte für Leffel Platz, der Erwyn ermutigend auf die Schulter klopfte. Urys umarmte seinen Ziehsohn herzlich, und sogar die Gesichtszüge des finsteren Walkar hellten sich ein wenig auf und gaben dem Jungen ein ermutigendes Lächeln mit auf den Weg.

Nur Alpharts Miene blieb grimmig und zeugte von seinem Misstrauen, das er bei der ganzen Angelegenheit empfand. »Soll ich nicht lieber doch mitkommen, Junge?«, raunte er Erwyn zu. »Ich könnte ein wenig auf dich aufpassen …«

»Nein.« Erwyn schüttelte den Kopf und blickte verstohlen zu dem Druiden. »Wir müssen Meister Yvolar vertrauen.«

»Wie du meinst«, brummte Alphart. »Ich für meinen Teil vertraue lieber auf meine Axt.« Der Wildfänger hob die klobige Waffe, dann sprach er dem Jungen noch einmal ins Gewissen. »Bist du sicher, dass du das wirklich tun willst?«

»Ja.« Erwyn nickte und brachte sogar ein zuversichtliches Lächeln zustande. »Es ist meine Bestimmung, weißt du – so wie es deine Bestimmung ist, deinen Bruder zu rächen.«

»Verstehe …« Widerwillig reichte ihm Alphart zum Abschied die Hand. »Dann viel Glück, Junge. Für einen Wechselbalg bist du ein ziemlich tapferer Kerl, weißt du?«

Einen Augenblick starrte Erwyn unschlüssig auf die dargebotene Hand des Jägers. Dann, statt sie zu ergreifen, trat er einen Schritt vor und umarmte Alphart.

»Danke«, kam es leise über seine Lippen.

Der Wildfänger wusste nicht, wie er darauf reagieren sollte. Wie vom Donner gerührt stand er da, und sein Mund stand halb offen – auch dann noch, als sich Erwyn bereits zu Yvolar gesellt hatte und die beiden den steilen Taleinschnitt hinaufstiegen, der zum Eingang der Drachenhöhle führte.

»Er ist ein guter Junge«, sagte Urys leise.

»Das ist er«, stimmte Alphart grimmig zu. »Der alte Mann passt hoffentlich gut auf ihn auf, sonst kann er was erleben …«

Am Ende des von Tannen gesäumten Einschnitts befand sich ein senkrechter Riss im Fels, aus dem die unheimlichen Laute drangen, die Erwyn und der Druide bei ihrem Aufstieg unablässig begleitet hatten. Rauschen. Brodeln. Rumoren …

»I-ist er das?«, fragte Erwyn, den sein vorhin noch so offen zur Schau gestellter Mut mit jedem Schritt ein bisschen mehr verlassen hatte. »Ist das der Eingang zum Drachenhort?«

»Allerdings«, bestätigte Yvolar, der trotz des anstrengenden Aufstiegs kaum außer Atem schien.

»Sieht nicht besonders einladend aus.«

Der Druide nickte grimmig. »Soll es auch nicht. Fyrhack legt keinen Wert auf menschliche Gesellschaft.«

»Ob er weiß, was in der Welt draußen vor sich geht?«

»Das werden wir sehr bald wissen«, antwortete der Druide und trat entschlossen auf den Riss im Felsen zu. Immer größer und bedrohlicher ragte er vor ihnen auf, je weiter sie sich der Felswand näherten. Auch das Rauschen und Tosen nahm zu, und Erwyn merkte, wie die Furcht immer mehr von ihm Besitz ergriff.

»Und Ihr seid sicher, dass es nur Wasser ist, das dieses Geräusch verursacht? Es hört sich an, als tobte dort unten ein Sturm.«

»Die hohlen Felswände verstärken nur dutzendfach das Rauschen des Gewässers, das zwischen ihnen fließt«, erklärte der Druide. »Keine andere Mauer umgibt den Drachenhort als die der eigenen Angst. Überwinde sie, mein Junge, dann kannst du Fyrhacks Höhle ungehindert betreten.«

Erwyn nickte, dann traten sie durch den Riss in der Felswand und in das ungewisse Dunkel dahinter. Das obere Ende von Yvolars Stab leuchtete jedoch auf einmal auf und vertrieb die Finsternis.

Was Erwyn sah, überraschte ihn. Es war nicht eigentlich eine Höhle, in der sie sich befanden, sondern vielmehr eine schräg verlaufende Kluft, die der Fluss in den Fels geschnitten hatte. Zu seiner eigenen Überraschung stellte der Junge fest, dass Yvolar recht gehabt hatte: Das größte Hindernis schien überwunden, hatte man die Kluft erst betreten.

Schon wollte er mit weit ausholenden Schritten weiter in den Felsspalt vordringen, doch Yvolar packte ihn an der Schulter und schob ihn hinter sich. »Schön vorsichtig, mein junger Freund«, raunte ihm der Druide zu.

Erwyn nickte. Nur zu bereitwillig blieb er hinter dem Druiden, um nur hin und wieder einen Blick an dessen hagere Gestalt vorbeizuwerfen, während beide vorwärtsschritten. Im Licht des leuchtenden Eschenstabs gewahrte er schließlich einen Schacht, dort, wo der Felsspalt endete. Doch der Schacht führte tiefer in den Fels und war mitunter so niedrig, dass Yvolar sich bücken musste, um sich nicht den Kopf zu stoßen.

Plötzlich hielt er an, so abrupt, dass Erwyn gegen seinen Rücken prallte. Yvolar konnte sich im letzten Moment auf seinen Stab abstützen, sonst wäre er in die Tiefe gestürzt, denn vor seinen Füßen brach der steinerne Boden ab.

»Nicht so hastig, junger Freund«, mahnte er halb amüsiert, halb ernst.

Vor ihnen fiel der Fels steil in die Tiefe. Als sich Erwyn auf alle viere hockte und über die Kante beugte, konnte er im Lichtschein des Druidenstabs sehen, dass schmale Tritte in die Felswand geschlagen waren, die wohl als Kletterhilfe dienten. Der Schacht selbst verlor sich in unergründlicher Tiefe; der Grund war nicht auszumachen. Erwyn verschwendete keinen Gedanken daran, wer die Tritte in den Fels gehauen hatte, sondern fragte: »Wir müssen dort hinunterklettern?«

»So ist es«, bestätigte Yvolar.

Der Junge schaute den Druiden an. »Wie wollt Ihr das machen mit nur einer Hand? Oder wollt Ihr Euren Stab hier oben lassen.«

Yvolar schüttelte den Kopf. »Nein.«

Dann hob er den rechten Arm, hielt den Druidenstab senkrecht über den Abgrund – und ließ ihn fallen!

Erwyn erschrak!

Doch der Druidenstab fiel nicht, sondern schwebte in der Luft und verhielt neben der Felswand. »Er wird uns leuchten«, erklärte Yvolar.

Dann beugte er sich nieder, rutschte über die Felskante und begann mit dem gefährlichen Abstieg.

Der leuchtende Eschenstab schwebte neben ihm und spendete ausreichend Licht, sodass er die Tritte sehen konnte, in die er die Füße setzen und sich mit den Händen festhalten musste.

Erwyn zögerte. Da blickte Yvolar zu ihm hoch und forderte: »Komm, Dochandar. Folge mir dichtauf, dann leuchtet auch dir der Zauberstab.«

Erwyn tat, wie ihm geheißen, und kletterte dem Druiden hinterher. Während sie die Felswand hinunterstiegen, schwebte der leuchtende Eschenstab stets eine Armlänge von Yvolar entfernt und gab ihnen genügend Licht.

Je tiefer sie kamen, desto kälter wurde es und desto mehr nahm das Rauschen zu. Endlich endete der Abstieg, und als der Druide unten ankam, pflückte er sich seinen Eschenstab einfach aus der Luft. Der leuchtete weiterhin, wirkte aber ansonsten wieder ganz normal.

Die beiden befanden sich nun in der eigentlichen Höhle, die nicht etwa waagrecht, sondern sehr steil nach unten durch den Felsen verlief. In die Höhlenwand waren schmale Stufen geschlagen, und vorsichtig, Schritt für Schritt, stiegen der Druide und sein Schützling weiter hinab.

»Ehrwürdiger Druide?«, fragte Erwyn und erschrak über den Widerhall seiner eigenen Stimme.

»Ja, Dochandar?«

»Darf ich Euch etwas fragen?«

»Natürlich, Sohn. Aber sprich leise – es kann gefährlich sein, einen Drachen aus dem Schlaf zu reißen.«

»Ich dachte, Fyrhack kennt Euch?«

»Ich kenne *ihn*«, verbesserte der Druide. »Ob es sich umgekehrt ebenso verhält, wird sich zeigen. Drachen haben kein besonders gutes Gedächtnis, weißt du?«

»Und woher kennt Ihr ihn?«

Im Licht des Druidenstabs warf Yvolar dem Jungen einen undeutbaren Blick zu. »Einst waren wir Gefährten«, sagte er dann, »zogen gemeinsam in den Kampf gegen Muortis' Horden. Fyrhacks breiter Rücken war es, der mich damals in die Schlacht trug.«

»So wart Ihr Freunde?«

»Wohl nicht nach menschlichen Maßstäben. Drachen sind einsame Kreaturen. Sie schließen keine Freundschaften, ebenso wenig wie Druiden es tun. Gibt es noch etwas, das du wissen möchtest?«

»Nun, ich frage mich, wie der Drache in die Höhle gelangt sein mag. Dieser Schacht ist für uns gerade breit genug ...«

»Du vergisst, dass Drachen uralte Kreaturen sind«, erklärte Yvolar geduldig. »Am Anfang der Zeit wurden sie geboren, aus Feuer und Glut. Aus diesem Grund kennen sie die Tiefen der Welt nicht weniger gut als Enze und Zwerge und wissen um die Existenz von geheimen Gewölben und verborgenen Schächten. Fyrhack wird auf einem anderen Weg in diese Höhle gelangt sein als wir. Und er ist hier – ich kann seine Gegenwart spüren ...«

»Warum hat er sich hierher zurückgezogen?«

»Nach dem Krieg waren nur noch wenige Feuerdrachen übrig«, erklärte Yvolar. »Viele hatten sich von Muortis' falschen Versprechungen blenden lassen und waren zu Kreaturen des Eises geworden, andere im Kampf gegen ihre einstigen Brüder gefallen. Die wenigen, die den Krieg überlebten, kehrten in die Einsamkeit zurück – wie es heißt, verschwanden die meisten von ihnen.«

»Wohin?«, wollte Erwyn wissen.

»Das weiß niemand genau, mein Junge«, antwortete der Druide. »Aber wir wissen, dass zumindest einer von ihnen geblieben ist. Und nun sei still, Dochandar. Dort unten liegt der Drachenhort ...«

Auf einem der schmalen Tritte war Yvolar stehen geblieben und deutete nach unten. Im schwachen Widerschein des Druidenfeuers sahen sie den Fluss, der die Höhle gegraben hatte und tatsächlich für all dies Tosen und Brausen verantwortlich war. Er mündete in einen grünlich blauen See, dessen Wasser schimmerte und, wie Erwyn mit einiger Überraschung feststellte, noch nicht gefroren war.

Ob dies an der Anwesenheit des Drachen lag?

Neugierig beugte sich der Junge vor, um schon gleich darauf wieder erschrocken zurückzufahren, als es in der Tiefe drohend gurgelte. Im nächsten Moment erhob sich eine Stimme, so kraftvoll und donnernd, dass sie das Tosen des Flusses mit Leichtigkeit übertönte.

»Wer?«, drang es donnernd herauf, dass Erwyn glaubte, sein Herzschlag müsste aussetzen. »Wer ist so dreist und wagt es, meine Ruhe zu stören?«

»Dochandar!«, rief Yvolar zurück, den die Donnerstimme nicht einzuschüchtern schien.

»Dochandar ... Ich kenne niemanden, der so heißt.«

»Noch nicht«, erwiderte der Druide, »aber mich solltest du kennen, Fyrhack!«

»Du kennst meinen Namen?«

»In der Tat – und ich weiß, dass du einst dabei warst, als Licht und Finsternis um das Schicksal der Welt rangen und Feuer und Eis aufeinandertrafen.«

»Woher weißt du das?«

»Weil ich auch teilgenommen habe an jenem Kampf. Yvolar ist mein Name, und Gefährten sind wir einst gewesen. Dein Rücken trug mich in die Schlacht …«

»Yvolar?«, drang es fragend herauf.

»Du erinnerst dich also?«

»Kann sein. Oder auch nicht. Das alles ist lange her …«

»Das ist wahr. Dennoch entsinnen sich noch viele an die Tage Danaóns und der letzten Schlacht. Die Opfer, welche die Drachen brachten, sind nicht vergessen, ebenso wenig wie ihr Mut und ihre Entschlossenheit.«

»Wofür hältst du mich, Druide?« Ein Lachen erklang in der Tiefe, das den Felsenkessel mit dem See erzittern ließ. »Ich bin kein Mensch. Ich gebe nichts auf Schmeicheleien. Zu alt bin ich und habe zu viel gesehen, als dass ich mich der Eitelkeit hingebe.«

»Ich wollte dir nicht schmeicheln«, versicherte Yvolar.

»Warum bist du gekommen?«

»Um deine Hilfe zu erbitten«, antwortete der Druide ehrlich und geradeheraus. Einem Drachen etwas vormachen zu wollen, hatte wenig Aussicht auf Erfolg. Sie begegneten jedem mit Misstrauen, seit sie vom Herrn des Eises betrogen worden waren.

»Meine Hilfe?« Erneut ein Lachen, freudlos und bitter. »Du brauchst meine Hilfe, Yvolar?«

»Ja, ich – und die Menschen, deren Welt sich in Gefahr befindet.«

»Wozu sollten die Sterblichen meiner Hilfe bedürfen? Die Hilfe einer Kreatur, an deren Existenz sie nicht einmal mehr glauben …«

»Wie sollen sie denn an dich glauben?«, hielt Yvolar dagegen. »Nachdem der Krieg zu Ende war, hast du die Einsamkeit der Berge der Gesellschaft der Sterblichen vorgezogen.«

»Aus gutem Grund. Viel war geschehen, und ich brauchte die Einsamkeit, um zu trauern und meine Wunden zu lecken.«

»Und?«, fragte der Druide. »Sind sie verheilt?«

»Nicht alle«, kam die Antwort aus der dunklen Tiefe.

»Ich bedaure, dies zu hören«, versicherte Yvolar. »Wir alle haben im Krieg gegen Muortis Wunden davongetragen, die wohl nie ganz verheilen. Aber die Zeit in der Welt der Sterblichen steht deshalb nicht still, und auch das Böse ruht nicht. Es hat sich erneut erhoben, wie du sicher weißt ...«

Fyrhack schien mit der Antwort zu zögern. Kein Wort drang aus dem Höhlenkessel, nur das gespenstische Rumoren war weiterhin zu hören. Erwyn sandte Yvolar einen nervösen Blick, doch der Druide schien es nicht zu bemerken.

»Ich weiß es«, kam endlich die Antwort. »Obwohl ich schlief, habe ich eine Erschütterung gespürt. Das Gefüge der Welt ist aus dem Gleichgewicht geraten ...«

»In der Tat«, bestätigte Yvolar. »Der Gegner, den zu bekämpfen uns so große Opfer abverlangte und den wir geschlagen und besiegt wähnten, ist zurückgekehrt. Muortis ist wieder da, Fyrhack, und wie einst will er die Welt erobern.«

»Und wenn, Druide!«, drang es müde und resignierend zurück. »Es kümmert mich nicht mehr.«

»Was soll das heißen?«

»Du hast mich verstanden. Jetzt verlass meine Höhle und geh. Und nimm deinen Begleiter mit, wer immer er ist.«

»Das kann nicht dein Ernst sein!«, rief Yvolar entschieden. »Soll alles vergebens gewesen sein? Alles, wofür wir gekämpft haben und so viele Opfer auf uns nahmen? Alles, wofür so viele deines Volkes ihr Leben gaben am Korin Nifol?«

»Es *war* vergebens, schon damals. Denn die Sterblichen, deretwegen wir all dies auf uns nahmen, verdienten unsere Hilfe nicht. Statt unserer Opfer ewig zu gedenken, haben sie uns vergessen. Sie haben ihre Vergangenheit, ihre Mythen, ihre eigenen Wurzeln verraten – wen will es da wundern, dass eisige Kälte sie erdrückt? In all der Zeit, die ich allein verbrachte, habe ich lange darüber nachgedacht, wie Muortis dies bewirken konnte. Und irgendwann, nach Hunderten von Jahren, kam ich auf die Antwort.«

»Dann sag sie mir!«, verlangte Yvolar.

»Muortis hat die Kälte nicht in die Welt der Menschen getragen, Druide«, drang es aus der dunklen Tiefe des Höhlenkessels, »er hat sich nur dessen bedient, was schon immer da gewesen ist. Die Welt selbst ist es, die sich vernichtet.«

»Nicht alles in der Welt ist gut«, räumte Yvolar ein, »sie birgt Licht und Finsternis, Tag und Nacht. Aber die Sterblichen sind nicht zum Untergang verdammt, Fyrnack. Es steht ihnen frei, sich zu entscheiden, nur bedarf es unserer Hilfe, sie zum Guten hinzuführen.«

»Dann sei ihnen ein Führer, wenn du willst – ich habe sie aufgegeben, schon vor langer Zeit.«

»Es ist nicht nur ihre Welt, die Muortis bedroht«, entgegnete der Druide, »sondern auch unsere. Wenn der Herr des Eises triumphiert, wird ihm auch die Anderswelt anheimfallen – ihm und dem Eisdrachen, der in seinen Diensten steht.«

»Ein Eisdrache?« Zum ersten Mal verriet Fyrhacks Stimme Unruhe. Feuer loderte in der Tiefe des Kessels auf, und eine Rauchwolke stieg empor. Unwillkürlich wich Erwyn zurück.

»Ein Eisdrache«, bekräftigte Yvolar. »Sein Atem verpestet das Grundmeer und lässt alles Leben erstarren.«

»So hat also zumindest einer der Verräter die Schlacht überlebt«, grollte es empor, begleitet von Feuer und Rauch.

»Allerdings. Du hattest recht, als du sagtest, die Welt wäre aus den Fugen geraten, Fyrhack. Nur dein Feuer kann Muortis Einhalt gebieten und das Gleichgewicht wiederherstellen.«

»Und Kaelor?«, drang es herauf.

»Ich weiß es nicht«, gestand der Druide offen. »Dein alter Erzfeind mag am Leben sein oder schon tot. Es spielt keine Rolle. Ich weiß nur, dass die Welt deine Hilfe braucht.«

»Meine Hilfe ...«, echote es aus der Tiefe. Noch einmal loderten Flammen auf, die dem jungen Erwyn, der dem Wortwechsel voller Ehrfurcht lauschte, wie ein Leuchtfeuer der Hoffnung erschienen. Würde der Drache seine Lethargie überwinden und aus der Höhle emporsteigen, in die er sich einst geflüchtet hatte?

Aber schon im nächsten Moment erloschen die Flammen – und mit ihnen die Hoffnung des jungen Erwyn. Die Höhle fiel in Dunkelheit zurück, und nur noch der Stab des Druiden verbreitete spärlichen Schein.

»Nein«, drang es resignierend herauf, »selbst wenn ich es wollte, ich könnte dir nicht helfen, Druide. Alt bin ich geworden ...«

»Ebenso wie ich«, räumte Yvolar ein. »Dennoch verfügst du noch über die Kraft des Feuers.«

»Und wenn? Meine Kraft ist versiegt ...«

»Nicht das Alter ist es, das dir zusetzt, sondern deine Gleichgültigkeit!«, rief der Druide in so scharfem Tonfall, dass Erwyn zusammenzuckte. Yvolar forderte den Feuerdrachen heraus, und der Junge hatte seine Zweifel, ob das gut war. »Zu lange hast du dich in diesem Loch verkrochen, hast in Selbstmitleid deine Wunden gepflegt und bist darüber blind geworden für das Schicksal der Welt!«

»Keineswegs«, kam es gelassen zurück. Weder leuchteten Flammen in der Tiefe auf, noch stieg erneut Rauch empor. Nicht einmal die provozierenden Worte des Druiden schienen den Drachen aus seiner Lethargie reißen zu können. »Nicht ich bin blind geworden, sondern du, Yvolar. Hast du nicht bemerkt, dass sich die Welt verändert hat seit den Tagen Danaóns? Die Anderswelt schließt ihre Pforten, die Zeit der Mythen geht zu Ende – unsere Zeit, Druide!«

»Vielleicht tut sie das«, gab Yvolar zu, »aber noch ist es nicht so weit, und das Böse in der Gestalt Muortis' wandelt wieder in der Welt der Sterblichen. Ein letzter Kampf steht uns bevor, eine letzte Schlacht, die geschlagen werden muss, wenn diese sterbliche Welt und die Wesen darin weiterexistieren sollen.«

Fyrhack schnaubte. »Hat es die Sterblichen gekümmert, als die Drachen einer nach dem anderen verschwanden? Nein. Ihr Zeitalter ist zu Ende gegangen, und nun geht das der Menschen zu Ende. Die Zeit kann man nicht aufhalten ...«

»Wäre es die Zeit, gegen die wir kämpfen, würde ich dir recht geben – aber sie ist es nicht, die diese Welt unterwerfen will, sondern Muortis. Er allein ist unser Feind, und ihn allein müssen wir bekämpfen.«

»Glaubst du denn, dieser Kampf hätte Aussicht auf Erfolg? Die Sylfen haben die Welt verlassen, und die Zwerge verstecken sich in ihrer Zauberfestung jenseits der Zeit. Glaubst du, die Menschen könnten Muortis widerstehen? Schwach sind sie und leicht zu verführen ...«

»Leicht zu verführen wie damals deine Drachenbrüder«, erinnerte Yvolar. »Ja, das sind sie – aber auch fähig zum Guten. Was sie brauchen, ist ein Vorbild, jemand, der ihnen vorangeht, wie einst Danaón es tat.«

»Und wer soll dies sein, Druide? Ich vielleicht? Oder du etwa?«

»Weder noch«, wehrte Yvolar ab. »Dochandar wird es sein!«

»Und wer ist dieser Dochandar?«, knurrte es unwillig aus der Finsternis. »Ich sagte dir schon, dass ich diesen Namen nicht kenne.«

»Ich bin es«, sagte Erwyn zaghaft, noch ehe Yvolar antworten konnte. Den Jungen kostete es seine ganze Überwindung, vorzutreten und seine Stimme zu erheben, aber er hatte das Gefühl, dass es der rechte Zeitpunkt dafür war.

»Ein Knabe?«, grollte es so geringschätzig, dass Erwyn am liebsten die Flucht ergriffen hätte.

»Ein Knabe«, bestätigte Yvolar. »Allerdings nicht irgendein Knabe, sondern der letzte Spross von Vanis' Stamm, der auf Erden weilt. Sylfenblut fließt in seinen Adern. Schenkst du meinen Worten kein Vertrauen, so vertraue ihm!«

»Im Dunkel der Zeit verborgen sind die Verbindungen zwischen den Drachen und Ventars Volk. Kraft seiner Gedanken vermag ein Sylfenkrieger einem Drachen zu gebieten und auf seinem Rücken zu reiten«, sagte Fyrhack. »Aber bei diesem da spüre ich *nichts* davon! Ein unreifer Knabe ist er, und der Gestank seiner Angst verpestet meine Höhle!«

»Angst habe ich, das ist wahr«, gestand Erwyn, »aber ich bin bereit, sie zu überwinden, um meine Bestimmung zu erfüllen.«

»Was weißt du schon von Bestimmung, vorlauter Bursche?«, entgegnete der Drache grollend. »Hast du eine Ahnung, was dich dort draußen erwartet? Weißt du, wie es ist, dem Grauen ins Auge zu blicken? Was es bedeutet, dem Herrn des Eises gegenüberzutreten?«

»Nein«, gab Erwyn unumwunden zu, »aber ich …«

»Was willst du mir erzählen?«, unterbrach ihn der Drache. »Dass du dein Bestes geben wirst? Dass du dem Wort des Druiden vertraust?« Ein Fauchen drang aus der Dunkelheit. »Du törichter Junge! Ich habe Krieger, die weit älter waren als du und viele Schlachten überstanden hatten, in Panik ausbrechen sehen, als die Horden der blutrünstigen Erle auf sie zuströmten, und ich kannte Helden, die den Verstand verloren, als sie Muortis' Antlitz schauten. Du willst ein Erbe Danaóns sein und dem Drachen gebieten?« Fyrhack schnaubte erneut. »Geh nach Hause, Dochandar. Es bedarf mehr als eines vorlauten Knaben, um den Herrscher des Eises zu besiegen.«

»Ist das dein letztes Wort?«, fragte Yvolar.

»Mein letztes.«

»Du missachtest also den Bund, der zwischen Sylfen und Drachen in früher Zeit geschlossen wurde?«

»Da ist nichts zu missachten, Druide. Der Knabe mag behaupten, dass er ein Erbe Ventars wäre, aber ich kann seine Gedanken nicht spüren. Und wenn er ehrlich ist, so muss er gestehen, dass er auch die meinen nicht spürt ...«

Yvolar sandte Erwyn einen fragenden, fast flehenden Blick. Es war das erste Mal, dass der Junge den Druiden ratlos sah, schlimmer noch, Furcht stand in Yvolars faltigen Zügen. Zu gern hätte Erwyn dem Drachen widersprochen und dem Druiden die Hoffnung zurückgegeben, die er vertrauensvoll in ihn gesetzt hatte.

Die Wahrheit jedoch sah anders aus: Es stimmte, er *spürte* die Gegenwart des Drachen nicht. In seinem Kopf war nur Angst. Angst davor zu versagen und den Erwartungen nicht gerecht zu werden, die man in ihn setzte. Angst davor, dass die Welt in Kälte und Eis versank, weil er seine Bestimmung nicht erfüllte ...

Tränen traten ihm in die Augen, und er schüttelte langsam den Kopf – und eine Welt brach in ihm zusammen, als er sah, wie auch der letzte Rest von Hoffnung aus dem Gesicht des Druiden verschwand. Yvolar ließ die Schultern sinken, und der Blick seiner Augen wurde trüb und starr – der Blick eines alten Mannes ...

»Komm, Sohn«, sagte er leise, und Erwyn hatte das Gefühl, dass alles Leben aus der Stimme des Druiden gewichen war, so tonlos klang sie. »Lass uns gehen.«

»Ich hatte recht, nicht wahr?«, tönte es aus dem Kessel. Es klang weder hämisch noch triumphierend. »Ich hatte recht ...«

»Ja«, bestätigte Yvolar resignierend, »das hattest du. Also wirst du dich uns nicht anschließen?«

»Wozu, Druide?«, kam es müde zurück. »Glaub mir, es wäre sinnlos.«

»Dann wird Muortis dieses Mal gewinnen«, folgerte Yvolar, und Erwyn fühlte sich dabei so elend, dass er am liebsten auf und davon gelaufen wäre. Dass er es nicht tat, lag an dem Druiden, dessen knochige Hand sich an seine Schulter geklammert hatte, nicht etwa, um ihn zu trösten, sondern um sich selbst zu stützen.

Binnen Augenblicke schien Yvolar zum Greis gealtert zu sein. Sein Stab schien ihm als Stütze nicht mehr auszureichen, das Leuchten des Eschenholzes hatte merklich nachgelassen.

»Geht!«, rief Fyrhack herauf. »Geht und lasst mich allein.«

»Keine Sorge«, beschied ihm Yvolar mit tonloser Stimme, während er und der Junge sich abwandten, »nichts anderes haben wir vor. Unsere Mission ist gescheitert. Zuerst wird Allagáin in Kälte und Eis versinken – und schließlich die ganze Welt ...«

Von der Aussichtsplattform, die seine Leute in den Ästen einer mächtigen Tanne errichtet hatten, blickte Galfyn auf das verschneite Land. Zu seinen Füßen wand sich das breite Band des Flusses Allair gen Süden, vorbei am breiten Rücken des Steidan und den Bergen entgegen, die sich jenseits der wirbelnden Schneeflocken als ferne Schatten abzeichneten.

Dort lag Iónador.

Die Festung des Feindes war das Ziel dieses Feldzugs, der das Waldvolk vereinigt hatte, zum ersten Mal nach Jahrzehnten der Rivalität und des inneren Zwists. Der feige Überfall auf das Dorf des Falkenclans war für die Stämme Beweis dafür, dass sie einen gemeinsamen Feind hatten, einen gefährlichen Feind, der auf der anderen Seite des Allair lauerte und gegen den sie zusammenstehen mussten, um ihrem Volk das Überleben zu sichern.

In Fynrads Hain waren die Häuptlinge zusammengetroffen und hatten den Streit untereinander beigelegt. Mehr noch, sie hatten Galfyn, dessen Entschlossenheit und Überzeugungskraft sie nach all den Jahrzehnten vereint hatte, zu ihrem Anführer gewählt – eine Verantwortung, die der Häuptling des Falkenclans trotz seiner Jugend ohne Zögern auf sich genommen hatte.

Noch immer schimmerten die Tränen der Trauer in seinen Augen, noch immer schrie sein Herz nach Rache – und noch immer war er nicht bereit, den mäßigenden Worten des alten Herras Gehör zu schenken, seines väterlichen Schwertmeisters und Freundes.

Die Augen zu schmalen Schlitzen verengt, die in der eisigen Kälte zu gefrieren drohten, ließ Galfyn seinen Blick über das Umland schweifen, und was er sah, erfüllte ihn mit grimmiger Zuversicht.

Krieger des Waldvolks – nicht nur ein paar Dutzend oder einige Hundert, sondern Tausende!

Der Ruf von Fynrads Flamme war bis in die letzten Winkel des Dunkelwalds gedrungen, und von überallher waren die Krieger der verschiedenen Stämme zusammengeströmt, um sich zum größten Heer des Waldvolks seit dem letzten Krieg zu vereinen. Nach Stämmen geordnet hatten sie den Dunkelwald nördlich des Rieds verlassen, hatten die Überreste des alten Grenzwalls überwunden und waren nach Südwesten marschiert, den Furten des Allair entgegen.

Es war keine geordnete Kolonne, auf die Galfyn von seinem hohen Posten aus blickte, kein Heer, das im Gleichschritt marschierte, wie die Soldaten Iónadors es taten, sondern eine Zusammenrottung kriegerischer Horden, deren Kampfkraft den Feind jedoch das Fürchten lehren würde. Über das Heulen des Windes hinweg konnte Galfyn den Schlag der Kriegstrommeln hören und den dumpfen Klang der Hörner. Er sah Waffen im fahlen Tageslicht blitzen und die blaue Farbe in den Gesichtern der zum Äußersten entschlossenen Kämpfer.

Vierhundert Bogenschützen hatten allein die Schlangenkrieger aufgeboten, die Angehörigen des Wolfsclans weitere zweihundert. Hinzu kamen über dreihundert Speerwerfer des Eberstamms, die unter dem Banner Eriaks marschierten, und mehr als zwölfhundert Mann Fußvolk, die sich zusammensetzten aus Galfyns Falkenkriegern, aus den Kämpfern des Fuchsclans, den mit Äxten bewehrten Kriegern des Biberstamms und den Schwertkämpfern des Hirschclans, die schon von Weitem an ihren Geweihhelmen zu erkennen waren. Und mehr als zweihundert Bärenkrieger würden mit ihrer rohen Kraft das gegnerische Heer zusätzlich in Angst und Schrecken versetzen.

Schon waren sie weit ins Feindesland vorgedrungen, ohne auf Widerstand gestoßen zu sein. Die Gehöfte entlang der Grenze waren entweder verlassen oder nur von Alten, Frauen und Kindern bewohnt, denn die Männer waren von Iónador zum Waffendienst verpflichtet worden und hatten ihre Familien verlassen.

In seinem Schmerz hatte Galfyn sie zunächst alle töten lassen wollen, um Gleiches mit Gleichem zu vergelten. Herras jedoch hatte ihm klar gemacht, dass er dann nicht besser wäre als jene, die er zu bestrafen gedachte. Also hatte er sich damit begnügt, ihre Ställe und Vorratskammern zu plündern und ihnen die Dächer über den Köpfen anzuzünden. Angesichts des bitteren Winters, der bevorstand, hatten sie so zwar nur eine geringe Chance, am Leben zu bleiben, aber es war ungleich mehr, als man den Alten und Frauen des Falkenclans zugestanden hatte …

Dunkle Rauchsäulen waren nordöstlich im Schneegestöber auszumachen. Sie markierten den Weg, den die Streitmacht des Waldvolks genommen hatte, und Galfyn war sicher, dass man sie bis weit nach Süden sehen konnte. Dass die Herren der Goldenen Stadt dadurch gewarnt wurden, machte ihm nichts aus. Im Gegenteil, er begrüßte es sogar. Sollten der Fürstregent und seine feige Brut ruhig wissen, dass sie kamen – und vor ihnen zittern.

Galfyn brannte darauf, sich zu rächen und den Iónadorern heimzuzahlen, was sie seinem Stamm und seiner Familie angetan hatten – und vielleicht würde ihm gelingen, was seinen Vorfahren versagt gewesen war, nämlich die Fürsten der Goldenen Stadt in die Knie zu zwingen und ihre Vorherrschaft zu brechen. Anders als seine Ahnen würde Galfyn die Entscheidung jedoch nicht im Süden suchen. Er würde nicht den Fehler begehen, Iónador direkt anzugreifen, denn an den trutzigen Mauern waren die Krieger des Waldvolks schon einmal gescheitert. Sein Plan sah vor, den Feind zu den Furten des Allair zu locken, um sich ihm dort zum Kampf zu stellen …

Während die übrigen Häuptlinge diesem Vorhaben begeistert zugestimmt hatten, hatte ein anderer kein Hehl daraus gemacht, dass er weder den Schlachtplan noch den Feldzug selbst befürwortete.

Herras.

Ausgerechnet Galfyns in all den Jahren getreuer Schwertmeister hatte schwerwiegende Bedenken den Ausgang der Schlacht betreffend, und auch in diesem Moment schien ihm nicht zu behagen, was er sah. Zusammen mit Galfyn stand er auf der schmalen Plattform und ließ immer wieder ein mürrisches Knurren vernehmen.

»Bist du noch immer nicht überzeugt?«, fragte Galfyn, den die Vorsicht seines Beraters wütend machte. »Sieh dir diese Streitmacht an, Herras! Nie hat es seit den Tagen Fynrads ein größeres Heer gegeben.«

»Das ist wahr«, gab der alte Krieger zu, »und niemals stand seit den Tagen Fynrads mehr auf dem Spiel.«

»Dafür kann ich nichts«, stellte Galfyn klar. »Ich war es nicht, der das Waldvolk herausgefordert und wehrlose Frauen und Kinder dahingemordet hat. An allem, was geschieht, trägt nur Iónador die Schuld. Uns zu verteidigen ist unser gutes Recht.«

»Dennoch hättest du zunächst eine Gesandtschaft in die Goldene Stadt schicken sollen.«

»Wozu? Um einen Krieg zu erklären, den man uns durch feigen Mord längst selbst erklärt hat? Nein, mein alter Freund. Die Fürsten haben uns bereits wissen lassen, welche Absichten sie verfolgen – und wir werden entsprechend antworten.«

»Aber es ergibt keinen Sinn. Weshalb sollte Iónador ohne

jeden Grund angreifen? Und warum ausgerechnet uns, den Falkenclan? Die Siedlungen anderer Stämme liegen wesentlich näher an der Grenze …«

»Ich weiß es nicht«, gab Galfyn zu. »Vielleicht war es ja das Schicksal, das mich dazu bestimmt hat, das Waldvolk zu einen und zum Sieg zu …« Er unterbrach sich, als er den missbilligenden Ausdruck im Gesicht seines Beraters bemerkte. »Was ist mit dir, Herras? Gefällt dir nicht, was ich sage?«

»Anfangs war es nur Rachsucht, die aus dir sprach. Inzwischen ist auch Hochmut hinzugekommen. Beides sind schlechte Ratgeber, Galfyn.«

»Du unterstellst mir Hochmut? Mein einziges Anliegen ist es, das Überleben unseres Volkes zu sichern. Iónador will unsere Vernichtung, Herras. Die Fürsten hassen uns. Sie halten uns für Barbaren und trachten danach, unsere Wälder zu roden, um noch mehr Städte und Festungen zu bauen. Was ist falsch daran, sich gegen einen heuchlerischen Feind zu verteidigen?«

»Nichts«, gestand der Schwertmeister ein, »wenn es so ist, wie du sagst. Mich jedoch plagen noch immer Zweifel. Ich spüre es in meinen alten Knochen …«

»Das wird wohl an der Kälte liegen«, gab Galfyn geringschätzig zurück, »denn *ich* habe keine Zweifel. Wir werden den Feind bezwingen und den Sieg davontragen, das steht fest!«

»Nur Narren sprechen so«, konterte Herras leise.

»Du nennst mich einen Narren?«

»Du vertraust zu sehr auf deinen Plan, mein Junge, dabei droht er schon jetzt zu scheitern.«

»Inwiefern?«

»Du willst auf die Streitmacht Iónadors warten, aber das Wetter durchkreuzt dein Vorhaben. Tagsüber schneit es ohne Unterlass, und bei Nacht ist es so kalt, dass alles Leben erstarrt. Wenn der Feind nicht bald kommt, werden wir jämmerlich erfroren sein, noch ehe die Schlacht beginnt.«

»Er wird kommen«, entgegnete Galfyn, auf die Rauchsäulen im Nordosten deutend. »Die Signale, die wir ihm schicken, sind deutlich genug.«

»Selbst wenn – wo wird er den Fluss überqueren?«, fragte Herras. »Dein Plan sieht vor, die Iónadorer an den Furten des Allair zu stellen, aber das feindliche Heer bedarf keiner Furten mehr, um über den Fluss zu gelangen. Sieh ihn dir an, Galfyn. Eis hat den Allair erstarren lassen, das schon bald fest genug sein wird, um ein ganzes Heer zu tragen. Solange ich zurückdenken kann, hat es so etwas noch nie gegeben. Wenn die Flüsse gefrieren, ist die Welt im Umbruch – es ist ein sicheres Zeichen!«

»Ja, die Welt befindet sich im Umbruch«, stimmte Galfyn zu, »allerdings zu unseren Gunsten. Ich bin nicht blind, Herras. Ich habe die Zeichen ebenfalls gesehen, aber ich bin überzeugt davon, dass sie uns den Sieg verheißen.« Er wandte sich Herras direkt zu, bevor er eindringlich sprach: »Ich verlange nicht, dass du all meine Ansichten teilst, aber als Schwertmeister erwarte ich Loyalität von dir. Wie lange wird es sonst dauern, bis es Gerede gibt unter den Stämmen? Man wird sich fragen, wie ein Mann, der nicht einmal seinen engsten Vertrauten überzeugen kann, ein ganzes Heer führen will, und früher oder später wird man meine Absetzung fordern. Ist es das, was du willst, Herras?«

»Nein, Galfyn«, kam es ohne Zögern zurück.

»Dann schweig und tu, was ich von dir verlange!«

»Wie du willst, Galfyn.« Herras nickte.

Es war dem alten Krieger anzusehen, dass er längst nicht überzeugt war. Mehr noch, er war tief verletzt darüber, wie sein Schützling mit ihm verfuhr. Aber Galfyn war nicht nur sein Häuptling, sondern auch zum Heerführer ernannt worden, und Herras war seinem Befehl unterstellt. Und bei allen Bedenken, die ihn plagten, war er seinem Stamm und inzwischen auch dem ganzen Waldvolk treu ergeben.

»Die Fürsten wollen unsere Vernichtung«, sagte Galfyn mit fiebrigem Glanz in den Augen, »aber es ist ihr eigener Untergang, den sie heraufbeschworen haben.«

»Ich hoffe, du hast recht«, erwiderte der alte Schwertmeister leise. »Ich hoffe sehr, du hast recht …«

Schweigen.

Abgrundtiefes Schweigen.

Wie eine dunkle mondlose Nacht hatte es sich über die Gefährten gebreitet, nachdem sie von den Geschehnissen in der Drachenhöhle erfahren hatten, und dieses Schweigen begleitete sie bei jedem Schritt.

Voller Unglauben hatten sie dem Bericht Yvolars gelauscht, und ihre Verzweiflung war immer größer geworden, je mehr sie gehört hatten. Keiner von ihnen wusste etwas zu sagen, nachdem sie von Fyrhacks Weigerung erfahren hatten, den Sterblichen seine Hilfe zuteil werden zu lassen. Leffel Gilg war zu entsetzt, um auch nur einen klaren Gedanken zu fassen, geschweige denn, ihn in Worte zu kleiden. Walkar der Bärengänger brummte düster vor sich hin, während Urys in Kopfschütteln verfallen war und leise in seinen Bart murmelte. Sogar Mux dem Kobling war das Reimen vergangen.

Nicht nur die betrübliche Nachricht, dass Fyrhack den Sterblichen seine Unterstützung versagte, verstörte die Gefährten zutiefst, sondern vor allem, dass Yvolar der Druide, in den sie all ihre Hoffnung und ihren Glauben gesetzt hatten, sie so schwer enttäuscht hatte. Eine Welt war für die meisten zusammengebrochen – nur für einen nicht: Alphart, der seine Meinung über Druiden und magische Wesen im Allgemeinen bestätigt sah.

In Wirklichkeit hatte der Jäger nie recht an Yvolars Prophezeiungen geglaubt. Dass er ihm dennoch gefolgt war, konnte er selbst nicht verstehen. Wie töricht es doch war, seine Hoffnungen an Fabeltiere zu knüpfen, an Drachen und anderes magisches Geschmeiß, das mit der Welt und den Nöten der Sterblichen ja doch nichts zu tun haben wollte. Ein Wildfänger verließ sich nicht auf überirdische Wesen, auf Zauberei und Hokuspokus, sondern allein auf seinen Mut, auf seine Axt und einen Köcher voller Pfeile. Alphart schalt sich einen Narren, dass er diesen alten Grundsatz kurzzeitig vergessen hatte.

Hatte er wirklich geglaubt, mit Hilfe eines Druiden und eines Gnomen zu seiner Rache zu kommen? Dass ein Greis, der in einer alten Ruine ein Leben als Einsiedler fristete, tatsächlich wusste, wie die Welt zu retten war? Nein, Alphart war kaum überrascht über den Ausgang der Mission, und anstatt wie die anderen Trübsal zu blasen, fasste er für sich den Entschluss, den Kampf gegen das Eis und die Erle auf eigene Faust fortzusetzen.

»Heda, alter Mann!«, rief er in der Kolonne nach vorn. Wieder hatte er die Nachhut übernommen und war den anderen missmutig hinterhergestapft. Ein schmales Tal lag vor ihnen, dessen bewaldete Hänge tief verschneit waren. Ein Wildbach schlängelte sich durch das Tal, doch war er bereits völlig eingefroren und vereist. Die Welt erstarrte mit jedem Augenblick mehr.

»Sprichst du mit mir?« Yvolar, der vorausging, war stehen geblieben und wandte sich um. Sein Blick verriet Ernüchterung, das Feuer der Jugend war aus seinen Augen gewichen. Er schien um Jahre, wenn nicht Jahrzehnte gealtert.

»Allerdings«, bestätigte Alphart missmutig. »Ich würde gern wissen, wohin wir eigentlich gehen.«

»Zurück nach Glondwarac«, erklärte der Druide.

»Nach Glondwarac?«, echote Alphart. »Was wollen wir in Glondwarac?«

»Dort sind wir zunächst vor Muortis' Horden sicher«, antwortete Yvolar ohne jede Leidenschaft. »Nun, da das Eis immer weiter vordringt, wird es hier schon bald vor Erlen und Trollen wimmeln.«

»Sollen wir uns feige vor ihnen verstecken?«, fragte Alphart barsch. »Ich verkrieche mich nicht vor dem Feind – ich will kämpfen!«

»Du magst das für Tapferkeit halten, ich nenne es Dummheit«, entgegnete der Druide niedergeschlagen. »Wir wollen uns nicht verkriechen, Wildfänger, sondern werden in Alwys' Festung zurückzukehren, um dort zu beraten, was wir noch tun können.«

»Eine kluge Entscheidung«, meinte Urys. »In Glondwarac sind wir durch den Zeitzauber geschützt.«

»Vielleicht«, knurrte Alphart, »aber meine Geduld ist erschöpft. Ich will etwas unternehmen und habe keine Lust, mich mit Gnomen zu beraten …«

»Zwergen«, verbesserte Urys beleidigt.

»… und hochtrabende Pläne zu fassen, nur um am Ende festzustellen, dass ich einem weiteren Hirngespinst nachgejagt bin«, fuhr der Jäger unbeirrt fort. »Ich habe dir vertraut, alter Mann, doch du hast uns alle enttäuscht. Ja, bitterlich enttäuscht hast du uns!«

Die Blicke der übrigen Gefährten richteten sich zuerst auf Alphart, dann auf den Druiden. Obwohl alle ähnlich dachten, hätte keiner von ihnen es gewagt, Yvolar diese Wahrheit so rüde ins Gesicht zu sagen.

Der Druide stand unbewegt. Wenn Alpharts Worte ihn trafen, so ließ er es sich nicht anmerken. »Ich weiß, dass ich euch enttäuscht habe, Freunde«, erklärte er leise, »und ich bedaure es sehr.«

»Du bedauerst es also!«, rief Alphart. »Schön für dich, alter Mann. Dafür also haben wir unsere Heimat verlassen und uns dir angeschlossen – damit wir hier in dieser von allen guten Geistern verlassenen Gegend stehen und du uns Mitleid heuchelst!«

»Ich heuchle nicht, Wildfänger. Mein Bedauern ist echt.«

»Ob echt oder nicht, es bringt uns keinen verdammten Schritt weiter! Dein großartiger Plan war ein derber Reinfall. Nichts weiter als das Geschwätz eines alten Mannes, das uns unnötig Zeit und Kraft gekostet hat. Oder gibt es noch einen zweiten Plan? Etwas, von dem du uns nichts erzählt hast?«

»Nein«, gestand Yvolar und schüttelte den Kopf. »Fyrhack war unsere letzte und einzige Hoffnung. Wenn er uns nicht helfen will …«

»… dann kann er mich mal!«, sagte Alphart hart. »Unsere Mission ist gescheitert, alter Mann, also fühle ich mich auch nicht länger an das Versprechen gebunden, das ich gab.«

»Was willst du tun?«, fragte Yvolar.

»Was wohl? Ich sage mich los von diesem Bund aus Gnomen, reimenden Butzemännern und alten Schwätzern und kehre zurück nach Allagáin, um gegen die Erle zu kämpfen. Einen Drachen mag ich nicht hinter mir wissen, und mein Kampf wird vielleicht auch nicht von langer Dauer sein, aber einige von diesen verfluchten Kreaturen werde ich mit meiner Axt und meinen Pfeilen noch ins Jenseits befördern, ehe es mich erwischt. Das ist noch immer besser, als zurückzugehen zu König Alwys und sich unter den Gnomen zu verkriechen!«

Grimmig blickte Alphart in die Runde – und bekam von unerwarteter Seite Zuspruch.

»Wohl gesprochen«, sagte Walkar, dessen grimmige Züge nicht weniger entschlossen wirkten als die des Jägers. »Diese Berge sind mein Revier, und ich werde sie verteidigen!«

»Ihr werdet sterben«, prophezeite Yvolar, »alle beide – und Muortis wird dennoch triumphieren.«

»Vielleicht, alter Mann«, entgegnete Alphart trotzig,

»aber bis dahin werden wir noch einige Schädel spalten und feiste Erlwänste mit Pfeilen spicken. Bislang habe ich geschwiegen und mich nach deinen Regeln gerichtet, auch wenn mir von Anfang an klar war, dass es nichts bringt, einen Drachen um Hilfe zu bitten. Aber die Dinge haben sich geändert. Auf das Schuppenviech ist kein Verlass, wie sich gezeigt hat – und nun werde ich tun, was ich tun muss.«

»Ich auch«, ließ sich Erwyn leise vernehmen.

Alphart war sich sicher, dass er sich verhört hatte. »Was?«

»Ich komme mit dir, wenn du erlaubst«, erklärte der Junge zu aller Überraschung und trat auf Alpharts Seite. »Auch wenn unsere Mission erfolglos war, verspüre ich kein Verlangen, nach Glondwarac zurückzukehren. Dort bin ich ein Niemand. Hier draußen hingegen …«

»Edles Blut fließt in deinen Adern«, gestand Yvolar ein, »aber du würdest es für nichts und wieder nichts vergießen. Du bist noch jung und unerfahren. Die Erle werden dich töten.«

»Dann töten sie mich eben«, entgegnete Erwyn hitzig, und ein Lächeln, das Stolz und Anerkennung verriet, huschte dabei über Alpharts Züge.

»Ich sehe«, meinte Yvolar leise und nicht ohne Resignation, »du hast deinen Lehrer gefunden.«

»Wenn Erwyn geht, so gehe auch ich«, schloss sich Urys den Revoltierern an. »Mein Leben lang habe ich auf ihn aufgepasst – ich gedenke nicht, ihn ausgerechnet jetzt allein zu lassen.«

»Gut gesprochen.« Alphart nickte – doch dann verbesserte er sich schnell: »Ich meine, für einen Zwerg.«

Da meldete sich Mux der Kobling zu Wort und sagte: »Auch ich will nicht im Zwergenreich verschnaufen, sondern mich mit Erlen raufen!«

»Du willst kämpfen?«, fragte Alphart verblüfft, und Walkar lachte dröhnend auf.

Mux zuckte mit den schmalen Schultern. »Ich versprach, euch vor Gefahr zu warnen, doch von der ist in Glondwarac nichts zu erahnen. Drum bleib ich treu an eurer Seite und ziehe mit euch in die Weite.« Mit dem Kopf wies er auf Yvolar. »Ein Druide ist der alte Mann, dem so leicht nichts passieren kann. Will ihm ein Troll die Knochen brechen, kann er ja ’nen Zauber sprechen.«

Yvolar seufzte erneut. Er konnte über die Reime des Koblings nicht einmal mehr schmunzeln. »Was ist mir dir, Leffel?«, wandte er sich an den Gilg. »Willst du auch mit diesen Unentwegten gehen? Kannst auch du es nicht erwarten, dein Leben ohne Plan und Ziel wegzuwerfen?«

»I-ich weiß nicht, ehrwürdiger Druide.« Die Blicke des Gilg pendelten unruhig zwischen Yvolar und den anderen hin und her. »Ich meine, ich glaube noch immer an Euch, und ich will gewiss nicht eher sterben, als es sein muss ... Aber Allagáin ist meine Heimat, und ich weiß nicht, was ich in Glondwarac ...« Die Stimme versagte ihm.

»Ich verstehe.« Yvolar ließ sich mit einem Seufzer auf einen Felsen sinken, ungeachtet des Schnees, der den Stein bedeckte. »Fyrhack hatte wohl recht: Unsere Zeit ist unwiderruflich zu Ende.«

»Hör auf dich zu grämen, man muss sich ja schämen!«, beschwerte sich Mux – und dann zuckte er merklich zusammen und reimte weiter: »Spitz lieber deine großen Ohren! Hörst du es auch, dies ferne Rumoren?«

»Was meinst du?«, fragte der Druide verwirrt.

»Es dringt aus dunkler Erdentiefe, als ob das Grundmeer nach uns riefe!« Ängstlich trat der Kobling zurück und murmelte: »Das Rumoren wird zu einem Grollen, als wollt’s uns alle überrollen!«

Yvolar hob alarmiert den Kopf – und tatsächlich konnte sein altes, aber noch immer feines Gehör nun etwas vernehmen. Ein Laut, der tatsächlich aus der Tiefe zu kommen schien und sich mit jedem Augenblick verstärkte. Im nächsten Moment konnten es auch die übrigen Gefährten hören, und der Boden unter ihren Füßen erzitterte leicht.

»Potztausend!«, stieß Alphart hervor. »Was hat das zu bedeuten?«

»Das kommt von dem Wildbach dort!«, rief Leffel und deutete zu dem vereisten Wasserlauf hin. »Seht nur!«

In diesem Augenblick geschah etwas Unbegreifliches.

Eine Welle toste durch den Bach, so groß und mächtig, dass sie das Eis sprengte. Glitzernde Kristalle flogen nach allen Seiten und prasselten in den Schnee, Firn stob auf und bildete einen Nebel. Und inmitten der rätselhaften Woge gewahrten die Gefährten ein geheimnisvolles blaues Leuchten. Alphart erkannte es sofort wieder, denn er hatte es schon einmal gesehen – damals, in jener Nacht am Nymphensee …

Yvolar schien genau zu wissen, was es mit diesem Leuchten auf sich hatte, denn er sprang auf und eilte zu dem Bach, wo die Welle jäh verebbte und sich aus Firnstaub und flirrendem Eiskristall die schlanke Gestalt einer jungen Frau schälte.

»Oooh«, entfuhr es dem Gilg voller Staunen.

Es war genau wie in Alpharts angeblichem Traum – mit dem Unterschied, dass sich der Jäger diesmal sicher war, dass tatsächlich geschah, was er sah. Die Gestalt wirkte filigran und zerbrechlich, als wäre sie aus Glas, und wie in jener Nacht am See trug sie auf ihrer schillernden Haut nichts als langes weißes Haar, das sie wie ein Schleier umwallte.

Eine Salige …

Ihre Schönheit war so unirdisch und zugleich so betörend, dass die Gefährten von ihrem Anblick wie verzaubert waren. Einzig Yvolar bewahrte kühlen Kopf. Seinen Druidenstab hatte er in den Schnee gerammt und zurückgelassen, und mit weit ausgebreiteten Armen trat er ans Ufer, wo ihn die Wildfrau herzlich willkommen hieß.

»Ich grüße dich, Yvolar«, sagte sie mit einer Stimme, die klar war wie ein Sommermorgen und die Kälte des Winters zu vertreiben schien. »Viel hat sich ereignet seit unserer letzten Begegnung.«

»Viel hat sich ereignet, in der Tat«, bestätigte der Druide, »und nicht alles davon zu unseren Gunsten.«

»Wir wissen, was geschehen ist«, versicherte die Salige. »Die Welt ist in Aufruhr, und das Grundmeer, das unsere Zuflucht ist und der Ursprung allen Lebens, droht zu vereisen. Muortis ist zurückgekehrt und mit ihm die zerstörerische Macht von Urgulroth.«

»Ich weiß«, sagte Yvolar. »Ein Eisdrache steht in seinen Diensten und vergiftet die Welt. Wir hatten gehofft, ihn mit Drachenfeuer bekämpfen zu können, aber diese Hoffnung hat sich zerschlagen. Allein sind wir und verzweifelt, denn unsere Mission ist gescheitert.«

»Glaube dies nicht, Druide«, erwiderte die Salige. »Häufig findet sich Hoffnung dort, wo man es am wenigsten erwartet.«

»Was willst du damit sagen?«

»Damit will ich sagen, dass ihr den rechten Weg beschritten habt. Den Drachen um Hilfe zu bitten, war klug und weise. Jedoch gibt es noch eine andere Möglichkeit, Muortis' Macht zu brechen.«

»Das ist wahr!«, schrie Alphart zum Ufer. »Mit tapferem Herzen und blankem Stahl.«

»Ein tapferes Herz vermag manches auszurichten, Wildfänger«, räumte die Salige ein, »wenngleich es mir in deinem Fall mehr Bitterkeit denn Tapferkeit zu sein scheint, die dich erfüllt.«

Alphart war so bestürzt darüber, dass die Wildfrau ihn

offenbar kannte und auch durchschaute, dass er nicht widersprach. Stattdessen erinnerte er sich an das, was Yvolar ihm über die Saligen erzählt hatte – dass sie so alt wären wie die Welt, älter noch als die Drachen und weiser als die Sylfen …

»Noch gibt es Hoffnung, den Herren der Nebel zu besiegen«, fuhr die Salige unbeirrt fort, »auch wenn sie nur zart ist und verschwindend gering im Vergleich zur Urgewalt des Eises.«

»Worin besteht sie?«, fragte Yvolar. »Weise Wildfrau, ich bitte dich, sie uns zu nennen. Eine schwache Hoffnung ist immer noch besser als keine.«

»Keine Hoffnung gäbe es, flösse nicht in einem von euch das Blut Ventars«, erklärte die Salige. »Dieser eine trägt die Kraft in sich, das Eis zu vertreiben und Muortis' Bann zu brechen. Allerdings bedarf er dazu eines Gegenstands, der verloren ging vor langer Zeit …«

»Von welchem Gegenstand sprichst du?«

»Ich spreche vom *Korin Nifol*, vom Nebelhorn des Sylfen«, antwortete die Wildfrau mit ihrer sanften, singenden Stimme, »von dem Instrument, das geblasen wurde an jenem schicksalhaften Tag, an dem die Heere des Lichts und der Finsternis zur entscheidenden Schlacht aufeinandertrafen. Die Berge erzitterten, als sich Feuer und Eis gegenseitig bekämpften, und schließlich drohte das Eis zu obsiegen. In der Stunde der größten Verzweiflung jedoch stieß Danaón, Sohn des Sylfenkönigs Vanis, in das Horn, das sein Vater ihm mit auf den Weg gegeben hatte, und noch einmal erhob sich sein Heer zum Sturm gegen Eis und Tod. Heldenmut und Drachenfeuer trieben Muortis' Horden zurück in die finsteren Gründe, denen sie entstiegen waren – der Klang des magischen Horns jedoch war es, der das Eis bersten ließ und die Wende herbeiführte in jenem alles entscheidenden Kampf.«

»Aber das Horn ging verloren«, wandte Yvolar ein.

»Ja und nein«, antwortete die Salige ausweichend. »Als Danaón und viele andere Helden der alten Zeit in dieser letzten Schlacht fielen, blieb das Horn auf dem Gipfel jenes Berges zurück, der seither nach ihm benannt ist. Wer es findet und in seinen Besitz bringt, kann das Böse besiegen – jedoch ist nur ein wahrer Erbe von Vanis' Stamm dazu fähig, dem Nebelhorn auch nur einen einzigen Ton zu entlocken.«

»Verdammt, was für ein Horn?«, rief Alphart unwirsch dazwischen. »Zuerst sollen wir nach einem Drachen suchen und nun nach einem verdammten Horn. Was wird man als Nächstes von uns verlangen?«

»Schweig still, Unwissender!«, fuhr Yvolar ihm in seltener Strenge über den Mund, sodass der Wildfänger tatsächlich verstummte. Auch die Salige wandte sich Alphart zu, und der Jäger hatte das Gefühl, dass der Blick ihrer grünen, an ein Wassertier gemahnenden Augen bis auf den Grund seiner Seele reichte.

»Enttäuschung spricht aus deinen Worten, mein Freund«, stellte sie fest, »und das ist verständlich, denn vergeblich scheint deine bisherige Suche gewesen zu sein nach Erfüllung und Erlösung ...«

»Erfüllung suche ich nicht, Wildfrau«, widersprach Alphart, »ebenso wenig wie Erlösung. Alles, was ich will, ist Rache.«

»Das ist die Antwort aus deinem Mund – dein Herz jedoch spricht eine andere Sprache, wie du sehr wohl weißt. Der Verlust deines Bruders nagt schwer an dir, und natürlich könntest du nach Norden gehen und ein paar Erle erschlagen, ehe du selbst getötet würdest – doch das Böse, das hinter alldem steht und das letztlich auch für Bannharts Tod verantwortlich ist, würde es wohl nicht einmal zur Kenntnis nehmen. Begibst du dich jedoch auf die Suche nach dem

Sylfenhorn, so magst du am Ende nicht nur den Sieg davontragen, sondern auch Frieden finden und den Gleichklang deiner Seele.«

Alphart stand da wie vom Donner gerührt. Er fragte sich nicht erst, woher die Salige von Bannhart wissen konnte – viel stärker setzte ihm zu, dass sie im Grunde recht hatte.

Wenn der Bund der Gefährten zerfiel, würde er wieder allein sein, ein einsamer Streiter, der von Rache getrieben wurde – und obwohl dies zu einem echten Wildfänger durchaus gepasst hätte, ertappte er sich dabei, dass ihm der Gedanke missfiel. Er hatte sich daran gewöhnt, Kameraden zu haben, die ihm Gesellschaft waren und im Kampf beistanden – auch wenn dies wohl die eigenartigsten Gefährten waren, die sich ein Mann wie er vorstellen konnte.

Es widerstrebte ihm, es sich einzugestehen, aber einige seiner Begleiter – vor allem der Gilg und der grüne Junge – waren ihm tatsächlich ans Herz gewachsen. Und er schämte sich fast vor sich selbst, dass ihm der Gedanke gefiel, im Dienst einer höheren Sache zu kämpfen. Bisher hatte er stets für sich allein gestanden, von seinem Bruder Bannhart einmal abgesehen. Wenn er allerdings bei diesem seltsamen Trupp blieb und bei der Suche nach dem Nebelhorn half, diente er einem höheren Ideal – und seltsamerweise hatte er das dumpfe Gefühl, dass es das war, wozu Bannhart ihm geraten hätte …

»Also schön«, knurrte er schließlich in seinen Bart, »es soll an mir nicht liegen. Wenn der Stocker und der Grünschnabel das Horn unbedingt suchen wollen, werde ich sie begleiten.«

»Ich weiß, Wildfänger«, erwiderte die Salige, und zum ersten Mal legte sich ein Lächeln auf ihre zugleich anmutigen und fremdartigen Züge. »Ich habe nichts anderes erwartet.«

Alphart hatte das Gefühl, aus einem Traum zu erwachen.

Jäh wurde ihm bewusst, dass die anderen den Wortwechsel mitgehört hatten und nun also seine geheimen Gedanken kannten. Wie der Wildfänger jedoch zu seiner Verwunderung feststellte, schien sich keiner für ihn zu interessieren.

Seine Gefährten standen so reglos wie er selbst und hatten den Blick zum Ufer gerichtet, einen verklärten Ausdruck in den Gesichtern – und Alphart begriff: Die Unterhaltung mit der Salige hatte nur in seinen Gedanken stattgefunden. Auf eine Weise, über die der Jäger gar nicht weiter nachdenken mochte, hatte die Wildfrau lautlos zu ihm gesprochen – während sie gleichzeitig auch mit all seinen Gefährten geredet haben musste, denn genau wie Alphart kam einer nach dem anderen zu dem Schluss, dass er die Mission fortsetzen und die Suche nach Danaóns Horn auf sich nehmen wollte.

Zuerst Leffel Gilg, nach ihm Walkar der Bärengänger, dann Urys der Zwerg und schließlich auch Mux, der voller Verzückung reimte: »Was du da sagst, du holdes Weib, klingt für mich doch recht gescheit. Zumindest ist's ein Hoffnungsschimmer, alles andre wäre schlimmer!«

Erwyn schien die meiste Überredung zu brauchen. Als auch er wieder zu sich kam, war Ernüchterung in seinen Zügen zu lesen, und er sagte kein Wort, nickte aber und gab damit seine Zustimmung bekannt.

»Ihr alle«, rief die Salige ihnen zu, »habt eure Entscheidung getroffen, und ich weiß, dass sie euch nicht leichtgefallen ist. Doch wenn ihr auf euren Mut vertraut, auf eure Freundschaft und auf die Kraft der Mythen, besteht noch immer Hoffnung für Allagáin – und damit für die ganze Welt.«

»Wir danken dir für deine Hilfe«, erklärte Yvolar. »Aber sage uns, wo das Sylfenhorn zu finden ist.«

»Verloren ging es vor langer Zeit in den Wirren der Schlacht auf dem Gipfel des Berges. Dort liegt es noch heute, verborgen unter ewigem Eis. Mit jedem Augenblick, der verstreicht, wachsen die Gletscher, unter denen Muortis die Welt begraben will, deshalb brecht rasch auf und verliert keine Zeit.«

»Auf dem Gipfel des Berges«, echote Leffel ehrfürchtig.

»Unter ewigem Eis«, fügte Erwyn hinzu.

»Die höchste Spitze müsst ihr erklimmen. Hütet euch vor den Gefahren, die dort lauern, aber säumt nicht auf eurem Weg, denn die Zeit drängt. Nicht nur das Eis bedroht die Welt der Sterblichen, sondern auch innere Zwietracht.«

»Was bedeutet das?«, wollte Yvolar wissen.

»Das Land ist in Unruhe«, antwortete ihm die Wildfrau, »und die Saat des Verrats, vor langer Zeit gesät, geht auf. Findet das Horn und haltet den Vormarsch des Bösen auf – oder eure und unsere Welt wird untergehen.«

Kaum hatte die Salige das letzte Wort gesprochen, hüllte sie auf einmal ein rätselhaftes Licht ein, sodass sie selbst nicht mehr zu sehen war. Es dauerte nur wenige Wimpernschläge, dann verblasste das Licht – und die Wildfrau war verschwunden.

Dafür zuckten plötzlich grelle Blitze über den Himmel. Die dichten grauen Wolken rissen auf, und jenseits der Schleier aus Nebel und Schnee wurden die Hänge jenes Berges sichtbar, auf dem die sagenumwobene Schlacht zwischen den Streitern des Lichts und der Finsternis gewütet hatte, damals, vor einem Zeitalter.

Der Korin Nifol.

Auf seinen grauen Gipfel mussten die Gefährten, wenn sie den Rat der Salige befolgen und nach Danaóns Horn suchen wollten – und obwohl ihre Aussichten, es tatsächlich zu finden, verschwindend gering waren und ihr Weg hinauf zum Berggipfel mühsam und gefährlich, stimmten sie schweigend darin überein, dass sie dieses riskante Abenteuer wagen wollten.

Der Druide, der Sylfe, der Zwerg, der Kobling, der Bärengänger, der Bauer und der Jäger.

»Worauf warten wir?«, knurrte Alphart mit grimmiger Entschlossenheit. »Es ist ein weiter Weg bis dort oben …«

48

Das Warten kam Rionna endlos vor.

Zwar war erst ein Tag verstrichen, seit sie Calma ausgesandt hatte, um Barand von Falkenstein die geheime Nachricht zu überbringen, dennoch – die Prinzessin war von Unruhe erfüllt.

Immer wieder trat sie ans Fenster und starrte hinaus, ließ ihren Blick über die von Schnee bedeckten Dächer der Stadt schweifen und über das Hügelland, das sich nach Norden hin erstreckte. Sehr weit konnte man nicht sehen, Schneegestöber und Nebel verhinderten dies. Aber irgendwo dort draußen vermutete Rionna ihre getreue Zofe und hoffte, dass diese Barand noch rechtzeitig erreichen würde.

Noch immer stand die Prinzessin unter dem Schock ihrer Entdeckung. Sie hatte gewusst, dass Klaigon ein Mann mit verschlossenem Herzen war, gleichgültig in Gefühlsdingen und hart gegen sich und andere. Aber sie hätte niemals geglaubt, dass sich als wahr erweisen würde, was zunächst Yvolar der Druide und später auch die getreue Calma vermutet hatten – dass der Fürstregent von Iónador gemeinsame Sache machte mit den Dienern des Bösen.

Wenn Rionna die Augen schloss, konnte sie ihn noch immer vor sich sehen, den blauhäutigen Eisriesen mit dem einen Auge und dem Horn auf der Stirn. Sie roch seinen Pestatem und spürte weiterhin seine verderbliche Gegenwart, und die Erinnerung reichte aus, um sie bis ins Mark erschaudern zu lassen.

Nie zuvor in ihrem Leben hatte sie etwas derart Furchteinflößendes gesehen und erlebt – dass sich ihr Onkel mit dieser Kreatur verbündet haben sollte, war ein so entsetzlicher Gedanke, dass Rionna ihn zunächst nicht hatte zulassen wollen. Aber es war die einzige Antwort, die Sinn machte: Klaigon, ihr Onkel und Fürstregent von Iónador, war ein Verräter …

Rionna zuckte zusammen, als ein energisches Klopfen gegen die Tür ihrer Kemenate sie aus ihren düsteren Gedanken riss.

»Ja?«, erkundigte sie sich halblaut.

»Ich bin es!«, vernahm sie eine raue Stimme, und Rionna erschrak bis ins Mark, denn es war die ihres Onkels.

Klaigon!

Was mochte er von ihr wollen? Seit der unheimlichen Begegnung im Turm war Rionna ihrem Onkel aus dem Weg gegangen. Weder war sie zu den Mahlzeiten erschienen, noch hatte sie sich während der Beratungen in der Großen Halle blicken lassen. Zum einen hätte sie den Anblick des Verräters nicht ertragen, zum anderen hatte sie befürchtet, sich durch ein unbedachtes Wort in Schwierigkeiten zu bringen.

»Wa-was kann ich für dich tun, Onkel?«, fragte Rionna, darum bemüht, möglichst ruhig zu klingen.

»Lass mich herein!«, kam die gedämpfte Antwort. »Ich habe mit dir zu sprechen.«

Am Klang seiner Stimme versuchte Rionna festzustellen, was er im Schilde führen mochte. Aber sie klang so barsch und abweisend wie immer; ein Unterschied war nicht festzustellen.

»Einen Augenblick«, sagte sie deshalb, trat gemessenen Schrittes zur Tür, die sie in ihrer Furcht verschlossen hatte, und öffnete sie.

»Wo ist deine Zofe?«, erkundigte sich Klaigon, ohne dass er zunächst eintrat. Der Herr von Iónador trug ein samtenes Gewand. Seine fleischigen Züge verrieten keine Regung.

Rionna gab sich unwissend. »Warum fragst du?«

»Weil es mich erstaunt, dass die Nichte des Fürstregenten selbst die Türen ihres Gemachs öffnen muss, wenn jemand Einlass begehrt«, antwortete Klaigon. »Ist es schon so weit gekommen?«

»Calma ist in meinem Auftrag unterwegs«, erwiderte Rionna und sagte dabei noch nicht einmal die Unwahrheit. »Sie erledigt einen Botengang für mich.«

»Einen Botengang – so so«, murrte Klaigon. »Willst du deinen Onkel nicht in dein Gemach bitten?«

»Natürlich.« Sie trat zur Seite und ließ ihn herein. »Wenngleich ich mich frage, was mir die Ehre deines Besuchs verschafft ...«

»Die Ehre meines Besuchs«, wiederholte er, während sie die Tür hinter ihm schloss. Erst jetzt bemerkte sie den tönernen Behälter, den er bei sich hatte und den er wie beiläufig auf den Tisch abstellte.

»Was ist das?«, fragte sie verwundert.

»Ein Geschenk.«

»Ein Geschenk?« Sie hob die Brauen. »Wie komme ich dazu?«

»Das fragst du dich, nicht wahr? Schließlich hast du dich in letzter Zeit wiederholt meinem Willen widersetzt und dich störrisch und uneinsichtig gezeigt – ich erinnere nur an deinen unerlaubten Ausbruch ...«

»Meinen Ausbruch, Onkel? Bin ich denn eine Gefangene?«

Klaigon schickte ihr einen durchdringenden Blick, der ihr eisige Schauer über den Rücken jagte. Dann huschte ein Lächeln über seine feisten Züge. »Ich bin froh, dass ich dich gut kenne, Nichte – denn sonst würde ich denken, du wolltest mich herausfordern.«

»Dich herausfordern, Onkel? Wie käme ich dazu?«

»Wie ich schon sagte – in letzter Zeit warst du wiederholt uneinsichtig und störrisch.«

»Aber Onkel, ich ...«

»Dennoch«, fiel Klaigon ihr ins Wort, »habe ich beschlossen, dir deine kleinen Eskapaden zu verzeihen, denn ich habe eingesehen, dass auch mein Handeln nicht ohne Fehl war. Ich habe dich bevormundet und wollte dich einem Mann zur Frau geben, den du nicht liebst – aber du musst mir glauben, dass sowohl das eine als auch das andere nur zu deinem Besten geschah.«

»Das ... glaube ich dir, Onkel«, erwiderte Rionna und konnte ihre Verblüffung nicht ganz verbergen. Der Klaigon, der da zu ihr sprach, schien ein anderer zu sein als jener, mit dem sie es nach ihrer Rückkehr aus Damasia zu tun gehabt hatte. Auf einmal zeigte sich Klaigon rücksichtsvoll und verständig – und das, obwohl er sich den Mächten des Bösen verschrieben hatte?

Rionna überkamen jähe Zweifel. Sollte sie sich geirrt haben? Den Eisriesen hatte sie tatsächlich gesehen – aber was, wenn sie aus dessen Anwesenheit im Turm die falschen Schlüsse gezogen hatte? Wenn Klaigon in Wahrheit gar kein Verräter war und ...?

»Ich hatte kein Recht, dich zwingen zu wollen, Nichte, das weiß ich jetzt«, fuhr der Fürstregent fort. »Darum möchte ich dich um Verzeihung bitten und dir von neuem meine Freundschaft anbieten.«

»Da-das wäre wunderbar, Onkel ...«

»Nicht wahr?« Er lächelte. »In jenem Behälter dort befindet sich ein Geschenk für dich. Es wird dir beweisen, wie ich in Wahrheit empfinde und wie sehr ich mir wünsche, dass sich zwischen uns alles ändert.«

»Ein Geschenk?« Ein wenig zögernd schaute Rionna zum Tisch. Mit vielem hatte sie gerechnet, aber ganz sicher nicht damit, dass Klaigon ihr ein Versöhnungsgeschenk bringen würde …

»Gewiss. Wirf nur einen Blick hinein, mein Kind.«

»Wenn du meinst …«

Zögerlich schritt Rionna auf den Tisch zu. Der Behälter, ein Tonkrug von zylindrischer Form, dessen Öffnung von einem darüber gebreiteten Stück Stoff abgedeckt wurde, war groß genug, um einen Kürbis aufzunehmen. Was, in aller Welt, wollte Klaigon ihr schenken, das diese Größe hatte?

Ein unsicherer Blick zu ihrem Onkel, der ihr ermutigend zunickte, dann hatte sie den Tisch erreicht. Rionna hatte Mühe, das Zittern ihrer Hand zu unterdrücken, als sie nach dem Stoff griff und ihn anhob.

Im nächsten Moment entfuhr ihr ein gellender Schrei, und sie prallte zurück und schlug die Hände vor den Mund, in namenlosem Entsetzen auf den Inhalt des Behälters starrend.

Es war das abgetrennte Haupt einer alten Frau.

Calma …

Der Ausdruck im totenbleichen Gesicht der Zofe verriet blanken Schrecken, Blut war überall. Und die gezackten Ränder verrieten, dass ihr das Haupt nicht etwa mit einer scharfen Klinge abgeschlagen, sondern mit Urgewalt von ihren Schultern gerissen worden war. Von jemandem, dessen Brutalität und rohe Körperkraft alle Vorstellung übertrafen.

Oder von *irgendetwas* …

»Onkel …«, hauchte Rionna, während ihr Tränen in die Augen traten und sie am ganzen Körper bebte vor Entsetzen.

»Und?«, fragte Klaigon genüsslich. »Gefällt dir das Geschenk?«

»Onkel«, wiederholte sie mit brüchiger Stimme. Es kostete sie alle Überwindung, sich von dem grässlichen Anblick loszureißen und Klaigon anzuschauen, mit dem eine Wandlung vor sich gegangen war.

Die Ausgeglichenheit und das geheuchelte Verständnis des Fürstregenten waren verschwunden. Abgrundtiefer Hass sprach aus seinen Zügen, und die Flamme des Wahnsinns loderte stärker denn je in seinen Augen, während ein irres Grinsen sein fleischiges Antlitz verzerrte.

»Was?«, blaffte er. »Willst du mir erzählen, dir gefiele nicht, was du siehst? Dabei bist du es, der die arme Calma dieses traurige Schicksal zu verdanken hat.« Er griff unter seinen samtenen Rock und zog ein Stück Pergament hervor, das er entrollte. Obwohl es eingerissen war und blutbesudelt, erkannte Rionna darin das Schreiben, das sie Calma mitgegeben hatte.

Die Nachricht an Barand von Falkenstein …

»Du weißt, was das ist?«, rief er kreischend.

Rionna nickte. Zu leugnen hatte keinen Zweck, dazu war der Inhalt des Schreibens zu eindeutig und ihre Handschrift zu leicht zu erkennen. Zudem war sie in ihrem Schockzustand nicht mehr in der Lage, eine Ausrede vorzubringen …

»An Barand von Falkenstein, Marschall von Iónador«, begann Klaigon vorzulesen, wobei er boshaft seine Stimme verstelle, um wie Rionna zu klingen. *»Ehrenwerter Barand, ich weiß, dass wir in der Vergangenheit nicht immer einer Meinung waren und dass wir mitunter verschiedene Ziele verfolgen. Dennoch bitte ich Euch, zu vergessen, was gewesen ist, zugunsten der Goldenen Stadt und des Landes, das unser aller Heimat ist und dem unsere Loyalität und unsere Liebe gehört …* – Die Worte sind hübsch gewählt, Nichte, das muss ich dir lassen«, unterbrach Klaigon seinen Vortrag spöttisch. »So viel Gemeinsinn hätte ich dir nicht zugetraut.«

Er lachte, als er sah, wie sie den Blick senkte, Tränen in den Augen. »Der überwiegende Teil des Briefes«, fuhr er höhnisch fort, »ist geistloses Geschwätz, wie es nur der kindliche Geist einer Frau formulieren kann. Aber diese Stelle hier gefällt mir besonders: *Aufgrund meiner zuvor geschilderten Beobachtungen bin ich zu der Überzeugung gelangt, dass Klaigon, mein Onkel und Fürstregent von Iónador, ein falsches Spiel treibt. Während er vor Volk und Rat den besorgten Landesvater mimt, hat er in Wahrheit ein Bündnis mit Mächten geschlossen, die den Untergang Iónadors anstreben. Welchem Zweck in diesem Zusammenhang der Krieg gegen das Waldvolk dienen mag, durchschaue ich nicht, aber ich weiß, dass Iónador Gefahr droht und dass seine Soldaten in der Goldenen Stadt dringender gebraucht werden als im Tal des Allair. Deshalb, mein guter Barand, ersuche ich Euch dringend, mit diesem Wissen, in dessen Besitz Ihr nun seid, Eure Loyalität, zu der Ihr Klaigon verpflichtet seid, gegen die abzuwägen, die Ihr Iónador schuldet. Ich weiß, es ist viel, was ich von Euch verlange, aber in dieser Stunde geht es um nicht mehr und nicht weniger als das Überleben unseres Volkes.* – Unterzeichnet ist der Wisch mit *R.*«, beendete Klaigon den Vortrag, dabei wieder in seine eigene Tonlage verfallend. »Du hast nicht zufällig eine Vorstellung, wer dies sein könnte?«

Rionna hielt den Blick gesenkt. Klaigon kannte die Antwort, der Inhalt des Behälters war der grausige Beweis.

»Du willst schweigen?«, stichelte ihr Onkel. »Du begehst Hochverrat an deinem Land und deinem Regenten, und alles, was dir dazu einfällt, ist zu schweigen? Du enttäuschst mich, Nichte. Von Karrols Tocher hätte ich mehr erwartet!«

Seine letzten Worte ließen die Prinzessin zusammenzucken. »Nimm seinen Namen nicht in den Mund!«, sagte sie leise und blickte auf. Tiefe Abscheu sprach aus ihrem Blick. »Nicht du.«

»Warum nicht? Denkst du, ich wäre seiner nicht würdig?«

»Diese Frage hast du dir bereits selbst beantwortet, Onkel«, sagte Rionna und deutete auf den Behälter.

»Du gibst mir die Schuld am Tod deiner Zofe?« Klaigon hob die Brauen.

»Wem sonst?«

»Ich sagte es dir schon – nur deiner Aufsässigkeit hat die arme Calma zu verdanken, was ihr zugestoßen ist. Indem du sie hierzu angestachelt hast« – er schwenkte das besudelte Pergament – »hast du ihr Todesurteil unterzeichnet.«

Rionna wankte unter den Worten ihres Onkels wie unter Hieben. Tränen rannen ihr über die Wangen, während sich ihr der Magen umdrehen wollte. Aber mit jener Selbstdisziplin, die zunächst ihr Vater und später auch Calma sie gelehrt hatten, gelang es ihr, Haltung zu wahren.

»Du hast recht, Onkel«, gestand sie leise. »Indem ich Calma beauftragte, den Brief zu Barand zu bringen, habe ich sie bewusst einer großen Gefahr ausgesetzt. Mit diesem Wissen – und dieser Schuld – werde ich leben müssen.«

Klaigon lachte spöttisch.

»Du jedoch«, fuhr Rionna unbeirrt fort, »hast verraten, was du schützen solltest – eine ungleich schwerere Schuld.«

»Geschwätz!«, brach es aus Klaigon hervor, und Zornesröte schoss ihm ins Gesicht. »Ich höre deinen Vater sprechen, seinen einfältigen Stolz und seine erbärmliche Naivität!«

»Mein Vater war ein großer Fürstregent – und ein größerer Mann, als du es jemals sein wirst.«

»Schweig!«, brüllte Klaigon sie an. »Ich und kein anderer bin Fürstregent von Iónador, und ich bin mächtiger als all meine Vorgänger!«

»Mächtig willst du sein?« Nun war es Rionnas Stimme, die vor Spott triefte. »Hast du dich aus diesem Grund mit den Kreaturen Dorgaskols verbündet?«

»Was weißt du schon!«, kam es gehässig zurück. »Nur das, was du gesehen hast oder was du dir in deinem Spatzenhirn zusammendichtest. Du hast keinen Blick für das große Ganze.«

»Anders als du«, vermutete Rionna.

»In der Tat! Während andere Fürstregenten ihre Tage damit verbrachten, nur zu reden, habe ich das Überleben unseres Volkes gesichert, für alle Zeit!«

»Das Überleben unseres Volkes? Du meinst wohl dein eigenes Überleben!«

»Du bist genau wie dein Vater«, stellte Klaigon fest. »Du weißt nichts, und dennoch verurteilst du mich. Und wie dein Vater siehst du nur das, was du sehen willst.«

»Und das wäre?«

»Erle, die die Wälder durchstreifen. Waffenkammern, die über Nacht gefüllt wurden. Einen Eisriesen in den Gemächern des Fürstregenten. Aber das alles sind nur Vorboten, Rionna. Vorboten einer Macht, die ungleich größer und schrecklicher ist, als du dir vorstellen kannst. Einer Macht, der wir uns entweder beugen oder die uns vernichten wird.«

»Dann ist es wahr«, folgerte Rionna flüsternd. »Es ist wahr, was Yvolar der Druide vermutet hat. Der Herr des Eises ist zurückgekehrt …«

»Das ist er«, bestätigte Klaigon, »und er ist stärker denn je. Wer nicht auf seiner Seite steht, der ist gegen ihn, und er hat seine Boten ausgesandt, um nach Verbündeten zu suchen …«

»… und du hast eingewilligt.«

»Was hätte ich tun sollen? In Ruhe abwarten, bis der Feind vor den Mauern Iónadors steht? Bis tödliches Eis die Goldene Stadt überzieht? Selbst der Schildberg schützt uns nicht vor der Kälte. Ich habe getan, was ich tun musste …«

»Du hättest Widerstand leisten können!«, wandte Rionna ein.

»Widerstand? Gegen Muortis?« Er lachte auf – das glucksende Gelächter eines Mannes, der einen Teil seines Verstandes bereits eingebüßt hatte. »Wieder höre ich deinen Vater sprechen. Auch Karrol fehlte der Blick für die Realität.«

»Was soll das heißen?«

»Dass man zwischen Kämpfen unterscheiden muss, die man gewinnen kann, und solchen, in denen man zwangsläufig unterliegen muss. Törichtes Kind, man kann nicht gegen Muortis bestehen. Die es konnten, haben uns vor langer Zeit verlassen, und nur noch wir sind geblieben, einfache Menschen, die alles daran setzen, am Leben zu bleiben und nicht unterzugehen in dem Sturm, der bald über unsere Welt fegen wird.«

»Und die versuchen, dabei noch einen guten Schnitt zu machen, nicht wahr?«, fügte Rionna beißend hinzu. »Was springt für dich dabei heraus, Onkel? Was hat man dir versprochen?«

»Dass Allagáin vom Eis verschont bleibt – und ich sein uneingeschränkter Herrscher werde. Der Fürstenrat wird abgeschafft, und ich werde die Königskrone tragen, als Urgulroths treuer Vasall.«

»Als sein Sklave«, verbesserte Rionna. »Du bist ein Narr, wenn du glaubst, dass Allagáin deinetwegen verschont werden wird. Der Herr des Eises hat viele Abmachungen getroffen – und sie alle gebrochen. Der Druide sagt ...«

»Es schert mich einen Dreck, was dein verdammter Druide sagt!«, brüllte Klaigon so laut, dass sich seine Stimme überschlug. »Schon bald wird Muortis' Zorn ihn vernichtet haben – ihn und alle anderen, die so töricht waren, sich gegen den Herrn des Eises zu stellen. Und ich, Nichte, werde auf der Seite der Sieger stehen!«

»Zu welchem Preis?«, fragte Rionna. »Was hast du Muortis angeboten, damit ...« Sie unterbrach sich, als ihr die

Zusammenhänge plötzlich klar wurden. »Der Krieg gegen das Waldvolk. Das ist es, nicht wahr? Indem du die Barbaren vernichtest, ebnest du Muortis' Heer den Weg ...«

»Ein geringer Einsatz, wenn man den Preis dafür bedenkt«, meinte Klaigon achselzuckend.

»Deshalb waren die Waffenkammern Iónadors bis zum Bersten gefüllt – der Inhalt stammte aus den dunklen Schmieden Dorgaskols. Deshalb warst du so rasch zu einem Krieg gegen das Waldvolk bereit. Und deshalb wolltest du auch nicht, dass der Druide erfährt, was in Allagáin vor sich geht ...«

»Du bist doch klüger, als ich dachte«, sagte Klaigon grinsend.

»Onkel«, stieß die Prinzessin angewidert hervor, »du hast Ritter und Bürger, Freie und Vasallen zu den Waffen gerufen, damit sie Iónador verteidigen – und in Wahrheit kämpfen sie für Dorgaskol! Hunderte, wenn nicht Tausende werden sterben, und ihr Tod dient dem Bösen, ohne dass sie es auch nur ahnen!«

»Ein geringer Preis«, wiederholte Klaigon überzeugt.

»Für dich vielleicht«, konterte sie. »Witwen und Waisen wird das nicht trösten!«

»Wenn sie sterben, sterben sie für Iónadors Wohl.«

»Du meinst, für dein Wohl.«

»Wo ist der Unterschied? Was Iónador nützt, nützt auch mir – was ist falsch daran?«

»Du widerwärtiger Heuchler!«, stieß die Prinzessin hervor, auch wenn sie fürchten musste, damit ihr Schicksal zu besiegeln. »Wie konnte ich mich nur so in dir irren?«

»Wieder etwas, das du mit deinem Vater gemeinsam hast. Der gute Karrol durchschaute mich ebenfalls nicht – bis er schließlich meinen Pfeil im Rücken hatte!«

»Dei-deinen Pfeil?« Rionna glaubte, nicht recht zu hören. »A-aber ich dachte, e-es wäre ein Unfall ge...«

»Das denken alle.« Der Fürstregent nickte selbstzufrieden. »Nur ich weiß es besser. Und der gute Karrol – aber seine Meinung ist nicht mehr von Belang. Er war abgestiegen, um seinen Durst an einem Bergquell zu stillen, da traf ihn ein verirrter Pfeil. Aber er hielt sich auf den Beinen, den gefiederten Tod im Rücken, und wandte sich um. Und da sah er mich.« Die Erinnerung zauberte ein feistes Grinsen auf Klaigons Züge. »Den Ausdruck in seinem Gesicht werde ich nie vergessen – gerade jetzt, in diesem Augenblick, siehst du ihm auf erstaunliche Weise ähnlich.«

»Mörder!«, schrie Rionna – dann verlor sie alle Beherrschung, und indem sie ihre kleinen Hände zu Fäuste ballte, sprang sie auf Klaigon zu.

Der lachte, und mühelos wich er ihrem Angriff aus, indem er zur Seite trat und sie ins Leere taumeln ließ. Rionna, blind vor Tränen, verlor das Gleichgewicht und schlug der Länge nach zu Boden, was ihr Onkel mit gackerndem Gelächter quittierte. Von Zorn und Verzweiflung getrieben, sprang Rionna wieder auf und wollte ein zweites Mal angreifen. Klaigon jedoch ließ es nicht dazu kommen.

Auf seinen heiseren Befehl hin flog die Tür des Schlafgemachs auf, und mehrere Angehörige der Turmgarde stürmten herein, die Rionna sogleich ergriffen.

»In den Kerker mit ihr!«, donnerte Klaigon. »Sie hat den Fürstregenten hintergangen und ist eine Hochverräterin!«

»Du sprichst von Verrat, Onkel?«, würgte Rionna hervor. »Ausgerechnet du?«

»Schafft sie mir aus den Augen!«, blaffte Klaigon – woraufhin die Wachen Rionna aus der Kemenate zerrten. Ihr Protestgeschrei verhallte den steinernen Gang hinab.

Klaigon blieb allein zurück, ein zufriedenes Grinsen im Gesicht. Eine weitere Gefahr war gebannt. Alles verlief zu seinen Gunsten.

Und dennoch war da etwas, das tief in seinem Inneren an ihm nagte. Ein leiser Zweifel, den Karrols Tochter in ihm gesät hatte – den der Fürstregent jedoch schon im nächsten Moment energisch beiseite wischte.

Er würde auf der Seite der Sieger stehen und herrschen.

Alles andere war nicht von Belang.

49

Die Gefährten setzten ihre Reise fort – angetrieben nun nicht mehr von einer Vision des Druiden, sondern von dem Wissen, das die Salige ihnen mit auf den Weg gegeben hatte.

Die Begegnung mit der Wildfrau stand den Gefährten noch deutlich vor Augen, und als könnten sie auch weiterhin ihre sanfte Stimme hören und den Blick ihrer geheimnisvollen Augen spüren, waren sie von eigenartiger Zuversicht erfüllt. Selbst Alphart, der aus Prinzip allem Übernatürlichen ablehnend gegenüberstand, konnte sich dem nicht entziehen.

Warum auch?, sagte er sich. Zwar hatte er sich anfangs gesträubt, einem weiteren Schatten nachzujagen und sich einmal mehr auf die Suche nach etwas zu begeben, das es bei Licht betrachtet gar nicht geben durfte. Aber er hatte eingesehen, dass er allein den Erlen nichts entgegenzusetzen hatte. Und vielleicht war ja das Sylfenhorn tatsächlich in der Lage, das Eis zu brechen und die Kreaturen der Dunkelheit zu besiegen. Wenn nicht, so konnte er immer noch nach Allagáin zurückkehren und seine Axt schwingen. Anders als Leffel, der eine Heimat hatte und eine feste Bleibe, hatte er nichts zu verlieren.

Der Gilg wirkte bitter entschlossen, seit die Salige zu ihm gesprochen hatte, während Erwyn eigenartig still und in sich gekehrt wirkte. Vielleicht, so nahm Alphart an, war der Junge nur erleichtert darüber, nun nicht auf einem Drachen in die Schlacht reiten zu müssen. Während Urys und Walkar sich darin gefielen, beharrlich zu schweigen, plapperte Mux wieder unsinnige Reime vor sich hin: »Ich wandere über Stock und Stein. Auch über Eis, muss es denn sein. Des

Sylfen Horn wird Eis zerbrechen und Alphart seinen Bruder rächen …«

Auch mit Yvolar war eine Wandlung vor sich gegangen. Als hätte die Begegnung mit der Wildfrau ihm neue Kraft gespendet, wirkte der alte Druide wieder von ungestümer Jugend erfüllt.

»Meister Yvolar?«, erkundigte sich Leffel, während sie sich im Gänsemarsch einen Weg durch den hüfthohen Schnee bahnten, der Druide mit dem Stab voraus.

»Ja, mein Junge?«

»Die Wildfrauen leben im Wasser, richtig?«

»Das ist wahr.«

»Wie kann es dann sein, dass sie bald an diesem, bald an jenem Ort auftauchen? Können sie denn auch fliegen?«

»Schmarren!«, blaffte Alphart nach vorn. »Weißt du denn nicht mehr – durch das Grundmeer sind alle Flüsse und Seen Allagáins unterirdisch miteinander verbunden.«

»Das stimmt«, bestätigte Yvolar. »Es freut mich, dass sich ausgerechnet unser ungläubiger Wildfänger als so gelehriger Schüler erweist.«

Alphart, dem jäh bewusst wurde, dass er sich verraten hatte, ließ nur ein unwilliges Knurren hören.

»Heißt dies, dass die Wildfrauen überall dort auftauchen können, wo sich Wasser befindet?«, fragte Leffel staunend.

»Das Grundmeer hat viele Augen«, antwortete der Druide nickend, »vom Búrin Mar bis zum kleinsten Gumpen, vom breiten Allair bis hin zum Wildbach, der keinen Namen trägt, und an jedem dieser Augen mögen die Saligen erscheinen. Allerdings nur dann, wenn sie es wollen.«

»Warum ist uns eine der Saligen erschienen?«, wollte Alphart wissen. »Und weshalb helfen sie uns?«

»Die Salige hat es gesagt: weil Muortis ihre Welt ebenso bedroht wie die unsere. Das Wasser, das Muortis in Eis verwandelt, stammt aus dem Grundmeer, und mit jeder Eiszeit, die über die Welt hereinbricht, sinkt dessen Spiegel. Gelingt Muortis' finsterer Plan, wird das Grundmeer ganz verschwinden – und mit ihm die Saligen.«

»Ist das der Grund, weshalb es in Seestadt keine Fische mehr zu fangen gab?«, erkundigte sich Leffel.

»Allerdings. Die Tiere sind die Ersten, die Muortis' Einfluss zu spüren bekommen. Inzwischen wird das Wasser des Búrin Mar bereits vom Ufer zurückgewichen sein, sodass auch die Menschen erkennen, dass ihre Welt sich verändert.«

Weiter sagte der Druide nichts, und weder Alphart noch die anderen stellten noch eine Frage.

Inzwischen hatten sie die breite Senke des Obertals erreicht. Der nördliche Teil dieses Einschnitts war dünn besiedelt; dort gab es einzelne Burgen und Gehöfte. Bis zum südlichen Ende des Tales hatten sich die Allagáiner allerdings noch nicht vorgewagt. Verschneite Bäume übersäten die Talsohle.

Die Wanderer waren dankbar dafür, denn die hohen Tannen und schlanken Fichten hielten ein Gutteil des Windes ab, der grimmig durch die Talsohle fegte, und auch die Schneeverwehungen waren dank der Bäume weniger hoch. Zudem boten die verschneiten Riesen einigen Schutz vor Entdeckung – was Alphart allerdings nicht recht zu beruhigen vermochte.

Mehrmals zuckte der Wildfänger zusammen, wenn er im Unterholz dunkle Schatten zu erkennen glaubte. Zwar waren es jedes Mal nur seine angespannten Sinne, die ihm üble Streiche spielten, jedoch konnte aus zwei Gründen kein Zweifel daran bestehen, dass bis vor kurzem noch Erle in dieser Gegend gewesen waren.

Einer dieser Gründe war Walkar der Bärengänger, der immerzu schnaubte und das bärtige Haupt hin und her warf, ganz wie ein Raubtier, das ein Opfer wittert; zum anderen kreuzten die Gefährten am späten Nachmittag eine Fährte der Unholde, die längs durch das Tal verlief, geradewegs Richtung Norden. Zwar hatte der frisch gefallene Schnee die Spuren sogleich wieder verdeckt, jedoch war noch immer eine rund zehn Schritt breite Rinne im Waldboden zu erkennen, die darauf schließen ließ, dass es viele gewesen waren, sehr viele …

Alphart bückte sich. Unter einer Tanne, deren breiter Stamm den Neuschnee abgehalten hatte, entdeckte er tatsächlich einen Fußabdruck mit verunstalteten Zehen und langen Krallen, und als der Wildfänger seinen eigenen Fuß hineinsetzte, stellte er fest, dass er nicht annähernd so groß war.

»Erle«, sagte Yvolar. »Ausgewachsene, große Exemplare aus den dunkelsten Pfründen Dorgaskols. Muortis hat sein Heer also bereits auf den Weg gebracht.«

»Dem Schnee nach zu urteilen, der seither gefallen ist, müssen die Unholde gestern durch das Tal gekommen sein«, meinte Alphart. »Und es waren viele.«

»Wie viele?«, wollte Leffel furchtsam wissen.

»Was weiß ich? Fünfhundert, vielleicht auch tausend oder noch mehr. Bei all dem Schnee lässt sich das nicht sagen.«

»Oje«, sagte Leffel leise, und Schwermut legte sich wie ein dunkler Schatten über sie, als sie sich vorstellten, was eintausend Erle in Allagáin wohl anrichten würden …

»Daran dürfen wir jetzt nicht denken«, sagte Yvolar. »Unser Streben hat einem anderen Ziel zu gelten.«

»Der alte Mann hat recht«, stimmte Alphart zu. »Aber wir sollten vorsichtig sein. Gut möglich, dass sich noch Erle im Wald herumtreiben.«

»Die sollen nur kommen«, knurrte Walkar. »Mich dürstet nach ihrem Blut.«

»Kannst du etwas wittern, Bärengänger?«, erkundigte sich Yvolar.

»Im Augenblick nicht.«

Der Druide warnte sich an den Kobling. »Spürst du eine Gefahr?«

Mux schüttelte den Kopf. »Kein Gegner hält sich hier verborgen, also mach dir keine Sorgen.«

»Dennoch sollten wir rasch verschwinden«, meinte Alphart. »Die Gegend hier gefällt mir nicht. Sie ist nicht sicher.«

»Du hast recht«, pflichtete ihm der Druide bei. »All dies war einst Muortis' Land, und noch immer ist seine böse Macht hier zu spüren, vom Tal bis hinauf zu den Hängen des Berges.« Er wandte sich um und deutete nach Osten, wo sich jenseits der wirbelnden Schneeflocken der Korin Nifol düster und riesenhaft erhob. Zu sehen waren nur die steilen, tief verschneiten Hänge des Berges, der Gipfel verlor sich in Wolken und Nebel.

»Lasst uns weitergehen«, forderte Yvolar seine Gefährten auf, und niemand widersprach.

Sie durchquerten die Rinne, die die Erle auf ihrem Marsch nach Allagáin hinterlassen hatten, und setzten ihren Marsch nach Osten fort. Noch mehr als zuvor nutzten sie dabei den natürlichen Schutz der Bäume, und nicht nur Alphart blickte sich argwöhnisch nach allen Seiten um, sondern auch seine Begleiter, allen voran Walkar, dessen ausgeprägte Instinkte sich als überaus nützlich erwiesen. Auch Mux der Kobling steckte hin und wieder seine Knollennase in den Wind, um etwaige Gefahren zu wittern. Wahrscheinlich, so sagte sich Alphart, war der Butzemann, wie er ihn noch immer nannte, auf der Hut, damit er sich im entscheidenden Moment verdrücken konnte …

Je weiter sie nach Osten gelangten, desto steiler stieg das Gelände an, und mit jedem Augenblick, den die Sonne weiter im Westen versank, wurde es kälter und dunkler. Das Vorankommen wurde zur Qual, und nicht nur Erwyn war einmal mehr der Erschöpfung nahe. Einzig und allein der Kobling sprang munter über die hüfthohen Schneemassen.

»Wie weit noch, Druide?«, schrie Alphart gegen den Wind, der zwischen den Bäumen heulte.

»Wenn ich mich recht entsinne, gibt es gleich dort oben eine Höhle!«, rief Yvolar zurück. »Einst suchten Zwergenkrieger darin Zuflucht, sie wird auch uns ein Obdach bieten.«

Die Aussicht, sich bald ausruhen und von den Strapazen des Marsches erholen zu können, beflügelte die Gefährten und ließ sie noch einmal alles geben, und so erreichten sie wenig später einen Hohlweg, von dessen Überhang dicke Eiszapfen hingen.

In seinem Schutz kamen sie ein gutes Stück schneller voran, und dann sahen sie tatsächlich eine schmale Öffnung im von Bäumen umlagerten Fels. Zwischen den verschneiten Wipfeln konnten sie am Berg emporschauen und erheischten einen Blick auf den breiten Bergrücken. Zu ihrem Entsetzen stellten sie fest, dass er von Eis überzogen war.

»Bei allen Gipfeln!«, entfuhr es Alphart entsetzt. Auch die übrigen Gefährten schnappten erschrocken nach Luft, und Walkar ließ ein heiseres Knurren vernehmen, während Mux verdrießlich sagte: »Verzeiht mein Murren, ich bin nur ehrlich: Dort hochzuklettern ist gefährlich.«

Ungeheure Massen türmten sich dort oben, in deren stumpfer, grauer Oberfläche sich das letzte Licht des Tages brach. Fast hatte es den Anschein, als schicke sich ein riesiges Monstrum an, sich vom Rücken des Berges zu Tal zu stürzen und dabei alles zu zermalmen, das ihm im Weg war.

»Das hat Muortis bewirkt«, verkündete Yvolar grimmig. »Gletscher, so riesig, dass sie alles unter sich begraben. Dies ist das Eis, das wir brechen müssen, meine Freunde – oder die Welt und alles, was auf ihr lebt, wird untergehen.«

Damit wandte sich der Druide ab und trat als Erster durch die Öffnung. Seine Begleiter folgten einer nach dem anderen. Erneut leuchtete Yvolars Stab und spendete sanftes Licht, sodass sich die Gefährten in der Höhle umschauen konnten.

Das Felsgewölbe war nicht sehr groß, die Decke jedoch hoch genug, dass selbst der Bärengänger aufrecht stehen konnte. In Anbetracht des Unwetters, das draußen tobte, war dies ein willkommener Unterschlupf – wäre da nicht der beißende Geruch gewesen …

»Bah!«, machte Alphart und schnitt eine Grimasse.

»Was ist das?«, erkundigte sich Erwyn ahnungslos.

»Was du riechst, das ist der Tod«, sagte Mux mit düsterer Stimme. »Hier starb jemand in großer Not.«

Der Wildfänger nickte. »Es ist der Geruch der Verwesung. Ich frage mich, woher …«

»Der Gestank an diesem Ort kommt aus jener Ecke dort«, sagte Mux und deutete in eine Nische im Fels, in der offenbar eine Ansammlung morscher Äste lag. Erst, als Alphart genauer hinschaute, stellte er fest, dass es kein Holz war, sondern abgenagte Knochen, an denen noch Reste fauligen Fleisches hingen. Und noch etwas entdeckte der Wildfänger in der Nische – einen bleichen Schädel, den er packte und aus dem Knochenhaufen zog.

Die Stirnplatte war nach vorn gewölbt, und Hauer wie die eines Ebers ragten aus dem kantigen Unterkiefer, sodass auf den ersten Blick zu erkennen war, dass dies nicht der Schädel eines Menschen war …

»Ein Erl«, stellte Leffel fest. »Allmählich krieg ich einen Blick dafür.«

»Ein Tier muss den Unhold getötet und ihn aufgefressen haben«, vermutete Alphart. »An den Knochen sind Bissspuren zu erkennen.«

»Ein Tier? Wohl kaum.« Yvolar schüttelte den Kopf.

»Siehst du es nicht? Etwas hat den Erl am Kopf getroffen und ihm den Schädel zerschmettert. Ein Tier dürfte dazu wohl kaum in der Lage gewesen sein …«

»Wenn schon«, versetzte Alphart. »Wer immer den Erl getötet hat, ich bin ihm dankbar dafür. Einer weniger von diesen abscheulichen Unholden …«

»Dennoch fragt sich, wer es getan hat«, gab der Druide zu bedenken. »Viele dunkle Wesen hausen zwischen Allagáin und Dorgaskol. Das Eis hat auch sie aus ihren Schlupfwinkeln getrieben.«

»Wer auch immer, er ist nicht mehr hier«, war Alphart überzeugt. »Und selbst wenn, würde ich mich lieber mit ihm anlegen als mit dem Schneesturm draußen. Oder ist jemand anderer Ansicht?«

Mux hob mahnend einen Zeigefinger: »Kommt er zurück, dann musst du kämpfen. Denn wer einen Erl frisst, frisst auch Menschen.«

Daraufhin verzogen die Übrigen mürrisch die Gesichter. Deutlich war ihnen anzusehen, dass ihnen nicht wohl war bei dem Gedanken, die Nacht in der Höhle eines Erlfressers zu verbringen. Leffel schielte sehnsüchtig zum Ausgang, Walkar schnaubte unruhig, und nicht einmal Urys dem Zwerg schien diese Höhle übermäßig behaglich.

»Ich fürchte, unser wackerer Jägersmann hat dennoch recht«, pflichtete Yvolar dem Wildfänger schließlich bei. »Dort draußen in der Dunkelheit werden wir bei diesem Wetter jämmerlich erfrieren – nicht einmal mein Wärmezauber vermag uns davor zu schützen. Also werden wir bleiben.«

»Natürlich bleiben wir«, sagte Alphart.

Der Kobling zuckte mit den Schultern und sagte: »Ihr müsst es ja wissen. Doch kommt der Erlfresser zurück, werd ich mich ver…kriechen.«

Galfyn fand keinen Schlaf in dieser Nacht. Ruhelos wälzte er sich auf seinem kargen Lager hin und her, ehe er es nicht mehr aushielt und die mit Tierhäuten bespannte Hütte verließ, die seine Leute für ihn errichtet hatten.

Am östlichen Ufer des Flusses Allair hatten die Waldkrieger Stellung bezogen und ihr Lager aufgeschlagen. Iónadors Heer würde nicht nur den Fluss überqueren, sondern auch die verschneiten Hänge erklimmen müssen, die sich am Ostufer erhoben – aber natürlich wusste Galfyn, dass auch das keinen sicheren Sieg bedeutete.

Obwohl er sich vor seinen Leuten zuversichtlich gab und die Einwände des alten Herras nicht gelten lassen wollte, hatte Galfyn leise Zweifel. War es richtig gewesen, den Pfad des Krieges zu beschreiten? Rechtfertigte das Leid, das ihm zugefügt worden war, ein ganzes Volk in die Schlacht zu führen?

Galfyn versuchte die lästigen Gedanken abzuschütteln. Aber je näher die Stunde der Entscheidung rückte, desto weniger leicht ließen sie sich vertreiben.

Der junge Heerführer ließ seinen Blick über das Lager schweifen. Von den Hütten und Zelten, die sich die Krieger als Unterschlupf errichtet hatten, war kaum etwas zu sehen – stattdessen erstreckte sich eine Landschaft aus kleinen Schneehügeln bis zum Rand des nahen Waldes, und nur an den Feuern, die hier und dort brannten, war zu erkennen, dass es sich um ein Kriegslager handelte. Und an den Wachen, die Galfyn rings um das Gelände postiert hatte …

Noch immer hatte es nicht zu schneien aufgehört. Tag und Nacht fielen weiße Flocken aus dem Himmel, gerade so, als wollten sie die Erde ersticken, und erneut fragte sich Galfyn, ob Herras vielleicht recht hatte. War der frühe Winter ein Zeichen?

Wenn ja, ein Zeichen wofür?

Es konnte ebenso die drohende Niederlage signalisieren wie den bevorstehenden Triumph. Galfyn vermochte es nicht zu sagen, aber er war geneigt, das Wetter zu seinen Gunsten zu nutzen ...

Am Nachmittag hatten seine Späher ihm berichtet, dass Iónadors Kämpfer im Anmarsch waren – zu Tausenden. Bogenschützen, Fußvolk und gepanzerte Reiter machten den größten Teil der Streitmacht aus. Vor allem die Panzerreiter bereiteten dem jungen Häuptling Kopfzerbrechen. Die Pfeile der Waldkrieger vermochten ihre Helme und Harnische kaum zu durchdringen. Dass der zugefrorene Fluss es den Reitern zudem noch ermöglichen würde, auf breiter Front überzusetzen und anzugreifen, konnte das Schicksal des Waldvolkes besiegeln – aber Galfyn hatte nicht vor, es seinem Feind so leicht zu machen.

Der Plan, den er sich zurechtgelegt hatte, sah vor, nur zum Schein ein Gefecht am Flussufer führen zu wollen. Denn hatten Iónadors Reiter den Allair erst überquert, würde ein Hagel von Pfeilen sie ablenken, während sich die restlichen Krieger des Waldvolks zurückziehen würden in den nahen Wald, wo die Pferde und die schwere Rüstung dem Feind eher hinderlich denn nützlich waren, während die Waldkrieger auf gewohntem Terrain kämpften. Auf diese Weise hoffte Galfyn, den Sieg davonzutragen.

Durch den Vorhang der Schneeflocken, die im eisigen Wind flirrten, blickte er immer wieder hinüber zum anderen Ufer, wo in der Dunkelheit die Feuer des feindlichen Lagers auszumachen waren – und er fragte sich, was seinen

Widersacher auf der anderen Seite wohl in diesem Moment bewegen mochte …

Barand von Falkenstein fand keinen Schlaf in dieser Nacht. Ruhelos wälzte er sich auf seinem samtenen Lager hin und her, ehe er es nicht mehr aushielt und das Zelt verließ, das seine Diener für ihn errichtet hatten.

Unter dem Vordach, das sich unter der Last des Schnees nach unten wölbte, blieb er stehen und schaute sich um. Der Anblick der Zelte, die in geordneten Reihen oberhalb des westlichen Flussufers standen, beruhigte den jungen Marschall ein wenig. Weder zweifelte er an seiner eigenen Tapferkeit noch an der seiner Männer – aber er teilte auch nicht Klaigons Zuversicht, was den Ausgang des Kampfes betraf.

Für den Fürstregenten waren die Waldbewohner kaum mehr als Tiere, die roh und primitiv waren und die zu besiegen nur eine Formalität darstellte. Noch vor wenigen Tagen hatte Barand kaum anders gedacht, aber seit er die Streitmacht des Feindes erblickt hatte, hegte er leise Zweifel. Eine Stimme, die tief aus seinem Inneren zu kommen schien und die er nie zuvor vernommen hatte, gemahnte ihn zur Vorsicht.

Anfangs hatte Barand nicht auf sie hören wollen. Immerhin befehligte er das größte Heer, das seit den Tagen Dóloans aufgestellt worden war, und es war zudem besser ausgerüstet als jede andere Streitmacht, die je unter dem Banner Iónadors gestanden hatte. Aber die Stimme ließ sich nicht beirren. Immerzu redete sie ihm ein, dass etwas nicht in Ordnung sei, und sie wollte einfach nicht verstummen. Je näher die Konfrontation mit dem Waldvolk rückte, desto lauter war sie geworden, doch nie zuvor hatte sie zu ihm so eindringlich gesprochen wie in dieser Nacht, die sich schon bald dem Ende neigte.

Barand fühlte sich allein, verlassen. Es war die Einsamkeit des Befehlshabers, auf dessen Schultern die Verantwortung für Sieg oder Niederlage ruhte. Triumphierte er, so würde man ihm ein Denkmal errichten und seinen Namen in einem Atemzug mit den Helden der Alten Zeit nennen; unterlag er – und diese Möglichkeit zog Barand erstmals wirklich in Betracht –, so würde Iónador den Barbaren in die Hände fallen.

Er redete sich ein, dass er keine andere Wahl gehabt hatte, dass es ein Kampf um das Überleben war, den er führte. Dennoch wollte die warnende Stimme nicht verstummen.

Klaigon hatte diesen Feldzug eröffnet, ohne Verhandlungen zu führen, und dadurch mit der Tradition gebrochen. Andererseits – worüber hätte er verhandeln sollen? Die Barbaren waren in Allagáin eingefallen. Und war das Heer, das auf der anderen Seite des Flusses lagerte, nicht Beweis genug für ihre feindlichen Absichten?

»Zweifel?«, fragte plötzlich eine leise Stimme hinter ihm.

Mit einer Verwünschung auf den Lippen fuhr Barand herum und griff nach seinem Schwert. Er ließ es jedoch stecken, als er in die Züge Éolacs des Sehers blickte.

»Du?«, fragte er verblüfft.

»Wie Ihr seht, hoher Herr.« Der Seher verbog seine magere Gestalt unterwürfig.

»Was tust du hier?«

»Der Fürstregent bat mich in seiner Weisheit, den Feldzug zu begleiten.«

»Er hat dich darum gebeten?« Barand hob die Brauen. »Ist es nicht vielmehr so, dass du mit deinem letzten Auftritt vor dem Fürstenrat in Ungnade gefallen bist? Und dass du mit deinem Hiersein hoffst, Klaigons Wohlwollen zurückzugewinnen?«

»Wie auch immer, hoher Herr.« Das verlegene Lächeln, das um die schmalen Lippen des Sehers spielte, verriet alles. »Ich bin hier, um Euch mit meinem Rat beizustehen.«

»Mit deinem Rat? Verstehst du denn etwas von der Kriegskunst?«

»Nein, hoher Herr«, räumte Éolac ein, »aber ich verstehe etwas von Menschen. In Gesichtern vermag ich beinahe so gut zu lesen wie in den Runen – und Euer Gesicht sagt mir, dass Ihr Zweifel hegt.«

»Unsinn!«, sagte Barand barsch.

»Seid Ihr sicher, Herr? Schon mancher große Held hat in der Nacht vor der Schlacht gezweifelt. So vieles gibt es, woran Sterbliche zweifeln können. An ihrer Stärke. An ihrem Auftrag. An ihrer Bestimmung ...«

»Ich hege keine Zweifel«, behauptete Barand. »Meine Bestimmung ist es, bei Tagesanbruch den Fluss zu überschreiten und das Heer des Feindes zu vernichten, ehe es uns vernichten kann. Aber vielleicht kannst du mir verraten, weshalb du nicht vorausgesehen hast, in welcher Stärke der Feind erscheinen wird.«

»Was soll ich dazu sagen, Herr?« Éolac zuckte mit den schmalen Schultern. »Auch die Runen verraten nicht alles.«

»Hast du Klaigon nicht gesagt, dass das Waldvolk uneins wäre und unter sich zerstritten? Dass wir es allenfalls mit einigen Clans zu tun bekommen, keinesfalls aber mit einer großen Streitmacht?«

»Nun, ich ...«

»Wie es aussieht, haben sich die Barbaren erstmals seit Ende des Krieges wieder unter einem Banner vereinigt – eine Entwicklung, die Anlass zur Beunruhigung gibt.«

»Also hatte ich recht, Ihr hegt tatsächlich Zweifel – nämlich an unserem Sieg ...«

»Ich bin der Marschall«, erwiderte Barand, »mir obliegt es, das Heer zu führen und dafür zu sorgen, dass kein Waldbarbar diesen Fluss überschreitet. Aber um meine Aufgabe erfüllen zu können, brauche ich Vorhersagen, auf die ich mich verlassen kann. Davon, dass der Feind in solcher Stärke aufmarschieren würde, hast du nichts gesagt. Und auch nichts von diesem verdammten Schnee.«

»Das Wetter gereicht Euch nur zum Vorteil, hoher Herr. Je dichter das Schneetreiben ist, desto weniger werden die Pfeile des Feindes ihr Ziel finden. Das Eis sorgt dafür, dass Eure Reiterei den Fluss ungehindert überqueren kann, und der Schnee hemmt die Schritte der Barbaren, während Eure Reiter darüber hinwegsetzen.«

Das stimmte zweifellos – der Seher schien mehr von Kriegsdingen zu verstehen, als er zugeben wollte. Dennoch wollten die Zweifel nicht weichen, und als könnte Éolac dies spüren, fügte er hinzu: »Es ist ein gerechter Krieg, Herr. Zweifelt nicht an Eurem Auftrag und nicht an Eurem Sieg. Die Runen haben großen Triumph für Euch vorausgesagt. Ihr werdet als Held gefeiert werden.«

Ein Lächeln huschte über Barands Züge. Der Gedanke, als umjubelter Feldherr nach Iónador zurückzukehren, gefiel ihm. Sicher würde sich Rionna ihm dann nicht länger verweigern …

»Ich weiß, was Ihr denkt«, sagte Éolac.

»So? Was denke ich denn?«

»Ihr denkt an *sie*«, eröffnete der Seher. »An die Nichte des Fürstregenten.«

»Schweig!«, zischte Barand, aus Sorge, die Wachen, die um sein Zelt postiert waren, könnten sie hören.

»Ich weiß um Eure Schwäche für die Prinzessin, und Ihr könnt mir glauben, dass ich nicht der Einzige bin. Euer Ansinnen, sie zu Eurer Frau zu machen, ist in Iónador wohlbekannt.«

Barand musterte den Seher missmutig, dann fragte er mit leiser Stimme: »Wirklich?«

»Jedermann weiß, dass sie Euren Antrag ablehnte. Dass Sie Euch nicht will, weil sie Euch nicht liebt.«

»Schweig, du …«, fauchte Barand und griff erneut zur Waffe.

»Hinter Eurem Rücken lacht man über Euch, Fürst Barand von Falkenstein«, fuhr der Seher unbarmherzig fort, »aber es liegt in Eurer Hand, dies zu ändern. Schon bald wird die Sonne aufgehen, und ein neuer Tag bricht an – und er wird nicht nur über das Schicksal Iónadors entscheiden, sondern auch über das Eure. Lasst alle Zweifel fahren und besiegt die Barbaren, und Euch winken nicht nur Ruhm und Ehre, sondern auch die Hand der holden Rionna.«

Barand starrte Éolac feindselig an, doch dann nahm er langsam die Hand vom Schwertknauf. Wenn er über die Worte des Sehers nachdachte, musste er zugeben, dass dieser recht hatte.

Die Geschichte Iónadors war nicht von Feiglingen und Zauderern geschrieben worden, sondern von Helden, die ihr Schicksal in die Hand genommen und es selbst bestimmt hatten – und genau das gedachte Barand zu tun. Der Gedanke an Rionna wischte alle Zweifel beiseite und war stark genug, die warnende Stimme zu übertönen.

Der Krieg gegen das Waldvolk war unvermeidlich, und Barand war fest entschlossen, das Ufer des Allair bis zum letzten Blutstropfen zu verteidigen und dafür zu sorgen, dass kein Krieger des Waldvolks auch nur in Sichtweite Iónadors gelangte. Die Geschichte würde sich nicht wiederholen, und er, Barand von Falkenstein, würde als Held in die Annalen der Goldenen Stadt eingehen.

Die Vorstellung seines bevorstehenden Triumphs schlug ihn so in Bann, dass er das Grinsen nicht bemerkte, das über die Züge Éolacs des Sehers huschte. Berands Brust weitete sich, als er die eisige Luft in seine Lungen sog und zum gegenüberliegenden Ufer des Allair blickte, über dem es bereits dämmerte. Morgenrot kroch über den Horizont und schien das verschneite Land im Osten mit Blut zu tränken.

Um dieses Bild zu deuten, bedurfte Barand keines Sehers.

Blut würde in Strömen fließen an diesem Tag.

Aber es würde nur einen Sieger geben.

51

Mit einem unterdrückten Schrei auf den Lippen schreckte Yvolar auf. Verwirrt blickte er sich um. Er musste eingeschlafen sein. Aber wie war das möglich?

Wirkte sein Wachzauber nicht mehr? Hatten die Strapazen des langen Marsches ihn trotz des Zaubers übermannt? Yvolar wusste es nicht – und noch viel weniger konnte er sich erklären, dass er geträumt hatte.

Denn Druiden träumten nicht. Bisweilen hatten sie Visionen, allerdings eher selten. Der Fähigkeit, im Schlaf Bilder zu sehen, hatten sie sich zugunsten anderer Künste entledigt. Was für normale Menschen nichts Ungewöhnliches war, war für den Druiden daher unbegreiflich. Und noch viel mehr wunderte er sich darüber, dass er sich an seinen Traum *erinnerte* …

Im Schlaf hatte er das Gefühl gehabt zu fliegen. Wie ein Adler hatte er sich hoch in die Lüfte geschwungen, war an steilen Berghängen herabgestoßen und über die Fluren und Felder Allagáins hinweggeglitten. Vom Giáthin Bennan war er dem Lauf des Allair nach Norden gefolgt – und was er dabei gesehen hatte, erfüllte sein altes Herz noch immer mit Grauen …

Erst ganz allmählich begriff er, wo er sich befand – in der Höhle am Fuß des Korin Nifol, die seine Gefährten und er zu ihrem Nachtquartier erkoren hatten. Im schummrigen Halbdunkel konnte er neben sich Erwyn und Leffel liegen sehen, die sich in ihre Decken gewickelt hatten und noch tief und fest schliefen. Zwischen ihnen hielt Mux der Kobling den Schlaf der Gerechten, auf einem Bein stehend, wie alle Abkömmlinge seines Volkes. Dahinter lag, laut schnarchend und riesig wie ein Gebirge, der grimmige Walkar.

Vom Eingang her drang bereits graues Dämmerlicht in die Höhle. Davor konnte Yvolar die Umrisse von Alphart und Urys erkennen, die in trauter Einheit vor dem Eingang Wache hielten – offenbar hatten die Worte der Salige bewirkt, was dem Druiden nicht gelungen war, nämlich ein Bündnis zu stiften zwischen Zwerg und Mensch …

»Alles in Ordnung?«, erkundigte sich Alphart, der sich umdrehte und als Einziger mitbekommen hatte, dass sich hinter ihm etwas rührte.

»I-ich nehme es an«, antwortete Yvolar, der noch immer nicht ganz erwacht war. Es war mehr als ein Traum gewesen, was er gesehen hatte: eine Vision von kommenden Schrecken …

»Du nimmst es an?« Alphart trat leise auf ihn zu und ließ sich neben ihm aufs Knie nieder. »Du siehst aus, als wärst du einer Horde Erle begegnet, alter Mann.«

»Schlimmer noch, mein Freund«, entgegnete der Druide mit unheilvoller Stimme. »Viel schlimmer als das …«

»Wovon sprichst du?«

»Ich … ich habe Dinge gesehen, das ich niemals sehen sollte. Ich habe Ereignisse geschaut, die nie geschehen dürfen …«

»Erwartest du, dass ich verstehe, was du da sagst?«, fragte Alphart. Er gab sich keine Mühe mehr, leise zu sein, sodass die anderen Gefährten einer nach dem anderen erwachten.

»Was ist denn los?«, wollte Leffel wissen und rieb sich verschlafen die Augen.

»Wer einen Kobling stört im Schlaf«, krähte Mux, »der ist ein furchtbar dummes …«

»Schweig still, Unwissender!«, fuhr Yvolar ihn an, dass der Kobling nicht nur verstummte, sondern alle anderen gleichzeitig hellwach wurden. »Du weißt ja nicht, was du redest!«

»Seine ständige Reimerei geht einem auf den Geist, keine Frage«, räumte Alphart ein, »aber dein Benehmen ist seltsam, alter Mann. Und wie immer redest du in Rätseln.«

»Meister Yvolar«, flüsterte Erwyn eingeschüchtert. »Ist alles in Ordnung?«

»Verzeiht, meine Freunde«, erwiderte der Druide atemlos und rang nach Worten. »Was ich gesehen habe«, sagte er dann, »ist so schrecklich, dass es mich bis ins Mark erschütterte. Erinnert ihr euch, was die Salige sagte? Dass nicht nur das Eis die Sterblichen bedroht, sondern auch Verrat und Zwist?«

Alphart nickte. »Ja, und?«

»Anfangs habe ich nicht verstanden, was sie damit meinte – nun weiß ich es.«

»Und was bedeutet es, ehrwürdiger Druide?«, fragte Leffel Gilg.

»Es bedeutet, dass sich in Allagáin viel verändert hat, seit wir es verließen, Junge. Ein Krieg ist ausgebrochen.«

»Natürlich – zwischen Menschen und Erlen«, meinte Alphart.

»Nein, mein Freund – zwischen Menschen und Menschen.«

»Was?« Alphart schaute den Druiden verdutzt an.

»Der Waffenstillstand, der seit Jahrhunderten zwischen Iónador und dem Waldvolk herrschte, wurde gebrochen.«

»Von welcher Seite?«

»Ist das denn noch von Belang? In eben diesem Augenblick treten sich die verfeindeten Heere im Tal des Allair zur Schlacht gegenüber. Blut wird fließen, wenn sie aufeinandertreffen, und viele Kämpfer werden den Tod finden – aber keine von beiden Seiten wird den Sieg davontragen, nicht einmal die der Gewinner. Denn wenn sich das Schlachtengetümmel legt, werden sich die Überlebenden einer noch viel größeren und schrecklicheren Streitmacht gegenübersehen …«

»Den Erlen«, erriet Erwyn flüsternd.

»Das ist Muortis' finsterer Plan«, war Yvolar überzeugt. »Er will, dass die Menschen einander gegenseitig vernichten, damit seine Erle und Trolle leichtes Spiel mit ihnen haben.«

»Aber wie ist das möglich?«, wandte Alphart ein. »Die Herren der Goldenen Stadt wissen von der Bedrohung durch die Erle. Sie würden nicht so töricht sein …« Er unterbrach sich, als ihn ein hässlicher Verdacht überkam.

»Es sei denn«, sprach Yvolar offen aus, was der Wildfänger dachte, »der Herrscher des Eises hätte einen Verbündeten innerhalb der Mauern Iónadors. Einen mächtigen Verbündeten – Klaigon selbst.«

»Also doch!« Alphart stieß eine Verwünschung aus. »Du hattest recht mit deinem Verdacht.«

»Ich wünschte, ich hätte mich geirrt, mein Freund, aber nach allem, was ich im Schlaf gesehen habe, hege ich keine Zweifel mehr. Der Fürstregent von Iónador hat die Seiten gewechselt und sich dem Bösen verschrieben.«

»Dieser elende Verräter!«, zischte Alphart. »Ich hätte ihn umbringen sollen, als ich in Iónador war!«

»Dann wärst du ebenfalls getötet worden und jetzt nicht hier«, erwiderte Yvolar. »Ein jeder von uns muss die Aufgabe erfüllen, die ihm bestimmt ist.«

»Und das heißt?«

»Dass ich euch verlassen werde«, gab der Druide zu aller Entsetzen bekannt. »Ich muss nach Norden, ins Tal des Allair, und retten, was noch zu retten ist.«

»Du willst uns verlassen?«, fragte Alphart ungläubig. »Nachdem du uns in diese entlegene Wildnis geschleppt hast? Nachdem du uns von allen möglichen Wunderdingen erzählt hast?«

»Glaubt mir, die Entscheidung fällt mir nicht leicht. Aber in meinem Traum habe ich ein entsetzliches Massaker gesehen, einen Bruderkrieg, Menschen gegen Menschen. Dies darf nicht geschehen.«

»Vielleicht ist es ja längst geschehen«, gab Alphart zu bedenken. »Vielleicht ist die Schlacht längst geschlagen.«

»Das glaube ich nicht – warum hätte mir das Schicksal dann diesen Traum geschickt? Noch ist das Schreckliche nicht Wirklichkeit geworden, aber die Zeit drängt, und ich darf keinen Augenblick länger säumen.«

»Schön«, brummte Alphart, »dann komme ich mit dir.«

»Wie meinst du das?«

»Wie werde ich es wohl meinen? Ich komme mit dir, hast du nicht gehört? Wenn Klaigon die Seiten gewechselt hat, befindet sich Rionna in großer Gefahr. Ich werde die Prinzessin nicht in den Händen eines verdammten Verräters lassen.«

»Ich fürchte, du hast keine andere Wahl«, sagte der Druide. »Rionna ist eine kluge junge Frau, die auf sich aufpassen kann. Deine Dienste, Wildfänger, werden hier benötigt. Denn dir übertrage ich das Kommando über dieses Unternehmen.«

»Mir?« Alphart war sichtlich erstaunt. »Warum ausgerechnet mir?«

»Weil du über all die Fähigkeiten verfügst, die ein guter Anführer braucht: Entschlossenheit, Mut und Umsicht. Und ein Herz für die Schwachen, auch wenn du das niemals zugeben würdest.«

»Den Jäger treibt allein die Rache«, wandte Mux ein, »bedacht zu handeln, ist nicht seine Sache. So einer rasch ins Unglück rennt, denn er schlägt zu, bevor er denkt.«

»Da irrst du dich, mein kleiner Freund«, war Yvolar überzeugt. »Alphart Wildfänger ist für diese Aufgabe genau der rechte Mann.«

»Ist das auch wirklich eine kluge Entscheidung?«, fragte Walkar – die Vorstellung, sich nach den Anweisungen eines Jägers richten zu müssen, gefiel dem Bärengänger nicht.

»Es ist *meine* Entscheidung«, sagte Yvolar in ungewohnter Strenge. »Weder braucht sie dir zu gefallen, noch musst du bleiben und sie befolgen – aber wenn du bleibst, so füge dich. Alphart genießt mein volles Vertrauen, also solltet ihr tun, was er sagt. Besteigt den Gipfel des Berges und findet das Sylfenhorn – und dann tut, was getan werden muss.«

»U-und du?«, fragte Leffel, mit Tränen in den Augen.

»Ich werde alles daran setzen, zu verhindern, was ich in meinem Traum gesehen habe. Danach werde ich zu euch zurückkehren.«

»Ist das fest versprochen?«, fragte Erwyn.

»Allerdings – und Ihr solltet wissen, dass Druiden ihre Versprechen zu halten pflegen.«

Längst hatte sich Yvolar von seinem Lager erhoben, und während des Wortwechsels hatte er sich zum Abmarsch bereit gemacht. Nur seinen Stab nahm er mit – den Rucksack mit dem Seil und dem Proviant ließ er zurück.

»Das ist nicht gut«, murmelte Urys leise vor sich hin, und Mux zimmerte düstere Verse, die sich nicht recht reimen wollten.

»Ich habe keine andere Wahl, meine Freunde«, sagte Yvolar zum Abschied. »Wenn Berg- und Waldvolk sich gegenseitig in einem sinnlosen Krieg aufreiben, ist Allagáin den Horden des Bösen schutzlos ausgeliefert, und das darf nicht geschehen. Auf bald, meine Freunde – möge der Geist des Schöpfers euch begleiten.«

»Dich auch«, erwiderte Leffel – und seinem schlichten Gemüt entsprechend trat er einfach vor und umarmte den Druiden.

Erwyn folgte seinem Beispiel, und Yvolar sprach beiden

ermutigende Worte zu. Sodann verabschiedete sich Walkar von ihm, den Yvolar ermahnte, die Instinkte wach und die Augen offen zu halten. Auch Urys ließ es sich nicht nehmen, seinen alten Freund zum Abschied zu umarmen, auch wenn dies unter Zwergen alles andere als üblich war.

Mux hüpfte auf Yvolar zu und sagte: »Verzeih, dass ich dich einen alten Mann genannt …«

Yvolar winkte großmütig ab. »Schon vergessen.«

»Aber alt bist du nun mal«, fuhr der Kobling fort, »das ist bekannt.« Und mit diesen Worten sprang er davon.

Als Letzter war Alphart an der Reihe. »Leb wohl, Druide«, sagte er und streckte zum Gruß die Hand aus. »Ich wünsche dir viel Glück.«

Yvolar lachte nur – und diesmal war er es, der die Arme ausbreitete, die er herzlich um den Jäger schloss.

»Ich vertraue dir, Wildfänger«, raunte er ihm ins Ohr. »Was auch immer du tust, achte auf Erwyn. Von seinem Überleben hängt unser aller Schicksal ab.«

Damit trat er zurück, und im nächsten Moment war er zum Höhlenausgang hinaus. Noch kurz waren seine hagere Gestalt und sein purpurner Umhang im Schneegeflirr zu sehen, dann war er verschwunden.

Die Gefährten standen wie versteinert. Ihre Mienen zeigten Betroffenheit, und hier und dort blitzte eine Träne. Alphart wandte sich ab. Mit einer Verwünschung wischte er sich über die Augen, als hätte er ein Staubkorn hineinbekommen, dann ballte er energisch die Faust.

»Worauf warten wir?«, rief er den anderen zu. »Der alte Stocker hat uns gesagt, was wir zu tun haben, also enttäuschen wir ihn nicht. Stärkt euch mit etwas Proviant, dann brechen wir auf!«

»Mich kümmert's nicht, wenn's länger dauert«, rief auf einmal Mux und hüpfte aufgeregt vor dem Höhleneingang herum. »Ich glaube, dass man uns belauert!«

»Hör auf mit dem dämlichen Gereime und komm!«, forderte Alphart streng.

»Halt mich nicht für einen Narren«, entgegnete Mux. »Ich spüre böse Augen starren!«

Walkar ließ ein missmutiges Knurren hören, Alphart schüttelte nur den Kopf. Leffel jedoch gesellte sich besorgt zu dem Kobling, der mit ängstlich geweiteten Augen in das Schneegestöber blickte. »Bist du sicher, dass dort draußen etwas ist?«, erkundigte er sich leise.

Mux nickte. »Ja, das bin ich, ganz bestimmt. Da ist etwas – jemand, der uns in Augenschein nimmt.«

Auch Leffel schaute hinaus in den wirbelnden Schnee, aber entdecken konnte er nichts …

52

Es war ein Aufmarsch, wie man ihn seit den Tagen Fynrads und Dóloans nicht mehr gesehen hatte.

In dem von steilen Hängen gesäumten Tal des Allair, über dessen Ostufer sich dichter Wald erstreckte, hallten der hundertfache Tritt gestiefelter Füße, der Hufschlag von Pferden und heiser gebrüllte Befehle. Der blendend weiße Schnee, der sich über das Land gebreitet hatte, war unter Hufen und Stiefeln matschig getreten und hatte sich braun verfärbt, und zu beiden Seiten des Flusses waren die Hügel schwarz von den Kämpfern, die sich darauf drängten.

Dieser Tag sollte die Entscheidung bringen in dem jahrhundertealten Konflikt, der lange Zeit geschwelt hatte und unvermittelt wieder aufgeflammt war. Die Heerführer beider Lager dirigierten den Aufmarsch ihrer Kämpfer: gepanzerte Reiter und Massen von Fußvolk auf der Seite Iónadors – Bogenschützen, Schwertkämpfer und Berserker auf jener des Waldvolks.

Von einem Hügel aus, der sich steil über dem Ostufer des Allair erhob, beobachtete Galfyn den Aufmarsch des Feindes. Iónador hatte eine beträchtliche Streitmacht aufgeboten, die jedoch zum großen Teil aus im Kampf unerfahrenen Bauern bestand. Die Lanzenreiter und vor allem auch die Pfeilschleudern, die auf der gegenüberliegenden Flussseite in Stellung gebracht wurden, bereiteten dem jungen Häuptling schon ungleich größere Sorge. Würde es seinen Kriegern gelingen, sich rechtzeitig zurückzuziehen und die Iónadorer in den nahen Wald zu locken?

Galfyn spürte Herras' prüfenden Blick auf sich ruhen.

Seit sie jene harschen Worte gewechselt hatten, sprach sein Schwertmeister nur noch selten mit ihm. Einerseits war Galfyn froh darüber, denn er hatte es satt, sich für jede Entscheidung rechtfertigen zu müssen. Andererseits lastete die Verantwortung seines Amtes dadurch nur noch drückender auf seinen Schultern.

Er hob die Hand und befahl, die Katapulte aufzufahren, die seine Leute im Schutz des Waldes gebaut hatten und die Tod und Verderben in die Reihen des Feindes streuen würden. Ihr Anblick beruhigte Galfyn wieder ein wenig und gab ihm das Gefühl, dass er die Schlacht gewinnen konnte, allen Widerständen zum Trotz …

Plötzlich sah er, wie sich aus dem wogenden Heer des Feindes zwei Gestalten lösten, die auf ihren Pferden die Uferböschung herabkamen. Ihre samtenen blauen Umhänge mit dem Wappen Iónadors darauf flatterten im Wind, ihre Harnische schimmerten im fahlen Sonnenlicht – die Anführer des feindlichen Heers.

»Sieht aus, als wollten sie reden«, stellte Herras fest, als die beiden ihre Pferde am Fluss zügelten.

»Und?«, schnarrte Galfyn, ohne sich umzudrehen. »Mir ist nicht nach Reden zumute.«

»Sollen sie dich etwa für feige halten?«

Die Frage genügte, um Galfyn umzustimmen. Wortlos wandte er sich um und verließ den Feldherrenhügel. Herras und eine Eskorte seiner besten Krieger folgten ihm.

Anders als das Bergvolk und die Bewohner Iónadors hatten die Waldkrieger nie gelernt, auf Pferden zu reiten – inmitten des unwegsamen Unterholzes des Dunkelwalds gab es keine Verwendung für die Tiere. Doch der Gedanke, dass der Anführer Iónadors auf ihn herabblicken würde, missfiel Galfyn, aber noch während er in Begleitung seiner Eskorte zum Flussufer hinabstieg, erinnerte er sich an eine alte Tradition, die Fynrad, der legendäre Vereiniger des Waldvolks, einst begründet hatte. Nachdem sie den Fuß der Uferböschung erreicht hatten, blieb er stehen, wandte sich um und deutete auf den hölzernen Schild, den eine der Wachen bei sich trug.

»Leg ihn auf den Boden!«, ordnete er an.

Der Krieger war einigermaßen verwundert, tat jedoch, was sein Häuptling von ihm verlangte. Kaum hatte er seinen Schild in den Schnee gelegt, stieg Galfyn kurzerhand darauf.

»Tragt mich!«, verlangte er. »Der Anführer der Waldkrieger soll nicht zu Iónadors Knecht aufblicken müssen.«

Seine Leute nickten beifällig; die Idee gefiel ihnen. Sodann wurde Galfyn hochgehoben, und vier Krieger trugen ihn auf dem Schild stehend zum Ufer.

»Was sagst du nun, Herras?«, erkundigte sich Galfyn triumphierend bei seinem Schwertmeister, der neben den Schildträgern schritt. »Meine Leute verehren mich. Zumindest sie haben nicht vergessen, was Fynrads Flamme bedeutet.«

»Auch ich habe es nicht vergessen«, beteuerte der alte Krieger. »Aber du solltest dir eines gut überlegen.«

»Was?« Vom hohen Schild blickte Galfyn auf ihn herab.

»Ob du das wirklich tust, um Fynrad zu ehren, oder ob es dir nur um dich selbst dabei geht.«

Galfyn zögerte. Die tadelnden Worte seines alten Lehrers hatten ihn wie Pfeile getroffen. Er wollte etwas zu seiner Verteidigung vorbringen, aber in diesem Moment erreichte der Zug das Ufer, und nur noch die gefrorene Fläche des Allair trennte die Anführer der verfeindeten Heere voneinander.

»Ihr wollt verhandeln?«, rief Galfyn hinüber, die Arme demonstrativ vor der Brust verschränkt. Die blaue Kriegsbemalung verlieh seinen jugendlichen Zügen einen verwegenen Ausdruck.

»Zu verhandeln gibt es nichts!«, kam es in herrischem Tonfall zurück. »Ich bin Barand von Falkenstein, Marschall von Iónador. Ihr seid widerrechtlich in unser Land eingedrungen, und ich befehle euch den augenblicklichen Abzug. Andernfalls werden wir euch vernichten!«

»Vernichten wollt ihr uns?« Galfyn lachte spöttisch auf. »Merke dir meinen Namen, Marschall von Iónador: Ich bin Galfyn, Häuptling des Falkenclans und durch einstimmigen Beschluss in Fynrads Hain zum Heerführer des Waldvolks gewählt. Die Willkür, unter der unser Volk seit Jahrhunderten zu leiden hat, muss ein Ende haben – und nicht unsere Vernichtung wird dieser Tag sehen, sondern eure!«

Wenn Barand beeindruckt war, so ließ er es sich nicht anmerken; seine blassen Züge blieben unbewegt. »Große Worte, Barbar«, antwortete er, »aber kannst du auch halten, was du versprichst? Unsere Pfeilgeschütze werden die Reihen deiner Krieger lichten, und unsere Ritter werden eure Kämpfer unter den Hufen ihrer Pferde zermalmen!«

»Wir werden sehen!«, entgegnete Galfyn und gab sich Mühe, so gelassen zu klingen, wie sein Gegenüber wirkte, obgleich der Anblick der stählernen, mit langen Lanzen bewaffneten Reiter, die oberhalb der Böschung aufmarschiert waren, ihn ein wenig verunsicherte. »Aus jenem Wald dort« – er deutete nach Osten – »drangen am Morgen grässliche Geräusche. Der Schnitter schärft dort seine Klinge an einem großen Stein. Es werden eure Reihen sein, die er damit lichtet.«

»Auch die Bauern von Allagáin kennen diesen Aberglauben«, entgegnete Barand. »Sie sagen, dass jener Stein während der letzten Eiszeit vom Ferner ins Tal getragen wurde und dass der Tod daran seine Sense dengelt – aber es werden eure Krieger sein, die ihm zum Opfer fallen und deren Blut den Schnee rot färben wird.«

»Ist das dein letztes Wort?«

»Allerdings. Zieht euch zurück – oder sterbt!«

»So werden wir kämpfen bis zum Tod!«

»Bis zum Tod!«, scholl es ebenso grimmig wie endgültig über den Fluss – und Barand und sein Begleiter rissen die Zügel ihrer Pferde herum und stoben durch den Schnee davon.

Noch einen Augenblick lang schaute Galfyn ihnen nach. Einmal mehr fühlte er Herras' prüfenden Blick, und für einen kurzen Moment fragte er sich abermals, ob er den richtigen Weg beschritt.

Dann jedoch musste er wieder an das zerstörte Dorf denken, an seine gemeuchelte Familie, an den grässlichen Anblick ihrer leblosen, geschundenen Körper – und die steinerne Härte kehrte in sein Herz zurück, die weder Erbarmen kannte noch Vernunft.

»Es ist entschieden«, sagte er leise. »Dieser Tag wird entweder den Triumph des Waldvolks sehen oder seinen Untergang.«

Damit ließ er die Männer den Schild ablegen, und er kehrte mit ihnen zu Fuß zurück zu seinem Heer, das bereits ungeduldig wartete – und durch den stärker werdenden Schneefall, der sich über das Tal breitete, war der heisere Klang der Kriegshörner zu hören …

Der Marsch zum Gipfel des Korin Nifol führte steil hinauf.

Ein Stück oberhalb der Stelle, wo sie die Nacht in der Höhle verbracht hatten, stießen die Gefährten unter der Führung Alpharts abermals auf einen Tobel.

Zwischen schroffen, von Eis überzogenen Felsen mussten sie sich einen Weg suchen, geradewegs an der steilen Rinne empor, die der herabstürzende Wildbach gegraben hatte. Das Wasser dieses Bachs aber war inzwischen vor Kälte erstarrt, sodass Alphart und die Seinen an einer weißen Eissäule emporstiegen.

»Es ist unheimlich hier«, stellte Erwyn fest, der unmittelbar hinter Alphart ging.

»Allerdings«, pflichtete der Wildfänger dem Jungen bei, während er sich argwöhnisch umblickte. »Je eher wir diesen Teil des Weges hinter uns lassen, desto besser.«

Er hatte auf die Warnung des Koblings nicht reagiert, als dieser behauptete, dass sie beobachtet wurden. Der Abschied von Yvolar war ihm seltsam nahe gegangen und hatte ihn ganz und gar gefangen genommen. Doch er hatte Mux' Worte auch nicht vergessen, und mehr und mehr drängten sie sich in seinen Gedanken in den Vordergrund. Daher war er auf der Hut und auf alles gefasst …

Der Tobel ging in eine Schlucht über, die so eng war, dass kaum Schnee auf ihrem Grund lag.

Als Alphart mutig voranschreiten wollte, sprang der Kobling an ihm vorbei und versperrte ihm den Weg. »Ein seltsames Gefühl beschleicht mich in dieser Schlucht. Ein Stein könnte mich treffen mit tödlicher Wucht.«

Alphart schaute erst Mux an, dann blickte er misstrauisch an den engen Felswänden empor. »Ist das nur ein dummer Scherz von dir«, fragte er den Kobling, »oder lauert dort wirklich Gefahr?«

»Mein Leben liegt mir wohl am Herzen, drum würd ich nie darüber scherzen«, antwortete Mux. »Gefahr ist deutlich hier zu spüren, sie droht, wirst du uns weiterführen.«

Alphart verzog das Gesicht. »Die Gefahr, dass wir von einem Steinschlag ereilt werden, besteht immer. Wir müssen durch diese Schlucht, einen anderen Weg gibt es nicht.«

»Die Sache will mir nicht gefallen«, sagte Mux leise, fast flüsternd. »Ich hör grässliche Schreie zwischen diesen Wänden verhallen ...«

Alphart überlegte, dann aber entschied er, dass sie keine andere Wahl hatten. An dem Kobling vorbei trat er in die Schlucht. Zögernd folgten ihm die anderen, und auch Mux setzte sich schließlich in Bewegung.

Da Geröll den Boden übersäte, war das Vorankommen schwierig. Nacheinander stiegen die Wanderer über die Hindernisse hinweg, dabei blickten sie vorsichtig zu den Rändern der Schlucht hinauf, die Warnung des Koblings noch immer in den Ohren. Den meisten von ihnen war anzusehen, dass sie es lieber gehabt hätten, wenn der Druide sie weiterhin angeführt hätte. Selbst Alphart musste zugeben, dass die Gegenwart Yvolars ihm ein Gefühl von Sicherheit vermittelt hatte. Jäh wurde ihm bewusst, dass er nun der Anführer war und verantwortlich für die Sicherheit der Truppe.

»Kommt schon!«, sprach er den anderen ein wenig unbeholfen zu. »Nehmt euch zusammen. Dort vorn ist schon das Ende der Schlucht. Wenn wir uns beeilen, sind wir ...«

Weiter kam er nicht. Am oberen Rand der Felswände, zu denen er immer wieder aufschaute, nahm er eine Bewegung wahr, und im nächsten Moment polterte ein Felsen in die Schlucht.

Alphart sprang zur Seite, und dort, wo er eben noch gestanden hatte, krachte ein kürbisgroßer Steinbrocken auf den Grund der Schlucht. Hätte Mux nicht vor drohender Gefahr gewarnt, wäre der Jäger weit weniger achtsam gewesen, und der Stein hätte ihn erschlagen.

Aber die Gefahr war noch nicht vorbei.

Noch längst nicht.

Weitere Felsen wurden in die Schlucht gestoßen und polterten herab …

»Vorwärts!«, schrie Alphart. »Zum Ende der Schlucht! Lauft so schnell ihr könnt …!«

Im nächsten Moment traf ihn ein faustgroßer Stein. Er streifte nur Alpharts Stirn, trotzdem ging der Wildfänger stöhnend in die Knie. Die Haut über seiner rechten Braue war aufgerissen, Blut lief ihm in die Augen. Als er sich das Blut aus den Augen wischte, sah er Leffel, der zu ihm wollte, um ihm zu helfen.

»Hast du nicht gehört, Gilg?«, rief Alphart ihm entgegen. »Du sollst zum Ausgang der Schlucht laufen!«

»Aber du …«

»Kümmer dich nicht um mich! Ich schaff das auch ohne dich!«

Leffel änderte daraufhin die Laufrichtung und eilte den anderen hinterher. Alphart folgte ihnen, jedoch sehr viel langsamer, weil er den Weg und die Hindernisse vor sich kaum erkennen konnte, da ihm wieder das Blut in die Augen lief. Er musste sich an der Felswand entlangtasten.

Plötzlich hörte er lautes Rumpeln. Mit einer fahrigen Handbewegung wischte er sich abermals das Blut aus den Augen – und sah, wie sich oberhalb des Schluchtendes eine Steinlawine löste!

»Vorsicht!«, brüllte er, aber sein Ruf wurde vom tosenden Prasseln des Steinschlags verschluckt. Dass die Gefährten dennoch in ihrem Lauf innehielten, war dem Kobling zu verdanken, dessen Instinkte – oder was auch immer – ihn gewarnt hatten und der seine Gefährten zurücktrieb.

Felsbrocken und Geröll gingen am Ausgang der Schlucht nieder, Staub wölkte auf, der so dicht war, dass man die Hand nicht mehr vor Augen sah. Als er sich legte, war das Ende der Schlucht von einer Schuttwand verschlossen, die sich gut zwei Mannslängen hoch auftürmte. Schon hatten die ersten der Gefährten sie erreicht und versuchten, daran emporzuklettern, aber das nachrieselnde Geröll machte es unmöglich, Halt zu finden.

Benommen taumelte Alphart auf seine Gefährten zu – als er plötzlich merkte, wie jemand hinter ihn trat. Ein Schatten fiel auf ihn, und er fuhr herum – um von einer riesigen Keule getroffen zu werden.

Der Hieb erwischte Alphart mit voller Wucht an der Schulter und schleuderte ihn gegen die Felswand. Hart stieß er sich den Kopf. Er sah Sterne und ging benommen in die Knie. Vergeblich versuchte er, sich wieder auf die Beine zu raffen und seine Waffen zu ziehen – stattdessen wurde er von einer groben Pranke gepackt und davongeschleift. Durch den Schleier aus Blut, das seine Augen verklebte, sah er nur die Füße seines Peinigers – nackte, unförmige Füße, die trotz der eisigen Kälte nur in Sandalen steckten.

»Ihr da!«, rief eine Stimme, die den Wildfänger erschaudern ließ, so viel Grausamkeit und Bosheit schwangen in ihr mit. Der Ruf hatte seinen Gefährten gegolten, die den Fremden erst in diesem Moment entdeckten. »Wenn ihr nicht wollt, dass ich diesen hier auf der Stelle töte, legt die Waffen nieder und ergebt euch!«

Alphart hörte die Worte zwischen den Felswänden verhallen. Er wollte dagegen protestieren, wollte seinen Gefährten sagen, dass sie sich nicht darum scheren und bis zum letzten Mann kämpfen sollten – aber der Schmerz, der in seinem Schädel hämmerte, war zu betäubend, die Benommenheit zu groß.

Das Letzte, was er vernahm, waren die entsetzten Schreie seiner Freunde und das heisere Gebrüll des Bärengängers, und er fragte sich, wie es um sein Schicksal, um das seiner Gefährten und um das von ganz Allagáin bestellt sein mochte.

Dann wurde es dunkel um ihn …

Mit diesen dramatischen Ereignissen endet der erste Roman der Saga vom Land der Mythen. Im zweiten und abschließenden Band erreicht die Auseinandersetzung zwischen den Mächten des Lichts und des Eises ihren Höhepunkt; ein von beiden Seiten mit erbitterter Härte geführter Krieg erschüttert das Land Allagáin, die Mauern Iónadors erzittern unter dem Ansturm der Feinde, und auf dem Gipfel des Korin Nifol entscheidet sich die Zukunft der Welt. Helden fallen und Schicksale erfüllen sich – und die Weissagung eines alten Druiden stellt sich als falsch heraus …

Anhang

Viele der Orte, die in der Saga vom »Land der Mythen« auftauchen, existieren bis heute, wenngleich sie in all den Jahrtausenden Veränderungen erfahren haben. Der Verlauf der Flüsse ist nicht mehr der von einst, und der *Búrin Mar* hat nicht mehr die Größe eines Meeres – wer die Karte Allagáins jedoch mit jener des heutigen Voralpenlands vergleicht, wird zahlreiche Übereinstimmungen entdecken.

All jenen, die in heutiger Zeit nach den Spuren Alpharts und Yvolars suchen wollen, soll das nachfolgende Verzeichnis ein wenig dabei behilflich sein, die alten Ortsbezeichnungen zu entschlüsseln. Vielfach taucht das Wort *bennan* auf, das in der Sylfensprache schlicht »Berg« bedeutet. Bei der Übersetzung wird deutlich, dass zahlreiche Örtlichkeiten bis heute den Namen tragen, der ihnen in grauer Vorzeit gegeben wurde. So bedeutet z. B. *aradh loin* in wörtlicher Übersetzung nicht mehr und nicht weniger als »hoher Grat«. Andere heutige Namen sind aus den ursprünglichen sylfischen Bezeichnungen hervorgegangen, wie z. B. »Iller« für *Allair* oder »Allgäu« für *Allagáin*.

Allagáin	Allgäu
Allair	Iller
Aradh Loin	Hochgrat
Bálan Bennian	Nagelfluhkette
Bennanderk	Säuling
Bennanleath	Breitenberg
Búrin Mar	Bodensee
Dáicol	Iseler
Giáthin Bennan	Immenstädter Horn
Grüner Bach	Grönenbach
Hinterdorf	Hindelang

Korin Nifol	Nebelhorn
Leathar	Lech
Méadon Lathan	Mittag
Ostfluss	Ostrach
Ruadh Barran	Rotspitz
Schildberg	Immenstädter Horn
Spiegelsee	Alpsee
Stéidan	Grünten
Urberg	Auerberg

PIPER

Michael Peinkofer

Der Schwur der Orks

Roman. 560 Seiten. Broschur

Wer Orks, Elfen, Zwerge und Trolle liebt, kommt an ihnen nicht vorbei: Balbok und Rammar sind zurück! Nach ihrer erfolgreichen Mission werden die Ork-Brüder in der Modermark als Helden gefeiert. Sie thronen auf erbeuteten Elfenschätzen und zechen nach Herzenslust. Doch die Zeit der Ausgelassenheit währt nur kurz. Schon bald erscheint ein Mensch im Dorf und ersucht das verfeindete Volk um Hilfe. Denn in den unheimlichen fernen Reichen von Erdwelt rüstet ein wahrhaft teuflischer Gegner zum Angriff auf den Kontinent ...
Die schlagfertigsten Helden der Fantasy treten erneut an, um ihren Feinden zu zeigen, wo die Streitaxt hängt!

»Bestsellerautor Peinkofer liefert beste Fantasy-Unterhaltung.«
Bild am Sonntag

01/1611/01/L